Elisabeth Barbier, geboren in der Provence, zog schon in früher Kindheit nach Paris. Dort studierte sie Literatur, Jura und Philosophie. Nach dem Studium entdeckte sie ihr Interesse für das Theater. 1935 heiratete sie einen Arzt aus Avignon, wo sie heute allein lebt und Romane schreibt.

Von Elisabeth Barbier ist außerdem als
Knaur-Taschenbuch erhältlich:

»Julia von Mogador« (Band 2875)

Vollständige Taschenbuchausgabe 1990
Droemersche Verlagsanstalt Th. Knaur Nachf., München
Lizenzausgabe mit freundlicher Genehmigung des
Verlags Andreas Zettner, Veitshöchheim
Titel der Originalausgabe »Les Gens de Mogador«

Aus dem Französischen von Lotte von Schaukal

Umschlaggestaltung Manfred Waller
Umschlagfoto Photodesign Mall
Druck und Bindung brodard & taupin
Printed in France 5 4 3 2 1
ISBN 3-426-02876-X

Elisabeth Barbier:
Ludivine von Mogador

Roman

Knaur®

Erster Teil

„. . . Ist das nicht der wunderbare Garten, von dem die Harfengesänge sprechen: eine Mauer von Luft umschließt ringsum blühende Bäume und einen duftenden Blumenteppich; der Held lebt darin, ohne zu altern, in den Armen seiner Geliebten, und keine feindliche Macht kann die Mauer durchbrechen?"

„Schon schmettern auf den Türmen von Tintajol die Trompeten der Wächter, die den Morgen ankündigen."

„Nein", antwortet Tristan, „die Mauer von Luft ist schon durchbrochen und der wunderbare Garten ist nicht hier. Aber eines Tages, Geliebte, werden wir zusammen in das selige Land gehen, daraus keiner zurückkehrt. Dort erhebt sich ein Schloß aus weißem Mamor. An jedem seiner tausend Fenster schimmert eine brennende Kerze, an jedem spielt und singt ein Spielmann vom Morgen bis zum Abend. Es scheint keine Sonne dort und doch sehnt sich niemand nach ihrem Licht; es ist das glückliche Land der Lebenden."

„Tristan und Isolde"
(VI. Gesang)

I

Hinter der geschlossenen Tür hörte man rufen:

„Ludivine, Ludivine, beeil dich. Es ist gleich zwölf Uhr. Mama fragt, ob du bald fertig bist."

‚Gott, ist sie lästig!' dachte Ludivine, die in Mieder und Unterrock, einen Kamm in der Hand, vor ihrem Spiegel stand und sich bemühte, die Flut ihrer Haare zu bändigen. Aber in lieblichem Tone sagte sie:

„Sofort. Ich frisiere mich nur noch."

Die Stimme ließ sich von neuem vernehmen:

„Darf ich hineinkommen?"

Ludivine rief eine Verwünschung auf die lästige Mahnerin herab und antwortete, die Augen zum Himmel aufschlagend:

„Aber natürlich, Elise."

Der eintretenden Freundin stockte beinahe der Atem, als sie das Negligé ihrer Freundin und die Unordnung im Zimmer erblickte: „Ja, du bist noch nicht einmal angezogen? Und dein Haar! Mein Gott, was wird Mama sagen?"

Sie trat vor den Spiegel und betrachtete sich mit einem schüchternen Wohlgefallen: „Gefällt dir mein Kleid? Diese geraffte Partie hinten ist elegant, nicht wahr? Mademoiselle Berthe hat es nach einem Modell von Redfern kopiert, und Mama, siehst du, hat mir ihr schönes Spitzentuch geborgt." Ludivine musterte im Spiegel das blonde junge Wesen in dem rosa Atlaskleid.

„Entzückend", sagte sie im Ton ehrlicher Überzeugung. Sie dachte: ‚Ein Bonbon zum Ablecken. Ich mag dieses Rosa nicht. Wenn ich einmal eine Dame bin, dann kleide ich mich gelb mit schwarzen Chantillyspitzen.'

Der Lärm knirschender Räder klang vom Hofe her durch das offene Fenster.

„Mein Gott, hörst du!" Elise stürzte zum Fenster und blickte durch das Netzwerk des Vorhanges hinunter. „Der Wagen! Ludivine, schnell, schnell, ich werde dir helfen. Dein Kleid, deine Turnüre, schnell!"

Sie drehte sich in großer Verwirrung im Zimmer herum und suchte planlos unter den verstreut umherliegenden Kleidungsstücken, während ihre Freundin ruhig fortfuhr, die letzten Nadeln in ein Gebäude kunstvoll verschlungener schwarzer Flechten zu stecken.

Es klopfte an die Tür. „Madame läßt sagen, daß sie die jungen Damen im Salon erwartet."

„Mein Gott", rief Elise ganz verzweifelt. „Was wird Mama sagen? Und Monsieur Vernet, der uns erwartet."

Das war zu viel für Ludivine: „Was interessiert mich dieser Monsieur Vernet!" schrie sie, mit dem Fuße stampfend. Durch den Ausbruch erleichtert, fuhr sie mit der Ruhe eines großen Feldherrn fort:

„Hilf mir nur beim Schnüren, Elise. Du kannst dann gleich hinuntergehen. Ich bin allein schneller fertig. Da, nimm die Schnüre. Zieh nur, zieh! Aber zieh doch, du brauchst keine Angst zu haben! Ich spüre noch nicht das geringste." Sie ergriff den Fensterflügel und hielt sich daran fest, während Elise mit aller Gewalt die Miederschnüre festzog. „So, das genügt", erklärte sie endlich, halb erstickt. „Gib sie mir. Ich werde sie selbst binden. Jetzt lauf, ich komm' gleich nach." Sie warf einen belustigten Blick auf das Gesicht der armen Elise, das vor Anstrengung purpurrot geworden war.

„Schnell, meine Liebe, vergiß nicht, daß Monsieur Vernet auf dich wartet." Elise flog zur Stiege.

„Uff", seufzte Ludivine: ‚Monsieur Vernet wird kommen ... Monsieur Vernet sagt ... Monsieur Vernet meint ... Wird das Rosa Monsieur Vernet gefallen? ... Wo ist mein Miederleibchen? Mein Gott, wer hilft mir mein Miederleibchen finden! Gott sei Dank, da ist es. Wie der Messias wird dieser Monsieur Vernet seit acht Tagen in diesem Hause erwartet. Ich ersticke. Furchtbar, so eingeschnürt zu sein. Meine Turnüre. Wo ist denn die schon wieder? Schnell, beeil dich, lauf! Denk doch, ein Gentlemanfarmer!'

Sie preßte die Lippen zusammen und zog ihr kleines Näschen auf eine gezierte Weise kraus, während sie mit den Bändern des Unterrocks kämpfte, die sich mit denen der Turnüre verwickelt hatten. ‚Und diese Elise! Verliebt sich in den erstbesten Mann, der kommt, auf Befehl, ohne ihn auch nur gesehen zu haben. Gütiger Gott, da geh ich lieber zurück ins Kloster! Gott, dieser Knoten! Es ist wirklich bequem, sich allein anzuziehen! Jetzt den Jupon, da liegt er, auf dem Bett. Hübsch ist diese Farbe. Wenn ich verheiratet wäre ... Aber die Ehe ... „Ja, Liebster, wie du willst, Liebster." Nein, nein,

nein! Leben wie es mir gefällt, Geld ausgeben, reisen ... Wenn mir mein Vormund die Verfügung über mein Geld gibt, werde ich mich in Paris anziehen. „Mademoiselle, ich liebe Sie. Ich liebe Sie bis zum Wahnsinn. Ich würde sterben für ein Lächeln von Ihnen."'

Sie setzte sich auf die äußerste Ecke des Diwans, der mit Wäschestücken übersät war, und ließ ihre Augen mit der Miene einer unnahbaren Herrscherin um sich gleiten, während sie ihre goldkäferfarbenen Chevreaustiefelchen anzog. ‚Ach, der Schuhknöpfer! Er war auf dem Frisiertisch. Sie hat wirklich alles durcheinandergebracht! Da ist er! Soll ich mich sehr schön machen? Nein, heute keinesfalls. „Monsieur Vernet kommt in Geschäften." Natürlich, darum das schöne Silberzeug und die rosa Toilette. Welches Kleid soll ich anziehen? Dieses da? Ja, das genügt. Wenigstens seh' ich nicht aus wie im Sonntagsstaat.'

Die Arme aufgehoben, um die Frisur zu schützen, streifte sie mit einiger Mühe ein einfaches Kleid aus cremefarbenem Popeline über, hinten gebunden mit einer breiten Schleife aus apfelgrünen schottischen Bändern.

„Mademoiselle, Mademoiselle!"

„So kommen Sie doch herein, Louise. Sie kommen mir gerade recht. Bitte, knöpfen Sie mir das Kleid zu." Vor dem erschreckten Gesichtsausdruck des kleinen Stubenmädchens brach sie in Lachen aus.

„Ist die gnädige Frau schon sehr ungeduldig?"

„O nein, gnädige Frau ist im Salon mit ..."

„Monsieur Vernet", unterbrach sie Ludivine. „Ja, das weiß ich, aber was hat sie gesagt?"

„Sie hat gesagt, ich soll hinaufgehen und Mademoiselle sagen, daß man auf Mademoiselle wartet, um zu Tisch zu gehen."

‚Die Farbe steht mir wirklich ganz besonders zu Gesicht, und meine Augen kommen dadurch so gut zur Geltung', stellte Ludivine mit Befriedigung vor dem Spiegel fest, ‚und meine Augen sind das Hübscheste, was ich habe.'

Ihre Augen waren in der Tat von einem ganz wunderbaren Dunkelblau, beinahe violett, dem Samtviolett, hinter dem sich gewisse Träume verbergen. Sie blitzten wie Edelsteine in dem schmalen ovalen Gesicht, das mit seiner feinen, leicht gebogenen Nase, den klar gezeichneten Lippen und dem matten Goldbraun der Haut eine weit zurückliegende Verwandtschaft mit den Sarazenen verriet, eine Verwandtschaft, die durch den schwarzen Glanz der Haare noch deutlicher wurde. Etwas vorspringende Backenknochen, eine kleine glatte, gewölbte Stirn vollendeten den eigentümlichen Reiz dieser Züge.

Ludivines Gestalt hätte das Mieder leicht entbehren können. Ihr voller und dabei doch zarter, frei aus den Schultern ragender Hals zeigte die Frische ihrer sechzehn Jahre. Schlank, ohne groß zu sein, hatte sie den Gang der Mädchen aus Arles oder Avignon, die Aubanel und Mistral besungen haben.

Sie war wirklich hübsch, ohne Zweifel. Aber diese dunkle Haut! Ludivine hätte viel darum gegeben, den weißen Teint zu besitzen, den die Mode verlangte. Sie lächelte der bewundernden Louise zu, die mit dem Zuknöpfen nicht fertig wurde.

„Man soll nur auf mich warten!“

„Aber Mademoiselle . . .“, hauchte Louise entrüstet.

„Gut, Kleine“, sagte Ludivine mit olympischer Miene nach einem letzten Blick in den Spiegel. „Ich gehe gleich hinunter. Sie werden im Zimmer Ordnung machen.“

Sie schritt langsam die hallende Stiege hinunter und biß sich dabei auf die Lippen, um ihnen eine frischere Farbe zu verleihen.

Die Unterhaltung unten war etwas schleppend.

Elise saß steif am Rande ihres Sessels: ‚Halt dich grad, Kind!‘ Sie lächelte schüchtern, wenn der Gast das Wort an sie richtete, errötete bei der Antwort und verstummte mit Anstand. „Nehmen Sie doch, bitte, noch ein Gläschen“, drängte der Notar und beobachtete dabei verstohlen das Gesicht seiner Gattin. Denn Clémence Daubenois war am Ende ihrer Geduld angelangt.

Die Schuldige an all der Qual übersah bei ihrem Eintritt ins Zimmer mit einem Blick die ganze Lage.

„Endlich!“ In der Stimme der Notarin war der verhaltene Ärger durch die Vornehmheit des Tones nur mühsam bemäntelt.

Ludivine machte einen kleinen Pensionatsknicks.

„Ich bin wirklich ganz beschämt, daß ich Sie habe warten lassen, Madame.“

Belustigt nahm der Gast das kurze Aufblitzen in den violetten Augen wahr, das unzweifelhaft das Gegenteil besagte. Sein Blick begegnete dem des jungen Mädchens. Über wen machte er sich denn nun eigentlich lustig? Verwirrt wendete sie den Kopf ab.

Monsieur Daubenois ergriff sie beim Arm:

„Mein liebes Kind, ich stelle dir vor: Monsieur Frédéric Vernet aus Fontfresque, der uns heute das Vergnügen macht, unser Gast zu sein ... Ludivine Peyrissac, mein Mündel und Freundin meiner Tochter, die einige Zeit hier bei uns verbringt."

„Mademoiselle, es freut mich sehr ..."

Sie unterbrach ihn schroff: „Mich ebenfalls, Monsieur Vernet."

Ein schalkhaftes Lächeln flog über Frédéric Vernets Gesicht.

„Sie sind zu liebenswürdig, Mademoiselle."

Sie war wütend, aber beherrschte sich und nahm würdevoll neben Elise Platz. Das fing gut an. Dabei war er gar nicht einmal häßlich und ganz anders, als sie sich ihn vorgestellt hatte. Sehr breite Schultern, lange Beine, lockiges Haar von hellem Kastanienbraun, ein feiner Schnurrbart, männliche Züge und merkwürdige graue Augen, die geradewegs auf sie gerichtet waren, mit der unangenehmen Ironie, die sie soeben darin bemerkt hatte. Der Blick konnte einen wirklich in Verlegenheit bringen.

Zum Glück kam Louise und meldete: „Es ist serviert." Das Mädchen trug ihre Festtagshaube, die mit der gleichen Stickerei geputzt war wie die Schürze, stolz wie eine Königskrone.

Frédéric Vernet verneigte sich mit leichtem Anstand und bot der Notarin seinen Arm, um sie in das Speisezimmer zu führen.

„Jetzt ist also wieder Ruhe", seufzte Ludivine einige Stunden später vor sich hin, nicht ganz ehrlich.

„Ein reizender Mensch, nicht wahr?" sagte Elise wie zur Antwort.

Die beiden jungen Mädchen saßen in einer Geißblattlaube, die am Ende des Gartens angelegt war. Ein winziger Garten, in dem die schmalen, von Zwergsträuchern gesäumten Wege saubere Arabesken um die mit Levkojen, Nelken und Reseda bepflanzten Korbbeete zeichneten. Der schönste Schmuck war ein Springbrunnen aus Muschelwerk, der Stolz und die Sorge der Notarin. Zu Ehren des Gastes hatte man den vollen Wasserstrahl emporschießen lassen, und frisch erklang der leise Gesang der fallenden Tropfen im Bassin.

„Elise, dreh den Hahn des Springbrunnens ab", rief Madame Daubenois vom Fenster.

„Ja, Mama."

„Wirf auch einen Blick auf das Abzugrohr."

„Ja, Mama."

Sie ging den Hahn abdrehen und setzte sich dann wieder auf die Bank.

„Wie schade, daß es schon vorbei ist." Man wußte nicht genau, ob sie dabei an den Springbrunnen oder den Besuch dachte. Ludivine spielte mit einer Handvoll kleiner Kiesel.

„Wie schön es heute war. Schon ein richtiger Sommertag."

„Ja, wenn das Wetter anhält, wird die Rosenlaube bald blühen."

„Riechst du die Weißdornhecke? Der Duft kommt bis zu uns. Wo ist dieses Fontfresque? Weit von hier? Ich kenne mich hier gar nicht aus."

„O nein, nicht sehr weit. Ungefähr zweieinhalb Meilen von hier an der Straße nach Peyrolières. Ein hübscher Ort. Wir sind öfter mit Mama im Wagen vorbeigefahren. Es ist ein schöner Platz dort mit großen Platanen vor der Kirche. Aber Mogador liegt nicht im Ort selbst."

„Mogador, ein sonderbarer Name", sagte Ludivine träumerisch.

„Ja, Papa hat mir erzählt, er geht auf das Jahr 1844 zurück, das Jahr des Feldzugs des Fürsten von Joinville. Der Großvater von Monsieur Vernet hat den Kaufvertrag unterzeichnet, gerade an dem Tag, als man von dem Bombardement von Mogador hörte. Papa sagt, es ist fast ein Schloß. Du weißt, er hat neulich bei Tisch davon gesprochen. Es muß ein herrlicher Park dabei sein."

„Ein großer Besitz also?"

„Ich glaube schon. Papa hält es für den größten Gutsbetrieb der Gegend. Monsieur Vernet macht jetzt gerade große Viehgeschäfte, darum ist er heute nach Tarascon gekommen. Findest du nicht", fing sie schüchtern wieder an, „daß er sehr interessant erzählt?"

„Gefällt er dir?"

Elise riß eine Geißblattranke ab und strich sich damit leise über das Gesicht: „Ja, dir nicht?"

Ludivine warf den Kopf zurück und betrachtete den Himmel. Leichte weiße Wolkenfetzen bauten eigentümliche Gebilde über dem Garten, der durch das Herannahen des Abends aus seiner Betäubung erwacht war.

„Nein, ich glaube nicht, wirklich nicht. Ich hasse diese mokante Art."

Ein leichter Wind erhob sich. Elise folgte sekundenlang mit ihren Augen dem Tanz der Pappelblätter, die sich flimmernd über die Hecke neigten.

„Auf meinem Pult im Kloster", sagte sie leise vor sich hin, „hat eine Vorgängerin mit ihrem Messer eine eigenartige Inschrift eingeritzt:

1863 Didou Marandon
1879 Mademoiselle Lydie Marandon
1880 Madame Ferdinand C . . ."

Während sie sprach, zeichnete sie mit ihrem Finger auf der Bank: „Oft während der Lehrstunden habe ich an dieses Mädchen gedacht, das da gesessen ist, zehn Jahre vor mir, mit seinem Leben, das schon ganz entschieden war, das sogar schon das Datum gekannt hat, an dem es seinen Namen ändern würde, und den Namen gekannt hat. Jetzt ist sie Madame C . . ., dachte ich mir. Ich möchte wissen, ob sie glücklich ist. Weißt du, ich habe immer versucht, mir diesen Ferdinand vorzustellen, und ich glaube, ich habe ihm ein bißchen das Gesicht meiner Träume gegeben."

Ludivine schüttelte den Kopf. Es lag eine leichte Geringschätzung in ihrer Bewegung.

„Ich habe keine solchen Träume. Es freut mich, vor mich hinzusehen in eine offene Welt, zu denken, daß mir morgen irgend etwas Unerwartetes – alles geschehen kann. Ich weiß noch nicht, was ich mir einmal wünschen werde, aber das spüre ich, daß ich es maßlos wünschen werde."

Sie schwiegen beide.

„Ich", sagte Elise mit einem Zögern in der Stimme – die letzten Sonnenstrahlen ließen die Spitzen der Bäume erglühen, während die Laube im Halbschatten versank. „Ich glaube, was ich möchte, ist lieben. Einen Mann lieben, neben ihm leben und sich jeden Morgen fragen: Mein Gott, wird er mich diesen Abend noch ein bißchen liebhaben?"

„Und wie schaut er aus, der Mann dieser Träume?"

„Oh, ich weiß nicht", lächelte Elise und errötete dabei stark. „Ziemlich energisch stell ich mir ihn vor, groß natürlich, gut aussehend, eher blond, mit einem gewissen Etwas . . ."

‚Armes Ding', dachte Ludivine. ‚Er hat sie nicht einmal angesehen.'

„Wo steckt ihr? Ja, was macht ihr denn da? Elise, du hast noch immer dein neues Kleid an? Ja, auf was wartest du denn, um es auszuziehen?"

In ihre Unterhaltung vertieft, hatten die beiden das Herankommen von Madame Daubenois nicht bemerkt.

„Ich werde mich gleich umziehen, Mama."

„Dann geh ich mit dir", sagte Ludivine eilig, für die ein Tête-à-tête mit der Notarin wenig Anziehendes bot. ‚Und die Geschichte von heute mittag ... Darüber hat sie bestimmt noch nicht das letzte Wort gesprochen. Aber, weiß Gott, ich bin heute wirklich nicht in kämpferischer Laune.‘

„Du wirst gut daran tun, Ludivine! Ihr seid so unvernünftig! Wie leicht könnt ihr eure Kleider verderben auf der bemoosten Bank! Wo ihr doch anständige Stühle habt. Wirklich, Kinder, ich verstehe euch nicht. Wie oft habe ich dir schon gesagt, Elise, daß Ordnung und Sorgfalt das Wichtigste sind.“

Elise erwiderte kein Wort. Es war so herrlich, eine Weile lang ein elegantes junges Mädchen zu sein, wie auf den Stahlstichen, müßig auf einer Bank in einem alten Garten sitzend, ein schönes Bild seiner selbst. Aber wie hätte Mama für solche wunderlichen Einfälle Verständnis haben sollen. Sie war ganz bestimmt in einem Fischbeinmieder zur Welt gekommen, eingeschnürt vom Kopf bis zum Fuß, Körper und Seele.

„Zieh dein Waschkleid an! Es war heute sehr heiß, nach dem Essen müssen die Blumen gegossen werden. Louise hat zuviel zu tun mit dem Geschirr und dem ganzen Silberzeug, das einzuräumen ist.“

Elise erhob sich melancholisch.

‚Aschenbrödel, wenn es Mitternacht schlägt‘, dachte Ludivine. Ohne recht zu wissen warum, hatte sie diesen Abend so etwas wie Mitleid mit Elise und beneidete sie seltsamerweise gleichzeitig. Elise, die Schüchterne, Elise, die im vorhinein Besiegte. ‚Ja, Mama.‘ Auf alles würde sie dieses resignierte ‚Ja, Mama‘ sagen, ohne auch nur den geringsten Widerstand zu versuchen. Die Geduldige, die nichts erwartete, als zu lieben ... Und die, die geben ohne Unterlaß, wer denkt daran, ihnen wiederzugeben?

Ludivine wollte empfangen. Aber sie fühlte dunkel voraus, daß keine Gabe nach der Größe ihres Verlangens sein würde.

2

Dieser Frühling von sommerlicher Wärme dauert an. Und mit einemmal ist das Ende der Osterferien da. Ludivine ist allein. Ein ganzer, langer, leerer Nachmittag dehnt sich vor ihr. Es ist angenehm in der Laube, während der übrige Garten schattenlos unter einer weißglühenden Sonne schläft. Das Buch, das sie aus der Bibliothek ihres Vormunds genommen hat, liegt auf der Bank. Lesen? Das Schicksal der anderen erregt sie nicht. Besser mit den Augen an dem klaren Himmel das leichte Beben zu verfolgen, das die Zweige der großen Föhren im benachbarten Park bewegt. Denselben Himmel wird sie Montag hinter den Fenstern des Klosters betrachten müssen. Aber was schadet das, wenn man sechzehn Jahre alt ist, Ludivine Peyrissac, hübsch, reich, eigensinnig, an der Schwelle einer Welt, die morgen mit dir wird rechnen müssen!

„Mademoiselle, Mademoiselle!"

Was kann nur Louise wieder wollen? Dieses arme Ding, mit dem ewig erschreckten Gesicht.

„Nun, was ist los?"

„Mademoiselle, ein Besuch . . ."

‚Natürlich! Wieder eine von diesen langweiligen Weibern, eine von den Säulen des „Jours" der Notarin, die da thronen, als ob sie Gott weiß was wären, einen von oben bis unten mustern und in einen hineinreden: „Lassen Sie mich Ihnen sagen, meine Liebe . . . Mein liebes Kind, glauben Sie nicht, daß Sie besser daran täten, wenn Sie . . ." O Gott!'

„Sagen Sie, daß Madame Daubenois nicht zu Hause ist, und lassen Sie mich in Ruhe."

„Aber Mademoiselle, er will nicht gehen. Es ist der Herr, der neulich da war, Monsieur Vernet. Ich habe ihm gesagt, daß nur Mademoiselle da sind, und er hat mir geantwortet, ich soll fragen, ob Mademoiselle ihn empfangen möchte."

„Aber natürlich", sagte Ludivine mit einer Lebhaftigkeit, die sie selbst überraschte.

„Ja, aber . . ."

„Was denn? Was für ein Aber?" drängte Ludivine ungeduldig.

Louise drehte verlegen an ihrer Schürze.

„Es ist nämlich der Salon abgeschlossen, Mademoiselle. Weil ich die große Wäsche gehabt habe und Madame den Tag über nicht da war, hab' ich nicht abgestaubt."

Ludivine überlegte einen Augenblick.

„Aber führen Sie ihn doch in den Garten. Hier ist es ja sowieso viel angenehmer."

Der Salon mit seiner grünen Landschaftstapete, dessen Möbel ehrgeizig einen späten Louis-XIII.-Stil vorstellen wollen, ist dem jungen Mädchen ein Greuel. Während Louise erleichtert wegeilt, fährt Ludivine mit den Fingern in ihre Locken, klopft ihr Kleid ab und versucht ein völlig unbeteiligtes Aussehen anzunehmen.

Frédéric Vernet kommt mit seinen langen, geschmeidigen Schritten durch den Garten gegangen, der in diesem Augenblick kleiner zu werden scheint.

„Entschuldigen Sie, Mademoiselle, wenn ich Ihnen ungelegen komme. Ich bedauere es sehr, Madame Daubenois nicht anzutreffen, aber ich bin glücklich, Sie hier zu finden."

Ludivine grüßt mit einem leichten Neigen des Kopfes und beginnt sehr förmlich: „Madame Daubenois ist heute früh in Begleitung ihrer Tochter nach Avignon gefahren zu ihrer Schneiderin."

„Sie haben gelesen? Störe ich Sie?"

„Durchaus nicht, ich habe nichts getan."

Frédéric wirft einen Blick auf den Titel des Buches und lacht herzlich.

„Oh, oh, Armand de Pontmartin: ‚Les Mémoires d'un notaire'. Aber das ist wirklich keine Lektüre für ein Schulmädchen."

‚Schulmädchen.' Das gibt Ludivine einen Stich ins Herz. Ihr Blick verfinstert sich.

„Darf ich den Grund Ihres Besuches wissen? Ich werde Madame Daubenois davon Mitteilung machen."

Frédéric betrachtet sie mit unerschütterlicher Ruhe.

„Sie haben es nicht gern, wenn man Sie als Schulmädchen behandelt, nicht wahr? Ich fürchte, ich habe Sie beleidigt."

„Mich beleidigt? Warum?" fragt Ludivine mit hoheitsvoller Miene. „Beleidigt man Sie, wenn man Sie als Landmenschen bezeichnet?"

„Oh, ganz gewiß nicht!" Er ist belustigt und bemüht sich keineswegs, dies zu verbergen. „Ich bin ein Landmensch, durch und durch. Ich liebe die Erde, die Feldarbeit, die Pferde. Reiten Sie? Nein? Das ist der schönste Sport! Ich werde Sie reiten lehren. Sie werden es schnell erlernen. Meine Schwester Adrienne sitzt oben wie ein Sack. Aber Sie, Sie sind eine geborene Reiterin, das sieht man sofort. Es wird ganz von selbst gehen."

Ludivine hört mit offenem Munde zu. Das Bild einer schwarzen Amazone, auf einem weißen Pferd durch die Felder galoppierend, Seite an Seite mit einem reizenden Begleiter, steigt vor ihren Augen auf. Sie begräbt das Kriegsbeil und lächelt Frédéric zu, der sich neben sie auf die Bank setzt.

„Ja, das möchte ich sehr gern. Aber wie ist das zu machen?"

„Sehr leicht. Ich kann herkommen und Ihnen Stunden geben. Wenn Sie damit einverstanden sind, wird es mir nicht schwerfallen, von Monsieur Daubenois die Einwilligung zu erhalten."

Sie träumt, ihre Augen leuchten. Eine zauberhafte Zukunft tut sich vor ihr auf. Aber ach, sie muß darauf verzichten.

„In drei Tagen gehe ich ja wieder ins Kloster zurück", sagt sie mit einem Seufzer.

„Ins Kloster? Und was werden Sie in diesem Kloster tun, Sie mit Ihren Zigeuneraugen und Ihrer reizenden Frechheit?"

Ludivine findet nicht sogleich eine Antwort auf diese überraschende Anrede und überlegt, ob „Zigeuneraugen" in dem Munde des Sprechers ein Kompliment sein soll oder nicht. Diese Unterhaltung erinnert ganz und gar nicht an die, die sie aus dem Salon der Notarin kennt oder von den jungen Leuten ihres Alters, die sie früher bei ihren Pensionatsfreundinnen kennengelernt hat.

„Bringt man Ihnen dort bei, wie man eine Dame wird? Wie man mit unnahbarer Würde die schlechten Scherze über sich ergehen läßt, die sich lästige Spaßvögel erlauben? Ich an Ihrer Stelle würde nach vierundzwanzig Stunden über die Mauer springen."

Der Blick der grauen Augen, der so keck auf sie gerichtet war, hatte noch immer seinen ironischen Ausdruck, jetzt aber – das spürte sie – war sie mit im Spiel.

„Ein guter Rat", lachte sie. „Wenn mein Vormund Sie hörte! Aber wohin sollte ich denn gehen?"

Nachdenklich fragte er: „Eine Waise?"

Die Stimme klang so weich und gerührt, daß Ludivine, die bis zu diesem Tag ihre Lage niemals besonders unangenehm empfunden hatte, plötzlich von Mitleid mit sich selbst ergriffen wurde.

„Ich war drei Jahre alt, als Papa und Mama bei einem Eisenbahnunglück ums Leben kamen. Ich bin ganz allein."

„Sie verbringen Ihre Ferien bei den Daubenois? Ich kenne den Notar seit ich denken kann. Er ist wohl ein sehr angenehmer Vormund. Madame Daubenois scheint eine ausgezeichnete Frau zu sein, und Mademoiselle Elise ist reizend. Sie sind Freundinnen, nicht wahr?"

Ludivine bejaht diese Frage ein bißchen geärgert. ‚Reizend, reizend, ja, sicherlich. Aber, mein Gott, wird er ihr nicht etwas über sie selbst sagen?'

Mit träumerischem Blick fährt Frédéric fort: „Ich liebe diese Anmut, diese Sanftheit, die aus ihr spricht."

Ludivine bemüht sich, loyal zu sein. „Ja, sie hat sehr viele gute Eigenschaften."

„Und ist auch sehr hübsch."

„Ja", kommt es einsilbig zurück.

‚Elise, Elise ... Er hat versprochen, mich reiten zu lehren, aber sie ist es, die er hübsch findet und sanft. Hübsch, nicht hübscher als ich! Und sanft, allerdings, sanft bin ich nicht. Das ganz gewiß nicht. Wenn ich nur ... Zu spät. Und überhaupt wozu? Was mache ich mir für Gedanken? Elise Vernet – Madame Frédéric Vernet ...' Eine unbegreifliche Bitterkeit erfüllt sie mit einemmal, aber tapfer fügt sie, alle Brücken hinter sich abbrechend, hinzu:

„Ja, im Kloster beneiden sie alle um ihr blondes Haar. Haben Sie bemerkt, wie schön es ist? Auch ist sie die beste Kameradin, immer freundlich. Sie liebt Kinder leidenschaftlich und das Familienleben. Sie wird eine ausgezeichnete Hausfrau sein."

Er unterbricht sie heiter: „Ich habe den Verdacht, daß Sie diese sehr bemerkenswerten Eigenschaften nicht so schätzen, wie sie es verdienen."

Wenn Elise Daubenois Elise Vernet sein wird, wird Ludivine sich dieses Gesichts erinnern, dieses Gesichts, ihr zugeneigt, spöttisch, lächelnd, liebenswürdig. Ein Leben lang wird sie sich daran erinnern und vielleicht mit Herzweh ... Aber daß man nur nichts davon merkt, Gott, daß man nur nichts merkt!

„Sie irren sich, ich schätze sie. Aber ich besitze sie nicht."

„Wirklich?" fragt er. „Soll man Ihnen glauben?"

Jetzt ist alles zu Ende.

„Nein, ich werde niemals jemanden lieben. Ich will frei sein, mich nicht in irgendeinem Dorf vergraben, um von meinem Fenster aus zuzusehen, wie die Zeit vergeht. Später werde ich reisen. Oder vielleicht werde ich Schauspielerin werden."

„Bravo, und wir werden zusammen reiten, nicht wahr, Mademoiselle Ludivine?"

„Ich glaube nicht, daß ich Zeit dazu haben werde", sagt Ludivine hochmütig, die Wangen von Kampfeslust gerötet.

„Ich hoffe doch", lächelt Frédéric ruhig und erhebt sich, um sich zu verabschieden.

Sie steht ebenfalls auf, erlöst und ärgerlich zugleich.

„Darf ich Sie bitten, Madame Daubenois mein Bedauern und meine ergebenen Grüße zu übermitteln?"

Sie gehen hintereinander auf den lächerlich kleinen Gartenwegen.

„Ich werde es nicht verabsäumen, Monsieur Vernet", antwortet Ludivine kühl.

„Darf ich Ihnen auch für die besonders liebenswürdige Aufnahme danken?"

Sie wendet sich um und schleudert ihm einen Basiliskenblik zu.

„Sie sind entschieden schwarz", stellt Frédéric kaltblütig fest. Schwarz, ihre Augen! Schwarz, diese violetten Augen, die sie so gern aus dem Spiegel leuchten sieht! Sie sucht eine vernichtende Antwort, findet keine und schweigt tief gekränkt.

Sie gehen schweigend durch den Hausflur. Ludivine öffnet das große Tor, das auf den Vorhof hinausführt

„Adieu, Monsieur Vernet", sagt sie und macht gedankenlos wieder ihren kleinen Pensionatsknicks.

„Auf Wiedersehen, Mademoiselle." Ein fröhliches Lächeln, das in seinem Gesicht unerwartet kleine Grübchen entstehen läßt, verleiht ihm plötzlich ein beinahe kindliches Aussehen.

Ludivine antwortet nicht. Es würgt sie etwas im Halse. Sie verschließt das Tor wieder, nachdem er sich einige Schritte entfernt hat, eilt in ihr Zimmer und schiebt den Riegel vor.

3

Der Speisesaal in Mogador war ein riesiger Raum, dem eine Nußholztäfelung, Plüschvorhänge und eine grüne, mit goldenen Kränzen und Palmzweigen durchwirkte Empirewandbespannung ein düsteres Aussehen verliehen. Durch die Fenster mit den kleinen geteilten Scheiben sah man in den Park.

Die Milde der Jahreszeit war noch nicht bis in den großen Saal gedrungen. Ein Holzfeuer brannte im Kamin. Unter dem Lüster aus vergoldeter Bronze, dessen unzählige Wachskerzen nur an den Empfangstagen entzündet wurden, wirkten die vier Tischgenossen ein wenig verloren an dem massiven Tisch, der mehr für die großen Familienzusammenkünfte und die regelmäßigen festlichen Veranstaltungen gemacht schien.

Julia Vernet, die fein und schmächtig in einem hohen Lehnsessel präsidierte, rief ihr Mädchen herbei.

„Philo, bring' rasch das Dessert. Ich möchte heute ausgehen."

Es war wie ein Windstoß, der die ruhigen Gewässer einer Bucht aufpeitscht. Die Wirkung auf ihre drei Kinder war sehr verschieden.

„Aber wie kannst du an so etwas denken, Mutter?" sagte Adrienne in einem jammernden Ton. „Und dein Asthma? Und das Herz?"

„Bravo, Mama", rief Hubert, der Jüngste, begeistert, der mit seinen achtzehn Jahren nach Sonne und Wind und Abenteuern verlangte. Er lüftete mit elegantem Schwung einen imaginären Federhut. „Alle Teufel, Madame, sagen Sie nur ein Wort und ich entführe Sie auf meinem Pferde! Wir machen einen Ritt um das Gut, willst du?"

Frédéric erhob sich, ging zu seiner Mutter und neigte sich über sie:

„Fühlst du dich wirklich genügend wohl?"

Sie hob den Kopf und sah in seine grauen Augen, die den ihren glichen:

„Du wirst mir deinen Arm geben, mein Kind. Es ist so schön. Ich glaube, es wird gehen. Du weißt, daß ich gerne selbst ein bißchen sehe, was du aus Mogador machst."

„Mama, du bist so unvorsichtig! Wenn du wieder einen Anfall bekommst in der Nacht!" jammerte Adrienne.

„Dann wirst du mich pflegen, Kind", sagte die alte Dame scharf. Sie war ungeduldig.

„Aber", lächelte Frédéric, „wenn Mama Lust hat. Es ist sonnig. Sie kann sich ja warm anziehen."

Er sah seine Mutter mit zärtlicher Bewunderung an. Diese Frau mit den feinen Zügen und den eigenwilligen grauen Augen war noch schön zu nennen. Weder Alter noch Krankheit hatte dieser ausnehmend kleinen Nase mit den beweglichen Nasenflügeln etwas von ihrem Reiz nehmen können, ebensowenig wie dem Mund und dem Kinn, die etwas hart, aber wunderbar geformt waren.

Frédéric stellte sich den Tag vor, da sein Vater sie nach Mogador geführt hatte, in weißem Kleid, Spitzenschleier und Myrthenkranz. Oft hatten Adrienne und er in ihrer Kindheit diesen kleinen vertrockneten Kranz betrachtet. Julia bewahrte ihn in ihrem Zimmer, auf einem rosa Seidenkissen, unter einem Glassturz.

Diese junge Frau hatte über Mogador geherrscht wie eine Fürstin, angebetet von ihrem Mann. Sie hatte den Mahlzeiten vorgesessen, umgeben von ihren Kindern; aber allmählich war eine Lücke nach der anderen an der langen Tafel entstanden: zuerst starb ihr Erstgeborener, Cyprien, den Frédéric nicht gekannt hatte, mit sechs Jahren an einer Gehirnhautentzündung. Dann war ihr Mann,

Rodolphe Vernet, im Jahre 1875 dahingegangen. Er war aus dem Krieg mit einem Bajonettstich in der Lunge heimgekehrt. Amélia, die Schönheit der Familie, wurde einige Monate später, mit zwanzig Jahren, eine Woche vor ihrem Hochzeitstag, von den Blattern hingerafft. Und Henri, den man drei Jahre vorher eines Abends von einer Jagd mit einer Ladung Blei im Unterleib nach Hause gebracht hatte. Fünf Nächte lang hatte Julia selbst bei ihm gewacht und jeden Beistand, auch den ihrer anderen Kinder, zurückgewiesen, fünf Nächte ohne Hoffnung, da nach Ansicht der Ärzte keine Hilfe möglich war. Henri, der bewunderte Henri, der große Kamerad, der hinübergegangen war nach Stunden der Qual und der plötzlichen Beruhigung des letzten Tages, einer trügerischen Besserung, die dem letzten Schlummer vorangegangen war.

Jetzt waren sie nur mehr vier, und auf den Schultern Frédérics lastete die Verantwortung für den ganzen Besitz.

„Wo sind deine Gedanken?“ fragte Julia, die mit Aufmerksamkeit das Gesicht betrachtete, das sich zu ihr herabneigte.

„In deinem zwanzigsten Jahr, Mama“, sagte er sanft.

Sie lachte kurz:

„Das war gestern ...“

Philomène brachte Obst und Bäckerei.

Frédéric setzte sich wieder und nahm eine Orange.

„Philo, du solltest uns den Kaffee hierherbringen. Erlaubst du, Mama? Damit es schneller geht.“

„Gut“, sagte Julia, „du wirst dann meinen Hut und mein großes Wolltuch bringen, Philo. Und serviere rasch. Wir werden gleich gehen.“

„Willst du, daß ich dich begleite“, sagte Adrienne mit demselben Klageton in der Stimme, aus dem ihre Mißbilligung sprach.

„Und ich, Mama?“

„Nein, nein, auch du nicht, Hubert, ich brauche euch nicht, Kinder.“

Mit verstörtem Gesicht brachte Philomène den Kaffee.

Adrienne reichte die Tassen herum. Julia sah nervös ihren Kindern zu, wie sie Zucker nahmen, umrührten ... Frédéric unterhielt sich darüber:

„Mama, du bist wie ein junges Mädchen vor seinem ersten Rendezvous. Gut, ich werde mir die Kehle verbrühen, dir zu Ehren. Das wünschst du ja, nicht?“

„Du weißt, daß ich niemals warten kann, wenn ich mich zu etwas entschlossen habe."

Er erhob sich: „Ich stehe zu deinen Diensten."

Philomène erschien wieder mit den Kleidungsstücken auf dem Arm. Adrienne half ihrer Mutter den Hut aufsetzen, Frédéric nahm das Tuch und legte es ihr über die Schultern, während sie die Handschuhe zuknöpfte. Sie zog das Tuch über der Brust zusammen und nahm ihren Sonnenschirm aus den Händen der Dienerin. Frédéric bot ihr den Arm, die andern gaben ihnen das Geleite, und so verließen sie das Speisezimmer, durchschritten die Halle, wo Julia einen Augenblick vor dem Spiegel stehenblieb, und traten auf die Freitreppe hinaus.

Vor ihnen breitete sich die große, im Halbkreis von Haselnußsträuchern gesäumte Rasenfläche aus. Man hatte sie noch nicht abgemäht. Das hohe Gras, das mit unzähligen weißen Margeriten besät war, wiegte sich leise im lauen Wind. Dahinter verschwammen die grünen Wipfel der Pinien, Zypressen, Eichen und Linden des Parks, in dem der Frühling angebrochen war.

Julia lächelte bei diesem Anblick.

„Es ist herrlich schön", sagte sie und atmete mit Entzücken die sonnendurchtränkte Luft ein.

„Einen guten Spaziergang!" riefen Hubert und Adrienne, die ihnen nachblickten, wie sie die Treppe hinunterstiegen.

„Und halt dich warm und sei brav und mach keine Dummheiten", sagte Julia sarkastisch.

„Schau sie an, Frédéric." Sie richtete die Spitze ihres Sonnenschirms auf Adrienne, bevor sie ihn öffnete. „Möchte man nicht glauben, daß ich mich nach Amerika einschiffe? Es fehlt nicht viel und sie winkt mir noch mit dem Taschentuch. Was habe ich dem Himmel angetan, daß er mir eine solche Tochter schickt. Das ist die Strafe für meine Sünden. Gott im Himmel, dein Vater, dieses Quecksilber, wenn der sie sähe! Und ich in ihrem Alter ... Schau sie nur an, wie verschlafen sie dasteht. Man möchte ihr eine Ohrfeige geben, damit sie ein bißchen aufwacht, diese Molluske."

„Meine arme Schwester ...", sagte Frédéric und lachte dabei herzlich. „Mama, du bist grausam. Du erinnerst mich an eine Barbarenkönigin, die bereit ist, ihre Kinder zu verschlingen!"

„Aber wirklich", lachte nun Julia, „die arme Adrienne. Was willst du? Sie hat eine besondere Gabe, mich zu reizen. Wo führst du mich hin?"

„Wohin du willst.“

„Gehen wir zu den Orangenbäumen. Haben sie den Winter gut überstanden?“

„Vor vierzehn Tagen sind sie herausgestellt worden. Juste glaubt, daß jetzt kein Frost mehr zu befürchten ist.“

„Ich war eine ganz junge Frau, als dein Vater sie kommen ließ. Es war damals eine große Neuheit hier. Er war stolz auf seine Allee.“

Abwechselnd mit den in die Erde eingepflanzten Palmen standen die Orangenbäume in ihren Töpfen aus Anduze zu beiden Seiten des breiten, sandbestreuten Weges bis zu dem Gartentor, längs den spitz zugestutzten Buchsbäumen, hinter denen das schattige Dikkicht begann.

„Ich möchte bis zur Waldlichtung gehen.“

„Wird dir nicht kalt sein unter den Bäumen?“

„Werde ich nicht in der Sonne zergehen?“

„Gut, gut, Mama, es muß immer das geschehen, was du willst.“

„Dein Vater hat sich dabei wohl gefühlt. Wirst du weniger vernünftig sein?“

Er sah sie mit einem Ausdruck tiefer Nachdenklichkeit an.

„Nun“, fragte Julia, „woran denkst du?“

„Ich frage mich ...“ Er zögerte und warf ihr einen schalkhaften Blick zu.

„Was?“

„Ob ein Haustyrann, so wie du einer gewesen sein mußt, die richtige Frau für mich wäre.“

„Ganz ohne Zweifel, mein Kind. Die Männer langweilen sich mit den allzu sanften Frauen. Schau dir doch Adrienne an. Sie ist vierundzwanzig, und wer hat sie jemals haben wollen?“

Sie traten unter das Laubdach. Ein murmelndes Geräusch von Vogelgezwitscher und Blätterrauschen empfing sie. Einen Augenblick lauschten sie stumm. Dann sagte er:

„So hättest du nichts dagegen, wenn ich ein wildes kleines Füllen hierherbrächte?“

Sofort wußte Julia, was gemeint war.

„Wie heißt sie?“

Er lachte auf:

„Du bist wunderbar, Mutter!“

„Wo hast du sie kennengelernt?“

„Beim Notar.“

„Die kleine Daubenois? Sie soll sehr nett sein!"

Seine Augen leuchteten vor Erregung:

„Nein, Mutter, ihr Mündel. Sie heißt Ludivine. Ludivine Peyrissac. Sie ist sechzehn Jahre alt."

„Peyrissac!" rief Julia Vernet aus. „Peyrissac! Aber den Namen kenne ich doch. Wir waren einmal sehr befreundet mit den Peyrissacs von ‚Gloriette'. Das Gut lag zwischen Boulbon und Barbentane. Mein Gott, wenn ich daran denke ... Dort haben wir uns kennengelernt, dein Vater und ich, im Sommer vor unserer Hochzeit. Ausgezeichnete Leute. Eine Herzlichkeit, ein Leben war dort ... Im Winter führten sie ein großes Haus in Avignon. Wunderbare Bälle ... Félicité Peyrissac war eine der gefeiertsten Schönheiten der Stadt ... Dort hat man sich unterhalten ..." Sie seufzte. „Natürlich, die Politik hat das alles verdorben. Dein Vater war Bonapartist durch und durch, als Sohn eines alten kaiserlichen Offiziers. Arsène Peyrissac hielt zu den Königlichen, den Weißen, und versäumte keine Gelegenheit, das zu betonen. Es ist ein Wunder, daß ihre Freundschaft dem so lange standgehalten hat. Eines schönen Tages geriet dein Vater beim Namen Badinguet in Hitze; es kam zu einem heftigen Wortwechsel, einer peinlichen Szene, ein Zerwürfnis war die Folge."

Sie schüttelte den Kopf und lachte kurz. „Warum haben sie nicht ein bißchen Geduld gehabt. Die Republik hätte sie versöhnt. Ihr Sohn hat mit neunzehn Jahren glänzend geheiratet. Eine romantische Geschichte. Sie haben ihn durch einen Unfall verloren, eine Zugsentgleisung, glaube ich. Kurz darauf sind sie selbst gestorben."

„Stimmt, Mutter, stimmt. Sie ist eine Waise."

„Armes Kind", sagte Julia, in Gedanken versunken.

Sie waren auf eine Lichtung herausgetreten, in deren Mitte ein alter Brunnen stand.

„Setzen wir uns einen Augenblick. Ich bin ein bißchen müde."

Sie blickte durch die Eichen zum reinen Blau des Himmels empor. „Die Enkelin von Félicité Peyrissac ... mutterseelenallein auf der Welt . ."

„Oh, bemitleide sie nur nicht zu sehr, Mutter. Die kleine Person weiß sich zu wehren."

„Das ist es, was du brauchst", lächelte die alte Dame und klopfte ihm freundlich mit dem Griff ihres schwarzen Sonnenschirms auf die Finger. „Wir haben dich schrecklich verdorben, fürchte ich, dein Bruder und ich. Und Adrienne, für die bist du ja der Abgott. Das wird langsam lächerlich. Es ist höchste Zeit, daß du jemand anderen zum Abrichten findest statt Hubert."

„Aber glaubst du, Mutter, daß ich einen guten Ehemann abgeben werde?"

„Du wirst der Mann und der Vater sein, der du sein kannst. Das wird Sache deiner Frau sein. Aber ihr werdet mir die Erben von Mogador schenken. Geh, bring mir eine Tochter, die weiß, was sie will. Dann werde ich aufhören, deine Schwester zu sein."

Sie versank in ein träumerisches Nachdenken. Frédéric neben ihr schwieg ebenfalls. Sacht setzte er das Hebewerk des Brunnens in Bewegung, und kreischend stiegen die verrosteten Eimer empor.

In vergangenen Zeiten war sie oft hierhergekommen und hatte sich auf den niedrigen Brunnenrand gesetzt, und Rodolphe Vernet neben ihr hatte spielerisch dieselben Bewegungen gemacht wie heute ihr Sohn.

Die Jahre gehen dahin. Das Leben geht dahin. Rodolphe war heimgegangen, seinen langen Schlaf zu schlafen ohne sie, und von den Kindern, die sie ihm geschenkt hatte, ruhten schon drei neben ihm. Und die Orangenbäume schienen kaum gewachsen zu sein, die Eichen waren schon ebenso schön und der Wald von Mogador noch ebenso dicht ... Aber das hübsche Mädchen Julia Angellier, das als Herrin auf dem Gut eingezogen war, an einem Frühlingstag vor fünfunddreißig Jahren – nicht einmal die Spiegel erinnerten sich mehr an ihre weiten Krinolinenröcke und ihr blühendes Antlitz ...

„Mutter, ich bin besorgt, daß dir die kalten Steine schaden."

Sie betrachtete ihn lange.

‚Wie schön er ist ... wenn Rodolphe ihn sehen könnte ... Dieses Lächeln, das so an ihn erinnert ... Die gleichen lustigen Grübchen ... Mein großer Junge von sechsundzwanzig Jahren ... Der lange Körper, den ich geboren habe. Henri, er war das lebende Abbild seines Vaters, einunddreißig Jahre ... Rodolphe hatte sein Alter, als ich ihn kennenlernte. Henri ... Sie schüttelte den Kopf. Henri, ihr Liebling ... Aber auch Frédéric, jetzt der Herr von Mogador ...‘

Sie erhob sich, glättete ihren Rock, zog den Schal über ihrem schwarzen Kleid fester und lächelte ihrem Sohn zu:

„Sie ist von guter Rasse, Frédéric, du wirst sie mir bringen."

Er nahm ihre Hand und küßte sie.

„Gehen wir jetzt zu den Pferden", sagte sie.

4

Monsieur Daubenois, den Zylinderhut auf dem Kopf, hat die Zügel ergriffen. Er kutschiert. Neben ihm, auf dem Vordersitz des Wagens, ordnete die Notarin mit Sorgfalt ihr Kleid, versichert sich, daß ihr mit großen Flügeln gezierter Hut fest genug sitzt, und öffnet ihren Sonnenschirm, dessen rostrote Seide zu ihrer Toilette paßt. Hinten im Wagen, dicht aneinandergedrückt, sitzen die beiden jungen Mädchen, entzückend anzusehen. Elise trägt über ihrem rosa Kleid einen Kasak aus beigefarbenem Samt mit havannabraunen Verschnürungen. Ein rundes Barett bringt ihr blondes Haar zur Geltung.

Ludivines kleines Gesicht strahlt in kindlichem Stolz unter ihrem mohnroten, mit Kornblumen und cremefarbenen Spitzen garnierten Hütchen hervor.

„Ich bin gekommen, Sie zu fragen, ob Sie meine Frau werden wollen." Es war in dem kleinen Wohnzimmer. Nur ihn habe ich gesehen, beim Eintreten. Dieses sonderbare Gefühl in der Brust... und jetzt wieder... Der ernste Ausdruck, den er hatte, und ich in dieser gräßlichen Uniform. Mein Vormund, der mich ansah, ohne ein Wort zu sagen. Oh, ich hätte mir so gewünscht, daß er mich mit ihm allein läßt. Frédéric... Wann wird er mich umarmen? O Gott, wie ich mich danach sehne! Heute vielleicht... Frédéric... Wie das alles schnell gegangen ist! Vor einem Monat, nein, vor neunundzwanzig Tagen, habe ich ihn noch nicht gekannt. Madame Vernet. Wir werden zusammen essen, zusammen schlafen. Tag für Tag werde ich neben ihm erwachen. Wenn ich die Augen öffne, werde ich ihn sehen. „Ich bin gekommen, Sie zu fragen..." Marthe Derviller und Hermance und Marguerite, die haben Augen gemacht ... verlobt... Und Mère Marie-de-Jésus! „Ehrwürdige Mutter, ich verlasse morgen das Kloster, ich bin verlobt." Wird ihm mein Kleid gefallen? Mein Hut steht mir gut. „Ob Sie meine Frau werden wollen?" Oh, daß er mich in seine Arme nähme, mich an sich drückte! Wir werden in den Park gehen, sicher. Ich werde kühl und zurückhaltend sein. „Ludivine, mein Herz, mein Leben gehört dir." Auf den Knien vor mir... „Stehen Sie auf, ich bitte Sie!" Er hat mich gequält, bis zu Tränen gequält. Er hat sich lustig über mich gemacht, absichtlich, um zu sehen, was ich dazu sage. „O Frédéric, Frédéric, jetzt will ich aber, daß du mich das ganze Leben lang liebst, immer!"

Auf dem Platz, wo sich am Sonntag nach dem Hochamt die

Honoratioren der Gegend und die elegante Welt versammeln, verfolgen unzählige Blicke den vorüberfahrenden Wagen. Seit einigen Tagen hat Madame Daubenois in nachlässigem Tone zu ihren Freundinnen gesagt:

„Wir fahren am Sonntag zu den Vernets nach Mogador, zur Verlobungsfeier von Ludivine. Oh, ein ganz intimes Familienfest. Julia Vernet ist ja immer leidend, Sie wissen . . ."

Man wußte es oder wußte es nicht, aber durch diese Familiarität mit den Leuten von Mogador war das Ansehen der Notarin in den Damenkreisen, in denen sie verkehrte, beträchtlich gestiegen. Sie hatte diesen Balsam auf die Wunde, die ihr die plötzliche, unbegreifliche Wahl Frédéric Vernets geschlagen hatte, wahrlich nötig. ‚Hingehen und sich verlieben in dieses Gänschen, das sich nicht einmal sehr liebenswürdig gezeigt hat! Dieses Kind mit dem schwierigen Charakter.'

Der zweirädrige Kutschierwagen rollt ratternd über das holprige Pflaster der Hauptstraße.

Clémence Daubenois denkt mit Bitterkeit, daß auch Elise hübsch ist – mindestens ebenso hübsch –, liebenswürdig, wohlerzogen, geschickt in der Hauswirtschaft, daß sie talentiert Klavier spielt und singt, aber daß ihre Mitgift klein ist. Ludivine mit ihrem Geld hätte es nicht schwer gehabt, einen anderen Mann zu finden. Trotzdem ist sie es, die die Herrin dieses Besitzes sein wird, den alle Mütter der Gegend für ihre Töchter begehren. Es geht in der Welt nicht so zu, wie es sollte. Die gute Dame seufzte.

An den letzten Häusern der Stadt angelangt, läßt Monsieur Daubenois seine Peitsche lustig knallen und sein Pferd einen schnelleren Trab annehmen.

Die Landschaft liegt hingebreitet in erwachendem Grün, noch nicht berührt von der sengenden Glut der Sonne. Die Quittenbäume am Weg sind von einer zarten, seidigen Blütenhülle bedeckt, deren Duft sich mit dem des Weißdorns mengt. Zwischen den dichten Mauern der Zypressen leuchten die geschwefelten Pfirsichbäume rosa und blau. „Königsrosa und Türkisblau", bemerkt Elise, den Kopf voll von den kommenden Festlichkeiten. ‚Das Kleid, der Hochzeitszug . . . und der unbekannte Kavalier, der vielleicht . . .'

Leichte Wölkchen ziehen vorüber und lösen sich auf in der blauen Luft. Die jungen Blätter der Platanen sind voll von verborgenem Gesang. Über den Feldern dort hinter den Föhren taucht der Kirchturm von Barbegal auf.

Aber Sonne, Frühling und Landschaft verschwenden umsonst ihre Wunder für die zwei jungen Mädchen. Sie zwitschern und lachen, erfüllt von ihren Zukunftsplänen und Träumen.

„Wir nähern uns Fontfresque. Mogador ist nicht mehr weit", ruft Monsieur Daubenois.

„Komm nur herein, mein Kind."

Neugierig betrachtete Julia Vernet von ihrem Lehnstuhl aus Ludivine, die in aufrechter Haltung in der Türöffnung steht. Mit einem Blick hat sie die ganze Erscheinung in sich aufgenommen, die fesselnden Augen unter der Beschattung des Hutes, die amberfarbene Haut, den eigenwilligen Gesichtsausdruck, die anmutige Gestalt in dem blauen Taftkleid mit cremefarbenen Spitzen und großen Schleifen aus mohnrotem Samt.

‚Hübsch', stellt sie fest, ‚hübsch und gut angezogen. Frédéric hat Geschmack.'

„Mama, hier bringe ich dir Ludivine Peyrissac."

„Das seh ich! Komm näher, Kind, komm. Adrienne, laß uns allein."

Ludivine, zum erstenmal in ihrem Leben schüchtern, macht mit gesenkten Augen ihren kleinen Knicks und nähert sich der zarten, schwarzen Dame, die im Hintergrunde des Zimmers mit dem Rükken zum Fenster in ihrem Lehnstuhl sitzt. Sie würde viel darum geben, daß Adrienne bliebe, die ihr in diesem Augenblick aufmunternd zulächelt.

Julia Vernet hat diese besondere Vorstellung mit Rücksicht auf die Schonung, die ihr Zustand erfordert, gewünscht. ‚Sie hat sich immer ihres Zustands zu bedienen gewußt, um alle ihre eigenwilligen Wünsche durchzusetzen', wagt ihre Tochter zu denken, die die alten Gewohnheiten nicht gerne umgestoßen sieht.

Ungern läßt Adrienne das unschuldige Wesen allein in den Händen ihrer gefürchteten Mutter. Sie schließt die Türe. Man hört ihren Schritt im Vorzimmer verhallen. Inzwischen setzt die alte Dame ruhig die Musterung ihrer zukünftigen Schwiegertochter fort. Unbeweglich und stumm, wie versteinert, läßt Ludivine diese Prüfung über sich ergehen, innerlich trotzend vor Verlegenheit und verhaltener Ungeduld.

„Du bist die Enkelin von Félicité Peyrissac? Ich habe deine Großmutter gekannt. Das war eine entzückende Frau!"

Was sollte sie darauf antworten? So ganz anders hat sich Ludivine die Dinge vorgestellt. Sie dreht ihr Taschentuch zwischen den Fingern, läßt es fallen, bückt sich, „uff!" – Louise hat sie fürchterlich eingeschnürt, das Fischbein sticht in die Seiten – und richtet sich außer Atem wieder auf.

„Meine Liebe", sagt Julia, „man soll nie sein Taschentuch fallen lassen, besonders dann nicht, wenn kein Mann in der Nähe ist, um es aufzuheben."

Macht man sich über sie lustig? Was soll sie sagen? Was tun? Der Atem stockt ihr. Wer hat sie jemals mit unverfrorenem Spott behandelt?

Julia sieht die matten Wangen blaß und wieder rot werden.

„Nun, heiratet mein Sohn ein Wickelkind? Hat man dir nichts anderes beigebracht als zu schweigen?"

„Man hat mich allerdings gelehrt, in Gegenwart älterer Personen zu schweigen", stößt Ludivine verzweifelt hervor.

Julias Augen blitzen im Dunkel.

„Und, wie ich sehe, ein bißchen höfliche Impertinenz dazu?"

„Madame . . .!" Nur mit Mühe bringt Ludivine dieses Wort heraus, sie glaubt zu vergehen. ‚Mère Marie-de-Jésus, wie richtig hat sie doch gesagt: „Eine wirkliche Dame muß immer zurückhaltend sein und sich vollkommen in der Hand haben." Oh, das Kloster, das Kloster mit seinen Mauern, seinen Verweisen, seinem Frieden, lieber als diese Demütigungen hinnehmen müssen.'

„Nun, nun, mein kleines Mädchen, komm her. Wir werden uns schon verstehen. Ich habe es gern, wenn jemand einen eigenen Willen hat und es auch zeigt. Mein Sohn wird es dir schon sagen. Zuerst nimm deinen Hut ab und setz dich neben mich, hier auf diesen Stuhl. Gib acht auf dein hübsches Kleid. Frédéric muß es noch in seiner vollen Schönheit nach Herzenslust bewundern können."

In den grauen Augen der alten Dame findet Ludivine denselben ironischen Ausdruck wieder, den sie so gut kennt, aber das müde Gesicht lächelt ihr freundlich zu.

„Sehr hübsch bist du." Julia streichelt sanft den kleinen frisierten Kopf mit dem glänzenden schwarzen Haar.

Ludivine fühlt etwas in ihrer Brust sich lösen, das ihr weh getan hat.

„Man sagt, daß ich Mama ähnlich sehe. Im Kloster haben die Nonnen, die sie erzogen haben, mich oft Adélaïde genannt, wie sie."

„Ich finde, von den Augen abgesehen, bist du eine ganze Peyrissac. Ich sehe deine Großmutter vor mir an einem Ballabend bei den Andignés in einem weißen, goldbestickten Satinkleid. Gott, war sie entzückend in dem Kleid! Und euer Gut, Gloriette, habt ihr es noch?"

„Mein Vormund hat es verpachtet."

„Der Obstgarten war wunderbar. Aprikosenbäume waren dort, oh, diese Aprikosen von Gloriette! Und die Feigenbäume, unter denen es so kühl war!"

Glühend heiße Sommertage, unter einem strahlenden Himmel, da man zu zweit Früchte pflückte, und Rodolphe kam in einem leichten blauen Überrock. Sommer, wie es hier keine mehr geben wird für Julia Vernet, wohin seid ihr verschwunden?

Ludivine sitzt brav auf ihrem Stuhl, hört zu und beobachtet. Der große Raum ist von einem etwas altmodischen Prunk erfüllt. Die schwarzen, schweren, mit Perlmutter eingelegten Möbel, die geblümte Wandbespannung, die gepolsterten Lehnstühle und Schemel, das riesige Bett, das man im Alkoven hinter den roten, goldbestickten Plüschvorhängen errät, die mächtigen goldgerahmten Spiegel, der massive Pfeilertisch, auf dessen Marmorplatte eine schwere Petroleumlampe steht, das alles stammt aus der Zeit von Julias Hochzeit. Alle Porträts an der Wand erinnern an Frédéric.

„Sag einmal, Ludivine, liebst du meinen Sohn?"

Schon wieder wird die Unterhaltung gefährlich.

„Wie soll ich Ihnen auf diese Frage antworten, Madame?" Sie muß scharlachrot sein, sie spürt es.

„Ich wüßte nicht, was dich daran hindern sollte."

„Nun gut", sagt Ludivine, zum Äußersten gebracht, „ja, ich liebe ihn. Natürlich. Warum würde ich ihn sonst heiraten?"

Julia lächelt mit dem Lächeln eines jungen Mädchens.

„Was für ein Glück du hast, Kind. Wenn du wüßtest ... Vor langer, langer Zeit war ich auch verlobt, fünf Jahre. Fünf lange Jahre. Meine Eltern wollten es nicht, du verstehst. Warten, warten, weißt du, was das heißt? O Gott ... Aber das ist es nicht, was ich dir sagen wollte. Nur das eine: liebe Frédéric, schenk ihm Kinder! Fürchte nicht, daß ich jemals etwas anderes von dir verlangen werde, außer daß du du selbst bleibst. Hast du ein bißchen Lust, meine Tochter zu sein?"

„Ich glaube ja", stammelt Ludivine, die jetzt nicht mehr aus und ein weiß. Das ist also eine Schwiegermutter? Nein, so hat sie sich das wirklich nicht vorgestellt.

Julias Blick ruht forschend auf ihr, folgt ihren Gedankengängen.

„Ludivine, empfindest du es schwer, allein zu sein? Antworte mir ehrlich?"

„Nein", gesteht Ludivine freimütig und verzichtet so mit einemmal auf die Märtyrerkrone des Mitleids, die ihr so oft gute Dienste geleistet hat.

„Das habe ich mir gedacht. Du wirst es lernen, im Familienkreis zu leben. Gott kennt das Glück und das Leid, das du darin finden wirst. Mein Sohn hat dich so gewollt, wie du bist. Was mich betrifft, so glaube ich, daß ich dich liebhaben werde. Jetzt müssen wir aber hinuntergehen. Man wird auf uns warten. Willst du mir deinen Arm geben?"

„Das Leben im Familienkreise", hat Julia gesagt. Ludivine beginnt zu verstehen. Diese Menge von Verwandten, wie soll man sich da auskennen? Wie soll man all diesen Gesichtern Namen geben – all den Onkeln, Tanten, Cousinen, die da in langen Reihen um den Tisch herumsitzen? Wer ist diese Dame, zu der sich Frédéric neigt, seine Nachbarin zur Rechten? Er hört ihr zu, und sie spricht und spricht. Mein Gott, was hat sie ihm denn so viel zu sagen, daß sie ihn in so taktloser Weise ganz und gar für sich beansprucht? Ärgerlich wendet sich Ludivine zu dem ältesten der Cousins Vernets, Raoul, dem sie zu gefallen scheint, denn er hat ihr soeben eine ganze Menge Komplimente gemacht.

„Seid ihr eine große Familie! Ich, die ich gar keine Verwandten habe, komme mir unter euch ganz verloren vor!"

„Verloren? Wo es unser aller einziger Wunsch ist, Sie zu umringen!" protestiert Raoul galant.

„Oh, das wollte ich nicht sagen."

„Gewiß nicht, ich verstehe schon. Wir sind allerdings eine etwas weitverzweigte Familie. Aber Sie werden sich schon daran gewöhnen. Wollen Sie, daß ich Ihnen helfe, sich darin auszukennen?"

„Oh, bitte", antwortet sie lebhaft.

„Also gut, wenn Sie erlauben, fangen wir mit meiner Familie an. Sehen Sie, die dort ist meine Mutter ... ja, eben die, die so hingebungsvoll damit beschäftigt ist, dem glücklichen Jungen, dem Sie bestimmt sind, gute Lehren zu erteilen. Man muß ihr das zugute halten, wissen Sie. Sobald es sich ums Heiraten handelt, ist sie ganz aufgeregt. Bei meiner war es natürlich besonders arg, wie Sie sich denken können."

„Bei Ihrer? Sind Sie denn verheiratet?"

„Ja, ich bin so glücklich, Mademoiselle", sagt er halb ernst, halb scherzend. „Neigen Sie sich ein bißchen vor und Sie werden Laura sehen, meine zärtliche Gattin, dort neben Hubert."

Ludivine betrachtet die rothaarige Dame mit dem rosigen Teint ohne die geringste Freundlichkeit. Das ist also die Frau dieses reizenden Raoul? Die, die soeben ...

Es war oben, vor dem Dejeuner gewesen. Ludivine war gerade in einem Zimmer, dessen Tür nur angelehnt geblieben war, mit ihrer Frisur beschäftigt.

„... Hübsch, diese Kleine. Nur schade, daß sie so schwarz ist."

Schwarz!

„Aber Laura! Sie ist goldbraun. Ein schimmerndes Goldbraun. Wie eine kleine Götzenstatue. Die Prinzessin Dinarzade ..."

Einen Augenblick lang war Ludivine fassungslos. Mit zitternden Händen wühlte sie in ihrem Haar. Die von der Männerstimme geäußerte Bewunderung linderte nur wenig den Schmerz, den dieser vergiftete Pfeil ihr zugefügt hatte. Schwarz!

Soll sie das Zimmer verlassen, an dem auf dem Treppenabsatz stehenden Paar vorübergehen? Ah! Zum Glück sind sie schon hinuntergegangen ...

„Ich gratuliere ... Ich finde Sie reizend", bringt sie mit Anstrengung heraus. Schon bei der Vorstellung hat diese Dame sie verstohlen von oben bis unten gemustert. Nur sich klar sein: das bedeutet Krieg. Noch niemals hat jemand Ludivine vergeblich herausgefordert. Ihre Augen funkeln unter den gesenkten Lidern, während sie ihrem Steinbutt mit stummem Grimm zu Leibe geht, wie um freie Hand zu bekommen.

Frédéric benützt eine Pause, die ihm Tante Lucie läßt:

„Aber du trinkst ja gar nicht, Schatz. Ja, Raoul, wo hast du deine Gedanken? Hier, ein Gläschen Chablis ..."

Sie lächelt ihm zu mit einem fernen Engelslächeln:

„Dein Cousin führt mich in deine Verwandtschaft ein."

„Oh", erwidert Frédéric mit unschuldiger Miene, „wenn Raoul deine Erziehung in die Hand nimmt, ziehe ich mich zurück. Er ist nämlich der Dandy der Familie, mußt du wissen. Bring ihn nur auf Paris, da wird er dir wie der versierteste Boulevardhabitué, ja noch besser, den neuesten Tratsch über den neuesten Bühnenstar erzählen."

Ludivine prustet heraus wie ein richtiges Schulmädchen, entrüstet und entzückt zugleich.

„Schau dir die erzürnten Augen der guten Madame Daubenois an", fährt Frédéric in demselben Tone fort.

Clémence Daubenois findet in der Tat, daß ihr Mündel der nötigen Zurückhaltung ermangelt.

„Also ein bißchen mehr Würde, meine Liebe", sagt Frédéric mit unbewegter Miene. „Vergiß nicht, daß du die Sensation des Tages bist und daß mehr oder weniger sämtliche Anwesende den Blick auf dich gerichtet haben."

Sofort hat Ludivine ihren Ernst wiedergefunden.

„Lassen Sie sich nur nicht von ihm einschüchtern", rät Raoul. „Frédéric ist ein arger Spötter. An dem Tage, da man ihn zum Galgen führt, wird er noch seine Witze mit dem Henker machen."

„Glaub kein Wort davon", beginnt Frédéric. Aber Tante Lucie beansprucht von neuem die Aufmerksamkeit ihres Neffen. Er muß ihr „unbedingt sagen, was seine Ansicht ist über . . ."

„Also setzen wir unsere Revue fort, wenn es Ihnen recht ist", sagt Raoul.

„Sehr gern. Es ist sehr unterhaltend." Sie läßt ihre Blicke durch den Raum wandern. Ein Diener und zwei Mädchen, dirigiert von einer Art weiblichem Haushofmeister, servieren, schenken ein, wechseln die feinen Teller – alles Sèvresporzellan – in einem unaufhörlichen Kommen und Gehen, das seinen Ausgangspunkt von einem ungeheuren Mahagonianrichtetisch mit messingbeschlagenen Säulen nimmt. Rings um den Tisch ertönt das Klirren der Silberbestecke, das Klingen der Gläser, Lachen und Stimmengewirr. Man spürt es, diese Menschen fühlen sich wohl, sind zu Hause in einem Luxus, der ihnen natürlich ist. Wie aus weiter Ferne taucht vor Ludivines Auge das Hauswesen der Daubenois auf, dem dieser gediegene Reichtum fehlt. Hier ist sie in ihrem Element, hier kann sie sich entfalten.

„Also, ich fahre fort, Ihnen den Clan Vernet vorzustellen", hört sie Raoul sagen. „Der dort ist mein Vater, neben Tante Julia. Gegenüber sitzt mein jüngerer Bruder, Georges, ja, neben Adrienne. Er erinnert ein bißchen an Frédéric, finden Sie nicht? Sie sind fast zwei Jahre auseinander, aber Frédéric sieht meiner Meinung nach ebenso alt aus. Ich glaube, Georges träumt schon davon, Sie zu porträtieren. Er malt nämlich, stellen Sie sich vor. Ich glaube sogar, daß er Talent hat, obwohl mein Vater seine ‚Patzereien' verachtet. Aber Papa hat keine Ahnung von Kunst. Wenn Sie nach Tourvieille kommen, werden Sie schaudern, wenn Sie die Stilleben sehen, vor denen wir, seit ich denken kann, unsere Mahlzeiten einnehmen mußten. Dabei sage ich Ihnen nichts von dem ‚Sonnenuntergang über dem Golf von Porto', der den großen Salon schmückt. Jetzt schauen Sie hierher, auf unsere Seite, neben dieser reizenden Person – Mademoiselle Daubenois, nicht wahr? –, das ist mein jüngerer Bruder Léon, der Romantiker. Man behauptet, daß er Verse macht, aber sprechen Sie nicht davon. Niemand hat sie jemals gelesen, und ich fürchte, daß sie sehr schlecht sind."

Dieser Raoul ist wirklich ein netter Mensch. Ludivine unterhält sich ausgezeichnet und vergißt dabei zu essen.

„Und das blonde junge Mädchen dort, am anderen Ende des Tisches?"

Raoul spricht den Gerichten, die aufgetragen werden, mit bewunderungswürdiger Ausdauer zu, ohne sich dadurch in seinem Redefluß im geringsten stören zu lassen.

„Aber ich bin doch wirklich gedankenlos. Ihr Glas ist leer! Kosten Sie diesen Chambertin. Er ist es wert. Bei Tante Julia weiß man wirklich nicht, was exquisiter ist, die Küche oder der Keller. Schauen wir einmal, was weiter kommt: ‚Poularde de Faverolles, Spoom Victoria, Fonds d'artichauts Barante, Foie gras au porto médaillon . . .' Vorzüglich. Sie machen sich nicht viel aus Tafelfreuden?"

„O doch", aber sie wagt nicht zu gestehen, daß es vor allem Süßigkeiten sind, die sie liebt.

„Ich bitte Sie, sagen Sie mir doch endlich, wer das hübsche junge Mädchen ist, das immer lacht?"

„Das hübsche junge Mädchen, das ist meine Schwester Caroline, ein Teufel im Weiberrock, kann ich Ihnen sagen. Jetzt sind es bald achtzehn Jahre, daß sie mit uns macht, was sie will. Papa sagt immer, sie wird ihr Haus einmal in Reih und Glied marschieren lassen, mit der Trommel, nach dem Beispiel von Tante Julia. Der liebe Gott allein weiß, woher sie diese für die Männer höchst unheilvolle Gabe hat. Mama ist wohl die romantischste, aber auch die liebenswürdigste Person, die sich denken läßt." Er neigt sich zu Ludivine und fährt in leiserem Tone fort: „Im ganzen genommen, sind wir der schöngeistige Zweig der Familie. Aber ich glaube, daß Onkel Rodolphe viel Feuer und Phantasie besessen hat. Sie müssen ein wunderbares Paar gewesen sein, er und Tante Julia! Ich stelle mir vor, daß sie einmal bezaubernd und unausstehlich gewesen sein muß, was sie auch heute noch ist. Papa sagt oft, seine Schwägerin sei das eigentliche Familienoberhaupt. Sagen Sie es niemanden weiter. Er nennt sie den kleinen Obristen."

Ludivine bricht in ein unwiderstehliches Lachen aus, so daß sich Frédéric und Tante Lucie nach ihr umdrehen.

„Mein Gott, Raoul, was erzählst du dem lieben Kind?" erkundigt sich die Tante, die sich selbst von dieser Heiterkeit angesteckt fühlt.

„Lach nur, so oft du kannst. Du weißt, daß dir das Lachen besonders gut steht, nicht wahr?" flüstert Frédéric.

Wie er das gesagt hat! Mit seinem Lächeln, diesem spöttischen, entzückenden Lächeln, das die kleinen Grübchen in seiner Wange entstehen läßt. Und die zärtliche Stimme, die sie an ihm noch gar nicht gekannt hat. Sie betrachtet ihn unbefangen und das, was er in diesem kleinen, ihm offen dargebrachten Gesicht liest, entzündet in seinen Augen einen Glanz, vor dem Ludivine unwillkürlich ihre dunklen Lider senkt.

„Trink ein bißchen", sagt er etwas unvermittelt.

Ludivine, die gerade die letzten Bissen ihrer Poularde verzehrt, findet, daß man sie viel zuviel trinken läßt.

„Nein, nein, wirklich nicht, ich versichere dir. Ich bin das nicht gewöhnt."

„So nehmen Sie doch das Glas", flüstert ihr Raoul zu, „da Sie eine Vernet werden wollen. Beim Trinken haben wir uns immer tapfer gehalten."

„Mach mir die Freude", drängt Frédéric. „Ich möchte sehen, wie du deine Lippen in diesen Haut-Brion tauchst. Er ist nur elf Jahre alt, aber das war ein gutes Jahr. Du mußt lernen, das Gute zu lieben ebenso wie das Schöne. Nun, wie weit bist du mit Raoul? Fängst du an, dich ein bißchen auszukennen?"

„Ich glaube", antwortet Ludivine, die gehorsam getrunken hat.

„Wir haben soeben den Stamm Vernet erledigt", erklärt Raoul. „Wenn Sie erlauben, gehen wir zu den Angelliers über."

Tante Lucie beugt sich zu Ludivine hinüber:

„Ja, mein schönes Kind, wie ich schon gesagt habe, diese Verlobungsfeier erinnert mich an meine. Ich war auch sechzehn Jahre alt, genau so wie du. Es war im Juni achtundfünfzig. Ich sehe mich noch wie heute. Ich hatte ein rosa Kleid mit Vergißmeinnichtkränzchen, ein Meisterwerk! Und Antoine in seinem perlgrauen Anzug! Mein Gott, wie ich gerührt war!"

Onkel Antoine, etwas schwerfällig, mit einem leicht geröteten Gesicht und freundlichen Augen, hört geduldig seiner Tischnachbarin, Clémence Daubenois, zu, die sich zwischen den zwei Onkeln sehr wohl zu fühlen scheint.

Julias Bruder, Constant Angellier, hat zwei grundverschiedene Tischnachbarinnen, die Notarin und die quecksilberne Caroline, aber er nimmt es mit beiden auf.

„Das ist der reizendste Mensch, den ich kenne", sagt Raoul. „Ob Tante Julia das weiß? Er ist jünger als wir alle. Alles interessiert ihn. Er ist der Vertraute der jungen Mädchen, ein undankbares und schweres Geschäft, wie Sie zugeben werden. Aber er macht es glänzend. Schauen Sie nur meine Schwester an, wie sie sich wohl fühlt neben ihm. Dabei ist er doch wirklich nicht ein Kavalier ihres Alters!"

Ludivine erinnert sich, wie er gesagt hat: „Mein liebes Kind, es wird mir eine ganz besondere Freude sein, Sie meine Nichte zu nennen."

„Armer Onkel Constant, der die hübschen Mädchen so gerne hat – mit seiner ältesten Tochter Emilie hat er wirklich Pech: die, die neben mir sitzt", haucht Raoul kaum hörbar. Sie ist häßlich, hoffnungslos häßlich. Ihre Züge erinnern an die Julias, aber vergröbert und entstellt. Nichts erhellt dieses Gesicht, in dem auch die Augen glanzlos sind. Seit dem Beginn des Essens unterhält sie sich, von Raoul im Stich gelassen, mit Adrienne, die ihr gegenübersitzt.

‚Wie traurig es ist, häßlich zu sein', denkt Ludivine. ‚Ich danke dir, mein Gott, daß ich es nicht bin!' Sie taucht ihren kleinen Löffel in die Eiscreme, die man soeben vor sie hingestellt hat, und ganz versunken in ihr frommes Dankgebet, leckt sie ihn eifrig ab.

„Mein Schatz", flüsterte Frédéric, „Madame Daubenois wird ersticken, schau sie an! Erbarme dich ihrer!"

Jäh in die Wirklichkeit zurückversetzt, bemerkt Ludivine, was sie tut, und errötet bis zu den Ohren.

„Nun, nun, reg dich nicht auf, die anderen haben nichts bemerkt", tröstet Frédéric sie liebevoll. „Ich muß überhaupt gestehen, daß ich für meine Person diese kleine rosa Zungenspitze entzückend finde."

Soll sie darüber lachen? Er sieht sie mit einem so lieben Blick an, daß Ludivine sich vor Zärtlichkeit schmelzen fühlt.

Julia, die ihnen gegenübersitzt, lächelt ihr zu, während sie dem Notar eine Antwort gibt.

„Tante Julia scheint Sie bereits in die Familie aufgenommen zu haben", stellt Raoul fest, der sich, nachdem er die Pflicht der Höflichkeit gegenüber Emilie erfüllt hat, beeilt, die Unterhaltung mit Ludivine wieder aufzunehmen. „Wie ist das Zusammentreffen unter vier Augen ausgefallen? Gut natürlich. Wir waren alle zuerst ein bißchen unruhig Ihretwegen. Die gute Adrienne hat sogar ihr Taschentuch deswegen zerfetzt. Aber natürlich, Sie brauchen nur zu erscheinen, um zu siegen. Alle haben Sie erobert, sehen Sie, auch die kleine Blanche, die Sie mit einer andächtigen Verehrung betrachtet. Ja, die Brünette, am Ende des Tisches, neben Adrienne."

„Sie schaut allerliebst aus", erwidert Ludivine, die diesen Tribut mit der Huld einer Königin entgegennimmt.

„Entzückend, sie ist der Seraph der Familie Angellier. Emilie und Edmund sind ganz vernarrt in sie. Ihr Vater verwöhnt sie auf eine schändliche Weise. Und das ist Tante Sophie, ja, Ihnen gegenüber, neben Monsieur Daubenois . . ."

„Diese alte Dame?"

„Oh, oh, mein schönes Kind, Mademoiselle Sophie hat noch nicht einmal fünfzig Lenze gesehen, müssen Sie wissen. Tante Sophie zeigt, wie gesagt, Blanche gegenüber eine ganz unerhörte Schwäche, und trotz alldem bringt dieses Kind es zustande, liebenswürdig zu bleiben. Sie und Léon sind unsterblich verliebt ineinander. Ich glaube, er dichtet ihr eine Unmenge von Poemen und Eklogen, und ich nehme an, man wird die beiden in Kürze verheiraten, aber sie ist erst fünfzehn Jahre alt und Léon noch nicht zwanzig. Sie sind noch etwas jung."

„Allerdings", stimmt Ludivine bei, die sich unendlich viel älter vorkommt.

„So, jetzt sind Sie einigermaßen im Bilde über sämtliche Tischgenossen. Ah, Edmond habe ich vergessen, ihren Bruder. Sie sehen, zwischen meiner Mutter und Laura. Sympathisch, nicht? Das ist ein sanfter Gelehrter oder doch beinahe: Mathematiker, Ingenieur, sogar ein bißchen ein Erfinder. Sein Steckenpferd ist die Ballistik. Man würde es ihm gar nicht ansehen, nicht wahr? Er schaut ganz ungefährlich aus. Caroline, die hier zuständig ist, findet ihn sogar verführerisch. Aber ich glaube, er ahnt nichts davon."

In den kurzen Pausen, die ihm Tante Lucie läßt, hört Frédéric dem unermüdlichen Raoul zu und unterhält sich über das Interesse, das Ludivine bekundet. Sie nickt, stimmt zu, lacht aus vollem Halse. Während das Dessert aufgetragen wird, macht Frédéric Philomène ein Zeichen und flüstert ihr einige Worte zu. Kurz darauf stellt eines der Mädchen eine ungeheure Portion Schokoladencreme vor Ludivine hin.

„Ich dachte, daß dir das schmecken wird, und darum habe ich Philo gebeten, darauf zu sehen, daß dir genug davon serviert wird." Zwei glänzende Katzenaugen danken ihm stumm.

Alles spricht durcheinander. Die Champagnerpfropfen springen. Onkel Antoine erhebt sich und bringt einen Toast auf die Verlobten aus. Ludivine hört zu, der Kopf dröhnt ihr . . .

„Gib mir deine kleine Pfote", flüstert Frédéric ihr ins Ohr. Sie gehorcht.

Er steckt ihr den Verlobungsring an den Finger, einen prachtvollen Brillanten.

„Oh!" haucht Ludivine inmitten des Beifallklatschens, das die letzten Worte von Antoine Vernets kleiner Rede begleitet.

„Gefällt er dir?"

Man erhebt die Gläser, es tritt ein wenig Stille ein, und in diesem Augenblick richtet Clémence Daubenois feierlich das Wort an Frédéric: „Lieber Herr Vernet, Sie können Ihre Braut umarmen."

Ludivine senkt die Augen und streckt ihre Wange unmerklich vor. Ihr Herz schlägt schneller.

Frédéric betrachtet eine Sekunde lang den Schatten der langen Wimpern auf den geröteten Wangen und erwidert der Notarin höflich: „Ich danke Ihnen, Madame. Wir haben noch viel Zeit."

In dem großen Salon drängt man sich jetzt um Ludivine. Aber ihr Herz ist ein Schlachtfeld, auf dem Schmerz, Zorn und gekränkter Stolz wüten. Gerade noch war er so liebenswürdig. Was ist in ihn gefahren? Was hat sie getan, daß er sich so plötzlich von ihr zurückzieht?

‚Nein, ihn nicht mehr sehen, nicht mehr von ihm sprechen hören, ihn nicht mehr lieben. Er hat eine große Nase, einen großen Mund, seine Unterlippe ist zu dick. Seine Zähne sind nicht einmal gut gestellt, einer steht vor. Warum, warum ist dieses Gesicht auf einmal größer geworden als die Welt um sie her?'

Aber sie fächelt sich Luft zu und macht inmitten einer kleinen Gruppe tapfer Konversation.

„Darf ich deinen Ring sehen?" fragt Caroline. „Prachtvoll! Wie schön es ist, verlobt zu sein!"

‚O Gott, wenn sie wüßte!'

Ludivine wirft einen zornerfüllten Blick auf den in Regenbogenfarben funkelnden Stein und träumt von einem Erdbeben, das vor ihren Füßen ganz Mogador verschlänge samt ihrer verhöhnten Liebe.

Elise und Blanche kommen ebenfalls bewundern. Georges Vernet nähert sich.

„Ein herrlicher Brillant, gewiß, Mademoiselle. Aber gibt es kostbarere Juwelen als Ihre Augen? Seitdem Sie da sind, überlege ich mir, wie man es zuwege bringen könnte, sie auf der Leinwand darzustellen. Dieser dunkle Samtglanz mit den plötzlich aufzuckenden schwarzen Blitzen . . ."

„Mein Gott", lacht Ludivine, „man hat mir gesagt, daß Sie Maler sind, aber ich sehe, man muß hinzufügen, auch Dichter."

„Dichter oder nicht", fällt Caroline ein. „Georges hat recht. Ich habe niemals ähnliche Augen gesehen. Nicht wahr, Laura?"

„Wirklich. Frédéric hat Glück. Er hat dich im Kloster aufgespürt, hat man mir erzählt."

„Beinahe . . .", sagt Ludivine mit einer Engelsmiene.

„O nein", stellt Elise in ihrer Unschuld richtig. „Ludivine hat Herrn Vernet bei uns kennengelernt."

„Jetzt laßt sie aber mir ein bißchen", bittet Adrienne, die mit Emilie auf die Gruppe zutritt. Sie nimmt Ludivine beim Arm und zieht sie mit sich fort auf ein Sofa. „Du wirst unsere kleine Schwester sein. Wenn du wüßtest, wie glücklich ich darüber bin. Ich hoffe, daß du dich bei uns wohl fühlen wirst. Hubert und ich haben schon darauf gebrannt, dich kennenzulernen. Er findet dich entzückend. Seitdem Mama uns die Neuigkeit mitgeteilt hat, haben wir nur mehr über dich gesprochen und versucht, dich uns vorzustellen, Frédérics Braut . . ."

Frédéric! Wo ist er? Ludivine ertappt sich dabei, wie sie ihn heimlich mit den Augen sucht. Ah, da ist er, dort drüben neben dem Kamin. Er spricht leise mit seiner Mutter. Julia, die in einem großen Lehnstuhl sitzt, sieht müde aus. Mit einer Handbewegung ruft sie Ludivine zu sich, die so tut, als bemerke sie es nicht, denn hinter Julias Stuhl, die Ellbogen auf die Lehne gestützt, steht Frédéric und sieht sie an.

„Mama wünscht dich", macht Adrienne sie aufmerksam.

Widerwillig steht Ludivine auf und nähert sich. Ihr Herz schlägt entsetzlich.

„Frédéric bittet mich, mit deinem Vormund den Tag der Hochzeit festzusetzen. Hättest du etwas dagegen, wenn es bald wäre? Wegen deiner Vorbereitungen. In zwei Monaten zum Beispiel?"

„Wie Sie wünschen, Madame“, antwortet sie willenlos.

„Dann hol mir Onkel Antoine, Frédéric, ja?“

Er erhebt sich und macht Ludivine eine kleine Grimasse, spöttisch und zärtlich zugleich.

‚Der Unmensch, wie kann er . . .?‘

„Was hast du, Kind?“ Julia streichelt die Hand, deren Finger um ein zerknülltes Taschentuch gepreßt sind. „Ein bißchen nervös?“

Ludivine nickt, stumm vor zurückgedrängten Tränen.

„Antoine“, sagt Julia Vernet zu ihrem Schwager, „ich möchte, daß du den Familienrat und die Daubenois zusammenrufst. Wir haben Entscheidungen zu treffen. Aber wir bleiben jedenfalls hier. Ich bin zu müde, um ins Schreibzimmer zu gehen. Schick die Kinder in den Park. Ludivine kennt ihn nicht. Sie sollen ihn ihr zeigen.“ Und zu ihrer künftigen Schwiegertochter gewendet: „Geh ein bißchen an die Luft, das wird dir guttun. Du bist ganz blaß. Schnell.“

Fünf Minuten später ist niemand mehr im Zimmer als die Onkel und Tanten sowie der Notar und seine Gattin. In einem Gewoge von Fächern und Sonnenschirmen und Lachen haben die jungen Leute den Salon verlassen.

„Darauf haben sie doch nur gewartet“, lächelt Onkel Constant.

„Wo gehen wir hin? Zum Teich? Zu den Glashäusern? Zur großen Eiche? In die Föhrenallee?“

„Wir müssen Ludivine das Kreuzfahrergrab zeigen.“

„Aber was fällt dir ein!“ protestierte Emilie. „An so einem Tag! Lieber die berühmte Orangenallee. Das ist nämlich die Sehenswürdigkeit von Mogador, mußt du wissen, Ludivine.“

„Also gut, gehen wir dorthin.“ Kurz entschlossen hat sie sich in Adrienne und Emilie eingehängt, in der festen Absicht, Frédérics Nähe zu meiden.

Aber der ist schon da, in Begleitung Raouls.

„Darf ich dir meinen Arm anbieten?“

Wie sich wehren?

„Das Vorrecht des Bräutigams!“ spöttelt Raoul. „Meine Damen, wollt ihr jede einen Arm von mir annehmen? Ich verpflichte mich, beiden den Hof zu machen, einer nach der anderen.“

Edmond bemüht sich um Elise. Sie haben ihre beiderseitige Schüchternheit erkannt und sind einander nähergekommen.

„Komm zu mir, Georges“, sagt die schöne Laura zu ihrem Schwager. Sie findet, daß man sie vernachlässigt.

Blanche hängt schon am Arme Léons. Hubert und Caroline gesellen sich zu ihnen. Die vier beschließen den Zug.

Es ist ein herrlicher Tag. Die Sonne neigt sich langsam gegen Westen. Die Jasminbüsche sind ein einziger duftender weißer Strauß. Frédéric bleibt zurück, um einen Zweig für Ludivine zu pflücken, den sie mit eisigem Dank entgegennimmt. Er spricht, scherzt, antwortet heiter auf Raouls Zurufe und scheint nicht zu bemerken, daß das kleine Persönchen an seiner Seite starr und steif ist wie Eis.

‚Ich verabscheue ihn, oh, ich verabscheue ihn!' wiederholt sich Ludivine.

Ein heiserer Schrei, der sie erbeben läßt, tönt durch den Park.

„Keine Angst, das sind die Pfauen."

„Die Pfauen? Oh, ich möchte sie sehen", ruft sie aus. Die Neugierde hat die Oberhand gewonnen.

„Komm, sie müssen auf der anderen Seite sein. Meistens halten sie sich hinter dem Haus bei den Judasbäumen auf. Es sind zwei weiße darunter, die sehr selten sind. Ich finde aber die anderen noch schöner. Hier kannst du sie sehen. Schau, hier ist einer auf dem Rasenplatz, neben dem Wasser. Komm!" Er zieht sie in einen schmalen, schattigen Laubgang hinein.

„Aber die anderen?"

„Was gehen dich die anderen an. Komm. Hast du vielleicht Angst, mit mir allein zu bleiben?"

Angst? Vielleicht ist auch davon etwas dabei, unter den vielen widerstreitenden Gefühlen, die in Ludivine kämpfen.

Ohne zu antworten, läßt sie seinen Arm los, öffnet ihren Fächer und geht stolz vor ihm her, den Kopf herausfordernd zurückgeworfen, nicht unähnlich dem majestätischen Vogel, der dort langsam sein Rad entfaltet.

Frédéric ist mit einem Schritt an ihrer Seite und ergreift sie beim Handgelenk.

„Was ist los? Böse?"

Der milde ironische Ton treibt ihre Verzweiflung auf die Spitze. Trotzdem beherrscht sie sich mit Mühe und spielt äußerstes Erstaunen. Man würde ihr glauben, verriete sie nicht der harte Ausdruck ihrer Augen.

„Böse? Ich wüßte nicht worüber. Ich verstehe dich nicht."

Frédéric geht kühn zum Angriff über. „Vielleicht, weil ich dich vorhin nicht geküßt habe", sagt er mit teuflischer Ruhe.

„Sag mir einmal, glaubst du wirklich, daß ich mich danach sehne?“

„Allerdings. Alle jungen Mädchen sehnen sich danach, geküßt zu werden.“

Ludivine hat ihre Kräfte zum Kampf wiedergefunden.

„Was weißt du von jungen Mädchen?“

„Nimm an, daß ich meine Wissenschaft aus Büchern habe.“

„Was mich betrifft, kann ich dir versichern, daß du dich irrst“, erwidert sie wütend.

„Denkst du wirklich, daß ich dir das glaube?“

Sie blicken einander an, Ludivine fühlt ihre Wangen brennend heiß werden vor diesem Gesicht, das dem ihren so nahe ist, dessen Augen sie mit einem so fremdartigen Ausdruck ansehen! Sie möchte sich wehren, sich retten, dieser Hand entfliehen, die sie festhält.

„Laß meinen Arm los! Laß mich!“ Ohne zu antworten, zieht er sie an sich. „Wie können Sie es wagen? Lassen Sie mich! Ich verbiete Ihnen . . . Sie zerknittern mein Kleid.“

Er beugt sich über sie, drückt sie fester an sich und preßt mit plötzlicher Heftigkeit einen Kuß auf ihren Mund.

Leise streicht der Wind über sie hin. Kaum merklich erwacht der unbewegliche Park unter seinem Hauch.

Ludivine wankt fast besinnungslos und öffnet wieder die Augen. Dieser Kuß . . . O Gott! . . .

Frédéric sieht sie an und lacht. Der Park ist in ein honiggelbes Licht getaucht.

„Sagst du jetzt noch, daß es dir nicht gefällt, geküßt zu werden?“

Langsam kommt sie wieder zu sich. Die Welt ersteht von neuem. Den Kopf an Frédérics Schulter gelehnt, läßt sie sich von ihm wiegen.

„Bist du mein kleiner Schatz?“ flüstert er ihr ins Ohr.

„Oh, Frédéric, liebst du mich?“

„Närrin, verlangst du von mir, daß ich mich vor dir auf die Knie niederwerfe?“

Unfaßbarer Frédéric, spöttisch, grausam und zärtlich. Wie wundervoll und schwierig erscheint die Zukunft neben dir! Mag der Tag der Hochzeit kommen, Ludivine Peyrissac wirft ihren ganzen Mut und ihr brennendes Verlangen nach Glück in die Waagschale: ‚Wenn ich seine Frau sein werde . . . Ah, ich will, daß er einmal . . . Er wird mich lieben, wie ich ihn liebe und noch mehr.‘ Das Jasminzweiglein an ihrer Brust ist zerdrückt und sieht traurig aus, aber es spendet noch einen balsamischen Duft. Gedankenvoll macht sie es los und atmet ihn ein.

„Das genügt für heute", sagt Frédéric sanft. „Du wirst mich verfluchen. Komm, gehn wir zu den anderen."

5

„Zum Teufel mit diesem ganzen Affentheater! Findest du an so einem Tag den Gedanken an all diese Leute nicht unerträglich! Wenn wir heiraten könnten, ohne von dem allem etwas zu sehen und zu hören!"

Das hatte er gesagt, Ludivine erinnerte sich nur zu gut daran, und auch an sein Lachen über ihre Empörung, die sie heiß in ihr Gesicht emporsteigen fühlte.

„Frédéric, bist du verrückt? Und das schöne Brokatkleid, der Brautkranz, der Schleier aus Point d'Angleterre?"

„Schon gut, schon gut. Ich weiß, du würdest schreien wie eine Besessene. Sprechen wir nicht mehr davon, ich ziehe alles zurück. Wir werden die Galavorstellung geben."

Wie hatte sie ahnen können, was ihr bevorstand?

Eingeschlossen in das Zimmer, das sie diese Nacht mit Elise teilte, weidet sie sich von neuem an ihrer Verzweiflung, ihrer Wut und vergießt einige Tränen in ihr Kopfkissen. Dieses peinliche Aufsehen! Die ganze Stadt war anwesend. Und die Gäste... Was mußten die sich denken?

Sie sieht das girlandengeschmückte Rathaus wieder vor sich, die Kirche, erfüllt von Orgelklang, in ein weißes Blütenmeer getaucht, schimmernd vom gelben Licht der Kerzen... hinter ihr das Gedränge atmender Menschen, wie ein Rauschen von Muscheln, und das Gesicht Frédérics, ernst und aufmerksam, als er ihr den Goldring an den Finger steckte... Mann und Frau... „Was Gott verbunden hat, soll der Mensch nicht trennen..." Dann aber die Ungeduld, die er während des endlosen Chors der Marienkinder zu zeigen begann, sein gequälter Gesichtsausdruck während der Ansprache des Pfarrers und in der Sakristei. Das Unglück war im Anzug, und sie ahnte es nicht...

Stolz war sie an seinem Arm zum Kirchenportal geschritten, tief gerührt, umrauscht von der langen, schweren, seidenen Schleppe, mitten durch die gedrängten Menschen und ihre Zurufe. Rund um den Platz die Wagen, überladen mit Menschen, das schwindelerregende Mosaik von Gesichtern, das Geschrei, und der ganze Hochzeitszug hinter ihr und ihr schönes gepolstertes, bändergeschmücktes Kabriolett, das herankam. „Vivat die Braut!“ brüllte lauter als alle andern ein rothaariger Bursche, der auf dem wohlbekannten großen Schecken saß. „Vivat die Braut! Vivat der gnädige Herr! Schau, Phöbus, schau, die Hochzeit deines Herrn!“ „Oh!“ hatte Frédéric gerufen. „Schau, da ist Phöbus.“ In diesem Augenblick nahm das Unglück seinen Lauf ...

„Laß ihn mir, Gustave, steig ab!“ hatte sie ihn schreien gehört. Und ehe sie wußte, wie ihr geschah, war sie gepackt, aufs Pferd gerissen und im Galopp entführt, auf der Landstraße, im Getrappel der klappernden Hufe. Sie hört sich noch rufen: „Frédéric, bist du verrückt? Umkehren, sofort umkehren! Mein Kleid, mein Kleid!“ Und die schöne silbergestickte Schleppe, die er ganz einfach, zusammengeknüllt in einen Haufen, hinaufgeworfen hat, vor den Sattel. „Mein Schleier! Du hast meinen Schleier zerrissen! Bleib stehen! Ich sage dir, bleib stehen! Oh! ... Oh! ...“ Sie hatte keine Worte mehr gefunden, um die Wut auszudrücken, die sie erstickte. Sie erinnert sich noch, aus Leibeskräften auf die breite harte Brust losgeschlagen zu haben und an das stille Lachen Frédérics, der sie mit einem Arm festhielt, während sie wie von Sinnen um sich schlug. „Schneller, Phöbus, schneller!“ tönte es in ihren Ohren.

Alle die Menschen auf dem Platz! Was mögen die gesagt haben, o Gott! ... Die gräßliche Laura ... Und die Notarin ... Schrecklich! Und ihre Pensionsfreundinnen ... Morgen wird das ganze Kloster es wissen ... Sie wird das Gespött der Gegend sein!

Und wieder sieht sie das fremde Gesicht, das sich, voll von triumphierendem Entzücken, über sie beugte. Plötzlich, sie wußte selbst nicht wie, hatte sie ihm eine Ohrfeige gegeben, halb wahnsinnig vor Verzweiflung. „Du kleine Teufelin, willst du, daß wir beide hinunterfallen?“ Und er hat gelacht, Gott, er hat gelacht ... Sie weiß nicht einmal, wie sie angelangt sind, wie sie wieder auf die Erde gekommen ist, zerrauft, keuchend, stumm, mit glühendem Gesicht, in den Schleier verwickelt, den Brautkranz auf der Nase. Er hatte sie angesehen: „Wie du komisch aussiehst, mein Herz, wenn du dich sehen könntest!“ Das hat er gewagt? Sein Leben lang wird er es büßen! Während er Phöbus unten an der Freitreppe befestigte, war sie ihm entkommen und, ihre Röcke zusammenraffend, blitzschnell in ihr Zimmer geeilt und hatte sich dort eingesperrt.

‚Es ist aus. Ich werde ihn nie mehr lieben. Der Halunke! Er hat mich geheiratet, um mich lächerlich zu machen. Aber wir werden schon sehen! Ich werde mich rächen. Es wird der Tag kommen, an dem er um Gnade fleht! Oh! Ich hätte ihn so geliebt . . .'

‚Mein Herz . . .' Wenn er sagte: ‚Mein Herz . . .' Seine Stimme . . und seine Schulter . . . Oh! Eine Welle der Verzweiflung packt sie.

Sie denkt an die Verlobungszeit . . . da er jeden Abend kam, zu Pferd. Nachdem er die Notarin begrüßt hatte, suchte er die jungen Mädchen im Garten auf . . . Er brachte Blumen und Geschenke. „Rat einmal, was ich heute für dich habe." Jedesmal fragte er sie zärtlich: „Was hast du gemacht? Erzähl mir." Und die langen Abende in der Laube nach dem Essen . . . Da saßen sie nebeneinander, chaperonniert von der sanften, bescheidenen Elise, die die strenge Madame Daubenois mit diesem Amte betraut hatte. Die Laube versank allmählich im Schatten der Dämmerung, aber sie blieben sitzen, alle drei, und plauderten von tausend Nichtigkeiten: den Vorbereitungen, den Einladungen, den Besuchen, und atmeten die feuchten Düfte ein, die rings um sie emporstiegen, während Louise nicht weit von ihnen die Korbbeete begoß. Verstohlen drückte Frédéric sie an sich und streichelte ihre Hand. Elise, durch die Dunkelheit ein wenig von ihrer Zurückhaltung befreit, lachte über die Neckereien des jungen Mannes und wagte es sogar manchmal, sie zu erwidern.

Schweigend hörte Ludivine zu, wie sie zum Spaß miteinander stritten. Später bat Frédéric: „Singen Sie uns ein Lied, eins von Ihren alten Liedern, die ich so gern habe." Und Elise sang in ihrer einfachen Art:

Mon cœur est las
de tant de peines . . .

Je voudrais que la rose
fût encore au rosier
et que mon ami Pierre
fût encore à m'aimer.

und manchmal die Klage des Königs Loys oder das traurige Lied von Jean Renaud . . .

Ludivine schloß die Augen, und, wohlgeborgen den Kopf an die geliebte Schulter gelehnt, ließ sie sich einwiegen durch den schwermütigen Gesang von großer Liebe und gebrochenen Herzen ...

Ruhige Nächte des Juni, drückende Julinächte voll Leuchtkäferchen und Sternen, erster und letzter Sommer des jungen Mädchens, der ihr gegönnt war. Und dazu mußte es kommen? Wo war die Freude, wo die Liebe Frédérics und ihr vor Seligkeit jauchzendes Herz, wohin die Erwartung des großen Tages? Voll Bitterkeit erhebt sie sich und geht zum Spiegel, um ihr Gesicht zu betrachten, das Gesicht der verheirateten Frau ... Noch ein anderes Lied Elisens kommt ihr in den Sinn:

Enfin, vous voilà donc,
enfin vous voilà donc,
ma belle mariée,
à votre époux liée
avec un long fil d'or
qui ne rompt qu'à la mort ...

Sie, dem Gelächter preisgegeben ... vor all den Menschen, die dasein werden ... und die neugierigen, spöttischen, übelwollenden Blicke, denen sie gegenübertreten muß. Ihren ganzen Mut zusammennehmend, beginnt sie, Gesicht und Augen mit kaltem Wasser zu waschen.

Räder knirschen auf dem Sand der Allee. Ein Wagen hält vor der Freitreppe, noch einer, es folgen mehr und mehr.

Das Haus füllt sich mit Geräuschen. Ludivine horcht, hört lautes Lachen. Die Treppenstufen knarren, Schritte gehen hinauf und hinunter, man spricht auf dem Gang. Von ihrem Zimmer aus, das am Ende des Ganges gelegen ist, kann sie die Worte nicht unterscheiden. Es ist bestimmt von ihr die Rede. O Gott, zu denken, daß man sich auf ihre Kosten unterhält! Der Lärm verstummt, der Gang muß leer sein ...

Es klopft leise.

„Wer ist da?“ fragt sie frostig.

„Ludivine, mach auf!“ Die Stimme Frédérics. „Es sind schon alle da.“

Schweigen.

Er drängt: „Hör zu, ich muß mit dir sprechen.“

Sie bleibt stumm.

„Liebling, sei vernünftig.“

Vernünftig! Sie beißt die Zähne zusammen. ‚Jetzt ist er an der Reihe.' Ihr Herz schlägt heftiger bei dem Gedanken, daß er hinter der Tür steht, machtlos, unfähig, etwas anderes zu tun, als sie vergebens um Gehör anzuflehen. Des Kampfes müde, gibt er es auf. Sie hat sich auf einen langen Widerstand gefaßt gemacht und ist enttäuscht, daß der Angriff so schnell abgebrochen wird.

Einige Minuten vergehen. Da klopft es wieder.

„Ich bin's, Elise."

Zögernd schiebt sie den Riegel zurück. Elise tritt ein und hinter ihr Frédéric. Verrat! Ludivine bleibt wie angewurzelt stehen und blickt ihn starr an, während er die Tür hinter sich schließt.

„Danke, liebe Elise", ruft er dem Mädchen zu, das in das Ankleidezimmer verschwindet. Er nähert sich langsam.

„Bist du mir böse?"

Ludivine springt zurück und stolpert über ihre Schleppe.

„Laß mich, ich verbiete dir, mich anzurühren."

„Das kannst du mir nicht verbieten", sagt er, indem er ihr seine Hand zur Stütze reicht, an der sie sich unwillkürlich anklammert. „Du bist jetzt meine Frau. Das ist eine Angelegenheit, die wir soeben ein für allemal vor aller Welt geregelt haben." Er zieht die Widerspenstige an sich, die, durch das umfangreiche Festgewand in ihrer Bewegungsfreiheit behindert, auf eine Verteidigung verzichtet und sich darauf beschränkt, eine steife Haltung anzunehmen. „Was hab ich denn so Schreckliches verbrochen? Dein schönes Kleid ein bißchen zerknittert? Ist es das? Noch etwas Ärgeres? Ich habe deinen Schleier zerrissen? Aber ich glaube doch, daß du ihn nicht mehr brauchen wirst."

„Du hast mich lächerlich gemacht vor dem ganzen Ort!" faucht sie ihn in neu auflodernдem Zorn an. „Das wirst du mir noch bezahlen."

„Pst! Pst! Du bist nicht so hübsch, wenn du bös bist. Lächerlich gemacht? Was fällt dir ein? Warum, zum Teufel, lächerlich gemacht? Die Leute sind mir schon auf die Nerven gegangen. Wir sind ganz einfach zusammen weggeritten. Da ist doch gar nichts dabei."

„Allerdings", höhnt Ludivine, „es ist ja üblich, daß der Bräutigam am Hochzeitstag die Braut beim Verlassen der Kirche wie ein Paket unter den Arm nimmt und davonreitet und die Gäste mit offenem Mund stehenläßt, damit sie sich dann weidlich darüber lustig machen können."

Frédéric haßt unfruchtbare Diskussionen, besonders dann, wenn er das Gefühl hat, sich irgendwie ins Unrecht gesetzt zu haben.

„Mein Herz, ich verspreche dir, es nie wieder zu tun."

„Was das betrifft", bemerkt Ludivine sarkastisch, „so heiratet man ja auch nicht alle Tage, Gott sei Dank!"

„Gott sei Dank! Das kann man wohl sagen!" Er denkt dabei an die endlose Zeremonie, den schlechten Gesang, die Gratulationen, die Umarmungen, die ganze Rolle, die er heute, vom frühen Morgen an, spielen mußte, vor einer Menge neugieriger Zuschauer, die sich durch die drückende Hitze des Julitages nicht abhalten ließen, zu dieser Vorstellung zu kommen. Aber sein unschuldiges Geständnis entfesselt den Sturm.

„Gott verzeih mir, aber es wäre wahrhaftig nur an dir gelegen, mich ruhig in meinem Kloster zu lassen. Ich habe bis jetzt leben können, ohne nach Frédéric Vernet zu seufzen. Und für die Annehmlichkeit, die darin besteht, daß . . ."

Ein Kuß hemmt ihre Redeflut. Frédérics Strategie erweist sich diesmal als unwiderstehlich.

„Streiten wir nicht, mein Herz. Du hast mich nicht verstanden. Aber ich biete dir jede Buße an, die du forderst."

„Oh, Frédéric", seufzt Ludivine, die, mit einem Schlag entwaffnet, in Tränen ausbricht. „Warum hast du das getan? Du hast unsern Hochzeitstag verdorben. Und außerdem noch über mich gelacht."

„Über dich?! Liebste, weine nicht! Ich bin ein Scheusal, ein Ungetüm, ein niederträchtiges Ungetüm." In ehrlicher Zerknirschung bekennt er seine Schuld, ganz bestürzt über den Strom kindlicher Tränen. Aber schon hat Ludivine die Lage erfaßt und eine unerwartete Sanftmut angenommen, um ein wenig die Stellung des armen Opfers auszunützen, die er ihr endlich eingeräumt hat. Er setzt sich in den Armsessel, nimmt sie auf die Knie, drückt sie an seine Brust, streichelt ihre Hände, atmet den Geruch ihrer Haare ein, beißt sie leicht in Nacken und Ohren . . .

Ludivine, innerlich vor Wohlbehagen schnurrend wie ein Kätzchen, versucht nach außen hin vergeblich ihren Groll aufrechtzuerhalten, der ins Nichts zerfließt wie ein weißes Wölkchen am Sommerhimmel. Sie hebt den Kopf und blickt ganz aus der Nähe in das über sie gebeugte Gesicht. Die linke Wange zeigt eine kleine rote Schramme. Unwillkürlich streicht sie mit dem Finger darüber.

„Ja, betrachten Sie nur Ihr Werk, Madame! Das eheliche Siegel. Unter uns gesagt, meine Liebe, du hast eine lose Hand, leicht und kräftig. Um ein Haar wäre ich aus dem Sattel geflogen. Das hätte die Sache nicht besser gemacht, oder glaubst du? Stell dir vor, wenn wir beide auf der Straße gelegen wären, halbtot, bis uns der Hochzeitswagen im Vorüberfahren aufgelesen hätte? Du machst einen guten Gebrauch von dem Trauring, das muß man sagen ..."

Ludivine bricht in ein schallendes Gelächter aus.

„Sei still, du weißt, daß du mich verrückt machst mit diesem Lachen. Sei still oder ich richte noch andere Verheerungen an."

Und vielleicht hätte er wirklich noch einige Verheerungen angerichtet, gefangen zwischen den um seinen Nacken geschlungenen Armen, unter einem Regen von Küssen, wenn sich nicht plötzlich die Tür geöffnet hätte und Caroline hereingebrochen wäre.

„Um Himmels willen, Ludivine, was machst du? Tante Julia schickt mich ..." Betroffen bleibt sie stehen.

Frédéric läßt die etwas verlegene Ludivine sanft auf ihre Füße niedergleiten, erhebt sich, richtet seine Krawatte und sagt mit großer Ruhe:

„Ich möchte dich darauf aufmerksam machen, meine Liebe, daß du anzuklopfen hast, bevor du bei meiner Frau eintrittst."

Aber Caroline ist nicht eine, die sich einschüchtern läßt:

„Ich habe geklopft, daß ein Toter erwacht wäre. Aber jetzt kann ich mir's erklären, warum ihr nichts gehört habt", fügt sie ironisch hinzu, indem sie die beiden scharf ansieht.

„Hör einmal, *caro*, erinnerst du dich noch an eine schöne Zeit, da man dich an den Haaren ziehen konnte?"

„Du tätest besser daran, deiner Frau die ihren in Ordnung bringen zu lassen", erwidert die unerschütterliche Amazone.

Frédéric nimmt seine Cousine höflich, aber entschieden, beim Arm, führt sie auf den Gang hinaus und verriegelt die Tür.

„Hörst du, Ludivine, denk daran, daß Tante Julia schon eine Stunde auf dich wartet und die Hochzeitsgäste verhungern", ruft Caroline mit Nachdruck durch die verschlossene Tür, bevor sie geht.

„Ich glaube, daß wir hinuntergehen müssen", murmelt Ludivine.

„Ich habe denselben Eindruck."

„Elise, komm mir helfen, ich bitte dich!"

Aber Elise, des unnützen Wartens müde, ist durch die auf den Gang führende Tür entschlüpft.

„Kann ich dir vielleicht als Kammerzofe dienen?"

„Nein, nein", lehnt sie mit einer Heftigkeit ab, die ihn lächeln macht. „Es geht schneller allein. Wart auf mich."

„Ist mir verziehen?"

„Nein", erklärt Ludivine störrisch. „Bleib nur, wo du bist. Ich will nicht, daß du mich noch einmal zerraufst."

„Wann wirst du mir also verzeihen?"

„Wenn ich mich gerächt habe." Mit streitbarer Miene steckt sie die letzte Haarnadel in den Knoten.

„Also gut", erwidert er zärtlich. „Ich ergebe mich auf Gnade und Ungnade. Jetzt haben wir ja ein ganzes Leben vor uns, um zu sehen, wessen du fähig bist."

6

In Mogador hat die Weinlese begonnen. Noch ist der Park vom nahenden Herbst unberührt. Die Bäume spenden noch dichten Schatten, aber die Luft ist anders geworden, der Himmel zeigt ein tieferes Blau in dem blasser werdenden Licht. Die Sonne geht früher unter, die Nächte werden kühler. Aber am Nachmittag ist es noch köstlich unter den Bäumen. Ludivine und Adrienne sitzen auf dem von Schneeballsträuchern gesäumten Rondeau neben Julia, die in einem Liegestuhl ruht, ein offenes Buch auf den Knien.

Adrienne stickt mit dem Ausdruck fleißiger Sittsamkeit, den sie bei allen ihren Beschäftigungen trägt. ‚Was könnte man tun, um sie aus dieser Ruhe zu bringen', fragt sich manchmal Ludivine, die wohl die zärtliche Bewunderung zu schätzen weiß, die ihr die Schwägerin zollt, aber doch gerne von Zeit zu Zeit diesen spiegelglatten See von einem Windstoß aufgewühlt sähe. Arme Adrienne mit ihren sanften, glanzlosen Augen, ihrem verwaschenen Teint, dem Mund, der, wie bei Frédéric, etwas zu groß ist, dem schönen kastanienbraunen, kupfern und goldig schimmernden, aber ohne jede Koketterie straff zurückgekämmten Haar ... eine verblaßte Photographie, das ist es, woran man bei ihrem Anblick denken muß. Nein, an ihre Mutter erinnert sie gewiß nicht, in gar keiner Beziehung. Ludivine begegnet dem Blick der alten Dame, der lebhaft, sprühend, voll Interesse auf ihr ruht. Die kurzen, meist ironischen Bemerkungen ihrer Schwiegermutter, die kleinen Klapse, die sie freigebig jedermann im Hause verabreicht, machen keinen Eindruck mehr auf die junge Frau. Mit ihrer selbstbewußten

Haltung, ihren treffenden Erwiderungen weiß sie sich jetzt zu wehren.

Frédéric, der als Zuschauer diese Taktik beobachtet, hat ihr einmal gesagt:

„Mama und du, ihr zwei seid füreinander geschaffen. Wie zwei Komplicen seid ihr: Robert Macaire und Bertrand. Die Männer des Hauses müssen sich ganz gehörig zusammennehmen, wenn sie gegen euch zwei aufkommen wollen. Ich rede nicht von der armen Adrienne, die werdet ihr einmal mit Haut und Haaren verspeisen. Ihr ganzes Leben lang hat sich Mama eine Tochter gewünscht, die fähig gewesen wäre, es mit ihr aufzunehmen; das hätte ihrem eintönigen Leben etwas Würze verliehen. Aber meine Schwester, die hat niemals gewagt, den Mund aufzumachen, um ihr zu widersprechen, obwohl Mama Jahre und Jahre nur darauf gewartet hat."

Nervös entblättert Ludivine einen Schneeballzweig, spielt mit den Dolden schwarzer, blauschillernder Perlen und pflückt die Beeren ab.

„Schau, Adrienne, was für eine schöne Halskette das wäre."

„Ja. Im Februar werden sie wieder blühen. Ich finde, daß die Allee in dieser Zeit am schönsten ist, wenn die Blätter unter den weißen Touffs verschwinden."

„Die ist gar nichts", wirft Julia ein. „Ich erinnere mich an die Allee in Sarrazine, die zu der Laube führte: sie war schmal und lang, aber so dicht und so geschnitten, daß man darunter wie unter einem Gewölbe ging. Ich sehe mich noch als ganz kleines Kind in dieser Allee spielen. Gott, dieser Duft im Frühjahr! Am Ende, oben auf den Terrassenstufen, waren zu beiden Seiten zwei riesige rosa Hortensien in Kisten aufgestellt." Sie schüttelte den Kopf.

„Ich weiß nicht, warum Onkel Constant das alles geändert hat."

Ludivine sah sie ein wenig überrascht an; sie war selbst noch ihrer Kindheit zu nahe, um Julias Bedauern verstehen zu können.

Die alte Dame betrachtete ihre Schwiegertochter mit einem leisen Lächeln, in dem sich ein wenig Mitleid verbarg. Auch für diese Kleine würde die Zeit kommen, da ihr die Erinnerung an ein Spitzenhäubchen, ein zerbrochenes Spielzeug, einen verlorenen Garten Herzweh bereiten würde. Aber sie wußte es noch nicht.

Die Glocke von Fontfresque läutete in der stillen Luft.

„Schon vier Uhr", seufzte Ludivine, „und Frédéric kommt noch immer nicht. Und er hat mir doch versprochen, sich zu beeilen. Er weiß doch, daß ich auf ihn warte."

„Aber, aber, Kind, Frédéric würde bestimmt auch lieber hier sitzen. Glaubst du vielleicht, daß er zu seinem Vergnügen mit dem Verwalter weggefahren ist, nach dem Frühstück, mit dem letzten Bissen im Mund, bei der Hitze?"

Ludivine seufzte wieder. Sie dachte an die Hochzeitsreise, jene Tage ausgelassener Freude, erfüllt von Vergnügungen aller Art: den Zirkus Molier, den Alkazar, das Ballett, Longchamps, die Oper, die Restaurants, die Juweliere im Palais Royal, den Boulevard des Italiens ... Dieses rauschende, fieberhafte, riesige, buntschillernde Paris, das Frédéric ihr enthüllt hatte ... und seine heiße Gegenwart ständig neben ihr.

Glückstrahlend war sie Anfang August nach Mogador heimgekehrt, die Koffer voll von Putz und Kleidern. Bei allen Besuchen, die sie und Frédéric jetzt zu machen hatten, war ihr Lieblingsthema: Paris. „Als wir in Paris waren ..."

Frédéric hatte sich als der entzückendste Begleiter erwiesen. Überallhin hatte er sie mitgenommen, ihr alles geboten, worauf sie Lust hatte, alle ihre Wünsche erraten, war immer begierig gewesen, ihre Eindrücke zu hören, und gerührt über ihre Freude. Frédéric ... durch den hindurch das Leben seine Farbe und seine Formen angenommen hatte ... und sein Begehren mit seinem Zauber, seinem Geschmack und seinem Duft. Frédéric, der ihr das ungeheure süße und schreckliche Geheimnis offenbart hatte. Milliarden von Wesen hatten es vor ihnen gekannt, aber für sie war es ganz neu und sie waren das erste Menschenpaar. Frédéric! ...

Jetzt gehörte er ihr nicht mehr so ganz, das Gut hatte ihn wieder in Beschlag genommen: „Ich muß weg, wart auf mich, ich werde bald zurück sein." Warten, immer warten, einen Tag und wieder einen Tag. Jede einsame Stunde ist verlorenes Glück, jedes Wort, an einen anderen gerichtet, ist ein Raub an dir selbst. Und er, was macht er? Was ist es, was ihn fernhält? Welche lächerliche Aufgabe, die er nicht jemand anderem überlassen könnte? Und doch liebt er sie, ist glücklich neben ihr. Ist es nicht ein rasendes Verlangen, das aus ihm spricht, wenn er sie wild in seine Arme schließt, sobald sie allein sind? Und sie spürt, halb erstickt, über sich seinen schnellen Atem, beklagt sich und lacht zugleich vor Glück. Aber warum verläßt er sie dann? Wie kann er tagelang ohne sie sein, während sie auf ihn wartet, frisiert und schön angezogen für ihn, all das Lachen, das sie ihm spenden wird, alle geheimen Worte, die er erraten wird, fest in sich verschlossen. Wenn dann nur noch Zeit ist, wenn er nicht zu spät kommt, wenn all diese angehäufte Liebe sich nicht in Groll verflüchtigt, weil sie sich nicht verschwenden durfte.

„Er muß jetzt bald kommen", sagt Adrienne gutmütig, um ihre Schwägerin zu trösten.

„Wollen wir nicht zum Tee hineingehen, Mama?"

‚Ja natürlich, das ist das Wichtigste.' Diese unpassende Äußerung eines zufriedenen Appetits vermehrt Ludivines Ungeduld. Was sie braucht, was sie will mit all ihrer Kraft, das ist die Rückkehr Frédérics, das versprochene Beisammensein zu zweit, der Spazierritt, Seite an Seite, unterbrochen von gespielten Verfolgungen, bei denen er sie einholt, und Rasten, in denen er sie umarmt. Seit kurzem fängt sie an, sich so gut im Sattel zu halten, daß er mit seiner Schülerin Ehre einlegen kann, und das Vergnügen, das ihr die gemeinsamen Spazierritte machen, ist angenehm gemischt mit Koketterie und Stolz. Aber dieses enttäuschende Warten heute, das sich so in die Länge zieht.

„Aber nein, es ist noch so angenehm hier. Sag lieber Philo, daß sie uns die Jause hierherbringt."

„Ja, Mama." Adrienne faltet sorgfältig ihre Stickerei zusammen und erhebt sich.

Julia betrachtet von der Seite ihre Schwiegertochter, die sich mit großer Mühe eine ungezwungene Haltung zurechtlegt.

„Es wird heute ein schöner Abend werden über der Roubine", bemerkt sie. „Wir können später essen; man muß die letzten schönen Tage ausnützen. Ihr solltet dann bis zum Teich hinunterreiten. Frag den Fischer, warum er so lange nichts gebracht hat. Bertha beklagt sich schon in der Küche."

Ludivine beruhigt sich ein wenig. Es ist wahr, dieser Ritt in der Dämmerung, am Wasser, wird bezaubernd schön sein. Sie lächelt Julia zu:

„Bist du früher gern geritten, Mama?"

Gern geritten! Es geht wie ein Beben über Julias Gesicht.

„Die Pferde waren unser halbes Leben. Mein Vater hat in Sarrazine eine Pferdezucht gehabt. Rodolphe Vernet war zum Ankauf eines Zuchthengstes bei uns, als er mich kennenlernte. Er war der beste Reiter in der Gegend. Weißt du, Kind, am Reiten erkennt man den Mann. Als ich ihn auf seinem Pferd fortreiten sah, da wußte ich: er oder keiner. Mein Vater hatte andere Absichten, aber es war verlorene Mühe." Sie blickte träumerisch vor sich hin. Klar und deutlich stand auf ihrem Gesicht zu lesen, daß Julia

Angellier das Richtige gewählt hatte und mit ihrem Schicksal im reinen war.

Adrienne kam zurück, gefolgt von Philo, die auf einer Platte Kuchen, Obst und kalte Milch brachte.

„Hubert ist da. Er kommt gleich", berichtete sie.

„Hat er Frédéric nicht getroffen?" fragte Ludivine lebhaft.

„Nein, aber das ist nicht überraschend. Er war ja nur nebenan, in Saint-Ange. Es ist jemand gekommen, um zu melden, daß Louis und Alfred Raynal zurück sind. Ihr könnt euch vorstellen, daß Hubert gleich hingelaufen ist."

„Das sind seine Freunde", erklärte Julia zu Ludivine gewendet. „Louis ist zwanzig Jahre alt, Alfred neunzehn, zwei reizende junge Leute. Sie waren mehrere Monate verreist. Sicher haben sie von dir gehört, und ich nehme an, daß sie uns bald einen Besuch machen werden."

„Ah . . .", sagte Ludivine tonlos. Huberts Freunde hatten für sie nichts an sich, das ihre Gedanken von dem Erwarteten hätte abbringen können.

„Nein, danke, Adrienne. Ich habe keinen Hunger."

„Aber ich habe Durst, schnell ein Glas Milch, bitte."

Hubert erschien.

„Guten Tag, Mama, guten Tag, Ludivine. Einen angenehmen Nachmittag gehabt? Louis und Alfred sind zurück, du weißt, Mama. Ich komme soeben von ihnen. Was für eine traurige Miene, kleine Schwester? Was ist los? Ich wette, Frédéric hat dich verlassen."

„Laß sie in Ruhe", legte sich Adrienne ins Mittel. „Du siehst doch, daß sie verstimmt ist. Sie hätten zusammen einen Spaziergang machen sollen."

„Oh, Ludivine, wie kann er nur das Herz haben. Willst du, daß ich dich begleite? Sag ja, du würdest mir eine solche Freude machen."

Ludivine warf einen fragenden Blick auf ihre Schwiegermutter.

„Warum nicht?" erwiderte Julia. „Besser, als hier zu bleiben und Trübsal zu blasen."

„Aber . . . wenn er kommt?"

„Oh, Ludivine, Ludivine . . . ich bitte dich . . .!"

Ludivine hat gar keine Lust auf diesen Ausgang mit ihrem kleinen Schwager. Aber es liegt so etwas wie eine Repressalie darin, und das ist nicht zu verachten. Während sie noch unentschlossen überlegt, knirscht der Kies der Allee unter einem Schritt, den sie sofort erkennt. Endlich ... endlich! Frédéric erscheint, gefolgt von David, seinem alten Schäferhund. Die Sonne beleuchtet von hinten sein Haar, das beinahe blond aussieht. Ludivine bemüht sich, gleichgültig und abwesend zu scheinen, als ob sie ihn nicht gesehen hätte, aber ihr Herz fliegt ihm entgegen. Ah, der erste Blick sucht sie.

„Noch hier? Ich dachte euch im Hause zu finden. Ist dir nicht kalt, Mutter?" Er wendet sich zu Ludivine.

„Einen Stuhl, ich bitte dich, mein Herz. Ich bin todmüd. Hier leg dich, mein alter David! Ich bin die ganze Zeit in der Sonne gestanden. Und eine hübsche Arbeit hab ich auch noch leisten müssen. Tonin ist in die Kufe gefallen, stell dir vor, Mutter."

„Tonin! Mein Gott!" riefen Julia und Adrienne zugleich.

„Ja, wie, zum Teufel? ..." begann Hubert.

„Er war allein ... einige Minuten bevor ich ankam, scheint es geschehen zu sein. Dabei hat er noch Glück gehabt. Wenn er länger darin geblieben wäre, hätte er auch ersticken können. Wir haben rufen hören: ‚Hilfe! Hilfe!', ohne zuerst zu verstehen, woher es kam. Es war wirklich wie eine Stimme aus dem Jenseits. Ich bin die Leiter hinaufgestiegen und habe meinen armen Tonin auf dem Bauche liegen sehen, auf den Trebern, ganz jämmerlich. Er ist da hineingefallen wie auf eine Matratze. Aber das war eine Sache, ihn wieder heraufzubringen! Wir haben uns gehörig anstrengen müssen, Ranguis und ich."

„Hat er sich nichts gebrochen?" fragte Julia. Ludivine sprach kein Wort. Zerstreut neckte sie mit ihrer Fußspitze David, der am Saume ihres Rockes hingestreckt lag.

„Nein, ich glaube nicht. Sein Knöchel ist sehr geschwollen, wahrscheinlich stark verstaucht. Man hat Doktor Lapierre geholt."

„Armer Tonin", sagte Adrienne mitleidig. „Er wird sicher große Schmerzen haben?"

„Es ist nicht so arg. Vorläufig ist er etwas betäubt, die Weindünste ... der Sturz ... Wir haben ihn nach Hause gebracht, ganz unkenntlich und verschmiert. Gestunken hat er wie ein Betrunkener. Die Valérie hat zu schreien angefangen wie eine Verrückte, daß ihr Mann zuviel trinkt, daß es eine Strafe des Himmels sei, daß sie es immer schon vorausgesagt habe, daß es so kommen würde ... Diese frommen Weiber! Es wird nötig sein, daß ich wieder hingehe. Die Arbeit duldet keinen Aufschub. Etwas Obst, bitte, Ludivine, diese Trauben da. Ja, ich möchte auch ein bißchen Milch. Herrlich ist diese kalte Milch.“ Er lächelte ihr zu, erfrischt und gestärkt.

„Wird es lange dauern, bis er wieder auf den Beinen ist?“ erkundigte sich Julia besorgt.

„Ein paar Tage, denke ich. Das Ärgerliche ist nur, daß es gerade jetzt geschehen ist, wo wir soviel Arbeit haben. Barral wird mir ein bißchen an die Hand gehen, aber das ist nicht dasselbe.“

„Wenn du willst . . . ich könnte dir gut helfen“, bemerkte Hubert.

Frédéric überlegte einen Augenblick.

„Ich danke dir, aber weißt du, das würde nicht viel helfen. Tonin kennt sich aus, auf ihn konnte ich mich verlassen. Schau, jetzt hab ich meinen Tabak in der Meierei vergessen. Es muß einer im Bürozimmer liegen.“

„Soll ich ihn dir holen?“ erbot sich Hubert von neuem.

„Nein, Ludivine wird gehen“, sagte Frédéric freundlich und blickte liebevoll in das finstere Gesicht der jungen Frau. „Einzig und allein, um zu beweisen, daß du deinem Mann nicht böse bist, weil er sein Wort nicht gehalten hat.“

Mit einer Langsamkeit, die nichts Gutes bedeutete, erhob sich Ludivine und entfernte sich in der Richtung des Hauses.

„Die arme Kleine“, sagte Adrienne, „sie ist ganz verstimmt. Hubert hat ihr den Vorschlag gemacht, an deiner Stelle mit ihr zu gehen . . . gerade als du kamst.“

„Das ist eine ausgezeichnete Idee. Sehr nett von dir.“

Hubert errötete und verwahrte sich: „Das ist doch ganz selbstverständlich, da ist gar nichts zu danken und . . .“

„Wirklich, dieser Unfall hätte zu keiner ungünstigeren Zeit kommen können. Ich hätte morgen wegen eines Teiles der Mohnernte mit einem Käufer verhandeln sollen, den Ranguis aufgetrieben hat. Aber wenn ich ihm das allein überlasse . . .“

Frédéric zog sorgenvoll an seiner erloschenen Pfeife. Alles schwieg, um den Gutsherrn in seinem Grübeln nicht zu stören. Beim Erscheinen Ludivines erhellte sich sein Blick.

„Danke“, sagte er zärtlich, drückte einen Kuß auf die Finger, die ihm seinen Tabak reichten, und zog die schlanke Gestalt an sich: „Hör zu, ich kann heute abend nicht mit dir ausreiten. Aber Hubert wird dich begleiten. Lauf und zieh dein Reitkleid an, während er geht und Miranda satteln läßt. Und du, Hubert, nimm die Gazelle für dich, sie ist schon lange nicht herausgekommen. Also los, mein Herz, ihr habt noch mindestens eine gute Stunde vor euch, und ich bin nicht böse, Hubert zu zeigen, was für eine Reiterin du geworden bist. Schnell, lauf ...“

Ludivines Stirne glättete sich. Niemand verstand es so wie ihr Mann, einen Balsam auf die Wunde zu legen. Fünf Minuten später erschien sie zum Ausritt angekleidet. Frédéric musterte die feine Gestalt im olivgrünen Reitkleid.

„Kommst du, Ludivine?“ fragte Hubert, auf die beiden zutretend.

„Sofort.“ Sie beugte sich nieder und legte ihre Wange an Frédérics Lippen.

„Du weißt, ich wäre lieber an seiner Stelle“, flüsterte er ihr ins Ohr, indem er sie umarmte.

Ihr wäre es auch lieber gewesen ... Und er hätte nur ein Wort zu sagen brauchen ... Aber besser, das bei sich zu behalten und nichts von ihrem Bedauern zu verraten.

Vor den Ställen wartete Florent, der Stallknecht, mit den Pferden. Hubert half Ludivine in den Sattel und schwang sich dann selbst hinauf. Sie ritten um den großen Rasenplatz herum, wo Juste gerade das flammendrote Blumenkorbbeet begoß, und nahmen die Richtung auf die Föhrenallee. Unwillkürlich schlug Ludivine den Weg ein, den sie mit Frédéric zu nehmen gewohnt war.

Warum nicht? „Es wird ein schöner Abend werden“, hatte Julia gesagt. Frédéric hatte sich selbst des Vergnügens beraubt, ihn mit ihr zu genießen. So mußte es eben auch ohne ihn gehen.

„Nun“, sagte sie mit Betonung und wandte sich mit ihrem bezauberndsten Lächeln zu Hubert. Im Augenblick war er an ihrer Seite.

„Ich hoffe, du bedauerst es nicht allzusehr, diesen Ritt mir mir zu machen?“

„Bedauern? Warum denn, Hubert?“

„Oh, ich weiß nicht ...“, sagte er verlegen. „Ich bin nicht Frédéric jedenfalls.“

„Aber laß Frédéric und zeig *du* mir Mogador. Es ist so groß ... Ich fange gerade erst an, es kennenzulernen.“

Unter den Bäumen dämmerte es schon. Der Regen der letzten Tage hatte den Boden ausgewaschen. Die Pferde gingen im Schritt und suchten sich selbst ihren Weg zwischen Kieseln und bemoosten Wurzeln.

„Ich liebe diese Stelle", fing Ludivine wieder an. „Hast du bemerkt, daß die Föhren niemals still sind. Auch an den Sommertagen, wenn sich kein Windhauch regt und alles in der Hitze brütet und schläft, wenn du horchst, wirst du dieses leise Geräusch von knarrendem Holz hören, das sie in der Luft machen."

„Ja, du hast recht. Ich komme oft hierher, wenn es sehr heiß ist. Dann strecke ich mich auf dem Nadelteppich aus und höre dem Zirpen der Zikaden um mich herum zu und schau in den Himmel. Stundenlang könnte ich so liegen. Das kannst du dir gar nicht vorstellen, wie herrlich das ist. Als ich klein war, hat Henri es mir verboten, wegen der Bienenstöcke, die er dort hatte aufstellen lassen, du siehst, rechts im Obstgarten."

„Bienenstöcke? Wo?"

„Hinten bei den alten Birnbäumen. Aber sie sind jetzt nicht mehr dort. Tante Lucie ist einmal, als sie zu Besuch war, von den Bienen gestochen worden. Daraufhin hat man sie in die Meierei geschafft. Die Arme, wenn du sie gesehen hättest! Sie hat furchtbar ausgesehen, sie konnte nicht einmal aus den Augen schauen, so geschwollen war sie. Und geschrien hat sie! Adrienne wußte nicht mehr, was tun, um sie zu beruhigen. Arme, arme Tante Lucie, ein Glück, daß sie sich nicht im Spiegel sehen konnte."

Ludivine kann sich bei dem Gedanken an das arme Opfer des Lächelns nicht erwehren, aber vorsichtig erkundigt sie sich.

„Sind sie jetzt weit genug?"

„Am Ende des großes Feldes. Du siehst das Dach der Meierei hinter den Zypressen. Nein, du brauchst keine Angst zu haben. Übrigens kommen wir dort gar nicht vorbei. Schneiden wir hier ab, durch die Ölbaumpflanzung."

„Gut", antwortet sie und treibt ihre Stute auf dem durchfurchten Boden kräftig vorwärts.

Hubert gibt seiner Gazelle die Sporen. Sie sprengen zwischen den alten gekrümmten Bäumen hindurch, deren schmale silberne Blätter der Abend dunkler färbt, und weiter an einer Hecke von trockenem Schilfrohr vorbei, die sich zwischen den düsteren samtgrünen Zypressen hindurchschlingt. Ein Flimmern am Ende kündigt Wasser an.

„Achtung!" schreit Hubert.

Plötzlich haltmachend, reißt Ludivine ihr Pferd zurück, das jäh am Ende des Wassers stehenbleibt.

„Du hast mir aber wirklich Angst gemacht. Arme Miranda, wie

du sie jagst. Aber das schadet nichts, wir können stolz auf dich sein. Eine Kaltblütigkeit hast du! Ich denke, Frédéric wird dich auf die Steppe mitnehmen, wenn wir nach Tourvieille fahren. Du wirst bald eine wirkliche Reiterin sein."

‚Bald ...?' Ludivine glaubt schon, eine zu sein. Aber der bewundernde Ton mildert die Ungeschicklichkeit von Huberts Kompliment. Sie antwortet mit einem liebenswürdigen Lächeln:

„Ich hoffe. Es macht mir soviel Freude ..."

„Willst du über das Wasser?" fragt er und zeigt auf die leichte Brücke, die über den Kanal führt.

„Nehmen wir lieber den Weg zum Teich. Ich habe dem Fischer etwas von Mama zu bestellen."

Sie ritten die Roubine entlang, die in unendlicher Ruhe dahinfloß. Die Tamarisken zu beiden Seiten netzten, vom Wind auf die Wasserfläche niedergelegt, ihre feinen Blätter in der Strömung.

„Wie ist Tourvieille?"

„Oh, herrlich", sagte Hubert begeistert. „Du kennst nicht die Camargue? Die wird dir bestimmt gefallen. Das Gut liegt ganz nahe am Vaccarès, zwischen den Ebenen und dem Himmel. Das ist ein Himmel, so weit wie nirgends sonst. Ich kann dir das nicht erklären. Und die Erde hat den Geruch des Meeres. Reiten kann man, so weit das Auge reicht. Und dann wirst du den Vaccarès sehen. Der spielt in allen Farben. Man atmet das Salz und die Sümpfe. Und das Wild, dem man dort begegnet ... die Moorenten, die Brachvögel, die Rotschenkel, die Knäckenten, die Bekassinen und die Kaninchen, die einem zwischen den Füßen durchlaufen, und die Scharen von rosa Flamingos, die sich am Abend am Ufer des Teichs niederlassen. Ich glaube, es gibt keinen Ort in der Welt, den ich dem vorziehen würde, wo wir wohnen, ausgenommen vielleicht die Camargue."

„Du liebst diese Gegend sehr? Und Frédéric auch?"

„Wir gehören zur Erde, weißt du. Hier ist unser Platz. Das ist nun einmal so bestimmt worden, ein für allemal, vor undenklichen Zeiten. Es ist gut, daß die Dinge und die Menschen an ihrem Platze sind. Henri hat das oft gesagt, und ich glaube, er hatte recht."

„So bist du also gar nicht neugierig darauf, die Welt zu sehen?" fragte sie, die alles auf einmal in ihren Händen halten möchte ... Wie sonderbar er ist ...

„Nein, wirklich, ich glaube nicht", antwortete er nach kurzem Nachdenken. „Ich würde schon gerne die Großstadt kennenlernen,

Marseille, Paris, wenn das in acht oder vierzehn Tagen möglich wäre. Wenn ich aber auf lange Zeit von hier fort müßte, auch um das Schönste zu sehen, was es auf der Welt gibt, würde ich mich furchtbar unglücklich und verloren fühlen, das weiß ich bestimmt."

„Du würdest dich also auch furchtbar unglücklich und verloren fühlen, wenn die Pforten des Himmels sich vor dir öffneten", spöttelte Ludivine.

„Ich glaube, er erinnert an Mogador", sagte er schlicht.

Sie kamen an den Teich, der unbeweglich und glänzend dalag. Die letzten Sonnenstrahlen spielten auf dem Schilfdach der Hütte. In der offenen Tür saß der Fischer auf einem großen Stein und prüfte seine Netze.

„Oh, Janet!"

Hubert half der jungen Frau aus dem Sattel. Beide gingen, ihre Pferde am Zügel führend, auf die Hütte zu. Ludivine entledigte sich ihres Auftrags. Der Mann zuckte die Achseln.

„Was hätte ich bringen sollen? Es gibt nichts als Grundeln und Weißfische. Wenn Bertha damit zufrieden ist? Der Hecht zeigt sich jetzt nicht, und die Aale riechen zu sehr nach Schlamm. Der Regen hat den Grund aufgewühlt, man fängt nichts."

Die jungen Leute nickten. Sie wußten nichts zu sagen.

Hubert war noch zu sehr der „junge Herr"; er besaß nicht das Geheimnis, das aus seinem Bruder – seit dem Todes des ältesten – einen König gemacht hatte, in der ganzen ausgedehnten Besitzung und darüber hinaus. Auf den herzlichen Ton Frédérics antwortete jeder mit Vertrauen und Liebe.

„Du wirst kommen, wann du glaubst, Janet. Wir werden es meiner Mutter erklären. Sie wird es schon verstehen."

Sie machten sich auf den Heimweg. Rosenrot senkte sich der Abend auf den Teich. Das Wasser schimmerte wie von Perlen. Myriaden von Mücken begleiteten in lautlosen Schwärmen die Pferde, die sich ungeduldig schüttelten. Von Zeit zu Zeit hörte man den leichten Sprung eines Fisches an der Oberfläche. Dann wurde wieder alles still. Nur das gleichmäßige Geräusch der Hufe war zu hören. Am Ufer schrie ein Laubfrosch, ein schlanker Vogel mit blauschillernden Flügeln flog wie ein Pfeil knapp über die Wasserfläche hin.

„Schau, ein Eisvogel", rief Hubert.

„Reizend ist er! Dieses Gefieder gefällt mir so gut."

„Wie die Farbe deiner Haare, Ludivine", sagte er leise.

„Findest du?“ Entzückt lächelte sie ihn an.

Er antwortete nicht. Er dachte, wie gern er ein Dichter gewesen wäre, um von ihr zu singen ... ‚Ihre Augen sind Blütensterne, ihr Haar wie Vogelgefieder ...‘ Was würde Frédéric dazu sagen? Er würde lachen, bestimmt.

„Nun, du sagst gar nichts mehr? Ist es die Abendstunde, die dich düster stimmt, oder der Heimweg?“

Unmerklich nahm die Dämmerung mattere Töne an, die schillernde Farbenpracht, die sie begleitet hatte, verschwamm längs des Kanals. An dem noch hellen Himmel flammte der erste Stern auf und spiegelte sich im verdüsterten Wasser. In der Ferne begann das unermüdliche Quaken der Frösche. Ludivine, nun selbst in den Netzen dieses unendlichen Friedens gefangen, schwieg ebenfalls.

Sie erreichten die kleine Brücke. ‚Hier hat er mich an sich gedrückt, neulich am Abend ... Oh, warum ist er nicht da, bei mir?‘

Der Gedanke an Frédéric kam ihr wieder wie ein zu lange bekämpftes Verlangen: einen Augenblick glaubt man es verschwunden und plötzlich ist es wieder da, lebendig, heftiger, fordernd: ‚Frédéric ...‘

Jetzt war er wohl schon zu Hause. Vielleicht wartete er auf sie oder er plauderte und scherzte mit Mutter und Schwester, und die Zeit schien ihm nicht lange: ‚Nein, nein ...‘ Im Grunde ihres Herzens rief sie ihn: ‚Frédéric, hör mich, ich will, daß du dich nach mir sehnst, daß du es bedauerst ... Ich komme, noch einige Minuten, und ich werde dich wiedersehen ...‘

Miranda setzte sich unter ihren Sporen in Galopp.

„Ludivine!“ schrie Hubert hinter ihr. „Nicht so schnell!“

Beide sprengten durch die Allee. Es war Nacht unter den Föhren. Als sie am Ausgang angelangt waren, sahen sie den Himmel vor sich, schwarz, besät mit Sternen. Der Mond ging hinter der großen Eiche auf. Durch die Haselnußsträucher, hinten am anderen Ende des Rasenplatzes, zeichnete sich die dunkle Masse des Hauses undeutlich vom Hintergrund der Bäume ab. Sobald sie an den Blumenbeeten vorbei waren, sah Ludivine die großen erleuchteten, auf den Park hinaus geöffneten Fenster des Salons. Dort war er, unter der hellen Lampe. Seine Pfeife, seine langen Beine in den Stiefeln, sein Lächeln, sein bezauberndes Lächeln, das sie wiedersehen würde.

„Ich geh gleich hinauf, Hubert, verzeih, daß ich dich nicht bis ans Ende begleite, es ist ein bißchen kühl.“

„Mein Gott, war dir kalt?“

„Nein, nein, gar nicht, mach dir keine Sorgen.“

Sie überließ Hubert die Zügel, nahm mit einer Hand ihren langen Rock zusammen, eilte hastig die Stufen der Freitreppe hinauf, öffnete die Tür des Salons ... Da war er, allein, behaglich in einem bequemen Lehnstuhl, in ein Buch vertieft, weit, weit weg von ihr ...

„Frédéric!“ rief sie leise.

Er sah auf: „Da bist du, meine Schöne!“

Ludivine flog in die ausgebreiteten Arme und drückte sich fest an ihn.

„War's schön?“

„Herrlich! Hubert war so nett ...“

„Netter als dein alter Gatte jedenfalls. Gestehen Sie nur, Madame, daß Sie ihn vorziehen.“

„Vielleicht“, lachte sie kokett.

Er nahm ihren Kopf zwischen beide Hände und betrachtete sie mit schelmischen Augen.

„Das soll mir einer erzählen.“ Die flaumenweiche Wange hatte die Frische einer Frucht unter seinen Lippen.

„Frédéric, Frédéric, die Roubine war schön! Und der Teich. Oh, warum warst du nicht dort?“

„Wir werden zusammen wieder hingehen“, versprach er.

7

Onkel Antoine hatte seinen großen Reisewagen zum Bahnhof von Arles geschickt. Sie verstauten sich darin mit einem Teil des Gepäcks. Julia hatte bei der Abfahrt über die Unmenge von Koffern und Reisesäcken, die Ludivine in den Wagen schaffen ließ, viel gelacht.

„Mir scheint, du willst sie dort alle mit deiner Schönheit blenden, Kleine? Du hast zumindest so viel Toiletten mit, daß du jeden Tag, Mittag und Abend, eine andere anziehen kannst.“

Und Frédéric hatte boshaft bemerkt: „Sie wird zum Schluß noch Raoul den Kopf verdrehen.“

Aber Ludivine hatte sich ihren Ärger nicht anmerken lassen. Ihr erstes Auftreten in Tourvieille sollte doch in einer Weise vor sich gehen, die ihrer würdig wäre. Adrienne war ihr dabei in ihrer taktvollen Art zu Hilfe gekommen:

„Hast du nichts in mein Gepäck zu geben? Das wäre mir sehr angenehm. Meine Kleider tanzen in den Koffern, so viel Platz habe ich noch."

Hubert sprach, seitdem die Reise beschlossen war, von nichts anderem mehr als von Treibjagd, Enten, Blei, Patronen und Anstand und hatte für diese wenigen Tage ein so umfangreiches Programm zusammengestellt, daß ein Monat nicht dafür ausgereicht hätte.

Der Wagen fuhr am Theater vorbei und über die Rampe von Trinquetaille auf die Brücke. Ludivine betrachtete neugierig durch den Wagenschlag die reißend und schnell dahinfließende dunkle Rhône, die durch die Niederschläge des September angeschwollen war. Sie ließen die Stadt mit den schönen Türmen hinter sich, die nun in einem flimmernden Wasserdunst auf dem steilen Ufer vor ihren Blicken hingebreitet lag. Das Licht des Oktobermorgens, in dem man etwas von dem entschwundenen Sommer wiederzufinden glaubte, vergoldete die Ruinen des Konstantinpalastes mit ihren Backsteinmauern von unnachahmlichem Rosa. Im Hintergrunde ragte das Amphitheater über die mit runden Ziegeln gedeckten Dächer empor, ein Stück des Himmels in seinen Rundbogen umspannend.

Die Pferde nahmen auf der staubigen, von Platanen gesäumten Landstraße eine schnellere Gangart an. Enttäuscht warf sich Ludivine im Wagen zurück.

„Hier ist es nicht sehr schön", sagte Frédéric, der die Eindrücke auf ihrem Gesicht verfolgte. „Die richtige Camargue kommt erst, du wirst sehen."

Adrienne lächelte ihr zu:

„Sie wird dir bestimmt gefallen, das ist eine Gegend, wie für dich gemacht."

Frédéric warf einen schnellen Blick auf seine Schwester. Adrienne, die nichts zu sehen, niemals etwas zu erraten schien, die immer schweigsam war, gleichsam ausgelöscht, wie gut sie doch die Dinge und die Menschen zu beurteilen verstand: Ja, Ludivine glich einem wilden kleinen Pferd, geboren, um über dürre Steppe zu jagen, stolz, naturhaft, rassig, nach Weite und Himmel verlangend. Vom ersten Augenblick an war es der Reiter in ihm gewesen, der sie angezogen hatte. Und das war auch vielleicht der tiefste Grund seiner Liebe zu ihr.

Der Wagen rollte jetzt auf einem schmalen Weg in einer Staubwolke dahin. Vor ihnen begann die Landschaft Gestalt anzunehmen. Unabsehbar dehnte sich die große Salzebene mit ihrem mageren grauen Pflanzenwuchs, in der hie und da vereinzelt die grüne Insel eines Gutshofes auftauchte.

Ludivine schwieg und folgte mit ihren Blicken dem von Schilfrohr umsaumten Weg. Der Hufschlag der Pferde war im sandigen Boden nur mehr gedämpft zu vernehmen. Reihen von Tamariskenbäumen unterbrachen die Linie des Himmels am Horizont. Manchmal durchschnitt ein Fußweg, ein hellerer Strich, das niedere Buschwerk und schien sich etwas weiter zu verlieren.

„Wir nähern uns dem Ziel", verkündete Hubert. „Schau, Ludivine, da ist das Jagdhaus. Noch zwei Kilometer und wir sind dort. Im Winter steigt das Grundwasser oft bis an diese Straße. Der Vaccarès ist nicht weit, weißt du."

„Das ist Tourvieille", sagte Adrienne mit ihrer ruhigen Stimme, „links, siehst du? Der Weg macht dann eine plötzliche Biegung." Man unterschied zunächst nur eine dunkle, von Schirmföhren überragte Baumgruppe. „Dahinter liegt das Herrenhaus."

Einige Minuten später hielt der Wagen, nachdem er eine Reihe weißgetünchter Gebäude hinter sich gelassen hatte, auf einem weiten Platz vor einer von Maulbeerbäumen umgebenen Terrasse. Beim Aussteigen sah sich Ludivine, die von der starken Sonne ganz geblendet war, einer Unmenge von Gesichtern gegenüber und mußte eine Flut von Bewillkommnungen und Umarmungen über sich ergehen lassen. Gleich darauf wurde sie von Caroline fortgezogen, überquerte die Terrasse, gelangte in den kühlen Schatten der Vorhalle und von da in einen großen, ziemlich dunklen Raum, wo sie sich auf einem bequemen Sofa wiederfand. Nun regnete es zärtliche Fragen: ‚Ob sie eine gute Reise gehabt habe? Ob die Reise ihr nicht zu lang gewesen sei? Ob sie müde sei? Ob sie Arles schon kenne? Wie ihr die Camargue gefalle? Ob sie Durst habe? Oder Hunger . . .'

Ludivine wußte nicht, worauf sie zuerst antworten sollte.

Frédéric kam ihr zu Hilfe.

„Vor allem hat sie eines nötig, daß nicht alle zugleich auf sie einreden."

Onkel Antoine trat hinzu.

„Wir freuen uns ganz außerordentlich, dich bei uns zu sehen, meine liebe Nichte. Spät hat dich Frédéric gebracht."

„Die Weinlese, Onkel Antoine ... Ich habe sehr viel Unannehmlichkeiten gehabt durch den Unfall, der Tonin als Arbeitskraft ausgeschaltet hat. Wir konnten nicht früher wegkommen, bevor nicht alles fertig war."

„Gute Ernte bei euch?"

„Verhältnismäßig gut. In Mogador haben die Reben weniger durch die Krankheit gelitten. Ich weiß von einigen meiner Nachbarn, bei denen sie sich seit dem Jahre 86 nicht mehr erholt haben."

„Es wird Mühe kosten, wieder in die Höhe zu kommen. Hier werden wir nicht mehr als ein paar Liter sauren Krätzer bekommen. Glücklicherweise ist der Keller wohlversehen. Wie geht es deiner Mutter?"

„Recht gut in letzter Zeit", antwortete Adrienne. „Sie hat seit mehreren Wochen keinen Herzanfall gehabt, und auch ihr Asthma läßt ihr jetzt Ruhe."

Tante Lucie ereiferte sich, mütterlich besorgt: „Liebes Kind, du schaust ein bißchen müde aus. Möchtest du dich nicht ausruhen? Caroline wird dich in dein Zimmer führen."

„O gerne, danke, Tante."

„Komm." Caroline zog sie mit sich fort „Ah, zuerst müssen wir dir deinen Neffen vorführen!"

Sie öffnete eine Tür und rief:

„Lalie, wo ist Numa?"

Ein rundes rosiges Ding mit rotgoldenen Locken kam herbeigelaufen und warf sich ihr gegen die Beine: „Schau ihn an, schau ihn an", sagte sie in triumphierendem Tone und hob ihn mit ausgestreckten Armen empor.

„Gib ihn mir, Caroline, ich bitte dich. Er sieht aus wie ein Kätzchen."

„Was sagst du zu meinem Sohn?" fragte Raoul. „Findest du, daß er mir ähnlich sieht?"

„Nein, seiner Mutter, das ist gar keine Frage."

„Laura behauptet, daß es so besser sei und daß er immer noch genug Vernet werden wird, wenn er in dem Stamme heranwächst."

Die junge Frau trat hinzu.

„Hab ich nicht recht, Ludivine? Jetzt sag einmal, hast du dich in den drei Monaten, seitdem du in diesen gefährlichen Kreis eingetreten bist, darin zurechtfinden können?"

„Ganz gut", lächelte Ludivine, „aber ich muß schon sagen, daß ich ihn wirklich manchmal etwas bedrohlich finde."

Frédéric, der sich mit Georges und Onkel Antoine unterhielt, machte ihr eine zustimmende Grimasse. Sie nahm den kleinen Knaben in ihre Arme, der erschrocken schrie und strampelte: „Gott, ist der schwer!“ rief sie und brachte ihn Frédéric.

„Wie groß er geworden ist! Du bist ein prächtiger Bursche. Ich gratuliere, Laura.“

„Du wirst das Rezept deiner Cousine geben, mein Kind“, sagte Antoine Vernet mit einem gutmütigen Lachen.

„Antoine“, ereiferte sich Tante Lucie entrüstet. „Wie kannst du nur?“

Ludivine errötete und biß sich auf die Lippen vor den Blicken Frédérics, auf dessen Wangen die kleinen Grübchen sichtbar wurden.

Caroline half ihr aus der Verlegenheit:

„Komm, willst du nicht ein bißchen Toilette machen? Es wird gleich serviert werden. Kommst du mit uns, Adrienne?“

Alle drei stiegen die Treppe hinauf in den ersten Stock. Zu beiden Seiten eines unendlich langen Ganges reihte sich Tür an Tür.

„Mama hat dir das große Zimmer gegeben, das auf den Park hinausgeht. Ich war der Meinung, du würdest den Blick auf den Vaccarès vorziehen. Aber da ist sie ganz unerbittlich wegen der Moskitos. Sie ist davon überzeugt, daß sie auf der Seite der Felder weniger angriffslustig sind.“

„So? Das ist schade. Ich bin schon so neugierig auf den Vaccarès. Hubert hat mir so viel davon erzählt.“

„Das denk ich mir. Hubert schwärmt ja mehr für die Camargue als wir alle. Hast du die zwei unten zusammen gesehen, ihn und Léon? Das Getier hier wird sich in acht nehmen müssen. Du wirst es ordentlich knallen hören. Ich hoffe, die Detonationen werden dich nicht stören. Möchtest du mitgehen?“

Ludivine weiß noch gar nicht, was sie tun wird. Der Gedanke, die Jagd mitzumachen, lockt sie nicht allzusehr. Sie liebt die Tiere, die laufen, fliegen, ihr Spiel treiben ... und hat gar keine Freude daran, neben sich einen Vogel oder ein Kaninchen tot niederfallen zu sehen. Aber was würde dieser Clan von Jägern dazu sagen? Ein unerträglicher Gedanke, daß Frédéric glauben könnte, sie habe Angst. Nein, lieber die Zähne zusammenbeißen und sich nichts merken lassen von ihrem Mitleid und ihrem Widerwillen.

„Haben wir noch Zeit, uns umzuziehen?“ erkundigte sich Adrienne, die Tante Lucies Faible für korrekte gesellschaftliche Formen kannte, ein Faible, von dem ein ganzes Leben mit Onkel Antoine sie nicht hatte befreien können.

„Nein, um Gottes willen, bleibt wie ihr seid. Es ist abgemacht, daß das Begrüßungsessen ganz unzeremoniös vor sich geht. Wir werden am Abend noch reichlich Zeit haben, uns füreinander schönzumachen. Ludivine, wir verlassen dich jetzt. Du wirst die Glocke hören."

Frédéric erschien: „Also hier hat uns Tante Lucie einquartiert?"

„Hast du etwas dagegen?" fragte Caroline. „Ich bitte dich, Frédéric, sei heute pünktlich unten. Ich zittere, daß du wieder zu spät kommst. Stell dir vor, was Lalie sagen würde, wenn man sie ihre Perlhühner anbrennen ließe."

Sie lachte und schloß die Tür, Frédéric folgte seiner Frau ins Ankleidezimmer.

„Nun, was sagst du zu Tourvieille?"

„Oh, ich glaube, daß es mir sehr gut gefallen wird. Aber Mogador ist schöner."

„Mogador ... Ja, das ist sicher. Es gibt nichts auf der Welt, was an Mogador heranreicht. Ich bin glücklich, daß du auch zu dieser Meinung kommst. Aber der Reiz von Tourvieille ... Du wirst schon sehen. Das läßt sich nicht so erklären. Man wird gefangen, man weiß nicht wie."

Die Arme in einer weichen Rundung emporgehoben, richtete Ludivine ihre Frisur. Sie warf ihm im Spiegel einen schmeichelnden Blick zu.

„Frédéric, wirst du mich abends an den Teich mitnehmen?"

„Natürlich. Bei Mondenschein, das gehört dazu. Ich werde dir den ‚See' von Lamartine rezitieren, und wir werden uns mit Seelavendel bekränzen."

„Frédéric!" Sie stampfte mit dem Fuß.

Er näherte sich ihr, um sie zu umarmen, aber sie wich ihm aus, ernstlich böse.

„Du bist aber zuwider."

„Laß mich, ich will nicht, daß du meine Frisur in Unordnung bringst."

„Nun, nun, tut es nicht manchmal ganz wohl", murmelte er, die Lippen auf ihren Nacken gepreßt. Trotzig bewahrte Ludivine eine eisige Haltung.

Halb scherzend, halb ärgerlich drohte er: „Jetzt werde ich es aber gründlich besorgen."

Mit einer plötzlichen Wendung stand sie ihm gegenüber, kampfbereit. Er lachte, sie blickte ihn herausfordernd an.

Von unten ertönte die Glocke.

„So, jetzt ist es genug", sagte Frédéric. „Zerzanken wir uns nicht, mein Herz. Wir hätten nicht mehr Zeit genug, uns wieder zu versöhnen."

Die Zeit in Tourvieille vergeht wie im Flug. Vier Tage sind sie schon da. Üppige Diners, Jagdpartien, Spaziergänge am Ufer des Vaccarès, der zu jeder Stunde einen neuen Zauber entfaltet, weite Ritte durch die Auen und die unendliche Ebene, Besuche bei den benachbarten Pferde- und Rinderzüchtern ... Die Vernets selbst betreiben eine Pferdezucht. Aber ganz in der Nähe, am anderen Ufer einer schmalen Roubine, weiden, in völliger Freiheit, die Stiere von Vacqueyranne. Zu Ehren Ludivines hat man eine „Ferrade" veranstaltet. Sie selbst hat mit dem glühenden Eisen einen gezähmten jungen Stier gezeichnet.

Am Abend versammelt man sich im Herrenhaus. Es kommen junge Leute aus Albaron. Albert de Barcarin bringt seine Schwester aus Fiélouse mit. Tante Lucie setzt sich ans Klavier, und man beginnt zu tanzen.

Aber dieses wunderbare Vollgefühl des ersten Abends, da sie allein mit Frédéric am Ufer des schwarzen Wassers saß, auf das die Sterne des Himmels sich als flimmernde Goldplättchen niederlegten, hat Ludivine nicht wiedergefunden. Es sind zuviel Menschen zwischen ihm und ihr.

Sicherlich, Raoul ist der aufmerksamste Kavalier. Er erklärt ihr die Namen der sonderbaren Pflanzen, die auf der Salzerde wachsen, er lehrt sie die Vogelrufe erkennen, schneidet für sie die letzten Blumen des Parks, bemerkt ihre Toiletten, macht ihr als Kenner Komplimente darüber und führt sie in die Kunst des Walzertanzes ein.

Georges hat ein Porträt von ihr angefangen, in einem heliotropfarbenen Kleid, einen Blütenstrauß am Mieder. Onkel Antoine schneidet Gesichter vor der Leinwand, aber Frédéric findet, daß es gut werden wird. Hubert dient ihr wie ein Page seiner Dame. Léon trägt ihr den Fächer und den Sonnenschirm. Caroline beklagt sich lachend, daß sie von ihren Verehrern Étienne Saliez und Albert de Barcarin wegen der schönen Augen ihrer Cousine vernachlässigt wird. Es ist freilich sehr angenehm, über diesen kleinen Hofstaat zu herrschen, und Ludivine würde auch das Vergnügen, umschwärmt zu sein, in vollen Zügen genießen, würde nur Frédéric immer ihren Spuren folgen.

Aber Frédéric läßt Charlotte und Clara de Barcarin um sich herumflattern, lachend und ungezwungen. Er neckt die kleine Arlette Rouveyre, die ihn ohne jede Zurückhaltung mit großen Augen bewundernd betrachtet. Wie kann dieser Marc es zulassen, daß sich seine Schwester so bloßstellt, fragt sich Ludivine entrüstet.

Aber vor allem ist Laura da, Laura, die nicht mehr die Jagden mitmachen kann, nicht mehr reitet, nicht mehr tanzt.

„Sie erwartet wieder ein Baby, denk dir. Ich habe Mama mit Papa neulich darüber sprechen hören", hatte ihr Caroline nach der Rückkehr von der Hochzeitsreise zugeflüstert.

Ein Baby, das ist ja ausgezeichnet! Sie wird häßlich werden, ungeheuer dick, und niemand wird sich mit ihr abgeben wollen, hat Ludivine zuerst gedacht. Aber wer sagt denn, daß sich das so abspielen wird? Laura hat noch immer ihre schlanke Taille und ihren rosenfarbenen Teint, nimmt reizende, schmachtende Posen ein und thront in einer Wolke von Spitzen, umgeben von beflissener Aufmerksamkeit.

Gerade in diesem Augenblick sitzt Frédéric auf einem Schemel neben ihr. Auf einen Ellenbogen gestützt, neigt sie ihren Kopf zu ihm und flüstert etwas. Frédéric lächelt, antwortet. Was können sich die zwei nur zu sagen haben? O Gott! nicht wissen ... Walzer, der kein Ende nimmt. In ihrer Nervosität kommt sie aus dem Takt.

„Was hast du, mein schönes Kind?" fragt Raoul besorgt. „Müde? Wollen wir einen Augenblick draußen Luft schöpfen?"

Das Feld freigeben? Nie im Leben!

„Ich bitte dich, tanzen wir weiter. Ich war etwas schwindelig, aber es ist schon vorbei. Es ist so schön."

„Darf ich dich ein bißchen besser halten?" Er faßt sie fester um die zarte Taille. „Ich habe noch nie eine solche Tänzerin gehabt wie dich. Man könnte dich zerdrücken, ohne es zu bemerken. Du bist so leicht wie eine Libelle."

„Schmeichler, ist das dein Ernst?" flötet Ludivine, deren Gedanken woanders sind.

In dem Augenblick kommen sie bei dem Paar vorbei, das sich halblaut unterhält. Dieses Lächeln von ihr ... Ah, endlich! Es ist zu Ende.

„Hast du bemerkt", fragt Raoul seinen Cousin, „wie deine Frau Walzer tanzt?"

„Freilich, ich habe den Eindruck, daß sie sich glänzend aus der Affäre zieht.“

„Aus der Affäre zieht? Aber mein Lieber, sie ist eine Elfe, ein Hauch, ein Luftgeist.“

„Ja, wirklich“, bestätigt Laura. Sie spricht in einem etwas schleppenden, singenden Ton, den Ludivine affektiert findet.

„Es ist ein Vergnügen, dir zuzusehen, mein liebes Kind. Hast du das in deinem Pensionat gelernt?“

Scheinheilige, hinterlistige Laura.

„Du bist zu nachsichtig. Ich bin überzeugt, daß du tausendmal besser tanzt. Du gehst ja schon so lange auf Bälle.“

„O nein, o nein“, protestiert Raoul lebhaft. „Laura ist eine sehr gute Tänzerin, gewiß, aber ich behaupte, daß du mindestens ebenso tanzt.“

Ludivine senkt bescheiden ihre Wimpern.

„Erinnerst du dich an den Ball, Laura, bei der Verlobungsfeier von Estelle Jonquéras?“ wirft Frédéric ein, der irgendein Gewitter aufsteigen fühlt und es abwenden möchte; Laura lächelt, ohne zu antworten.

Diese Miene stummen Einverständnisses treibt die Verzweiflung Ludivines auf die Spitze. Mit liebevoller Teilnahme erkundigt sie sich:

„Was hast du, Laura? Ich finde, du siehst heute abend schlecht aus. Vielleicht die Hitze hier . . . Fühlst du dich nicht wohl?“

Lauras Gesicht ist ein unbewegter See. Ludivine beobachtet die Wellen, die der hineingeworfene Stein schlägt. Hat der Wurf getroffen? Fast ist sie dessen sicher.

Albert de Barcarin fordert sie für die soeben beginnende Mazurka auf. Sie erhebt sich, und indem sie den dargebotenen Arm nimmt, gibt sie noch den wohlmeinenden Rat: „Du solltest dich ausruhen gehen, meine Liebe.“

„Ich glaube, ich werde deinem Rat folgen“, erklärt Laura leichthin. „Also, mein schöner Kavalier, ich gebe Sie wieder frei. Aber zuerst lassen Sie sich schmücken.“

Sie nimmt aus einer Vase eine von den prachtvollen rosa Nelken, die Caroline diesen Morgen aus Arles mitgebracht hat, und steckt sie Frédéric ins Knopfloch, der ihr dafür die Hand küßt.

„Du kommst mit mir, Raoul, nicht wahr?“

In Ludivines Adern kocht es. Der scharmante Albert de Barcarin wird niemals verstehen, warum sie einige Sekunden lang ihre flammenden schwarzen Augen auf sein Gesicht gerichtet hielt, mit einem Blick, der durch ihn hindurch in weite Fernen zu gehen schien.

„Tanzen Sie vielleicht nicht gerne Mazurka?"

„Wie? Mazurka?" Ludivine kehrt in die Wirklichkeit zurück. „Aber leidenschaftlich!"

Überrascht, aber ohne Widerrede, führt sie der junge Mann zum Sofa zurück, wo sie sich neben Adrienne niedersetzt. Diese scheint verjüngt zu sein. In dem vertrauten Kreis, fern von den beißenden Spöttereien ihrer Mutter, die lähmend auf sie wirken, fühlt sie sich wohl, ist lustig wie ein ganz junges Mädchen und scherzt mit Georges, ihrem Lieblingsvetter. Frédéric tritt zu ihnen: „Meine schönen Damen, ist noch ein Platz für mich frei zwischen euch zweien? Ludivine, tanzen wir den nächsten Walzer?"

„Wenn du willst", sagt sie in gleichgültigem Tone. Die Nelke in seinem Knopfloch ist wie eine Herausforderung. Anscheinend ohne ihre geringe Begeisterung zu bemerken, sagt er:

„Ich werde Tante Lucie bitten, uns den Donauwalzer zu spielen."

„Das ist eine gute Idee", ruft Georges. „Den habe ich besonders gern. Adrienne, wenn du mit mir traurigem Walzertänzer vorliebnehmen willst?"

„Du weißt sehr gut, daß ich auch nicht Takt halten kann."

„Ach, das macht gar nichts. Wir werden zusammen herumhopsen."

„Und alle anderen stören", bemerkt Caroline, die an Marc Rouveyres Arm, gefolgt von Hubert und Arlette, aus dem Garten ins Zimmer tritt.

„Wir werden uns ganz klein machen", verspricht Adrienne, ohne sich im mindesten in ihrer guten Laune stören zu lassen.

Ludivine betrachtet sie mit einer Art von Neid: dieses Geschöpf, das weder hübsch noch geistreich ist, schlecht reitet, schlecht tanzt, keinen Erfolg bei Männern hat, die nur für die Hauswirtschaft taugt, sie scheint nichts zu begehren, nichts zu vermissen, und lebt in einer unangreifbaren Atmosphäre des guten Willens. Sie erinnert an Martha aus der Heiligen Schrift, denkt Ludivine und stellt sich dabei die Frage, wessen Teil wohl der bessere sei, der Marias, dieses von Leidenschaft verzehrten Herzens?

Auf Frédérics Bitte schlägt Tante Lucie die ersten Takte an. Dieser Walzer mit seiner schmachtenden Wehmut erweckt die Erinnerung an vorgerückte Nachtstunden im Ballsaal, an erlöschende

Lampen, an Minuten des Glücks, die man festhalten möchte, und schon sind sie entflohen. Hingeschmiegt in Frédérics Arm, dreht sie sich stumm mit halbgeschlossenen Augen.

„Keine Stimmung?" fragt er.

Sie hebt einen so trostlosen Blick zu ihm empor, daß er überrascht ist.

„Was ist dir, mein Herz? Müde?"

Unfähig zu antworten, schüttelt sie den Kopf.

„Du bist nicht zufrieden, mit mir zu tanzen? Sag mir, daß er dir gefällt, der Walzer. Hör zu."

Er summt das Motiv des Refrains und macht mit den Lippen die Bewegung eines Kusses zu dem Gesicht, dessen Augen an ihm hängen. Ludivine erheitert sich allmählich und lächelt ihn an. Entzückt hebt er sie in einem weiten kreisenden Schwung empor. Sie liegt berauscht in seinen Armen, vom Boden losgelöst.

„O Frédéric, Frédéric!"

Das Klavier verstummt, sie taumelt, von einem Schwindel erfaßt. Frédérics Stimme kommt zu ihr, weich, wie aus weiter Ferne.

„Stütz dich, ich halte dich. Leg deinen Kopf auf meine Schultern. Komm, gehen wir einen Augenblick hinaus, die Nachtluft wird dir guttun."

Er zieht sie mit sich auf die Terrasse hinaus. Im Dunkel an ihn gelehnt, erholt sich Ludivine.

„Ist dir besser?" fragt Frédéric besorgt. „Es war wirklich roh von mir, dich so herumzuwirbeln."

Nein, nein, daß er nur nicht glaubt ... daß er es nur nicht bedauert ...

„Es war herrlich, Frédéric, versprich mir, daß wir wieder zusammen tanzen."

„Bravo! Morgen, heute noch, sofort! Sobald du willst."

„Findest du, daß ich gut tanze?"

„Wie eine Flocke, wie ein Blatt im Wind, kleine Zauberin."

Zauberin. Immer sagt er etwas Überraschendes. Sie träumt. Ihre Wange berührt etwas Weiches, Kühles an seinem Rockkragen ... Ach Gott!

„Findest du mich hübsch?"

Verstohlen schiebt sie ihre Hand vor und reißt die Blume aus dem Knopfloch.

„Was für eine Frage. Natürlich, du kleine Närrin."

„Aber ... hübscher als die anderen?"

Lauras Geschenk liegt unter ihrem Fuß. Sie zertritt es mit eiskaltem Eifer.

„Viel, viel hübscher! Und mich", scherzt er, „findest du mich schön?"

„Frédéric, mach keine solchen Witze. Ich kann das nicht leiden."

„Also, dann komm tanzen."

„Gerne", antwortet sie freudestrahlend.

Im Salon drehen sich noch die Paare. Sie mischen sich darunter, aber der Tanz ist gerade zu Ende. Frédéric führt seine Frau zum Kamin, wo die Schwestern Barcarin und Caroline mit ihren Herren plaudern.

„Es wird spät", bemerkt Charlotte. „Wir werden ans Nachhausegehen denken müssen. Es ist eine gute Stunde Weg von hier nach Fiélouse."

„Ach Gott, nehmt den Weg am Teich entlang. Bei Mondschein ist es so schön zu gehen", sagt Léon. „Hubert und ich könnten euch bis zu Notre-Dame d'Amour begleiten. Was meinst du, Hubert?"

„Wie wär's, wenn wir alle gingen?" schlägt Ludivine vor.

Clara neigt sich und riecht an den Blumen.

„Schau, ich habe meine Nelke verloren." Frédéric sucht mit den Blicken auf dem Boden.

„Laß", sagt Ludivine, „das ist doch gleichgültig. Überhaupt liebe ich Nelken gar nicht. Es ist so ein komischer Geruch."

8

Die wilden Stürme des Mistral fegen durch den Park. Im Haus zündet man große Scheite an. Ludivine hat den ganzen Nachmittag damit verbracht, auf einem Hocker am Kamin sitzend, mit den Augen das Spiel der Flammen zu verfolgen wie ein frierendes kleines Tier.

Sie ist allein. Frédéric reitet über die Felder und kehrt jeden Abend naß, kotig, mit dem Geruch der kalten Erde und des Windes im Gesicht, zurück.

Hubert jagt mit seinen Freunden aus Saint-Ange. Sie sind für einige Tage weggefahren, Gott weiß wohin.

Ihre Schwiegermutter hat in der vorigen Woche einen schweren Herzanfall erlitten und ist seither durch ihr Asthma ans Zimmer gefesselt.

Unermüdlich geht Adrienne hinauf, um nach ihr zu sehen, läßt sich anfahren, kommt zurück, setzt sich nieder, nimmt ihre Arbeit wieder zur Hand, legt sie nach wenigen Minuten wieder weg und verläßt von neuem das Zimmer. Die Medizinen, die Temperatur, die Tropfen, die Tees, die leichten Gerichte, deren Zubereitung sie selbst überwacht, den ganzen Tag sieht man sie mit ihrem unendlich braven Gesichtausdruck emsig hin- und hergehen.

„Mademoiselle Adrienne ist wie eine Barmherzige Schwester", erklärt diesen Morgen am Treppenaufgang Eugénie zur alten Philo. Das heißt allerdings Philo bei ihrer schwachen Seite packen, wenn man eines ihrer einstigen Pflegekinder lobt. Aber Ludivine findet, daß ihr Mädchen recht hat: eine Haube mit großen, weißen Flügeln, um dieses friedfertige Gesicht einzurahmen, und der weite, blaue Rock der Barmherzigen Schwestern, das wäre wirklich die richtige Kleidung für ihre Schwägerin.

Aber was tun, wenn man nicht die Berufung zur Nächstenliebe hat und sich auch nicht dazu geneigt fühlt, wenn man lange Zeit vor dem Spiegel geträumt, neue Frisuren probiert, über seine Toiletten gegrübelt, ohne Appetit gegessen, ein bißchen gelesen, ein bißchen gegähnt und zugesehen hat, wie der Abend sich auf die vom Wind gepeitschte Allee senkt.

Voriges Jahr um diese Zeit war sie im Pensionat, mit Elise und Hermance und Marguerite Bonnardel, die der verhaßten Mère Jeanne-des-Anges so lustige Streiche spielte, und mit der ausgelassenen, eifersüchtigen Marthe Dervillers ...

Man lachte, schmiedete Pläne, tauschte Vertraulichkeiten aus. ‚Mein Cousin hat mir viermal geschrieben, seit ich zurück bin, ich bekomme die Briefe durch eine Externe.' – ‚Der Bruder von Augusta Rollin wird Sonntag ins Sprechzimmer kommen, sie hat es mir gesagt.' – ‚Erinnerst du dich an Clarisse de Grézan, die voriges Jahr das Kloster verlassen hat? Bei den Stierkämpfen in Nîmes soll Frasuelo ihr seinen Mantel zugeworfen haben. Meine Eltern saßen im zweiten Rang, hinter ihr.' – ‚Ich, ich möchte einen Offizier heiraten, einen Marineur vielleicht, oder auch einen Husaren. Meine älteste Schwester ist zum Fest nach Tarascon gefahren. Sie hat großen Erfolg, wißt ihr, man macht ihr sehr den Hof.'

So kreisen in diesen Mädchenköpfen alle Gedanken um das eine Ziel, die erträumte Zukunft, den kleinen, rosenduft-erfüllten Roman, der mit der Hochzeit endet.

Das alles ist für Ludivine schon gekommen, gekommen und vergangen. Das weiße Kleid und der Brautschleier schlafen dort oben in der Lade der Kommode.

Und immer noch wartet sie, wartet, jetzt, wo ihr Schicksal schon entschieden ist. Wird das ganze Leben ein Warten sein? Und muß sie das mit siebzehn Jahren entdecken? ‚Oh, daß er nach Hause käme, daß ich mich in seine Arme werfen könnte!' Aber auch das ist nicht die Lösung. Morgen wird er wieder weggehen, und sie wird wieder bis zum Abend ihr schweres Herz schleppen, das ungeduldig verlangt und immer verlangt und niemals Erfüllung findet ...

Ach, die ganze Liebe der Welt wäre wohl nicht zuviel, um dieses Herz auszufüllen. Aber ist diese warme, zärtliche Weichheit und dann wieder die Leidenschaft, die Frédéric ihr bezeigt, nicht genug, und das Bedürfnis, das er nach ihrer Anwesenheit hat, sobald er da ist? Aber warum muß er sie verlassen, so oft, so lange? Und die Liebkosungen, die er ihr in verschwenderischer Fülle zuteil werden läßt, und ihre Versöhnungen und selbst ihre Zänkereien, in denen seine spitzen Worte oft eine Weichheit zu verbergen scheinen, gegen die er sich wehrt. Aber warum wehrt er sich dagegen? Sie kann sich nicht zügeln und denkt auch gar nicht daran, es zu versuchen: sie gehören einander, sie hat nichts von sich zurückbehalten, aber sie will auch ihn ganz.

„Du verschlingst einen, du bist ein richtiger Vampir", hat er ihr neulich am Abend lachend gesagt. „Einmal werde ich in der Nacht aufwachen und dich auf mir finden, mit den Zähnen in meinem Hals, im Begriffe, mein Blut auszusaugen. Die Seele wirst du dir zum Nachtisch aufsparen."

Was soll das heißen? Sie möchte alle seine Blicke, alle seine Gedanken für sich haben. Warum versteht er das nicht?

Es ist Nacht geworden. Von Zeit zu Zeit erhellt ein aufflammendes Holzscheit den Raum und zeichnet sonderbare Schattenbilder auf den Arabesken der roten Tapete. Adrienne tritt ein, gefolgt von Victor, der die zwei großen Petroleumlampen trägt.

„Ludivine! Du bist da, ganz allein im Finstern! Ja, was ist denn, Kind? Was würde Frédéric sagen, wenn er dich so fände."

„Aber gar nichts. Ich habe dem Feuer zugesehen. Wie geht es Mama?"

„Nicht schlechter. Sie atmet sogar etwas leichter, scheint mir. Du solltest ein bißchen hinaufgehen. Sie freut sich immer, wenn du kommst."

„Ja, ich gehe gleich. Schau diese fliegenden Flämmchen an, diese Funken, wie ein Miniaturfeuerwerk."

„Ja, ich könnte auch stundenlang vor dem flackernden Feuer sitzen und hineinsehen. Man sieht soviel darin, nicht wahr?"

Wirklich, auch Adrienne hat ihr Leben, ihr eigenes Leben. Es gibt Dinge, die sie gerne tut, und andere, die sie nicht gerne tut. Und auch Victor, der soeben hinausgegangen ist, nachdem er frisches Holz in den Kamin nachgelegt und die Fensterläden geschlossen hat. Victor, mit seiner breiten Gestalt, seinem würdevollen Ausdruck und seinen feierlichen Bewegungen ... Merkwürdig, sie hat niemals daran gedacht.

„Sag mir", fragt sie, „glaubst du, daß Victor glücklich ist?" Überrascht und nachdenklich blickt Adrienne sie an.

„Was für eine sonderbare Frage! Wie kommst du darauf? Und schau, gerade jetzt spielt sich eine recht unangenehme Geschichte in der Office ab. Victor hat sich von dem Küchenmädchen einfädeln lassen, der kleinen Adele, ich weiß nicht, ob sie dir aufgefallen ist: sie ist recht hübsch und jung. Es scheint, daß der dicke Dummrian ihr nachläuft. Die arme Bertha kränkt sich so darüber. Heute früh hat sie geweint. ‚Nach achtzehnjähriger Ehe meinen Mann so einem Weibsbild nachlaufen sehen', hat sie geklagt."

Ludivine macht große Augen. ‚Victor, Bertha, Adele, ein Liebesdrama.'

„Ich weiß wirklich nicht, was ich machen soll", fährt Adrienne fort. „Wenn Mama Adele ordentlich den Kopf zurechtsetzen könnte, würde vielleicht noch alles gut werden. Victor war immer so ein ruhiger, anständiger Mensch. Aber ich will ihr jetzt nichts davon sagen. Sie ist nicht wohl genug, das würde sie zu sehr ermüden. Sie braucht nur Ruhe, Ruhe. Vor allem sag Philo nichts davon. Sie erzählt immer alles Mama weiter. Übrigens hat Bertha mich ausdrücklich gebeten, niemandem etwas davon zu sagen. Aber wie kommst du plötzlich auf Victor?"

„Ich weiß nicht", antwortet Ludivine zögernd. „Ich habe darüber nachgedacht, ob alle Menschen sich nach dem Glück sehnen."

„Mehr oder weniger ja, glaube ich. Die Armen denken im allgemeinen wohl kaum daran. Sie arbeiten, mühen sich ab, leben einen Tag wie den anderen dahin, und wenn ihre Kinder gesund sind, finden sie, daß alles in Ordnung ist. Und so sind sie eines schönen Tages am Ende angelangt, und zum Schluß sind sie vielleicht sogar glücklich gewesen."

‚Glücklich! Gütiger Himmel!' Zum erstenmal in ihrem Leben empfindet Ludivine Mitleid mit ihren Mitmenschen. Und sie . . . sie! Ist es denkbar, daß sie eines Tages mit leeren Händen am Ende anlangt? Aber nein: sie hat Frédéric, ihre Liebe, ihre Jugend, und das Leben ist lang.

„Mama war glücklich mit deinem Vater, nicht?"

„Ich glaube. Jedenfalls sind es mehr als fünfzehn Jahre, daß sie mit ihren Erinnerungen lebt. Beobachte sie einmal, wenn sie von ihrem früheren Leben erzählt. Man möchte glauben, daß alles für sie allein von neuem anfängt. Die Menschen, denen sie erzählt, sieht sie gar nicht."

„Und du, Adrienne?"

„Ich?"

Die grausame Frage scheint Adrienne unerwartet zu treffen. Aufrecht in ihrem Sessel sitzend, die Hände im Schoß gefaltet, empfängt sie den Schlag.

„Ja, du, sag es mir", beharrt Ludivine.

„Aber natürlich, ich bin sehr glücklich." – Ohne Zweifel ist es wahr.

‚Mein Gott, mach, daß es wahr ist!' fleht Ludivine im stillen. Sie fühlt das dringende Bedürfnis, es zu glauben.

Adrienne erhebt sich, um den Docht der Lampe hinaufzuschrauben. Die Vorhänge sind zugezogen, die großen zweiflügeligen Türen fest geschlossen. Sie sind allein mit dem knisternden Kaminfeuer zwischen den roten Tapeten, den Familienbildern und den schweren vergoldeten Sesseln im Stile Louis XIV.

Ludivine seufzt beinahe unwillkürlich.

„Oh, ich möchte, daß Frédéric bald zurückkommt."

„Armes Kind", sagt Adrienne mitleidig. „Das Land ist traurig in dieser Jahreszeit, wenn man nie da gelebt hat. Aber weißt du, in drei Wochen ist Weihnachten, und Mama will dieses Jahr dir zu Ehren wieder Gäste empfangen. Seit Henris Tod haben wir an diesem Tag kein Diner mehr gegeben. Die ganze Verwandtschaft wird kommen. Es wird sehr lustig sein."

„Ich möchte Elise Daubenois auch einladen."

„Gut, gut, wir werden ihr schreiben, wenn wir unsere Einladungen nach Sarrazine und Tourvieille schicken."

Tourvieille, Sarrazine . . . wie verschiedenartig sind die Eindrücke, die Ludivine von diesen beiden Aufenthalten empfangen hat. Die tollen Unterhaltungen in Tourvieille mit der ausgelassenen Schar der Cousins, die herrlichen Augenblicke in der Einsamkeit der Auen, die nächtliche Stille der von verborgenem Leben pulsierenden Ufer des Vaccarès, die großen, lärmenden Gesellschaften, der stille Kriegszustand mit Laura, der Kranz von Bewunderern ... Wie ist alles anders in Sarrazine. Tante Sophie allerdings ist etwas steif. Aber Onkel Constant ist so sehr „vieille France", mit seinen gelassenen altmodischen Komplimenten, seinem von schalkhafter Güte strahlenden Gesicht. Und seine Kinder, so ruhig, so fein gebildet. Das Leben dort hat einen solchen Duft von Geruhsamkeit und Vornehmheit. Emilie pflegt selbst mit Stolz die kostbaren Figuren, die ihr Vater sammelt. Das Haus ist voll von Vitrinen, die Seltenheiten bergen. Eine ungeheure Bibliothek ist dort, deren Wände vom Fußboden bis zur Decke mit schön gebundenen Büchern bedeckt sind. Onkel Constant verbringt darin sein halbes Leben.

Aus Sarrazine hat Frédéric die Gewohnheit, die sie so liebt: des Abends zu lesen. Da sitzen sie beide in einem großen, bequemen Lehnstuhl; einen Arm hat er um ihre Taille gelegt, mit der anderen Hand hält er seine Pfeife, und sie, der es obliegt, das Buch zu halten, paßt auf ein Zeichen seines Kinns, um das Blatt zu wenden.

Sie schließt die Augen und glaubt das eingelegte Tischchen und die Kristallschale vor sich zu sehen, in der sich die letzten von der Laube gepflückten Rosen entblättern. Emilie, die im Kreise all der jungen Vettern so völlig reizlos ist, hat in dem ihr angemessenen Rahmen die Anmut eines verblaßten Pastellbildes aus vergangenen Tagen. Und wie entzückend ist Blanche! „Mein hübschester La Tour!" sagt ihr Vater. Ludivine denkt, daß Laura ihr wohl, wenn Léon sie eines Tages nach Tourvieille heimführt, das Leben recht sauer machen dürfte. Und Caroline ...

„Glaubst du ernstlich, daß Caroline Edmond liebt?"

Adrienne beschäftigt sich nicht gern mit den Herzensgeheimnissen anderer.

„Das kann man nicht wissen. Möglich. Warum nicht?"

„Aber Edmond scheint mir so gar nicht zu ihr zu passen. Er lebt nur für die Musik, die Arbeit und die Bücher. Kannst du ihn dir mit der lebenslustigen Caroline vorstellen?"

„Arme Caroline, du hast schon recht", lächelt Adrienne.

„Und weißt du, ich habe gar nicht den Eindruck, als ob Edmond überhaupt an sie dächte. Sie sollte lieber Marc Rouveyre heiraten, der so rasend in sie verliebt ist."

Adrienne denkt nach: Wie sie die Sache energisch angeht, die kleine Person. Sie möchte am liebsten gleich alle Lebensschicksale nach ihrem Sinn regeln, zu zwei und zwei. Sie schüttelt den Kopf:

„Ich fürchte, das ist nicht so einfach."

Die Bronzeuhr auf dem Kamin läßt einige helle langsame Schläge vernehmen. „Halb sechs schon! Ich muß zu Bertha wegen des Speisezettels für morgen."

„Gut, dann gehe ich zu Mama hinauf."

„Tu das." Sie streichelt zärtlich das glatte, glänzend schwarze Haar. „Leiste ihr ein bißchen Gesellschaft. Wenn Frédéric nach Hause kommt, werde ich ihn dir gleich schicken."

„Wie fühlst du dich, Mama? Adrienne sagt mir, daß sie dich etwas besser findet."

„Adrienne ist eine dumme Gans. Ich möchte sie an meiner Stelle sehen." Unentschlossen wiegte sich Ludivine in der Türöffnung auf einem Fuße.

„Komm herein, Kind, und mach die Türe zu. Der geringste Luftzug verursacht mir noch mehr Atemnot."

Ludivine setzte sich neben das Bett ihrer Schwiegermutter und bemühte sich krampfhaft, irgend etwas zu sagen. Sie fühlte sich von einem instinktiven Grauen vor dem Leiden und der Krankheit gelähmt. Die fiebrige Atmosphäre und der Geruch der Medikamente flößten ihr Ekel ein; die Kopfkissen zu richten, eine Tasse Tee oder einen Löffel Sirup zu reichen, erforderten von ihr eine Selbstüberwindung. Endlich fragte sie:

„Ist es schon lange her, daß du dieses Leiden hast? Kann man dich wirklich nicht davon heilen?" Julia lächelte:

„Und mich von meinem Alter heilen und meinem verbrauchten Herzen. Gewiß, alles endet hier mit der Heilung. Aber Gott läßt uns manchmal lange darauf warten. Es gab auch eine Zeit, da ich schön war, meine Kleine. Ich liebte die Pferde, den Wind, die Felder. Und auch schöne Kleider, warum nicht? Ich habe einen Mann und Kinder gehabt, ich habe ein Haus geführt und für alle gesorgt. Ein Stück von mir ist mit jedem von ihnen dahingegangen. Es ist schon alles so in Ordnung."

Sie hielt einen Augenblick inne, um Atem zu schöpfen, mit fieberheißen Wangen und zusammengepreßten Nasenflügeln.

„Bring mir das Photoalbum, dort auf dem Wandtischchen."

Ludivine brachte ihr den schweren, in Plüsch gebundenen, goldbeschlagenen Band. Julia öffnete ihn und blätterte darin ein wenig.

„Schau, da bin ich mit zwanzig Jahren.“

Ludivine beugte sich über die zartkolorierte Photographie.

„Mein Gott, Mama, wie hübsch du warst!“

Das braune gescheitelte Haar, die großen hellen Augen, das reine Oval des Gesichts und der weiche warme lilienweiße Teint, eben der Teint, den sie so gern gehabt hätte, von dem sie träumte, den nicht zu besitzen ihr jeden Tag ein neuer Schmerz war ... und der weite Rock mit Volants ... der samtgeputzte große Strohhut ...

„Gott, wie gut man sich damals angezogen hat, wie ich diese Mode liebe! Hast du die Kaiserin gesehen, Mama?“

„Ja, einmal in Marseille, im Jahre 1869, als sie sich nach Ägypten einschiffte. Wir wohnten den Festlichkeiten bei, die ihr zu Ehren veranstaltet wurden.“ Ludivine seufzte gedankenverloren.

„Es muß sehr schön gewesen sein, in dieser Zeit zu leben.“

„Ja“, antwortete Julia kurz.

Kleiner Schatten einer entschwundenen Zeit, junges Mädchen mit den langen Hängelocken, was hast du gemein mit dieser Frau, die da vor Ludivines Augen nach Atem ringt, hustet und sich quält in dem Berg weißer Kissen? Und dieses Zimmer mit seinem Geruch der Vergangenheit, ist es möglich, daß es einst vom Lachen und Küssen der jungen Gatten klang?

Sie denkt an ihr helles, freundliches, warmes Zimmer mit seinen Figurentapeten, seinen Louis-XIV.-Möbeln, seinen bequemen Lehnstühlen, dem großen Bett mit den Seidenvorhängen, den zarten Nippesfiguren, dem spitzendrapierten Frisiertisch, den Wandleuchtern aus Bronze und Kristall zu beiden Seiten der hohen Wandspiegel. Hier in diesem altmodischen düsteren Raum wirkt selbst der Anblick des Feuers traurig.

„Nun, mein kleines Mädchen, man träumt?“ Die Stimme mit ihrem spöttischen Klang läßt Ludivine auffahren.

„Was geht unten vor? Erzähl mir etwas. Adrienne fürchtet, daß du dich langweilst. Als ob eine junge Frau sich langweilen könnte.“

Ludivine öffnet den Mund, um der Kranken von der Ehetragödie in der Küche zu erzählen, erinnert sich aber noch rechtzeitig, daß Adrienne sie gebeten hat, darüber zu schweigen.

„Nun?“ wiederholt Julia, ungeduldig über dieses Spiel.

„Mama, ist es wahr, daß zu Weihnachten alle Verwandten kommen?“

„Ah, das ist es, was dich beschäftigt. Das hat dir Adrienne natürlich schon wieder erzählt. Also freust du dich?“

„Ja“, antwortet Ludivine nicht eben lebhaft.

„Ja, was denn? Ich dachte, du verstehst dich gut mit deinen Cousinen. Was ist los? Emilie? Blanche? Nein! Also bei den Vernets?“ ... Ihr Blick ruht forschend auf dem Gesicht ihrer Schwiegertochter.

Ludivine runzelt die Stirn. Dieses Verhör gefällt ihr nicht.

„Aber nicht das geringste, Mama. Ich weiß nicht, wie du auf diese Idee kommst.“

„Ludivine! Halt mich nicht zum besten!“ sagte die alte Dame ärgerlich. „Hältst du mich für so dumm?“ Ihr durchdringender Blick sucht Ludivines Augen, die ihr ausweichen.

„Also heraus mit der Sprache! So ernst ist es also?“

„Aber nein, Mama, was bildest du dir ein?“ Ludivine ist wütend. In die Enge getrieben, gesteht sie endlich: „Ich mag Laura nicht, wenn du es unbedingt wissen willst.“

Ein befriedigendes Lächeln gleitet über Julias Lippen.

„Sie ist hübsch“, sagt sie mit wohlüberlegter Freundlichkeit.

Ludivine hebt den Kopf und blickt sie herausfordernd an.

„Ich hasse ihr Benehmen den Männern gegenüber.“

„Oh, oh, meine Kleine.“ Julia findet, daß das Gespräch unterhaltend zu werden beginnt..

„Eine Rivalin also? Denn, wenn ich Frédéric glauben darf, bist du sehr umschwärmt von den Herren.“

Also hat Frédéric das bemerkt!

„Hat er dir das gesagt, Mama?“

„Ja, wer denn sonst? Übrigens habe ich auch noch gute Augen und meinen vollen Verstand. Jeder Mensch kann sehen, wie du dich darauf verstehst, die Männer um den Finger zu wickeln.“

„Aber, Mama, nein. Wie kannst du das sagen?“ haucht Ludivine mit entwaffnender Naivität. Julia lacht herzlich.

„Vergiß nicht, daß ich das alles auch mitgemacht habe, vor dir, mein Kind. Ich kenn mich aus in den Dingen. So seid ihr, Laura und du, also ...“

„Sie ist eine böse Person, falsch, honigsüß. Sie ist eifersüchtig, weil ich jünger bin als sie.“

Die Flut des heimlichen Grolls brandet empor.

„Sie gefällt sich darin, mit mir immer vom Pensionat, von meiner Klasse zu sprechen, vor allem, als ob ich gestern erst herausgekommen wäre. Als ob ich ein kleines Schulmädel wäre, das nicht zählt, verstehst du?“

Das ist allerdings unverzeihlich. Julia unterhält sich königlich.

„Und ... du läßt sie reden?"

„Natürlich bin ich genötigt, mich zu verteidigen", gibt Ludivine zu.

Julia nickt, zum Zeichen, daß sie sie vollkommen versteht.

„Ja natürlich, du verteidigst dich ..."

Was will sie damit sagen? Bildet sie sich vielleicht ein ...?

„Ich greife niemals als erste an."

Wie gut sie das gesagt hat, mit einer kleinen stolzen, verächtlichen Bewegung des Kopfes.

„Deine Großmutter!" ruft Julia entzückt. „Ich sehe deine Großmutter vor mir. Wie kann man behaupten, daß du ihr nicht ähnlich siehst. Meine liebe Félicité ... Wie schade ... Aber auf jeden Fall, Kind, du hast recht. Man muß immer den hingeworfenen Handschuh aufheben. Nur unser Herrgott und die Apostel konnten es sich erlauben, anders zu handeln ... Und nicht einmal da", fügt sie wie zu sich selbst hinzu, „bin ich ganz überzeugt, daß sie recht daran getan haben."

Nun muß Ludivine lachen. Der Spitzname, den Onkel Antoine seiner Schwägerin gegeben hat, fällt ihr ein. Sie stellt sich ihre Schwiegermutter vor, wie sie die Christenheit in Reih und Glied zum Kampfe führt, und prustet heraus.

„Aber, aber, Kind."

Julia betrachtet sie erheitert, und das unbändige Lachen wirkt so ansteckend auf sie, daß sie mehr und mehr mitlachen muß, bis sie den Atem verliert. Einige Minuten lang, die der mit einem Schlag ernüchterten Ludivine wie eine Ewigkeit vorkommen, ringt sie nach Luft, keucht, den Kopf mit weitaufgerissenen Augen in die Kissen zurückgeworfen.

„Mama, Mama, mein Gott, was hast du? Da bin ich schuld daran. Soll ich jemand rufen?"

Die Kranke macht ein verneinendes Zeichen mit dem Kopf. Das entsetzliche Pfeifen, das aus ihrer Kehle kommt, ist quälend anzuhören. Endlich beruhigt sie sich ein wenig.

„Meine Medizin, dort ..."

Ludivine tritt ans Bett.

„Gib mir einen Löffel davon."

Sie öffnet das Fläschchen und gießt vorsichtig ein. Ein fader Opiumgeruch steigt ihr entgegen. Sie kämpft gegen eine plötzliche Übelkeit; dann aber kann sie nicht mehr und wendet sich ab, das

Taschentuch vor dem Mund, und läßt sich in den Lehnstuhl niedersinken.

Julia beobachtet sie überrascht.

„Verzeih, Mama. Ich weiß nicht, was ich habe. Es wird schon vorübergehen."

Ein scharfer Blick beobachtet sie.

„Ist es das erstemal, daß es dir nicht gut ist?"

„Nein", gesteht Ludivine. „Zu Mittag schon ... Ich glaube, ich hätte nichts essen sollen. Ich hatte gar keinen Appetit. Seit einigen Tagen fühle ich mich nicht ganz wohl. Es ist sicherlich davon, daß ich gar nicht an die Luft komme. Aber schau, es ist schon vorbei, ich bin schon wieder ganz munter."

„Komm her, näher, daß ich dich sehe. Hierher unter die Lampe." Julia musterte die etwas müden Züge, die glänzenden Augen, die Ringe um die Lider.

Es klopft.

„Frédéric", wendet sie sich zu ihrem eintretenden Sohn, „in einiger Zeit wirst du Ludivine zu Doktor Lapierre führen."

„Ludivine? Ja, warum denn?" fragt er erstaunt.

Seine Augen gehen von einer zur anderen. Vor dem triumphierenden Blick seiner Mutter erhellt sich sein Gesicht plötzlich, und er schließt Ludivine heftig in die Arme.

„Mein Liebling, meine Kleine ...", sagt er mit einem erstickten Lachen.

9

Was wird ihr das Jahr einundneunzig, das eben erst begonnen hat, bringen?

Sie ist nun der Mittelpunkt und das beständige Sorgenkind aller geworden. Selbst in der Küche, wo natürlich Philo geplaudert hat. Man sucht ihr alle Wünsche von den Augen abzulesen. Bertha schickt ihr die verlockendsten Bäckereien zum Tee. Das alte runzelige Gesicht Philomènes strahlt bei dem Gedanken, ein Kind in Mogador zur Welt kommen zu sehen, wo sie einst so viele gewiegt hat. Adrienne betrachtet sie mit einer solchen Ängstlichkeit, daß Ludivine manchmal das Gefühl hat, ein kostbares Schaustück aus der Vitrine geworden zu sein.

Nur Julia, die wiederhergestellt ist und bei den festlichen Diners der Weihnachtszeit ihren Platz an der Spitze der Tafel wieder eingenommen hat, wehrt sich gegen diese Glashausatmosphäre, die man um die junge Frau geschaffen hat.

„Ihr seid lächerlich! Wollt ihr sie in Wolle wickeln wie eine Legehenne im Nest?"

Ludivine ist tief errötet, peinlichst berührt von diesem Scherz ihrer Schwiegermutter, aber sie gibt ihr recht.

Man soll sie doch um Himmels willen in Ruhe lassen, daß sie tun kann, was sie will ... tanzen, wenn sie Lust hat, damit sie noch glauben kann, sie sei ein Mensch wie die anderen, noch sie selbst, Ludivine Vernet, und nicht das Allerheiligste im Tabernakel! Oh, reiten zu dürfen, wenn es auch nur eine Stunde wäre oder zwei! Sie würde sich mit einem langsamen Spazierritt im Schritt begnügen, in den kahlen Alleen, wo schon ein ferner Hauch des kommenden Frühlings sich regt.

Wie herrlich ist es an den Tagen, da ein leichter Wind, dessen Frische man riecht, an dem wundervoll blaßblauen Himmel die kleinen zarten Wölkchen über den Hecken durcheinanderjagt, tief Atem zu schöpfen und nach Herzenslust in dem Waldesdickicht zu laufen, wo die sattgrünen Spindelbäume sich mit roten Beeren schmücken und der Schneeballstrauch wieder zu blühen beginnt.

Statt dessen muß sie den ganzen Tag hören: „Gib acht ... Geh nicht zu weit ... Ermüde dich nicht ... Willst du, daß ich dich begleite? ..."

O Gott! Wie beschwerlich ist oft die Zuneigung der anderen! Ludivine versteht ihre Schwiegermutter und ärgert sich manchmal selbst über die arme Adrienne mit ihrer nie ruhenden Sorge.

Und das wird Monate so fortgehen! Das Frühjahr, der Sommer, so viele schöne Tage verdorben ... „In der ersten Hälfte August", hat der Arzt gesagt.

Oh, diese Aussicht, häßlich zu werden, ihre hübsche Gestalt zu verlieren, sie, die eben erst eine so grausame Freude empfunden hat, sich Laura als Opfer all dieser Unannehmlichkeiten vorzustellen ... Zum Glück weiß es noch niemand in der Verwandtschaft. Während der Festtage hat sie unbestritten und ohne jede Schwächeanwandlung als Königin über das männliche Element der Gesellschaft geherrscht. Und es war sehr angenehm dabei, Elise als reizende Ehrenjungfrau r eben sich zu haben, die ihr so ganz und gar ergeben ist.

Aber vor allem ist Frédéric jetzt von einer ausgesuchten Liebenswürdigkeit! Das muß sie anerkennen. Er ist zärtlich, zuvorkommend, neckt sie nur in bescheidenen, leicht verzeihlichen Grenzen, bringt ihr von jeder Fahrt in die Stadt Schokolade und kleine Geschenke mit, interessiert sich für ihre Toilettensorgen, kurz, ist allen Ernstes dem Mustergatten vergleichbar, von dem jedes junge Mädchen einmal geträumt hat.

Warum aber muß sie diese Freundlichkeit, zum Teil wenigstens, dem unbekannten kleinen Wesen danken, das er erhofft?

‚Sie sind ja alle wie in Anbetung versunken', denkt sie sich ärgerlich.

Und wirklich, selbst Julias Augen blicken sanfter, wenn sie von dem kleinen Enkel spricht, der auf dem Wege ist.

Ein neugeborenes Kind! Ludivine hat neugeborene Kinder gesehen ... So was ist gar nicht hübsch. Es ist rot, schreit, weint und macht sich auf tausenderlei Weise unangenehm bemerkbar.

„Wie glücklich du sein mußt, Liebe!" hat ihr Elise gesagt.

‚Das sieht ihr ähnlich ... Glücklich! Ich wünsche ihr etwas von diesem Glück. Man sieht, daß *ihr* davon nicht übel ist.'

Natürlich sind das Dinge, über die man nicht spricht. Klug spielt sie die Rolle, die man von ihr erwartet, so gut es geht, weiter. Frédéric wird nicht merken, mit was für bittern Gefühlen sie manchmal die Zeichen der Dankbarkeit aufnimmt, mit der er sie umgibt.

Nichts möchte sie von ihm haben, was sie nicht ihm allein zu danken hat. Wie kann er sich nur über dieses Kind freuen, das schon jetzt, bevor es da ist, sich zwischen sie drängt wie ein Dieb. Was Frédéric ihm geben wird, das nimmt er ihr!

„Meine kleine Königin, wie fühlst du dich?" fragt Frédéric besorgt beim Anblick ihrer starren Augen. „Komm her, zu mir." Er zieht sie an sich, in den großen Lehnstuhl in ihrem Zimmer.

Was ist es in diesem Gesicht, das sich zu ihr neigt? Was ist es? Ist es die hohe Stirn? Ist es der breite, sinnliche, halbgeöffnete Mund, der die unregelmäßigen Zähne sehen läßt? Ist es die Wange mit den Grübchen, die das Lachen hervorruft, oder sind es seine scharfgeschnittenen Linien? Ist es der Blick der grauen Augen, der so oft unenträtselbar auf ihr ruht? Oder der blonde Schnurrbart? Sie zergliedert das Gesicht ganz aus der Nähe, zwingt sich zu einer unbarmherzigen Prüfung. – Im Grunde genommen ist es gar nicht so schön, nein, überhaupt nicht schön. Aber was ist es ... was ist es dann?

„Du schaust mich an, wie wenn du mich noch nie gesehen hättest", sagt Frédéric belustigt.

Ah! Vielleicht ist es dieses Lächeln, dieses unglaublich wehrlose Lächeln, das plötzlich, für die Spanne eines Augenblicks, wenn alle Ironie daraus verschwunden ist, ein verwundbares Kind aus ihm macht. Vielleicht ist das seine gefährlichste Waffe.

An seine Schulter gelehnt, kostet sie den bitter-süßen Geschmack seiner Liebe, die nie Erfüllung findet, die ein unbeschreiblicher Schmerz ist ...

Morgen fährt Elise weg.

„Elise, was werde ich ohne dich machen?" Das junge Mädchen ist über diesen unerwarteten Ausruf ihrer Freundin ganz überrascht.

„Ja, Liebste, was ist dir? Du brauchst mich hier doch wirklich nicht!"

Sie sind in Elisens Zimmer, wo der leere Schrank, die halboffenen Laden der Kommode, der Koffer, die Reisetasche auf dem Boden ebenso viele melancholische Abschiedszeichen sind.

„Was würde Madame Vernet von mir denken? Ich habe ihre Gastfreundschaft schon zu lange in Anspruch genommen. Es sind ja mehr als vierzehn Tage, daß ich hier bin."

Vierzehn Tage ... Wie schnell sind sie vergangen. Ja, es ist wahr, sie ist zugleich mit allen Cousins und Cousinen am Vorabend des Christtags angekommen, aber die Festwoche zählt nicht.

„Ich habe dich so wenig für mich gehabt ..."

„Aber was ist denn, Ludivine?"

Elise ist ganz bestürzt. Ihre Freundin hat sie nie durch allzu viele Zeichen der Zuneigung verwöhnt, auch früher nicht, als sie, allein auf der Welt, viel eher als jetzt das Bedürfnis nach einem nahen Umgang hätte empfinden können.

Weiß Ludivine wohl selbst, warum Elisens Abreise sie so traurig macht, jetzt, in diesem Hause, wo sie von allen verhätschelt wird, das enfant gaté ihres Mannes, der Abgott von Hubert und Adrienne, der Liebling inrer Schwiegermutter ist?

Vielleicht ist der Grund nur der, daß Elise in ihren Augen die Gefährtin ihrer Kindheit geblieben ist, der Kindheit, die sich von ihr entfernt wie die Küste von dem davonsegelnden Schiff. Und dort auf dem Ufer wartet noch das junge Mädchen mit ihrem Gepäck von Träumen, voll von der Sehnsucht, daß der Schleier auch sie entführe ...

„Elise, bleib doch wenigstens bis nächste Woche. Wir werden zu meinem Vormund schicken und ihm sagen lassen, daß ich dich bei mir behalte."

„Nein, nein, Ludivine, ich versichere dir, es ist nicht möglich. Ich muß Sonntag zu Hause sein."

„Aber warum denn? Überlaß das mir. Glaubst du, daß deine Mama mir diesen Wunsch abschlagen würde? Ich nehme es auf mich, das zu erreichen."

„Ich bitte dich, unternimm nichts!" ruft Elise mit Lebhaftigkeit. „Ich weiß genau, daß Mama mir die Erlaubnis geben würde, und ... nein, wirklich nicht, Ludivine, ich muß ... wirklich, es ist besser so ... Glaub nicht, daß ich nicht gern bei dir bin ... aber ..."

Rot, verlegen und stammelnd bietet die arme Elise einen bejammernswürdigen Anblick.

„Du bist aber zu komisch! Wenn ich dich recht verstehe, so ist deine Anwesenheit in Tarascon unumgänglich notwendig, obgleich deine Mama keine Ursache hat, das anzunehmen. Also mit Verlaub zu sagen, du bist eine abscheuliche Schwindlerin, ein Ungeheuer an Verstellung und Heuchelei, verstehst du, Elise?"

„Aber, Ludivine ..."

„Sei nur ganz still! Schämst du dich nicht? Nichts gesagt zu haben, vierzehn Tage lang! Und eine ganze Woche, die wir allein sind!"

„Hör zu, Ludivine ... Es ist so wenig zu erzählen ... Was soll ich dir nur darüber sagen?"

Ludivine schließt sorgfältig die Tür, zieht zwei Lehnstühle an den Kamin und macht es sich in dem besseren bequem.

„Ich will alles wissen. Du mußt mir alles erzählen. Wer ist es? Ist er hübsch? Wo hast du ihn kennengelernt? Liebt er dich? Also, schnell ..."

Ohne die gesenkten Augen zu erheben, das Gesicht dem knisternden Feuer zugekehrt, beginnt Elise leise und zögernd:

„Er heißt Vincent Royer ..."

„Vincent ... Vincent Royer ... Ein hübscher Name", sagt Ludivine mit dem Ton des Kenners. „Elise Royer, das wird gut klingen."

„Ludivine, ich bitte dich ..."

„Weiter ..."

„Er ist öfter zu den Abenden bei Marquet-Rageacs gekommen."

„Ach so? Ist er auch Arzt?"

„Ja, er ist der Sohn eines Freundes von Doktor Marquet-Rageac. Sein Vater hat die Praxis in Barbegal."

„In Barbegal? Aber das ist ja ganz in der Nähe! Da werden wir ja Nachbarn sein! So ein Zufall! Das ist ja wirklich unterhaltend! Schnell, schnell, heirate ihn, solange ich noch auf deiner Hochzeit tanzen kann."

Das leichtsinnige Ding, wie kann sie nur so reden über das, was in Elisens Herz eine ernste stille Leidenschaft ist?

„Ludivine ..."

„Oh, Liebste, bin ich wirklich so schlecht? Aber nein, du weißt." Sie nimmt die Hand ihrer Freundin in die ihre und ist ganz beglückt.

Draußen senkt sich der Abend auf den Park. In der Dämmerung des Zimmers lächeln die zwei vom Leuchten der Kaminglut erhellten jungen Gesichter einander an. Halblaut erzählt Elise ihre Geschichte.

Die Frau eines Arztes! Gütiger Himmel! Gibt es etwas Ärgeres, als sein Herz einem Manne zu schenken, der sein Leben lang an erster Stelle den anderen gehört?

Aber Elise, die tapfere, weiß es: „Wenn ich mich langweilen werde, wenn das wirklich einmal der Fall sein sollte, werde ich mir denken, daß ich für ihn der Abschluß seines Tages bin, sein Ruhepunkt, seine kleine Freude, und ich glaube, daß mir das Geduld genug geben wird."

Aufgewühlt hört Ludivine zu. Also gibt es eine Liebe, die nichts anderes sein will als ein Geschenk ... Aber wozu sonst liebt man denn, als um wieder geliebt zu werden, um glücklich zu sein? Elise ... auf welche sonderbare Weise glaubt sie ihr Glück finden zu können?

„Sag mir, wie er ist ... Erinnerst du dich noch an dein Ideal vom vergangenen Jahr?"

Elise lacht ihr leises, leichtes Lachen, das wie eine sanfte Musik ist: „Ich gebe zu, daß er vielleicht nicht ganz dem entspricht. Er ist groß, sehr groß, noch größer als Frédéric ..."

‚Wie kann man größer sein als Frédéric?' denkt sich Ludivine leicht geärgert.

„Sehr mager, und gekleidet ... irgendwie, ich weiß nicht wie. Braunes, glattes Haar, eine hohe Stirn, eine lange Nase, ein langes Gesicht, mit dem er einen anlächelt, als ob er immer auf der Suche nach etwas wäre, was dir vielleicht weh tut, um dich zu trösten."

Ist es das vielleicht, was Elise besiegt hat? Wie unverständlich doch die andern sind. Da wird sie ihr Leben verbringen, allein, fast immer allein, in dem Hause in Barbegal, und weswegen? Für einen

Blick der Güte, den sie einmal in den Augen eines Unbekannten entdeckt hat.

Aber sie selbst, Ludivine, was macht sie in Mogador? Es hat eine Zeit gegeben, da sie das Gesicht Frédéric Vernets nicht kannte, da sie ruhig dahinlebte, nicht ahnend, daß er eines Tages kommen und sie blind und taub machen würde für die ganze übrige Welt.

Und dort ist Elise, die sich auf den gefährlichen Weg begibt mit ihrer Selbstaufopferung als einziger Waffe, bereit, sie jetzt schon zu vollziehen. Ja sie hat sie bereits vollzogen, im vorhinein.

Eine Stimme in Ludivine flüstert ihr zu, daß hier das Geheimnis des Friedens sei, hier die höchste Gewißheit. Aber wie kann sie auf diese Stimme hören, wenn alles in ihr nur Verlangen ist? Ein glühendes schmerzliches Verlangen, dessen Quelle und dessen Mittelpunkt und dessen Opfer ihre Liebe ist . . .

Der Frühling kommt und vergeht. Nach den Mandelbäumen hat der Weißdorn geblüht. Es ist der Monat, in dem voriges Jahr die Verlobung gefeiert wurde. Da sind die Zikaden wieder, da ist die Johannisnacht, die wärmste und wohlriechendste Nacht des Jahres, in der auf allen Hügeln Feuer entzündet werden. Und schon welkt die Klematis in der glühenden Julisonne.

Ludivine ist schwerfällig geworden und erstickt in ihrem Mieder, das Eugénie jeden Morgen etwas lockerer schnüren muß.

„Du warst niemals entzückender", erklärt Frédéric. „Schau doch in den Spiegel."

Und wirklich, ihre goldbraune Hautfarbe hat den hellen Schimmer und das Sammetartige einer reifen Aprikose. Ihre blauvioletten Augen funkeln in einem feuchten Glanz wie ein von Wassernixen bevölkerter See. Aber die junge Frau ist nervös. Selbst die Liebenswürdigkeit Frédérics erheitert sie nicht immer, und er wird es langsam müde, sich immer umsonst anzustrengen, denn seine Bemühungen werden nicht im mindesten gewürdigt.

Ein Satz, ein Wort und sie gerät in Zorn und schmollt dann oft tagelang. Frédéric wird ärgerlich:

‚Zum Teufel hinein! Die Geduld hat ihre Grenzen.' Vor allem die seine. Die Zerwürfnisse werden häufig, zu häufig, als daß er immer wieder dieselbe Freude an den darauffolgenden Versöhnungen fände.

„Ludivine hat wirklich eine unmögliche Gemütsart", gesteht er in einem Augenblick des Unwillens seiner Mutter.

Julia lacht schalkhaft.

„Hast du schon jemals ein Kind getragen, und noch dazu bei einer solchen Hitze? Trag dein Leid in Geduld, mein Sohn, sie muß das ihre tragen."

‚Das ihre tragen', das ist eine Redensart; Ludivine hat eine eigene Art, ihr Kreuz mit ihm zu teilen ... Und schließlich ist es die Aufgabe der Frau, Kinder zu haben ... Aber die Worte seiner Mutter begegnen doch eigenen Gewissensbissen:

‚Arme Kleine, es ist wirklich sehr heiß, das ist wahr.' Als er eines Tages von einem weiten Ritt nach Hause kommt, die Stirn schweißtriefend, das nasse Hemd an die Haut geklebt, und sie im Schatten der Eichen, wo kein Lufthauch zu spüren ist, auf einem Liegestuhl ausgestreckt findet, mit halboffenem Mund, schwer atmend, da fühlt er Mitleid und Beschämung in großen Wellen über sich kommen. Warum verweigert sie ihm das Lächeln, das ihn zu ihren Füßen niederwerfen würde samt all seiner erlösten Liebe?

„In zwei Tagen ist der Jahrestag deiner Hochzeit, hast du daran gedacht?" hat Julia so nebenbei gesagt.

‚Großer Gott, nein!' Von ihm darf man nicht erwarten, daß er über diese Gedenktage Buch führt. Ein Glück, daß man ihn erinnert.

„Ich werde heute nachmittag nach Avignon fahren, Mama."

Er hatte um zwei Uhr anspannen lassen, um in Tarascon den Zug zu nehmen. Die Luft war schwül und gewitterig gewesen. Julia, die ihren Sohn genau kennt, weiß, wie schwer ihm diese Reise angekommen sein muß. Aber er ist am Abend mit geheimnisvoller, zufriedener Miene heimgekehrt.

Ludivine hatte sich nicht enthalten können, dieses selbstzufriedene Benehmen, das er mit der Arglosigkeit eines reinen Gewissens zur Schau trug, höchst unpassend zu finden.

Den ganzen Tag hatte er sie allein gelassen, um sich, Gott weiß wo, herumzutreiben. Sie hatte sich zu Tod gelangweilt, in ihrem Zimmer eingesperrt, das immer noch kühler war als die Bosquette des Parks. Kein Flehen Adriennes hatte sie veranlassen können, es zu verlassen, nicht einmal zum Tee.

Frédéric fand sie bei seiner Rückkehr auf ihrem Bett ausgestreckt, hartnäckig jeden Annäherungsversuch zurückweisend. Mit Würde nahm er diese Prüfung auf sich. Das kleine satingefütterte Schächtelchen, das er am Grunde seiner Tasche spürte, war seine heimliche Rechtfertigung. Das genügte.

Aber bei dem Abendessen hatten die Dinge eine hoffnungslose

Wendung genommen. Adrienne, das ahnungslose Werkzeug des tückischen Schicksals, brachte das Gespräch auf einen gefährlichen Gegenstand.

„Ich habe heute nachmittag einen Brief von Laura bekommen. Mein Patenkind gedeiht prächtig."

Adrienne war sehr stolz darauf, daß man sie zur Taufpatin der kleinen Agnès gewählt hatte, die vor vier Monaten in Tourvieille zur Welt gekommen war.

„Laura sagt, daß es sehr gescheit ist. Sie fragt, ob wir sie nicht bald besuchen kommen."

Die zwei jungen Frauen hatten einander seit der Taufe nicht mehr gesehen, und Ludivine bewahrte den triumphierenden Blick, mit dem Laura sie begrüßt hatte, wohl im Gedächtnis.

„Als ob Laura nicht wüßte, daß ich jetzt nicht reisen kann. Aber natürlich, das macht sie absichtlich."

„Absichtlich? Warum absichtlich? ... Das ist eine sonderbare Gemütsart, in allem immer eine böse Absicht zu sehen!"

Ludivine biß die Zähne zusammen. Kein Zweifel, die Absicht war da. Aber welcher Mann sieht diese Dinge? Frédéric wird natürlich Lauras Partei ergreifen. Sie dreht sich ja immer um ihn herum und schmeichelt ihm. So jung sie war, die Erfahrung hatte Ludivine schon gelehrt, daß man die Männer, ob alt oder jung, am besten führen kann, wenn man sie an ihrer Eitelkeit packt, selbst den feinfühligsten, wie ihren Mann.

„Laura weiß doch, wie es steht, nicht wahr?" sagte sie trocken. „Also, wenn sie nicht dumm ist, was ich allerdings bis jetzt nicht angenommen habe... Aber schließlich, wenn dir so viel daran liegt, warum sollst du dich dieses Vergnügens berauben? Fahr mit Adrienne hin. Ich nehme nicht an, daß die gute Laura auf *meine* Gegenwart so viel Gewicht legt."

Julia, die ihr gegenüber saß, trommelte nervös mit einem Finger auf dem Tischtuch; die alte Dame hätte gerne ihrer Schwiegertochter die Hand auf den Mund gelegt.

„Darum handelt es sich nicht", warf Frédéric gereizt ein. „Du weißt ganz genau, daß ich nicht die geringste Lust habe, ohne dich nach Tourvieille zu fahren. Aber ich kann diese dumme Gehässigkeit gegenüber Laura nicht vertragen, die sich dir gegenüber immer tadellos benommen hat."

„Tadellos, ja, wirklich ...", spottete Ludivine.

„Ich sage: tadellos, ja. Ich sehe nicht das geringste, was du ihr vorwerfen könntest. Und verzeih, wenn ich dir das sage, meine Liebe, aber dieser vollkommen ungerechtfertigte Ausfall ist ebenso lächerlich wie häßlich.“

Adrienne befand sich in höchster Verlegenheit und hätte viel darum gegeben, nicht der Anlaß dieses Streits gewesen zu sein, und auch auf Huberts Gesicht malte sich deutlich die Bestürzung, die er über die seiner jungen Schwägerin zugefügte Demütigung empfand.

„Was den Ausfall anlangt, so ist es der, mit dem du uns jetzt aufwartest, nicht minder“, legte sich Julia ins Mittel. „Ich hasse diese Auseinandersetzungen bei Tisch, und du weißt es.“

„Verzeih, Mama“, entschuldigte sich Frédéric etwas beschämt.

„Ludivine, mein Kind, nimm noch etwas von dem Soufflé!“ fuhr die alte Dame in gebieterischem Ton fort. Das war eine Solidaritätserklärung in gutgewählter Form. Alle fühlten es.

Aber Ludivine war tief gekränkt und nicht in der Laune, irgendeine Hilfe, in welcher Form sie sich auch darbieten mochte, anzunehmen.

„Ich danke dir, Mama, ich habe keinen Hunger mehr. Wenn du erlaubst, werde ich in mein Zimmer gehen. Ich fühle mich nicht sehr wohl. Es war heute so heiß...“ Ohne die Antwort abzuwarten, erhob sie sich und ging um den Tisch herum auf ihre Schwiegermutter zu, um sie zu umarmen.

„Schlaf gut, mein Kind. Morgen wird es besser sein.“

„Willst du, daß ich mit dir gehe?“ erbot sich Adrienne.

„Nein, nein“, lehnte Ludivine eilig ab.

Betroffen von dem schmerzlichen Ausdruck auf dem Gesicht ihrer Schwägerin, fügte sie hinzu: „Danke, Adrienne, es ist sehr lieb von dir, aber bemüh' dich nicht, ich bitte dich. Ich bin nicht krank, nur ein bißchen müde. Eugénie wird mir wie gewöhnlich beim Auskleiden behilflich sein.“

„Gute Nacht, Ludivine. Ruh dich gut aus“, sagte Hubert mit herausfordernder Betonung und einem empörten Blick auf seinen Bruder, der in unerschütterlicher Ruhe dasaß, ohne ein Wort zu sagen.

Nachdem Ludivine ihre Abendtoilette beendigt hatte, entließ sie Eugénie, lehnte sich ins offene Fenster und gab endlich mit einer Art von Erleichterung ihrem Schmerz freien Lauf. Die Nacht war undurchsichtig und schwül, nur sekundenlang erhellt von langen weißen Blitzen. Die Luft roch nach trockenem Staub. Alle Tiere der Finsternis waren verstummt, wie in Erwartung von etwas, was kommen mußte. Nur die Waldeule, die die große Zeder an der Ecke des Hauses nahe dem Teich bewohnte, ließ hie und da ihren klagenden Ruf ertönen. Der Abend war bedrückend. Die Zärtlichkeit und der Friede schienen für immer aus der Welt verschwunden zu sein.

Morgen war es ein Jahr ... Wie anders war alles, als sie es sich vorgestellt hatte – damals. Die Liebe und die Ehe hatten ihr nicht das Glück gebracht, das sie in sich zu schließen schienen. Man mußte kämpfen, kämpfen ohne Unterlaß, die Brosamen auflesen, die man hie und da am Wege fand, und hoffen, daß man eines Tages endlich – aber wann? – dieses Glück entdecken würde, ganz und rein, am Ende des langen Suchens. An dem Morgen, da sie das weiße Hochzeitskleid angelegt hatte, da hatte sie es mit Händen zu greifen gemeint; es war um sie gewesen wie die wolkenleichte Spitze ihres Schleiers. Aber dann ... was war dann daraus geworden? Sie blieb am Fenster stehen, verloren in der drückenden Finsternis, mit der Last in ihrem Körper und ihrer Einsamkeit und ihrem hungernden Herzen.

Frédéric, was machte er unten? Gewiß plauderte er mit den anderen oder er las ruhig und rauchte seine Pfeife. Ludivine konnte leidend sein, einsam und traurig, das war ihm ganz gleichgültig. Er hatte kein Wort für sie gehabt, als sie das Speisezimmer verließ.

Ein großer Tropfen klatschte auf das Fensterbrett. Dann noch einer und noch andere, dicht hintereinander. Der Regen – endlich ... Er prasselte auf die Bäume nieder. In der Ferne rollte dumpf der Donner.

Ludivine atmete, aus dem Fenster gebeugt, den herben, kräftigen Geruch der nassen Erde ein, der aus dem Park aufstieg. Das Gewitter entlud sich mit Heftigkeit. Lange setzte sie ihr Gesicht der erquickenden Kühle des immer stärker werdenden Regengusses aus. Ein Luftzug verlöschte die Lampe. Sie tappte sich zu ihrem Bett und warf sich auf das Leintuch, das sich so frisch und körnig anfühlte.

Schließlich war das Leben doch nicht so unerträglich. Morgen würde die Sonne aufgehen über einer gereinigten, neu ergrünten Landschaft; sie würde die Wasserpfützen in den ausgewaschenen Wegen in Regenbogenfarben schillern lassen und die Hecken und die Spitzen der Gräser zum Dampfen bringen. Frédéric würde sich bestimmt erinnern, daß es ihr Hochzeitstag sei. Er würde sie um Verzeihung bitten. Sie hatte freilich die Absicht, ihn ein bißchen darauf warten zu lassen. Und wenn er ... ja, wenn er irgendeine

Überraschung für sie vorbereitet hätte, dann würde sie sie nicht annehmen, ohne sich vorher gehörig bitten zu lassen, um ihm zu zeigen ...

Mit diesen Gedanken schlief sie getröstet ein. Als Frédéric gegen elf Uhr ins Zimmer hinaufkam, ein wenig besorgt wegen des Empfangs, der ihm bevorstehen mochte, fand er sie friedlich schlafend, die Lippen über einem leichten Lächeln halb geöffnet; ihre schwarzen Zöpfe verlegten das Kopfkissen. Er schlüpfte neben sie ins Bett, ohne sie aufzuwecken und drückte einen leichten Kuß auf ihre Wangen, nachdem er vorher behutsam das Schächtelchen aus Avignon in der Lade des Nachtkästchens hinterlegt hatte.

Ein strahlender Tag schien durch die schweren seidenen Vorhänge, als Ludivine die Augen öffnete. Frédéric kitzelte sie ganz sachte am Ohr.

„Ah, endlich! Madame ist erwacht."

Die Schwierigkeit lag nun darin, dieses Lächeln nicht zu erwidern, sich nicht gleich an die starke braune Brust, an die dargebotene Schulter zu schmiegen. Es gelang ihr indessen, und die Brauen hochziehend, beschenkte sie ihn mit einem Blick stolzer Gleichgültigkeit, wie er ihn verdiente.

„Gut geschlafen?" erkundigte er sich, ohne sich durch die Kälte dieser ersten Fühlungnahme abschrecken zu lassen.

„Ganz gut, danke", antwortete Ludivine kurz, treu ihrem am Abend vorher gefaßten Plan.

„Ich auch", sagte Frédéric, entschlossen, die schlechte Laune seiner Gattin nicht zu beachten. „Es ist ein herrlicher Morgen. Der Regen hat die Luft abgekühlt. Es wird ein wunderbarer Tag werden. Hast du Pläne für heute?"

„Pläne ..." Mein Gott, was für Pläne hätte sie haben können? sagte in unmißverständlicher Weise der Ton ihrer Stimme.

„Ich habe mich für den ganzen Tag frei gemacht. Willst du, daß wir zwei eine Spazierfahrt im Wagen machen? Wenn du Lust hast, essen wir heute abend zusammen in der Stadt."

Ein Freudenstrahl durchzuckte ihr Herz. Eine ganze lange Spazierfahrt sollte sie ihn für sich allein haben! Wie lange hatte sie das schon nicht mehr erlebt. Und ein Abendessen zu zweit ... o Gott! Aber trotzdem, so schnell durfte man sich nicht ergeben. In einem mürrischen Ton ließ sie fallen:

„Ich weiß nicht ... wir werden sehen, nach dem Frühstück."

Die Undurchdringlichkeit dieser Mauer begann Frédéric zu beunruhigen. Nicht einen Augenblick lang hatte er daran gedacht, daß sein Entgegenkommen hätte zurückgestoßen werden können. Darauf brennend, sein Geschenk zu enthüllen, hatte er sich die Freude Ludivines vorgestellt, wie sie in zärtlicher Dankbarkeit ihre frischen runden Arme um seinen Hals legen würde. Er würde sie an sich drücken, sie würden ein bißchen faulenzen, im Bett frühstücken, plaudern, zusammen in Erinnerungen an das vergangene Jahr schwelgen.

„Mein Herz, weißt du, was für ein Tag heute ist?" flüsterte er.

„Allerdings."

Wie? Sie wußte es und ...

„Nun, und hast du nicht gedacht, daß wir ihn feiern werden? Ich wette, daß schon das ganze Haus in fieberhafter Tätigkeit ist ... Es wird sicherlich ein üppiges Dessert heute mittag geben", fügte er mit einem Augenzwinkern hinzu.

Wie reizend er war, lustig und voll von gutem Willen, wie er so sein Gesicht zu ihr neigte! Es war so süß, ihn ihrer Willkür preisgegeben zu wissen. Ludivine konnte sich nicht enthalten, noch ein wenig länger die Hartherzige zu spielen für das Glück, ihn noch einen Augenblick in ihrer Gewalt zu haben. ‚Noch ein bißchen, nur noch ein kleines bißchen ...' Und wie herrlich mußte es dann sein, sich an seine Brust zu werfen und sich ihrerseits besiegt zu erklären.

„Ich sehe wirklich gar keinen Grund dazu", erklärte sie, ihre störrische Haltung noch übertreibend. „Gott verzeih mir! Aber ich finde diesen Jahrestag wahrhaftig nicht sehr erfreulich. Seit einem Jahr, nicht zu reden von dem Hochzeitstag selbst, an den ich lieber gar nicht denke, hast du mir mehr als einmal Gelegenheit gegeben, mich nach meinem früheren Leben und meinen Mädchenträumen zurückzusehnen."

Ungläubig sah Frédéric sie an.

„Schau, Ludivine, das ist doch zum Lachen."

Geärgert, im voraus um die Freude betrogen, die er sich von der Wirkung seines Geschenks erwartet hatte, und in dem Wunsche, sie doch noch zu retten, beging er die nicht wieder gutzumachende Ungeschicklichkeit: „Jetzt spiel nicht die Gekränkte, ich bitte dich. Du wirst uns doch nicht den Tag verderben, indem du dir in den Kopf setzt, zu trotzen. Also genug, gib mir einen Kuß, und schau, was ich für dich habe."

Was verdiente ein derartiges Maß an Unbefangenheit, wenn nicht einen ordentlichen Denkzettel. Die Festung, die eben noch bereit gewesen war, sich zu ergeben, sammelte in aller Eile ihre Verteidigungskräfte:

„Einen Kuß? Du gefällst mir wirklich! Darauf müßte ich auch Lust haben!"

„Und du hast wirklich keine Lust darauf?" fragte er etwas zu selbstsicher, indem er sich eine Zigarette anzündete.

Ludivines ganzer Stolz bäumte sich gegen diese unverschämte Frage auf. Die Wahrheit, die sie in sich schloß, durfte jetzt um keinen Preis mehr zugegeben werden.

„Nicht im geringsten. Ich bin kein kleines Mädchen mehr, mein lieber Freund. Ich weiß, was ein Kuß ist und ..."

„Wohl bekomm's!" unterbrach er sie wütend. „Alle Frauen sind, Gott sei Dank, nicht so schnell ernüchtert!"

Er sprang aus dem Bett und schleuderte das kleine Schächtelchen in weitem Bogen durch das Zimmer; es landete unter den Fläschchen des Toilettentischchens. „Läute, bitte, ich möchte meinen Kaffee haben."

Er frühstückte schnell, ohne ein Wort zu sagen, und ging in das Badezimmer. Ludivine im Bett hörte mit klopfendem Herzen das Geklapper von Krug und Waschbecken, das Geplätscher des Wassers ... alle die wohlbekannten Geräusche.

‚Er wird vor dem Weggehen hereinkommen und mich umarmen. Ich werde seine Küsse erwidern. Alles wird wieder gut werden ...' „Frédéric, Liebster, komm ...", rief sie ganz leise, „komm schnell, ich bitte dich!"

Er kam herein, zum Ausgehen fertig, ging durch das Zimmer, nahm ein Taschentuch aus dem Schrank, benetzte es mit Lavendelwasser, blieb einen Augenblick stehen, richtete seine Krawatte, polierte seine Nägel.

Angstvoll, stumm verfolgte Ludivine jede seiner Bewegungen. Sie sah, wie er an den Toilettentisch herantrat und das kleine verlassene Päckchen wieder nahm. Einen Augenblick hielt er es nachdenklich in der Hand.

‚Jetzt wird er zu mir kommen und es mir geben', sagte sie sich.

Aber er steckte es in seine Hosentasche, öffnete, ohne einen Blick auf das Bett zu werfen, die Tür und ging. Versteinert hörte sie seinen Schritt auf der Stiege verhallen.

Die Stunde, die nun folgte, nahm kein Ende. Ludivine hätte gewünscht, wieder einzuschlafen und nie wieder etwas von Mogador und seinen Bewohnern zu wissen. Aber zu viel Zorn und Schmerz arbeiteten in ihrem Innern, als daß sie hätte hoffen können, den Schlummer wiederzufinden.

Schließlich drang die Sonne, deren Strahlen langsam durch das Zimmer glitten, bis in den Alkoven und zwang sie aufzustehen. Angekleidet und frisiert, ging sie in den Park hinunter, zum Glück, ohne irgend jemandem begegnet zu sein. Es war spät am Vormittag, alle Spuren des Gewitters vom vergangenen Abend waren bereits verschwunden, aber Bäume und Sträucher strahlten in einem frischeren Grün, und man atmete leichter in der gereinigten Luft.

Ludivine suchte Juste auf. Der alte Mann war ihr Freund. Er erzählte ihr lange Geschichten in seiner köstlich mit Patois gemischten Sprache, schnitt für sie seine schönsten Rosen ab, brachte ihr die feinsten Kostproben aus dem Obstgarten und holte sich bei ihr Rat wegen der Ausschmückung der Gartenbeete.

„Also, Madame", rief er ihr entgegen, „ein Jahr vorbei. Wir waren bei der Hochzeit . . . und bald werden wir bei der Taufe sein", fügte er hinzu, indem er sie von der Seite ansah. Ludivine seufzte.

‚Nein, so schnell ging es nicht mit der Taufe. Noch ein ganzer langer Monat, den sie diese widerwärtige Last zu schleppen hatte. Ach, war es denn überhaupt möglich, daß sie jemals wieder schlank, fein, leicht und verführerisch werden würde? Wenn sie so hübsch gewesen wäre wie früher, dann wäre Frédéric nicht so weggegangen.'

Sie musterte den Korb, den Juste neben sich auf den Boden gestellt hatte.

„Mein Gott, Sie haben ja Hekatomben von Rosen geopfert!"

Er erriet mehr den Sinn ihres Ausrufes, als daß er ihn verstand.

„Madame hat eine Jardinière für den Tisch bestellt. Bestimmt will man Sie heute feiern. Und Gott soll mich behüten, daß ich knauserig wäre, wenn es für Sie ist. Ich habe Ihnen meine schönsten ‚Gloire de Dijon' und ‚Maréchal Niel' abgeschnitten und alle ‚Souvenir de Malmaison', die Monsieur Frédéric so gern hat."

„Oh, Juste, ich danke Ihnen vielmals, es ist so lieb von Ihnen", sagte sie mit einem bezaubernden Lächeln, das niemals einen Mann gleichgültig ließ, wer es auch sein mochte. Die gefurchten Züge des alten Gärtners strahlten vor Freude.

„Jetzt muß ich aber meinen Korb abliefern. Und wenn es eine Überraschung ist, die man Ihnen machen will, dann, bitte, nichts sagen, daß Sie es schon gesehen haben."

„Abgemacht", versprach sie. „Niemand wird größere Augen machen als ich." Ihre ganze gute Laune war wiedergekehrt.

Sie schlug den Weg zu den Ställen ein, in der Hoffnung, Frédéric dort zu finden. Aber er war nicht da. Statt seiner traf sie Hubert bei den Pferden.

„Guten Morgen, kleine Schwester. Kommst du, Miranda einen Besuch abstatten? Die Arme sehnt sich nach ihrer Herrin. Sie kommt nicht oft hinaus, seitdem du es aufgegeben hast, sie zu reiten."

„Wir werden es nachholen, sie und ich, im September."

„Oh, da möchte ich dabeisein. Wirst du mir manchmal erlauben, dich zu begleiten? Erinnerst du dich an den Tag, als wir zusammen am Teich waren?"

„Freilich erinnere ich mich."

Es war der Tag, da Frédéric sie so lange hatte warten lassen, um ihr schließlich zu sagen, daß er nicht mit ihr gehen könne. Und während des ganzen Spazierritts hatte sie ihre Enttäuschung mit sich herumgetragen, hatte sie gegen ihr schmerzliches Verlangen nach seiner Gegenwart gekämpft. Frédéric ... wie er doch immer da war, selbst fern von ihr! Immer war sein Schatten da, der den Horizont verdeckte!

Hubert bezeigte ihr eine geradezu unterwürfige Verehrung. Es schien, daß sie in seinen Augen noch ebenso bezaubernd war wie früher. Das festzustellen war wenigstens ein kleiner Trost. Aber worauf wartete er denn eigentlich vor ihr aufgepflanzt? ‚Ah, ja ...'

„Aber natürlich, ich werde mich sehr freuen. Du wirst mir alle deine Lieblingsplätze zeigen, ja?"

„Ja, das wird wunderbar sein."

Die Glocke rief zu Tisch.

„Gib mir deinen Arm und beeilen wir uns, sonst kommen wir zu spät. Und du weißt, Mama hat das nicht gern."

Als sie eintraten, warteten wirklich schon alle im Speisezimmer auf sie. Der Tisch war viel prächtiger gedeckt als gewöhnlich. In der Mitte, zwischen Kristall und Silber, thronte Justes Meisterwerk.

„Oh, Mama, die schönen Blumen!" Ludivine umarmte die alte Dame.

„Bist du zufrieden, mein Kind? Das freut mich. Aber jetzt setz dich schnell. Das Menü wird nach deinem Geschmack sein." Sie nahmen alle ihre Plätze ein.

Plötzlich stieß Adrienne einen leisen Schrei des Erstaunens aus.

Beim Entfalten ihrer Serviette hatte sie ein winziges zierlich eingewickeltes Päckchen entdeckt.

„Was ist das? Was soll das bedeuten?" Ihr fragender Blick wanderte von einem zum andern. „Für mich?"

„Das ist eine kleine Aufmerksamkeit von Ludivine", erklärte Frédéric ruhig.

„Nein! Das ist zu lieb von dir!"

„So mach es doch auf", riet Frédéric in unbefangenem Tone.

Ludivine hatte mit keiner Wimper gezuckt, obwohl ihr Herz so heftig schlug, daß es ihr weh tat. Sein Geschenk, sein für sie ausgesuchtes Geschenk! Das war es . . . oh! Weiß vor Zorn, blickte sie ihm fest ins Gesicht, während Adrienne hingebungsvoll damit beschäftigt war, Bändchen und Papier zu lösen.

Er hielt ihrem Blick, diesem schwarzen, abgrundtiefen Blick, mit einer unverfrorenen Gelassenheit stand. Seine Mutter und Hubert suchten höchst erstaunt nach einer Erklärung dessen, was da vorging.

„Oh!" rief Adrienne beim Öffnen der Schachtel, „wie wundervoll! Mama, schau, eine Brosche. Nein, wirklich, Ludivine, das ist reizend! Diese Miniatur ist von einer Feinheit . . . Wie soll ich dir danken, Liebste?"

Mit heldenmütiger Kraftanstrengung überwand Ludivine die rasende Wut, die ihr die Kehle zusammenschnürte. Mit einem lieblichen Lächeln erwiderte sie die Küsse ihrer Schwägerin: „Das ist nicht der Rede wert. Ich bin glücklich, daß es dir gefällt. Darf ich es dir anstecken?"

Julia richtete auf ihren Sohn einen Blick, dessen Strenge keinen Zweifel darüber ließ, daß sie sich durch dieses Spiel nicht hatte täuschen lassen. In dem flüchtigen Schimmer, der über sein Gesicht glitt, waren Belustigung und Bewunderung zugleich zu lesen.

Sie selbst betrachtete ihre kleine Schwiegertochter, der sie nun ihre Aufmerksamkeit zuwandte, mit warmer Anerkennung. Das Kind zog sich als Dame aus dieser schwierigen Lage. ‚Aber vor welchem Hindernis ist je ein Vollblut zurückgewichen?' dachte sie.

„Philo, wir fangen an. Bring die Hors-d'oeuvres."

Über ihren Teller gebeugt, kämpfte Ludivine tapfer, um Bissen nach Bissen hinunterzuschlucken, während in ihrem Innern kindlicher Groll, Erbitterung und Verzweiflung miteinander kämpften.

‚Das hat er mir angetan! O Gott, o Gott! Eine solche Ohrfeige hinnehmen zu müssen in meinem Zustand! Ganz bestimmt wird mir das schaden. Wer weiß, wie das Kind werden wird. Wenn es eine Mißgeburt wird, dann hat er es so gewollt. Auf jeden Fall werde ich krank sein, ganz sicher. Um so besser! Das ist mir gleich. Wenn ich nur daran sterben könnte. Dann wird er wenigstens von Gewissensbissen gepeinigt werden!'

Sie starb nicht daran, und die kleine Isabella, die einen Monat später am Morgen des elften August zur Welt kam, wurde von Julia und der alten Philo für das schönste Kind erklärt, das jemals in Mogador das Licht der Welt erblickt hatte.

Sie erinnerte unleugbar an ihre Mutter, aber ihre braunen Augen waren die der Vernets. Frédéric war entzückt und tröstete sich darüber, daß es kein Sohn war, mit den Worten:

„Das nächste Mal."

‚Das nächste Mal.' Er hat leicht reden, dachte Ludivine. ‚Ich gedenke nicht so bald wieder damit anzufangen.'

10

Als Ludivine sah, daß ihre Gestalt wie durch ein Wunder wieder schlank geworden war, da eröffnete sich vor ihr mit der wiedergewonnenen Freiheit eine Zeit des Friedens und der Beruhigung.

Jedermann beglückwünschte sie zu dem Kind, was sie mit einer gewissen Befriedigung erfüllte, und schließlich nahm sie die Gegenwart des kleinen Wesens bereitwillig hin. Es störte auch wirklich nicht, die Gerechtigkeit mußte man ihm widerfahren lassen. Man hörte es selten weinen, und im übrigen war Adrienne da, die ihrer Schwägerin in diesem Punkt jede Sorge abnahm.

„Schau, wie sie mit der Puppe spielt", sagte Julia zu ihrer Kammerfrau. Aber auch ihre Spottlust hatte nachgelassen.

Philomène nickte. Man sah ihr an, daß auch sie gerne das Amt der Kinderfrau übernommen hätte.

„Und du brennst natürlich darauf, an ihrer Stelle zu sein, nicht wahr?" Philo, griesgrämig wie immer, murmelte mit ihrem zahnlosen Munde irgendeine unverständliche Antwort.

Die kleine Isabelle ging von einem Arm in den anderen. Man brachte Ludivine ein rosiges, frisch gewaschenes, kunstvoll in schneeweiße Windeln gewickeltes pausbäckiges Püppchen. Sein dichtes, schwarzes, mit Kölnischwasser befeuchtetes und sorgfältig glattgebürstetes Haar gab ihm das drollige Aussehen eines kleinen Japaners. Die junge Frau spielte einen Augenblick mit ihrer Tochter. Aber beim ersten Schrei des Kindes, beim geringsten Zeichen der Müdigkeit von seiten der Mutter wurde es ihr von Adrienne oder der alten Dienerin, die immer zur rechten Zeit da waren, abgenommen. Sie herzten es, trösteten es, wiegten es in den Schlaf, während Ludivine, in dem Gefühl, ihm das Höchstmaß an verfügbarer Zeit gewidmet zu haben, nach einigen flüchtigen Anweisungen an Mathilde, die handfeste Bauersfrau, die zum großen Mißvergnügen Philos als Amme aufgenommen worden war, eiligst Frédéric aufsuchte.

Wie launenhaft, widerspenstig und häßlich war sie doch gewesen zur Antwort auf all die Geduld, die er in diesen letzten Monaten ihr gegenüber bewiesen hatte. Jetzt wußte sie es! Eine Närrin war sie gewesen! Aber glücklicherweise war es nicht zu spät. Jetzt wollte sie ihm überallhin folgen, immer um ihn sein, sich an ihn klammern und ihn wieder erobern, falls es nötig sein sollte.

Am ersten Tag, da sie wieder Miranda besteigen konnte und selbstbewußt und unerschrocken im Sattel saß, sprengte sie vor die Freitreppe, wo Frédéric stand.

Eine Welle zärtlichen Stolzes kam über ihn:

„Reit diesmal nicht zu weit, mein Herz. Versprich es mir, sonst bin ich in Sorge. Du weißt, daß ich dich heute nicht begleiten kann."

„Aber, Liebster, ich werde dich begleiten", sagte sie ruhig.

Wie aus den Wolken gefallen, rief er aus:

„Aber daran ist doch nicht zu denken! Zuerst muß ich zum Verwalter und dann zu Tonin in die Meierei."

„Ich bitte dich, nimm mich mit", sagte sie mit ihrem bezauberndsten Schmollen. „Warum soll ich nicht mitgehen? Ich werde dich nicht stören, ich werde auf dich warten, so lange es nötig ist, während du deine Sachen erledigst. Laß mich mitgehen! Jetzt habe ich mich so lange zu Hause ohne dich zu Tode gelangweilt."

„Also gut." Schnell entschlossen gab er nach, überzeugt davon, daß dieser überraschende Einfall keine bösen Folgen haben würde.

Als er am nächsten Tag nach Tisch ankündigte, daß er bald weg müsse, denn er wolle bis zum Damm reiten, wo Ranguis Sprünge im Mauerwerk entdeckt habe, verschwand Ludivine und erschien einen Augenblick später in ihrem Reitkleid wieder. Frédéric betrachtete sie neugierig:

„Oh, oh! Für mich so schön gemacht?"

„Nein“, lachte sie schelmisch, „für Ranguis.“

„Ist das dein Ernst?“

„Warum nicht?“

„Also dann gehen wir“, entschied er und ergriff sie mit ungestümer Zärtlichkeit beim Arm.

„Aber ... Isabelle?“ wandte Adrienne schüchtern ein.

„Isabelle? Die braucht mich nicht. Ich werde gegen halb sechs Uhr zurück sein. Wenn du willst, beschäftige dich ein bißchen mit ihr, du verstehst das ja so ausgezeichnet. Auf Wiedersehen, Mama.“

Julia gab ihr einen Kuß auf die Stirn. „Geht, Kinder, geht, auf Wiedersehen.“

Es war ein schöner Herbst. Sie ritten zusammen von einem Meierhof zum anderen, über die Wiesen dahin, durch die rötlichgelben Weinberge, die Ölbaumpflanzungen, wo gerade die Ernte im Gange war, längs der für die Wintersaat umgepflügten Äcker.

Ludivine lernte die Erde kennen, ihre Bearbeitung und ihre Erfordernisse. Aufmerksam hörte sie Frédéric zu und stellte Fragen. Er freute sich über ihren Eifer, ihre schnelle Auffassung, das Interesse, das sie zeigte. Wenn die Männer miteinander sprachen, verhielt sie sich still und wartete abseits.

Bald war die Gegenwart der jungen Frau allen auf dem Gute vertraut. Überall begrüßte man sie mit beflissener Ehrerbietung und herzlichem Vertrauen.

Ludivine stieg vom Pferde, schüttelte erdige, rauhe Hände von Bauern und Wirtschafterinnen, streichelte lockige Kinderköpfchen und mehr oder weniger verschmierte Bäckchen.

„Ach, Madame, es ist so schwer, sie rein zu halten, hier auf dem Feld ...“

„Ja freilich“, stimmte sie mit verständnisvoller Miene zu. Frédéric lächelte stolz.

Die Frauen waren geschäftig, zogen aus dem verglasten Kredenzkasten ihr Geschirr hervor, boten Kaffee an, holten aus dem Wandschrank ihren hausgemachten Likör und die dickbauchige Flasche mit den in Branntwein eingelegten Früchten, und Ludivine ließ es sich schmecken.

In diesem neuen Rahmen entdeckte Frédéric erst so recht, wie nahe sie ihm war. Und sie berauschte sich an dem Gefühl, seine wirkliche Kameradin zu sein.

Jetzt erklärte er ihr ernsthaft die Arbeiten und den ganzen Betrieb von Mogador. Sie wußte bald besser darüber Bescheid als

Hubert und Adrienne, so gut wie Julia selbst. Nunmehr war sie es, an die Frédéric sich vor allem wandte, sie, der er von seinen Schwierigkeiten, seinen Sorgen und seinen Erfolgen erzählte. Ihr berichtete er zuerst von seinem Tag, wenn ein Gang in die Stadt oder ein notwendiger Besuch ihn ihrer Gesellschaft beraubt hatte. An solchen Tagen fand er die Arbeit trockener, das Wetter weniger schön, Mogador nicht so reizvoll wie sonst, und sein einsamer Ritt schien ihm lang.

Er bewunderte die Anpassungsfähigkeit Ludivines, die besondere Leichtigkeit, mit der sie sich nach ihrer Umgebung zu richten verstand, wenn er sie zum Beispiel, nachdem er draußen mit den Männern die Fragen der Arbeit besprochen hatte, in eine Küche eintretend, in gemütlicher Unterhaltung mit den Frauen vorfand. Sie ließ sich ihre Sorgen erzählen, ein Rezept erklären. ‚Als ob sie imstande wäre, auch nur einen Tee zu kochen!‘ dachte er belustigt. Aber sie verstand es, mit den einfachen Leuten umzugehen und sich bei ihnen beliebt zu machen.

Ludivine fühlte seinen Blick auf sich ruhen, aber ohne die aufreizende Ironie von früher, und genoß in vollen Zügen die ungetrübte Seligkeit dieses stummen Einverständnisses. So ließ sie sich also doch gewinnen, seine wunderbare Liebe.

Wenn sie sich in der Dämmerung dieser kurzen Novemberabende dem Hause näherten, blieb er selten stehen, um sie zu umarmen, wie er das im vergangenen Jahr so oft getan hatte. Aber es war nun zwischen ihr und ihm, Ludivine wußte es wohl, ein stärkeres und sichereres Band als das der Küsse.

Es genügte, daß er sie des Abends, wenn sie beide in ihrem vom Kaminfeuer erhellten Zimmer beisammen waren und sie langsam die Fülle ihres glänzenden, weichen Haares bürstete, ungeduldig packte und auf das Bett trug, um sie mit Entzücken ihre Macht über ihn und sein Verlangen erkennen zu lassen.

Im Frühjahr 1892 stand Huberts Abreise zum Regiment bevor. Es war sein Wunsch gewesen, bei der Kavallerie zu dienen, und man hatte ihn für die Garnison von Orange bestimmt.

Die Verbannung rückte heran, und Hubert sah ihr mit bitteren Gefühlen entgegen. Wie glücklich waren die Raynals, die ihre Militärzeit schon hinter sich hatten! Sein Cousin Léon, der im vergangenen Jahr eingezogen worden war, erklärte offen und ehrlich, daß ihm die Gloriole des Krieges den unerträglichen Zwang in keiner Weise zu versüßen imstande sei.

„Was für ein schöner Dragoner du sein wirst", sagte Ludivine, um ihn zu trösten.

„Aber, mein Kind, du wirst nicht daran sterben", fügte Julia hinzu. „Mogador wird auf dich warten."

Sicherlich, das wußte er. Aber der Gedanke an diese erste lange Trennung von zu Hause tat ihm weh. Jeden Tag machte er allein lange Wanderungen durch den Park, der unter seinen Augen trotz der zauberhaften Pracht des Frühlings das gleichgültige und unbeteiligte Aussehen der Dinge annahm, die wir zu verlassen im Begriffe stehen. Noch ist man da, und schon lösen die Dinge sich von uns.

‚Morgen wird hier alles weitergehen', dachte er. Die Blumen in den Beeten werden blühen, die Bäume grün und dicht und schattig werden. Der Sommer wird kommen und noch einer und wieder einer ... und er würde ihn nicht reifen sehen über dem Hause. Drei Jahre, lang wie ein Leben.

„Sei nicht traurig, lieber Hubert, du wirst bald wieder bei uns sein", lächelte ihm Ludivine zu, die das Glück mitleidig machte. Tapfer erwiderte er das Lächeln der jungen Frau.

„Aber denke, Ludivine, was wird aus Isabelle werden?"

Das Kind hatte eine ganz entschiedene und anspruchsvolle Zuneigung zu ihm gefaßt, über die das ganze Haus lachte.

„Wie sie an dich erinnert, Ludivine", bemerkte Frédéric, seine Tochter beobachtend. „Sie weiß jetzt schon ganz genau, was sie will. Schau sie an, wie sie strampelt und die Ärmchen ausstreckt, sobald sie meinen Bruder erblickt."

„Oh, sie ist wie ein kleines Tier. Hubert spielt mit ihr, er läßt ihr alle ihre Launen durchgehen. Darum zieht sie ihn vor. Es ist dasselbe wie mit Adrienne."

Kein Zweifel, die Kleine hatte schon ihre ausgeprägten Vorlieben. Sie begrüßte ihren Onkel, ihren Vater und auch ihre Tante viel freundlicher als ihre Mutter. Frédéric hatte es bemerkt. Manchmal ging ihm der Gedanke durch den Kopf, daß dies eigentlich ganz natürlich sei. Ludivine hatte so wenig Mütterliches an sich ... ‚Sie ist nicht so wie viele andere Frauen', gestand er sich ein wenig schuldbewußt ein, als ob er einen Verrat an ihr begangen hätte.

Er dachte daran, wie unermüdlich Julia über ihnen allen gewacht hatte, als sie Kinder waren, er sah Adrienne zärtlich mit dem kleinen Wesen spielen, er stellte sich alle die jungen Mütter vor, die er da und dort gesehen hatte, immer über flaumige Kinderköpfchen gebeugt und zarte, kleine Körperchen wiegend, hätschelnd und liebkosend.

Ludivine, ungeteiltes, geiziges Herz ... Aber war es nicht berauschend, der zu sein, dem dieses Herz gehörte, diese Leidenschaft auf sich gerichtet zu fühlen, brennend und manchmal ungestüm hervorbrechend wie ein sprudelnder Quell? Und wie wundervoll und kostbar war die Kameradschaft, die sie zwischen ihnen herzustellen gewußt hatte, und der Anteil, den sie an allem nahm, was ihn bewegte.

„Frédéric", hatte sie ihm eines Tages zugeflüstert, „ich glaube, jetzt liebe ich Mogador erst so richtig und nicht mehr nur deshalb, weil du es liebst." Die Worte widerhallten noch in ihm wie ein tiefer Glockenton.

Die Zeit konnte noch kommen, wo sich die Liebe seiner Frau auch ein wenig dieser Tochter zuwenden würde, die er ihr geschenkt hatte. Aber er war dabei gar nicht so sicher, es auch wirklich zu wünschen. Wohl fühlte er sich fähig, dieses Kind und die anderen, die noch kommen würden, innig zu lieben und ihnen alle gebührende Zärtlichkeit zu schenken, aber es war gut, zu denken, daß Ludivine ihm allein gehörte, ihm und Mogador.

Die kleine Isabelle schien im übrigen unter dieser Lage der Dinge nicht zu leiden. Sie wurde jeden Tag hübscher und lachte in Adriennes Armen aus vollem Halse. Sie wußte mit einem bei einer so kleinen Person überraschenden Willen von jedem die Aufmerksamkeit, ja den Gehorsam zu erzwingen, der ihr, wie sie meinte, zukam. Ludivine protestierte manchmal:

„Ihr macht aus ihr einen richtigen Tyrannen!"

„Wunderst du dich, mein Kind? Man weiß, woher sie's hat", erwiderte Julia.

Beide unterhielten sich darüber, Hubert, den Liebling der Kleinen, über die gestärkten Mousselinvorhänge der Wiege gebeugt zu sehen. Es war ein reizender Anblick, wie der große, junge Mann aufmerksam allen Wünschen der kleinen Dame in Weiß nachkam, deren schwarze Augen mit Ernst auf einer noch zu entdeckenden Welt ruhten.

Ludivine gestand sich, daß sie es niemals ertragen hätte, Frédéric so versunken zu sehen. Aber dieser widmete zum Glück dem Spiel mit seiner kleinen Tochter nur ein vernünftiges Maß an Zeit und wahrte seiner Frau den ersten Platz.

Die Wochen vergingen. Es kam die Woche der Abreise. Es kam der Tag, da Hubert auf der Rampe die Familie vor sich versammelt sah. Die Wärme des nahenden Sommers zitterte schon in der Luft. Still und friedlich lag das Haus in der Sonne. Der leuchtendgrüne, weiß und golden durchwirkte Rasen bewegte sich kaum. An den gestutzten Buchsbäumen drängten sich in Fülle die jungen Triebe hervor, die Haselnußsträucher entfalteten ihre blaßvioletten Knospen. Üppig blühten die Schwertlilien und ergossen sich wie ein prachtvoller dunkler Strom in verschlungenen Windungen durch den Park. Noch niemals war ihm Mogador in seinem Frühlingskleid so schön erschienen.

Und Ludivine, die seiner Mutter den Arm bot, trug ein neues Kleid von zartgelber Farbe, die ihr glänzend schwarzes Haar, ihre amberfarbene Haut und ihre Feenaugen in ganz besonderer Weise hervortreten ließ. Sahen es die anderen, so wie er, wie bezaubernd sie war?

Er warf einen Blick auf seinen Bruder. Frédéric hörte den guten Ratschlägen zu, die Adrienne zum Abschied erteilte, prüfte Huberts Gepäck, streichelte das Pferd, sah auf die Uhr. In einigen Stunden, wenn er den Verbannten auf dem Bahnhof von Tarascon abgesetzt hätte, würde er zu Victor sagen: „Jetzt nach Hause!“, als ob das die gewöhnlichste Sache von der Welt wäre, und würde nach Hause kommen, seinen Platz zwischen den geliebten Frauen in dem vertrauten Raum wieder einnehmen.

„Es ist ja doch keine wirkliche Trennung“, sagte Julia, deren Blick ohne ihre gewöhnliche Spottlust auf ihm ruhte. „Beim kleinsten Urlaub kannst du hier sein.“

„Gewiß, Mama“, sagte er. Seine Stimme zitterte ein wenig.

„Also, also, junger Mann“, fuhr sie in schroffem Tone fort.

Mama verstand es immer so gut. Die Rührung war wie weggeblasen. Er küßte ihr die Hand.

„Gott schütze dich, mein Kind“, sagte sie ernst und richtete ihre zarte Gestalt auf, um ihn zu umarmen.

„Auf Wiedersehen, Ludivine. Ich bitte dich, mach, daß Isabelle mich nicht vergißt. Sie wird ein junges Mädchen sein, wenn wir uns wiedersehen.“

Adrienne gab ihm einen leichten Kuß.

„Das Toilettenwasser ist im Necessaire . . . und auch deine Bürsten wirst du dort finden.“

„Halt ihn nicht auf. Jetzt ist schon höchste Zeit“, kam Frédéric seinem Bruder zu Hilfe. ‚Das Toilettenwasser, die Bürsten! Warum nicht auch die Lackschuhe? Was die Frauen für eine sonderbare Vorstellung vom Leben beim Militär haben.‘

Der Wagen fuhr in die Hauptallee ein. Aus dem Fenster gelehnt, erwiderte Hubert unermüdlich die Abschiedsgrüße, die ihm die vor dem Hause zurückgebliebene kleine Gruppe zuwinkte. Schon konnte man in dem hellen Licht nur mehr einen verschwommenen Fleck unterscheiden.

Vor dem offenen Parktor wartete Juste. Er zog seinen Strohhut und bewegte ihn einige Sekunden lang in der Luft, bevor er die Torflügel wieder schloß.

Die Straße dehnte sich endlos weit, weiß und staubig zwischen den zwei Reihen von Platanen. Ein letztes Mal wandte sich Hubert um und nahm Abschied von seiner Jugend.

Wenige Tage darauf begaben sich Adrienne und Ludivine nach Avignon, um ihre Sommertoiletten zu bestellen. Die Maulbeerblätterernte war in vollem Gange, Frédéric konnte sich daher unmöglich frei machen, um die beiden zu begleiten. So fuhren sie allein. Es war das erstemal, daß sie eine solche Reise ohne Begleitung unternahmen.

Das Bedauern, Frédéric verlassen zu müssen, wurde bei Ludivine durch das Gefühl der Wichtigkeit aufgewogen, das ihr diese Reise gab. Den Zug nehmen, in die Stadt fahren, die Modesalons aufsuchen, ins Restaurant gehen, das Menü bestellen, die Rechnung begleichen, das alles zusammen bot eine weitgehende Entschädigung für den Verlust. Dazu kam noch das Vergnügen, die Kleider ganz allein nach ihrem Geschmack auswählen und Frédéric damit überraschen zu können.

Ludivine wußte im vornhinein schon ganz genau, was sie wollte, und erklärte es mit großer Sicherheit der Direktrice des eleganten Modehauses, die sogleich beim Eintreten der beiden Damen herbeigeeilt war.

Adrienne, voller Bewunderung für dieses blendende Selbstvertrauen, bat dann auch um ihren Rat. Unverzüglich gab ihr junger Mentor seine Anordnungen.

„Sie werden uns diesen pfauenblauen Surah beiseite legen.“

„Aber, Ludivine, glaubst du nicht, daß diese Farbe ein bißchen ...“

„Laß nur, du hast keine Ahnung, was dir steht. Ja, diesen taubengrauen Moiré auch ... und den lavendelgrünen Taft ... ja, den." ‚Gütiger Himmel!' betete Adrienne im stillen, entsetzt und entzückt zugleich. Für sie hatte sich das ganze Problem bisher immer nur zwischen ganz neutralen, diskreten – ach, so diskreten! – Farbtönen bewegt, und die Fasson ihrer Kleider war immer so einfach und schlicht, daß sich nie jemand nach einem Zusammensein mit ihr an irgendeine Einzelheit ihrer Toilette hätte erinnern können.

„Eine Dame bemerkt man nicht", hatte seinerzeit Mère Magdeleine de-la-Croix mit ihrer schönen, vornehmen Stimme gepredigt, die so vielen ihrer Schülerinnen den Kopf verdreht hatte. Aber Ludivine hatte diesen Grundsatz immer schon anfechtbar gefunden. Der Vorteil, der darin lag, hübsch und elegant angezogen zu sein, war vielmehr der, daß man eben deshalb bemerkt wurde. Die beifällige Aufmerksamkeit, die sie in den Blicken der Männer wahrnahm, wo immer sie auch erschien, war für sie wie ein ergänzendes Parfüm, das zusammen mit den anderen, die sie zu benützen pflegte, „Héliotrope blanc" und „Peau d'Espagne", die Atmosphäre schuf, in der sie sich zu bewegen liebte.

Nachdem sie dem ganzen Modesalon mitsamt dem Personal ihren Willen diktiert, die Proben für den Tag, den sie wünschte, zugesagt erhalten und außerdem noch eine ganze Menge Accessoirs bestellt hatte, begab sie sich zur Modistin.

Adrienne, die durch das frühe Aufstehen, die Wagenfahrt, die Reise, den Lärm der Stadt, das Auswählen der Stoffe, den endlosen Aufmarsch der Modelle schon auf eine harte Probe gestellt worden war, hatte jeden Widerstandswillen aufgegeben und stimmte in allem den Meinungen ihrer Begleiterin zu:

„Du hast recht, wirklich, das wird reizend sein. Zu meinem blauen Kleid wird der Hut ausgezeichnet passen ... Der da? Ja? Du ziehst den vor? Ich auch." Nachdenklich betrachtete sie die kleine Person mit dem Feldherrnblick: Bonaparte, als er den Feldzugsplan gegen Italien entwarf, hätte nicht gebieterischer aussehen können. Diese hier wußte instinktiv, was sie zu tun hatte, und würde es auch immer tun, ob es sich um Flitterkram oder um ernste Dinge handelte. Noch nie hatte Adrienne sie so gut verstanden. Mama, die ihrer Schwiegertochter auf ihre Weise bei jeder Gelegenheit eine offendkundige Vorliebe und eine immer gleichbleibende Zuneigung bewies, hatte sie sicherlich mit ihrem Scharfblick längst erkannt.

Gegen Mittag fanden sich die beiden Schwägerinnen ermattet und halbtot vor Hunger in der sonneflimmernden Straße. Alle Einkäufe waren besorgt.

Sie gingen in das Hotel Lance mittagessen, wo die Familie seit jeher abzusteigen pflegte, wenn jemand von ihnen die Stadt besuchte. Ludivine war schon mehrmals mit Frédéric hier gewesen. Sie nahmen an ihrem gewohnten Tische Platz. Der Maître d'Hôtel begrüßte sie und erkundigte sich nach Monsieur Vernets Befinden. Adrienne, die sich hier schon mehr zu Hause fühlte, erholte sich einigermaßen, und Ludivine sprach dem von ihr selbst mit Sorgfalt und feinster, nicht zum geringsten Teil aus Frédérics Schule stammender Kennerschaft zusammengestellten Menü mit dem Appetit einer jungen Bärin zu.

„Wann geht der Zug zurück?“ erkundigte sich Adrienne, ihren Kaffee trinkend.

„Ungefähr um halb sieben“, sagte Ludivine in abwesendem Ton; sie war gerade in Gedanken damit beschäftigt, sich Frédérics spottlustiges und zärtliches Lächeln angesichts der ihm zu Ehren angelegten neuen Kleider vorzustellen. Welches würde ihm wohl am besten gefallen? Würde er sie alle gleich zerknittern und zerknüllen?

So war es nämlich immer. Wenn sie sich besonders schön gemacht hatte, musterte er sie mit Kennermiene, pfiff leise vor sich hin: „Ja, dreh dich um ... Sehr gut, ausgezeichnet!“ Und dann war es fast unvermeidlich, daß er sich in dem Augenblick, da sie stolz eine Falte zurechtlegte oder ihre Röcke bauschen ließ, wie ein hungriger Wolf auf sie stürzte, sie in seine Arme schloß, sie an sich drückte, aufs Sofa warf und ganz rücksichtslos alles zerknitterte. Die Erfahrung hatte sie gelehrt, daß Proteste keinen anderen Erfolg hatten, als höchstens die Zerstörungswut ihres Mannes noch mehr anzustacheln. Besser war es, die Sache von ihrer guten Seite zu nehmen – und sie hatte eine gute Seite, das war nicht zu leugnen – und nachher Eugénie zu rufen, damit diese die entstandenen Schäden wieder in Ordnung bringe.

„Was sollen wir bis dahin machen? Hast du eine Idee?“

„Nein ... Und du?“ antwortete Ludivine, die sich nur ungern aus ihren Träumen reißen ließ.

Adrienne dachte krampfhaft nach.

„Wir können vielleicht ...“ Sie zögerte – der Vorschlag war so wenig verlockend! – „... Thérèse Mazaud besuchen.“

„Bist du verrückt? Aber“, beeilte sie sich hinzuzufügen, als sie die feinfühlige Adrienne erröten sah, „ich habe dich doch selbst vor Mama sagen hören, daß sie eine schauderhafte Kuh ist, häßlich zum Schrecken, eingebildet und boshaft.“

Das war eine nicht allzu wortgetreue Wiedergabe von Adriennes Art, sich auszudrücken. Diese konnte sich auch eines Lächelns nicht enthalten.

„Sicherlich, sie ist nicht sehr natürlich. Und ich halte sie auch nicht für einen sehr guten Menschen. Aber was willst du? Wir haben keine Wahl. Andererseits ist es eine gute Gelegenheit. Wir sind ihr schon so lange einen Besuch schuldig.“

„Eine entsetzliche Person. Ich verstehe nicht, wie du sie ertragen kannst. Wenn ich denke, daß sie dem armen Hubert schöne Augen gemacht hat. Nein ... kannst du sie dir vorstellen in Mogador?“

„Oh, es war nie die geringste Gefahr“, bemerkte Adrienne ruhig.

„Natürlich, weil er viel zu sehr in mich verliebt war!“ hätte Ludivine beinahe geantwortet. Aber sie hemmte ihren Wahrheitsdrang und biß sich auf die Lippen. Das war etwas, was ihre Schwägerin nicht zu wissen brauchte, obgleich es wirklich nicht ihre Schuld war. Sie hatte nie etwas dazugetan, nicht die geringste Koketterie hatte sie sich vorzuwerfen. Nein, wirklich nicht, auch wenn sie ernsthaft ihr Gewissen erforschte. Aber auf jeden Fall war diese stumme Verehrung gar nicht so unangenehm. Armer lieber Hubert! Ob er wohl dort noch an sie dachte! Daran war allerdings kaum zu zweifeln. Aber schließlich, was konnte man wissen? Es wäre doch nett gewesen, sich davon zu überzeugen.

Sie betrachtete sich verstohlen in dem Spiegel, der hinter ihrem Tische hing. Das strohgelbe Kleid und die kleine mit Stiefmütterchen garnierte Toque standen ihr so gut ... O ja, das mußte man unbedingt machen. Orange war ja eigentlich gar nicht so weit. Man brauchte ja nur in einem Fahrplan nachzusehen, und dann konnte man sehr gut von dort den direkten Zug nach Tarascon nehmen. Aber wie sollte sie Adrienne dazu bringen, ohne den Eindruck zu erwecken, daß ihr besonders viel daran gelegen sei? ... Rasch wurde ein ganzer Kriegsplan entworfen.

Um halb vier Uhr kamen sie in Orange an. Die kleine Stadt lag dumpf und schläfrig in der Sonne. Man wies ihnen den Weg zur Kaserne, der entsetzlich weit zu sein schien. Ludivine hatte keine Lust, sich das Kleid im Straßenstaub zu verderben und noch weniger, sich unvorteilhaft zu zeigen. Sie hielt einen Fiaker an.

Beide stiegen schweigend ein und öffneten ihre Sonnenschirme. Ludivine verbarg das Vergnügen über ihren Sieg unter einer gleichgültigen Miene. Adrienne, die davon überzeugt war, einen tollen Streich begangen zu haben, wußte nicht, ob sie sich mehr darüber aufregen oder auf das Wiedersehen mit ihrem Bruder freuen sollte.

Ihre Ankunft vor dem Gittertor des Kasernenhofs verursachte kein geringes Aufsehen unter der Wachmannschaft. Nach mühsamen Unterhandlungen entfernte sich ein Unteroffizier und kam mit einem hübschen jungen Leutnant wieder. Adrienne wiederholte schüchtern ihre Bitte, die Ludivine mit einem verführerischen Lächeln begleitete. Ein anderer Unteroffizier wurde entsendet, während der Leutnant die jungen Damen aufforderte, sich zu setzen. Hierauf ließ man sie allein.

Der Raum war klein, finster und unbehaglich. Ein Soldat trat ein, den sie mit offenem Munde anstarrten ... Er blieb mit den Augen blinzelnd, auf der Türschwelle stehen, geblendet von dem plötzlichen Einbruch des hellen Tages in dieses traurige Düster.

Adrienne faßte sich zuerst:

„Hubert!“ sagte sie sanft. Die Kehle war ihr wie zugeschnürt. ‚Seine Haare geschnitten, zu einer Bürste zugestutzt ... und dieser Aufzug! Mein Gott, wenn Mama ihn sähe! Sie, die so stolz ist auf ihre Jungen ...‘

Er trat mit einer linkischen Bewegung auf sie zu.

„Adrienne! Ludivine! Ja wieso seid ihr denn hier? Oh, meine Lieben, meine Lieben, ihr da! Ist das möglich?“

„Nun, Hubert“, lachte Ludivine, „bist du zufrieden? War das nicht eine gute Idee?“

Es war Hubert, als ob er dieses reizende glockenhelle Lachen vor langen, langen Jahren in einem beinahe schon vergessenen Leben gehört hätte.

„Du umarmst uns nicht?“ sagte Adrienne mit zärtlichem Vorwurf in der Stimme. Der Blick des jungen Mannes ging wie ungläubig von einer zur andern.

„Ihr müßt mir beide verzeihen. Ich fühle mich wie in einem Traum ... Und dann“, fügte er leiser hinzu, „ich komme mir so fremd, so lächerlich vor.“

‚Lächerlich, das ist er allerdings‘, stellte Ludivine bei sich fest. Der Arme, wie hatte man ihn hergerichtet!

„Wir sind in Kommißmontur“, versuchte er zu erklären.

„Ich verstehe“, antwortete Adrienne aufs Geratewohl.

Alle drei waren verlegen und wußten nicht, was sie sagen sollten. Warum waren sie gekommen? Es war so schön und doch quälend, sie wiederzusehen. Seit zehn Tagen, die er nun hier war, fühlte Hubert sich allmählich in das Dunkel eines Brunnenschachts hinabgleiten, mit der Passivität eines halb Ertrunkenen, der an seinen Ohren das einschläfernde Summen der Ohnmacht vernimmt und aufgehört hat, sich zu wehren. Ihr Anblick machte ihm plötzlich sein Elend und seine Entfernung von alldem, was bisher seine Welt gewesen war, viel schmerzlicher fühlbar.

Da waren sie nun, Adrienne mit ihrem sanften aufmerksamen Gesicht, Ludivine in demselben Kleid, das sie am Tage seiner Abreise getragen hatte, umhüllt von einer Wolke ihres zarten, ihm so wohlvertrauten Parfüms.

„Ich sehe aus wie ein Bettler neben euch zweien", sagte er mit einem Ton, in dem der Scherz falsch klang.

„Also, Hubert, setz dich und denk nicht mehr daran. Ist es nicht schön, wieder ein bißchen beieinander zu sein?" Ludivine nahm ihre Röcke zusammen, um ihm Platz auf der Bank zu machen.

Wirklich, sie hatte recht. Er setzte sich mit einem glückseligen Gefühl zwischen sie. Wie er so ihrem Geplauder zuhörte, fühlte er allmählich die unsichtbare Mauer schwinden, die seine Abwesenheit bereits um ihn errichtet hatte.

... Mama ging es gut seit seiner Abreise. Aber natürlich, man mußte bei ihr immer auf eine Unvorsichtigkeit gefaßt sein. Denn, bei Gott, die beging sie oft genug. Ja, Mama war ein enfant terrible, sie würde sich niemals ändern.

Es war aber auch wirklich nicht der geringste Grund vorhanden, daß sie sich in so kurzer Zeit hätte ändern sollen. Doch daran dachte niemand.

.... Die Maulbeerblätterernte war recht gut. Die Seidenwürmer würden genug zu fressen haben. Frédéric war zufrieden mit dem Verwalter. Sie hatten einen Wurf junger Hunde, die gut zu werden versprachen. Miranda erwartete noch immer ihr Füllen ... Ludivine hatte sich noch nicht entschieden, welchen Namen sie ihm geben sollte:

„Das wird von seinem Fell abhängen."

Hubert nickte verständnisvoll.

„Und die Hochzeiten? Die rücken ja nun heran. Habt ihr schon eure Toiletten gewählt? Wie schade, daß ich euch nicht sehen kann."

Ludivine beschrieb die ihren: sie würde bei Elisens Hochzeit in

Grün sein und das lila Kleid für die Emilies aufheben. Auf dieses Fest freute sie sich ganz besonders. Sie dachte es sich so schön in Sarrazine ... Es sei wirklich zu schade, daß Hubert nicht kommen könne ...

„Ja", sagte Hubert melancholisch. „Ich wäre so gern an dem Tag bei Emilie gewesen. Liebe gute Emilie ... Ich wünsche ihr, daß sie glücklich wird. Du wirst es ihr für mich sagen, Adrienne, nicht wahr? Vergiß es nicht. Aber", fügte er mit einem traurigen Lächeln hinzu, „könntet ihr euch mich als Kommißsoldaten vorstellen unter all diesen eleganten Erscheinungen?"

„Nein, gewiß nicht." Ludivine konnte sich ihn nicht vorstellen. Sie gestand es ganz unverhohlen und glaubte ihn damit zu trösten.

Eine tiefe Bitterkeit überkam ihn bei diesen Worten. Ein Paria unter den Seinen, das war es, was das Regiment aus ihm gemacht hatte. Auf einmal wünschte er wieder sehnlichst, allein zu sein, ausgestreckt auf seinem Strohsack in dem lärmenden Zimmer unter den Männern, denen er jetzt glich. Der Ausdruck seines Gesichts tat Adrienne weh.

„Mein Kleiner ..." Sie streichelte den armen Kopf.

Hubert zuckte die Achseln.

„Ach Gott, es ist nicht so schrecklich. Die Leute sind zumeist gute Kerle. Man muß sich daran gewöhnen, das ist alles. Übrigens werde ich nicht lange im Glied bleiben, ich soll bald Unteroffizier werden."

„Ja, natürlich", stimmten Ludivine und Adrienne mit so bereitwilliger Überzeugung bei, daß sie die Wunde in Huberts Herz nur noch weiter aufrissen.

Adrienne spürte es. Sie erhob sich, und Ludivine, die das Zusammensein reizlos fand und sich langweilte, folgte ihrem Beispiel.

„Ihr geht schon?" Sie entschuldigten sich: der Bahnhof sei weit, sie könnten sich nicht der Möglichkeit aussetzen, den Zug zu versäumen.

„Ja natürlich", nickte nun Hubert.

Hinter dem Gitter stehend, blickte er ihnen nach, wie sie in den Wagen stiegen. Dann wandte er sich um. Von weitem sahen sie nur einen schlecht angezogenen Soldaten über den großen Hof gehen. Er bog um die Ecke und verschwand hinter einem Gebäude, ohne sich umgesehen zu haben. Unter dem Geklapper der Hufe fuhren sie durch die düstere Allee dem Bahnhof zu.

„Ludivine, ich bin traurig, ihn so gesehen zu haben. Ich glaube, es wäre besser gewesen, wir wären nicht gekommen. Mein armer kleiner Bruder ..."

Ludivine drückte ihr die Hand, ohne zu antworten. Ihre Gedanken flogen nach Mogador. Dort ging der Arbeitstag zu Ende; Frédéric mußte jetzt daran denken, nach Hause zurückzukehren, um sich fertigzumachen. Gleich würde er den Wagen kommen lassen. Jede verflossene Minute brachte sie näher zu ihm. Und schon sah sie seine hohe Gestalt auf dem Perron vor sich, sein Gesicht unter der Menge von Gesichtern, sein Lächeln ...

11

Hat man jemals einen schöneren Juni erlebt? Die ganze Pracht des Sommers tut sich auf rings um Mogador in der steigenden Hitze unter der unendlichen blauen Einsamkeit des Himmels.

Niemals hat es so viele gesellschaftliche Veranstaltungen gegeben. Niemals hat sich Ludivine so gut unterhalten. Die ganze Nachbarschaft ist wie von einem Fieber ergriffen, Verlobungen, Soireen, Empfänge und Feste lösen einander ab. Am Anfang etwas widerspenstig, hat sich Frédéric glänzend hineingefunden. Er lacht, tanzt und scherzt und steht hoch in Gunst bei den Damen. Aber das kann Ludivine nicht verletzen, wenn er in seiner brillanten Art allen ein bißchen den Hof macht.

Und wie herrlich sind die Heimfahrten im Wagen in der erbleichenden Nacht, die sich schon mit dem Schimmer des Morgens färbt ...

An ihn gelehnt, wiegt sie ihren Kopf an seiner Schulter, er nimmt sie im Dunkel fester um die Taille, während sie mit Adrienne über die Ereignisse des Abends plaudern.

Nun ist das Glück wohl da. Ist es vielleicht in dem Beben, das sie manchmal in sich aufsteigen fühlt, ohne recht zu wissen ... Wenn man nur Zeit hätte, darüber nachzudenken ... Aber warum schließlich? Man braucht nur zu nehmen und wieder zu nehmen, was der Tag einem bietet. Und jeder Tag ist schön und jede Nacht ist noch schöner; und wenn sie des Abends in ihrem Zimmer sind, das sich auf den nächtlichen Himmel öffnet, dann ist sie in Frédérics Armen die Königin eines wunderbaren Reichs ...

Nun ist also auch Elise verheiratet. Wie reizend sie war unter dem Schleier. Madame Daubenois hat es immer verstanden, ihre Tochter anzuziehen, das muß man ihr lassen. Aber Ludivine lacht jetzt noch über den Anblick der guten Dame bei dieser feierlichen Gelegenheit: wie eine geschäftig watschelnde Ente hat sie ausgesehen.

Was nur Elise an dem Doktor Royer hat entdecken können, um sich so in ihn zu verlieben? Er erinnert keineswegs an das Idealbild, von dem sie einst träumte. Wie kann man nur so vollständig bar jedes „Schicks" sein und jeder Sicherheit im Auftreten? Aber Frédéric hat eine Zuneigung zu ihm gefaßt. Er behauptet, er sei ein wertvoller Mensch. Auf jeden Fall ist das Elisens Sache. Was Ludivine betrifft, so ist ihr das vollständig gleichgültig. Sie ist daraufgekommen, daß es weitaus amüsanter ist, bei Hochzeiten anderer eingeladen zu sein, als seine eigene feiern zu sehen.

„Liebster, ich glaube, in meinem ganzen Leben habe ich mich nicht so gut unterhalten", hat sie Frédéric am Morgen nach Elisens Hochzeit gestanden.

„Das habe ich bemerkt", erwidert er kurz. Er ist wütend auf sich selbst. Was für eine Dummheit, sich den Anschein zu geben, als nehme er Ludivines Benehmen ernst. Aber tatsächlich hat er sie noch nie so kokettieren gesehen. Dieser Laffe von einem Marquet-Rageac ... Mit einer Unverschämtheit hat er sich um sie herumgedreht. Frédéric ist kein eifersüchtiger Gatte, und außerdem ist dieser Mensch widerwärtig und lächerlich. Nein, es wäre eine Erniedrigung, auch nur denken ... Im übrigen ist es schmeichelhaft, wenn man seiner Frau sicher ist, sie so umschwärmt zu sehen und ohne falsche Bescheidenheit feststellen zu können, daß sie entzückend angezogen und einfach bezaubernd ist und es versteht, mit Geist ein ganzes Regiment von Bewunderern nach ihrer Pfeife tanzen zu lassen. Allerdings müßten diese Bewunderer auch in ihren Grenzen bleiben, als sehnsüchtige Anbeter, und sich nicht mehr oder weniger offen einer Gunst rühmen, die dieses ausgelassene Ding leichtsinnig genug ist, ihnen nicht zu verweigern.

Soll man Ludivine Vorhaltungen machen? Ihr zu verstehen geben, daß ...? Nein! Frédéric kann sich dazu nicht entschließen. ‚Sie ist in vieler Hinsicht noch so sehr Kind', denkt er sich, während er ihr zusieht, wie sie mit der drolligen Miene eines naschhaften Kätzchens ihre Schokolade trinkt.

Sie stellt ihre Tasse nieder und erklärt ganz unschuldig:

„Dieser Marquet-Rageac ist ein charmanter Causeur. Das ist

wirklich ein Mann von Welt. Man langweilt sich nicht einen Augenblick mit ihm. Und er tanzt gut, weißt du, fast so gut wie du."

Frédéric bleibt diesem Kompliment gegenüber kalt.

„Ein charmanter Causeur? Ja, meiner Treu, mehr Zunge als Hirn."

Ludivine lacht laut auf.

„Ja, mein Gott, das ist es ja gerade, was er für seinen Beruf braucht!" Er lacht mit und fährt in ungezwungenem Ton fort:

„Seine Schwester ist sehr schön. Ihr Kleid hat mir ausgezeichnet gefallen. Das ist der reinste Typ eines Mädchens aus Arles . . ."

„Ja", unterbricht ihn Ludivine lebhaft, „aber so dumm, daß es selbst den ärgsten Bauernlümmel abschrecken könnte."

„Aber, aber . . .", rügt Frédéric, nicht ohne einen Ton des Triumphs in der Stimme, angesichts dieser leidenschaftlichen Abwehr.

Ja, so sind die Frauen! Unmöglich, vor der einen auch nur das geringste lobende Wort über die andere zu sagen . . .

„Ja, mein Schatz, das steht fest: du bist entzückend, liebenswürdig, geistreich über alles vorstellbare Maß und dazu noch sanft und wohlwollend wie kaum eine zweite. Aber ich bitte dich, laß mich für meine Zeitgenossen hoffen, daß es vielleicht doch möglich ist, wenn man sehr genau sucht, noch irgendwo einige ganz seltene weibliche Musterexemplare an Schönheit und Intelligenz zu entdecken, außer demjenigen, welches ich das Privilegium habe zu besitzen."

Geärgert stampft Ludivine mit dem Fuß.

„Genug! Du bist zu dumm!"

„So dumm wie Marceline Marquet-Rageac?"

„Hör einmal zu, Frédéric, wie kannst du so reden? Sei nicht mutwillig ungerecht! Habe ich jemals etwas gesagt über Elise? Oder Caroline oder Blanche? Oder Lucile du Roveret, oder Léontine Arnal, oder Madame Lallier oder . . ."

„Gut, gut, das genügt, ich bitte um Gnade!" Er unterbricht die leidenschaftliche Aufzählung und nimmt das schmollende Kind auf seine Knie. „Sicherlich, aber das ist die Familie. Oder es sind liebenswürdige, schüchterne und unscheinbare Frauen, die niemals die geringste Chance haben werden, deine Eifersucht zu erregen. Aber die jungen Mädchen! . . . Ah! Für die hegen wir keine Zärtlichkeit . . . bei denen sind wir nicht so nachsichtig! Nun, mein Herz, gesteh es nur, daß du sie ganz und gar nicht liebst!" scherzt er, die Lippen auf die sammetweiche Haut gedrückt.

So umschmeichelt und umarmt hätte Ludivine, ohne mit der Wimper zu zucken, auch ihr Todesurteil unterschrieben.

„Sie laufen alle den Männern nach und tun dabei, als ob sie nicht bis drei zählen könnten. Das ärgert mich."

„Ja natürlich, du erlaubst nicht, daß jemand auf deinen Jagdgründen wildert." Mit Befriedigung, die er scheinheilig zu verbergen trachtet, sieht er, wie sich die kleine Stirn unter seinen Blicken purpurn färbt.

Ludivine sucht nach einer Antwort, aber die unbestreitbare Wahrheit seiner Worte raubt ihr die Sprache. Wie soll sie erklären, daß das alles nicht ernstlich zählt? Allein mit ihm auf Robinsons Insel würde sie sich vollkommen glücklich fühlen. Traurig, so mißverstanden zu sein, beklagt sie sich:

„O Frédéric, warum bist du so böse?"

Der ehrliche Kummer, der in ihren Worten durchklingt, lähmt Frédérics Kampflust.

„Ach, du Arme", sagt er und wiegt sie an seiner Brust, „Du hast das schändlichste Individuum geheiratet, das je der Hölle entsprungen ist. Trag dein Geschick in Geduld und bitte Gott, daß er ihm verzeihe und dich von ihm erlöse." Die Arme um seinen Hals geschlungen, murmelt sie:

„Du bist abscheulich . . . abscheulich! . . ."

„Das stimmt", gibt Frédéric zu, der doch etwas zerknirscht ist, aber nicht übel Lust hat, wieder anzufangen. „Und . . . du verabscheust mich, nicht wahr?"

„Oh!" erwidert Ludivine, die die Notwendigkeit verspürt, wenigstens für die Zukunft ihre schwindende Würde zu retten. „Es könnte noch einmal soweit kommen."

Übermorgen werden die Glocken für Emilie Angellier läuten. Emilie heiratet einen Freund ihres Bruders. „Guter Name, Absolvent der Polytechnischen Hochschule, großes Vermögen, große Zukunft", haben die Damen in allen Salons der ganzen Gegend hinter ihren Fächern geflüstert, seitdem die Heirat bekannt wurde. Sie wird in Paris leben, wie Edmond, der schon ein Jahr dort ist.

Nun wird das Gut schwer auf den Schultern Onkel Constants und der kleinen Blanche lasten. Aber es heißt, daß die Hochzeit der jüngeren Schwester bald folgen soll, dann wird Léon Vernet die Leitung von Sarrazine übernehmen.

Ludivine wälzt alle diese Gedanken in ihrem Kopf, während sie Eugénie überwacht, die die Koffer packt. Und Edmond? Wird er sich endlich entschließen, um Carolines Hand anzuhalten?

„Vorsichtig, Eugénie, gib acht, du zerdrückst die Spitzen." ... Wird man sie ihm als Tischdame geben? Aber vielleicht hat der ‚Zukünftige' eine Schwester?

„Ja, das gesteckte und das lila Kleid. Gib sie mir einen Augenblick."

„Schau, Mama, wie schön ich sein werde", sagt sie zu Julia, die ins Zimmer getreten ist und sich niedersetzt, um den Vorbereitungen zuzusehen. „Das grüne mit den weißen Blumen für den Abend und dieses hier für den Hochzeitstag. Was sagst du dazu?"

„Sehr hübsch", sagt die alte Dame beifällig. „Auf alle Fälle hinreichend, um Verheerungen unter den schwachen Herzen der Männer anzurichten, nicht wahr, meine Kleine? Über diesen Punkt sind wir ja einer Meinung?"

Mein Gott, wenn sie auch noch ...

„Aber, Mama, was soll ich denn tun? Sie sind alle hinter mir her ... Es ist wirklich nicht meine Schuld. Soll man sie unfreundlich abweisen?" Julia lacht ihr kurzes trockenes Lachen.

„Da gibt es keine bestimmte Regel, meine Liebe. Nein, es ist nicht schlecht, Frédéric ein ganz kleines bißchen unruhig zu machen! Das ist sogar eine gute Würze. Die Bewunderung der Herren ist der beste Spiegel, in dem uns unsere Männer sehen. Das, worauf es ankommt, ist, das richtige Maß einzuhalten ... Eine Frage der Geschicklichkeit, des Fingerspitzengefühls ... Diese Wissenschaft besitzt man in deinem Alter oder man erlernt sie niemals ... Nun, ich bin nicht besorgt um dich."

Ludivine wirft ihrer Schwiegermutter einen dankbaren Blick zu. Wie wohltuend es ist, endlich einmal jemanden zu finden, der dieselbe Sprache spricht ... Eine Sekunde lang ruhen die Augen der beiden Frauen voll von stillem Einverständnis ineinander. Julia lächelt und sagt in ihrem spöttischen Ton:

„Jetzt, da du meinen Segen hast, wirst du leichten Fußes in das Unheil hineinlaufen, nicht wahr?"

Und sie läuft wirklich hinein ... in bester Laune, erregt plaudernd im schnellen Rhythmus des Wagens, der sie einige Stunden später mit Frédéric und Adrienne nach Sarrazine entführt. Sie haben die große Hitze vorübergehen lassen. Die Sonne ist im Abnehmen. Langsam rückt der Schatten über die Äcker vor und färbt das Grün der Fichten dunkler, die sich hie und da von der am tiefblauen Abendhimmel wellenförmig sich hinziehenden Hügellinie abheben. Sonnenblumen und Maisfelder wechseln mit Hecken und gestutzten Zypressen.

„Hier sind die Felder grün", bemerkt Adrienne.

„Sie haben eine künstliche Bewässerung."

„Aber der Wein ist noch nicht so weit wie in Mogador, schau, Frédéric", sagt Ludivine lebhaft.

Er nickt: „Ja, wir werden ein gutes Jahr haben, wenn das Wetter anhält."

Ein gutes Jahr. Sie wechseln ein Lächeln des Einverständnisses ... Mann und Frau ... Sie sind zwei, und das ist ihre Stärke, zwei zu sein gegenüber den andern. Adrienne, die sie unbemerkt beobachtet, spürt das. Und sie, deren Seele frei ist von Mißgunst, ist erstaunt, einen Augenblick lang so etwas wie Neid zu empfinden ...

Der Wagen fährt durch Maillane. Der Lärm der Räder widerhallt in dem dörflichen Frieden. Kinder spielen in den Haustüren. Frédéric betrachtet sie nachdenklich. Der Sommer hat eben erst begonnen. So viele schöne Tage liegen vor ihnen. Und doch, der längste ist schon vorbei.

„Heute wird es etwas früher Abend werden als gestern", sagt er halblaut vor sich hin.

Ludivine hebt die Augen zu ihm empor. Warum plötzlich diese sonderbaren Anwandlungen von Melancholie? Ist es nötig, den schönen Augenblick zu verderben? Kann er ihn wirklich nur dann voll auskosten, wenn er ihn als flüchtig und im vorhinein zum Schwinden verurteilt empfindet? Sie unterdrückt einen ungeduldigen Seufzer. Wie unfaßbar die Menschen doch sind. Man verbringt sein Leben damit, sie zu ergründen, sich ein Bild von ihnen zu machen, und immer sind sie wieder anders. Was man aufbaut, stürzt im nächsten Augenblick zusammen, und man muß von neuem anfangen. Sie legt ihre Hand auf die seine, wie um sich ihres fliehenden Besitzes besser zu versichern.

„Was schadet das? Denk nicht daran. Würdest du es bemerken, wenn du es nicht wüßtest? Nein, gewiß nicht. Jedenfalls ... nicht so schnell. Also?"

Er lacht ein wenig über dieses Beweisverfahren.

„Aber da ich es weiß ..."

„Unsinn!" erklärt Ludivine mit Entschiedenheit. „Du weißt auch, daß es schön ist, daß es heiß ist, daß wir in ein festliches Haus kommen, daß wir tanzen werden, morgen, übermorgen und ... oh! Frédéric, du wirst sehen, wie gut mir mein Kleid steht."

Er umfängt sie mit dem gewissen Blick, gemischt aus Ironie und Zärtlichkeit, der sie vor kurzem immer noch so aus der Fassung gebracht hat ... Herb, ausschließlich, selbstsicher und kindlich zugleich, mit ihrem leidenschaftlichen Hängen an den handgreiflichsten Gütern dieser Welt ... mit all ihren Fehlern, die er kennt, ist sie doch die Frau, die er gewollt hat. Und gälte es, morgen von neuem anzufangen, er würde keine andere haben wollen.

„Ah, das berühmte Kleid?" sagt er neckend. „Und du, Adrienne, du wirst auch schön sein, denke ich."

Aurienne erklärt, sie hoffe es, sie sei mit ihrer Toilette zufrieden, und übrigens sei es Ludivine gewesen, die ...

Die beiden lächeln einander an, grausam, ohne es zu wollen. Sie sitzen mit ihr zusammen und sind doch so fern ... Das junge Mädchen blickt sie an, sieht sie von der geheimnisvollen Quelle trinken, die nur für sie allein zu fließen scheint ... und bricht ihre Antwort, auf die niemand achtet, kurz ab.

Die Nacht senkt sich auf Sarrazine. Es ist der Abend des Hochzeitstages. Das Essen ist endlich zu Ende. Gleich wird man zu tanzen beginnen. Auf das Fenster ihres Zimmers gelehnt, sieht Ludivine zu, wie sich allmählich, bald da, bald dort, der rosenfarbene Widerschein der Lampions auf den von der Dämmerung verdunkelten Blättern entzündet. Einige Paare, die Herren in Schwarz, die Damen mit langen Schleppen, tauchen auf und verschwinden wieder zwischen den Bäumen des Parks. Ein Rest verspäteten Tageslichts schimmert noch hinter den Zweigen am Himmel. Auf der Terrasse, mit den großen, vom Gebrauch geglätteten Fliesen, spielt sich leise ein Orchester ein. Der Ton der Instrumente mischt sich mit dem Gesang der verborgenen Grillen. Ein helles Mädchenlachen klingt auf, steigt zu Ludivine empor und verliert sich im Dunkel. Sich vorbeugend, kann sie gerade noch zwei Silhouetten in der Nähe, unter der Glyzinie, unterscheiden, deren Zweige über die Steinbank an der Freitreppe herabfallen.

Was für einen faden Geschmack wird dieses Fest ihr zurücklassen, von dem sie sich soviel versprochen hat. Dieser unausstehliche Maurice de Clarens, den man ihr als Tischherrn gegeben hat! Steif, geziert und unsagbar langweilig!

„Worüber sinnen Sie, meine Schöne, an ihrem Fensterlein?"

Die Stimme ist ihr bekannt.

„Oh, Sie sind es?“ ruft Ludivine überrascht.

„Allerdings. Ich komme soeben von Aix. Ich habe leider Gottes eine Verhandlung gehabt. Aber hören Sie, die Musik beginnt! Kommen Sie, die Neuvermählte wird den Ball eröffnen.“

„Ich komme sofort!“ antwortet Ludivine strahlend. Mit einer raschen Schwenkung ist sie vor dem Spiegel. Auf der Türschwelle steht Frédéric unbeweglich und sieht sie an:

„Ich wußte nicht, daß du hinaufgegangen bist, ich habe dich unten gesucht. Mit wem hast du jetzt gesprochen?“

„Mit André Marquet-Rageac . . .“

„Er ist hier?“

„Er ist soeben gekommen.“

Frédéric sagt kein Wort dazu und murmelt nur, wie bedauernd: „Du bist sehr hübsch heute.“

„Ja? Findest du?“ Zu ihm gewendet, im gelben Lampenlicht, bietet sie ihm ihr Gesicht dar. Aber er scheint es nicht zu bemerken.

„Darf ich einen Augenblick in den Spiegel sehen?“

„Wozu?“ Enttäuscht, versucht sie ihn zu ärgern: „Deine Frisur ist tadellos, deine Krawatte auch . . . Du bist schön wie Adonis. Für wen legst du Wert darauf, dich dessen zu versichern?“

Vielleicht hätte auch er eine solche Frage zu stellen gehabt, eine Frage, zu bitter für seinen Stolz. Er schluckt sie hinunter und setzt sich.

„Für dich, meine Liebe“, sagt er ohne Weichheit in der Stimme. Wie sonderbar er heute abend ist. Ludivine erkennt ihn nicht wieder. Sie tritt hinter den Armsessel, legt ihre kühlen Hände auf seine Stirn, auf der eine Falte sichtbar ist, streichelt und glättet sie mit ihren Fingerspitzen.

„Du willst mir keinen Kuß geben?“

Keine Antwort. Er sieht sie einen Augenblick an, ergreift ihr Handgelenk und zieht sie mit einer schroffen Bewegung an sich.

„Schön, herausfordernd, gefährlich . . . Ist es nicht so?“

Bestürzt sieht ihn Ludivine mit großen Augen an. Sie wankt unter dem beinahe gewalttätigen Kuß.

Von unten hört man die Musik eines Kontretanzes.

„So geh“, sagt Frédéric, ohne sie weiter anzusehen.

Mit einem Schlag hat der Abend für Ludivine ein anderes Gesicht erhalten. Sie entfaltet ihren ganzen eigenwilligen Charme, umringt von einer Schar von Bewunderern, unter denen Marquet-Rageac einen unbestreitbaren Vorrang genießt. Er brüstet sich damit auch ziemlich unverhohlen.

„Ludivine ist wirklich unwiderstehlich. Das ist ein Triumph heute abend, mein Lieber. Mir scheint gar, sie ist dabei, André zu umgarnen. Schau dir so etwas an! Unser Herzensbrecher ..."

Ein Schauspiel, auf dessen Anblick Frédéric allerdings gerne verzichtet hätte. Aber er kann nicht umhin, seine ganze Aufmerksamkeit darauf zu richten. Der Pfeil, von Laura abgeschossen, sitzt ...

Indessen rückt der Abend vor. Das junge Paar hat sich zurückgezogen. Man hat im Rosengarten das Souper serviert. Eine gewisse Müdigkeit liegt in der Luft, die Tänzer sind weniger zahlreich geworden. Einzelne haben sich ins Dunkel des Parks zurückgezogen. Die Gespräche werden ernster. Das Wort Panama, von irgend jemandem hingeworfen, hat sogleich einen Kreis versammelt. Der Skandal ist zu groß, um nicht alle Männer, die aus der Provinz stammen, wo jeder von Geburt aus den Geschmack und den Sinn der alten Römer für Politik hat, in leidenschaftliche Aufregung zu versetzen.

Die Damen, die in buntschillernden Gruppen beisammen sitzen oder promenieren, können noch so verführerisch mit ihren Fächern spielen oder ein Feuerwerk silberhellen Lachens in die Luft emporsenden, um die Aufmerksamkeit ihrer Kavaliere zurückzuerobern: Tanz, Galanterie und zärtliches Getändel, alles ist in der Hitze der Diskussion vergessen.

„Hört ihnen einmal zu", spottet Caroline: „... einen Damm aufrichten gegen den Druck der Republikaner ... Die Drohung der Sozialisten ... Die Utopien von Jules Guesde ... Der Verrat an der Koalition ... Albert de Mun ... Korruption bis hinauf in die Ministerien ... Die Listen ..."

„Gott, ist das interessant! Heiliger Himmel, ich möchte ihre armen Gehirne von all diesem Unsinn säubern. Wenn sie in vierzig Jahren in einer ebenso schönen Nacht wie heute den Mondschein betrachten, dann werden sie ihre alten Köpfe schütteln und sich nach den Jahren zurücksehnen, da sie von Liebe sprechen konnten. Die Namen der Herren Lesseps, Cottu oder Baïhaut werden sie längst vergessen haben, aber die unseren nicht, und dann werden sie unsere Züge suchen in ihrer Erinnerung ... Aber wo werden wir dann sein? Andere werden unter diesen Bäumen tanzen, mit faltenlosen Gesichtern und in Kleidern, die sie nicht wiedererkennen werden ..."

„Ich spreche nicht von dir, Blanche", fügt sie, betroffen von dem überraschten und betrübten Blick des jungen Mädchens, hinzu. „Wir werden schon alle unsere Zähne verloren haben, wenn du noch immer ein Kind sein wirst und dein dummer kleiner Bruder ein junger Hund."

„Oh!" haucht die Kleine.

‚Alle unsere Zähne verloren haben! Mein Gott, wie kann man nur an so etwas denken?' entsetzte sich Ludivine. ‚Als ob man schon so einen Tag herankommen sähe ... Als ob man überhaupt einen solchen Gedanken fassen könnte! Alt werden in den Augen Frédérics, o Gott! Aber sicher ist Caroline heute nicht glücklich.'

Und die dort ereifern sich alle wegen dieser verrückten Geschichte ... Die Tonstärke ihrer Stimmen hat eine solche Höhe erreicht, daß man von weitem ihrem Gespräch folgen kann.

Schau! Sogar dieser Maurice de Clarens, der eben noch so teilnahmslos war und kaum ein Wort herausgebracht hat, ist jetzt auf einmal lebhaft geworden.

„So sieht unsere Republik aus! Oh, wenn die Fürsten verstehen könnten, wie günstig die Stunde für sie ist! ... Ein Manifest von Monseigneur würde eine ungeheure Wirkung haben. Das ganze Land würde ihm zufliegen."

Das Rauschen der vom Nachtwind bewegten Blätter begleitet die erregten Worte. Der Geruch der Linden übertäubt sekundenlang alle anderen mannigfaltigen Düfte, die aus dem Park aufsteigen. Etwas abseits, an den großen Kastanienbaum gelehnt, folgt Frédéric der Debatte, ohne sich zu beteiligen.

‚Er hat recht', denkt sich Ludivine. ‚Was geht uns die Regierung an? Ob Monarchie oder Republik ist doch ganz gleichgültig. Wird das den Himmel oder die Jahreszeiten verändern? Was ist schon wichtig außer Mogador? Wenn nur die Ernte gut ist und sich vorteilhaft verkaufen läßt. Dem Staat, wie er auch aussieht, wird man immer Steuern zahlen müssen. Aber im Grunde wissen das ja alle. Sie ereifern sich nur zum Vergnügen.'

„Die parlamentarische Korruption gehört zum System. Ihm verdanken wir sie, aber beklagen wir uns nicht zu sehr darüber: es wird sicherlich eines schönen Tages daran zugrunde gehen."

„Ich sehe mit Befremden, daß sie einige tiefbedauerliche Ausnahmen als die Regel hinstellen, mein lieber Freund."

„Natürlich, verteidigen Sie nur Ihre Leute, Marquet-Rageac. Es weiß ja sowieso jedermann, daß Sie für links stimmen", spottet Auguste Sabrier.

„Ich möchte in keiner Weise aus meiner Überzeugung ein Hehl machen. Aber darum handelt es sich hier nicht. Ich bin der Meinung, daß die Ehre unserer Volksvertreter auch die unsere ist und letzten Endes die Ehre Frankreichs. Es wäre eine Ungerechtigkeit und zeugte von einer vorgefaßten Meinung, die mir des Vertrauens unwürdig scheint, das der Bürger den Einrichtungen seines Staates entgegenzubringen hat, wenn man unter dem beleidigenden Ausdruck ‚parlamentarische Korruption' mehr oder weniger erwiesene, ich betone, mehr oder weniger erwiesene Verfehlungen oder Schwächen einzelner verallgemeinern wollte."

„Bravo!" sagt plötzlich Frédéric mit einer solchen Gelassenheit, daß sie der gröbsten Unverschämtheit gleichkommt. „Bravo! Das wußten wir ja immer schon, daß ein Advokat von Berufs wegen im Dienste der Canaille steht. Aber das macht nichts, es ist rührend zu sehen, mit welcher Kühnheit Sie sich einer nicht zu verteidigenden Sache annehmen, mit schönen Phrasen als einzigen Argumenten."

Ein allgemeines betretenes Schweigen folgt diesen Worten. Man kennt seine scharfe Zunge, aber diesmal scheint der Scherz die erlaubten Grenzen zu überschreiten. Marquet-Rageac selbst ist zu verblüfft, um sogleich eine Antwort zu finden.

Frédéric zieht ruhig an seiner Zigarette: „Wenn man nicht wüßte, wer Sie sind, könnte man Ihre Worte für den Ausfluß einer engelsgleichen Gesinnung halten."

„Er ist verrückt", flüstert Georges ihrem gemeinsamen Freund Caussade ins Ohr. Dieser zuckt die Achseln.

Bleich, mit unsicherem Blick, macht André Marquet-Rageac einen Schritt auf seinen Widersacher zu: „Ich möchte gerne glauben, mein lieber Vernet, daß Sie sich in diesem Augenblick nicht in Ihrer normalen Verfassung befinden, sonst müßte ich ..."

„Natürlich ist er das nicht. Das wäre noch schöner, wenn er sich am Abend des Hochzeitstages seiner Cousine in normaler Verfassung befände. Du hast sonderbare Ideen, André!" schlägt sich Caussade ins Mittel, den dargebotenen Rettungsanker hastig ergreifend. „Sei versichert, daß du und ich es ebensowenig sind."

Mit kalter, unbeteiligter Miene, ein halbes Lächeln auf den Lippen, scheint Frédéric diese Szene als Zuschauer zu beobachten.

Die andern haben sich von ihrer Bestürzung erholt und beteiligen sich eifrig durch Scherzworte an dem Rettungswerk. Einigermaßen beruhigt, läßt sich der Advokat überreden und zur Terrasse fortziehen, wo gerade die Musik wieder einsetzt.

Ludivine tanzt am Arm eines Husarenleutnants einen Walzer. Ihr lila Kleid wiegt sich, bald regenbogenfarbig schillernd im Widerschein der Lampions, bald im Mondlicht glitzernd wie eine Eisfläche.

Eugénie war gerade mit dem Auspacken der Koffer fertig, als Frédéric eintrat. Ludivine warf ihm einen verstohlenen Blick zu und seufzte. Noch immer derselbe verschlossene Ausdruck, den sie an ihm in der Ballnacht gesehen hatte, als es ihr endlich nach langem Suchen mit Raouls Hilfe gelungen war, ihn zu finden.

‚Lieber Raoul ...' Wie gut war er gewesen, trotz seiner scheinbaren Grobheit: „Ludivine, du mußt sofort deinen Mann suchen und ihn wegbringen. Er ist imstande, heute abend irgendeine Dummheit zu begehen. Es ist bestimmt nicht sein Verdienst, wenn er nicht schon eine Affäre mit Marquet-Rageac auf dem Hals hat ..."

„Frédéric eine Affäre?" Mit einem Schlag war die Musik für ihre Ohren nur mehr ein dumpfes Summen, von dem sie sich im Arm ihres Cousins weitertragen ließ, ohne darauf zu achten.

„Du willst sagen ... ein Duell? Mit Marquet-Rageac? Ja warum denn? Raoul, warum? Was ist geschehen?" Er blieb die Antwort schuldig.

„Sie haben sich gestritten? Ihr habt eben so laut gesprochen. Diese unglückselige Politik! Schnell, schnell, gehen wir hinunter! Sag mir, wo du ihn gelassen hast ..." Sie zog ihn aus dem Kreis der Tänzer mit sich fort in den Park. Ihre Hand krampfte sich um Raouls Arm.

„Wir müssen ihn finden! Ich werde ihn schon hindern! O Gott! Daß die Männer niemals ruhigbleiben können! Sich streiten wegen Panama!"

Sie erreichten die dichteren Teile des Parks. Ungeduldig eilte Ludivine voraus, ohne recht zu wissen wohin, sie lief beinahe.

„Was fällt dir ein? Ja, um Panama handelt es sich!" stieß Raoul heftig hervor.

Mit weitaufgerissenen Augen wandte sie sich ihm zu. Er konnte im Dunkel das kleine Gesicht nur undeutlich unterscheiden, sonst hätte ihm vielleicht der Ausdruck der Todesangst, der sich darauf malte, mildere Worte eingegeben:

„Kennst du deinen Mann so wenig, daß du ihn für fähig hältst, wegen solcher Windmühlen mit jemandem anzubinden? Wir sind keine Pariser, die sich ebenso leicht schlagen wie sie Worte machen!"

In diesem Augenblick hatte sie verstanden: für sie, für sie war es gewesen! Das war die Erklärung, die Raoul ihr nicht geben konnte. Frédéric ... er hatte diese Gefahr gesucht, wenige Schritte von ihr, ohne daß sie es ahnte. Er war eifersüchtig! Er konnte also eifersüchtig sein! Und so maßlos! Aber wie hatte er denn glauben können ...? O Gott! Sich in seine Arme werfen, ihn beruhigen ...

‚Frédéric, liebster, einziger!'

Es war erschreckend und köstlich zugleich, zu entdecken, daß sie eine solche Macht besaß! Einige Tänze angenommen, einige Komplimente sich gefallen lassen, diesem oder jenem ein Lächeln gegönnt ... und er, er hatte Lust, einen Menschen zu morden. Staunend hatte sie eine ungeahnte Leidenschaft hervorlodern sehen, seine herbe, schweigsame Liebe ihre Hülle zerreißen ... war es nicht das Ebenbild der ihren, das ihr daraus entgegentrat? Oh, welche Qual, ihn verletzt zu denken und nicht zu wissen, wohin eilen, um ihn zu finden und ihm Frieden zu bringen ...

„Raoul, wir müssen ihn finden. Ich muß ihn sofort sprechen."

Umsonst hatten sie ihn überall gesucht, in den Bosketten des Parks, wo sie zärtliche Paare aufscheuchten, unter den Tänzern auf der Terrasse – aufatmend hatte Ludivine von Edmond gehört, daß Marquet-Rageac sich schon empfohlen hatte –, in den Salons, in der Bibliothek, alles umsonst.

Als sie dann müde und mutlos, mit leerem Kopf in ihr Zimmer zurückkehrte, hatte sie die dunkle Gestalt auf dem Diwan ausgestreckt gefunden, im Halbdunkel, in dem nur das kleine rote Licht der Zigarette glühte.

Da war er! Endlich! Endlich! Aber beinahe in derselben Sekunde hatte sie gespürt, daß die Dinge dadurch nicht einfacher geworden waren, daß der rasende Schwung, der sie auf die Suche nach Frédéric getrieben hatte, dieser Sturmlauf heute nacht nicht an seiner Brust enden würde.

Wie gerne hätte sie Vorwürfe gehört, die ihr erlaubt hätten, sich zu verteidigen! Sie erinnerte sich an sein sonderbares Wesen zu Beginn des Abends. Die Worte „Schön, herausfordernd, gefährlich ..." Wie war es möglich, daß sie das nicht gleich verstanden hatte?

Aber nun dieses Schweigen seither. Die gleichgültige Ablehnung, der jeder ihrer Versuche, sich zu erklären, begegnete. Das gezwungen heitere Wesen, das sie sich nach seinem Beispiel bis zur Abreise aus Sarrazine auferlegen mußte.

Oh, wie verwünschte sie diesen Marquet-Rageac, diesen Schöntuer! Wie gerne hätte sie ihn gedemütigt, ihm ihre Verachtung bezeigt; sie haßte ihn dafür, daß er der Gegenstand von Frédérics Erbitterung, der Grund für die gähnende Kluft war, die sich in diesen zwei Tagen zwischen ihnen aufgetan hatte.

Und wie sollte sie jetzt, zu Hause, ihr gewohntes Leben wieder aufnehmen? Adrienne hatte geschwiegen. Von ihr war gewiß keine peinliche Frage zu erwarten, was immer sie auch gemerkt oder erraten haben mochte. Aber Mama? Was würde die sagen? Schon gestern bei der Begrüßung war ihr scharfer Blick von Frédéric, der sich bemühte, ein ungezwungenes Wesen zur Schau zu tragen, zu ihr gewandert; sie hatte sich, um ihm auszuweichen, über das lächelnde Kind gebeugt, das Philo ihr reichte. Wie sollte man es nun anstellen, die Klippen des gemeinsamen Mittagessens zu umschiffen?

Frédéric schien sich darüber nicht die mindesten Gedanken zu machen. Vor ihrem Toilettentisch sitzend, beobachtete sie ihn im Spiegel, wie er seine Reitjacke mit einem Rock vertauschte und eine Krawatte wählte.

„Eugénie, räumen Sie mein Reisenecessaire nicht auf und lassen Sie auch den kleinen Koffer draußen."

„Ja, Monsieur ... Und das von Madame?"

„Ich habe gesagt: meines. Das andere nehmen Sie weg und sagen Sie Victor, daß ich ihn heute nachmittag brauchen werde."

Sobald das Mädchen aus dem Zimmer war, fuhr Ludivine auf:

„Was bedeutet das? Du fährst weg?"

„Allem Anschein nach."

„Allein?"

„Ganz und gar allein. Da kannst du vollkommen unbesorgt sein, wenn es das ist, was dich beunruhigt."

„Wohin gehst du?" fragt sie, unzugänglich für seine Ironie.

Er sieht sie an mit diesem Blick, der sie nicht zu sehen scheint, der ihr so weh tut: „Oh, oh, wie neugierig! Soll das ein Verhör sein?"

Sie bleibt hartnäckig: „Wohin gehst du?"

„Nach Paris."

Nach Paris, wo sie so glücklich zusammen waren ...

„Oh, Frédéric, laß mich nicht allein. Nimm mich mit."

Angstvoll versucht sie in seinen Zügen zu lesen, mit einer so qualvollen Spannung, einem so flehentlich stummen Blick, daß sie glaubt, es müsse das Wunder geschehen. Aber er wendet sich ab.

„Nein, ich bedaure."

„Aber, was soll ich ohne dich tun?"

„Was du willst. An Ablenkung wird's dir nicht fehlen. Im schlimmsten Falle kannst du an meiner Stelle Mogador leiten." Vernichtet sah sie ihn an.

„Frédéric, nein! Es ist nicht möglich. Du gehst nicht weg ... Ja, um Gottes willen, warum? Sprich, sag etwas, sag mir einen Grund!"

„Einen Grund? Gründe kannst du haufenweise haben. Da ist gleich einer: ich habe Luftveränderung nötig. Bemühe dich, mit dem zufrieden zu sein."

„Nein, nein, hör zu ..."

Ohne auf sie zu achten, ging er zur Kommode und machte sich daran, seine Lade zu leeren. Ludivine folgte ihm wie eine Bettlerin.

Er breitete seine Krawatten aus und begann eine sorgfältige Auswahl zu treffen. Sie ergriff eine, zerknitterte sie mechanisch und glättete sie wieder mit fiebrigen Händen.

Frédéric wandte sich um und sah den Schaden: „Oho, Vorsicht! Möchtest du mir das nicht geben?"

Er nahm sie ihr mit einem gleichgültigen Wort des Tadels aus den Händen.

Ludivine stützte sich auf die Kommode, das Zimmer drehte sich um sie. Die Kühle des Marmors unter ihren Händen tat ihr wohl. Sie atmete mühsam.

„Hör mir zu, Frédéric, du mußt mir zuhören! Du wirst mich nicht so verlassen? Du weißt, daß ich dich liebe, daß ich mir nichts vorzuwerfen habe. Und du ... du ..."

Wie soll sie zu diesem eiskalten Fremdling sagen: ‚Du liebst mich', der, ohne sich um sie zu kümmern, damit beschäftigt ist, die da und dort im Zimmer umherliegenden kleinen Gegenstände seines persönlichen Gebrauchs zusammenzusuchen.

Mit einer Stimme, in der Zorn und Verzweiflung zitterten, fing sie wieder an: „Ich habe das Recht, zu wissen, was du denkst. Warum entfernst du dich von mir? Du darfst dich nicht weigern, mir das zu sagen, und mir nicht verbieten, mich zu rechtfertigen;

das wäre feig, Frédéric, feig, hörst du mich? Oh, ich bitte dich ... Sag mir, sag mir endlich ..."

An seinen Arm geklammert, wartete sie ... Und diesmal schien Frédéric auf dem Punkte, nachzugeben. Aber er sagte nur, sich losmachend:

„Himmel noch einmal, so eine Tragödie wegen einer kleinen Reise!"

Aber als ob die Herzensangst Ludivines trotz allem in ihm einige Gewissensbisse geweckt hätte, fügte er, bevor er die Tür schloß, schon im Gang, sanfter hinzu:

„Lassen wir das, glaub mir. Wir sprechen darüber besser nach meiner Rückkehr."

„So, und jetzt wirst du mir die ganze Geschichte erzählen", erklärte Julia.

Nein, nein, das war zuviel. Morgen – morgen würde es besser gehen, morgen würde sie mehr Mut haben. Aber heute abend, an dem Abend, da Frédéric sie soeben verlassen hatte, da die Einsamkeit und das leere Bett auf sie warteten – in diesem Augenblick wurde ihr bewußt, daß sie sich nach ihm sehnte wie nach einem sicheren Hafen nach all den Stürmen ...

„Ich bin so müde, Mama."

„Ich auch. Glaubst du, ich sehe gern meine Kinder von mir fortgehen? Reich mir meine Tropfen ... Ich bekomme heute keinen Atem."

„Nein, Philo, noch nicht", sagte sie zu der eintretenden alten Kammerfrau. „Wir haben noch miteinander zu reden, Madame Frédéric und ich. Ich werde dich rufen." Philo verschwand wortlos mit mürrisch aufgeworfenen Lippen.

„Also, komm her, Kind. Zieh den Lampenschirm herunter. So ist es besser. Setz dich, und jetzt heraus mit der Sprache. Ein bißchen Mut, um Gottes willen! Ich schäme mich für dich. Glaubst du, daß ich dir den Kopf abreißen werde?" Empfindlich getroffen, fuhr Ludivine auf:

„Warum sollte ich Angst haben, Mama? Was glaubst du denn, was ich mir vorzuwerfen habe?"

„Nichts als eine kleine Dummheit. Du hast dir ein bißchen gar zu gern den Hof machen lassen, und Frédéric war damit nicht einverstanden ..."

„Also weißt du es ja sowieso, Mama", ereiferte sich Ludivine ungeduldig. Sie saß wie auf Kohlen. Der spöttische Ton ihrer Schwiegermutter war mehr, als sie in diesem Augenblick ertragen konnte.

„Natürlich weiß ich es. Glaubst du vielleicht, daß dir irgend etwas geschieht, was sich die, die vor dir geboren sind, nicht vorstellen könnten? Die Details will ich wissen."

„Aber es sind keine Details. Ich weiß kaum mehr als du. Der Abend ist vergangen wie immer. Dann haben die Herren von Politik zu reden angefangen, und Caroline hat uns darauf aufmerksam gemacht ..."

„Laß doch Caroline. Das interessiert uns jetzt gar nicht."

Ludivine biß sich so heftig auf die Lippen, daß sie bluteten, aber überwand sich und fuhr fort: „Wir haben uns während der Zeit zu Tod gelangweilt, dann hat der Tanz wieder begonnen. Raoul ist gekommen, mich aufzufordern. Und da hat er mir gesagt, daß Frédéric sich gestritten hat und daß ich ihn ..."

„Mit wem gestritten?"

„Mit André Marquet-Rageac."

„Aus Arles? Dem Neffen des Arztes?"

„Ja."

Wann würde sie denn endlich aufhören mit diesem Verhör?

„Weswegen?"

Ludivines Augen funkelten kalt. Es war, wie wenn düstere Flammen in ihnen zuckten. Aber es hätte mehr bedurft, um Julia aus der Fassung zu bringen. Siegreich hielt sie dem Blick ihrer Schwiegertochter stand.

„Also, sprich. Laß mich nicht jedes Wort aus dir herausziehen."

„Was weiß ich? Kein besonderer Grund, meines Wissens."

Die Wut erstickte ihre Stimme.

„Gott weiß, was er sich in den Kopf gesetzt hat. Ich habe nicht einmal von ihm erreichen können, daß wir uns aussprechen."

„Willst du damit sagen, daß du versucht hast, dich zu rechtfertigen, und daß er es abgelehnt hat, dich anzuhören?"

Welche demütigende Art, die Dinge darzustellen! Nichts blieb ihr also erspart. Bis hierher war das Schicksal Ludivine Peyrissac immer gnädig gewesen. Und war es nicht auch ganz natürlich so? Man weiß genau, daß das Übel existiert. Es ist bekannt, daß Sorgen, Schmerzen, Qualen das tägliche Los der Menschen sind. Sie hatte die ihrigen gehabt wie jeder: mißlungene Kleider, fehlgegangene Wünsche. Man weinte, man beruhigte sich wieder.

Aber diesmal schien etwas aus der Ordnung geraten zu sein. Es war ihr, als ob sie sich in einem immer dichter werdenden Nebel verirre. Jetzt erfuhr sie, daß der Kummer, wenn er über einen kommt, ganz, ganz anders ist, als man sich ihn vorgestellt hat – ein Ansturm von allen Seiten, der einen umschlingt, erdrückt, durchbohrt, verzehrt... und man fühlt sich aus tausend Wunden bluten...

Julia wartete und beobachtete sie: „Ist es das? Nein!"

Unfähig zu sprechen, zuckte Ludivine mit den Achseln. Ihre Schwiegermutter mochte denken, was sie wollte, das war schließlich ganz gleichgültig. Frédéric war von ihr gegangen, ohne daß sie ihn hatte halten können, ohne daß sie auch nur wußte, für wie lange. Und jetzt, da sie sich in die Nacht ihres Zimmers hätte verkriechen mögen, vor Verzweiflung in ihre Bettücher beißen, sich gegen den Platz pressen, der neben ihr kalt blieb, sich in ihr Leid vergraben, es auskosten ... jetzt hielt man sie zurück mit quälenden Fragen.

Sie hob den Kopf und sah Julia an: „Ich möchte dir nur sagen, Mama, wenn du glaubst, mir Vorwürfe machen zu müssen ... ich will sie heute nicht hören. Ich könnte sie nicht ertragen."

„Du könntest sie nicht ertragen ...", wiederholte die alte Dame nachdenklich.

Wirklich, sie schien am Ende ihrer Kräfte zu sein ...

‚Das erinnert mich an einen Tag mit Rodolphe ...' Aber sie war auch nicht in der Verfassung, eine Geschichte anzuhören. Und überhaupt, was konnte man ihr sagen? Julia wußte genau, mit welchem Preis, wieder und wieder von ihr gefordert, sie die Weisheit hatte bezahlen müssen, diesen Schatz, den man nur in den Trümmern findet und von dem man niemandem spenden kann. Jetzt war Ludivine an der Reihe. Sie hatte die Suche begonnen. Man konnte nichts für sie tun, oder doch so wenig ...

„Also, alles in allem", schloß sie, „nicht der Rede wert, diese ganze Geschichte."

Ludivine riß ihre fiebrigen Augen weit auf. ‚Nicht der Rede wert ...'

„Aber, Mama, er ist weggefahren!" Verstand sie denn nicht?

Ja, er war weg, hatte sich außer Reichweite begeben und den Spieß umgedreht. Das war sein Ausweg ... Merkwürdig ... Rodolphe hätte das nicht getan. Das war ein Angelliersscher Zug. Julia erkannte sich darin, und doch mußte sie innerlich lächeln.

„Nun, und? Er wird wiederkommen, das weißt du doch ganz genau. Aber wahrscheinlich hast du die Absicht, uns das Schauspiel einer verlassenen Frau in ihrem Schmerz zu bieten? Oder wirst du es vielleicht vorziehen, dich bis zu seiner Rückkehr in deinem Zimmer einzuschließen bei verschlossenen Läden und zugezogenen Vorhängen, versehen mit einem Berg von Taschentüchern, um deine bitteren Tränen zu trocknen?"

„Du hältst mich für sehr dumm, nicht wahr?" sagte Ludivine scharf, die unter den spitzen Pfeilen des Spotts ihre Haltung wiedergewonnen hatte. „Es tut mir leid, bei dir diesen Eindruck erweckt zu haben, heute mehr als gewöhnlich. Erlaube, daß ich mich jetzt niederlegen gehe. Frédéric hätte gleich nach unserer Rückkehr den Verwalter aufsuchen sollen, wegen der zweiten Mahd ... Ich werde an seiner Stelle morgen früh mit ihm sprechen. Gute Nacht." Sie erhob sich.

„Gute Nacht, mein Kind. Gib mir einen Kuß und bitte läute Philo."

Ludivine gehorchte widerstrebend und verließ das Zimmer. Julia folgte ihr mit den Augen.

„Es wird schon gehen", sagte sie zu Philo. „Aber wirklich, mein Sohn übertreibt! Gib mir meine Baldriantropfen. Ich habe mich heute aufgeregt ... Arme Kleine ... Er würde verdienen, dieser große Kindskopf ...!"

Sie schwieg einen Augenblick nachdenklich: „Aber, ich denke, er kennt sie."

12

Ludivine hatte gerechnet: ‚In vier oder fünf Tagen ist er bestimmt zurück.' Es wurden sieben. Es wurden acht ...

Der halbe Juli war schon fast vorbei. Der Jahrestag ihrer Hochzeit hatte ihn nicht heimgeführt. Danach schien es, als ob nichts mehr zu erwarten sei.

Jeden Morgen stand sie früh auf und begab sich an die Aufgabe, die sie sich selbst gestellt hatte. Es war die Arbeit im Weinberg und das Dreschen des Getreides zu überwachen, das Heu einzufahren, die Beschwerden der Taglöhner entgegenzunehmen, ihre Löhne auszuzahlen, mit den Pächtern über jeden Verkauf abzurechnen. Diejenigen, die anfänglich geneigt waren, aus der Abwesenheit des

Herrn ihren Vorteil zu ziehen und mancherlei zu verschweigen, hatten bald bemerkt, daß Mogador nicht ohne Chef geblieben war. Geschickt hatte die junge Frau Tonin und Rangius, von denen sie wußte, daß sie Frédéric treu ergeben waren, zu ihren Verbündeten gemacht. Die drei hielten jeden Tag gemeinsam Rat. Sie ließ sich alles Notwendige erklären, erwog, überlegte, traf dann ihre Entscheidungen mit einer Sicherheit, die ihr die Bewunderung der beiden Männer eintrug, und bediente sich ihrer, um sie ausführen zu lassen. Selten zeigte sie sich auf den Arbeitsplätzen, bei der Dreschtenne oder in den Weinbergen, in dem sicheren Gefühl, daß sie, allein unter den Arbeitern, ihre Überlegenheit eingebüßt hätte. Wenn aber einer von den Männern, in das Büro von „Moussu Vernet" berufen, vor der kleinen Person stand, die immer wußte, wovon sie sprach und sich mit ihrer klaren ruhigen Stimme niemals in unnützen Worten verausgabte, dann ging er gewöhnlich mit erhöhter Achtung vor Madame Frédéric wieder hinaus und in dem unbestimmten Gefühl, um seine Kniffe betrogen und mit seinen eigenen Waffen geschlagen worden zu sein.

Die Ernte war gut, alles war eingebracht. Der Mais färbte sich schon gelb, die zweite Kartoffelsaat schien sich gut anzulassen. Die Pfirsichbäume und die Aprikosenbäume waren mit den schönsten Früchten beladen, die Renekloden dagegen hatten braune Flecken und waren aufgesprungen. Der Wein wuchs voll und dicht, mit jedem Tage wurden die Trauben schwerer. Man hatte die Rebstöcke gespritzt, die Erde um die Maulbeerbäume umgegraben, die Kleefelder angesät. Manchmal ritt Ludivine am Abend nach der Arbeit durch die verlassenen Felder und genoß in vollen Zügen die stolze Freude, zu sehen, wie alles in Mogador seinen richtigen Gang ging. Wenigstens würde sie die Genugtuung haben, ihm das zeigen zu können, wenn er heimkäme.

„Im schlimmsten Fall kannst du Mogador an meiner Stelle leiten." Sie hörte ihn noch. Diese Gleichgültigkeit ... diese eiskalte Ironie ... Nun gut! Er sollte nur urteilen!

Sie ballte wuterfüllt die Fäuste. ‚Wenn er nur kommt, dann werden wir schon sehen! Er wird es mir bezahlen. Es ist zu feig, zu dumm ... was habe ich denn getan, das er mir vorwerfen könnte? Nichts, gar nichts! Keine einzige Frau hätte an meiner Stelle ... Ah! Ihn unter den Händen haben, ihn ohrfeigen, ihm weh tun! ... Einmal die Oberhand über ihn haben ... Oh, der Tag, wo ich ihn vor mir haben werde ...'

‚Aber wann, wann denn ...' Der Schmerz übermannte sie von neuem und spülte den Zorn hinweg.

War es denkbar, daß er es über sich brachte, ihre Trennung ins Endlose zu verlängern? Jede Fiber ihres Herzens zitterte vor Erregung. Hätte sie gewußt, wo ihn finden, sie wäre zu ihm gelaufen, zu Fuß, über alle Straßen ... Aber er ... endlich hatte er seine Liebe bis auf ihren Grund erahnen lassen und gleich darauf, nachdem sie gerade nur einen Schimmer von ihrem Glanz geschaut hatte, war er mit harten Worten von ihr gegangen.

Und seither diese Stille ...

Niemand im Haus wagte es, eine Anspielung zu machen. Ihre Schwiegermutter war auf ihr Gespräch nicht mehr zurückgekommen. Hatte sie Nachricht erhalten? Ludivine hätte viel darum gegeben, es zu wissen. Julia begnügte sich damit, sie mit ihren Spötteleien zu verschonen, und hielt sich dafür an der armen Adrienne schadlos, die schon lange nicht soviel auszustehen gehabt hatte.

Selbst Isabelle schien sich, nach gewissen, nur von ihr beobachteten Anzeichen, vollkommen darüber Rechenschaft zu geben, daß eine außergewöhnliche Spannung auf der Welt der Erwachsenen laste und der Augenblick nicht günstig gewesen wäre, sich an die Röcke ihrer Mutter zu klammern. Und so blieb denn auch das Schauspiel ihrer ersten Gehversuche, die mit ebenso vielen Stürzen wie Triumphen gekrönt waren, Adrienne allein vorbehalten.

Und doch entfaltete Ludivine an manchen Abenden alle erdenkliche Mühe, um das Vertrauen ihrer Tochter zu gewinnen. Sie machte ein heiteres Gesicht, beteiligte sich an ihren Spielen, schmeichelte ihr und schaukelte sie auf den Knien. Aber die Kleine ließ sich diese Versuche erstaunt und ohne sonderliches Vergnügen mit einer Art ängstlicher Höflichkeit gefallen, die die junge Frau in ihre Einsamkeit zurücktrieb.

Wenn das Kind zu Bett gebracht war und Julia sich in ihr Zimmer zurückgezogen hatte, dehnte sich der Rest des Abends wie eine endlose staubige Straße vor ihr aus. Sie ließ sich allein in dem viel zu großen Lehnstuhl nieder, in dem kindlichen Wunsch, auch nicht das allergeringste an den durch Frédéric eingeführten Gewohnheiten zu ändern. Adrienne strickte unermüdlich an irgendeinem Jäckchen für irgendein in einem Winkel von Fontfresque neu angekommenes Kind und wagte es nicht, das Schweigen zu brechen, das ihre Schwägerin wie eine Mauer um sich aufgerichtet hatte.

Über ein Buch gebeugt, dessen Seiten sie niemals umblätterte, horchte Ludivine auf das leise Geräusch der Wanduhr, die still wie eine Ratte an der Zeit nagte. Immer und immer wieder wälzten sich wie übereinanderrollende Wogen dieselben Gedanken in ihrem Kopf, dieselben Erinnerungen, dieselben Fragen ohne Antworten. Mücken, vom Lichte angelockt, kamen aus dem Dunkel des Gartens durch die offenen Fenster herein, stürzten sich summend gegen die Glasglocke der Lampe, drehten sich einen Augenblick, in der Falle des Lichtscheins gefangen, im Kreise und kehrten verbrannt in das Nichts zurück.

Manchmal bat Ludivine, um sich aus der Verzweiflung zu retten, deren schwindelnde Wogen sie in sich emporsteigen fühlte: „Spiel mir etwas vor, Adrienne, ja?"

Glücklich, ihre Schwägerin einen Wunsch äußern zu hören, setzte sich Adrienne ans Klavier. Aber ihr schlechtes Spiel ließ die Aufmerksamkeit ihrer Zuhörerin bald ermatten. Sie merkte es, wagte aber nicht, sich zu unterbrechen, und spielte trotzdem entmutigt weiter, immer schlechter und schlechter, bis Ludivine sie erlöste, indem sie sich erhob und ihr gute Nacht wünschte.

Nun blieb nichts anderes mehr übrig, als zu versuchen, in dem Zimmer schlafen zu gehen, in dem überall noch die ungreifbare Gegenwart lebte, die Frédéric darin zurückgelassen hatte, in den Spiegeln, dem Wandtischchen, auf dem noch eine seiner Pfeifen lag, im Badezimmer – wo jetzt immer tadellose Ordnung herrschte –, zwischen den Falten seiner im Schrank hängenden Kleider, die den Duft seines Tabaks und den warmen Ledergeruch des Reiters in sich trugen ... Ludivine legte ihre Wange an den rauhen Stoff, um diesen Geruch besser einatmen zu können, bevor sie sich auf das Bett warf, wo sie dann plötzlich vor Kummer und Müdigkeit in den Schlaf sank.

Elise kam sie besuchen. Eines Nachmittags, als Ludivine von einer langen Inspektionsfahrt zurückkehrte, die sie in Begleitung Tonins bis an die äußerste Grenze von Mogador geführt hatte, fand sie die Freundin behaglich im Salon sitzend vor. Adrienne leistete ihr mit sichtlicher Freude Gesellschaft.

Ludivine flog auf sie zu, unbekümmert um ihre Toilette, die durch die unsanfte Fühlungnahme mit dem stoßenden Wagen des Verwalters ein wenig gelitten hatte.

„Da bist du endlich! Nein, wie ich mich freue! Wie war die Reise?

Und eure Installierung hier? Schnell, erzähl mir. Gefällt es dir in Barbegal?" Sie nahm ihre Hand und zog sie zum Sofa.

„Also erzähle!"

Elise wünschte sich nichts Besseres. Mit Begeisterung schilderte sie ihrer Freundin, die über dieses ungeahnte dichterische Feuer ganz verblüfft war, die Schönheiten der baskischen Landschaft, ging dann zu den Einzelheiten der Einrichtung ihres Hauses über, schwärmte unermüdlich von den Reizen der Ortschaft, von der liebenswürdigen Aufnahme, die sie überall erfahren hatte ...

Ludivine hörte ihr zu, bemerkte ihr verändertes Wesen, ihre lebhaften, leichten Bewegungen, die an ihr ganz neue Ungezwungenheit. Befreit von der Bevormundung durch die strenge Madame Daubenois, schien das junge Wesen nun erst aufgeblüht zu sein, ohne doch dabei etwas von ihrer knospenhaften Lieblichkeit verloren zu haben.

Adrienne hatte sich bescheiden zurückgezogen.

„Und ... dein Mann, Elise? Erzähl mir von ihm."

„Nun ja, ich ... oh, da ist nicht viel zu erzählen, ich ... mit einem Wort ... wir lieben einander und ... oh, Ludivine, du weißt, wie wundervoll das ist. Ich bin so glücklich, aber so glücklich, und er ... ich glaube: er ist es auch."

‚Und ich, war ich auch so?' fragte sich Ludivine, die durch das entzückende Schauspiel dieses errötenden Glücks einen Augenblick aus dem Kreislauf ihrer düsteren Gedanken gerissen war.

„Er wird mich bald abholen", fuhr Elise fort. „Er hat mich hier abgesetzt und macht einen Krankenbesuch. Aber ich möchte, daß du ihn besser kennenlernst. Ich habe ihm so viel von dir erzählt! Du mußt einmal am Sonntag mit Frédéric kommen, und ihr bleibt dann den Tag über bei uns. Kommt beide, bitte ..."

„Er ist jetzt nicht hier."

„Du bist allein? Er ist verreist? Aber hoffentlich nicht für lange?"

„Nein, nein, ich glaube, er wird bald zurück sein."

Es gelang ihr mit Mühe, die Worte in einem unbefangenen Ton herauszubringen.

„Armes Herz ..." In einer zärtlichen Aufwallung legte Elise ihren Arm um die Schulter der Freundin. „Die Zeit muß dir lang werden!"

Den Kopf an Elisens Schulter gelehnt, die Augen geschlossen, seufzte Ludivine, ohne zu antworten: „Wo ist er? Was macht er? ..."

Sie fühlte ihre ganze Kraft durch die Wunde entströmen, die beim Anblick dieses unschuldigen Glücks noch heftiger schmerzte. Wenn sie nur einen Augenblick ihre Bürde in den Schoß eines anderen Menschen hätte niederlegen können, sich anvertrauen und dann weinen... Sie war versucht, Elise alles zu erzählen: ‚Er ist weggegangen, böse auf mich, nach einem gleichgültigen Abschiedskuß vor allen Leuten, und ich weiß seitdem nichts mehr, seit mehr als einer tödlichen Woche, nicht, ob er an mich denkt, nicht, ob er mich noch liebt, nicht, wann er wiederkommen wird... Ich ersticke, ich werde wahnsinnig von dieser Qual, die ich nicht verdient habe, oder doch so wenig, so wenig...‘

Aber dann hätte sie auch von dem Abend in Sarrazine erzählen müssen, erklären, was die Ursache von Frédérics unsinniger Eifersucht gewesen war, ihre Koketterie eingestehen... Wie sollte sie das alles der schüchternen, braven, so ganz und gar unkomplizierten Elise begreiflich machen?

Sie stellte sich ihr entrüstetes Staunen vor, das betrübte Gesicht... Aber wo wäre das Verständnis geblieben, das sie so nötig gebraucht hätte? „Aber, Liebste, wie hast du so etwas tun können?“ hörte sie sie vorwurfsvoll sagen. Als ob das so ein schreckliches Verbrechen wäre, sich ein paar nette Komplimente anzuhören, mit den Herren zu lachen, sich ein bißchen den Hof machen zu lassen und daran Gefallen zu finden, alle um den Finger zu wickeln, während man doch nur dem einen angehört...

Nein, nein, es gab nichts, als zu schweigen. Es galt, diese plötzliche Rührung, den Wunsch, bedauert zu werden, in sich zu bekämpfen, zurückzudrängen bis auf den tiefsten Grund ihres Herzens.

„Ja, es ist lang“, murmelte sie. „Aber es war notwendig. Und dann, wir sind ja schon ein altes Ehepaar, denke doch, Liebste, zwei Jahre!“

Siehe da, es ging. Schon war es gelungen, zu scherzen.

Elise schüttelte den Kopf. Zwei Jahre schienen dieser erst einen Monat alten Ehefrau in der Tat eine lange Zeit. Und doch, niemals hätten Vinzent und sie... Nein! Wenn sie ihn hätte verlassen müssen! Aber Ludivine war ja so stark! Sie war immer viel mutiger gewesen als sie. Sie lächelte ihre Freundin zärtlich an:

„Und Isabelle? Kann ich sie sehen? Was macht sie? Ich werde sie sicher sehr verändert finden.“

„Sie unternimmt schon ihre ersten Gehversuche, stell dir vor. Ich glaube, sie ist im Garten. Sicher ist Adrienne mit ihr gegangen. Sie verstehen sich gut, die zwei. Und dann erzieht meine Schwägerin sie ja wunderbar. Ich, ich habe zuviel zu tun. Frédéric hat mir das Gut anvertraut, und ich will mir nichts nachsagen lassen, wenn er zurückkommt. Weißt du, es ist keine Kleinigkeit, Mogador zu leiten."

„Nein, wirklich nicht, du kümmerst dich um alles? Ist das möglich?" Elise war voll staunender Bewunderung. „Mein Gott, du bist tapfer, Liebste. Ich glaub, dazu wäre ich nie imstande."

Wer hätte es auch je von ihr verlangt? Kinder, ein kleiner Haushalt, eine Liebe ohne Probleme auf beiden Seiten, das war, ohne Frage, Elisens Bestimmung. Wir tragen ja doch die Voraussetzung für unser Schicksal in uns selbst, tröstete sich Ludivine mit bittrem Stolz.

Am Nachmittag des nächsten Tages saß Ludivine im Büro und führte mühevoll eine lange Addition durch. Das ganze Haus schien in der Hitze des Julitages zu schlafen. In dem kleinen nach Norden gelegenen Raum, ganz am Ende des großen Hauses, war es verhältnismäßig kühl. Die junge Frau war ganz versunken in ihre Aufgabe. Arithmetik war nie ihre starke Seite gewesen. Sie brauchte ihre ganze Aufmerksamkeit dazu.

Die Tür öffnete sich. In ihre Ziffern verloren, beachtete sie es nicht.

„Darf man eintreten?"

Mit einem Satz fuhr Ludivine empor.

„Frédéric! Du bist es?"

Auf ihrem Platz festgebannt, betrachtete sie ihn ungläubig wie eine Erscheinung. Eine schwere Glocke begann in ihrer Brust zu dröhnen. Ihre Zunge wurde trocken, sie schloß die Augen und öffnete sie wieder. Er war da, wirklich da ... Die hohe Gestalt, das glückliche Lächeln auf den Lippen ...

„Willst du dich nicht davon überzeugen?"

Mit zwei Schritten war er bei ihr.

Unzählige Male hatte sie sich die Szene seiner Rückkehr ausgemalt. Wie er telegraphiert hätte, man solle ihn mit dem Wagen von Tarascon abholen. Sie hätte sich dann zu seiner Begrüßung auf dem Bahnsteig eingefunden, mit ruhiger, gleichgültiger Miene, als beleidigte Gattin, die sich entschlossen hat, sich auf die ehelichen Beziehungen reiner Höflichkeit zu beschränken. Oder er hätte, allein zu Hause angekommen, in Gegenwart von Mutter und Schwester ihre kühle Verachtung über sich ergehen lassen müssen. Oder – aber das war das Feenmärchen, das sie sich vorerzählte, um die schlimmsten Stunden wegzuzaubern, ohne im Grunde ihres Herzens daran zu glauben – eines Morgens beim Aufwachen würde er am Fußende ihres Bettes stehen und sagen: „Ludivine, mein Herz, verzeih mir! Ich war so traurig, fern von dir." Für jede Stunde des Tages beinahe hatte sie sich so ihren Traum von seiner Rückkehr zurechtgelegt, hatte sich im vorhinein mit all den Worten geschmeichelt, die er ihr sagen würde, um alles wiedergutzumachen ... ja, für jede, mit Ausnahme vielleicht von dieser Stunde, in der er sie überrascht hatte, bei dieser lächerlichen Schülerarbeit, die Hände mit Tinte bekleckst, ganz zerrauft, in dem alten grauen Kleid, das ihr nicht sehr gut stand.

Und jetzt war er da, als ob nichts Schmerzliches geschehen wäre, als ob er ihr nicht soeben eine Prüfung auferlegt hätte, bitterer als sie jemals eine in ihrem Leben erfahren hatte. Und es war klar, daß er nicht eine Sekunde lang daran dachte, sie um Verzeihung zu bitten, die sie doch für ihn aufgespart hatte.

„Nun? ..."

Über sie gebeugt, bot er ihr seine Wange dar, mit dem unerträglichen Lächeln, das ihr höchstes Entzücken war.

Plötzlich fand sie sich in seinen Armen, mit stockendem Atem wie nach einem langen Lauf, immerfort wiederholend, ohne es selbst zu wissen:

„Du bist es ... du bist es ..."

Er drückte sie fest an sich und lachte.

„Gut, es scheint, daß ich Ihnen gefehlt habe, Madame."

„Frédéric, lach nicht! Wenn du wüßtest, wie mir war ... warum hast du mir das angetan? Warum?"

„Pst! Pst! meine kleine Königin, sprechen wir nicht mehr darüber."

Er hob sie auf, trug sie zum Sessel, setzte sie auf seine Knie und begann sie zu umarmen und zu küssen, auf ihr Haar, auf ihre Wangen, auf ihre feuchten Wimpern ...

‚Ich darf nicht weinen, ich darf nicht weinen ... Er wird sich über mich lustig machen, mich häßlich finden.'

„Aber Frédéric", verwahrte sie sich, gegen ihre Tränen ankämpfend, „ich will, daß du mir sagst ..."

„Da, nimm mein Taschentuch, kleines Gänschen."

Sie nahm es, schneuzte sich und gab es ihm ungeduldig zurück.

„Warum hast du nicht geschrieben? Was hast du dort gemacht? Wie hast du das Herz gehabt ... Nein, laß mich reden, ich will, daß du es weißt: du hast mich sehr unglücklich gemacht! Und ich habe doch nichts getan, was ..."

Mit einem Kuß brachte er sie zum Schweigen.

„Und jetzt bist du immer noch unglücklich?"

Jetzt, nein, gewiß nicht. Aber nur langsam fühlte sie die Last von Kummer, die sich seit Tagen angehäuft hatte, von sich weichen. Es war ihr, als ob es nie mehr so sein würde wie vorher. Etwas bisher Unversehrtes in ihr, etwas unbekümmert Junges und Vertrauensvolles hatte seinen ersten Riß bekommen.

Aber das war nicht auf dem Gesicht zu sehen, das Frédéric in seinen Händen hielt wie in einer Schale. Er entdeckte von neuem jeden Zug darin, er trank von der Fülle seines Besitzes.

„Schau mich an, mein Herz", verlangte er, auf daß sie, ihre Lider aufschlagend, ihm das violette Feuer ihrer Augen schenke.

„Wie klar deine Augen heute sind!"

„Du liebst sie noch?" fragte sie mit leiser, zitternder Stimme.

„Spürst du es nicht?"

„Oh, Frédéric! Wenn du nur ... wenn ich nur sicher sein könnte, daß du mich liebst ..."

„Du Böse", schalt er sie zärtlich, „du bist häßlich, wenn du so sprichst."

Ja. Aber er antwortete nicht, er sagte es nicht, das Wort, das eine Wort. So würde er es niemals sagen? ‚Oh, daß ich es ihn einmal, nur ein einziges Mal sagen hörte! Daß ich ihn mein fühlte, aber so stark, so ganz mein ... daß es nachher nichts mehr gäbe als zu sterben! ...'

„Frédéric, ich will dich haben!"

„Aber du hast mich doch", antwortete er, gerührt durch diese Klage. „Kleine Närrin, du weißt doch genau, daß du mich hast."

Sie noch fester an sich drückend, neigte er seinen Kopf zu ihr hinab, damit sie mehr in seinen Augen lesen könne, als seine Worte zu sagen vermochten.

„Und ich?"

Sie schlang ihre Arme um den starken Körper, dessen Wärme sie durch die Kleider hindurch spürte.

„Du? Sag es! Du weißt, daß ich dir gehöre? Du weißt, daß ich dich liebe ... Sag, daß du es weißt."

„Ja, ich weiß es", sagte er ernst. Sie sahen einander in die Augen, lange und tief, und schwiegen.

Ludivine streichelte das Gesicht ihres Mannes, erkannte mit staunendem Entzücken die Unebenheiten seiner Haut wieder, die Höhlung an der Schläfe, die Umrisse der Stirn und der Wange, die vertraute Falte bei den Lippen . . .

„Du bist da, du bist wiedergekommen."

„Ich war niemals fort. Vergiß es."

Sie wußte wohl, daß sie es nicht würde vergessen können, daß Tage und Tage vergehen würden, bevor ihr wiedergefundenes Glück ihr nicht mehr als zerbrechliches, immer vom Verlust bedrohtes Geschenk erscheinen würde . . .

„Wie hübsch du bist!" Er sah sie mit zärtlichen Blicken an.

„Hübsch? In diesem scheußlichen Kleid? Mit meinem zerrauften Haar und meinen Fingern?"

„Still. Du hast mir niemals besser gefallen." Er nahm ihre rechte Hand, untersuchte sie mitleidig, betrachtete lächelnd die Tintenflecke und küßte sie.

„Mama hat mir ja gesagt, daß ich dich mitten in der Arbeit überraschen würde."

„Mama? Du hast sie schon gesehen?"

„Ja freilich, und Adrienne auch und die Prinzessin Isabelle, alle. Nur du hast noch gefehlt . . . ‚Du wirst sie sicher in deiner Höhle finden', wurde mir gesagt. ‚Das ist ihr Hauptquartier geworden, seit du ihr Mogador auf den Hals geladen hast.'"

„Mama hat dir das gesagt?"

Frédéric lachte und blickte sie mit einem schelmischen Augenblinzeln an.

„Du erkennst den Ton, was? Sie hat sogar hinzugefügt, daß, soweit sie es von der Höhe ihres Olymps aus beurteilen könne, Mogador sich nicht schlechter zu befinden scheine. Das ist, alles in allem, ein hübsches Kompliment aus ihrem Munde. Gesteh es nur . . ."

Ludivine nickte erfreut. Jetzt ward ihr klar, daß es nur ihrer Schwiegermutter zu danken war, wenn sie sich zusammengenommen und auf die zu erfüllende Aufgabe geworfen hatte. Was wäre in den langen schrecklichen Tagen ohne die Arbeit aus ihr geworden. Und doch konnte sie nur mit Unbehagen an diesen Abend zurückdenken, wo sie am Ende ihrer Kraft und ihrer Nerven in ihrer Verzweiflung einen so jämmerlichen Anblick geboten hatte, bis ihr endlich der beißende Spott der alten Dame ihren Stolz zurückgab. Seit diesem Abend hatte dieser verletzte Stolz sie von Julia ferngehalten.

„Ich glaube, daß sie mich im Grunde sehr gern hat", murmelte sie nachdenklich.

„Aber das springt doch in die Augen, daß du ihr Liebling bist. Sie ist von einer ganz unerlaubten Parteilichkeit dir gegenüber. Ich habe den starken Verdacht, sie könnte soweit gehen, uns Mogador wegzunehmen, um es dir zu schenken ... Und nun, mein Herz, was hast du Schönes im Betrieb gemacht? Wirst du mich davon in Kenntnis setzen?"

Eng an die wiedergefundene Schulter geschmiegt, begann Ludivine mit einer Genugtuung, die von keinerlei Bescheidenheit getrübt war, den Bericht ihrer Heldentaten. „Also: das Heu ist eingebracht, das Getreide auch. Der Wein steht herrlich, du wirst sehen. Die Kartoffelernte ist im Gang. Ich habe mehrere Verkäufe abgeschlossen, einen mit Carrière ..."

„Genug, genug! Ich habe es nicht so eilig, dir deine Befugnisse wieder abzunehmen. Du wirst mir das alles morgen früh erzählen."

Aber vor ihrer enttäuschten Miene fügte er hinzu, während seine grauen Augen mit Wärme auf ihr ruhten: „Du glaubst doch nicht, daß ich das Gut mitten in der Ernte allein gelassen hätte, wenn ich nicht wüßte, was du leisten kannst."

13

Das Leben kam wieder in seinen gewohnten Gang. Es schien, als ob das Unwetter, das Frédéric und Ludivine soeben durchschritten hatten, eine gereinigte Atmosphäre zurückgelassen habe, in der sie sich friedlich bewegten. Julia behauptete, daß die beiden einen köstlichen Geruch himmlischer Tugend um sich verbreiteten. Zu welchen Zerstreuungen Frédéric die Zeit seines Aufenthaltes in Paris benutzt hatte, blieb in ein ewiges Dunkel gehüllt, aber was immer er auch auf sein Gewissen geladen haben mochte, Ludivine hatte schließlich jede Hoffnung aufgegeben, diesen heiklen Punkt jemals aufzuklären. Sie dachte nur mehr daran, die Risse in der Mauer, die einen Augenblick lang gewankt hatte, zu stopfen und zu übertünchen, was ihr auch nach dem Urteil ihrer Schwiegermutter glänzend gelang. Niemals hatte eine solche Eintracht, ein so dauerhafter ehelicher Friede in Mogador geherrscht. Die beiden schlossen sich ein, um zu arbeiten, gingen zusammen aus, machten gemeinsame Ritte und Spazierfahrten im Wagen, kamen zusammen nach Hause und beschränkten die Verpflichtungen, die sie voneinander hätten trennen können, soweit es nur anging. Mit einer heiteren Ahnungslosigkeit sonderten sie sich von den übrigen Hausbewohnern ab, kaum daß sie bei den Mahlzeiten noch etwas geselliger wurden. Sie verkürzten auch noch das abendliche Beisammensein mit den anderen soviel als möglich, um sich bald in ihr Zimmer zurückzuziehen, und ließen Adrienne unter der Lampe des großen vereinsamten Salons mit ihrer etwas melancholischen Geduld allein ihre Arbeit beenden, die am nächsten Tag von einer ebensolchen abgelöst wurde. Sie gingen zu Isabelle hinauf und beugten sich einen Augenblick über das Bettchen, in dem das Kind friedlich schlief.

„Schau sie dir einmal an, Liebling, du mußt genauso ausgesehen haben in dem Alter. Wenn sie schläft, erinnert sie ganz besonders an dich."

Das Kind hatte auch wirklich in seinem Äußeren nichts von Frédéric, und der Ernst, den es seinem jungen Leben entgegenbrachte, die Gelassenheit, die manchmal von unerwarteten, beängstigenden Wutausbrüchen abgelöst wurde, der Trotz, das eigensinnige Bestehen auf seinen Wünschen, all das stammte auch nicht von seinem Vater.

„Du bist eher ein Angellier", bemerkte Julia. „Wenn sie etwas von deiner Seite hat, dann von den Vernets. Die Augen sind die deines Vaters, und es ist sehr gut möglich, daß sie auch manche Züge seines Charakters geerbt hat. Auf jeden Fall scheint sie kein blökendes Lämmchen werden zu wollen, und das freut mich. Wenn sie einmal an eine meiner Töchter erinnern sollte, dann wird es deine Schwester Amélia sein."

Mit einem unangenehmen Gefühl hörte Ludivine diesen Namen nennen – Amélia, von der es hieß, daß sie sehr schön gewesen sei, und die, von den Blattern entstellt, gestorben war ... Man hatte sie in aller Eile begraben müssen, in ihrem Hochzeitskleid, das die Schneiderin am Vortag geliefert hatte, während ihr Verlobter, halb wahnsinnig vor Verzweiflung, floh, man wußte nicht, wohin. Julia sprach selten von ihr. Aber für die drei jüngsten Kinder gehörte sie schon zur Familienlegende. Besonders Hubert, der mit seinen vier

Jahren damals von der Wirklichkeit der Tragödie kaum berührt worden war, erzählte seiner kleinen Schwägerin gerne von ihr. Aber Ludivine liebte es gar nicht, wenn man im Zusammenhang mit ihrer Tochter dieses Gespenst beschwor, dessen Leben im zwanzigsten Jahr auf so gräßliche Weise geendet hatte.

Bis jetzt war die kleine Isabelle jedenfalls nichts anderes als ein rundliches rosiges Kind mit dicken Ärmchen, angenehm anzusehen und zu umarmen, dessen Wachstum dank der verständigen Obhut Adriennes ohne Schwierigkeiten und Sorgen für seine Mutter vonstatten ging. Sie warfen noch einen letzten Blick auf die Kleine und überließen sie dann ihrem Schlummer.

In ihrem Zimmer angelangt, schlossen sie die Tür vor der Welt. Wenn die Lampe ausgelöscht war, stand der sternenbesäte Himmel in ihrem Fenster. Eng aneinandergeschmiegt, sahen sie die wundervolle Einsamkeit ihrer Nächte sich vor ihnen weiten.

Sie gingen nach Barbegal, neugierig, dieses Glück zu sehen, das so wenig dem ihren glich. Das von Elise zusammengestellte Essen war köstlich. Den Nachmittag verbrachten sie unter den Kastanienbäumen des Gartens. Doktor Royer, strahlend in seiner Rolle als Gastgeber, erzählte mit Einfachheit und unwiderstehlicher Komik seine Berufserlebnisse und -unfälle. Frédéric und Ludivine unterhielten sich ausgezeichnet. Auch Elise lachte viel, glücklich, diese Freundschaft sich anknüpfen zu sehen. Man vereinbarte einen Gegenbesuch der Royers in Mogador.

Der Sommer ging zu Ende. Es kam die Zeit der Weinlese. Eine heimliche Unruhe bemächtigte sich Ludivines. Seit einigen Tagen fühlte sie sich nicht ganz wohl.

‚Sollte wirklich . . .?'

Nein, nein, das war nicht möglich. Es war die Hitze . . .

Nein, sie wollte nichts davon wissen. Nur nicht daran denken.

An der Seite ihres Mannes vergrub sie sich in die gemeinsame Arbeit und beanspruchte ihren Teil davon für sich. Sie begleitete ihn fast immer durch die schon vom herbstlichen Purpur berührten Weinberge, führte an seiner Stelle die langweiligen Lohnverrechnungen für die Taglöhner, überwachte ihre Verpflegung, während er ihre Streitigkeiten schlichtete und ihre Arbeit beaufsichtigte.

Aber im Oktober, als die Felder schon der Nachlese überlassen waren, mußte sie es sich eingestehen, daß kein Zweifel mehr möglich war. So begann also diese endlose Kette von Widerwärtigkeiten und Leiden von neuem. Binnen kurzem würde sie wieder ihren leichten Gang und ihre schlanke Taille verlieren, auf die sie so stolz war. Im Lehnstuhl in ihrem Zimmer, die Ellbogen auf die Knie gestützt, das Kinn in ihren geballten Fäusten, sann sie über das Unheil nach: So wenig Zeit, um glücklich zu sein! So war es, das Leben ... Wenigstens wußte sie es jetzt. Immer mußte man auf Unangenehmes gefaßt sein und versuchen, damit fertig zu werden. Nun gut, so würde sie sich eben auch dahinein schicken, nachdem nichts anderes übrigblieb. Sie hatte noch mindestens zwei gute Monate vor sich, bis es zu sehen war, vielleicht sogar noch mehr. Sie rechnete fieberhaft ... Daß nur die anderen solange als möglich nichts merkten! Da hieß es aber gehörig aufpassen.

Frédéric hatte vergangene Woche bemerkt: „Du schaust schlecht aus, ein armes, müdes, kleines Gesicht. Ich finde, daß du dich ein bißchen überanstrengst."

‚Das schwierigste wird Mama sein. Aber nein, sie hat ja fast immer in den ersten kalten Tage ihre Anfälle. Mit etwas Glück, wenn ich geschickt bin ... Wenigstens bis nach den Feiertagen, dann meinetwegen, dann ist es Winter. Der Platz am Kamin, weiche, weite Morgenröcke, da geht es schon', entschied sie. ‚Im Frühjahr habe ich dann die Widerwärtigkeit hinter mir, und Frédéric wird so glücklich sein, einen Sohn zu haben.'

Alles ging gut. Einige Wochen später sah die junge Frau ihre Beschwerden zunehmen und dann wieder verschwinden. Sie konnte beruhigt im Vollbesitz all ihrer Reize die traditionelle Reise nach Tourvieille unternehmen. Und wenn auch die Aufmerksamkeit Lauras erregt wurde, wie diese später behauptete, so wagte sie es doch mangels genügender Anzeichen wenigstens nicht, sich zu irgend jemandem darüber zu äußern. Eine Art von bewaffnetem Frieden war zwischen den beiden Frauen geschlossen worden, dank der Kälte, die Frédéric seiner Cousine seit Emilies Hochzeit bezeigte. Er war sich klar darüber, daß Laura damals in arglistiger Weise seine Eifersucht aufgestachelt hatte, und fühlte sich wenig geneigt, ihr dies zu verzeihen. Ohne den Grund zu wissen, sah sich Ludivine als Siegerin und verschmähte es, diese ihre Stellung auszunützen. Den auf dem Boden liegenden Feind mit Füßen zu treten, war nicht ihre Sache. Laura zog sich gedemütigt zurück und wartete auf eine bessere Gelegenheit.

In Tourvieille ging es nicht mehr so lebhaft und lustig zu wie in den vergangenen Jahren. Georges war mehr und mehr von seiner Malerei in Anspruch genommen, er hoffte, eine Ausstellung seiner

Bilder in Paris machen zu können, und beabsichtigte, auch die große Herbstschau zu beschicken. Léon verschwand für Stunden in seinem Zimmer und verließ es nur, um „in gestrecktem Galopp“, wie Raoul sagte, in Richtung Arles zu reiten.

„Er geht seine Post austragen. Wenn man ihn nicht bald verheiratet, werden wir nur mehr krumme Pferde hier haben.“

Caroline lachte nicht mehr soviel wie früher. Ihr glänzender kleiner Hof hatte sich zerstreut. Die Schwestern Barcarin hatten beide geheiratet und ebenso wie Albert, der in Saint-Cyr eingetreten war, Fiélouse verlassen. Nur der ältere Bruder Philippe und seine Familie, die Ludivine nicht kannte, lebten noch auf dem Gut.

„Angèle de Barcarin kommt öfter zu Laura. Sie sind sehr befreundet, und Numa versteht sich gut mit ihrem sechsjährigen Sohn Gaspard. Sie ist eine sympathische Frau.“

„Ja?“ sagte Ludivine gleichgültig. „Und die beiden Rouveyre?“

„Immer noch in Albaron. Arlette hat sich mit Etienne Saliez verlobt. Du erinnerst dich an ihn? Marc sehen wir von Zeit zu Zeit. Der Arme, ich habe ihn so oft und so gründlich angeschnauzt, daß er endlich doch alle Hoffnung verloren hat, glaube ich. Ah, die Liebe, die Liebe! ...“

Sie lachte so, als ob sie sich über sich selbst lustig machen wollte. Es war eine Lustigkeit, die Ludivine das Herz zusammenschnürte.

„Ja, sie ist schon etwas weniger hübsch“, bemerkte Frédéric, mit dem die junge Frau über ihren Eindruck sprach.

„Oh!“ rief sie entrüstet aus. „Mit zwanzig Jahren, hörst du?“

Wie die Männer manchmal grausam sein konnten, mit einer Unbefangenheit, einer Ahnungslosigkeit, die die Grausamkeit nur noch steigerte. Sie fühlte das Bedürfnis, sich beruhigen zu lassen:

„Und ich? Findest du mich auch schon gealtert?“

„Du, das ist etwas ganz anderes“, erklärte Frédéric, der gerade in galanter Laune war, „du weißt ganz genau, daß du so jung und so entzückend bist wie niemand auf der Welt.“

Sie warf ihm einen zärtlichen Blick der Dankbarkeit zu, aber verwahrte sich dabei:

„Ich bitte dich, mach keine Witze.“

„Ich mache keine Witze“, versicherte er feierlich.

Sie waren froh, wieder nach Mogador zurückzukehren, obwohl Tante Lucie und Onkel Antoine sie zu bleiben drängten.

Der Winter war dieses Jahr früh gekommen. In Sarrazine wurde wieder ein Fest gefeiert. An einem klaren, kalten Dezembertag heirateten Blanche und Léon in der Kirche von Maillane. Tante Sophie, die sehr ergriffen war, wurde während der Zeremonie von einem Unwohlsein befallen und mußte hinausgeführt werden. Emilie war da, strahlend, beinahe schön zu nennen. Ihr schlug die Ehe erstaunlich gut an. Carolines Herr war diesmal Edmond.

„Du glaubst, daß er vielleicht ...?"

„Er wird sie nicht und wird sie niemals lieben", war Frédérics Antwort.

Ohne Zweifel hatte er seinen guten Grund, das zu sagen. Ludivine seufzte.

„Arme Caroline ..."

Das junge Mädchen schien so gar nicht für eine unglückliche Liebe geschaffen.

„Ich fürchte, daß sie niemals einen anderen wird heiraten wollen."

Und da jedes Schauspiel einer Leidenschaft sie unfehlbar auf die ihre führte, fuhr sie flüsternd fort:

„O Frédéric, wenn du mich nicht geliebt hättest, ich ... ich glaube, ich wäre daran gestorben."

„Nun, nun ..." Er lächelte unwillkürlich.

Sie legte ihre Hand auf seinen Arm und sah ihn ängstlich an: „Kannst du dir vorstellen, daß du mit einer anderen verheiratet wärest?"

„Nein, tausendmal nein", gestand er, den Gedanken mit einem Ton der Überzeugung von sich weisend, der Ludivines Herz aufjubeln ließ.

An diesem Abend beschloß sie, ihm als sein schönstes Weihnachtsgeschenk ihr Geheimnis zu enthüllen.

„Du wirst mir Ludivine schicken", hatte Julia gesagt. „Und ich bitte dich, hör auf, herumzustolzieren wie ein Hahn auf dem Mist. Ich habe sechs Kinder geboren, ohne daß dein Vater sich jemals so lächerlich gemacht hat."

Ein wenig verdutzt, hatte Frédéric sich entfernt. Aber sobald er auf dem Gang war, kehrte sein ganzer Stolz zurück.

Mama war heute, an diesem Freudentag, in schlechter Laune, nach einer schlaflosen Nacht mit Atemnot. Und Hubert, der nicht hatte kommen können ... Man mußte sie entschuldigen. Kein Grund, sich über ihre scharfen Worte zu ärgern. Ihn hatte jedenfalls die Eröffnung Ludivines, ihr Geschenk, wie sie sich ausdrückte, in den siebenten Himmel versetzt. An diesem Weihnachtstag hätte man lange suchen müssen, um einen ebenso glücklichen Menschen zu finden wie Frédéric Vernet.

Er öffnete die Türe ihres Zimmers und blieb auf der Schwelle stehen.

Ludivine, die sich gerade für die Messe ankleidete, drehte sich um und lächelte ihn kokett an.

„Wie findest du mich? Komm schnell und schau mich an, bevor ich abstoßend geworden bin."

„Abstoßend, du? Meine kleine Sonne!" verwahrte sich ihr Gatte feurig. Er trat auf sie zu.

„Du warst bei Mama?" fragte sie, nachdem sie ihren Tribut empfangen hatte.

„Ja, sie möchte dich sehen."

„Ich gehe schon."

Versehen mit einem letzten Kuß ging sie hinaus, während er ein leichtes Schuldgefühl verscheuchte: ‚Ich hätte sie vielleicht auf Mamas schlechte Laune aufmerksam machen sollen. Ah, sie wird sich schon zu wehren wissen. Niemand versteht es so gut wie sie, Mama zu behandeln. In fünf Monaten, schon in fünf Monaten!'

Wie gut sie ihr Geheimnis zu hüten gewußt hatte: ‚Ludivine . . ., Ludivine . . .'

Ihr Name war wie ein Gesang auf seinen Lippen. Er sang ihn dem Nordwind, den schwarzen Bäumen, dem Schnee, der den Rasenplatz bedeckte, den stummen Pfauen in ihrem Haus, den kahlen Weinbergen, den fröstelnden Oliven, seinem ganzen Mogador, das sie beide liebten.

„Also, du hast dich doch endlich entschlossen, dein Geheimnis preiszugeben?" fragte Julia ihre Schwiegertochter. „Ich muß sagen, du hast es ja sehr schlau angelegt. Ich habe wirklich schon geglaubt, daß du dich darauf beschränken willst, uns eines schönen Tages das Kind des Himmels vor die Füße zu legen."

Ludivine errötete.

„Wieso, Mama, du hast es gewußt?"

„Schon lange, mein Kind."

Das war zu stark! Mit all ihren Vorsichtsmaßregeln!

„Aber . . . wieso?"

„Ah, du hast dich sicher geglaubt, nicht wahr? Wohlgeborgen hinter deinen kleinen Listen. Aber die hätten nicht einmal ausgereicht, um das dümmste Stubenmädchen zu täuschen, höchstens deinen ahnungslosen Engel von Mann."

„Mama!“

Sie wagte es, sich über Frédéric lustig zu machen. Ludivine zeigte die Zähne wie eine junge Wölfin.

Julias graue Augen blitzten.

„Alles recht schön, meine Liebe. Aber reg dich nur nicht auf. Es ist mein Sohn, von dem ich spreche. Und dieses Recht wirst du mir doch wohl nicht streitig machen wollen, nehme ich an? Obwohl du geneigt bist, ihn als dein ganz persönliches Eigentum zu betrachten!“

Eine Sekunde lang kreuzten sich ihre Blicke herausfordernd. Dann aber entdeckte Ludivine einen Schimmer von Schalkhaftigkeit in den Augen, die ihrer kampfbereiten Miene spöttisch begegneten. Sie brach in Lachen aus und setzte sich wohlgelaunt nieder.

„Diesmal wirst du mich nicht fangen, Mama. Ja, Frédéric gehört mir. Und ich wäre allerdings imstande, ganz erbarmungslos zu kämpfen, um mein Eigentum zu verteidigen. Aber du wirst mich doch nicht dazu zwingen wollen, den Weihnachtsfrieden zu brechen? Und außerdem, wenn du mich zu sehr erzürnst, wie würdest du es dann zuwege bringen, mir dein Geschenk zu geben, ohne den Anschein zu erwecken, mich versöhnen zu wollen?“

Jetzt ließ auch die alte Dame ihre strenge Maske fallen und sagte heiter:

„Und du willst mir deines eingewickelt in dieses Paket von Impertinenzen überreichen? Aber es ist ein Körnchen Wahrheit in dem, was du sagst. Da, komm, gib mir einen Kuß und nimm das.“

Sie übergab ihr ein Päckchen.

„Oh, was ist das?“ fragte Ludivine.

„Du wirst es in deinem Zimmer ansehen. Du weißt, daß ich Dankesbezeigungen nicht leiden kann.“

„Also gut. Und das ist für dich. Ich habe es ganz allein ausgesucht. Ich hoffe, du wirst mir sagen, ob es dir gefällt.“

Neugierig drehte sie das kleine, in weißes Seidenpapier gewickelte und mit einem rosa Bändchen gebundene Schächtelchen zwischen ihren Fingern.

„Danke. Und gute Weihnachten, Mama.“

„Gute Weihnachten, Kind. Und noch viele andere wie diese. Jetzt bist du aber noch nicht entlassen“, fuhr sie lebhaft fort, als sie sah, daß ihre Schwiegertochter sich entfernen wollte. „Komm her und erkläre mir, warum eigentlich diese ganze Geheimniskrämerei. Philo beißt sich die Finger und gibt mir keine Ruhe. ‚Als ob das Kind keinen Vater hätte!'"

‚Ah! So war es Philo gewesen! Natürlich, an diesen Dienstbotentratsch hätte sie denken müssen. Aber jetzt würde sie es sich merken', dachte Ludivine.

„Weil ... weil ich ...", sie zögerte einen Augenblick, „... dir eine Überraschung machen wollte."

„Lüg nicht, Ludivine", sagte die alte Dame ruhig.

„Ja, weißt du ... Nein, in Wirklichkeit war es ganz einfach, um in Ruhe gelassen zu werden. Ich will damit sagen", fuhr sie etwas verlegen fort, „ich wollte noch ein bißchen leben wie die anderen, verstehst du?"

Julia lachte.

„Natürlich. Das ist leicht zu verstehen. Also im Grunde genommen sind nur Philo und Adrienne an dem Ganzen schuld. Wenn man dich nicht das erstemal so in Watte gewickelt hätte. Aber verlaß dich auf mich, ich werde es ihnen schon sagen! Du hast ganz recht. Ich weiß überhaupt nicht, warum die Frauen in diesen Fällen so viel Aufhebens machen. Zur Zeit unserer Großmütter hat man sich nicht so verhätschelt. Geh, führe dein gewohntes Leben weiter und gib mir einen Enkel, der dir ähnlich ist. Ich werde nicht böse darüber sein."

Aber der so sehr ersehnte Enkel kam nicht. Auf den Tag fünf Monate später war ein zweites Mädchen da. Angesichts der allgemeinen Enttäuschung ergriff Frédéric großherzig und mit Wärme die Partei der armen Kleinen. Froh, ihn so leicht darüber hinwegkommen zu sehen, ließ sich Ludivine das Kind bringen, fand es hübsch und erklärte, daß es Anne heißen solle.

„Wieder der Name einer Königin", lächelte Adrienne, die bereits um ihre neue Nichte beschäftigt war.

Nach wenigen Stunden schon dachte niemand mehr in Mogador daran, was für sehnliche Hoffnungen durch die Ankunft der kleinen Anne enttäuscht worden waren.

Die Taufe des neuen Ankömmlings fand in Gegenwart der ganzen Verwandtschaft statt.

Verlobungen, Heiraten, Geburten, Trauerfälle, kurz, jede feierliche Gelegenheit gab Anlaß zu einer solchen Zusammenkunft. Die ganze Familie betrachtete es als eine Ehrenpflicht, dabeizusein. Eines neben dem anderen gelegen, stellten die drei großen Güter eine Macht in der ganzen Gegend vor. Zwischen Avignon und

Arles und bis nach Saintes-Maries-de-la-Mer sagte man in einem Ton der Ehrerbietung: „Die Vernets von Mogador und die von Tourvieille“ oder „die Angelliers aus Sarrazine“, ungefähr so, wie wenn man gesagt hätte: „Die Marquis de Barbentane“ oder „die Fürsten des Baux“.

Ludivine war sich dessen bewußt. Der Stolz, den sie darüber empfand, versüßte ihr einigermaßen die Eintönigkeit dieser immer gleichbleibenden Familiendiners, bei denen sich immer dieselben Teilnehmer einfanden, bei denen man mit religiösem Ernst von Pferden, Weinbau und Ernte sprach und mit Gewichtigkeit von Politik.

Alle diese großen Grundbesitzer beobachteten die „extremistischen Umtriebe“, die in Paris die Öffentlichkeit zu beschäftigen begannen, mit einem von jeder Leidenschaft freien Mißtrauen. Bei ihnen ging die Auszahlung der Pachtgelder im allgemeinen ohne Schwierigkeit vor sich, die Hausangestellten ebenso wie die Feldarbeiter bekamen gute Löhne. Jeder hatte seinen Platz an der Sonne. Ein Gemeinschaftsgefühl verband Herrn und Diener, und niemand sah die Notwendigkeit ein, das Geringste an einer Ordnung der Dinge zu ändern, die für alle in gleicher Weise befriedigend war. In ihren Ansichten einig, betrachteten sie die sozialen Forderungen, deren Schauplatz die Hauptstadt war, ungefähr mit denselben Augen wie eine auf einem fremden, von dem ihren hinlänglich entfernten Besitz ausgebrochene Kartoffelkrankheit. Sie hielten sich gerne ein wenig abseits, eifersüchtig darauf bedacht, so zu leben, wie ihre Väter gelebt hatten.

Ludivine hatte sich vollkommen in diese Clansitten eingelebt. Vielleicht, so dachte Julia, suchte sie unbewußt darin eine Entschädigung für ihre verwaiste Jugend. Oder fand sie ganz einfach inmitten aller die Einsamkeit wieder, die sie durch ihre Ehe aufgegeben hatte. Julia war eher geneigt, dieses letzte zu glauben, sie, die seit Jahren zumeist an ihren Lehnstuhl gefesselt, selbst inmitten der lebhaftesten Geselligkeit oft eine Fremde war. Wie häufig geschah es ihr, daß sie die Unterhaltung um sich her nur mehr als einen Lärm ohne Sinn empfand, daß die Gesichter ringsum für sie immer ferner und fremder wurden und sie sich mit ihren Gedanken allein fand.

Hubert kam zur Taufe auf Urlaub. Er sah gut aus in seiner Uniform, an der die Streifen des Quartiermeisters in ihrer frischen Schönheit glänzten. Seine Mutter beobachtete ihn heimlich. Man konnte auf diesen schönen, jungen Menschen stolz sein. Nicht so groß wie Frédéric, aber fast ebenso breitschulterig, war er wohl ein Vernet, mit seinen harten Kinnbacken, seinem dichten schwarzen Haar, seinen braunen Augen – den Augen Rodolphes –, ja wirklich ein Vernet. Die Ähnlichkeit war ihr seit seiner Abreise zum Regiment so stark aufgefallen. Aber etwas suchte Julia vergebens an ihrem Sohn, etwas, das schon verloren war: das Ungelenke, Unfertige, das er früher gehabt hatte und das sie immer an einen jungen, ungebärdigen Hund mit schlotterigen Beinen erinnerte. Lange war er ihr letzter kleiner Junge gewesen. Jetzt war für Julia Vernet wieder ein Blatt umgewendet, das Buch näherte sich seinem Ende ...

‚Oh', dachte sie, ‚daß uns Ludivine nur bald einen Sohn schenken möge!'

14

Isabelle war drei Jahre alt, ein schönes Kind, in dem manche Züge seines Onkels wiederzuerkennen waren. Mit Hubert wußte sie zu schmeicheln und beinahe fügsam zu sein, aber niemand anderer konnte sich rühmen, diesen schwierigen Charakter gebändigt zu haben. Wenn sie wollte, war sie von einer unwiderstehlichen Liebenswürdigkeit, aber ihre Zornanfälle, deren Ursachen oft unerfindlich waren, brachen ganz plötzlich los, ohne daß man sie eindämmen konnte.

Oft betrachtete sie mit undurchdringlicher Miene die Wiege, in der die kleine Anne freigebig allen ihr Lächeln spendete; ihr stilles Grübeln hatte etwas Beunruhigendes an sich.

„Freust du dich, ein Schwesterlein zu haben?"

Aus ihren Gedanken gerissen, hob die kleine Isabelle zu dem lästigen Frager einen Blick empor, der ihn herausfordernd musterte und geradezu aus der Fassung bringen konnte.

„Ja."

Ihre lakonische Höflichkeit, trotziger als eine Weigerung zu antworten, hinterließ bei der so angesprochenen Person ein sonderbares Gefühl des Unbehagens und veranlaßte sie meistens, ihre Annäherungsversuche dabei bewenden zu lassen.

„Wahrhaftig, ich glaube, sie könnte mich dazu bringen, die Augen niederzuschlagen", lachte Frédéric. „Ich habe den Eindruck, daß Mama und du in nicht allzulanger Zeit den richtigen Partner an ihr finden werdet. Euch drei möchte ich in ein paar Jahren bei einer Unterhaltung belauschen."

Ludivine zuckte die Achseln, verdrossen darüber, daß ihre Tochter so offenkundig die geringe Achtung sehen ließ, die sie für sie empfand. ‚Das kommt daher, daß Adrienne sich keinen Gehorsam zu verschaffen weiß', dachte sie.

Die Frucht dieser Überlegungen war ein Erziehungsplan: sie wollte die Kleine unter ihre Aufsicht nehmen und gelobte sich, sanft und geduldig, aber unbeugsam zu sein. Das Kind mußte einen Herrn über sich spüren. Morgen würde sie ihrer Schwägerin erklären ... Aber am nächsten Tag sagte Frédéric: „Ich muß in die Stadt. Kommst du mit? Wir könnten dann am Abend vor dem Nachhausefahren die Royers besuchen, wenn ich früh genug fertig bin."

Ein schöner Tag ganz für sie allein ... Und ein Besuch in dem gastlichen kleinen Hause Elisens ... Da gab's nichts anderes als sich fertigmachen und in den Wagen steigen.

„Liebe Adrienne, gib mir gut auf die Kleinen acht."

„Sei ganz unbesorgt."

Umarmt, geküßt und wieder auf den Boden niedergesetzt, nahm Isabelle ihr stilles Spiel wieder auf, in dem sie einen Augenblick gestört worden war.

Es war ja doch schließlich alles in schönster Ordnung.

Julia erlitt einen schwerzen Herzanfall. Angst und Sorge lasteten auf Mogador. Adrienne verließ ihre Nichten und richtete sich in dem an das Zimmer ihrer Mutter grenzenden Raume ein. Diesmal mußte sich Ludivine um die Kinder kümmern, eine für sie ungewohnte Aufgabe, in der sie von Mathilde nur mangelhaft unterstützt wurde. Indessen gelang es ihr bei Anne recht gut. Mit einem glücklichen Temperament gesegnet, bezeigte diese im Gegensatz zu ihrer Schwester keinerlei Vorliebe und ließ ihre Freundlichkeiten allen ohne Unterschied zukommen.

Aber vor Isabelle versagten alle Erziehungskünste. Oft und oft verließ Ludivine, durch die stumme Feindseligkeit des Kindes zur Verzweiflung gebracht, das Zimmer, um nicht die scheinbare Ruhe, die ihre Ohnmacht verbarg, in alle vier Winde zerflattern zu sehen.

Frédéric, der aus dem Zimmer seiner Mutter kam, fand sie müde und nervös und bot ihr an, sie eine Weile abzulösen. Instinktiv setzte er dem Willen seiner Tochter dieselben Waffen entgegen, deren er sich seiner Frau gegenüber bediente, und konnte zu seiner Belustigung feststellen, daß auch die Reaktionen bei dem Kinde die gleichen waren.

„Ich möchte wissen", sagte er ihr eines Tages, „ob du es dir jemals klargemacht hast, was für ein großer Trumpf es für dich war, deine Eltern so früh zu verlieren?"

„Wie kannst du so etwas sagen?"

Sie sah ihn empört an.

„Aber ja, stell dir doch vor: Isabelle ist nicht so gut daran. Sie muß sich gegen uns alle wehren. Denk dich einmal an ihre Stelle."

„Aber Frédéric! Alle Kinder haben einen Vater und eine Mutter und folgen und ..."

„Aber du hast es nicht tun müssen, mein Herz."

„Nein, gewiß nicht. Aber ich bin ins Kloster gegangen." Es klang wie ein Triumph, als sie sagte: „Ich war sieben Jahre alt, mein Lieber, als ich ins Pensionat eintrat."

„Armes, kleines Mädchen!" Er drückte sie an sich. „Aber trotz alledem, ihr wart euer dreißig oder vierzig gegen eine. Und die Nonnen haben sich ordentlich wehren müssen, selbst, wenn du die einzige deiner Art warst, was ich gerne glauben will."

Erheitert gedachte Ludivine ihrer Heldentaten im Kampf gegen Mère Jeanne-des-Anges und protestierte nicht einmal.

„Auf jeden Fall", schloß Frédéric, „wird Isabelle nicht in ein Pensionat gehen, so daß wir nach ihr werden beurteilen können, was aus ihrer Mutter geworden wäre, wenn sie in den Freuden einer wohlbehüteten Kindheit aufgewachsen wäre."

Es war etwas Wahres an dem, was Frédéric sagte – Ludivine mußte das zugeben, wenn sie darüber nachdachte –, aber seine Art, die Dinge darzustellen, hatte etwas Herausforderndes an sich. Vor ihren Augen erstand ein anderes unbändiges kleines Ding aus einer schon beinahe vergessenen Zeit.

Als nach drei Monaten der Sorge und Pflege, nach einer, von vielen Rückfällen unterbrochenen Genesung der Zustand der Kranken es Adrienne erlaubte, ihren Platz bei den Kindern wieder einzunehmen, überließ Ludivine ihn ihr mit der größten Bereitwilligkeit.

Ein neuer Frühling kündigte sich an, ein provenzalischer Frühling, der im Februar beginnt und, schon von der Dürre des Sommers bedroht, sich während der kurzen Zeit, die ihm gegönnt ist, beeilt, in überwältigender Fülle aufzubrechen.

Schon sah man die Knospen an den nackten Zweigen schwellen ... Es kam das Perlmutterweiß der Mandelbäume hervor, das helle Korallenrot der Pfirsichblüten und das zarte Elfenbein der Birnen. Die Wiese bedeckte sich mit Narzissen wie mit Sternen. In einer Nacht erblühte der duftende Weißdorn an den Büschen. An der Ecke des Rasenplatzes, gegenüber dem Hause, war es im März, als ob ein Flug weißer Vögel sich auf dem toten Magnolienbaum niedergelassen hätte.

Dann öffnete der Flieder seine flüchtigen Dolden. Aus den Büschen grüner zungenförmiger Blätter wuchsen die Stengel der großen violetten und malvenfarbigen Irisblüten mit ihren gelbgetigerten Herzen empor. In den Gräben und längs der Roubine sproßten die Gladiolen, die Blüten des Geißblatts bedeckten in Fülle die Hecken, die Mohnblumen öffneten sich an den Böschungen der Felder, an den Abhängen der Hügel entfalteten Ginster und Goldregen ihre Pracht zwischen dem jungen Thymian, dem blühenden Lavendel, dem Rosmarin, der wilden Minze und dem Wacholderstrauch.

Frédéric liebte diese Wochen des Jahres, da die Flucht der Zeit noch keine Drohung ist, da jede Stunde ein neues Versprechen in sich trägt. Ludivine folgte ihm glücklich, teilte seinen Tag mit ihm, lernte seinen immer von einem Lächeln verhüllten Ernst kennen, seinen Sinn für die Schönheit der Welt und die ihm eigene Zurückhaltung, ihn in Worte zu kleiden, von der er langsam mehr und mehr für sie aufgab. Das Leben hatte den Geschmack einer reifen, frischgepflückten Frucht angenommen.

‚Es ist, als ob ich früher nur in ihn verliebt gewesen wäre. Jetzt fange ich an, ihn zu lieben‘, entdeckte sie mit einem beinahe trunkenen Staunen.

Hubert hatte seinen Militärdienst seit mehreren Wochen beendet und nahm wieder seinen Platz im Hause ein. Aber der Mann, der zurückkam, war nicht mehr der Jüngling, den alle in Erinnerung hatten. Die kurzen Urlaube waren keine Vorbereitung auf diese Rückkehr gewesen. Damals hatte ihn jeder mit der gewissen freundlichen Verlegenheit begrüßt, die ein langes Fernsein aus einem vertrauten Kreise mit sich bringt. Die Menschen, die einander lieben, entdecken, daß sie nichts mehr voneinander wissen und versuchen, diese Leere unter einer ungeschickten Herzlichkeit und nichtssagenden Worten zu verbergen. Er fuhr wieder weg, während in Mogador das tägliche Leben weiterging und allmählich die Spuren seiner Abwesenheit verwischte.

Es war dieses tägliche Leben, das es jetzt wiederzugewinnen galt. Nur neue, langsam sich bildende Gewohnheiten konnten ihm dabei helfen. Aber es war bitter, die Freude über die so innig ersehnte Heimkehr wie Wasser zwischen den Fingern zerrinnen zu sehen. Hubert irrte im Hause umher, von einem zum anderen, auf der Suche nach der unsichtbaren Brücke, die ihn wieder zu den Seinen führen sollte.

Julia bemühte sich ihrerseits, diesen unbekannten Sohn zu enträtseln, den ihr das Schicksal wiedergegeben hatte. In ihrem Zimmer mit ihm allein, beobachtete sie ihn schweigend. Hubert wartete vergeblich auf die vertraute Spötterei und war enttäuscht. Die grauen Augen, die auf ihm ruhten, suchten in seinen Zügen nach einem andern, seit zwanzig Jahren entschwundenen Gesicht, das manchmal in ihm zum Vorschein kam.

Einen Augenblick lang stand die Zeit für Julia still. Dieser schöne junge Mensch mit den männlichen Zügen, dem braunen Blick voll zärtlichen Vertrauens ... den breiten Schultern ... das war Rodolphe, der da vor ihr stand. Nein, nicht der reizbare, schweigsame, ausgemergelte, mit den eingefallenen Wangen, der aus dem Krieg heimgekehrt war, um langsam neben ihr zu sterben, sondern Rodolphe, der an einem fernen Aprilmorgen zu ihr gesagt hatte: „Da bist du nun zu Hause, Liebste", während der Wagen durch das Gittertor einfuhr. Ein strahlend blauer, tauperlender Morgen voll Vogelzwitschern und Glockenläuten, ein Morgen, wie er einem manchmal im Traume erschienen war, ein wunderbarer Morgen, einmal aufgegangen für Julia Angellier und ihre Liebe ... Niemals wieder war es so schön gewesen wie damals, niemals mehr war der Wind so frisch, die Sonne so warm, eine Freude so süß. Nie mehr würde es einen solchen Morgen geben ... nie mehr.

Die alte Julia Vernet schloß die Augen über ihren Gedanken.

„Dir ist nicht gut, Mama?" fragte Hubert, beunruhigt über ihr Schweigen.

„O nein, o nein. Ich bin nur ein bißchen müde."

Begierig, seine Hilfe anzubieten, vom Betrieb zu sprechen, sich wieder mit ihm vertraut zu machen, suchte er Frédéric in dem kleinen Bürozimmer auf und fand ihn auf dem Diwan liegend, ein Kissen unter dem Kopf, behaglich an seiner Pfeife ziehend, die langen Beine ausgestreckt, ohne auf die Spuren zu achten, die seine kotigen Stiefel zurückließen. Und Ludivine saß an seinem Platz am Tisch, unbekümmert um den Qualm, der das Zimmer erfüllte, schrieb nach seinem Diktat und diskutierte mit ihm darüber mit einer Urteilsfähigkeit, die den jungen Mann verblüffte.

Beide schienen so sicher und stark in ihrem Einverständnis, abgesondert von den übrigen Menschen. Sie waren ein Block, eine Bastion, eine Festung, die ihren Stolz dareinsetzte, unangreifbar zu sein.

Trotzdem lächelte man ihm freundlich zu, man lud ihn ein, einzutreten, man ging sogar soweit, ihn um seine Meinung zu fragen – über Dinge, von denen er nicht die leiseste Ahnung hatte. Es war wie ein Almosen, das man ihm reichte. In seinem Stolz verletzt, flüchtete er sich in ein betont ungezwungenes Benehmen. Gänzliche Interessenlosigkeit an den besprochenen Dingen markierend, bat er um die Erlaubnis, eine Zigarette rauchen zu dürfen.

Ludivine lachte. Die Frage schien ihr in dem von Tabaksqualm erfüllten Zimmer albern.

Er hörte dieses Lachen von einst, das genauso war, wie er es in seiner Erinnerung trug, so wie sie selbst noch genau dieselbe war, mit ihrem koketten Lächeln, ihrer goldbraunen Haut, ihrem frischen cremefarbenen Waschkleid. Oh, dieses gelbe Kleid, das sie am Tage seiner Abreise getragen hatte ... Er hatte Lust, sie zu fragen: „Erinnerst du dich?"

Aber warum hätte sie sich daran erinnern sollen? Drei Jahre war es her ... ein Kleid wie ein anderes für sie ... Ja, wenn er ihr hätte erzählen können, daß es dieses Kleid und dieser bebänderte Sonnenschirm waren, die er nächtelang, während ihn die Sehnsucht nach Mogador in dem von den Ausdünstungen vieler Körper erfüllten Räume wach hielt, durch die Allee hatte schweben sehen, unter seinen brennenden Lidern. Immer wieder hatte er sie sich bis in die kleinste Einzelheit vorgestellt: das Wiegen, das sie ihren Röcken im Gehen zu geben verstand, die stolze Art, den Kopf zurückzuwerfen, den die Last des Haars herabzuziehen schien, ihre sprühende Lebendigkeit, ihre herrische Ungeduld, den kleinen unwiderstehlichen Zug um den Mund und die Augen, die bald zartviolett waren wie das erste Veilchen, bald finster glühten wie die großen schwarzen Schwertlilien, die sie so liebte ... und ihr Parfüm, immer das gleiche. So viele verflossene Monate lang hatte er es, wenn er die Augen schloß, zu atmen geglaubt ... Und jetzt war es wieder da ... Er verwehrte sich, sie anzusehen, und suchte sie doch zugleich mit seinem Blick, den ihren wie einen Schlag empfangend. Die Liebeleien in der Garnison, das Mädchen, das ihn eine Weile zerstreut hatte, wie war alles schon fern und nichtig.

„Liebst du noch immer die Schwertlilien, Ludivine?"

„Freilich." Erstaunt zog sie die Augenbrauen hinauf. „Was für eine Frage ... Warum?"

„Weil ich eben dachte, daß sie dir ähnlich sind ..."

„Daß sie mir ähnlich sind?"

Sie hielt im Schreiben inne.

„Mein Gott, Hubert, was für ein hübsches Kompliment!"

Gemächlich, in der Sicherheit des Besitzes, zog Frédéric an seiner Pfeife: „Oho, mein Junge, mir scheint gar, du machst meiner Frau den Hof?"

Aber die Zeiten waren vorbei, da Hubert sich durch eine solche Bemerkung hätte aus der Fassung bringen lassen. Das Soldatenleben hatte ihn in dieser wie in mancher anderen Beziehung abgehärtet.

„Und wenn auch?" fragte er ruhig. „Schau sie an! Sie ist gemacht, um bewundert zu werden, und nicht, um Ziffern zu addieren."

„Oh! Oh! Frag sie doch, was sie vorzieht", sagte Frédéric spöttisch. „Ich wette, du bringst sie in Verlegenheit."

„Wirklich, Ludivine? Dann schlage ich eine Lösung vor: Mach Buchführung mit deinem Mann und komm mit mir Blumen pflükken."

Er versuchte, den Aufruhr in seinem Innern zu beschwichtigen, den Frédérics Bemerkung hervorgerufen hatte. Schließlich war es seine Schwägerin, warum sollte er mit ihr nicht galant sein? War das nicht ganz natürlich?

Ludivine lächelte die beiden an. Sie freute sich, der Gegenstand dieses leichten Geplänkels zwischen den zwei Brüdern zu sein.

„Ich hätte Lust, aber ich fürchte, daß Frédéric eifersüchtig wird", sagte sie schalkhaft. „Er ist schrecklich ..."

„Eifersüchtig! Weißt du, daß du mir mit dieser Annahme eine ganz große Ehre antust?"

Ludivine machte ihrem Mann eine schelmische Grimasse, worauf dieser ihr ein Lächeln zurücksandte. Ohne zu wissen, worum es sich handelte, spürte Hubert, daß zwischen ihnen etwas vorging, wovon er ausgeschlossen war. Das Zimmer erschien ihm mit einem Male ungastlich. Er erhob sich. Beide wandten sich zu ihm.

„Du verläßt uns schon?"

„Ja", sagte er in einem absichtlich gleichgültigen Ton. „Wirklich, Ludivine, ich glaube, es ist besser, wenn ich mich mit meinen Galanterien an deine Töchter wende."

„Ja, tu das, geh zu deinem Liebling."

Sie hielten ihn nicht. Es war deutlich, daß sie es eilig hatten, wieder allein zu sein. Sie liebten einander und hatten kein Bedürfnis nach seiner Gegenwart. Hubert stellte sie sich vor, wie sie einen Seufzer der Erleichterung unterdrückten, sobald sich die Tür hinter ihm geschlossen hatte. Vielleicht würden sie sich sogar über ihn lustig machen. Den Gedanken an Frédérics Witzeleien hätte er noch ganz ruhig ertragen, aber daß Ludivine vielleicht ... Er wollte sich unbefangen entfernen, stieß aber an das Eck des Schreibtisches, verfing sich in dem zerschlissenen Teppich und wäre beinahe gefallen.

„O diese Dichter!" rief Frédéric mit gutmütigem Lachen aus. Verzweifelt floh Hubert ohne ein Wort.

Ludivine stand von ihrem Sessel auf und setzte sich an den Rand des Sofas. Ihre ganze Haltung bat um eine Liebkosung. Frédéric klopfte ihr mit rauher Zärtlichkeit die Wange.

„Faulpelz! ... Schon müde?"

Mit einem träumerischen Ausdruck fragte sie:

„Findest du, daß er recht hat?"

„Recht? Womit?"

„... Mit den Schwertlilien ..."

„Was für eine verteufelt eitle kleine Kokette du bist!"

Er lachte herzlich. Sie legte ihre Wange an die seine und lachte mit.

Mit schwerem Herzen suchte Hubert die Kleinen auf. Isabelle, die in ein Bilderbuch vertieft war, das er ihr mitgebracht hatte, hob bei seinem Eintreten ein strahlendes Gesicht zu ihm empor. Anne zappelte auf den Knien ihrer Tante und stieß vergnügte Laute aus.

„Sie wird dir gleich entschlüpfen, Adrienne", bemerkte er aufgeheitert.

„Sie ist schön, nicht wahr?" sagte Adrienne stolz.

„Wunderschön!"

Das Kind, das sich so bewundern hörte, sagte mit wichtiger Miene, einen Finger im Mund:

„Bin son swei Jahre."

Hubert pfiff vor Bewunderung. „Oh, schon eine junge Dame!"

„Wie schade, daß du nicht schon an ihrem Geburtstag hier warst. Jeder von uns hat ihr ein Geschenk überreicht, sogar ihre Schwester. Sie hat bei Tisch gegessen, auf dem Ehrenplatz, gegenüber ihrer Mutter."

„Dafür werde ich am nächsten dasein ... Und auch an Isabelles Geburtstag", fügte er hinzu, indem er sich zu dieser wandte.

Das Kind sah ihn mit dem funkelnden Blick einer Frau an, einem harten, verzweifelten Blick ...

Hubert blieb einen Augenblick betroffen stehen, dann näherte er sich ihr. Isabelle ließ ihn herankommen, ohne ein Wort zu sagen. Als er zwei Schritte von ihr entfernt war, nahm sie, ohne ihn aus den Augen zu lassen, sein Buch in die Hände und zerriß es bedächtig, aber mit ihrer ganzen Kraft.

„Isabelle!" schrie Adrienne.

Hubert betrachtete die Verwüstung.

„Dein schönes Buch! Du böses Kind! Jetzt bitte aber gleich Onkel Hubert um Verzeihung. Sofort!"

„Verzeihung ... fort", bekräftigte Anne die Aufforderung.

Isabelle hob die Stücke vom Boden auf und setzte das Werk der Zerstörung fort.

Das war zuviel für Adrienne. Sie ließ Anne, die sie auf dem Schoß hatte, auf den Boden niedergleiten und erhob sich.

Die kleine Empörerin bot dem drohenden Angriff mit stolzer Verachtung die Stirn.

„Laß sie!"

„Aber ... Nein, Hubert, siehst du nicht, wie sie ist ..."

„Ich sage dir: laß sie!"

Die Heftigkeit des Tones ließ Adrienne zögernd stehenbleiben. Sanfter fügte er hinzu:

„Ich will nicht, daß das, was ich ihr gebracht habe, um ihr eine Freude zu bereiten, der Anlaß für eine Strafe wird. Ich bin traurig, Sabel", sagte er noch und wandte sich zum Gehen.

Mit finsterem Blick drehte sich die Kleine um. Da er sah, daß er von ihr kein Wort erhalten würde, verließ er kurz entschlossen das Zimmer.

Isabelle betrachtete mit brennenden, tränenlosen Augen die geschlossene Tür. Betroffen von ihrem Ausdruck, erinnerte sich Adrienne, ihn schon einmal auf einem andern Gesicht gesehen zu haben, in der jetzt schon längst vergangenen Zeit, da Frédéric ferngeblieben war.

Plötzlich brach ein Orkan von Schluchzen in der betretenen Stille des Zimmers los. Adrienne atmete auf: das war die Entspannung. Dieses verwundete Herz, das in der Ausschließlichkeit seiner Zuneigung verletzt worden war, mußte sich entladen.

„Du hast ihn so traurig gemacht", flüsterte sie ihr zu, ohne sie zu berühren. Isabelle schluchzte und ließ einen neuen Tränenstrom fließen.

„Tatie! Tatie!"

„Du, wein nicht", riet Anne, die damit beschäftigt war, sorgfältig die Fetzen des Bilderbuches aufzulesen.

Nachdenklich streichelte Adrienne den braunen Lockenkopf, der sich in die Falten ihres Rockes vergrub, und sah dabei der Kleinen zu, wie sie ganz unschuldig das herrenlos umherliegende Gut als ihre Beute einsammelte.

Nach einigen Wochen bemerkte Hubert eines schönen Tages doch, daß er wieder zu Mogador gehörte, ohne zu wissen, wie es gekommen war. Die Erinnerung an das Regiment verblaßte mehr und mehr. Er begann wieder mit den kleinen Ereignissen vertraut zu werden, die den täglichen Gesprächsstoff bildeten. Er hatte seine Freunde Raynal wiedergesehen, den Verkehr mit einigen jungen Leuten der Nachbarschaft neu angeknüpft und fühlte nicht ungern die schüchternen, schmeichelnden Blicke der jungen Mädchen auf sich gerichtet. Man sah ihn viel in Gesellschaft.

„Er unterhält sich gut, der Schurke", bemerkte Frédéric zu seiner Frau. Und ganz im Vertrauen fügte er hinzu: „Man hat ihn neulich am Abend in Avignon in guter Gesellschaft gesehen, bei Lance. Du weißt, nach dem Rennen von Roberty."

Hubert machte auch die Bekanntschaft Doktor Royers. Dieser kam jetzt öfters nach seinen Krankenbesuchen, um seine Frau abzuholen, die den Nachmittag bei Ludivine verbrachte. Sie blieben zum Abendessen. Elise erwartete ihr erstes Kind und strahlte vor Glück. Dieses Glück schien aus ihr auszuströmen und sie wie ein Lichtschein zu umgeben. Ihre Frische und Einfachheit hatten sogar Julia gewonnen, die sie mit ihren Sarkasmen verschonte.

„Es ist ein Glück, daß sie an den Mann geraten ist, den sie hat", erklärte die alte Dame. „Was wäre aus ihr geworden, wehrlos, wie sie ist, in den Pranken irgendeines Tölpels, wie es so viele gibt."

Die rauhe Gutmütigkeit Doktor Royers, seine Klugheit und seine witzigen Einfälle gefielen Julia. Sie freute sich an den Anekdoten, die er ihr erzählte, mit einer Unterhaltsamkeit, die man bei diesem großen Jungen mit seinem linkischen Benehmen gar nicht vermutet hätte. Die alte Dame, die kaum mehr ihren Lehnstuhl am Kamin oder – je nach der Jahreszeit – in irgendeinem geschützten Winkel des Gartens verließ, kannte durch ihn die ganze Chronik der Gegend, alle Freuden ihrer Bewohner, ihre Leiden und ihr Elend, gegen das er sie manchmal um Unterstützung bat, ganz unbefangen, wie einen stillen Bundesgenossen in diesem Kampf, viel freimütiger, als der Pfarrer es zu tun wagte. Er allein war es auch unter all ihren Freunden, der sich getraute, sie zu necken, ja sogar ihr zu widersprechen.

Ja, das war „jemand", hatte sie entschieden und ihm ihr Haus geöffnet.

„Ich hoffe, du wirst ihm einen Sohn schenken, mein schönes Kind. Er verdient es", sagte sie zu Elise.

Ludivine fühlte sich durch diese Worte irgendwie gedemütigt: ‚Einen Sohn'. Natürlich, das war es, was jeder wünschte. Ihre beiden Töchter waren sehr hübsch, gewiß, aber ... Sie dachte, daß Frédéric, wenn er sich auch ihnen gegenüber als zärtlicher Vater erwies, doch einen rechtschaffenen Knaben vorgezogen hätte. Nun, vielleicht diesmal ... Niemand ahnte es noch in Mogador. Sie selbst war erst seit einigen Tagen ihrer Sache so ziemlich sicher. Die Dinge ließen sich unangenehm genug an. Die Hitze erschöpfte sie jetzt schon. Wieder ein verdorbener Sommer. Sie erinnerte sich an den ersten ... Diesmal würde es aber trotz allem nicht so schwer sein, meinte sie: Das Kind war in den ersten Januartagen zu erwarten.

Kurze Zeit darauf vertraute sie ihr Geheimnis ihrer Schwiegermutter an.

„Das ist die größte Freude, die du mir machen konntest. Schau, daß es diesmal ein ‚er' wird. Hast du es Frédéric schon gesagt?"

„Noch nicht. Ich denke, ich werde bis nächsten Monat warten und es ihm an unserem Hochzeitstag eröffnen."

Julia war nachdenklich geworden. Fünf Jahre war es nun schon bald her, fünf Jahre, seitdem diese Kleine nach Mogador gekommen war, flaumig wie ein Küchlein, den Schnabel noch kaum geformt, aber mutig und entschieden, bereit, ihrerseits in die Schranken zu treten. Jetzt war sie eine junge Frau, schon von tausend Rauhigkeiten des Lebens geritzt, die jeden Tag etwas dazugelernt hatte.

‚... Und Gott weiß', sagte Julia zu sich selbst, ‚was sie noch alles wird lernen müssen. Alles, was gut und notwendig ist zu lernen, im Leid, in den Tränen und in der Bitternis des Schweigenmüssens, bevor man sich endlich mit dem Gedanken vertraut macht, daß es ein Ende gibt ... daß ein Tag kommt, an dem weder Sonne noch Wind noch geliebte Stimmen dich in deinem verlassenen Körper erreichen, der hinabgestiegen ist in die Nacht der Erde ... und daß das die Ruhe ist ... und man sich dareinfügt.'

15

Es kam Nachricht aus Sarrazine. Ein kleiner Vernet war angekommen. Blanche bat Frédéric, die Patenschaft zu übernehmen. Er sagte zu.

Der Herbst, der dieses Jahr frühzeitig eingebrochen war, färbte schon die Hecken purpurn. Man beendete die Weinlese, die der Septemberregen verdorben hatte. Ein schlechtes Weinjahr ... Aber der Herr von Mogador machte sich wenig Sorgen darüber. Welches Jahr hätte schlecht für ihn sein können, das ihm die Hoffnung auf einen Sohn brachte?

Ludivine, der es ausgezeichnet ging, nahm ihre schon vorgerückte Schwangerschaft zum Vorwand, um Frédéric allein zur Taufe fahren zu lassen, nur von Adrienne und Hubert begleitet. Seit dem Abend von Emiliens Hochzeitstag war sie nicht mehr gerne nach Sarrazine zurückgekehrt.

„Ich frage mich", sagte sie zu Julia, „ob ich nicht ganz einfach vom gesellschaftlichen Leben genug habe. Weißt du, Mama, es ist so eintönig auf die Dauer. Im vorhinein könnte ich sagen, wie sich so etwas abspielen wird: das Essen, die Unterhaltung, die kleinen Sticheleien unter den Damen, wobei jede über die Toilette der anderen etwas Schlechtes zu sagen weiß, die immer gleichen Komplimente der Herren, ihre politischen Debatten. Weiß Gott, wie lange sie noch über Panama reden werden! Wohlverstanden, es wird auch noch Ägypten an die Reihe kommen und Erythräa. Sie werden sich die Namen von Monsieur Crispi und Lord Salisbury an den Kopf werfen. Ach Gott ... Und dann ist immer noch irgendeine Wahl im Gange, damit sie sich bis zur Siedehitze aufregen können. Gott sei Dank ist ja Frédéric nicht so sehr an diesen Fragen interessiert. Aber schau dir Hubert an, ist das nicht lächerlich? Man möchte glauben, daß sein Leben davon abhinge."

Hubert hatte ein leidenschaftliches Bedürfnis, sich für die Artikel seines persönlichen Glaubensbekenntnisses ganz und gar zu verausgaben. Seine Überzeugung war nicht so wie bei seinem Bruder durch einen scharfen, immer hinter Ironie verborgenen Sinn für die Unbeständigkeit der Menschen und der Dinge gemäßigt.

„Was willst du, Kind? Du hast dir den Platz in der Leitung von Mogador zugeeignet, den er hätte übernehmen können. Laß ihn die Welt nach seinem Kopf neu aufbauen. Das zerstreut ihn."

Aus dem Fenster des Salons sahen sie die Sonne in ihrer rotgoldenen Pracht hinter den schon herbstlich gefärbten Eichen hinabsinken, die sich dunkler von dem blaßblauen Himmel abhoben.

„Jetzt müssen sie angekommen sein", sagte Ludivine.

Julia antwortete nicht. Sie horchte eine Weile auf die tausend Geräusche der Stille.

„Als ich jung war, habe ich diese Jahreszeit gehaßt. Da war die Terrasse in Sarrazine besät mit Blättern vom großen Kastanienbaum. Man trat auf die Kastanien und die zerplatzten Schalen. Die Glyzinien zerfielen. Gleich nach den ersten Regengüssen kam vom Park so eine Feuchtigkeit herauf ... Das Unterholz war so dicht. Ich hätte gerne das alles noch einmal gesehen."

„Oh", lächelte Ludivine, „das ist ja nicht so unmöglich, kommt mir vor, Mama. Man könnte doch sehr gut ..."

Julia schüttelte den Kopf.

„Siebzehn Jahre war ich nicht mehr dort. Jetzt ist es zu spät, meine Liebe, es ist zu lange her ... Die Bäume und das Haus würden mich nicht mehr erkennen. Du mußt versuchen, das zu verstehen. Es herrscht eine große Weisheit in der Welt. Es nützt nichts, sich dagegen sträuben zu wollen. In Sarrazine war Julia Angellier zu Hause, und ich bin lange Julia Angellier geblieben, selbst als verheiratete Frau und Mutter. Jetzt gibt es nur mehr die alte Julia Vernet von Mogador. Es wird der Tag kommen, da du das für dich selbst entdecken wirst, aber nicht gleich, nicht so schnell ... Die Zeit wird es dich lehren. Und dann wird deine Zeit um sein."

Ludivine erhob sich, wie man sich erhebt, wenn man steif ist vom langen Sitzen. Mama konnte einen schon manchmal ungeduldig machen. Wozu von diesen Dingen reden? Man weiß schließlich, daß das Leben vergeht und daß am Ende diese lästige Krankheit, das Alter, steht und etwas Schwarzes, Dichtes, Schweres, Ungewisses, das man den Tod nennt.

In der Dämmerung betrachtete sie ihre Silhouette im Spiegel und seufzte: „Ach, ich möchte, daß diese Zeit schon vorüber wäre! ... Ich möchte um vier Monate älter sein. Oder nur, weißt du, Mama, nur um vier Tage, nicht mehr. Daß Frédéric zurück wäre ..."

Er kam erst am Morgen des sechsten. Sie war noch im Bett, als sie das Knirschen von Rädern auf dem Kies und ein Stimmengewirr von Ankommenden vernahm. Und im nächsten Augenblick war er da, in ihrem Zimmer, freudig, lärmend, zärtlich, zärtlicher noch, als sie es zu träumen gewagt hatte. Die Fensterläden krachten, als er sie aufstieß. Er nahm sie in seine Arme, so wie sie war, zerrauft, geblendet von der Sonne. Glückselig gab sie sich seinen Liebkosungen hin, wie betäubt, in seiner Wärme und seiner Stärke geborgen.

„Zieh dich schnell an und mach dich schön. Alle sind unten."

„Alle? Wer ist das, alle?"

„Nun, Caroline, Georges, Raoul, Laura ..."

„Ja aber ... wieso?" Ganz bestürzt machte sie große Augen.

Lachend erklärte er ihr:

„Nun ja, Liebling. Sie wollten hier vorbeikommen, um dich zu sehen. Onkel Antoine und Tante Lucie sind mit dem Zug nach Hause gefahren. Wir haben uns im Wagen zusammengepfercht. Hubert und Georges auf dem Bock neben Victor. Georges hat ihm die Zügel aus der Hand genommen und hat einen Teil des Weges kutschiert. Sie essen hier. Adrienne ordnet schon das Nötige an. Wir bringen sie heute nachmittag nach Tarascon und nehmen das Gepäck mit auf den Bahnhof."

Ihre ganze Freude war dahin. Mißmutig machte sie sich an ihre Toilette. War es nötig, alles zu verderben, indem er sie mitbrachte? Natürlich stammte diese verrückte Idee von ihm, da war gar kein Zweifel. Und jetzt mußte man sie herzlich empfangen, ihren Lärm, ihr Geplapper, ihre Gegenwart erdulden ...

„Läute Eugénie, ich bitte dich", sagte sie in trockenem Ton.

Ganz ahnungslos beeilte er sich, ihrem Wunsche nachzukommen.

„So, Liebling. Kann ich dir inzwischen meine Dienste anbieten?"

„Großer Gott, nein. Geh lieber zu deinen Gästen. Ich werde schneller fertig ohne dich."

„Wie du willst", antwortete er freundlich. „Aber du kommst bald, nicht wahr?" Sie hörte ihn pfeifend die Stiege hinuntergehen.

Die eintretende Eugénie war höchlichst erstaunt, Madame in so schlechter Laune vorzufinden.

„Heute hat sie aber ihre Laune an mir ausgelassen", beklagte sie sich drei Stunden später bei der teilnahmsvollen Philomène.

Ihren Ärger unter einem liebenswürdigen Lächeln verbergend, schritt Ludivine auf den Rasenplatz zu. Die dort im Schatten der Zeder am Ufer des Teiches sitzende Gesellschaft begrüßte sie mit freudigen Ausrufen und Umarmungen.

„Da ist sie ja endlich ..."

„Schön wie immer!"

„Du hast uns gefehlt ..."

„Liebe Ludivine ..."

„Geht's dir gut, Liebe?"

„Fern von dir war Frédéric wie eine im Fegefeuer schmachtende arme Seele", sagt Georges mit ernsthafter Miene.

Hubert warf seinem Cousin einen zornigen Blick zu. Ludivine bemerkte es und war überrascht.

Seit seiner Rückkehr vom Regiment trug der junge Mann ihr gegenüber ein zuvorkommendes, aber kaltes Benehmen zur Schau, das sie unangenehm berührte. Er ging viel aus und schien sich nichts mehr aus ihr zu machen. Man flüsterte, daß er ein Mädchen aus Tarascon habe. Ludivine hatte diese Régina einmal auf dem „Korso" gekreuzt. Eine schöne Person, gut angezogen ... Diese Weiber, man könnte sie heute für „Damen" nehmen, bemerkten die Damen gallig. „Ja, meine Liebe, sie machen es uns nach: es sind unsere Männer, die ihnen das beibringen ..." Sie hatte Ludivine im Vorbeigehen ganz unverschämt gemustert ...

Ludivine fühlte sich gekränkt und hätte gerne einige bedeutungslose Koketterien riskiert, um sich wieder in den Besitz ihrer Machtstellung zu setzen. Aber Hubert hatte ihr niemals Gelegenheit dazu geboten. Jetzt, da sie anfing, jeden Tag ein wenig mehr von ihren Reizen einzubüßen, betrachtete sie sich Morgen für Morgen mißfällig in dem großen Spiegel ihres Zimmers, während Eugénie ihr beim Ankleiden behilflich war: Es konnte nicht mehr die Rede davon sein, irgend jemand zu erobern ...

Sie lächelte Georges zu.

„Ich bin überzeugt, er hat eher an einen Schüler in den Ferien erinnert", sagte sie, sich mit einem Blick des Einverständnisses zu ihrem Manne wendend. Aber der plauderte ziemlich leise mit Laura und bemerkte es nicht.

Wieder begegnete sie dem gequälten Gesichtsausdruck ihres Schwagers und empfand ein leichtes Unbehagen darüber. Aber ihre Aufmerksamkeit wurde durch Raoul abgelenkt.

„Komm, setz dich hierher, Ludivine. Es ist so lange her, daß wir uns gesehen haben. Laß mich diese Abwesenheit von Rivalen benützen, um dir den Hof zu machen ...“

„Da hast du aber einen recht uninteressanten Liebhaber, du Arme“, lachte Caroline. „Und wenn man denkt, daß Tante Julia in zwanzig Jahren ihm wahrscheinlich immer noch sagen wird, wie eben jetzt bei der Umarmung: Mein Lieber, ich möchte wirklich wissen, wo deine Mutter ihre Augen hat, daß sie dich so verrückte Westen tragen läßt.“

Jetzt lachte Ludivine laut auf. Mama verstand es wirklich, jeden auf eine ganz persönliche Weise zu begrüßen. Die Bemerkung mußte dem armen Raoul einen Stich gegeben haben. Übrigens hatte gewiß jeder seinen Hieb bekommen. Sie hätte gerne gewußt, ob wohl Laura unversehrt davongekommen sei.

„Ich finde sie sehr hübsch, Raoul. Die letzte Mode vom Boulevard, nehme ich an?“

„Ganz richtig, meine Liebe“, sagte Georges, „ich habe sie ihm mitgebracht.“

„Oh“, bat sie lebhaft, „erzähle doch, was man in Paris trägt. Wenn man der ‚Mode Illustrée‘ glauben darf, gibt es keine hohen Schuhe mehr, auch nicht für die Stadt. Ist das wahr?“

Georges setzte sich in einer malerischen Pose zurecht.

„Das ist eine sehr umstrittene Frage. Man sieht sehr viel kleine ausgeschnittene Schuhe auf der Straße. Ich gestehe, ich gehöre zu der Zahl ihrer Anhänger. Diese weißen Strümpfe, die man zu den Knöpfelschuhen trägt, finde ich abscheulich. Ein hübsches Bein ist so hübsch in einem schwarzen Strumpf, umrahmt von einer duftigen Spitzenwolke ...“

„Aber Georges ...“

Lachend klopfte Ludivine ihrem Cousin mit dem Fächer auf die Finger.

„... Erzähl mir lieber etwas von der Taufe.“

„Gut, ja. Hm! ... Es war alles sehr gelungen: Ausgezeichnetes Essen, reizende Damen, mein kleiner Bruder sehr ‚pater familias‘, Blanchette entzückend wie immer, der Taufpate durchdrungen von seinen Pflichten, der junge Laurent so artig, wie man nur wünschen konnte ...“

„Laurent?“ fragte Ludivine erstaunt.

„Ja freilich. Laurent-Frédéric Vernet. Laura war Taufpatin. Das hast du nicht gewußt?“

„Nein“, sagte sie, „ich wußte es nicht. Ich gratuliere, Laura.“

Die Angesprochene unterbrach ihre Unterhaltung und wandte sich mit einem fragenden Blick zu ihrer Cousine.

„Was gibt es, meine Liebe? Ach ja, unser Patenkind? Es ist prächtig, nicht wahr, Frédéric? Ich wünsche dir einen ebenso schönen Buben, da ihr ihn doch so sehnsüchtig erwartet."

„Wir erhoffen ihn", sagte Ludivine mit einem Lächeln. „Und Numa?"

Laura ergoß sich in Lobeserhebungen über ihren Sohn.

‚Wie affektiert sie ist', dachte Ludivine. ‚Jetzt gibt sie sich als zärtliche Mutter und beobachtet dabei die Wirkung. Sie ist dicker geworden, aber man kann nicht sagen, daß ihr das schlecht steht. Ich hasse diese weiße rosige Haut. Schau, die kleine Falte am Augenwinkel ... man sieht sie stark, wenn sie lacht. Gott, was für ein unangenehmes Lachen! Wenn ich ein Mann wäre ...'

Sie sah die Männer an, die rings im Kreise saßen, wie um deren Meinung zu erfahren. Aber die Aufmerksamkeit von Raoul und Georges, die behaglich in ihren großen Rohrstühlen saßen, war gerade anderweitig in Anspruch genommen: der eine folgte mit seinen Augen den Bewegungen eines Pfauenpaares auf dem Rasen, der andere war hingebungsvoll mit dem Mischen eines Gläschens Absinth beschäftigt und ließ Tropfen für Tropfen des eisgekühlten Wassers aus dem Kühler über den Zucker in seinen Löffel fließen. Hubert hatte ihr den Rücken zugekehrt und unterhielt sich angeregt mit Caroline.

So beschränkte sich die Zuhörerschaft auf sie selbst, Adrienne und Frédéric. — Frédéric ... Aber was war das für ein sonderbarer Ausdruck auf Frédérics Gesicht? Aufmerksam und hart zugleich und darüber eine Maske von Ungezwungenheit! ‚Er sieht aus wie eine Katze, die eine Ratte belauert', sagte sie zu sich. Wieder durchzuckte sie ein Gefühl des Unbehagens, und unwillkürlich legte sie ihre Hand auf den Arm ihres Mannes.

„Was willst du?"

Sie hätte geschworen, in Frédérics Stimme eine gewisse Gereiztheit zu hören. Aber sie nahm sich zusammen, und es gelang ihr, ihn unbefangen anzulächeln.

„Nichts. Ich wollte nur wissen, ob du die Kinder gesehen hast."

„Natürlich. Wir sind alle hinaufgegangen, während du dich fertiggemacht hast. Isabelle hat sich geweigert, zu grüßen, nicht einmal Hubert wollte sie die Hand geben. Sie hat sich versteckt."

Ludivine fühlte sich heute in diesem Punkt mit ihrer Tochter eines Sinnes. Sie sagte nachsichtig: „Sie ist ein sehr scheues Kind, du weißt. Die vielen Menschen haben sie sicher erschreckt."

Er sah sie zärtlich an.

„Aber ja, Liebling, das hat doch gar nichts zu bedeuten. Anne war übrigens entzückend."

Nein, es war nichts. Sie hatte es sich eingebildet ... Unsinn. Auf alle Fälle fuhren sie ja am frühen Nachmittag wieder weg ...

Victor meldete, daß serviert sei. Sie nahm Raouls Arm, um ins Haus zu gehen.

Das Essen zog sich in die Länge. Die Gäste wollten gar nicht vom Tisch aufstehen und sprachen dem Weine eifrig zu. Scherze flogen hin und her. Der große Raum widerhallte von lärmender Fröhlichkeit. Von ihrem Platz zwischen Raoul und Georges beobachtete Ludivine ihren Mann, der ihr gegenüber saß. ‚Der Friede ist geschlossen. Das ist klar', stellte sie mit Bitterkeit fest. ‚Diese Laura mit ihren schmachtenden Blicken, ihrem klingelnden Lachen ...'

Sie warf einen verstohlenen Blick auf Philo und Victor, nach deren Weisungen Eugénie mit aufreizender Langsamkeit servierte. ‚Mein Gott, ist das Mädchen ungeschickt. Die wird nie etwas Flinkheit lernen ...'

Sie hätte so gerne das Essen beschleunigt, den Zeiger der Zeit vorgeschoben.

„Du ißt ja gar nichts", bemerkte Georges teilnehmend.

Sie fühlte Julias Aufmerksamkeit einen Augenblick auf sich lasten. Die alte Dame präsidierte am oberen Ende des Tisches mit einer Würde, um die ihre Schwiegertochter sie beneidete. Gewiß, Ludivine fühlte sich als die Herrin des ganzen Besitzes, aber am Tisch von Mogador regierte noch immer Julia Vernet. Und nichts schien darauf hinzudeuten, daß sie daran dachte, sich dieses Zepter eines Tages aus der Hand nehmen zu lassen.

Besorgt beobachtete Adrienne ihre Mutter, ohne ein Wort zu sagen. Ihre Augen sprachen für sie. Julia, die über die Scherze ihrer Söhne und Neffen herzlich lachte, zwinkerte ihr spöttisch zu:

„Laß nur, mein Kind. Ich habe meine Krankheit für heute beurlaubt."

Adrienne seufzte, aber Caroline beeilte sich, sie abzulenken, indem sie von ihren Nichten zu sprechen begann. Wenn das Gespräch auf dieses Gebiet kam, war die Tante unerschöpflich. Ihr Gesicht heiterte sich auf.

„So können wir also nicht hoffen, dich diesen Herbst in Tourvieille zu sehen?"

Lauras Stimme übertönte die ganze Unterhaltung am Tische und lenkte die Aufmerksamkeit aller auf die von ihr gestellte Frage.

Unentschlossen warf Frédéric seiner Frau einen fragenden Blick zu.

„Oh, es tut mir sehr, sehr leid", erklärte Ludivine, „aber wirklich, du siehst, liebe Laura, es ist unmöglich. Auf Reisen muß ich jetzt verzichten."

„Wie schade! Nein, das ist aber wirklich traurig. Wir sehen uns ja beinahe nur mehr im Vorbeigehen seit so langer Zeit. Wir würden uns so freuen, dich einmal eine Weile für uns zu haben. Ist es nicht möglich? Sag?"

Sie wußte es ganz genau. Wie lange würde sie jetzt noch so fortfahren zu drängen?

„Aber ... Die Sache ist doch ganz einfach!"

Frédérics Stimme klang triumphierend.

„Machen wir es umgekehrt. Mama, Ludivine, nicht wahr? Kommt diesmal alle zu uns. Die Kinder sind jetzt groß genug, Laura, du kannst sie ohne weiteres mitnehmen. Sie werden sich mit Anne und Isabelle sehr gut vertragen."

Er war offenbar von seiner Idee entzückt und entschlossen, sie durchzusetzen.

Der Vorschlag wurde eifrig besprochen. Wie erstarrt hörte Ludivine zu, aber sie konnte nicht daran denken, den Plan zu verhindern.

„Mich wird es nur freuen", sagte Julia. „Ich unterhalte mich gerne mit dem guten Antoine, und es ist schon so lange her, daß ich die arme Lucie nicht mehr geärgert habe. Also abgemacht. Ihr kommt und bringt die Kleinen und ihre Großeltern mit."

Ludivine kämpfte gewaltsam den schmerzlichen Zorn nieder, der sie beim Anblick Lauras überkam; diese wendete mit einem unbefangenen Lächeln ein, es mache zuviel Umstände ... ihr Sohn sei so lärmend ... Ludivine nicht wohl ...

Allmählich faßte sie sich aber und sagte mit einer unergründlichen Lieblichkeit:

„Aber Laura, du wirst doch Frédéric diesen Wunsch nicht abschlagen?"

Verlorene Ironie.

„Ich ergebe mich, ich ergebe mich, liebe Ludivine", antwortete

Laura heiter mit einer graziösen Bewegung des Kopfes, die die üppige Fülle ihrer in einem hohen Chignon aufgesteckten rötlichen Locken einen Augenblick im Lichte erschimmern ließ.

Frédéric strahlte.

So war also das, was sie dunkel seit dem fernen Tage ihrer Verlobung gefürchtet hatte, eingetreten. Wie eine Närrin hatte sie sich einschläfern lassen von dem Frieden, der ihrem eingebildeten Triumph gefolgt war, nach einigen Scharmützeln, deren Bedeutung sie weit überschätzt hatte. Ach, um wieviel klüger war die andere gewesen! Sie hatte es verstanden, geduldig ihre Zeit abzuwarten, um ihrer Feindin dann den tödlichen Schlag zu versetzen.

In ihrem Zimmer eingeschlossen, wie immer in schwierigen Augenblicken, allein mit sich selbst, die Zähne aufeinandergepreßt, blickte Ludivine der Lage ins Auge.

‚Er gefällt ihr. Er hat ihr immer gefallen. Das ist klar. Eine Kokette ohne eine Spur von Herz ...' In gutem Glauben vergaß sie, daß andere Frauen, denen sie ihre Verehrer abspenstig gemacht hatte, über sie dasselbe Urteil hätte fällen können. ‚Sie liebt ihn nicht, sie liebt niemanden. Ihren Mann auch nicht ... Aber sie haßt mich, und wenn sie ihn mir nehmen kann ...'

Ihn nehmen, ihn, Frédéric! ... Eine wütende Angst packte sie. Als ob das möglich wäre, jemandem die Luft zu nehmen, die er atmet, das Blut aus den Adern ... ‚Aber ich liebe ihn! Er gehört doch mir!' Genügte denn das nicht, um sie zu hindern?

Aber nein, es nützte nichts, es sich verhehlen zu wollen. Er war schon hineingezogen in das unsichtbare Netz, das Laura um ihn spann, mit einer Geschicklichkeit, die man ihr wohl zubilligen mußte. Und er bildete sich ein, der Jäger zu sein. Sie verstand es, ihn dieses Gefühl des Sieges kosten zu lassen, dem kein Mann widersteht ... Ein Wild, das war er. Der Einsatz in dem Spiel, das sie miteinander spielten. Fünf Jahre lauerte sie auf diesen Augenblick, fünf Jahre hatte sie daran gearbeitet. Und jetzt war der Krieg erklärt.

Wie man allein ist, allein auf der Welt, wenn es kämpfen heißt! Keine Hilfe zu erhoffen, nicht einmal von denen, die einen lieben. Hubert ... Aber was konnte Hubert tun?

Tränen der Wut brannten in ihren Augen. Ihre Hände krampften sich zusammen, öffneten sich und preßten sich wieder zusammen, ohne daß sie es wußte.

Und Raoul, war er denn blind? Natürlich, er hatte Vertrauen in seine „untadelige Gattin" ... Ein Kavalier! Sie hätte ihm das Wort wie eine Beschimpfung ins Gesicht spucken mögen. Ein Kavalier! Welcher Unsinn! Wozu sollte das gut sein? Vertrauen, Zartsinn, Achtung ... ein Dummkopf, der glaubt, daß das Waffen seien. Man kämpft für seinen Besitz, ganz gleich mit welchen Mitteln.

Sie dachte an die Spanierinnen bei Mérimée, die das Gesicht ihrer Rivalinnen mit dem Messer kreuzweise aufschlitzten. Die Männer, ja, die hatten das Duell!

Fünf Tage waren die aus Tourvieille nun hier, und seither fühlte sie diesen tödlichen Haß in sich wachsen, verborgen unter dem liebenswürdigen Lächeln der Gastgeberin. Machtlos mußte sie zusehen, mit welcher Aufmerksamkeit sich Frédéric seiner Cousine widmete. Er war erfindungsreich in der Suche nach Gelegenheiten, sie von den andern zu trennen. Ludivine sah, wie er seine Lust, zu gefallen, mit einer Harmlosigkeit zur Schau trug, die seine Partnerin bald kompromittiert hätte, wäre diese nicht eine Meisterin der Verstellung gewesen, eine Meisterin in der Kunst der fingierten Rückzüge mit darauffolgenden versteckten Vorstößen. Er glaubte, das Spiel zu führen, und wurde geführt wie ein Kind.

Seiner Frau gegenüber zeigte er sich bald ungerecht, beinahe hart, und warf ihr, wenn sie allein waren, ihre Unliebenswürdigkeit und ihre schlechte Laune vor, bald war er wieder besonders aufmerksam und zärtlich, als ob die andere nicht zwischen ihnen gestanden wäre – oder als wollte er sich das Recht erwerben, ihr nachher weh zu tun.

Sie lernte Geduld und Selbstbeherrschung. Wer hätte jemals gedacht, daß das so schwer sein könnte. Dem falschen Lächeln ihrer Feindin setzte sie die ganze Verachtung einer vollkommenen, nie versagenden Ruhe entgegen und bezeigte ihr mehr Freundschaft, als sie sich fähig fühlte, für irgend jemanden zu empfinden.

Ihre Taktik bestand darin, sich so wenig als möglich von Laura zu trennen. Sie nahm im Park ihren Arm, sie setzte sich neben sie ... Dies beraubte die junge Frau jeder Möglichkeit zu einem Vorstoß, aber Frédérics Angriffslust wurde dadurch nicht vermindert. Ludivine las auf seinem Gesicht das kaum gezügelte Verlangen, das sie einstmals in ihrer Verlobungszeit darauf entdeckt hatte, begegnete demselben spielerisch-schmachtenden Blick, unter dem sich die brennende Begierde nur mühsam verbarg.

All das, was sie einst, noch ungeschickt, auf diesen Zügen entziffert hatte, sah sie wieder darauf geschrieben, ohne daß ihr die Gnade eines Zweifels gewährt war. Alles fing wieder an, die verführerische Werbung, gemischt aus Ironie, bezaubernder Liebenswürdigkeit, Kälte und roher Gewalt ... all das für eine andere ... und sie mußte zusehen ... Sie mußte es hinnehmen und lächeln, um nur ja recht deutlich zu zeigen, daß es nichts sei, was ernst genommen zu werden verdiente.

Laura erwiderte, im stillen triumphierend, die Freundschaftsbezeigungen ihrer Cousine, so schwer es ihr auch wurde. Man sah die beiden jungen Frauen fast nur mehr zusammen.

So erhielt sich die Lage in einem scheinbaren Gleichgewicht. Niemand hätte sagen können, ob Frédéric sich über den wahren Sachverhalt täuschte. Aber diese beständige Anspannung erschöpfte Ludivine. Sie war sich dessen bewußt, daß bei der geringsten sich bietenden Gelegenheit, dem kleinsten Versagen in ihrem Überwachungssystem, die beiden aufeinanderfliegen würden. Man hielt nicht leicht einen Frédéric Vernet im Zaum ... Und Laura wollte diesmal ihren Sieg und die Demütigung Ludivines. Es war klar, daß sie nicht ohne Überlegung soweit gegangen war. So oder so würde sie es versuchen, ihre Gegnerin zu vernichten, Ludivine wußte es wohl. In diesem Kampf mit scharfen Waffen saß jeder Hieb.

Natürlich konnte „so etwas" nicht sehr weit gehen. In Mogador, unter aller Augen, war ein fortgesetztes Verhältnis undenkbar, und Laura mußte das wissen. Ohne Zweifel war das auch gar nicht ihr Ziel. Nein, sie würden ja alle bald wegfahren und sie allein mit Frédéric zurücklassen, aber verwundet, gedemütigt und der Schutzwaffe beraubt, die sie bisher beschirmt hatte, des freudigen Vertrauens ...

Es würde ihr auch nicht schwerfallen, ihn wiederzugewinnen, dessen war sie sicher, oder wollte doch nicht daran zweifeln ... Aber darauf kam es nicht an. Daß er imstande gewesen war, auf ein Zeichen Lauras dieses unsinnige grausame Spiel zu beginnen, in ihrer, Ludivines, Gegenwart, daß er so sehr all das hatte vergessen können, was sie für ein unantastbares Heiligtum zwischen ihnen beiden gehalten hatte ... und gerade in dem Augenblick, da sie für ihn diese widerwärtige körperliche Beeinträchtigung trug, das wog schwer, das war ein Verrat ... und noch dazu, daß er sie gerade dieser Frau gegenüber, die sie seit dem ersten Tag haßte, in die Lage der Besiegten gebracht hatte.

Leiden ... Ja, leiden, das war es nicht. Das hatte sie schon gelernt. Sie wußte, daß das Leiden über den einen wie über den andern kommt, das ganze Leben lang ... und daß man dann eben die Schultern steift, bis es vorüber ist. Sie fühlte genug Mut in sich. Der Kampf um ihre Liebe, das war eine Angelegenheit zwischen ihr und Frédéric.

Aber über Laura vermochte sie nichts, die strahlende Laura, die sich über sie neigte, ihre angespannten Züge mit der von Liebenswürdigkeit verhüllten Grausamkeit betrachtete, deren nur die Frauen untereinander fähig sind.

„Wie fühlst du dich? Übermüde dich nur nicht, Liebe."

Frédéric erschien und fand sie in ihrer Rolle als zärtliche Freundin.

‚Eine Perle mehr in ihrer Krone', dachte Ludivine mit bitterem Spott bei sich.

Sie beisammen zu sehen, war eine Höllenqual. Sie nicht zu sehen, wäre noch ärger gewesen. Verhärtet, ein ewiges Lächeln auf ihren ausgetrockneten Lippen, beobachtete sie die beiden, wog ihre Worte und ihr Schweigen, vermerkte den Ton ihrer Stimmen, deutete das Mienenspiel ihrer Gesichter ...

Und über diese vergiftete Beute machte sie sich dann des Nachts her, während sie wach lag, Stunden um Stunden. Frédérics Kind lastete schwer in ihrem Leib, und ihr von Kummer übervolles Herz schien ihr die Brust zerreißen zu wollen.

In diesem Augenblick ruhte er neben ihr. Sie streckte ihre Hand in der grauen Finsternis aus und berührte seinen Körper. Sie horchte auf seinen Atem, er ging so ruhig ... Auf einen Ellbogen gestützt, tastete sie, streifte an seinem Haar, beugte sich tiefer, um ihm ein wenig näher zu sein, ein wenig mehr zu spüren, daß er ihr gehörte. Aber ach, der Schlaf, in dem er ihr von neuem entglitt ... Die Träume, in die er sich flüchtete, um vor ihr sicher zu sein ... Er schloß die Tür mit der Leichtigkeit eines Seiltänzers, eines Verbrechers, der immer straflos ausgeht. Und wer weiß, wer mit ihm eintritt und wohin sie wieder zusammen verschwinden, außer ihrer Reichweite. Sein Körper lag hier, abgestreift wie ein altes Kleid ... man wirft es von sich, es gehört niemandem mehr ...

Tag und Nacht dieselbe verzweifelte Jagd nach ihm, immer umsonst ... Schon beginnt die Kraft zu versagen.

Man streckt die Finger aus, man verzehrt sich in Sehnsucht nach dieser warmen Schulter, die vor kurzem noch ein Ruheplatz war.

Wohin ist diese Ruhe, wohin? Einen Augenblick ist man erstaunt, warum einem das Herz so weh tut: es ist ja alles genauso wie früher, so ganz gleich, daß nichts geschehen sein kann. Nein, nein, es ist nicht möglich, daß das Glück so vieler Nächte mit einem Schlag das Häuflein Staub in der hohlen Hand geworden ist, ohne daß man weiß warum ... ‚Frédéric, mein Herz, du hast mich geliebt, du hast nur mich geliebt, eben noch ...' Wie ist das geschehen? Es muß ein Grund da sein, eine Erklärung zu finden ... Dann wird sich alles auflösen mit der Einfachheit eines mathematischen Problems, und man wird zurückkehren in die Ordnung, in die Reihe der immer gleichen, immer gleich sicheren Tage!

Aber nichts kommt, nichts als das trübe Licht, das die Morgendämmerung ankündigt. Der Wind trägt den Klang der Glocke von Fontfresque herüber: Ruhe ... Frieden, unerträglicher Frieden ringsum, während man selbst ist wie der Arme an den Pforten des Königreichs ...

Manchmal lastete ihre jammervolle Angst, die sich über ihn beugte, wie ein Stein auf Frédéric. Dann bewegte er sich schwer, warf einen Arm auf die Decke, atmete lang und tief und fiel wieder in seinen festen Schlaf zurück. Am Morgen betrachtete sich Ludivine schonungslos in ihrem Spiegel und verhehlte sich nicht mehr, daß sie häßlich war.

Julia war aufmerksam geworden und folgte ihr mit ihrem hellsichtigen Blick: Es war offenkundig, daß sich die Kleine mit einem schweren Kummer quälte ... Und dieser große Dummerjan schien nichts zu merken. Wie lange wollte er dieses Spiel unter den Augen seiner Frau noch weitertreiben?

Philo, die Vertraute ihrer Herrin, nickte zustimmend, aber ohne ein Wort über die Sache zu verlieren. Sie hatte Madame Ludivine nie sehr gut leiden können. Aber trotzdem, in ihrem Zustand ... das konnte schlecht sein für das Kleine ... Ein Mann, der macht seine dummen Streiche ... Aber zu Hause, nein, das hätte er nicht tun sollen ... Und die andere, die Rothaarige mit ihren Katzenaugen ... „Die ist nichts wert", hätte sie ihm gerne gesagt, und dann war sie doch schließlich die Frau von Monsieur Raoul ... auch ein Vernet, und sie hatten zusammen auf ihren Knien gespielt, er und Monsieur Henri ... Ach! Monsieur Henri, er hätte das nicht getan ... Wie hatte sie um ihn geweint ... So schön, so verständig war er, ganz sein verstorbener Vater ... Nein, weder ihr Mann noch ihre eigenen Kinder noch der kleine Cyprien, der in ihren

Armen gestorben war, noch der Herr noch Amélia — „meine Perle, meine süße Schönheit" — keiner hatte ihr so viele Tränen entlockt. Ströme von Tränen hatte sie um ihn geweint, um sich die Augen daran auszuweinen, so daß sie seither voll von kleinen roten Stricheln waren und sie nicht mehr so gut sah wie früher ... Aber Monsieur Frédéric war schon als ganz kleines Kind, als er noch ein Kleidchen trug, ein kleiner Schlingel gewesen und eigensinnig und schelmisch und schmeichlerisch, daß man zum Schluß immer das tun mußte, was er wollte ...

„Hast du meine Nichten heute schon gesehen?"

„Madame? Ah, ja ... heute? ... "

Aus ihren Erinnerungen gerissen, fand Philo nur mühsam in die Gegenwart zurück.

„Ich habe ihnen unten das Frühstück serviert, sehr bald schon. Mademoiselle Caroline ist mit Monsieur Hubert ausgeritten. Und Madame Raoul hat ihnen gesagt, sie wolle Zinnien pflücken gehen."

‚Zinnien pflücken? Was ist das wieder für ein Einfall? Was will sie mit diesen Zinnien machen?'

„Philo, hilf mir: Hat nicht Monsieur Frédéric gestern abend bei Tisch gesagt, daß er heute früh mit Juste sprechen will?"

„Ja, Madame, wegen der zerbrochenen Fenster im Glashaus."

Herrin und Dienerin sahen einander an.

„Also schnell, mach mich fertig", sagte Julia in entschiedenem Ton, „und beeil dich. Ich werde diesen schönen Morgen benützen, um auch einen Spaziergang dorthin zu machen. Schau mich nicht so dumm an. Was ist denn da so sonderbar dabei? Meinen Wollschal, ja, meinen Umhang, mein Ridikül. Und bring mir noch meinen schwarzen Sonnenschirm. So, gehen wir. Auf der Stiege wirst du mir deinen Arm geben.

Was für ein herrlicher Tag", sagte sie, tief Atem holend, beim Anblick des Parks, der in seinem ganzen herbstlichen Glanz am Fuße der Freitreppe hingebreitet lag.

Aber die Zinnien in ihrer buntfarbigen und vielgestaltigen Pracht brannten allein in der Oktobersonne. Die alte Dame begegnete dem Gärtner, der mit dem Veredeln der Rosenstöcke beschäftigt war. Keine Spur von Laura. Was den Herrn betraf, so hatte Juste etwas von einem zerbrochenen Pflug und einem gestürzten Pferd gehört, das möglicherweise getötet werden müsse. Und man hatte „Moussu Frédéric" gegen acht Uhr mit dem Verwalter in dessen Wagen wegfahren sehen.

Zu Hause war Ludivine, nachdem Frédéric gegangen war, etwas länger im Bett liegengeblieben. Wenn sie ihn fern wußte, atmete sie freier. Sobald sie mit dem Ankleiden fertig war, suchte sie das Kinderzimmer auf, aus dem seit einigen Minuten ein das gewöhnliche Maß übersteigender Lärm drang.

Als sie die Tür öffnete, überblickte sie eine wüste Szene. Der kleine Numa teilte unter wildem Gebrüll aufs Geratewohl Fußtritte gegen die in seiner Reichweite befindlichen Beine aus. Stumm und erbittert stand Isabelle hinter ihm, die Finger in die roten Locken ihres Cousins gekrallt, und bot so eine neue Bestätigung dessen, was man von der Tapferkeit einer wohlgeborenen Seele erwarten kann. Die kleine Agnès, die an den Kleidern ihres Bruders hing, behinderte dessen Verteidigung beträchtlich und vermehrte, hin und her gerissen und von Zeit zu Zeit von einem abprallenden Puff getroffen, den Höllenspektakel durch einen nicht unerheblichen Beitrag an Schreien und Schluchzen. Um das kriegerische Bild noch zu vervollständigen, bombardierte Anne, ihre Munition aus der Spielzeugkiste schöpfend, die beiden gegnerischen Parteien mit philosophischer Unparteilichkeit und einer instinktiven Treffsicherheit, die den geborenen Artilleristen kennzeichnet ...

Mathilde schien von dem Schauplatz des Gemetzels geflohen zu sein.

Ludivine blieb einen Augenblick vor der Größe dieser Schlacht wie angewurzelt in der Tür stehen.

„Ja, aber ... Was ist denn das? Werdet ihr sofort aufhören!"

Der Befehl verhallte ungehört. Adrienne, die herbeigelaufen kam und sich ins Kampfgetümmel stürzte, erhielt einen Fußtritt und einen Hieb, die im übrigen nicht für sie bestimmt zu sein schienen. Im selben Augenblick traf sie ein von Anne geschleuderter Kegel im Rücken.

„Um Himmels willen, Ludivine, mach etwas! Das sind ja Teufel", rief sie aufgebracht.

„Schon, schon, meine Liebe ... Aber wenn du glaubst, daß das so einfach ist ...", brachte Ludivine, die beim Anblick Adriennes vor Lachen fast erstickte, mühsam hervor.

Adrienne, die in ihrem Ärger nicht übel Lust hatte, zu antworten, daß es allerdings nicht einfach war, daß sie davon ein Lied singen könne ... und daß es schließlich und endlich nicht ihre Kinder seien, unterdrückte dieses zornige Verlangen und sagte nur:

„Oh, ich bitte dich ..."

Der Ton war unmißverständlich, und Ludivine begab sich ohne weiteres Zögern in die Arena.

„Anne, hör sofort auf, oder du kriegst ein paar Hiebe."

Diesmal hatte ihr Einschreiten eine Wirkung. Anne, die ihre Mutter fürchtete und überdies ihre Munition zu Ende gehen sah, ließ es sich gesagt sein. Sie ergriff ihre Negerpuppe und machte sich daran, ihr die Wangen abzulecken, ohne sich weiter um das, was um sie vorging, zu kümmern.

Durch diesen ersten Erfolg ermutigt, holte Ludivine eine Waschschüssel und tauchte ein Handtuch hinein.

„Du nimm Agnès!"

Adrienne gehorchte. Das Kind, das seinen Bruder umklammert hielt, wurde losgemacht und unter lautem Schluchzen weggetragen.

Das nasse Handtuch klatschte Ludivine ihrer Tochter um die Waden, deren Angriffslust dadurch bedeutend geschwächt wurde, und spritzte ihr blitzschnell den Rest des Wassers ins Gesicht, womit ein vollständiger Sieg errungen war.

Sofort trat eine gewisse Ruhe ein. Mathilde erschien furchtsam und führte die triefende kleine Furie hinweg, die durch den Verrat der Großen entwaffnet, aber unbesiegt geblieben war.

„Ziehen Sie sie schnell um!"

„Und reiben Sie sie gut mit Kölnischwasser ab", fügte Adrienne, mit ihrem Patenkind beschäftigt, hinzu, deren unstillbares Weinen durch Mark und Bein ging.

Ludivine wandte sich zu ihrem kleinen Neffen. Mit einem Zipfel des Handtuchs reinigte sie sein scharlachrotes Gesicht und machte sich daran, mit aller gebotenen Vorsicht den halbskalpierten Schädel des Opfers zu kämmen.

Numa schluckte noch ein wenig, ließ aber kein Wort der Klage vernehmen.

„So, du bist tapfer, wir sind schon fertig. Und jetzt erzähl mir, was hast du ihr getan?"

„Nichts."

„Nicht möglich! Also hat sie angefangen? Erzähl mir, nun?"

Der kleine Knabe stand ganz steif zwischen ihren Knien und betrachtete mit der größten Aufmerksamkeit das Muster ihres Rockes.

Sie streichelte die zerkratzte Wange.

„So, jetzt bist du wieder schön genug, um den Damen zu gefallen. Du willst mir also nichts erzählen?" Gereizt durch das gellende Jammergeschrei von Agnès, unterbrach sie sich: „Um Gottes willen, Adrienne, mach, daß sie aufhört. Das ist nicht auszuhalten."

Adrienne warf ihr einen vorwurfsvollen Blick zu. Das Kind war sonst immer so artig. Wie konnte man nur so wenig Geduld und Verständnis haben.

„Fürchtest du dich noch immer? Hör einmal, ich frage dich. Mach doch keine solchen Geschichten. Hat sich Isabelle gefürchtet? Und Anne? Also hör doch endlich auf, Jammerliese. Schäm dich!"

Die Kleine schluchzte noch heftiger. Numa beachtete sie nicht. Vielleicht bedauerte er dumpf den Verlust eines ebenbürtigen Gegners. Ludivine ließ ihn gehen.

„Ich werde ihre Mutter holen, damit sie das Kind beruhigt. Ich kann dieses Geschrei nicht mehr anhören."

Im Vorbeigehen hob sie die rundliche Anne vom Boden auf und bedachte sie mit einem durch einen kleinen Klaps auf die Schenkel bekräftigten Kuß. Das Kind lachte hellauf.

‚Aber wirklich', dachte die junge Frau im Hinuntergehen auf der Suche nach ihrer Cousine, ‚das ist ein dummes Ding, diese Agnès, ein lästiger, unangenehmer Schreihals.' Genau das Kind, das von Laura zu erwarten war. Gott sei Dank, da waren ihre Töchter aus einem anderen Holz. Sie lächelte bei der Erinnerung an Isabelle. Wie ein kleines Raubtier hatte sie ihre Krallen in ihre Beute geschlagen. Und Anne, die lachende, kokette Anne, mit dem unverschämten Näschen, dem kastanienbraunen Haar, die sich schon in allen erreichbaren Spiegeln besah, mit den Augen, die ganz die ihren waren ... Ja, sie konnte stolz sein auf ihre Töchter.

In dem großen Vorzimmer begegnete sie Tante Lucie, die gerade nach Hause kam, elegant, sonntäglich herausgeputzt und geschnürt, als käme sie von einer Festlichkeit. ‚Möchte man glauben, daß sie ihr Leben unter Pferden und Stieren verbringt? Und Onkel Antoine, der so nachlässig in seinem Äußeren ist. Wie sonderbar doch die Paare zusammengestellt sind. Und dabei scheinen sie glücklich zu sein.'

Tante Lucie umarmte sie.

„Du siehst heute glänzend aus, mein schönes Kind. Und unsere liebe Julia? Wie hat sie die Nacht verbracht?"

Die gute Dame hatte für jeden einen reichen Schatz an Teilnahme, aus dem sie gerne spendete.

Ihre Nichte fand sie lästig.

„Sehr gut“, versicherte Ludivine, um das Thema zu erledigen.

Die letzten Nachrichten über das Befinden ihrer Schwiegermutter stammten vom Vorabend.

„Hast du Laura gesehen, Tante?“

„Ja, ich habe sie vor kurzem mit Frédéric gesehen. Sie gingen gerade ins Haus.“

Ludivines Magen zog sich heftig zusammen.

„Sehr gut. Ich denke, da werde ich sie ja im Salon finden.“

„Sicher“, bestätigte Tante Lucie gleichmütig. „Es ist heute noch so heiß, findest du nicht? Man weiß nicht, wie man sich anziehen soll in dieser Jahreszeit. Ich gehe hinauf, mich ein bißchen niederzulegen. Dieser Spaziergang hat mich ermüdet.“

Im Salon? Sie blieb eine Sekunde vor der Türe stehen. Schließlich war ja nicht viel dabei, auch wenn sie drinnen waren. Jeden Augenblick konnte jemand hineingehen. Sie trat ein. Der Salon war leer. Es überraschte sie nicht, sie hatte gewußt, daß sie da nicht sein würden. Gott, wie ihr das Herz weh tat! Sie mußte sie finden. Vielleicht in der Bibliothek? Die Bibliothek war ein kleiner Raum, der an den Salon anschloß. Früher hatte Rodolphe Vernet sich gerne dort aufgehalten. Jetzt wurde er selten benützt.

‚Ja, dort ganz sicher.‘ Sie ging durch den Salon und blieb wieder stehen, als sie an der Tür angelangt war. Kein Laut einer Stimme war zu vernehmen. Aber der Lärm, den das Klopfen in ihren Schläfen verursachte, hörte sich an wie das Rauschen einer Brandung.

‚Nein, es steht nicht dafür, es wird niemand drin sein.‘ Sie zwang sich, ruhig die Türe zu öffnen.

Bei diesem Geräusch richtete sich Frédéric rasch auf, ging um das hohe Kanapee herum, das vor dem Kamin stand, stützte sich auf die Lehne und sah sie an:

„Du bist es?“

Der Ton war schroff, das Gesicht feindselig.

„Ja, ich dachte, daß ihr hier sein könntet.“

Es gelang ihr zu lächeln.

„Ich suche Laura. Ist sie nicht bei dir? Tante Lucie hat mir gesagt ...“

„Aber ja, meine Liebe, freilich ...“

Lauras Stimme kam aus den Tiefen des Kanapees, klar, ein bißchen weniger beherrscht als gewöhnlich. Sie erhob sich nun ebenfalls, mit Ruhe, während Ludivine auf sie zuging.

„Dein Mann hat ein Buch für mich ausgesucht."

„Oh", sagte Ludivine, „ich störe euch!" In den bedauernden Ton mischte sich eine kaum merkliche Spur von Ironie.

Frédéric unterdrückte ein Lächeln. Selbst in diesem unangenehmen Augenblick, da die beiden Frauen einander gegenüberstanden und ihm eine halb widerwärtige, halb lächerliche Rolle überließen, konnte er, gedemütigt und wütend, wie er war, nicht umhin, einen gelungenen Treffer festzustellen. Und sicherlich, das war einer. ‚Ein Meisterstück!' applaudierte der unverbesserliche Zuschauer in ihm.

„Kaum", erwiderte Laura mit anmutiger Unverschämtheit.

Diese hatte auch einen ganz verdammten Stil. Ja, alle Achtung vor beiden, das mußte man sagen. Aber, mein Gott! Was für eine peinliche Situation! Und für so eine Lächerlichkeit ...

Er fühlte sich wirklich nicht sehr schuldig. Aber Ludivine, mit ihrem Charakter ... Und schließlich war er ja kein kleiner Junge, und wenn sie ... er sah sie mit einer Art Groll an ... wenn sie einen Eklat wollte ...

Ludivine hatte den Band in die Hand genommen, der auf dem kleinen Tischchen lag, und las den Titel, ohne ein Wort zu sagen. „Les Liaisons Dangereuses" ... Sie erinnerte sich, sie hatten es zusammen gelesen, vor ... ach, es war eine Ewigkeit seither vergangen.

Laura, durch diese lange Stille aus ihrer Fassung gebracht, wurde nervös. Sie wollte das Schweigen brechen.

„Ich hoffe, es wird mir gefallen. Was glaubst du?" fragte sie herausfordernd.

Ludivine sah sie scharf an:

„Oh, ich denke."

Ein kleiner, harter, spöttischer Zug entstellte ihre Mundwinkel. Sie gab ihr das Buch zurück.

„Ich finde es wirklich ausgezeichnet gewählt."

‚Jetzt werden sie einander ins Gesicht springen', dachte Frédéric. ‚Und ich da mitten drin, ich mache wirklich eine hübsche Figur.' Bereit, sich ins Mittel zu legen, suchte er gleichzeitig nach einem Ausweg, um seine Situation zu retten. Aber er fand keinen. ‚Zum Teufel mit diesen Weibern ...'

Er war auf beide wütend. Himmel! Wie lange würden sie ihn noch ärgern? Das hatte er nötig gehabt ... und gerade heute ...

Bitterkeit überkam ihn. Ohne sich weiter um Laura zu kümmern, wandte sich seine Frau zu ihm und fragte:

„Und dort? Wie war es? Unangenehm?"

Er zuckte die Achseln.

„Erledigt. Zwei Kugeln ... Ranguis hat die Pistole vom Schwiegervater geholt ... Es hat sich unter dem Wagen verfangen, weißt du. Der Brustriemen ..."

Er schnitt eine Grimasse und brach ab.

Ludivine legte ihre Hand auf seinen Arm.

‚Wenigstens habe ich sein Bedauern für mich allein', dachte sie. Der Gedanke hatte eine brennende, traurige Süßigkeit.

„Du hast getan, was geschehen mußte. Es ist vorbei. Denken wir nicht mehr daran. Gehen wir zu den Kindern hinauf."

„Ich bin gekommen, um dich zu Agnès zu holen", fügte sie, sich an Laura wendend, hinzu, die unbeachtet danebenstand und, ihren Zorn niederkämpfend, wartete. „Oben hat sich ein Drama abgespielt: Isabelle und Numa haben anscheinend eine alte Rechnung miteinander beglichen."

Alle drei verließen die Bibliothek und gingen durch den Salon.

„So? ... Und wer hat gewonnen?" fragte Laura unbefangen.

„Ich fürchte, Isabelle", wurde ihr mit derselben Unbefangenheit geantwortet.

Frédéric begleitete die beiden Frauen, ohne sich an der Unterhaltung zu beteiligen.

Ludivine, die stehengeblieben war, um den Arm ihres Mannes zu nehmen, sah, wie sich Lauras Finger mit einer solchen Gewalt um das Buch in ihrer Hand krampften, daß sie davon ganz blau waren. Erst in diesem Augenblick bemerkte sie, daß ihre eigene linke Hand, die in der Tasche ihres Rockes steckte, immer noch damit beschäftigt war, etwas mit den Nägeln zu zerfetzen, was einmal ihr Taschentuch gewesen sein mußte.

16

Nach der Abfahrt seiner Gäste empfand Frédéric ein Gefühl des Bedauerns und der Erleichterung zugleich. Bedauern über die versäumte Gelegenheit und Erleichterung angesichts der beseitigten Versuchung. Fest entschlossen, wieder der Gatte zu werden, den seine Frau sich nur wünschen konnte, glich er bei dieser Rückkehr zur Tugend einem Fluß, der nach einer Überschwemmung wieder seinen gewohnten Lauf nimmt.

Schließlich war ja nichts geschehen. Eine flüchtige Verlockung, ein leichter prickelnder Flirt, der ihn in Atem gehalten hatte. Pah, ein Mann ist kein Chorknabe, zum Teufel hinein! Ein bißchen Würze, in die Süße ehelicher Wonnen eingestreut, konnte ihren Reiz nur vermehren. Jedermann mußte ihm da recht geben. Er fühlte sich zu neuen Flitterwochen bereit und war denn auch sehr gekränkt über die kühle Aufnahme, der seine Annäherungsversuche begegneten.

Ludivine aber fühlte, nachdem der Schock vorüber war, ihre ganze Widerstandskraft schwinden, wie das Blut aus einer Wunde sickert, aus der man das Messer gezogen hat. Und es war eine Wunde, die sie erhalten hatte.

Ja, sie hatte den Sieg davongetragen. Bis zum Augenblick des Abschieds vor dem Wagen hatten Frédéric und Laura seit jener peinlichen Szene einander gemieden. Ludivine hatte seither ihren Mann geschickt im Netz einer ständigen Beobachtung zu halten gewußt, das indessen dem äußeren Anschein nach so locker war, daß er niemals einen Vorwand hätte finden können, seinen Ärger darüber zu äußern. Im übrigen war dies eine überflüssige Vorsichtsmaßregel gewesen. Laura nahm ganz offenbar mit stolzer Verachtung ihre Niederlage zur Kenntnis und hätte es nicht gewagt, sich einer Wiederholung auszusetzen. Frédéric seinerseits schien nicht geneigt, ihr weiter nachzustellen. Eine erledigte Angelegenheit...

Die Gefahr war vorbei, aber die junge Frau blieb müde und verdrossen, unfähig, ihre Verstimmung zu überwinden. Zuviel war in ihr zusammengebrochen. Stein um Stein hatte sie seit Jahren unermüdlich an ihrem Haus gebaut, hatte keinen Blick mehr davon gewendet, um ringsum zu sehen. Und während dieser ganzen Zeit war das Unheil dagewesen, hatte es innerhalb der eigenen Mauern gelauert. Und eines schönen Tages war nichts mehr von ihrem Bau übrig als Ruinen. Ruinen, die man abtragen mußte, um wieder neu aufzubauen. ‚Als ob ... Nein.' Sie konnte nicht mehr.

Das Beste in ihr, das Lebendige, Schöpferische war getroffen. In trüber Niedergeschlagenheit zog sie wieder und wieder denselben Schluß aus dem, was geschehen war: ‚Lügnerisch, leichtsinnig, egoistisch war er, zu jedem Verrat bereit' ... Und Laura? Wer konnte wissen, ob sie die erste war? Sie erinnerte sich an die Reise nach Paris ... diese lange geheimnisvolle Abwesenheit, und aus welchem nichtigen Grunde, o Gott! Sie ballte die Fäuste: ‚Eines Tages werde ich ihn hassen ... Und ich trage ein Kind von ihm!' Oh, diese widerwärtige Last, dieser entstellte Körper ... und all das mußte sie für ihn erdulden, immer für ihn!

Alles bäumte sich in ihr auf ...

Da trat er ein, ungezwungen, elegant, gefährlich, stieß sich an ihrer Feindseligkeit und griff sie an, darauf brennend, sie zu besiegen.

‚Lügner ... Du machst es dir gar zu einfach!' Aber es ist aus! Ihn nicht mehr zu lieben, o Gott, welche Erleichterung das wäre! Ihm nicht antworten, ihn einfach mit Verachtung anblicken und sich abwenden.

Einsilbige Worte, ein verhärtetes Gesicht, durchbohrende Blicke voll giftiger Bitterkeit, das war es, was ihn zu Hause erwartete.

Zurückgestoßen, wütend über so viel Ungerechtigkeit, ging er wieder, die Tür zuschlagend, gerade in dem Augenblick, da Ludivine, an jedem Zug seines Gesichts hängend, mit Verzweiflung erkannte, daß sie unfähig war, sich davon loszumachen. Er ist mein alles, Frédéric ... Nein, niemals werde ich imstande sein ...

Mogador war ein stiller Zeuge all dieser Ungewitter. Julia schloß sich in ihrem Zimmer ein. In dieser Zeit des Jahres waren Kissen und Tropfen ihr ganzer Horizont. Natürlich hätte man etwas tun müssen. Die beiden gaben einander an Eigensinn nichts nach ... Aber die Atembeschwerden, der Husten ... Sie hatte sich mit dem Pfarrer überworfen, der sie mit dem heiligen Eifer eines wahren Gottesdieners zur Geduld ermahnte.

Adrienne teilte sich zwischen ihrer Mutter und den Kindern. Was sie auch ahnen mochte, nie ließ sie sich etwas davon anmerken. Ludivine, die ihren Kummer wie eine Krankheit in sich trug, voll Groll gegen alles und jeden, war nicht weit davon entfernt, sie des Egoismus und der Blindheit, ja der Heuchelei zu beschuldigen.

Hubert, ja Hubert, das war etwas anderes. Sein ganzes Benehmen verriet Mißbilligung für das Verhalten seines Bruders. Der Schmerz, den er beim Anblick des Kummers seiner Schwägerin empfand, hatte die Mauer steifer Förmlichkeit niedergerissen, die er seit sechs Monaten zwischen ihr und sich aufzurichten versucht hatte. Oft und oft während der qualvollen Stunden in Gegenwart Lauras hatte Ludivine, deren Nerven zu versagen drohten, unbewußt Trost geschöpft aus diesem Blick, der immer auf ihr ruhte, in dem sie neben ängstlicher Sorge die ganze Treue eines Gefühles las, das Balsam auf die Wunde ihres verletzten Stolzes war. Sie erkannte, daß sie in den Augen der ganzen Welt alt, häßlich und elend hätte werden können, ohne jemals aufzuhören, für ihn die Schönste und die Einzige zu sein.

Wohl wissend, daß er dafür von ihr kein Entgelt fordern würde, ließ sie sich diese stille Verehrung gerne gefallen und gewöhnte sich daran, sich ihrer nach Laune zu bedienen. Niemals lästig, erschien und verschwand Hubert auf einen Wink, mit einem Takt, der ans Wunderbare grenzte.

Durch ihren Zustand ermüdet, hatte sie darauf verzichten müssen, Frédéric auf seinen Wegen zu begleiten. Im übrigen war ja auch die gemeinsame Arbeit nichts anderes mehr als eine Gelegenheit zum Streit unter tausend andern. Auch Mogador hatte seinen Reiz für sie verloren.

Sie blieb zu Hause bei ihren Töchtern. Isabelle, die nicht mehr so wild war wie früher, schleppte oft ihren kleinen Schemel herbei und setzte sich dicht neben sie, ein Bilderbuch auf den Knien. Sie begann fließend zu lesen. Mit ihrem zarten Stimmchen schnurrte sie, über schwierige Worte stolpernd, lange Geschichten herunter und erzählte unermüdlich ihr Lieblingsmärchen *Les Amours d'Avenant et de la Belle aux Cheveux d'Or*.

In ihre Gedanken verloren, eingewiegt von dem eintönigen Geräusch, hörte Ludivine zu. Manchmal schlug das Kind, um eine Erklärung bittend, die Augen zur Mutter auf und betrachtete erstaunt die wache Schläferin.

„Lies weiter", sagte die junge Frau geistesabwesend.

Jeden Tag um diese Zeit kam Hubert. Er setzte sich in einiger Entfernung von ihr nieder, nahm Isabelle auf die Knie und erzählte, durch ein freundliches Lächeln ermutigt, von der Jagd, von draußen, wo der Mistral in wilden Stößen über die Felder fuhr, von den Bäumen, die sich bogen unter seiner Wucht, vom schlammigen Wasser des Teichs, von den letzten rostroten Blättern an den Rebstöcken des Weinbergs, den Schwärmen von Elstern, die sich in den Furchen der Äcker niederließen, von Oberon, dem fuchsroten Füllen Mirandas, seiner Klugheit und seiner edlen Art.

„Was für einen schönen Namen du ihm gegeben hast, Ludivine. Es ist wirklich ein Feenpferd, ich versichere dir."

Oder er verstieg sich bisweilen dazu, des Abends, wenn die Dämmerung hereinbrach, mit gedämpfter Stimme, die Augen auf die hinter dem Kamingitter gefangenen Flammen gerichtet, irgendein Gedicht vorzutragen, das er liebte:

... L'hyacinthe, le myrte à l'adorable éclair,
Et, pareille à la chair de la femme, la rose,
Cruelle, Hérodiade en fleur du jardin clair ...

En m'en venant au tard de nuit
Se sont éteintes les ételles:
Ah! que les roses ne sont-elles
Tard au rosier de mon ennui
Et mon amante, que n'est-elle
Morte en m'aimant dans un minuit

Staunend ließ sich Ludivine von diesem seltsamen, bald düster schwermütigen, bald glitzernden Feuerwerk von Worten gefangennehmen, über das sie vor kurzem noch gelacht hätte, und entdeckte Gustave Kahn, Laforgue und Mallarmé ... eine köstliche Genugtuung für Hubert. Die Familie hatte immer seine Bewunderung für „diese neue Poesie" mit einer Art geringschätziger Nachsicht behandelt. Gewiß, man interessierte sich in Mogador für „die Literatur". Julia und Adrienne bestellten jeden Monat in Avignon bei Roumanille die in den „Annales" gerühmten neuen Romane. Man verfolgte im „Gaulois", im „Figaro" und in der „Revue des Deux Mondes" die Kritiken über die neuesten Theaterstücke. Am Abend nach dem Essen las Frédéric immer wieder gerne Vigny oder Baudelaire, manchmal Verlaine, Gérard de Nerval oder Alfred de Musset.

Zwischen zwei Zügen aus seiner Pfeife sagte er laut einige Verse her, träumte ein wenig darüber und wiederholte sie bis zum Überdruß, gänzlich unbekümmert um die Beschäftigung der anderen, die, sie mochten wollen oder nicht, an seinem Vergnügen teilnehmen mußten.

Seine Begeisterung hatte indessen etwas so Wahres, Echtes, beinahe Kindliches, daß man unwillkürlich mitgerissen wurde. So schien es wenigstens Ludivine, die glücklich war, das zu lieben, was er liebte. Aber den „Wortgaukeleien der modernen Poesie", wie er sich ausdrückte, stand er mißtrauisch und spöttisch gegenüber.

Für Hubert war es eine wundervolle Zeit, diese Herbstabende, an denen er Ludivine als Zuhörerin hatte. Isabelle, irgendwie verzaubert durch den Wohlklang der Töne, verhielt sich still und aufmerksam. Anne benützte den Zustand der Seligkeit, in dem sich die Großen befanden, um im Dunkel einen heimtückischen Raubzug auf die Lieblingsspielsachen ihrer Schwester zu unternehmen, der sich später natürlich in Zorn und Tränen auflöste. Aber für den Augenblick war alles Frieden und wohlige Wärme in dem großen Zimmer, in dem das Licht des Feuers allgemach den Vorsprung über das des grauen Tages gewann und ihn hinter die geschlossenen Fenster zurückdrängte.

Währenddessen blieb Frédéric, tiefverletzt durch das, was er Ludivines Trotzen nannte, immer länger aus, ritt kreuz und quer durch den Besitz, verspätete sich bei den Pächtern und kehrte gerade nur zu den Mahlzeiten und zum Schlafen nach Hause zurück.

Ludivine beunruhigte sich darüber mehr und mehr. Unfähig, ihrer Verbitterung in Gegenwart ihres Mannes Herr zu werden, litt sie, wenn er fern von ihr war, und ersehnte seine Rückkehr. Als Hubert, einer Einladung Léon Vernets folgend, weggefahren war, um einige Zeit in Sarrazine zu verbringen, verlor sie jede Selbstbeherrschung.

Der Lärm der Kinder, ihr unaufhörliches Geplauder, das Lachen Annes wurden ihr unerträglich. Die dumpfe Luft, der Geruch der Medikamente im Zimmer ihrer Schwiegermutter verursachten ihr Übelkeit. Selbst die Sarkasmen der alten Dame hatten keinerlei Wirkung mehr auf sie. Und andererseits die ewige Heiterkeit Adriennes und der mit stummem Vorwurf auf ihr ruhende Blick Philos – alles zerrte an ihren Nerven.

Es war ein düsterer Tag. Nach einer Zeit der Stürme hatte sich der Himmel wieder mit Wolken bedeckt. In rasender Schnelligkeit jagten sie an dem tief herabhängenden Himmel dahin, lösten sich in grauen und schwarzen Dunst auf, verfolgten einander, verschmolzen ineinander und trieben wieder hintereinander her, ohne daß das erwartete Gewitter losbrach.

Ludivine nahm ihr Cape und verließ das Haus. Es war beinahe heiß im Park. Der Nachmittag ging zu Ende. Eine lastende Traurigkeit erfüllte die Landschaft, als würde es nie mehr Sonne und Sommer geben, nie mehr einen blauen strahlenden Himmel, nie mehr Tage der Freude ...

Sie bemerkte, daß sie ihren gewohnten Weg eingeschlagen hatte, den sie so oft miteinander geritten waren, Frédéric auf Phöbus, sie auf Miranda. Sorglos hatten sie miteinander geplaudert und die Tiere sich selbst überlassen, die zwischen Wurzeln und Kieseln allein ihren Weg fanden ... Wie lang erschien ihr jetzt die Föhrenallee zu Fuß! In dem vom Wind entblätterten Obstgarten säumten die Mandelbäume, die Pfirsich- und die Aprikosenbäume den Weg mit ihren kahlen Zweigen, an denen gelbe durchsichtige Knoten hafteten. Sie riß einen mit Mühe ab und biß hinein. Die erstarrte klebrige Masse widerstand ihren Zähnen. Einen Augenblick kaute sie an dem Geschmack von Pech, Harz und Rinde. Das ganze vor ihr liegende Leben hatte diesen Geschmack.

Auf den Feldern war die Olivenernte in vollem Gange. Die Männer erkannten sie und grüßten sie vertraut. Sie wechselte ungern einige Worte mit ihnen. ‚Was konnte es ihr bedeuten, ob das Jahr gut oder schlecht war? Ja, um Olivenbäume, um die Ernte handelte es sich.'

Trotzdem rief der Anblick gebrochener Zweige oder eines umgestürzten Korbes Falten auf ihrer Stirne hervor. Die Frau des Verwalters, die mit ihren Töchtern in der Nähe arbeitete, kam eilends auf sie zu.

„Diese jungen Leute, die haben keine Sorgfalt bei der Arbeit!"

Die magere schwarze Frau lachte über das ganze Gesicht, während sie die verstreuten Früchte einsammelte.

„Schon lange her, daß wir Madame Frédéric bei uns gesehen haben. Und das Kleine da, wächst es?" Sie wies auf Ludivines Gestalt. „Der Herr wird glücklich sein! Ein Sohn, der fehlt ihm. Aber die kleinen Fräuleins sind ja so hübsch und brav. Die dicke Mathilde geht manchmal mit ihnen bis zum Meierhof spazieren."

„Und wie geht es Ihnen?" fragte Ludivine.

„Oh, mir!"

Wieder lachte sie ihr breites Lachen, das alle ihre weißen Zähne in dem sonnenverbrannten Gesicht entblößte.

„Ich werde bald Großmutter sein. Die Célina geht schon mit einem. Man wird an die Hochzeit denken müssen."

„Wirklich? Aber sie ist ja noch so jung!"

„Aber nein, Madame, fünfzehn Jahre. Und sie schaut aus wie achtzehn. Oh, das geht schnell!"

Ludivine schüttelte den Kopf: ‚In ein paar Jahren, elf, zwölf Jahren – was war das schon? – kam Isabelle an die Reihe.'

Sie gab der Frau die Hand, zwang sich zu einem Lächeln und ging weiter. ‚Isabelle, ein großes, ernstes junges Mädchen, Isabelle unter dem Schleier, mit Mann und Kindern ... Würde sie selbst dann so aussehen wie ihre Schwiegermutter? Würde ihre Zeit, ihre eigene, ach so kurz bemessene Zeit, dann schon zu Ende sein? Würde sie zusehen müssen, wie die anderen lachten und sangen, von ferne zusehen, wie die jungen Mädchen in ihren duftigen Kleidern tanzten, wie sie sich vor ihr versteckten, um sich in einem stillen Winkel ihre Geheimnisse zuzuflüstern, und mit ihren Liebsten im Park verschwanden?‘

In ihre Gedanken versunken, war sie bis zur Roubine gekommen, einige Schritte ging sie am Ufer entlang, dann setzte sie sich und betrachtete, ohne es zu sehen, das schlammige Wasser, das glucksend und schäumend dahinströmte, dürre Zweige, faules Gras und tote Blätter mit sich führend.

‚Und er, Frédéric, wie wird er sein? Vielleicht ...‘ Sie stellte sich einen alten, gesetzten, reuigen Frédéric vor, den sie nicht mehr liebte. Ein Gesicht, das nicht mehr diese grausame Anziehungskraft haben würde. Aber nein, das war nicht möglich, er würde sich nicht ändern, er nicht. Niemals würde er sich ändern. Dieser Mund ... dieser Mund mit den scharfgezeichneten Lippen, dieser sinnliche, spöttische Mund, halbgeöffnet über den glänzendweißen Zähnen, den sie einer anderen hatte lächeln sehen. O Gott!

In zwei Monaten war ein Kind mehr im Hause, ein Sohn, der ihm ähnlich sehen würde. Aber man sagt, daß die Söhne immer der Mutter ähnlich sind ... Pah! Elisens Sohn war das vollkommene Ebenbild seines Vaters. Ein possierliches Kind! Drei Wochen war es schon her, daß sie mit Isabelle in Barbegal gewesen war, um es sich anzusehen. Ein kleines, rotes Bündel, zerknittert und runzelig, vier Tage alt.

„Mama! Wie häßlich es ist, es schält sich!“ hatte die schreckliche kleine Person ausgerufen.

Sie hatten sehr gelacht.

„Er ist nicht sehr hübsch, das muß man sagen. Vincent war genauso, hat mir meine Schwiegermama erzählt. Man ändert sich, nicht wahr?“ hatte Elise heiter bemerkt.

Ludivine fand zwar nicht, daß man sich gar so sehr ändere. Niemals hätte Vincent Royer für einen hübschen Menschen gelten können. Die ganze Liebe Elisens gehörte dazu, um ihn dafür zu halten.

Ja, die Liebe Elisens, dieses reinen Gemüts. Welche Fülle des Herzens sprach aus ihr, welches Vertrauen! Ein Vertrauen, das das Glück zu erzwingen schien, durch Sanftmut, die fabelhafte Stärke des Schwachen.

Aber dieser ungeschlachte, etwas komische Mensch verstand es auch, sich ganz ohne Scheu über sie zu beugen und sie zu küssen, sie vor jedermann mit schmeichelnden Worten zu liebkosen. Sobald er seine Frau ansah, leuchtete die Zärtlichkeit hinter den Gläsern seines Zwickers hervor, den er in einem fort abnahm und wieder aufsetzte.

Noch nie hatte sie an Frédéric eine solche Ungezwungenheit in Gegenwart anderer erlebt. Und wie glücklich wäre sie doch gewesen, ihn so vor dem Angesicht der Erde erklären zu sehen: ‚Diese hier ist die Frau, die ich liebe. Ich schäme mich nicht, es euch wissen zu lassen.' Aber das konnte man von Frédéric nicht erwarten. Niemals, nein, niemals ... Selbst in den Tagen, da er sie am meisten geliebt hatte, immer war es wie ein Spiel gewesen, das er mit ihr trieb, und nur selten hatte er ein wenig von seiner Liebe durchschimmern lassen. ‚Und jetzt ... Ach Gott, wozu? Jetzt war alles unrettbar zerstört ... Würde es jemals wieder solche Augenblicke vollkommener Seligkeit geben wie vordem? Eine Frucht, die einen Fleck hat, und wäre er noch so klein, schmeckt danach.'

Jemand kam hinter ihr auf dem Wege. Sie drehte sich um. Eine große, auffallend schlanke Gestalt mit breiten Schultern zeichnete sich von dem grauen Himmel ab. Er kam von der Richtung des Teiches her. Ja, es war sein geschmeidiger, wiegender Gang, schnell, aber ohne Hast ... ‚Frédéric!' Es war ihr, als brenne sich sein Anblick in sie bis auf den Grund ihrer Augen, bis in das Innerste ihrer Brust, und der Schmerz war stechend und tief.

Überrascht blieb er stehen, als er sie sah.

„Du bist bis hierher spazierengegangen? Ja, was zum Teufel ..."

Und er, woher kam er, diesen Weg, allein, zu Fuß? War er ihn gegangen, um von seiner Laura zu träumen, dort am Rande des Schilfgebüsches, wo sie beide früher oft gesessen waren, um ihre Pferde ausruhen zu lassen?

Aber nur Geduld! In einigen Wochen war sie wieder schön. Dann mußte es ein leichtes sein, ihn zurückzuerobern. Und diesmal, oh, diesmal würde sie zu wachen wissen über ihren Besitz.

„Es ist nicht kalt. Ich habe genug gehabt vom Zuhausesitzen."

So viele Tage des Grolls hatten eine Mauer zwischen ihnen aufgerichtet. Verlegen sahen sie einander an. Ludivine fühlte sich häßlich. Die Traurigkeit stand ihr nicht, sie wußte es.

„Ich gehe übrigens schon nach Hause."

„Wenn du willst, begleite ich dich. Ich muß in die Meierei, zu Ranguis."

„Ich habe gerade mit seiner Frau gesprochen." Sie erhob sich mühsam.

„Warte, gib mir die Hand."

„Es ist nicht nötig", sagte sie, als ob dieses Anerbieten eine Demütigung bedeutet hätte.

Sie gingen nebeneinander her.

„Willst du meinen Arm?" Die Furcht, eine abschlägige Antwort zu erhalten, verlieh seinem Ton etwas Trockenes.

„Oh, ich bin nicht müde."

„Wie du willst, meine Liebe."

‚Frédéric ...'

Hörte er nicht die Stimme, die in ihr flehentlich seinen Namen rief? Konnte er diesen Weg gehen, ohne daß Gewissensbisse ihn quälten? Hier, wo die Erinnerung an ihre gemeinsamen Spaziergänge, ihre Küsse, ihre tiefe Eintracht lebte ... ‚Wenn es sein muß, alles zu Ende ist, dann wenigstens nicht hier, mein Gott ... woanders, wo ich niemals glücklich war. Aber nicht hier, o Gott, nicht hier ...'

Sie blieb zurück. Frédéric achtete nicht darauf.

Was sie litt, war unerträglich. Es ging nicht mehr. Im nächsten Augenblick mußte etwas geschehen ... Aber es geschah nichts. ‚Aber warum nicht? ... Ich werde mich ihm einfach nähern, seinen Arm nehmen. Ich werde sagen, daß ich müde bin.' Sie stellte sich seine Überraschung vor. ‚Er kann mich nicht zurückstoßen ... Ganz gleich, was er sich denkt. Selbst wenn er nicht mehr mir gehört, nicht mir allein. Nur seinen Arm fühlen. Nicht eine Minute länger ohne ihn sein ...'

Sie beschleunigte ihre Schritte, stolperte hart über einen großen Stein und wäre beinahe gefallen. In seine mürrischen Gedanken versunken, bemerkte Frédéric es nicht einmal.

Sie blieb mitten auf dem Wege stehen, in einem Gefühl grenzenloser Verlassenheit. Neben ihr floß das schmutzige Wasser, in ihrem Kopf dröhnte es ... Sie fühlte das Blut aus ihrem Herzen weichen: ‚Wenn ich stürbe ... würde er dann auch mit dieser entsetzlichen Ruhe weiterleben, ohne irgend etwas dabei zu empfinden?'

Ein Anfall wahnwitziger Wut ließ sie auffahren. ‚Gut, wir werden ja sehen!'

Sie nahm ihre ganze Kraft zusammen, rannte los und flog wie ein Pfeil an dem verblüfften Frédéric vorbei ...

„Um Gottes willen, Ludivine, was soll ... Ah!"

Eine Sekunde lang schaute er wie vom Blitz getroffen auf die Stelle, wo sie verschwunden war. Aber im Nu war seine Geistesgegenwart zurückgekehrt, er brüllte auf: „Gott im Himmel!", sprang zum Ufer, sah, wie das schwärzliche, an einem schwimmenden Tamariskenzweig hängende Bündel von der Strömung fortgerissen wurde, und warf sich mit dem Schrei „Halt dich fest!“ ins Wasser.

Der Abhang war steil. Halb schwimmend, halb an erreichbaren Zweigen und Wurzeln sich anklammernd, gelang es ihm, seine Last schleppend, zerrend und in die Höhe ziehend, zwanzig Meter weiter hinaufzukommen.

Außer Atem, ließ er sie auf das spärliche Gras nieder. Von ihrem Körper, durch den ein unaufhörliches Zittern lief, tropfte der Schlamm. Sie sprach kein Wort. Ihre zusammengepreßten Zähne klapperten, ihre Haut war grau wie das Wasser des Flusses, eine Haarlocke klebte auf der Wange. Der Ausdruck ihrer Augen entfesselte Frédérics Zorn.

„Himmel, Hölle, Herrgott!“

Noch nie hatte sie ihn so fluchen hören. Voll Entzücken blieb sie stumm.

„Das hast du getan ... Das hast du getan ... Närrin! Irrsinnige! Was ist in dich gefahren? Du würdest verdienen ... Gott im Himmel!“

Er schüttelte sie, rieb sie, preßte sie an seine Brust, stieß sie von sich, umarmte sie, beschimpfte sie ...

Immer noch stumm, ließ sie alles mit sich geschehen. Frédérics Faust mißhandelte ihren Arm. Auf dem Rücken liegend, trank sie die Todesangst, die Wut, die Leidenschaft, die sich in dem über sie gebeugten Antlitz malten ...

Er hob sie in seinen Armen auf und machte sich auf den Weg. Den Kopf an seiner Brust geborgen, schloß sie die Augen.

„Ludivine, hörst du mich? Antworte mir, so antworte mir doch, sag etwas, zum Teufel! Warum? ... Warum hast du das getan?“

So hatte sie endlich den Hafen erreicht, nach der langen entsetzlichen Reise, das feste Land, den Ruheplatz ... Alles war wieder gut.

„Um zu sehen, ob du mich liebst.“

Er drückte sie so fest an sich, als ob er sie mit seinem Körper hätte verschmelzen wollen.

„Das weißt du noch immer nicht? ... “

Das Wasser, das aus ihren Kleidern troff, bildete Rinnsale um sie herum, die sich im Staub des Wegs verliefen.

Der kurze Novembertrag ging zu Ende. Abendnebel umhüllte die Olivenpflanzung, wo die Frauen ihre Arbeit beendet hatten.

Im Pächterhaus erregte das Erscheinen des Herrn von Mogador mit Madame Vernet in den Armen, beide triefnaß, kotig und leichenblaß, kein geringes Aufsehen.

„Ein Unfall. Meine Frau ist gestürzt", sagte er kurz.

Sein abweisender Blick hemmte eine Flut von entsetzten Ausrufen. Im übrigen lenkte auch der Zustand von Madame Frédéric die Neugierde der Leute von ihm ab: „Arme kleine Frau, sicher hat sie sich schwach gefühlt", bemerkte man mitleidig.

Frédéric, der sich Kleider von Ranguis ausgeliehen hatte, konnte sich in einem Nebenzimmer waschen und umkleiden. In der großen Halle, vor einem in Eile aus Rebenholz angemachten Feuer, wurde Ludivine von der Frau und den Töchtern des Verwalters entkleidet. Sie flößten ihr stärkenden Branntwein ein und hüllten sie in wärmende Tücher und Decken.

Ein Taglöhner wurde mit der Botschaft von dem Unfall nach Hause geschickt, während Ranguis den Wagen anspannte und mit einer Matratze belegte.

Eine Stunde später lag die junge Frau in ihrem Bett, umgeben von einer Batterie heißer Flaschen, in einen Dunstumschlag gepackt, das mit warmen Tüchern abgeriebene Haar sorgfältig gekämmt und in Zöpfe geflochten, fürsorglich in die am prasselnden Holzfeuer des Kamins mollig vorgewärmten Nachtkleider gehüllt. In solchen Augenblicken konnte man sich auf Adrienne verlassen. Ohne viel zu fragen, hatte sie getan, was zu tun war. Gustave, der rothaarige Stallknecht, war bereits nach Fontfresque geritten, um Doktor Lapierre zu verständigen.

Ludivine zitterte vor Kälte, einer Kälte, deren weder die Steppdecken noch die auf sie getürmten, mit feinsten Daunen gefüllten Federbetten Herr zu werden vermochten.

Schwankend zwischen ängstlicher Sorge und Unwillen, beobachtete Frédéric seine Frau unverwandt, ging dann mit langen Schritten im Zimmer auf und ab, blieb wieder vor ihr stehen, ließ einen trüben Blick auf ihr ruhen, fuhr sich mit einer mechanischen Bewegung über die Stirn und begann seine Wanderung von neuem.

„Der Herr muß einem leid tun", erklärte Eugénie, die in die Küche hinuntergegangen war, um heißen Tee zu holen.

‚Er macht den Eindruck einer geladenen Kanone, die nicht losgehen kann', dachte Ludivine, die ihn hinter ihren gesenkten Wimpern mit einem zärtlichen, wohligen Mitleid beobachtete. Sie fühlte sich auf eine wunderbare Weise erleichtert und zugleich wie ausgelöscht. Etwas von ihr schwebte wie eine Flocke über ihrem zitternden, mißhandelten, erschöpften, geräderten Körper. Etwas, das nichts zu tun hatte mit dem Fieber und dem Leiden, etwas, das befreit und vollkommen beruhigt war, das sich grenzenlos wohl befand.

„Frédéric", rief sie leise.

„Ja?" Er trat mit finsterem Gesicht ans Kopfende des Bettes.

Aber Ludivine hatte aufgehört, sich seinetwegen zu quälen. Zärtlich nahm sie seine Hand.

„Liebster ..."

Ohne zu antworten, drückte er die eiskalten Finger und begann sie zwischen seinen Fingern zu reiben.

Der Arzt kam erst spät am Abend. Er äußerte sich unbestimmt und erließ eine lange Liste von Anordnungen.

Das Fieber hielt die folgenden Tage an. Kein Mittel half gegen die Lungenentzündung, die ausgebrochen war: süßliche Arzneien, Senfpflaster, Blutegel an den Füßen. Ludivine bezahlte ihren Sieg. Kraftlos, abgezehrt, bald von Fieberhitze glühend, bald zitternd vor Kälte, erschöpft von den Anfällen eines kurzen trockenen Hustens, ließ sie alles mit einer an ihr gänzlich ungewohnten Geduld über sich ergehen. Selbst Philo, die ihrer Herrin täglich Bericht erstattete, mußte das anerkennen.

Trotz aller Pflege verschlechterte sich Ludivines Zustand. Frédéric ging kaum mehr aus dem Haus. Wenn er das Krankenzimmer verließ, wo er sich immer wieder und wieder über das Bett seiner Frau beugte, um nach einem Zeichen der Besserung zu spähen, wanderte er ziellos von einem Raum in den andern, stumm, unfähig, auch nur einen Augenblick Ruhe zu finden.

Einige Tage hindurch phantasierte Ludivine, ohne ihn zu erkennen. Es war ein ruhiges Phantasieren, in dem sie keine Ähnlichkeit mehr mit sich selbst hatte. Vergebens suchte er in der reglosen Gestalt, die in einer unerreichbar fernen, fremden Gegend zu weilen schien, die wilde, kleine Person, voll Launen und Munterkeit, mit ihrem Lachen und Schmeicheln und ihren plötzlichen Zornesausbrüchen, die sein wohlvertrauter Besitz gewesen war, und fühlte sich grenzenlos verlassen.

Jetzt hatten die Frauen das Wort. In diesem Zimmer, das ihrer beider Reich gewesen war, schoben sie ihn beiseite; Adrienne, Philo und selbst Eugénie behandelten ihn wie ein Kind, dessen Ungeschicklichkeit stört.

„Das ist für den Umschlag. Wenn der gnädige Herr erlauben möchte ...".

„Geben Sie her", unterbrach Adrienne das Mädchen. „Und du, laß mich das machen. Ich bitte dich, geh, ja? Du stellst dich mir gerade vor das Licht."

Ungern ging er.

„Strecken Sie sich ein bißchen aus, Monsieur Frédéric", riet Philo.

Nächtelang hörte Julia die langen Schritte ihres Sohnes in dem Vorzimmer auf und ab wandern und bemühte sich, das unregelmäßige Geräusch zu deuten.

‚Jetzt ist er vor dem Fenster stehengeblieben. Ah! Er geht wieder weiter. Er scheint zu den Kindern hinaufzusteigen. Man hört ihn nicht mehr. Wenn er nur ... Nein, da ist er wieder ...'

Sie wußte genau, daß sie ihm diesmal keine Hilfe geben konnte, daß sie sich darauf beschränken mußte, auf seine Schritte zu lauschen, daß er mit seiner Qual allein fertig werden mußte.

Hubert, den man aus Sarrazine zurückgerufen hatte, wartete in tödlicher Angst auf jeden neuen Bericht aus dem Krankenzimmer. Auf dem großen Hause lastete eine bedrückende Stille. Nur in dem von den Kinder bewohnten Stockwerk hörte man hier und da einen Schrei oder ein Lachen.

Der erste Frost war gekommen. Es herrschte eine schöne, trockene Kälte bei klarem Himmel. Aber in dem Zimmer, in dem das Herz des Hauses zu schlagen schien, rieselte der Dunst von den Fenstern und ließ die Außenwelt versinken. Kaum löschte man in diesen kurzen Tagen für einige Stunden die Nachtlampe, um die dichten Vorhänge dem Tageslicht zu öffnen.

Aber allmählich fiel das Fieber doch, und nach vierzehn Tagen erklärte Doktor Lapierre die Kranke außer Gefahr. Mogador atmete auf. Auf dem geduldigen Gesicht Adriennes erschien wieder das vertraute Lächeln. Frédéric ging erlöst in die Ställe hinunter, Phöbus und Miranda die Freudenbotschaft zu bringen. David, sein alter Hund, den er so lange vernachlässigt hatte, gebärdete sich wie toll vor Freude, als er seinen Herrn wiedersah. Hubert erhielt die Erlaubnis, seine Schwägerin zu besuchen, und endlich erfüllte man auch Julias Wunsch und trug ihren Lehnstuhl an das Bett der jungen Frau.

Langsam begann Ludivine zu genesen. Blaß und abgezehrt, eine

Fremde inmitten der anderen, kehrte sie ins Leben zurück. Aber ihre Hustenanfälle dauerten an, ebenso häufig und ebenso lang.

Elise und ihr Mann kamen sie besuchen. Vincent Royer erkundigte sich mit besorgter Miene bei Adrienne nach den Fortschritten der Genesung. Es ging damit nur langsam vorwärts. Die Temperatur war noch immer nicht normal. Eine Zeitlang hielt sie sich auf derselben Höhe und begann dann plötzlich tückisch wieder zu steigen. Doktor Lapierre, dessen Besuche seltener geworden waren, kam wieder täglich, morgens und abends. Er eröffnete schließlich Julia seine Besorgnisse.

„Wissen Sie, ich fürchte sehr ... Vielleicht die Erschütterung und dann die fortwährenden Hustenanfälle ... Man muß sich gefaßt machen ...“

Eines Nachts weckten Ludivines Schreie das Haus. Das Heulen des Mistral, der draußen wie ein entfesseltes wildes Tier tobte, vermochte nicht, diese entsetzlichen Klagerufe zu übertönen. Durch den eisigen Wind, der über die kahle Landschaft peitschte, galoppierte Frédéric bis nach Fontfresque, brachte den Arzt mit nach Hause und jagte wieder weg ins Dorf, um die Hebamme zu Hilfe zu holen.

Es war eine Nacht der Qual. Bei Tagesanbruch begann ein ganz neues kleines Leben seinen Erdenruf in Mogador. Die Aufregung um die durch einen schweren Blutverlust völlig erschöpfte Mutter war so groß, daß niemand dem winzigen Wesen, das um einen Monat zu früh erschienen war, viel Aufmerksamkeit schenkte. Das Kind war wieder ein Mädchen.

„Und nicht allzu schön!“ brummte Philo in sich hinein, die mit einem aus Verachtung und Mitleid gemischten Gefühl das faltige, schwächliche, quäkende, trübselige und doch ganz lebendige kleine Geschöpf betrachtete, das man in der in aller Eile vom Boden geholten alten Wiege Annes untergebracht hatte, bis die neue fertiggestellt wäre.

17

‚Arme Christine, schön kann man sie wirklich nicht nennen‘, dachte Adrienne, ihre jüngste Nichte wiegend.

Das Kind war mager, hatte eine gelbe Hautfarbe, einen für sein hohlwangiges Gesicht viel zu großen Mund, und was seinen Charakter betraf, so ließ er ebenfalls viel zu wünschen übrig, selbst für eine kleine Person von fünf Monaten.

Es sah wirklich so aus, als ob die Ungewitter, die seiner Geburt vorangegangen waren, ihre Spuren zurückgelassen hätten. Die kleinen Mädchen legten eine offenkundige Feindseligkeit gegenüber dieser unerwünschten Schwester an den Tag, deren Anwesenheit sie wohl oder übel zur Kenntnis nehmen mußten. Besonders Anne, der Liebling des Hauses, fühlte sich verletzt, denn Frédéric und Ludivine ertrugen geduldig alle Launen des von der Natur so stiefmütterlich behandelten kleinen Geschöpfs. Vielleicht hatten sie ein dumpfes Gefühl der Schuld gegenüber dem armen Wesen, das unter so schlimmen Bedingungen zur Welt gekommen war.

Beide beugten sich über die mit rosa Bändchen geputzten Musselinvorhänge der für den vergeblich erwarteten Sohn bestellten Wiege, in der jetzt an seiner Statt Christines armseliges Körperchen lag.

„Sie hat zugenommen. So dick wie Anne in ihrem Alter war, ist sie freilich nicht. Aber sie ist gesund, das ist die Hauptsache."

„Du wirst sehen, sie wird sogar noch hübsch werden. Sie hat schon so schönes schwarzes Haar wie du und lange Wimpern. Auf alle Fälle ist sie eine Vernet, sie hat meinen Mund."

‚Und deine Augen, mein Herz', fügte Ludivine bei sich hinzu, die mit Zärtlichkeit ihren Mann beobachtete, wie er sich lächelnd über die Wiege neigte.

Sich aufrichtend, begegnete er ihrem Blick und nahm sie um die Taille:

„Komm, gehen wir hinunter."

„Ich schicke dir gleich die Amme", versprach Ludivine ihrer Schwägerin.

„Oh, es hat keine Eile." Sie gingen hinaus. Im Vorzimmer schlang die junge Frau ihre Arme um den Hals ihres Mannes:

„Frédéric, hör zu, in einiger Zeit, nächstes Jahr, wenn du willst ..." Er drückte sie an sich, gerührt und ein wenig beschämt.

„Ganz bestimmt, Liebling, wir werden ‚ihn' schon noch bekommen."

‚Sie sind glücklich', dachte Adrienne, die allein zurückgeblieben war. ‚Ein Mann ... Kinder, die einem wirklich gehören ...' Sie betrachtete die Kleine, wie sie beruhigt einschlief.

Für Anne, für Isabelle, für dieses Kind hier, was würde sie einmal anderes für sie alle sein als eine Tante, nach so viel Sorgen und Mühen? Die Kinder hatten sie gern, gewiß. Das hinderte aber nicht, daß sie nur ihrer Mutter gehorchten, dieser feinen, schönen, ehrfurchtgebietenden Mutter, die von Zeit zu Zeit, Küsse oder Strafen verteilend, wie eine Göttin des Olymps erschien; Anne verehrte sie leidenschaftlich.

Isabelle ... Wer konnte sagen, was Isabelle dachte? Das Kind wies gewöhnlich jede Zärtlichkeit zurück. Aber manchmal, wenn man aus langem, trübem Träumen erwachte, entdeckte man plötzlich die kleine Gestalt an einen geschmiegt, mit einem aufmerksamen Blick, der sich anzubieten schien. Vielleicht, ja vielleicht Isabelle ... Mein Gott, wenn man die Kleinen einmal verlassen müßte ...! Auch die zuletzt Angekommene nahm schon ihren besonderen Platz ein.

Und doch, ein Mann, ein Mann, den man liebt, mit dem man alles teilt, angefangen von dem rosigen Licht, das am Morgen durch die Vorhänge scheint, und dem Genuß des Frühstücks bis zu all den kleinen Freuden und Sorgen des Alltags. Wie mußte da jede Freude köstlicher sein und jede Last leichter! Ein Mann, der dich um die Mitte nimmt, wie Frédéric es soeben getan hatte. Eine Schulter, an die man den Kopf anlehnen kann ...

Sie trat vor den Schrank und legte ihre Wange an die kalte Wange ihres Spiegelbildes. Der Hauch ihres Atems trübte die Scheibe. Sie wich zurück, lächelte verlegen das wieder hervortretende Bild an und musterte sich dann schüchtern.

‚Ich könnte vielleicht mein Haar ein bißchen lockerer tragen ... so ... Ludivine sagt immer, daß ich mich schlecht frisiere. Meine Augen sind gar nicht häßlich, bestimmt nicht. Und schließlich ...‘

Allein vor ihrem Spiegel, schöpfte sie aus ihm ein wenig Selbstvertrauen. Aber wenn jemand eingetreten wäre, auch nur ihre Schwägerin. Schon bei dem Gedanken wurde ihr schwach. ‚Gott, man würde mich auslachen. Mit neunundzwanzig, fast dreißig Jahren ... Übrigens ist ja von Liebe hier überhaupt nicht die Rede ... Wenigstens ...‘

Sie vergegenwärtigte sich den Besuch von neuem in allen Einzelheiten. Seit gestern hatte sie kaum einen anderen Gedanken. Sie wiederholte sich das kurze Gespräch im Park. ‚Wenn ich ihn nicht zum Gartentor begleitet hätte ...‘ Als Victor gemeldet hatte: „Monsieur Guillermin!‘, hatte sie gelächelt: Schau, unser Nachbar macht Mama den Hof. Tatsächlich besuchte Charles Guillermin die Vernets seit einigen Monaten auffallend häufig. Er bewohnte das

Gut Cigalier, eineinhalb Meilen von Mogador. Eine viel ältere Schwester, die ihm den Haushalt geführt hatte, war vor kurzem gestorben. Nun langweilte er sich anscheinend in seiner Einsamkeit.

Julia, die seit ihrem Zerwürfnis mit dem Pfarrer ihren Schachpartner verloren hatte, freute sich über die Besuche des kleinen jovialen Mannes, der leidlich Trictrac spielte und ihre kleinen Schwindeleien niemals bemerkte.

Man neckte die alte Dame: „Dein Verehrer, Mutter ... Kann man euch wirklich zusammen allein lassen? Schickt sich das?"

„Nun, ich weiß nicht", lachte Julia, „wessen Tugend mehr in Gefahr ist, seine oder meine."

Adrienne haßte diese burschikosen Scherze. ‚Mama gefällt sich manchmal darin ...' Aber die beiden jungen Männer und Ludivine unterhielten sich köstlich.

Dabei war Charles Guillermin erst vierzig. Er schien übrigens seit eh und je so alt gewesen zu sein und war ein Typus, der in zehn oder fünfzehn Jahren genauso aussehen würde.

„Mademoiselle, ich bin glücklich, Sie einige Minuten unter vier Augen sprechen zu können."

Was bedeutete diese feierliche Einleitung? Was hatte er ihr wohl zu sagen? Adrienne sieht die Szene vor sich wie eine Geschichte aus Isabelles Bilderbuch: das gute, gebräunte, breite Gesicht, in dem sich schon leichte Falten zeigen. Das Kleid, das sie trug, dieses einfache gestreifte blaue Kleid mit der weißen Batistgarnitur, von dem Ludivine sagte, daß es ihr gut stehe ...

„Wollen Sie ... Verzeihen Sie meine Kühnheit ... Wollen wir uns vielleicht setzen?"

Mein Gott, wie verlegen er war! Und ich ... Sie erinnerte sich, daß sie ihr Kleid glattstrich, ihren Chignon befühlte.

„Ja, lieber Monsieur Guillermin, was ist denn?"

Sie begann es dunkel zu ahnen, ohne noch daran glauben zu können.

Um sie niedersitzen zu lassen, hatte er sorgfältig die Bank mit seinem reinen Taschentuch abgestaubt und wischte sich jetzt, in Gedanken, mit einem Eifer die Stirne, der durch den angenehm linden Sonnenschein nicht eben gerechtfertigt war.

„Liebe Mademoiselle Adrienne, erlauben Sie mir, Ihnen zu sagen ... vielleicht erraten Sie schon die verehrungsvolle Zuneigung, die ich empfinde ... die Freude ... die große Ehre ... Madame Vernet um Ihre Hand bitten zu dürfen?"

So, da hatte sie es. Ein Heiratsantrag. Niemals, nein, niemals wäre sie auf die Idee gekommen. Verwirrt, mit glühenden Wangen, hatte sie Gott weiß was gestammelt.

Ungeschickt nahm man ihre Hand, die sie mit klopfendem Herzen beschämt zurückzog. Man erklärte sich überglücklich, nicht abgewiesen worden zu sein ... hoffen zu dürfen, daß vielleicht ...

Er war auf seinem Rad weggefahren.

Ihrer Mutter hätte das natürlich höchst mißfallen. In Mogador durfte man nur reiten. ‚Aber schließlich ist ja nichts Lächerliches daran. Jeder Mensch fährt Rad. Mama hat so sonderbare altmodische Ansichten.'

Schon ergriff sie, ohne es selbst zu wissen, auf der Seite eines Fremden gegen ihre Familie Partei.

So war es also geschehen: ein Mann hatte um ihre Hand angehalten, seine Wahl war auf sie gefallen. Sie sollte die Gefährtin eines Mannes sein, ein eigenes Heim haben, eine Frau werden, sagen können: „Mein Mann", wenn man von ihm sprach, Kinder haben, die ihm ähnlich sahen, an seinem Arm gehen. ‚Er ist nicht sehr groß, nein. Aber gerade so groß wie ich. Jemand, an den man nie gedacht hat – und auf einmal soll man sich vorstellen, daß man zu ihm „du" sagen, ihn mit seinem Vornamen anreden könnte. Charles, das klingt nicht schlecht, Charles ... Er hat liebe Augen, liebe blaue Augen. Sind sie blau oder grün oder grau?'

Eigentlich hat Adrienne keine Ahnung, was für eine Farbe sie haben. Hell sind sie auf jeden Fall. Vielleicht denkt sie „blau", wegen der Treuherzigkeit, die aus ihnen spricht. Sicherlich ist er ein Mann, der eine Frau glücklich machen könnte. Glücklich? Vor zehn Jahren, da war das Glück jener Unbekannte, von dem man träumte, den man leidenschaftlich herbeisehnte. Er war schön, groß und schlank, der bezauberndste der Männer. Einer, der auf eine unnachahmliche Art zu sagen weiß: „Ich liebe dich." Und man hat ihn geliebt, auf den ersten Blick ... Kindereien! Adrienne zwang sich zu einem Lächeln. Es gelang ihr schlecht. Vielleicht war bis jetzt noch etwas in ihr gewesen, das sich an jenen Traum klammerte, das nicht darauf verzichten wollte, noch nicht verzichtet hatte. Und jetzt ... War das der Grund ihrer Traurigkeit?

Unschlüssig suchte sie in ihrer Erinnerung nach den Worten, die der Bewerber gebraucht hatte, und fand ihren Ton. ‚Auf jeden Fall liebt er mich.' Jemand auf der Welt, der Liebe für sie empfand, sie zur Frau begehrte ...

„Oben auf Cigalier steht eine Bank hinter dem Hause unter der Weinlaube, da sitzt es sich so gut, auch in den heißesten Augusttagen. Von dort hat man die ganzen Voralpen vor sich, bis zur Ebene von Arles. Am Abend sieht man die Lichter der Stadt."

Merkwürdigerweise kam ihr gerade dieser Satz in den Sinn, den sie viel früher einmal von ihm gehört hatte.

„Wenn ich könnte, würde ich einmal hinaufkommen", hatte Julia träumerisch gesagt. „Seit Jahren bin ich nicht mehr in den Bergen gewesen, und doch ist es mir ... als atmete ich noch ihren Duft."

Die Berge ... Das Landhaus dort oben unter den Mandelbäumen, im Schatten der Föhren, an dem der Wind rüttelte, das die Sonne sengte, dem Himmel nahe, zwischen Thymian und Felsgestein, war es ihre Bestimmung, dorthin zu gehen und die Ihren zu verlassen?

Es klopfte leise an die Tür. Die Amme trat ein.

„Sie schläft? Dann ist es schade, sie zu wecken."

Christine schien zu träumen. Auf ihrem schmalen Gesicht schwebte der Schimmer eines ruhigen Lächelns. Adrienne betrachtete sie einen Augenblick, dann erhob sie sich.

„Ich gehe hinunter, nun, da Sie hier sind."

Als sie die Türe öffnete, schlug aus dem ersten Stockwerk ein Gesang an ihr Ohr. Frédéric trug mit der unbarmherzigen heiteren Ahnungslosigkeit eines reinen Herzens die große Arie aus den *Hugenotten* vor. Jedermann im Hause kannte diesen rituellen Vorgang: er rasierte sich.

‚Heilige Jungfrau, wie falsch er singt.' Sie hörte gerührt zu.

Plötzlich dachte sie sich Charles Guillermin in seinem Ankleidezimmer, die Wangen voll Rasierseife, ebenfalls mit lauter Stimme falsch singend. Es lag etwas Unerträgliches in dieser Vorstellung. ‚Gott, bin ich dumm!'

Sie zuckte ärgerlich die Achseln. Das Leben stellte nicht nur Probleme höherer Ordnung. Ohne Zweifel wären sie dann leichter zu lösen gewesen. Titus und Berenice, schön. Aber Titus mit Schnupfen und Berenice an einem schwachen Magen leidend? Die ganze Erbärmlichkeit des täglichen Daseins trat ihr entgegen.

Hubert, der gerade aus seinem Zimmer kam, sah seine Schwester wie angewurzelt auf der Stiege stehen und erkundigte sich mitleidig:

„Was ist dir, armes Kind? Hat dich diese Engelsmusik in höhere Sphären entführt?" In ihren Betrachtungen gestört, warf Adrienne auf ihren Bruder einen geistesabwesenden Blick, der jedoch bald ein festes Ziel fand.

„Deine Krawatte! Nein, wie kannst du dich so schlecht anziehen?“ Hubert schnitt eine Grimasse und entschwand.

Sie sah ihm nach, wie er die Stiegen hinuntersprang, vier Stufen auf einmal nehmend. In ihrer Brust stieg es heiß empor. Ihre zwei Brüder, diese prachtvollen jungen Menschen, und die Kinder und Mogador und alle ... Ach! Es war alles so schwer. Mit einem tiefen Seufzer entschied sie: ‚Ich werde mit Ludivine darüber sprechen.‘

„Mama weiß davon?“

„Aber nein! Du glaubst, daß ich ...?“

Ludivine machte ein nachdenkliches Gesicht. Innerlich strahlte sie vor freudiger Erregung und kam sich in dieser für sie neuen Rolle einer Vertrauten ungemein wichtig vor.

„Nein, weißt du“, fuhr Adrienne fort. „Ich habe mit niemandem darüber gesprochen. Ich würde vorziehen, wenigstens vorläufig ... Du verstehst ... Das heißt ... Ich möchte so gerne wissen, wie sie es aufnehmen würde.“

„Wie soll sie es aufnehmen, wenn du gleich wieder mit dieser Geheimniskrämerei anfängst?“ Adrienne wurde feuerrot.

„Gott, Ludivine! Du meinst doch nicht, daß ich hingehen soll und ihr sagen ...“

„Natürlich, eben das meine ich: ‚Mutter, dieser ehrenwerte Mann, dem man sofort ohne Beichte die Absolution erteilen würde, hat ein begehrliches Auge auf deine Tochter geworfen und ihr heimlich seine leidenschaftliche Liebe erklärt.‘“

„Ludivine!“

„Oder möchtest du lieber, daß ich es auf mich nehme, Mama davon zu unterrichten?“ bot Ludivine ihr großmütig an. „Gut, gehen wir hinein. Wenn du willst, spreche ich mit ihr.“

Es war wunderbar kühl unter den Eichen. Eine leise Musik von summenden Insekten und den tausend unhörbaren Geräuschen des Frühlings, des keimenden Korns und des wachsenden Grases und des Blatts, das sich entfaltet, wogte um die beiden Frauen.

Trotzdem schreckte Ludivine nicht vor dem Gedanken zurück, den weiten sonnenbeschienenen Platz vor dem Hause überqueren zu müssen. Sie brannte vor Ungeduld, sich mit ihrer Schwiegermutter über dieses aufregende Ereignis zu unterhalten.

Verstohlen beobachtete sie Adrienne, wie sich sich erhob, ihren

Rock glättete, bedächtig ihren Sonnenschirm öffnete, und dachte bei sich: ‚Wie kann man nur so apathisch sein? In was für einer Aufregung wäre ich an ihrer Stelle!‘

„Du kannst auf mich zählen, Adrienne. Nein, so was, so was!“ wiederholte sie, von Heiterkeit ergriffen.

Am nächsten Morgen wußte es ganz Mogador.

„Wie denkst du darüber, Mama?“ fragte Frédéric, der auf die Nachricht in das Zimmer seiner Mutter gekommen war. Julia saß in ihrem Lehnstuhl am offenen Fenster und fächelte sich. Sie sah ihn fest an und hielt in ihrer Bewegung inne:

„Unter uns gesagt, ist meine Meinung die, daß deine Schwester, wenn sie für zwei Kreuzer Verstand besäße, ohne Besinnen ‚ja‘ sagen müßte. Die Guillermins sind eine sehr achtbare Familie. Und andererseits scheint mir der Mann gerade die Eigenschaften zu besitzen, die den richtigen Ehegatten für ein Mädchen, wie sie es ist, aus ihm machen würden.“

Frédéric lachte auf: „Mutter, Mutter, du bist bissig!“

„Ich spreche ganz ernst“, sagte sie gereizt. „Warum nicht die Dinge beim richtigen Namen nennen? Deine Schwester ist eine gute Person, nicht dümmer als viele andere.“

„Sogar viel weniger.“

„Ich bitte dich, laß mich reden! Nicht dümmer, gut. Auch nicht häßlicher. Aber es ist ebenso klar, daß jemand, der nur ein bißchen Lebendigkeit in sich hat, bei dem Gedanken stöhnen würde, sein Leben neben ihr zu verbringen!“

„Das ist ungerecht, Mama. Sag das nicht. Du machst dich so unentwegt über sie lustig, daß sie . . .“

„Ganz richtig, eben das meine ich“, fiel ihm Julia ins Wort. „Aber Charles Guillermin besitzt wie kein zweiter die Tugend der Geduld.“

„Hast du schon Gelegenheit gehabt, das zu beobachten?“

„Allerdings.“ Ohne im geringsten auf den ironischen Ton ihres Sohnes einzugehen, fuhr sie fort:

„Er ist ein anständiger Mensch. Er hat einen hübschen Besitz, nach dem, was ich von den Arnals darüber höre. Ein harter Boden, der aber schließlich auch seinen Wein und sein Getreide liefert, und das schönste Vieh im Gebirge. Er ist kein Reiter, aber Gott weiß, daß die arme Adrienne in dieser Beziehung auch nicht gerade mit besonderem Talent gesegnet ist.“

Frédéric nickte; die Beweisführung hatte ihn überzeugt.

„Also, mit einem Wort“, schloß die alte Dame, „ich finde, sie passen glänzend zusammen. Das Leben heißt für die Mädchen heiraten, Mutter werden. Deine Schwester lebt hier nicht. Ich bin sofort bereit, ihr meinen Segen zu geben, wenn sie mich darum bittet. Aber ich werde nichts sagen, weder dafür noch dagegen. Sie ist alt genug, um die Sache mit sich allein auszumachen. Aber wenn du hören willst, was ich glaube: sie wird sich nicht dazu entschließen, darauf möchte ich wetten."

„Warum?" fragte Frédéric erstaunt.

„Warum?" brach Julia los. „Weil sie, seitdem ich sie in die Welt gesetzt habe, mit offenen Augen träumt! Man möchte glauben, daß dein Vater sie mir in einem Traum gemacht hat. Und weil ich nach nun bald dreißig Jahren, die ich mich für nichts und wieder nichts müde rede, um sie aufzuwecken, langsam einsehe, daß sie dem Leben gegenübersteht wie ein mohammedanischer Mönch! Aber schließlich, wenn es ihr Spaß macht, weiter Krankenpflegerin und Kinderfrau zu spielen . . .!"

Eben dies war Ludivines Ansicht.

„Ein Don Juan ist Charles Guillermin freilich nicht", meinte Hubert. „Es ist unmöglich, daß Adrienne auch nur eine Spur von Liebe für ihn empfindet. Wie könnte sie also . . . Aber, verzeih, das sind Dinge, über die man besser nicht redet. Du verstehst?"

Ludivine verstand sehr wohl und gab ihm vollkommen recht, daß hier ein Zögern nicht erlaubt sei. Denn schließlich ein angenehmes Familienleben aufzugeben, die Kinder verlassen, an denen Adrienne hing wie sie an ihr, einen Besitz, wie es wenige gab . . . Und warum, großer Gott? Um dort in die Felsen hinaufzuziehen und seine Tage im Tête-à-tête mit diesem wenig reizvollen Lebensgefährten zu verbringen?

„Du wirst immer die Schafe besuchen können, wenn es dir an Abwechslung mangelt", sagte sie zu ihrer Schwägerin.

In ihrer Unschlüssigkeit und Ratlosigkeit bald da, bald dort vergeblich Hilfe suchend, begann Adrienne sich innerlich aufzulehnen. Da waren sie alle mit ihrer Spöttelei, ihrer Sicherheit. Sie erstickte in ihrer Mitte. Die anderen brauchten immer den ganzen Platz. Und die zwei da, Frédéric und Ludivine, sie hielten sich allen Ernstes für ein vorbildliches Ehepaar. Aber wenn man ein bißchen näher zusah: fortwährende Zusammenstöße, Streit und Heftigkeit und dann wieder Versöhnung, daraus bestand ihr Leben. Und dabei waren sie glücklich und urteilten von oben herab über die anderen und maßten sich an, sie zu schulmeistern!

Und Mama, die Gefährlichste von allen, die sie immer mit der gewissen spottlustigen Miene beobachtete.

Nein, sie hatte genug davon. Charles Guillermins verwischte Züge erschienen ihr wie ein Versprechen verständnisvoller Zärtlichkeit und stillen Friedens, eines unendlichen, unvorstellbaren Friedens, in schroffem Gegensatz zu diesem lärmenden Hause.

„Nun? Wann wird geheiratet?" fragte Frédéric gutmütig, wenn er sie in ihre Gedanken verloren fand.

„Bitte, laß sie doch", schalt ihn Ludivine mit erkünsteltem Mitgefühl. Aber auch sie schonte die arme Adrienne nicht.

„Du wirst radfahren lernen müssen."

‚Ja, tu nur recht groß, kleine Komödiantin', grollte der Geist der Auflehnung im Herzen des Opfers. ‚Als ob sie jemals auf einem Pferd gesessen wäre vor ihrem Eintritt in dieses Haus.'

„Mit einem solchen Gatten kannst du ganz ruhig sein, meine Liebe", fuhr Ludivine, niemals um eine Spöttelei verlegen, fort. „Er wird dich keinen häuslichen Szenen aussetzen. Ich wette, daß du die Hosen anhaben wirst. Sicher wird er dich auch nicht an eurem Hochzeitstag auf einem Pferd entführen."

Es hat eine Zeit gegeben, dachte die verzweifelte Adrienne, da die bloße Erinnerung an die Heldentat die Röte des Zorns und der Scham in Ludivines Wangen getrieben hatte. Jetzt prahlte sie mit dieser Geschichte als dem Beweis für eine romantische Leidenschaft.

Nur mit großer Mühe hielt Adrienne eine Flut von Bemerkungen zurück, die geeignet gewesen wären, dem Quälgeist das Unpassende dieser Scherze ins Bewußtsein zu bringen.

Und doch, die Stiche blieben haften, die Spötterei begann ihre unsichtbare Mauer zwischen ihr und dem stammelnden, immer verlegenen Liebhaber aufzurichten, der so wenig dem Ideal ihrer Träume glich. Und sie mochte wollen oder nicht, sie konnte nicht umhin, ihn immer wieder damit zu vergleichen.

Isabelle erkrankte an Masern. Sie wurde im Zimmer ihrer Tante isoliert. Adrienne sah den kleinen leidenden Körper, der ihrer Pflege anvertraut war, hörte die vom Fieber veränderte Stimme, die rief: „Tatie, mir ist so heiß, Tatie, ich habe Durst, Tatie, es tut weh . . ."

Tatie, immer Tatie und niemand anderer . . . Nein, es war nicht möglich! Sie fühlte es, daß sie nicht imstande sein würde, sich aus diesen Fesseln zu befreien. Dazu wäre die ganze Kraft einer großen Liebe notwendig gewesen.

Als sie nach der Genesung der Kleinen ins tägliche Leben zurückgekehrt war, gab sie endlich ihre Antwort. Kaum hatte sie Zeit, angesichts der Traurigkeit des blauen Blicks, der auf sie geheftet war, ein wehes Bedauern zu empfinden. Charles Guillermins Besuche wurden seltener. Julia zuckte die Achseln. Mogador begrub stillschweigend die ganze Angelegenheit.

Alle fanden im übrigen, daß sie es sich lange überlegt habe. Die Männer erhitzten sich seit kurzem gegen Cecil Rhodes, für den Präsidenten Krüger. Man war gewohnt, sie bei allen Ereignissen in sämtlichen vier Winkeln der Erde leidenschaftlich für und wider Partei ergreifen zu sehen, gar nicht zu reden von Wahlfragen und Kabinettswechseln im eigenen Lande. Im vergangenen Jahr war es vor allem der Krieg in Erythräa gewesen. Dann kam Madagaskar an die Reihe. Die Namen Majunga, Diego-Suarez, Tamatave waren als Gesprächsstoff bei den Mahlzeiten an die Stelle von Makalle, Amba-Alaghi, Adagama getreten. Als das schwarze Füllen zur Welt kam, hatte Hubert es Menelik getauft. Nun warfen sie sich mit Ungestüm auf die südafrikanischen Angelegenheiten, machten ihre Glossen über die Intervention der Liberalen Partei Englands und die Haltung Chamberlains.

Ludivine, die sich wenig für die Auswirkungen des Komplotts Jameson interessierte, schöpfte ihre Toiletteideen aus den Zeitungsberichten über die Krönung des Zaren Nikolaus II., trug einen Hut wie die Zarin und sang mit Alfred Raynal, dem Freunde Huberts, der behauptete, daß sie eine hübsche Stimme besitze, das Duett von Xavière.

Sie fuhren nach Paris, um dem Zarenbesuch beizuwohnen. Es waren Tage voll von ununterbrochenen Vergnügungen, Theaterbesuchen, Festen und Spazierfahrten. Die jubelnde Stadt war in das üppige Gold eines strahlenden Herbstes getaucht. Frédéric freute sich, Hubert Paris entdecken zu sehen. Ludivine schleppte ihre Schwägerin durch sämtliche Modegeschäfte der Stadt und blendete sie mit ihrer auf der Hochzeitsreise erworbenen Pariser Erfahrung. Sie kehrten mit einem beträchtlichen Zuwachs an Gepäck begeistert nach Mogador zurück.

Die schlechte Jahreszeit kam. Ludivine hatte sich einen Pelzmantel aus Vicunaschaf, mit feinster changierender grüner Seide gefüttert, und einige neue Kleider mit den mächtigen „Schinkenärmeln" bestellt, die gerade stark in Mode zu kommen begannen. Sie lebte geselliger denn je.

Julia, deren Gesundheitszustand besser war als gewöhnlich, machte sich über das Geplauder und Gegacker, das allwöchentlich den Salon erfüllte, lustig.

„Ich weiß nicht, wie es kommt, aber wenn junge Frauen beisammen sind, dann vervielfacht sich ihre Albernheit im Quadrat zu ihrer Zahl. Unter all diesen Gänsen ist die kleine Royer die einzige, die etwas im Kopf hat."

Ludivine gab das bereitwilligst zu. Mit Ausnahme Elisens, die sich aus dieser Art Geselligkeit wenig machte und, von der Sorge um Kind und Haushalt in Anspruch genommen, nur selten kam, empfand sie für keine einzige der jungen Frauen das geringste Interesse oder gar Zärtlichkeit.

„Aber man muß doch leben wie die anderen. Übrigens, Mama, es gibt heuer so hübsche Hüte. Hast du den letzten gesehen, den ich bekommen habe? Du wirst begreifen, daß ich ihn nicht aufsetzen werde, um von einer Meierei in die andere zu fahren. Wenn es nicht diese Gelegenheiten gäbe, würde mich Frédéric die ganze Woche hindurch nur mehr als Aschenbrödel sehen." Das waren allerdings schlagende Argumente.

Ein unvorhergesehenes Ereignis setzte diesem gesellschaftlichen Leben ein plötzliches Ende. Kurz vor Weihnachten, zwei Tage nach dem ersten Geburtstag Christines, kam ein Telegramm aus Tourvieille: Tante Lucie schwer erkrankt.

Hubert und Adrienne reisten sofort ab. Frédéric und Ludivine folgten ihnen am nächsten Tag. Ludivine sollte sich lange an diese Reise erinnern.

Es herrschte eine außergewöhnliche Kälte. Die Rhône führte Eis unter der Brücke von Trinquetaille. In der Nacht hatte es geschneit. Die Dächer und Türme von Arles waren in einen dichten Nebel gehüllt, durch den sich die aufgehende Sonne mühsam durchkämpfte. Als sie die Ebene von Meyran erreicht hatten, sahen sie die unendliche Weite der Camargue vor sich, glitzernd von unberührtem Weiß unter dem perlgrauen Himmel.

„O Frédéric ..." Wie immer, wenn sie unter einem mächtigen Eindruck stand, rückte sie näher zu ihrem Mann.

Er wandte ihr ein ernstes Lächeln zu und sagte mit gedämpfter Stimme: „Das ist schön, nicht wahr?" Als Antwort schob sie ihren Arm unter den seinen und drückte sich an ihn.

Überall in der Stadt und auf der Straße hatten Fußgänger und Wagen den leichten Schnee in Kot verwandelt, aber hier lag er wundervoll hingebreitet. Felder und Fußpfade verhüllend. Von Zeit zu Zeit blitzte die Eisdecke eines Kanals zwischen dem märchenhaften weißen Spitzengewebe der Tamarisken. Weiß in Weiß, ein feiner, duftiger Strich, säumten Meerlavendel und Salzkraut die Ränder des Weges. Längs der Gräben standen die Königskerzen wie feenhafte Schwerter in ihren bereiften Scheiden.

Die Luft, die Stille, alles hatte eine unbewegliche Durchsichtigkeit angenommen, an der sich die Worte zu stoßen schienen, dann erloschen sie plötzlich, ohne nachzuschwingen. Selbst das weiche, regelmäßige Geräusch der Hufe war allmählich in Nichts vergangen.

‚Wir sind fortgefahren ... fort ...', flüsterte eine Stimme in Ludivine.

Sie waren fortgefahren, zusammen, sie hatten die Straßen verlassen, über die die Zeit hingeht, und das Land, wohin sie fuhren, war nicht von dieser Welt.

In der Ferne tauchte die feingezeichnete Silhouette von Tourvieille im Weiß seiner Bäume auf wie ein verwunschenes Schloß.

Sie traten ein. Tante Lucie lag auf ihrem Bett, schmal und friedlich, in dem matten, flackernden Schein der Kerzen, in einem weiten weißen, ein wenig vergilbten, ein wenig zerknitterten Satinkleid. Der ausgebreitete Rock prägte die Beine aus, die ehedem ein Drahtgestell unter den Unterröcken verbergen mußte. Ein Tüllschleier warf einen unirdischen Schatten über die geglätteten, auf wunderbare Weise verjüngten Züge. Plötzlich bemerkte man, daß sie hübsch gewesen war.

Neugierig betrachtete Ludivine die Tote, die so wenig an den Tod erinnerte. Tante Lucie, die förmliche, geschwätzige, herzliche und zutunliche Tante Lucie, mit ihren übertriebenen Ausrufen des Entzückens und des Bedauerns, war nicht mehr. Die, die sie geliebt hatten, mochten brennende Tränen des Schmerzes vergießen, wie Caroline hier, die in aufrechter Haltung am Fußende des Bettes stand, mit roten verschwollenen Augen, jämmerlich anzusehen.

„Sie hat nicht gelitten. Sie hat sich nicht ...", brachte sie stockend hervor, und ihre Stimme brach.

Aber die, die da ausgestreckt lag in ihrem altmodischen Putz, war woanders, war aus dem Zimmer geglitten. Sicherlich war diese weite weiße, geheimnisvolle Landschaft, deren blendendes Licht durch die Latten der geschlossenen Jalousien drang, für sie da. Und schon war sie, allein, auf der Reise ...

Die Beerdigung fand am übernächsten Tage statt. Es war Tauwetter eingetreten. Der große Reisewagen trug Ludivine, die schlecht gelaunt war, mit ihren Cousinen die vertraute Straße entlang, die wieder ihr gewohntes Aussehen angenommen hatte. Alle Straßen führen irgendwohin, diese da führte ganz einfach nach Arles. Wie oft war die Tote diesen Weg gefahren, jetzt war es das letztemal – aber immer noch kam man früh genug, um diese entsetzlichen Leichenfeierlichkeiten sich abwickeln zu sehen. Die Schneiderin aus Arles hatte das in aller Eile angefertigte Trauerkleid verpfuscht. Außerdem stellte Ludivine fest, daß das Schwarz, dieses stumpfe, dichte Schwarz, ihr schlecht stehe.

‚Ich sehe in dem Traueraufzug so gelb aus wie eine Quitte', dachte sie wütend.

Es waren sehr viele Menschen in Saint-Trophime und noch mehr auf dem Friedhof. Die eisige Feuchtigkeit in der Kirche, das langsame, schrittweise Gehen durch die Alleen, alle die Hände, die man drücken, die Küsse, die man über sich ergehen lassen mußte . . . ‚Gott sei Dank, es war überstanden!'

Sie fuhren noch am selben Abend nach Mogador zurück; es war der Vorabend von Weihnachten. Diesmal wurde kein Fest veranstaltet, nur die Kinder hatten ihre kleine Feier.

Julia war streng in Fragen der Konvenienz. Ludivine mußte ihre Empfänge einstellen und sich im Haus vergraben, wie sie sich ausdrückte. Ungeduldig ertrug sie die Einschränkungen, die ihr die Zeit der strengen Trauer auferlegte.

‚Im Frühjahr werde ich wieder anfangen können, ein bißchen auszugehen und Schottisch zu tragen. Einen hübschen schwarz-weißen Taft mit Pikeekragen und Manschetten. Und dann Mauve. Zum Glück ist Mauve meine Farbe.'

Um die Mitte des April verschied, noch plötzlicher als Tante Lucie, Onkel Antoine an einem Herzanfall.

„Papa hat sich nicht trösten können", erzählte Caroline ihrer Cousine Blanche. „Es hat einem das Herz zusammengeschnürt, ihn so durch das Haus irren zu sehen, ohne ein Wort, mit einem ganz verlorenen Ausdruck. Ich weiß genau, daß er schon lange krank war, aber das war es nicht. Ich hoffe, daß er Mama wiedergefunden hat und sie wieder zusammen glücklich sind."

Blanche streichelte ihr sanft das Haar und blickte zu Léon hinüber, als fürchte sie, daß er ihr genommen werden könne.

Die arme Caroline, abgemagert und traurig, war nicht wiederzuerkennen. Julia, die sie besonders gern hatte, lud sie für einige Zeit nach Mogador ein. Alle bemühten sich um sie, aber das junge Mädchen schien im Innersten getroffen zu sein.

„Was sie brauchen würde, das ist ein Mann."

Glaubte Hubert wirklich, damit eine Entdeckung gemacht zu haben? Soviel Scharfsinn weckte Ludivines Sarkasmus.

„So heirate sie", schlug sie vor. Er warf ihr einen vorwurfsvollen Blick zu. Die Art seiner Schwägerin war wirklich manchmal kränkend.

Ludivine verstand die taktvolle Rüge und sagte in freundlicherem Tone: „Hubert, mach nicht so böse Augen. Mein Gott! Was kannst du von einem unglücklichen Geschöpf erwarten, das dem schwarzen Schleier angelobt ist. Ich fühle mich so häßlich, daß ich davon ganz dumm werde."

„Häßlich? Du?"

Der leidenschaftliche Ton, in dem diese Worte gesagt waren, brachte ein Lächeln auf die verdrießlichen Lippen. Sie fühlte wieder die Lust in sich, zu gefallen, und legte ihre Hand auf den Arm des jungen Mannes.

„Lieber Hubert, du bist reizend! Ich sehe mich unendlich gern in deinen Augen, weißt du? Sie zeigen mir immer ein so schmeichelhaftes Bild."

Hubert schrak unter der leichten Berührung ihrer Finger zusammen.

„Ludivine", murmelte er, „du bist schrecklich."

„Ich?" Sie lachte, während er sich erhob.

Ja, schrecklich war sie, auf eine ganz unbefangene Weise. So kokett, so sicher ihrer Macht und ihrer nicht achtend. Süße, grausame Liebe, die nie, niemals Erfüllung finden konnte ...

„Wirklich so schrecklich, Hubert?"

„Freilich, und du weißt es ganz genau, du kleine Zauberin", sagte er und zwang sich ebenfalls zu einem Lächeln.

Er ging, während Ludivine Täschchen, Fächer, Sonnenschirm und Handschuhe nahm und sich durch das Gehölz entfernte.

Zauberin ... „Zauberin" war ein Wort Frédérics. ‚Frédéric!' Der Wind ließ die Wipfel der Föhren rauschen wie einen Seidenstoff im Gehen. Das Buschholz war voll von tanzenden Sonnenkringeln, die Luft war mild. Der Chor der Zikaden sang vom nahenden Sommer.

‚Welches Pferd er wohl heute reitet? Vielleicht Oberon?' Sie sah ihn in Gedanken kommen, das Hemd offen über der starken, schon gebräunten Brust. Sie bebte, durchschauert von dem Verlangen, diese warme, ein wenig feuchte Haut an ihrer Wange zu spüren. ‚Ihm entgegengehen ... Wir werden zusammen nach Hause gehen. Er wird absteigen, um ganz nah bei mir zu sein, mich beim Arm nehmen. Wie aufmerksam er jetzt immer ist, seitdem er weiß ... Ach, daß es diesmal endlich ein Sohn wäre! Ihm den Sohn geben zu dürfen, den er sich so ersehnt. Heilige Jungfrau, mach, daß es ein Sohn wird! Ich verspreche dir, daß ich nach Frigolet gehe!'

Noch einmal lebte Mogador in Hoffnung und Erwartung. Die Monate vergingen. Nach einer besonders beschwerlichen Schwangerschaft gebar Ludivine in der ersten Februarnacht wieder ein Mädchen. Seit dem Abend des Vortags wußte man, daß sie Zwillinge trug. In tödlicher Aufregung und Ungeduld durchmaß Frédéric mit langen Schritten das Zimmer seiner Mutter. Julia saß unbeweglich in ihrem Lehnstuhl und folgte ihm mit den Augen, ohne ein Wort zu sagen, immer ängstlicher, je länger sich die Wartezeit hinzog. Endlich, nach drei Stunden, legte Doktor Lapierre inmitten freudestrahlender Gesichter François Vernet erleichtert auf die Knie seiner Großmutter. Lachend, weinend, keines Wortes mächtig vor Glückseligkeit, eilte der Herr von Mogador zu seiner Frau.

Allein in der Wiege, war inzwischen Dominique, nachdem sie ein klein wenig geweint hatte, still und bescheiden eingeschlafen, während ihr glorreicher Bruder die ganze Aufmerksamkeit der Familie für sich in Anspruch nahm.

18

Die Weltereignisse überstürzten sich. Kaiser Wilhelm hielt drohende Reden, während seine Truppen Kiautschou besetzten. Der Zar schickte die seinen zur Eroberung von Port Arthur aus. Die Spanier lieferten ihren Endkampf gegen Amerika: während die Flotte des Admirals Cervera bereits bei Santiago de Cuba blockiert war, verteidigten sie sich noch mit dem Mut der Verzweiflung, bevor sie die Waffen streckten. Holland umjubelte eine junge Königin. Der österreichische Hof trauerte um die Kaiserin Elisabeth, deren Leben der kleine Dolch eines Luigi Luccheni am Ufer des Genfer Sees beendet hatte. An den Quellen des Nils krönte die Armee des Generals

Kitchener ihren ersten Erfolg bei Omdurman durch den Sieg von Faschoda über Capitaine Marchand.

Während dieser Zeit erhitzte sich ganz Frankreich inmitten allgemeiner Wahlen, Streiks, Kabinettswechsel und Demissionen mit Leidenschaft für die Dreyfus-Affäre und die Wiederaufnahme des Verfahrens. Eine Interpellation nach der anderen wurde im Parlament eingebracht, eine Unzahl höherer Offiziere entlassen, ein Kriegsminister folgte dem andern, die Gerichtshöfe hatten die Hände voll zu tun. Wer konnte sich da um die Rechte der Nation auf Bahr-el-Ghazal bekümmern? Delcassé veröffentlichte ein Gelbbuch, Lord Salisbury antwortete mit zwei Blaubüchern, und da man auf diese Weise dem Ehrbegriff Genüge getan hatte, sandte man Paul Cambon zur Unterzeichnung eines Protokolls ab ... und kam wieder auf Dreyfus zurück.

In Mogador ging das Leben mit seinen im Kreislauf der Jahreszeiten immer gleichen Arbeiten seinen gewohnten Gang, inmitten des großen Friedens der sauber und schnurgerade aneinandergereihten Äcker, die die Sorgen und Mühen der Menschen unter den unveränderlich ihren Segen spendenden Sonne mit ihrem Reichtum bedankten.

Eines Morgens wanderte Hubert in gedrückter Stimmung, die das strahlende Blau des Himmels nicht aufzuheitern vermochte, den Weg nach Hause. Sein Pferd, dem er die Zügel auf den Hals geworfen hatte, ging im Schritt ein Spalier blühender Quittenbäume entlang. Der Mais und der Mohn waren ausgesät, kein Frost mehr zu befürchten. Das Jahr ließ sich gut an. Eine schöne Obsternte stand zu erwarten. Die Hafer- und die Gerstenfelder waren geeggt und gejätet, Weizen und Roggen keimten dicht. Die Olivenbäume waren geschnitten, die Reben gepfropft. Das Gut atmete Wohlstand und Ordnung. Frédéric konnte zufrieden sein.

Aber diese Ordnung, an der Hubert nicht teil hatte, war kein Trost für ihn, im Gegenteil. Die Erde, die er so sehr liebte, brauchte ihn nicht, er war unnütz für sie ... Niemals würde sie ihm wirklich gehören! Frédéric schnitt und erntete, und weil das Geld reichlich einfloß, jeder seinen schönen Anteil daran hatte und nach Belieben ausgeben konnte, bildete er sich ein, daß alles zum besten stehe und jedermann zufrieden sein müsse.

War es wirklich sein Schicksal, ein Leben lang nichts anderes zu sein als der Arme hinter den glänzenden Fensterscheiben? Ein anderer ist vor uns geboren, und er hat das Gut, er hat ...

Nun ja: er hat die Frau! Und alle Welt scheint das ganz natürlich zu finden. Er genießt mit einer unverschämten Behaglichkeit seinen Besitz. Und was bleibt den anderen? Ein Parfüm zu atmen, auf einen Tonfall in der Stimme zu lauern, ein Wort zu erhaschen und hie und da einmal derjenige zu sein, von dem man sich einen Augenblick unterhalten läßt, dem man sich einmal anvertraut ... und am Abend die beiden ihre Türe hinter sich schließen zu sehen!

‚Diese Frau, die ich so geliebt hätte ... Diese und keine andere. O Gott! Zwischen so vielen jungen Mädchengesichtern, so vielen aufmunternden lächelnden Blicken blind hindurchzugehen, wegen eines Zigeunerprofils und eines violetten Augenpaares!'

Anne hatte ihre Augen geerbt. ‚Sie ist genauso kokett und kapriziös wie ihre Mutter', dachte er.

Er erschrak vor dem, was er zu denken gewagt hatte. ‚Aber nein, Ludivine ist nicht so ... oder sind es alle jungen Frauen? Und sie, sie vergöttert ihren Mann, sie sieht keinen andern auf der Welt als ihn und wird auch niemals einen andern sehen.' Es war beruhigend, sich daran zu erinnern, mit vollkommener Sicherheit zu wissen, daß sich niemals der leiseste Hoffnungsstrahl zeigen würde, auf dem sich die Versuchung hätte einschleichen können.

‚Was macht sie wohl in diesem Augenblick? Sicher ist sie bei den Kindern. Werden ihre Töchter ihr ähnlich sein? Sabel vielleicht? Oder Anne? Ach, nur nicht den Geburtstag Annes vergessen, in nicht ganz einer Woche ... Fortwährend gibt es Geburtstage in diesem Hause. Mein Gott, ist das anstrengend, die Phantasie, die man da entfalten muß! Was wird mir nur als Geschenk für sie einfallen? Ein Kind in dem Alter und dazu ein Mädchen! Und wenn man darüber nachdenkt ... Sechs Jahre ... Schon sechs Jahre! Und Sabel wird in wenigen Monaten acht.'

Laute Stimmen riefen ihn an. Er erwachte aus seinem Grübeln. Menelik hatte ihn bis vor den Heuboden geführt, wo die Männer gerade die letzten Fuhren Klee einbrachten.

„Die letzte Gabel, dann setzen wir uns zum Essen", rief ihm Frédéric zu. „Du kommst gerade recht."

Frédéric liebt diese kräftigen Mahlzeiten im Freien auf dem steinernen Tisch inmitten der arbeitenden Männer. Hubert befestigte sein Pferd bei der Tränke und trat zu ihnen.

Alle aßen bedächtig und schweigsam, indem sie Bissen um Bissen von ihrem Brot abschnitten und ebenso große Scheiben Schinken darauf legten.

„Da, trink“, sagte Frédéric in einem brüderlich-rauhen Ton, schenkte Wein ein und reichte ihm sein Glas.

Eine Welle von Zärtlichkeit und Scham stieg in Hubert auf. ‚Guter Gott, daß er nur niemals erfährt, was für ein schmutziger Kerl ich bin!‘ Er hob den Kopf.

An den Tisch gelehnt, die langen Beine von sich gestreckt, stopfte Frédéric liebevoll seine Pfeife. Der Tabaksbeutel ging von Hand zu Hand.

„Willst du mein Feuerzeug?“ Der Herr von Mogador streckte die Hand aus. Die alte gerippte Samtweste klaffte am Armloch.

„Deine Weste ist zerrissen.“ Frédéric blinzelte mit einem Auge.

‚Wie er an Mama erinnert!‘ fuhr es dem jungen Mann blitzschnell durch den Kopf. Die beiden Brüder zogen fast gleichzeitig in kleinen Zügen an ihren Pfeifen.

„Man fühlt sich doch manchmal verdammt wohl ohne die Frauen“, sagte Frédéric.

„Ach, ja . . .“, seufzte Hubert voll ehrlicher Überzeugung.

Die Sonne hatte die Tenne erreicht. Die Hitze stieg allmählich an. Eine kleine graue Eidechse zeigte sich und kletterte dicht neben ihnen die Bank entlang.

„Schau, eine Eidechse.“

„Der Sommer ist da.“

Sie blieben noch eine Weile sitzen, während die Männer sich einer nach dem anderen an ihre Arbeit begaben.

„Kommst du mit zur Schäferei?“

„Gut, gehen wir hin.“

Sie standen beide auf.

Jeden Morgen ließ sich Ludivine von Mademoiselle Louise, der Erzieherin der kleinen Mädchen, Bericht erstatten. Seit zwei Jahren leitete diese dicke, häßliche, reizlose Person mit rotem Gesicht, spärlichem Haar und schwerfälligem Gang, aber ausgestattet mit unerschöpflicher Geduld und ewig guter Laune, die Erziehung Isabelles, und seit kurzem hatte man auch Anne ihren Händen übergeben.

In ihrem entvölkerten Reich klammerte sich Adrienne an die drei Kleinen und versammelte sie um sich wie eine Henne ihre Küchlein.

Schon zogen ihr die zwei größeren Mädchen, vergeßlich wie Kinder sind, die fette Louise vor, die sie als junge Damen behandelte und auf diese Weise ihre Würde in ihren eigenen Augen vermehrte.

Die höchste Autorität blieb dessenungeachtet Mama. Man konnte Tatie bis aufs Blut quälen, ihr den Gehorsam verweigern, sie mit der Grausamkeit der Kinder spüren lassen, daß sie nicht das geringste Recht über ihre Nichten besaß, kurz, schamlos ihre Zärtlichkeit mißbrauchen, von der man ganz genau wußte, daß man sie unversehrt wiederfinden würde, sobald man ihrer bedurfte ... Man konnte auch mit ein wenig Schlauheit, indem man sich den Anschein gab, artig zu folgen, die Oberhand über Mademoiselle gewinnen – eine reine Frage der Diplomatie, in welcher Kunst die frühreife Anne ihrer älteren Schwester überlegen war ... Man konnte sogar ziemlich leicht mit Großmama fertig werden, sobald man einmal auf das Geheimnis gekommen war, nämlich sie zum Lachen zu bringen. Und was Papa und Onkel Hubert betraf, so waren diese im allgemeinen sowieso treue Bundesgenossen, noch wertvoller als Philo und der dicke Victor, die einem das anziehende Reich der Küche erschlossen, aber manchmal ohne Sinn und Zweck brummten und zankten ...

Aber an Mama war keine Schwäche. Listen, Trotz und Tränen vermochten nicht das geringste über sie. Sie beurteilte die Taten ohne Rücksicht auf die Absichten. Und da diese in den meisten Fällen offenkundig tadelnswert waren, ergab sich gerade aus den von ihr verhängten Strafen eine Art höherer Gerechtigkeit, die schließlich im Bewußtsein des Schuldigen mit einer vollkommen fatalistischen Überzeugung von der im Reiche der Großen waltenden Rechtlichkeit übereinstimmte.

Diese Unbeugsamkeit erhöhte den Wert der Liebkosungen und Belohnungen, die Mama bei anderen Gelegenheiten zugestand, wundervolle, paradiesische Belohnungen: man durfte an den Fläschchen ihres Toilettentisches riechen, mit ihr das Kleid aussuchen, das sie anziehen sollte, die Rose pflücken, die dazu bestimmt war, ihre Toilette zu vervollständigen, oder gar ihr Ansteckbukett zusammenstellen, und das Gesicht der kleinen Isabelle strahlte vor unsäglichem Stolz, wenn dem ihren der Preis zuerkannt wurde.

So stand Ludivine an der Spitze dieser Hierarchie göttlichen Rechts, mit der man nach Ansicht ihrer Töchter zu rechnen hatte.

Die junge Frau fand in dieser kindlichen Verehrung eine gewisse Ablenkung von ihrer Langeweile. Denn die Unterhaltungen waren in diesem Jahr spärlich. Die Nachbarschaft grollte ihnen ganz offensichtlich, und ihr Mann und Hubert trugen die Schuld daran.

Seit der Entdeckung der „Liste“ und dem Wiederaufflackern der

Dreyfus-Affäre waren die beiden Brüder mit vollen Segeln in das Lager der Dreyfusianer übergegangen. Es war ein ganzer, kleiner Skandal in der Gegend gewesen. Bei allen großen Grundbesitzern hatte man Sturm geläutet. Ludivine sollte sich noch lange an die mit scheinheiliger Miene an sie gerichteten Fragen und an die Anspielungen voll versteckter Feindseligkeit erinnern, die sie in den Salons über sich hatte ergehen lassen müssen.

„Liebe Freundin, stellen Sie sich vor, man hat vor mir behaupten wollen –, natürlich habe ich kein Wort davon geglaubt –, daß Ihr Mann und Ihr Schwager die Sache der Juden gegen die Nation unterstützen . . ."

„Meine Liebe, sagen wir doch ganz einfach, die eines Unschuldigen gegenüber der Wut seiner Landsleute. Das ist, wie ich glaube, der einzige Gesichtspunkt, den mein Mann und mein Schwager im Auge haben."

Im Angesicht des Feindes mußte sie natürlich mit ihrem Clan solidarisch sein. Feigheit konnte man von einer geborenen Peyrissac nicht erwarten, aber innerlich schäumte sie vor Wut, während das Lächeln auf den Gesichtern um sie her süßsauer wurde und erstarb. Eine allgemeine Mißbilligung stieg im Dampf der Teetassen zum Himmel empor, die man angesichts der herausfordernden Miene Ludivines kaum mehr verbarg. Die Hausfrau bemühte sich mit einer Anstrengung, die der eines Zugochsen nicht unähnlich war, einen anderen, weniger gefährlichen Gesprächsstoff heranzubringen.

Zum Teufel mit Scheurer-Kestner und Walsin-Esterhazy! Zum Teufel mit Oberst Henry und Zola und Déroulède und diesen Idioten von Fort Chabrol mit ihrem Papiermachéheroismus, der die wohlmeinenden Damen vor Bewunderung ersterben ließ! Zum Teufel alle miteinander . . . und diese zwei Besessenen dazu, die die ganze Gegend gegen Mogador aufbrachten!

Sie stellte sich lebhaft die Kommentare vor, die zu hören sein würden, sobald die Tür sich hinter ihr geschlossen hätte.

„Diese Vernets, möchte man es für möglich halten? – Sie machen sich eine Ehre daraus, die Kanaille zu ermutigen. – Nein, so etwas, sich auf die Seite der Verräter Frankreichs zu stellen. – Sie glauben, daß ihnen mit ihrem Reichtum alles erlaubt sei. – Aber sie haben sich immer gerne abseits gestellt und die Leute herausgefordert." – Natürlich würde man den ganzen alten Tratsch auskramen, alle alten Beschwerden aufwärmen, die Geschichte von ihrer Hochzeit hervorzerren. „Stellen Sie sich vor, meine Liebe, der ganze Hochzeitszug war in Unordnung, die Gäste sind mit offenem Mund dagestanden. Ich war dabei. Wenn Sie das gesehen hätten." – Sie würden sich alle den Mund zerreißen über die arrogante, sarkastische Art ihrer Schwiegermutter, die tollen Einfälle Frédérics und seine Ungezwungenheit, das ungestüme Draufgängertum Huberts und ihren eigenen Hochmut. ‚Nicht zu reden davon, daß ich viel besser angezogen bin und zehnmal mehr Erfolg bei den Männern habe als sie alle miteinander, und daß sie von Neid aufgefressen werden.'

Der Erfolg war nichtsdestoweniger der, daß sie sich, der ewigen Plänkeleien müde, dazu entschloß, zu Hause zu bleiben. Aber sie fühlte sich gedemütigt und war wütend.

Einige Tage hindurch hatte sie den Bewohnern von Mogador ein finsteres Gesicht gezeigt, in der Hoffnung, dadurch eine Erklärung zu erzwingen oder doch wenigstens Gelegenheit zu erhalten, den zwei Männern ihre Meinung zu sagen. Verlorene Mühe.

„Sie haben es nicht einmal bemerkt, denk dir, so beschäftigt sind sie mit ihren Dummheiten!" sagte sie zu Elise, der sie in Barbegal einen Besuch abstattete, um sich ihre Wut vom Herzen zu reden. „Und jetzt kann ich ganz allein zu Hause sitzen. So viele angenehme Menschen, mit denen wir verkehrt haben! Ich meine natürlich nicht die Frauen, du kennst sie ja, diese Gänse. Aber viele haben sehr nette Männer. Und es ist nicht ein einziger darunter, verstehst du? nicht ein einziger, mit dem sie sich nicht zerstritten haben. Es ist noch nicht einen Monat her, da hat Frédéric bei den Roverets gesagt, Frankreich mache sich einfach lächerlich, wenn es sich jetzt aus einem so unpassenden Anlaß in bezug auf die Ehre seiner Armee derart empfindlich zeige, nachdem es diese Ehre bei Faschoda mit Füßen getreten habe. Daraufhin hat Lucile meinen Besuch nicht erwidert. Und sogar Alfred Raynal, du weißt, Huberts bester Freund – er ist so ein reizender Mensch –, der verbarrikadiert sich jetzt in seinem Saint-Ange, seitdem Hubert vor ihm Déroulède einen alten Kommißknopf und Jules Guérin einen Hampelmann genannt hat."

Elise lachte ihr sanftes Lachen und streichelte den Arm ihrer Freundin.

„Armes Herz."

Es war in den letzten Augusttagen. Noch immer herrschte ein glühender Sommer. Der Himmel lastete unbeweglich und drückend über der Landschaft. Selbst unter dem dichten Schatten der Platanen in Elisens Garten war es erstickend heiß. Die jungen Frauen fächelten sich und tranken kalte Mandelmilch.

„Daß sie keine Ruhe geben können", klagte Ludivine niedergeschlagen und fuhr dann mit neuauflodernder Erbitterung fort: „Aber was geht sie das Ganze überhaupt an? Dieser verfluchte Dreyfus! ..."

„Aber Ludivine, wenn er unschuldig ist? ... Vincent glaubt es auch."

Ludivine sah sie verblüfft an.

„Unschuldig? Und was hat das damit zu tun? Elise, du verstehst mich nicht. Unschuldig oder nicht, was soll diese ganze Aufregung daran ändern? Man möchte glauben, daß sie den ersten Unschuldigen seit Urbeginn der Welt entdeckt haben. Und weder sie noch du noch ich noch diese Idioten von der anderen Seite haben ihn verurteilt, nicht?"

„Aber, Ludivine, du sprichst genauso wie Pontius Pilatus", sagte Elise vorwurfsvoll.

„Wie ... Pontius Pilatus?" Sie überdachte den Einwand einen Augenblick und fegte ihn hinweg.

„Und? Was willst du damit sagen? Ich habe es nie begriffen, was man eigentlich diesem Pontius Pilatus vorwirft. Er hat einfach sein Amt als Statthalter versehen, und es stand Jesus nicht auf der Nase geschrieben, daß er der Sohn Gottes war."

„Ludivine!"

Elise fuhr auf.

„Ludivine, ich kann nicht hören, daß du so sprichst, und gerade in dem Augenblick, wo man die Religion beschimpft, die Kirchen plündert, wo ..."

Sie konnte vor Aufregung kaum weitersprechen: „Es ist nicht möglich, daß das dein Ernst ist!"

„Nun ... vielleicht nicht ganz ... Nein, gewiß nicht", gab Ludivine, etwas unsicher geworden, zu.

Es war ein ungewohnter Anblick, Elise in eine Art feuerspeiende Katze verwandelt zu sehen. Der kleine Maurice, der vor ihnen mit Christine spielte, fiel auf den Kies und begann zu heulen. Seine Mutter eilte ihm zu Hilfe und wusch die Schramme mit frischem Wasser.

„Aber es ist nichts, gar nichts. Ein Mann weint nicht."

„Das ist die Hitze", sagte sie, während sie sich wieder neben Ludivine niedersetzte. „Wir sind alle nervös, müde! Es müßte wieder einmal ein ordentlicher Regen kommen . . . Schau, Ludivine, ich verstehe sehr gut, daß dich das alles aufregt, es ist sehr unangenehm für dich. Aber ich finde, daß du auf Frédéric stolz sein kannst. Er und sein Bruder sagen, was sie über eine Ungerechtigkeit denken. Du würdest doch nicht wollen, daß sie sich anders verhielten, auch wenn die ganze Welt gegen sie aufstünde."

Das schlimmste war, daß sie recht hatte. Darüber kam man nicht hinweg. Die Vernets waren ein kämpferischer Schlag, wie Ludivine, wie Elise selbst mit ihrer überraschenden, verblüffenden Art, die ganz anders war als die ihre, aber doch auf jeden Fall Mut bewies. ‚Und wahrscheinlich habe ich sie deshalb gern, obwohl wir uns in diesem Punkte nicht verstehen.'

„Es ist eine traurige Zeit. Überall Unerfreuliches, wo man hinsieht", sagte Elise und ließ ihre Stickerei auf ihre Knie niedersinken. Mit ihrer schüchternen, oft ein wenig zögernden Stimme fuhr sie fort: „Denk an die armen Menschen dort in Transvaal. Vincent sagt, daß England den Krieg will und daß er unvermeidlich ist. Und niemand wird ihnen zu Hilfe kommen."

‚Jetzt wird sie noch über das Los der Buren weinen', dachte Ludivine etwas gereizt. ‚Die sind wenigstens weit. Keine Gefahr, daß auch die uns noch das Leben schwermachen. Und wenn der Krieg ausbricht, vielleicht . . . vielleicht wird das eine Abwechslung sein.'

„Aber", sagte sie ausweichend, „davon spricht man schon so lange. Mach dir doch keine Sorgen wegen der Buren. Ihr Krüger ist ein alter Schlaukopf."

Aber Elise schüttelte den Kopf.

„Weißt du, Elise, ich habe immer das Gefühl gehabt, daß du die Berufung zu einer Heiligen oder einer Märtyrerin hast. Zur Zeit der ersten Christen wärst du sicher in die Arena gestiegen."

„O nein, ich glaube nicht. Ich hätte viel zuviel Angst gehabt. Ich bin so wehleidig. Bei der Geburt von Maurice habe ich jämmerlich geschrien. Und im Kloster, erinnerst du dich, wie ich mir den Finger an der Tür gequetscht habe?"

Der Abend brach herein. Etwas Kühle drang unter das Blätterdach. Der Garten wiegte sich in einem leichten Windhauch, der vorüberflog und erstarb.

„Und wie Marthe Dervilliers im Schlafsaal die Nachtwandlerin spielte, um der Mutter Oberin ein paar Frechheiten sagen zu können? Und wie du bei uns die roten Fische im Bassin fangen wolltest? Und wie du Papa gesagt hast: ‚Es ist ganz umsonst, ich gehe nicht mehr in die Schule!' Ich sehe dich vor mir, mit dem Fuß stampfend ... und Mama, die mich aus dem Zimmer schickte wegen des schlechten Beispiels. Ich erinnere mich genau, du warst noch nicht zehn Jahre alt. Es war das Jahr meiner ersten Kommunion."

Beide lachten aus vollem Herzen.

„Übrigens, hat Papa dir geschrieben? Nein? Noch nicht? Wegen Gloriette. Er hat Sonntag in Tarascon zu mir davon gesprochen. Die Pacht läuft zu Michaelis ab, glaub ich, und du wirst das Gut wieder übernehmen, nicht wahr?"

„Gloriette", murmelte Ludivine nachdenklich. „Dort bin ich geboren und, denk dir, ich erinnere mich überhaupt nicht an das Haus. Meine Schwiegermutter erzählt mir manchmal davon. Sie hat in ihrer Jugend in dem Hause verkehrt. Dort hat sie öfter ihren späteren Mann getroffen. Bei meinen Großeltern. Merkwürdig, wenn man daran denkt ..."

„Ja, und unsere Kinder, wen werden die heiraten? Wo werden sie ..."

„Gütiger Himmel, Elise, sprich nicht davon! Es läuft mir eiskalt über den Rücken. Haben wir nicht noch Zeit bis dahin?"

Sie erhob sich.

„Ich muß nach Hause. Christine, sag Adieu ... Morgen werde ich deinen Vater besuchen. Ich werde die Kleine da mitnehmen, wenn Adrienne sie mir anvertraut. Deine Mama hat sie seit der Geburt der Zwillinge nicht mehr gesehen. Sie hat sich verändert, findest du nicht?"

Elise bückte sich, um das Kind zu küssen.

„Sie ist schön geworden."

„Nun, schön möchte ich nicht gerade sagen ... Übertreiben wir nicht. Aber jedenfalls wird sie auch ganz hübsch werden. Ich fürchte, daß dein Patenkind die am wenigsten gelungene von den vieren ist. Sie ist eher nichtssagend. Aber François! Ah, François ist prachtvoll", fügte sie stolz hinzu.

„Wie ich dich beneide um diese ganze kleine Gesellschaft!"

Ludivine hob ihre Tochter auf die Bank des Kabrioletts, das sie seit kurzem selbst kutschierte. Sie lachte.

„Du glaubst doch nicht, daß ich es so haben wollte? Ich hätte gerne früher aufgehört, wenn sich nicht der liebe Gott den Spaß gemacht hätte, mir zuerst das Haus mit Mädchen zu bevölkern. Du hast Glück gehabt mit Maurice."

Elise klopfte den Hals des kleinen Pferdes, das ungeduldig den Boden scharrte. Sie hob das Gesicht zu ihrer Freundin empor. Es war purpurrot.

„Ich hoffe ... Liebste, sag es nicht weiter, aber ich hoffe, daß er bald eine kleine Schwester haben wird oder ein ..."

„Nein! Nicht möglich! Wann? Und das sagst du mir jetzt erst?"

„Oh, es ist noch nicht ganz drei Monate her. Ich war nicht sicher. Ich wagte noch nicht, daran zu glauben. Ich bitte dich, sag niemandem etwas davon."

„Natürlich nicht, du Gänschen. Ich freue mich für dich, da du dich freust." Gerührt nahm sie die Freundin um die Taille.

„Also gib mir eine Kuß, ich muß gehen."

Sie sprang auf den Wagen und ergriff die Zügel. Christine winkte Maurice, der sich an die Röcke seiner Mutter klammerte, herablassend zum Abschied.

„Nur Mut, meine Liebe!" rief Ludivine.

Dabei spielte dasselbe kleine schelmische Lächeln um ihren Mund, das sie so oft an Frédéric gesehen hatte. ‚Gott sei Dank, bei mir ist es zu Ende mit diesen Späßen!'

Einige Wochen später verließ das Kabriolett an einem frühen Nachmittag in schnellem Trab Mogador in der Richtung auf Boulbon. Ludivine war in Begleitung ihres Schwagers auf dem Wege, um das Erbgut ihrer Familie zu besichtigen.

Tagelang hatte es in Strömen geregnet. Nun war der schon ferngeglaubte Sommer wieder da, auf wunderbare Weise neugeboren aus den dichten, von einer schwarzgrauen, nassen Nebelwand verhüllten Wolkenmassen, hinter denen er schon begraben schien. Jedes Blatt, jeder Grashalm, jeder Kieselstein auf der Landstraße funkelte frisch gewaschen in den Strahlen einer verjüngten Sonne unter einem Himmel von seltener Klarheit. Der kräftige Trab des Pferdes wirbelte keinen Staub auf. Die Erde roch köstlich.

„Ein herrliches Wetter! Man möchte glauben, es sei Mai!"

Ludivine wandte dem jungen Mann unter ihrem mit großen Flügeln geputzten Hut ein strahlendes Gesicht zu.

„Wie schade, daß Frédéric nicht auch hat mitkommen können! Aber es macht nichts", fügte sie mit einem reizenden Lächeln hinzu. „Ich freue mich ganz besonders, mit dir dorthin zu fahren."

Überflüssige Mühe, soviel anmutige Liebenswürdigkeit zu entfalten. Hubert war in ihren Händen fester gefangen als jemals der

Ritter Renaud im Zauber Armidens. Man brauchte ihn nur anzusehen, um sich davon zu überzeugen.

Ludivine atmete tief. Jede Fiber ihres Körpers war voll Leben und weitete sich im Winde der schnellen Fahrt.

Hubert trank ihren Anblick mit den Augen, unfähig, eine Antwort zu finden. Er, sonst so schlagfertig, so selbstsicher, so überlegen im Verkehr mit Frauen, warum mußte er sich immer so ungeschickt fühlen gegenüber der einen?

„Du bist sehr schweigsam“, sagte sie in spöttischem Tone. „Ist es immer noch deine geliebte Politik, die deine Gedanken ganz und gar in Anspruch nimmt? Gott, wenn du wüßtest, wie lächerlich das ist! Schau dir doch den Himmel an, die Landschaft. Alles ist wieder grün geworden in diesen Tagen. Spürst du den Geruch des Grases? Ich verstehe nicht, wie du mit dieser verschlossenen Miene dasitzen kannst! Außer, du meditierst über einem Gedicht. Hab ich's erraten? Gesteh, daß ich dich störe!“

Er schüttelte den Kopf.

„Scherze nicht. Früher einmal träumte ich davon, ein Gedicht an dich zu schreiben.“

„Ah?“ Ludivine wartete gespannt.

„Als ich achtzehn Jahre alt war“, erklärte er in ernüchtertem Ton.

Sie lachte. Frédéric liebte dieses Lachen. ‚Er sagt immer, daß es mir so gut steht.‘ Sie geizte nicht damit.

„Das ist deine Art, ein Kompliment zu machen? Ich wundere mich nicht mehr darüber, daß du ein Junggeselle bleibst. Nun, und jetzt?“

Das Licht spielte auf ihrem Haar, während sie ihn mit einem lauernden Blick ansah, den Kopf ein wenig zur Seite geneigt. ‚Wie ein Wiedehopf‘, dachte er, ‚mit dem Gefieder eines Paradiesvogels.‘

„Jetzt weiß ich, daß es unmöglich und unnütz ist. Du bist die Poesie selbst.“

Ludivine senkte ihre schwarzen Wimpern in wohlabgewogener Verwirrung und schien ihre Aufmerksamkeit dem Pferde zuzuwenden. Innerlich strahlte sie vor Entzücken. Wie herrlich, einen Mann dazu bringen zu können, einem so angenehme Dinge zu sagen, und jung zu sein, schön, elegant und rings um sich die Liebe zu spüren!

Was Hubert betraf, war das auch wirklich die volle Wahrheit. Selbst die Fehler und Mängel seiner Angebeteten, ihre etwas zu stark gewölbte Stirn, ihre mongolischen Backenknochen, ihre kleine, leicht aufgebogene Nase, ebenso ihr ungestümer, herrischer Charakter, alles trug in seinen Augen zu ihrer Vollendung bei.

Sie erreichten gegen vier Uhr Gloriette. Eine alte Frau erwartete sie und ging den Weg zum Hause voran. Es war ein langgestrecktes, ziemlich niedriges, mit runden zartrosa Ziegeln gedecktes Gebäude, überschattet von einer riesigen, himmelan ragenden tiefblauen Zypresse. Eine kühlespendende Wand von Lorbeerbäumen umschloß eine Steinbank am Ende der Terrasse.

„Oh, da ist es schön! Ich glaube, daß man sich hier sehr wohl fühlen müßte", sagte Hubert.

„Nun ja, ein kleines Landgut. Das kann man doch gar nicht vergleichen mit Mogador. Übrigens haben meine Großeltern ja auch nur im Sommer hier gelebt."

„Ein schönes Gut, Madame. Sie hätten es zu Lebzeiten Ihres armen Großvaters sehen sollen. Was da von hier wegging an Kartoffeln, Obst und Gemüse. Und der Honig, der hier gewonnen wurde, und die Fässer mit eingelegten Oliven, nicht zu reden von dem vielen Öl. Nicht einmal in Salon wächst so viel."

„Und jetzt?"

„Ach, jetzt ..."

Ludivines ganzer praktischer Sinn erwachte bei diesen Worten. „Wir werden sehen", sagte sie mit Entschiedenheit.

Sie gingen durch die großen leeren Räume, in denen ihre Schritte hart widerhallten. Hubert eilte immer wieder ans Fenster und konnte sich an dem sonnenglühenden Berg nicht satt sehen, der die Felder an seinem Fuß einengte.

„Schau, Ludivine!"

Ludivine fragte, prüfte, rechnete voll Eifer. Mit zärtlicher Aufmerksamkeit verfolgte er alles, was sie tat. Es belustigte ihn, zu sehen, wie sie ihre „Hausfrauenmiene" aufsetzte. Er lächelte: „Die Königin in Trianon ..." Daß die Königin ganz genau die Schafpreise kannte und wußte, wieviel Ertrag ein Acker geben kann, nahm Ihrer Majestät nichts von ihrer Würde.

„Nun, Hubert?" Die Stimme klang ungeduldig.

Aus seinen Betrachtungen gerissen, fühlte er sich erröten und ärgerte sich darüber. Wieder einmal hatte er sich wie ein kleiner Junge benommen und war dabei ertappt worden. ‚Wie muß sie über mich lachen.'

Sie war schon in das nächste Zimmer getreten. Er folgte ihr. Es war ein großer Raum mit alten chinesischen Seidentapeten von grünlicher Farbe zwischen weißem Holzgetäfel im Stil Louis XVI. Die verblichene Wandbespannung zeigte an den Stellen, wo früher die Möbel gestanden waren, noch ihre ursprüngliche Farbe. Ein tiefer Alkoven, eingerahmt von Türen mit kleinen Spiegelglasscheiben, nahm den Hintergrund ein.

Ludivine unterbrach ihre Fragen an die Führerin und wandte Hubert einen träumerischen Blick zu.

„Hier bin ich zur Welt gekommen, in einem Bett, das mit allen anderen Möbeln auf dem Boden steht . . ."

Es war etwas wie Andacht in ihrer Stimme. Hubert lächelte.

„Denkst du manchmal daran, wenn du zu einem kleinen Plausch in Mamas Zimmer trittst, daß die Wände und die Möbel dort uns alle zur Welt haben kommen sehen?"

Nein, wirklich, daran hatte sie nie gedacht. Frédéric war für sie an dem Tage geboren, da er bei den Daubenois zum erstenmal ihrem Blick begegnet war.

„Weißt du", fuhr Hubert fort, „seit der Zeit, da es Häuser mit Betten gibt und Menschen, die darin geboren werden, ist man gegenüber der Feierlichkeit solcher Ereignisse etwas abgestumpft worden. Allerdings, wenn es sich um deine Geburt handelt, wird man . . ."

„Ich an deiner Stelle", unterbrach ihn Ludivine scharf, „würde es lieber bleibenlassen, Frédéric nachzuäffen. Ich versichere dir, daß dir dieser neckische Ton sehr schlecht steht. Es wäre genauso, wenn du seinen Rock anziehen wolltest."

Er warf ihr einen stechenden Blick zu:

„Und ich habe nicht seinen Wuchs, nicht wahr?" Jedermann in Mogador wußte, daß dies Huberts etwas kindischer Schmerz war.

Während Ludivine mürrisch schwieg, pfiff er durch die Zähne:

„Nur sachte, meine Liebe, spiel nicht mit dem Feuer!"

„Dann fordere mich aber auch nicht heraus!" fügte sie lachend hinzu. „Du kennst doch meinen reizbaren Charakter."

Er schwieg. Das Seil, auf dem er ging, war straff gespannt. Unsicher, welche Haltung er einnehmen sollte, taumelte er ungeschickt zwischen schlecht verhehlter Leidenschaft und gemachter Ungezwungenheit hin und her.

Eine solche Herzensqual malte sich auf seinen Zügen, daß sich Ludivine einen Augenblick schuldbewußt fühlte. Aber die Freude an der Eroberung war zu stark in ihr. Und dabei war es ein so ungleicher Kampf. Doch was tun? ‚Ist es meine Schuld, wenn er mich liebt?'

Jetzt blieb nichts anderes übrig, als die Wunde zu verbinden.

Mechanisch war Hubert wieder ans Fenster getreten. Auf die Ellbogen gestützt, sah er ins Weite, über die Felder hinauf zum Berg.

„Hubert!" rief sie mit sanfter Stimme.

„Ja?"

„Sollten wir nicht hinuntergehen? Es wird spät. Wir müssen uns noch die Wirtschaftsgebäude und die Äcker ansehen, und ich möchte mich dann noch gerne ein bißchen im Garten ausruhen, bevor wir nach Hause fahren."

Draußen nahm sie seinen Arm.

„Komm schnell. Ich will deine Meinung über alles hören."

Etwas löste sich in Huberts Brust.

„Nun, es sieht gar nicht so schlecht aus", erklärte Ludivine, als sie ihre Besichtigung beendet hatten.

„Ganz gewiß nicht!"

Hubert war begeistert.

„Auf diesem Boden muß alles gut gedeihen. Du mußt mehr Ertrag aus ihm herausholen, Ludivine. Ich werde dir helfen, wenn du willst. Außer, daß mein Bruder ..."

„Oh, Frédéric braucht seine Zeit für Mogador. Ich möchte es gerne mit dir versuchen. Wir werden darüber nachdenken. Aber komm jetzt in den Garten, zu Mamas Feigenbäumen."

Sie gingen durch den ganzen Obstgarten. Keine Feigenbäume waren zu sehen, sosehr Ludivine auch suchte.

„Hinten an der niedrigen Mauer ... Mama hat mir so oft davon erzählt."

„Sicher sind sie abgestorben. Du mußt bedenken, es ist fast ein halbes Jahrhundert seither vergangen. Ich glaube, wir müssen die Hoffnung aufgeben, sie zu finden."

Der Garten bot einen traurigen Anblick. Offenbar hatte man sich seit langem nur mehr um den Ertrag gekümmert. Keine Blume in den vollständig vernachlässigten Beeten. Die Buchsbaumeinfassungen wuchsen wild. Da und dort faulten welke Blätter in Haufen, wie sie der Wind zusammengeweht hatte, feucht vom Regen der letzten Tage, Kapuzinerkressen und Nelken blühten hier und da verstreut. Mitten in einer Allee waren Malven aufgeschossen.

Einige halb verwilderte Rosenstöcke trugen ihre letzten Knospen. Hubert schnitt sie ab.

„Die mußt du mitnehmen. Setzen wir uns dort nieder, ja?"

Am Ende der Allee führten einige ausgetretene Stufen zu einem kleinen Gartenpavillon, der sich an die über der Straße gelegene niedrige Mauer anlehnte. Das von der Sonne ausgedörrte, von Weinranken überwucherte Spalierwerk war stellenweise zusammengebrochen. Das Geländer drohte einzustürzen.

Ludivine setzte sich auf eine alte Steinbank, die mit einer grüngelben Moosschicht bedeckt war. Hubert, der sich an ihrer Seite niedergelassen hatte, öffnete sein Messer und begann die Rosenstengel abzuschälen. Hin und wieder stach er sich an einem Dorn. Kleine Blutstropfen befleckten seine Hände.

„Armer Hubert, du tust dir weh für mich."

Er hob seine Augen zu ihr auf und sah sie einen Augenblick an. Sie war über alle Maßen schön und jung in dem leichten Schatten der Laube. Neun Jahre war es nun schon her, daß sie ihren Platz in ihrer aller Leben eingenommen hatte, neun Jahre, daß dieses Antlitz in ihn eingegangen war und in ihm wohnte zu seiner Lust und seiner Qual. Wunderbares Wesen, so sanft und so grausam. Niemand hätte sie so geliebt wie er. Und doch würde er ihr niemals näherkommen, als er es heute war, in diesem Winkel eines vergessenen Gartens, wo ihr auf die Bank gelegter Hut eine hauchzarte und doch unübersteigbare Schranke zwischen ihnen aufrichtete.

„Ich möchte immer für dich die Dornen wegnehmen", murmelte er mit gepreßter Stimme.

Ärgerlich wandte sie den Kopf ab.

‚Er wird doch nicht ... Eine Liebeserklärung ... Das wäre ja hübsch. Die Männer sind unerträglich.'

Er band die Rosen mit seinem Taschentuch zusammen.

„Also gib mir dieses Bukett", sagte sie in frostigem Ton.

Seine Lippen zuckten kaum merklich:

„Hier, meine Liebe. Eine Erinnerung an Gloriette."

Die Gefahr war vorüber. Ludivine atmete auf.

„Ich hätte mich nicht getraut, mit diesen Rosen nach Mogador zu kommen, wenn Juste noch am Leben wäre. Armer Juste, er hätte das als Verrat empfunden."

„Das ist wahr. Er war so stolz auf seine Rosen. Und er hat sie so gern für dich gepflückt."

An einem Maimorgen des vergangenen Jahres hatte man den alten Gärtner in einem seiner Beete ausgestreckt gefunden, das Gesicht zur Erde gekehrt, die Gartenschere war seinen Händen entglitten. Ludivine, in Tränen, hatte es sich nicht nehmen lassen, selbst die Blumen für seinen letzten Weg zu wählen und zu schneiden.

Beide schwiegen. Sie dachten an den alten Mann mit seinem kindlichen Gemüt, an die graue Gestalt, mager wie ein Rebstock. Nie mehr würde man sie wieder auftauchen sehen wie so viele, so unzählbar viele Jahre lang, zwischen den Bäumen des Parks oder in der Biegung einer Allee. Ja, der alte Juste hatte seine Rosen geliebt. Jetzt pflegte er gewiß mit derselben geduldigen Hingebung unbekannte, schönere Blumen in den großen Gärten, die jenseits der Nacht beginnen.

Ludivine seufzte leise. Rings um sie her war es so still, daß die Zeit in die Ewigkeit eingegangen zu sein schien. Ein Blatt löste sich vom spanischen Maulbeerbaum und fiel mit einer unirdischen Langsamkeit zur Erde nieder. Ein Unbehagen ergriff sie.

„Was ist dir, Ludivine?"

Wenn es sich um sie handelte, war Hubert von einem ängstlichen Scharfblick.

„Oh, ich ... Nichts, ein Gedanke, der mir gekommen ist. Plötzlich habe ich mir alle Frauen vorgestellt, die hierhergekommen sind, die sich auf diesen Platz gesetzt haben und die gestorben sind. Ich möchte sie kennen, wissen, ob sie glücklich waren, hören, wie sie hier gelebt haben, was ihr Schicksal war und wie sie mit dem Tod fertig geworden sind. Sterben, was bedeutet das? Man sagt: Der und der ist gestorben. Aber was ist nachher? Meine Mutter, meine Großmutter und alle die anderen, wo sind sie? Warum haben sie alles verlassen müssen? Jetzt ist es, wie wenn sie nie gelebt hätten. Wozu dann das alles? Und dann der Garten, der immer ein anderer war für jede. Wie soll ich dir das erklären? Mama hat mir so oft von ihm erzählt, aber ihr Garten, das ist nicht dieser Garten, das war ein sommerlicher Garten! Verstehst du, wie ich das meine? Wie er an dem einen Sommertag war, so ist er für sie geblieben. Der da erinnert gar nicht an ihn. Und ... und jetzt sieht alles so unwirklich aus", schloß sie mit zitternder Stimme. „Sind die Dinge immer nur einmal wahr? Werde ich, ich ..."

„Mein Gott, Ludivine! Was sind das für Gedanken? Mein liebes, liebes, kleines ..."

Den Hut zur Seite schiebend, legte er seinen Arm wie zum

Schutze um die Schulter der jungen Frau. Die Augen geschlossen, den Kopf zurückgeworfen, schien sie eine viel zu schwere Last zu tragen.

Die Versuchung erfaßte ihn wie ein Schwindel. In wahnwitzigem Verlangen glitten seine Augen über die kleine eigensinnige Stirn, den blauschwarzen Schatten auf der Schläfe neben dem glatten Haar, über die dunklen Lider, die Rundung der Wange, den roten, über den schimmernd weißen Zähnen leicht geöffneten Mund.

Wie von einem Zauber befangen, neigte er sich, halb unbewußt, über sie.

„Ludivine . . .!“ stöhnte er.

„Es ist zu dumm . . . Ich weiß wirklich nicht, was ich habe“, seufzte Ludivine müde. Sie öffnete die Augen und sah ganz nahe über sich das verzerrte Gesicht des Schwagers. Mit einem Satz war sie auf den Füßen.

„Wir müssen nach Hause, mein Lieber.“

Hubert erwachte wie aus einer qualvollen Ohnmacht.

„Ja“, stammelte er, „du hast recht.“

„Wo ist mein Hut?“

Er war hinter die Bank geglitten. Hubert reichte ihn ihr. Sie nahm ihn, ohne zu danken, setzte ihn auf, knüpfte nervös die Bänder und stieg in die Allee hinab. Er folgte ihr. Das Rosenbukett lag vergessen in der Laube.

Die Heimfahrt verlief schweigsam. Ludivine, die auf sich selbst ebenso wütend war wie auf ihren Schwager, führte das Kabriolett in einem lebensgefährlichen Tempo. Hubert war niedergeschlagen, keines Wortes fähig. Erst gegen Ende der Fahrt, als er sah, daß sie ruhiger wurde, hatte er den Mut, das Wort an sie zu richten. Ein gleichgültiges Gespräch kam in Gang. Allmählich verwischte sich zwischen ihnen die Erinnerung an die peinliche Minute in der Laube. Ohne Zweifel würde Ludivine das Ganze bald vergessen haben, sagte sich Hubert mit Bitterkeit. Es bedeutete ja so wenig für sie.

Die Nacht brach herein, als sie Mogador erreichten. Auf das Geräusch des Wagens erschien Frédéric auf der Freitreppe und eilte in großer Erregung auf sie zu.

„Krieg! Es ist Krieg! Transvaal hat die Offensive ergriffen. Die Engländer sind auf dem Rückzug.“

Er umarmte zerstreut seine Frau und begrüßte Hubert mit den Worten: „Teufelskerle, diese Buren, was?“

„Hast du die Zeitungen?“ fragte Hubert.

Beleidigt verschwand sie in ihr Zimmer. Lächerlich waren sie, einfach lächerlich. Die Männer benahmen sich immer wie Unzurechnungsfähige. Vor ihnen mußte man ständig auf der Hut sein; und dann, wenn es ihnen beinahe gelungen war, einen in eine unmögliche Situation zu bringen, dann ließen sie einen stehen, hörten auf zu girren und machten Politik.

Und doch, was würde Frédéric sagen, wenn er wüßte? Pah, er war imstande, darüber zu lachen. Seit langem schon ließ er nichts mehr von Eifersucht merken. „Ich habe Vertrauen“, sagte er ... ein so gottseliges Vertrauen, daß es schon beinahe beleidigend wurde. Und das schlimmste daran war, daß er recht hatte! Niemals war sie auch nur einen Augenblick lang in Versuchung gewesen. ‚Es gibt nur ihn, Frédéric‘, sagte sie sich mit einer Art von Groll. Aber warum zeigte er sich auch dessen gar so sicher?

Nachdem sie sich frisiert und das Kleid gewechselt hatte, begab sie sich in das Kinderzimmer, wo sie ihre Schwiegermutter vorfand. „Mademoiselle“ präsidierte beim Essen, unterstützt von Mathilde, dem Kindermädchen. Ludivine machte schnell die Runde um den Tisch, verteilte einige lobende oder tadelnde Bemerkungen und setzte sich neben Julia nieder. Die alte Dame war damit beschäftigt, eine Strähne Wolle aufzuwickeln.

„Du kommst gerade zurecht“, sagte sie. „Da, hilf mir.“

„Nun, war's schön? Du hast Glück gehabt mit dem Wetter.“

„Ja, wirklich ...“

„Und wie hast du den Besitz gefunden? Erzähl ein bißchen. Sapristi, du bist aber heute gesprächig.“

„Sapristi“, schrie François und schlug dabei auf seinen Teller. Die Erzieherin wies ihn mit einem verstohlenen Blick auf Madame Vernet errötend zurecht.

„Ich bin müde, Mama. Wir haben alles besichtigt, von oben bis unten. Der Boden ist gut. Es wäre damit bestimmt etwas zu machen. Das Haus ist nicht schlecht. Man könnte es ganz gut wieder so einrichten, wie es war. Die alte Bresson ist dort, die sich noch an alles erinnert.“

„Und der Garten? Hast du ihn dir gut angesehen? Bist du bis zum Gartenhäuschen hinaufgestiegen? Die Aussicht von dort ist einzigartig, nicht? Wie oft habe ich, auf die Mauer gelehnt, Rodolphe weggehen sehen ... Er ging unten auf dem Weg, die Mauer entlang, wir winkten einander noch, und ich sah ihm nach, wie er den steinigen Fußpfad hinabstieg bis auf die Straße der Rhône ... Und die Schaukel hinter den Fliederbüschen, ist sie noch dort? Und die Feigenbäume und die runden Rosenbeete beim Bassin? Und das Weinspalier? Was ist aus dem allem geworden? So erzähl mir doch, ich will alles wissen."

Sie ließ ihren Wollknäuel in den Schoß sinken und wartete. Ein kleines Leuchten in ihren Augen überstrahlte die von Alter und Krankheit gezeichneten Züge. Über die Wollsträhne gebeugt, die sie zu entwirren bemüht war, begann die junge Frau:

„Nun ja, Mama, es scheint sich nicht viel verändert zu haben. Wir hatten für dich ein paar Rosen gepflückt, und dann beim Weggehen habe ich sie vergessen. Die Feigenbäume ..."

„Du bist aber wirklich dumm! Ich hätte mich so darüber gefreut! Also, erzähl weiter."

„Ich habe die Feigenbäume gesehen. Sie sind prachtvoll. Die Laube ..."

Die Hände in ihrem Schoß gefaltet, lächelte Julia Angellier in sich hinein.

19

Am Sonntag darauf kamen die beiden Schwägerinnen zusammen aus der Messe. Sie hatten den Wagen am Parktor stehenlassen und gingen langsam nach Hause, Isabelle und Anne an der Hand führend, die in ihren bauschigen schottischen Samtkleidern schon sehr damenhaft aussahen.

Vor der Freitreppe erblickten sie Hubert, der auf die Glashäuser zuging. Adrienne rief ihn an. Er kam ihnen entgegen, ohne sich zu beeilen. Die jungen Frauen sahen ihn herankommen.

„Findest du nicht, daß er schlecht aussieht? Mir kommt vor, er magert ab."

„Ich wette, das Urteil von Rennes ist schuld daran", sagte Ludivine. „Ihr Dreyfus, denke doch! Das können sie nicht verdauen. Frédéric konnte man zwei Tage lang kaum in die Nähe kommen, so gereizt war er, du weißt ja ..."

„Der Unglückliche ... Es ist so ungerecht!"

„Ungerecht oder nicht, wenigstens wird man jetzt endlich von etwas anderem reden und diesen Winter wieder anfangen können, auszugehen."

Adrienne schüttelte traurig den Kopf. Sie konnte sich an diese ganz persönliche Art, die Dinge zu betrachten, nicht gewöhnen. Hubert trat auf die beiden Frauen zu. Die kleinen Mädchen stürzten sich auf ihren jungen Onkel und packten ihn an den Kleidern. Er bückte sich, sie zu umarmen.

„Diese eleganten jungen Damen sollen meine Nichten sein, möchte man das glauben! Was gibt es Neues in der Stadt?"

„Nicht viel. Wir haben Léontine Arnal gesehen, die Berauds und Irène Lallier. Luciles Kinder haben Mumps. Der Mann von Madame Pouzol . . ."

„Wohin wolltest du gehen, Hubert?" unterbrach Ludivine ihre Schwägerin.

„Fédora hat Junge bekommen. Heute morgen hat man sie in einem Winkel des Glashauses entdeckt. Eben habe ich es gehört."

„Oh, ich gehe mit dir!"

„Ich auch, ich auch", baten die kleinen Mädchen.

„Nein, nein, meine Lieben, jetzt nicht. Mademoiselle wartet auf euch. Es ist sicher schon Zeit, daß ihr euch zu Tisch setzt. Nimmst du sie mit, Adrienne?"

„Mama . . ."

„Es ist umsonst, Anne, hör auf zu betteln. Geh jetzt sofort hinauf essen, ohne Geschichten zu machen. Die kleinen Hunde werden euch nicht davonfliegen. Ihr könnt sie heute nachmittag mit Christine ansehen."

Isabelle schwieg, Anne vergoß noch einige Tränlein. Die Tante schleppte die beiden widerstrebenden Opfer der absolutistischen Gewalt hinweg.

Ludivine wandte sich zu ihrem Schwager.

„Gehen wir schnell. Weißt du, wie viele es sind? Wenn ein ganz schwarzer darunter ist, will ich ihn für mich haben."

„Du wirst sehen", sagte der junge Mann kurz. „Ich weiß nicht mehr, als ich dir gesagt habe."

Zum erstenmal seit dem Tag von Gloriette fanden sie sich allein einander gegenüber. Bisher war es Hubert gelungen, alle Gelegenheiten zu vermeiden. Aber um welchen Preis an inneren Kämpfen! Seine eingefallenen Züge verrieten es nur zu deutlich.

Ludivine ging vor ihm. Er betrachtete mit Entzücken ihre von einer langen flaschengrünen Jacke wohlgeformte Gestalt, die geschmeidige Bewegung ihres über dem Nacken in einem schweren Knoten zusammengefaßten Haars unter der zu ihrer Pelzboa abgestimmten Federtoque.

Sie kamen zum Glashaus: ‚Nein, es ging nicht mehr. Es mußte ein Ende gemacht werden!'

Plötzlich hätte er laut aufschreien mögen. An die Glaswand gelehnt, preßte er die Wange an die Scheibe, in dem qualvollen Bedürfnis nach dieser trügerischen Kühlung.

„Also, Hubert, beeil dich! Wo sind sie?"

In einem verborgenen Winkel zusammengedrängt, wo alte Strohmatten aufeinandergehäuft lagen, entdeckten sie vier kleine Geschöpfe ohne Haare, ohne Augen, zitternd und wimmernd.

„Gott, sind sie häßlich!" rief Ludivine lachend.

„Häßlich? Aber das sind die prachtvollsten jungen Hunde ..."

„Gut, gut", sagte Ludivine, für diesmal nachgiebig. „Ich glaube dir schon. Aber ich werde warten bis sie etwas größer sind, um mir einen auszusuchen. Komm hinaus, setzen wir uns in die Sonne; wir haben noch Zeit bis zum Essen, und ich muß mit dir reden. Seit neulich habe ich viel nachgedacht ..."

Mit ihm reden ... Sie wollte mit ihm reden! Was würde sie ihm sagen? Er sah sie verstört an. Warum hatte er nicht als erster gesprochen? Wie groß auch ihre Verachtung sein mochte, sie hätte nach dem, was vorgefallen war, doch nicht ...

„Hör zu, Ludivine ..."

„Hier können wir gut sitzen."

Sie setzte sich und öffnete ihren Sonnenschirm. In einer Entfernung von fünfzig Schritt schnitt Mathieu die Chrysanthemen.

‚Natürlich, sie will sich nicht der Gefahr aussetzen ... Guter Gott!' Schon der Gedanke brannte ihn wie das höllische Feuer.

„So setz dich doch! Ich möchte nicht, daß man mich bis zum anderen Ende von Mogador hört", sagte sie halb ärgerlich, halb lächelnd. Willenlos setzte er sich nieder.

„Weißt du, es ist wegen Gloriette. Erinnerst du dich, daß du mir versprochen hast, mir zu helfen? Aber wenn ich jetzt darangehen soll, das Gut zu bewirtschaften, weiß ich nicht, wie es bewältigen. Dazu muß man Zeit haben, und Frédéric ist gewöhnt, daß ich ihm hier helfe. So habe ich mir gedacht ... da du dich sehr interessiert gezeigt hast und mir so oft gesagt hast, daß es dir gefällt ... würdest du es nicht gerne übernehmen? Um dich selbst damit zu befassen?"

Hubert war wie aus allen Wolken gefallen. Er sah sie an, ohne ein Wort der Erwiderung zu finden.

Ganz erfüllt von ihrem Plan, fuhr sie fort: „Du verstehst, François wird hier einmal der Herr sein, wenn sein Vater und ich

... Ich hasse es, daran zu denken, aber manchmal muß man es tun. Und alle diese Mädchen, die auszustatten sind .. Es wäre einfacher, wenn du jetzt schon Gloriette als eine Kompensation für deine Rechte auf Mogador übernähmest."

Hubert machte unwillkürlich eine Bewegung des Staunens, die Ludivine mißverstand:

„Natürlich würde man beides schätzen lassen; wenn du findest, daß es kein genügender Ersatz ist, könnte man ja ohne weiteres eine Ausgleichssumme festsetzen. Aber ich glaube nicht, dir damit einen ungünstigen Vorschlag zu machen. Denke doch, Hubert, das Gut ist reichlich ein Drittel von Mogador wert. Du könntest nötigenfalls jeden Tag hinfahren, es ist nicht so weit ... auf diese Weise würde sich die Sache so gut ordnen lassen. Dann hätte man sich nur mehr um Adriennes Teil zu kümmern. Du weißt, der Betrieb braucht viel flüssiges Geld. Wenn man auf einmal eure beiden Anteile auszahlen müßte ... Wir haben flüchtig darüber gesprochen, Frédéric und ich, damals, als es sich um Adriennes Heirat handelte. Ich habe gesehen, daß er sich darüber Sorgen macht."

Verrückt, verrückt war er gewesen, sich einzubilden, Ludivine könnte irgendeine ernstliche Bedeutung an etwas heften, was von einem anderen kam als von Frédéric! Hubert mochte, soviel er nur wollte, in Gedanken zu dem Augenblick in der Laube zurückkehren, sich in Verzweiflung quälen, von einem Feuerbrand gepeinigt werden, in dem Reue, Verlangen, Scham und schmerzliches Bedauern sich mischten. All das existierte nicht für sie.

Oh, sie, die für ihn ewig unerreichbar bleiben würde ... daß er doch wenigstens damals gewagt hätte ... daß er damals diesen Körper an sich gepreßt hätte, diesen Mund unter dem seinen gefühlt, hätte auch die Erinnerung daran ihn für den Rest seines Lebens wahnsinnig gemacht! Aber wenn auch – wäre sie ihm in diesem Augenblick weniger fern gewesen, sie, die neben ihm saß?

„Siehst du, Hubert, das ist die beste Lösung für uns alle. Du mußt es annehmen! Ich bin sicher, daß du es tun wirst, ja?"

Sie lächelte ihn an. Überredung im Blick.

„Nur um etwas möchte ich dich bitten; das ist, Frédéric nichts von unserer Übereinkunft zu sagen. Ich weiß, daß es ihm lieber sein wird, wenn ... Die Idee müßte von dir allein ausgehen. Du könntest ihm sagen, daß Gloriette dir sehr gut gefällt, daß du den Besitz gerne hättest ... daß du gedacht hast, da er doch selbst keine Zeit hat ... Mit einem Wort, weißt du, ihm die Sache so vortragen, daß er nicht weiß, daß die Idee von mir stammt. Das bleibt ein Geheimnis zwischen uns zweien, einverstanden?"

O Gott, wie betörend war sie, wie sie ihn so ansah, den Kopf ein wenig zur Seite geneigt, in ihrer so wohlvertrauten Haltung. Auch diese Stunde würde er nie vergessen, und ihr Kostüm und die Glokkenschläge, die ruhig und langsam durch die Luft dröhnten, während sie sprach.

Aber er mußte antworten. Seine Antwort, das war alles, was sie von ihm erwartete.

„Es tut mir leid, Ludivine, aber es ist nicht möglich."

„Ja, aber . . ."

„Nein", sagte er leise, „du hast mich vorhin nicht reden lassen. Auch ich hatte dir etwas zu sagen: ich gehe weg von hier."

„Was? Was soll das heißen?"

„In einigen Tagen werde ich Mogador verlassen haben."

„Hubert! Was fällt dir ein? Aber das ist nicht wahr! Wohin gehst du?" Sie schrie beinahe.

„Du scherzt! Nein, nein, Hubert!" Würde sie ihn vermissen? So konnte er also wenigstens diesen Trost mit sich nehmen.

„Meine liebe Ludivine, ich gehe sehr weit weg. Ans äußerste Ende von Afrika. Der alte Krüger dort wird Hilfe nötig haben."

„Du . . . du wirst kämpfen? Für die Buren?"

Er neigte bejahend den Kopf.

„Aber sie sind ja im vorhinein verloren! England wird es sich das Nötige kosten lassen, und es wird siegen."

Das sprang in die Augen.

„Aller Wahrscheinlichkeit nach. Aber was tut das zur Sache?"

War es möglich?

„Hubert, du bist nicht bei Sinnen!" Sie hatte mit Heftigkeit seine beiden Hände ergriffen und schüttelte sie.

„Aber warum, Hubert? Warum?"

Sanft machte er sich los, nahm ihr Handgelenk und drückte einen leichten Kuß darauf.

„Die ‚unsterblichen Ideen', meine Liebe, vergiß das nicht. Das ist es, wofür ein Franzose noch am liebsten kämpft. In der Schule hat man uns das gelehrt, weißt du."

„Nein, nein, du gehst nicht. Ich kann dich nicht für so dumm halten. Zu deinem Zeitvertreib, ganz bestimmt, erzählst du mir solche . . ." Das Wort blieb ihr in der Kehle stecken. Sie blickte ihn angstvoll an.

Hubert gehörte ihr, ebenso wie Mogador. Er konnte ihr diesen Besitz nicht ganz einfach nehmen! Und wer hatte jemals von einer so ungeheuerlichen Narretei gehört?

„Wenn die Männer in den Krieg gehen, ist es gewöhnlich auch ein bißchen Zeitvertreib. Zum Glück ahnen das die Frauen nicht. Ich bitte dich, verrate nur nicht mein Geheimnis, wenigstens nicht bis zum Ende des Essens."

„Was das betrifft, kannst du ganz beruhigt sein!" brach sie wütend los. „Ich bin zu neugierig darauf, wie du es anstellen wirst, Mama die Sache beizubringen. Das ist dir wahrscheinlich ganz gleichgültig, daß du sie damit töten kannst!"

Er biß die Zähne aufeinander.

„Mama hat ein stärkeres Herz, als es den Anschein hat. Ich habe nur den einen Wunsch, daß sie nicht erfährt, daß du es warst, der ich zuerst Lebewohl gesagt habe."

Er schiffte sich am 26. Oktober in Marseille ein, mit dem Bestimmungsort Lorenzo-Marquez.

Seine Reisevorbereitungen waren in einer Atmosphäre fieberhafter Erregung vor sich gegangen. Sobald sich seine Absicht herumgesprochen hatte, war das ganze Heer der Freunde in Mogador aufmarschiert. Die ersten Nachrichten vom Kriegsschauplatz erhitzten die Gemüter. Die Buren waren in Natal eingedrungen. Im Westen bedrohten sie Kimberley. Sie hatten die Truppen von Sir Redvers Buller in die Flucht gejagt und belagerten den Oberst Baden-Powel in Mafeking.

Man erinnerte sich an die französische Abstammung des Generals Joubert. Man empörte sich über die von den Engländern in Elandslaagte verwendeten Waffen: gegen die mit Mausergewehren ausgerüsteten Bauernhaufen, die den kampferprobten Truppen des Empire eine schwere Niederlage bereiteten, sandten die Minister der Königin Viktoria Lyddit und Dumdumgeschosse. Ganz Frankreich blickte mit Begeisterung auf die Handvoll Männer dort unten, die Rache nahmen für Faschoda. Die öffentliche Meinung hätte gerne die Regierung aus ihrer neutralen Haltung gebracht. Man wußte, daß die „Chargeurs Réunis" die bei Canet für Transvaal bestellten Kanonen verschifften. Man sprach überall von der Weigerung der Creusot-Werke, für das War Office zu arbeiten. Die Namen der französischen Offiziere, die sich im Dienste der Republiken anwerben ließen, waren in aller Munde.

Die Ankündigung von Huberts Abreise machte ihn mit einem Schlag zum Helden der ganzen Gegend zwischen Avignon und Arles. Die jungen Mädchen und die Damen brachten ihm ihre Abschiedsgeschenke. In seinen Feldkoffern häuften sich mehr Pfeifen, Schals, Westen, Tabaksbeutel, gestrickte Handschuhe und gestickte Taschentücher, als er jemals in seinem ganzen Leben hätte verbrauchen können. Ludivine selbst hatte ihrem Schwager, sobald sein Abfall für sie eine Tatsache geworden war, ein zusammenlegbares Eßbesteck im Etui und ein großes Taschenmesser zum Geschenk gemacht, das außer zahlreichen Klingen einen Dosenöffner und einen Korkzieher enthielt. Adrienne brachte ihm aus Avignon zwei warme Decken aus leichter, weicher Wolle, die keinen Platz in seinem Gepäck einnahmen. Von Frédéric erhielt er einen prachtvollen Sattel.

Man glaubte noch Zeit vor sich zu haben, und mit einemmal war der Tag da. Am letzten Abend nahm Julia für ihn aus einem großen Koffer, der nie geöffnet wurde, den Patronengürtel von Rodolphe Vernet heraus. Die kleinen Mädchen waren in ihrem Zimmer endlich eingeschlafen, nachdem sie viel von der Reise ihres Onkels gesprochen hatten. Nun waren die anderen alle im Salon versammelt, stumm, Gefangene ihres eigenen Schweigens.

Die Zurückbleibenden fühlten sich von dem Abreisenden schon getrennt. Die weiten Meere, die zu durchschiffen waren, die fernen Länder, das Abenteuer, das winkte, das alles richtete sich wie eine Fata Morgana zwischen ihnen und dem Scheidenden auf, bemächtigte sich seiner, machte einen Fremden aus ihm.

Für Hubert war jede ihrer Bewegungen ein Lebewohl. Abend für Abend, wo immer er auch sein mochte, würde er sich dieses letzten Beisammenseins erinnern: jeder an seinem gewohnten Platz. Adrienne, die die blakende Lampe herunterschraubte ... die Musik des knisternden Holzfeuers im Kamin, der im Schlaf aufstöhnende Hund Frédérics, den Victor hinauszuführen vergessen hatte ... und der klare, durchdringende Blick, den seine Mutter auf ihn heftete: ‚Arme Mama ...' Er hatte sich auf einen Kampf gefaßt gemacht, seine Argumente vorbereitet, Vorwände gesammelt ... und beinahe auf die ersten Worte hatte sie, die sonst so Herrische, nachgegeben, mit einer unglaublichen Leichtigkeit ... als ob sie ... Aber wie hätte sie es erraten können? Er hatte doch niemals in ihrer Gegenwart ... Von diesen Gedanken gequält, schlug er seinen Blick zu ihr auf, und plötzlich hatte Julia für ihn ihr Mädchenlächeln, ihr wunderbar helles Mädchenlächeln, das sie manchmal einen Augenblick lang verklärte. Die ganze Liebe der Welt hätte nicht ausgereicht, dieses Lächeln aufzuwiegen. Selbst Ludivine zählte in diesem Augenblick nicht mehr.

Am folgenden Morgen fuhr er nach Marseille. Sein Bruder und seine Schwester begleiteten ihn bis zum Schiff. In dem verlassenen Haus saßen Julia und ihre Schwiegertochter am Abend allein beisammen.

Ludivine nahm einen Band Maupassant zur Hand, aus dem Frédéric in den letzten Tagen gelesen hatte.

„Soll ich dir vielleicht vorlesen, Mama?"

„Gerne. Aber gib mir zuerst mein Strickzeug."

Ludivine begann zu lesen. Nach einigen Seiten hielt sie, ein Gähnen unterdrückend, inne und warf einen verstohlenen Blick auf ihre Schwiegermutter.

Julia saß, ihre Arbeit auf den Knien, mit müßigen Händen da, die Augen starr in eine unsichtbare Ferne gerichtet. Ein Zug trostlosen Schmerzes verzerrte ihre Mundwinkel. Zum ersten Male sah Ludivine die alte Frau mit der Verzweiflung ringen, ganz allein.

Eine Welle des Mitleids überkam sie. Mit einem Sprung war sie beim Lehnstuhl auf den Knien.

„Mama ... Mama, ich bin da."

Julia beugte ihren Kopf zu dem jungen Gesicht herab und streichelte mit ihren Fingern die glänzenden Flechten.

„Mama, mach dir keine Sorgen, er wird bald zurück sein. Der Krieg kann nicht lange dauern."

Julia nickte leicht mit dem Kopf. Aber warum hatte sie ihn auch wegfahren lassen? Ludivine fand, daß es so leicht gewesen wäre, ihn daran zu hindern. An der Stelle ihrer Schwiegermutter hätte sie geschrien, geweint, gedroht, ihre schlechte Gesundheit ausgespielt ... was immer ... alles wäre ihr gut gewesen zu diesem Zweck.

Julia schien auf dem ausdrucksvollen Gesicht die Gedanken zu lesen. Mit gefaßter Stimme sagte sie:

„Man muß ihn sein Leben führen lassen, wie er will. Bis jetzt hat er nichts anderes getan, als euch zuzusehen. Man kann von einem jungen Menschen nicht erwarten ..."

„Aber was hat ihm denn gefehlt, Mama? Er hat immer behauptet, daß er ein Landmann sei, daß er die Erde liebe ... und sein Zuhause allem andern auf der Welt vorziehe."

Ihr Ärger brach durch.

„Und als ich ihm Gloriette anbot, wo er ganz nach seinem Belieben hätte schalten können, da hat er abgelehnt!"

„Gloriette? ... Und er hat abgelehnt ..."

Julia schwieg einen Augenblick nachdenklich.

„Also ein Grund mehr, mein Kind."

Sie verstummte von neuem. Plötzlich sah sie ihn als ganz kleines Kind vor sich, im Kleidchen, vor vielen, vielen Jahren. Um wieviel leichter war damals alles gewesen. Sie sah den ungeheuren schwarzen Plüschaffen, den Rodolphe ihm einmal von einer Reise nach Marseille mitgebracht hatte. Monatelang hatte er mit ihm gespielt. Sicher war er noch irgendwo auf dem Boden zu finden. Philo mußte wissen, wo.

Aber jetzt, wie konnte man ihm geben, was er empfangen wollte? Man vermochte so wenig über das Herz seiner Kinder ...

„Schau, Kind ..."

Sie hielt inne.

„Er hatte seine Gründe, das müssen wir verstehen. Vielleicht hat er Lust gehabt, sich in der Welt umzusehen ... vielleicht wollte er weg von hier. Jedenfalls glaube ich, daß er nicht glücklich war."

Unangenehm berührt, hörte Ludivine diese überraschende Darlegung an. Nicht glücklich! Was erzählte Mama ihr da?

„Aber er konnte doch alles tun, was er wollte, und hatte ein so angenehmes ruhiges Leben mit uns allen!" ‚Und er liebte sie, er war in ihrer Nähe. Das durfte man doch auch nicht vergessen, wenn man es auch nicht sagen konnte.' Der Gedanke kam ihr nicht einmal in den Sinn, daß Hubert sich vielleicht gerade neben ihr nicht glücklich gefühlt haben mochte. ‚Wie konnte Mama so dumm reden und alles so gutgläubig hinnehmen? Würde er vielleicht glücklicher sein, wenn er, ohne zu wissen warum und weshalb, eine Kugel in den Leib bekäme, in irgendeinem abscheulichen Loch mitten unter den Negern?'

Julia ließ auf ihrer Schwiegertochter einen eigentümlich sanften Blick ruhen. „Offenbar haben ihm diese Genüsse nicht genügt", sagte sie mit ihrem gewöhnlichen kurzen Lachen. „Meinst du nicht?"

„Oh!" rief Ludivine geärgert. „Und mir? Glaubst du, daß sie mir immer genügen? Gott sei Dank fehlt es nicht an Sorgen mit dem Gut und den Kindern. Nicht zu reden von Frédéric, wunderlich wie er ist, mit seiner Spötterei und dann wieder seiner Gleichgültigkeit . . . unfaßbar, drei Viertel der Zeit . . . Das Leben neben ihm ist wahrlich kein Wandeln auf Rosen!"

Julia lächelte lange. Das stimmte: die Angelliers und die Vernets waren eine schwierige Rasse.

„Du würdest es auch nicht so haben wollen, mein Kind."

„Vielleicht doch. Du weißt ja nichts davon, Mama. Nur nehme ich, was ich habe, und kämpfe, um damit zurechtzukommen. Aber wenn ich . . ."

Ach Gott, wozu über diese Dinge reden. Wer ahnte etwas von ihrem Verlangen, diesem entsetzlichen, unstillbaren Verlangen, das man in sich trägt wie eine verborgene Wunde entgegen aller Hoffnung und allem Erwarten . . . nach einer Freude, die endlich ohne bitteren Nachgeschmack wäre, nach einem Glück, das man fest in Händen hielte, nach einer Liebe, die der ihren gliche, jenseits allen Leids und aller Ungewißheit . . . und von dem nagenden Schmerz, die Zeit, die vergeht, nicht zurückholen zu können, um alles noch einmal anzufangen! Und diesmal wüßte man es besser zu machen.

Julia nickte.

„Ja, mein Kind, du bist mit einem hungrigen Herzen auf die Welt gekommen, und ich kann dir's nicht verdenken, obzwar man sagen muß, daß uns nichts auf der Welt versprochen worden ist."

Ludivines Blick besagte, daß auch sie dieser Meinung sei. Sie legte ihren Kopf auf die Knie der alten Frau.

„So ist es, Mama. Und darum verlaß ich mich auf den lieben Gott wegen meines Heils in der andern Welt. Aber in dieser bin ich ganz allein da, um mich darum zu kümmern."

„Da hast du gar nicht so unrecht", schloß Julia aufgeheitert.

Im Dezember kam Huberts erster langer Brief. Er wurde im Familienkreis wieder und wieder gelesen und brachte den fremdartigen Geruch des Abenteuers mit sich.

Auf dem Schiff hatte der junge Mann den Oberst de Villebois-Mareuil wiedergetroffen. Sie hatten, trotz des von Portugal erlassenen Verbots, zusammen die Grenze überschritten und waren zusammen in Pretoria angekommen. Und jetzt kämpfte Hubert unter seinem Befehl. Er hatte in Nooitgedacht zum erstenmal vor dem Feinde gestanden, hierauf in Lombard O'Kopje; dort hatte es ein heißes Gefecht gegeben. Und ganz kürzlich hatte er eine große Schlacht mitgemacht. „Achthundert Mann gegen zwanzigtausend, die Irländer Bullers ... bei einem Ort mit Namen Colenso ... Wir haben ihrer mehrere tausend getötet oder gefangengenommen und elf Kanonen erbeutet." Man verfolgte den Feind in Richtung auf Tugela. Menelik hielt sich wacker in diesem wilden Kriegerdasein: „... ein braves, schönes Tier ..." Das Veld mit seinen Kopjes erinnerte etwas an die Camargue und die Dünen zwischen Gachole und Saint-Maries. Der General Botha sei ein wirklicher Chef, ein bärbeißiger alter Schlaukopf.

In Mogador feierte man Weihnachten in gewohnter Weise. Die Gäste, diesmal nicht so zahlreich wie in früheren Jahren, waren an dem langen Tisch zusammengerückt. Blanche erwartete von einem Tag zum andern ihre Niederkunft; sie und Léon hatten daher Sarrazine nicht verlassen, und auch Tante Sophie blieb bei ihrer Tochter. Emilie und ihr Mann waren in Versailles festgehalten, wo sie seit kurzem wohnten. Nur Onkel Constant erschien mit Edmond, in Begleitung von Georges und Caroline Vernet. Die drei jungen Leute waren zusammen aus Paris gekommen, wo Caroline seit dem Tod der Eltern ihrem Bruder die Wirtschaft führte. Tourvieille war nicht mehr das alte. Laura war jetzt die Herrin dort. Die alten Gepflogenheiten wurden aufgegeben. Das Echo der rauschenden Feste war im Hause verstummt. Eine melancholische Stille herrschte in den Gängen und in den verschlossenen Zimmern. Die Wohnung im Erdgeschoß war nicht wiederzuerkennen – verschwunden die vertrauten Möbel, die man immer an ihrem Platz gesehen hatte. Im Salon triumphierte die „Neue Kunst", gleichsam Lauras Rache an den verblaßten Seidentapeten, den schweren Lehnstühlen und den massiven Sofas aus den Zeiten ihrer Schwiegermutter.

„Wenn Papa wiederkäme ...", seufzte Caroline traurig, die mit ihrem ganzen Herzen an einer Vergangenheit hing, der bereits alle ihre Hoffnungen angehörten.

Und wirklich hätte auch Onkel Antoine inmitten all dieser zartgeschnörkelten Seerosen, die aus jedem Sessel einen beunruhigenden Vitrinengegenstand machten, niemals in Ruhe seine Pfeife rauchen können. Frédéric war derselben Meinung. Auch er fühlte sich dort nicht mehr wohl. Die Besuche der Vernets aus Mogador wurden allmählich seltener. Raoul und Laura hatten ihrerseits mit einer ortsfremden, erst seit einigen Jahren in Arles ansässigen Familie Freundschaft geschlossen. Sie kamen gar nicht mehr. Ludivine verzichtete gern auf ihre Gegenwart. Die Zeit hatte die versteckte Feindschaft zwischen den beiden Frauen nur genährt, während Frédéric unbefangen war und anscheinend die ganze Geschichte vergessen hatte.

Es tat ihr wohl, ihn an diesem Weihnachtsabend bei sich zu haben, heiter und aufgeräumt, hingebungsvoll bei der Arbeit. Da stand er in seiner ganzen Größe aufgerichtet, um die winzigen vielfarbigen Wachskerzchen oben auf der Krippe anzuzünden, die das altvertraute Bethlehem überstrahlten. Gemeinsam hatten sie auf den kleinen Hügeln und Wegen ein lustiges Völklein von Bauern und Hirten in arlesianischer Tracht aufgestellt, die an der Seite der Heiligen Drei Könige zum Stall zogen.

„Gib acht", rief Ludivine, „du hast den Jäger umgeworfen."

„Sapperment! Und der Kopf, den ich ihm angeklebt habe! ... Nein, es ist ihm nichts geschehen."

Er drehte die Figur einen Augenblick zwischen den Fingern herum, bevor er sie wieder an ihren Platz stellte, und seufzte: „Armer Hubert, was für Weihnachten mag er wohl feiern ... Heute abend wird er an uns denken ..."

Ludivine kümmerte es wenig, daß der, der neben ihr keine Ruhe hatte finden können, durch die südafrikanischen Steppen ritt, auf einem kleinen schwarzen Pferd, seinem Gefährten in der Verbannung, oder in dieser Stunde, dieser einsamen Weihnachtsnacht, vielleicht, in eine Decke gehüllt, unter fremden Schläfern mit heißer Sehnsucht die Erinnerung an die verlorene Heimat wachrief.

„Er hätte ja nur ruhig hierzubleiben brauchen", sagte sie, auf einen Spiegel zutretend. Die hohe Frisur und die langen Brillantohrgehänge betonten das Oval ihres Gesichts, auf das die Kerzen einen goldenen Schimmer warfen. Ihr narzissengelbes, mit schwarzen Bändern besetztes Moirékleid schmiegte sich eng um die Formen ihres kräftigen und dabei doch zarten Körpers, den die fünffache Mutterschaft nicht schwerfällig gemacht hatte. Frédérics Ausdruck im Spiegel war beredt ... Befriedigt lächelte sie ihm zu.

„Schnell, schnell, mein Lieber, es wird spät für die Kinder."

Ohne zu antworten, näherte er sich ihr mit der köstlichen Drohung im Blick, die sie so gut kannte: ‚Wie schön er war ... Niemand trug den Rock so wie er. Wie entzückend diese nachlässige Eleganz ... Und der scharfgemeißelte Kopf, die stolzen Augen, das begehrliche Lächeln ...‘

„Nein, nein, ich bitte dich ... Alles wartet ... das Essen ... Du wirst es noch dahin bringen, daß wir zur Mitternachtsmette zu spät kommen."

„Großer Gott, da habe ich was Schönes angerichtet", gestand er eine Weile später, indem er sie losließ.

Schon hatte Ludivine mit hochroten Wangen die Verwüstungen festgestellt und machte sich daran, den Schaden wieder in Ordnung zu bringen.

„Du kannst das leicht sagen, Schurke!"

Sich auf diese Weise Schurke nennen zu hören, war durchaus nicht unangenehm. Eine überflüssige Zerknirschung hinwegfegend, bemächtigte er sich des Steckkamms seiner Frau, um sich selbst zu frisieren.

„Aber, da und dort eine Nadel hingesteckt und du bist schon wieder schön. Aber beeil dich, mein Herz. Ich habe einen Bärenhunger, abgesehen davon, daß die Kleinen sicher schon ungeduldig sind und Mama auch."

Januar und Februar vergingen. Die Nachrichten kamen ziemlich regelmäßig.

„... Diesmal waren wir auf einem Hügel, genannt Spion-Kop", schrieb Hubert, „wohlgeschützt hinter Felsen und Buschwerk, unsere Kanonen unter Büscheln von Disteln verborgen. Das hättet ihr sehen müssen, wie wir sie empfangen haben! Sie purzelten nur so den Abhang hinunter, einer über den andern. Wir hatten Befehl, die Offiziere aufs Korn zu nehmen. Ich habe drei abgeschossen. Und neulich, bei Vaal-Krans, einer Gruppe von Bauernhöfen, wo wir im Hinterhalt lagen, habe ich fünf auf meine Liste gesetzt ... Die Afrikaander rücken zur Unterstützung heran ... Alles geht gut. Ladysmith wird bald fallen. Wir umzingeln White mit seinen zehntausend Mann."

Im Westen hatte die Armee Cronje bei Maggersfontein ein ganzes Regiment Highlanders aufgerieben.

„Der alte Cronje will allem Anschein nach Kimberley nehmen, er hat um Verstärkung nachgesucht. Meine Verwendung steht bereits fest. Wir gehen morgen mit de la Rey nach Oranje ab."

Vor allem durfte Mama nicht beunruhigt werden. Er, Hubert, war überhaupt nicht in Gefahr. Auf Grund ihrer Ortskenntnisse konnten die Buren ohne Verluste einer zwanzigfachen Überlegenheit standhalten.

„Ein herrliches Leben. Nichts auf der Welt, das dem gleichkäme ... Die Kameraden sind Prachtkerle ..."

Die Bewohner von Mogador hatten Mühe, sich diese Fremden vorzustellen, deren sonderbare Namen ihnen auf jeder Seite seines Briefes begegneten. Sie brachten noch mehr als alles andere die Entfernung zum Bewußtsein – diese Gefährten des verlorenen Sohnes, die Serwaas Kronberg, Piet Koch und Willie Blignant hießen und Jacobus Lepeltakheeft.

Frédéric hatte eine große Karte von Südafrika angeschafft, die die halbe Wand seines Büros einnahm. Ludivine fand ihn dort oft, wenn sie von einer Fahrt nach Gloriette heimkehrte, in einem unwahrscheinlichen Tabaksqualm, schweigsam, mit geistesabwesendem Blick.

Ihr Besitz verursachte der jungen Frau viel Mühe und Sorge. Sie kam nach Hause, müde, tausend Probleme im Kopf und Fragen auf dem Herzen. Die Schweigsamkeit ihres Mannes erregte sie in höchstem Grad.

„Ich frage mich, was diese traumwandlerische Miene bedeuten soll", gestand sie ihrer Schwiegermutter. „Man möchte sagen, daß er in den Wolken lebt. Ich habe ihn nie so gesehen."

Jeder Brief seines Bruders steigerte diese grüblerische, verschlossene Gemütsverfassung. Beide Frauen hatten dieselbe Beobachtung gemacht. Sie konnten sich eines unbehaglichen Gefühls nicht erwehren, das sie sich doch nicht eingestehen wollten, als würden sie ihm dadurch noch mehr Nahrung verleihen.

In den ersten Februartagen bekamen die Dinge plötzlich ein anderes Gesicht. Im selben Augenblick, da in Mogador eine von Huberts Siegesnachrichten anlangte, meldeten die Zeitungen, daß der neue englische Oberbefehlshaber, Lord Roberts, den Belagerungsring um Kimberley gesprengt habe, wo sich French und seine Garnison noch immer hielten. Die Armee der Buren, der Hubert angehörte, zog sich nach Bloemfontein zurück.

Eine angstvolle Besorgnis, die mit jeder Stunde wuchs, bemächtigte sich des Hauses, Frédéric wanderte unstet, mit finsterem Blick von einem Raum in den andern. Adrienne schloß sich in ihrem Zimmer ein und kam mit „Augen wie Nußschalen" heraus – sagte Philo –, die niedergeschlagen, eine Stricknadel im Haarknoten, die Hände über dem Bauch gefaltet, dasaß. Ludivine übertrug ihre Nervosität auf die Dienstboten.

Alle trugen Julia gegenüber eine erkünstelte Ruhe zur Schau, die ihr leicht hätte unpassend erscheinen können, wenn sie sich über den wahren Grund einer Täuschung hingegeben hätte. Sie sagte nichts. Ihre Schwiegertochter, die ihr gewöhnlich Gesellschaft leistete, fragte sich mit einem Mitleid, in das sich Schrecken mischte, ob wohl das, was die Zukunft für sie selbst noch aufbewahrte, auch ihr einmal diese harten Züge verleihen würde... diesen Blick, der so unerträglich war, daß man davor die Augen niederschlagen mußte.

Die Engländer waren im Westen von Oranje eingedrungen. Ladysmith aufgebend, räumte Joubert Natal, um zum Entsatz zu eilen. Umsonst. Am 27. Februar waren Cronjes Soldaten am Paardeberg auf der Modder eingeschlossen.

Sich Hubert vorstellend, tage- und nächtelang in diesem Feuerorkan inmitten von Explosionen und den Schreien der Sterbenden...

„Aber sie sollen sich doch ergeben!" sagte Ludivine mit zusammengebissenen Zähnen. „Man soll sie zu Gefangenen machen, daß es ein Ende hat!"

Angst und Ärger kämpften in ihr:

‚Warum mußte er sich auch da hineinbegeben, wenn ihn nichts dazu gedrängt hat? Nur um uns diese Sorge zu machen, nur um uns allen das Leben zu vergiften! Ein wirklich hassenswerter Egoismus! Nicht eine Minute lang hatte Hubert an sie alle gedacht. Und wenn er jetzt... O Gott!... wenn er jetzt stürbe?'

Hubert... der Klang seiner Stimme, sein ganz eigener Tonfall, seine Bewegungen, seine Begeisterungsausbrüche, seine versteckte Zärtlichkeit... Die Zeit, da er ihr Gedichte vorlas, die grenzenlose Verehrung, mit der er sie umgab... Und seine Hunde, die immer noch auf ihn warteten, sein Jagdgewehr, das wohleingefettet und von Victor gepflegt, an seinem Nagel hing, sein Zimmer, in dem alles in seiner alten Ordnung war, die Sammlung von Stuart Mill noch aufgeschlagen auf dem Tisch, bei seinem Lieblingsgedicht geöffnet:

Je suis ce roi des anciens temps
Dont la cité dort sous la mer...

und sein Laforgue, abgegriffen und zerrissen vom vielen Lesen. Man konnte es sich nicht vorstellen – der Gedanke war unerträglich –, daß vielleicht schon in diesem Augenblick, während all das hier sich noch ruhig an seinem gewohnten Platz befand, der Besitzer irgendwo in der Ferne auf fremder Erde ausgestreckt lag, ein Körper, der all dessen nicht mehr bedurfte.

Ludivine empfand das Verlangen, sein Zimmer wiederzusehen. Dort schien es für die Vorstellung noch unfaßbarer als überall sonst, daß das Nichts den jungen Menschen verschlungen haben sollte.

Die Tür war angelehnt. Sie stieß sie auf und blieb auf der Schwelle stehen. Es war jemand da, jemand war vor ihr gekommen. Ein kleiner schwarzer Schatten vor dem Schreibtisch zeichnete sich von den sonnenbeschienenen Seidenvorhängen ab, so klein, daß es Ludivine plötzlich entsetzlich weh ums Herz wurde. Die flach auf die Schreibmappe gelegten Hände bildeten zwei weiße Flecke. Sie überzeugte sich davon, daß die alte Frau die Augen geschlossen hatte. Die in einer unbeweglichen Stellung gekrümmten Schultern schienen einer unendlichen Müdigkeit nachzugeben. Man ahnte eine Herzensqual, an die kein Trost herankam. Ludivine fühlte ihre Augen brennen. Leise, mit der größten Behutsamkeit, schloß sie wieder die Tür. Julia hatte nichts gehört.

Endlich, am 6. März, meldeten die Zeitungen, daß die Armee Cronje sich ergeben habe. Nun blieb nichts anderes übrig, als sich zu gedulden. Man würde ja hören.

Statt dessen Stille. Vergeblich wartete man von einer Post zur anderen. Gegen Mitte April wurde der Tod des Obersten Villebois bekannt. Hoffnung und Trostlosigkeit lösten in Mogador einander ab. Frédéric erwirkte, daß ihm die Kriegsgefangenenlisten des War Office übersandt wurden. Er unternahm Schritte beim Roten Kreuz. Alles umsonst. Keine Spur von Hubert.

Der Mai brachte den Vormarsch auf Bloemfontein und Pretoria. Am 5. Juni zog Lord Roberts in der von den Buren verlassenen Hauptstadt ein, nachdem er vorher Johannesburg besetzt hatte. „Der Krieg ist zu Ende", hieß es. Die Welt interessierte sich nicht mehr dafür. Die ernste Lage der Dinge in China zog die Aufmerksamkeit von Transvaal ab.

Endlich, gegen Ende Juni, langte ein Brief ein. Er war vom 10. April datiert. Am 18. Februar, während eines Reitergefechts an der Modder verwundet, war Hubert in das Spital von Pretoria eingeliefert worden. Die Wunde war ganz unbedeutend. Man hatte ihn ausgezeichnet behandelt. Er war bereits auf dem Wege der Besserung.

Zwei Tage darauf erhielt Frédéric ein Schreiben aus England von einem Leutnant O'Donell, der in Pretoria der Bettnachbar seines Bruders gewesen und jetzt in seine Heimat zurückgekehrt war. Vierundzwanzig Stunden vor der Ankunft der englischen Truppen war Hubert, vollständig wiederhergestellt, mit einem Kommando unter dem Befehl von Dewett in das Feld abgegangen und hatte ihn gebeten, die Seinen zu verständigen. Der Leutnant schätzte sich glücklich, wie er sagte, diese Nachricht übermitteln zu können.

„Monsieur Vernet sei ein ‚sportsman', mit dem er sich außerordentlich gern unterhalten habe. Er würde die allerbeste Erinnerung an ihn bewahren und bedaure, nicht persönlich habe kommen können, um seine Familie zu begrüßen und die Botschaft zu überbringen, da er von seiner Verwundung noch nicht wiederhergestellt sei. Aber er hoffe, nach dem Krieg wieder in die schöne Provence zu kommen, die er bereits kenne. Er würde dann die Gelegenheit benützen, Monsieur Vernet aufzusuchen und freue sich darauf, in seiner Gesellschaft zu reiten und zu jagen . . ."

Eine tolle Freude bemächtigte sich der Bewohner von Mogador. Niemand dachte an die Gefahr, in der Hubert weiterhin schwebte. Julia fand ihren Sarkasmus wieder, Adrienne sang wie ein junges Mädchen. Die Kinder erbettelten von Victor das Versprechen, ihnen ein Feuerwerk zu veranstalten. Sie raubten Bertha eine gehörige Menge Kuchen zur Abhaltung eines mit Sirup zu befeuchtenden Festschmauses und schwelgten einen ganzen Tag lang in schwarzen Händen, schmutzigen Schürzen und überladenen Mägen, ohne daß irgend jemand, nicht einmal ihre Mutter oder ihre Erzieherin, daran dachte, ihnen einen Verweis zu erteilen.

Trotz Schnitt und Heuernte packte Frédéric die Koffer und fuhr, Ranguis die Vertretung überlassend, mit seiner Frau und seiner Schwester nach Paris zur Weltausstellung.

Sie verbrachten dort zwei Wochen. In diese Zeit fiel der Besuch der Burengesandtschaft. Im Hôtel de Ville fand ein Empfang zu Ehren Doktor Fishers und seiner Begleiter statt. Aber trotz der warmen Aufnahme und den begeisterten Zurufen der Pariser Menge konnten sie keinerlei Versprechen mit sich nehmen. Die Regierungen Amerikas und Europas verschanzten sich der Reihe nach hinter ihrer Neutralität, während die drei „Burghers" ihren vergeblichen Bittgang von einer Hauptstadt zur andern fortsetzten.

„Man wird sie unter Blumen und Kränzen begraben!" grollte Frédéric, die Achseln zuckend.

Angesichts der zähen Ausdauer dieser Männer, die ohne Hoffnungsschimmer ihr Ziel weiterverfolgten, fühlte man sich plötzlich von Scham überwältigt, ein großes, reiches, starkes Volk zu sein und untätig dem Mord zuzusehen, der da vor den Augen der Welt begangen wurde.

Die ganze Reise war dadurch verdorben. Was kümmerte Ludivine der Ausstellungspalast, die feenhafte Stadt, die innerhalb von Paris zu beiden Seiten der Seine erstanden war, die Feste, die Illuminationen und alle die verblüffenden Neuheiten: der Wagen ohne Pferde, der unglaubliche Geschwindigkeiten erreichen konnte, und die andere Kuriosität, der Kinematograph, wenn alle diese Sehenswürdigkeiten Frédéric höchstens für Augenblicke aufzuheitern vermochten ... wenn sie sich allein daran freuen sollte ... wenn sie jeden Abend nach der Rückkehr ins Hotelzimmer auf dem Gesicht ihres Mannes denselben finsteren, traumverlorenen Ausdruck wiederfand, der sie im vergangenen Winter so oft erschreckt hatte.

War es ihr denn wirklich nicht vergönnt, einmal etwas Ruhe zu genießen? Ein Hindernis war kaum beseitigt, und schon war, bevor man noch Atem schöpfen konnte, ein neues da, gegen das man kämpfen mußte.

Sie kehrte ohne Bedauern nach Mogador zurück, in dem Gefühl, daß es für Frédéric gut sein würde, so schnell wie möglich das gewohnte Leben wieder aufzunehmen. Hier würde alles mithelfen, ihn von seinem Abenteuerdrang abzulenken – die Kinder, Mama, die Arbeit, die Sorgen, die Unannehmlichkeiten ...

Einige Wochen hindurch konnte Ludivine an die Richtigkeit ihrer Annahme glauben.

Aber eines Abends, als sie zusammen die purpurne Dämmerung langsam über den Kanal ziehen sahen – „morgen wird es Sturm geben", hatte sie halblaut vor sich hingesagt –, legte Frédéric plötzlich seine Pfeife ins Gras, ohne sie auszulöschen.

„Ludivine", begann er mit gesenktem Kopf – und sie spürte, daß etwas geschehen würde, „Ludivine, hör zu. Ich möchte mit dir sprechen. Ich muß dir etwas sagen ..."

Was, was würde er sagen? Noch nie hatte sie ihn so verlegen gesehen. ‚Es ist nicht das, nein, es ist nicht das ...' Sie wußte schon, daß es ‚das' sein würde.

„Mein Herz", fing er wieder an, ihre Schultern streichelnd, mit der langsamen Bewegung des Besitzenden, die mehr war als ein Kuß, „ich muß etwas tun. Ich ... weißt du, es ist mir unmöglich, hier sitzen zu bleiben wie eine Ratte in ihrem Käseloch, während mein Bruder mir mit seinem Beispiel vorangeht und sein Leben aufs Spiel setzt. Man kann nicht die Leute mit etwas Weihwasser besprengen, wenn ihr Haus brennt, und dann sagen, sie sollen zusehen, wie sie herauskommen."

„Nun, und?" erwiderte sie in eisigem Ton. „Ich weiß nicht, was du anderes tun könntest. Auf was willst du hinaus? Du wirst mir doch nicht sagen wollen ..."

„Ludivine ... sei vernünftig, versuche die Dinge zu verstehen. Wenn du doch nur einen Funken Einfühlungsgabe besäßest ..."

„Aber ich verstehe sehr gut", unterbrach sie ihn. „Es ist sehr einfach. Du liebst mich nicht mehr."

„Gütiger Gott! Das habe ich gewußt!"

Er brach los: „Sag das nicht! Du weißt sehr genau, daß ich dich liebe. Und was hat das überhaupt mit der Sache zu tun? Hier handelt es sich nicht um Liebe. Wenn du nur einmal versuchen möchtest, ein einziges, winziges Mal, dich in die Lage eines anderen zu versetzen!"

Ihre Stimmen tönten laut in der reinen leichten Abendluft und zerbrachen den leisen Gesang der Stille um sie her, der von der summenden Erde und dem plätschernden Wasser aufstieg.

Ludivine zerpflückte mit gedankenloser Grausamkeit einen blühenden Tamariskenzweig.

„Und du?" fragte sie scharf. „Hast du es jemals getan? Hast du dir vielleicht Sorgen darüber gemacht, ob es mir weh tun könnte?"

„Allerdings. Glaubst du, daß ich sonst noch ..."

Ludivine hörte nicht.

„... Deine Launen, ja, die sind wichtig. Es ist bestimmt sehr anregend, Eisenbahnen in die Luft zu sprengen, Geleitzüge anzugreifen, Verstecken zu spielen und sich dabei ein paar Kugeln um die Ohren pfeifen zu lassen. Der Krieg aus dem ‚Petit Journal Amusant' ... Eine hübsche Unterhaltung für die Männer! Aber, wenn du glaubst ..."

„Genug!" schnitt Frédéric ihr grob das Wort ab. „Wir werden uns hier nicht streiten. Gehen wir. Ich kenne deine Argumente. Ich mache dich aber darauf aufmerksam, daß ich heute abend keine Lust habe, in der Roubine zu baden."

„Ich auch nicht", sagte sie mit müder Stimme, indem sie sich erhob. Ein Gefühl des Ekels überkam sie. Es war umsonst, zu kämpfen, umsonst, sein ganzes Glück von einem einzigen Wesen erwartet zu haben, das eigene Leben in so verrückter Weise mit dem seinen zu verknüpfen, auf daß alles so schnell ins Wanken gerate und mit einer so entsetzlichen Leichtigkeit.

In der Föhrenallee herrschte finstere Nacht. Sie war glücklich darüber, denn es war ihr unerträglich, sein Gesicht zu sehen.

Reumütig nahm er ihren Arm, ohne auf Widerstand zu stoßen. In stummem Einverständnis schwiegen sie. Um sie knackten Äste. In der Ferne ließ sich ein Chor quakender Frösche vernehmen, in den sich der schrille Gesang der Grillen mischte. Unter Frédérics Schritt rollten die Kiesel. Auf seinen Arm gestützt, bewegte sich Ludivine wie in einem unterirdischen Raum vorwärts. Sie hätte gewünscht, daß dieser Weg nicht ende, auf dem ihr trauriger Bundesgenosse, die Finsternis, ihr doch wenigstens einen Aufschub gewährte.

20

Zu Hause angekommen, bemühten sich beide, wie auf Verabredung, ein unbefangenes Benehmen an den Tag zu legen. Das Essen verlief wie gewöhnlich. Beide hatten offensichtlich denselben Wunsch, das Beisammensein mit den andern nach Möglichkeit zu verlängern, und hielten Adrienne auf alle erdenkliche Weise in ihrem Kreise zurück. Ludivine ging zuerst in ihr Zimmer hinauf, allein, nach ihrer Schwägerin. Frédéric blieb noch, eine Pfeife rauchend, im Salon sitzen. Er fühlte sich wenig gelaunt, diesen Abend eine Auseinandersetzung wieder aufzunehmen, die noch schwieriger zu werden versprach, als er befürchtet hatte.

Die junge Frau erledigte in fieberhafter Eile ihre Nachttoilette, wobei sie die gemächliche Eugenie in ihrer Ungeduld hart anfuhr; aber diese hatte sich in einem zehnjährigen Dienst bei ihrer jungen Herrin eine jedem Ungewitter standhaltende philosophische Ruhe angeeignet.

„Mein Hemd, schnell! So beeil dich doch, ungeschicktes Ding. Jetzt geh und nimm die Lampe mit."

Frédéric fand das Zimmer in ein Halbdunkel getaucht, das nur von dem kleinen, in einem leichten Luftzug tanzenden gelben Flämmchen der Nachtlampe schwach erhellt war. Er blieb in der Tür stehen und horchte. Aus dem Alkoven war kein Geräusch zu vernehmen. Er ging auf den Zehenspitzen durch das Zimmer, schloß sich im Ankleideraum ein, goß das Wasser ganz behutsam in die

Waschschüssel und schlüpfte dann in das große Bett am Rande des weiten leeren Raumes, den ihm Ludivine gelassen hatte. Er sah sie am anderen Ende der Wand zugekehrt liegen und löschte erleichtert das Licht aus. Einige Minuten später war er eingeschlafen.

Ludivine horchte lange auf seine regelmäßigen Atemzüge. Er hatte immer die Fähigkeit besessen, mit einer verblüffenden Schnelligkeit in Schlaf zu sinken. Er begann einen Satz, und schon war er nicht mehr da, um die Antwort zu hören. ‚Das sieht ihm ähnlich, diese Flucht.' Sie drehte sich leise um und streckte im Finstern ihre Hand aus, um die beruhigende Wärme seiner Brust zu spüren. Er war da, trotz allem ... zugleich abwesend von sich selbst und in seinem Schlafe gefangen. Für einige Stunden hatte er aufgehört, seine Pläne gegen sie zu schmieden. „Jetzt bin ich ruhig", seufzte sie, „bis morgen."

Das „Morgen" war weit, jenseits der Finsternis.

Sie schob sich an ihn heran. Frédéric murmelte einige unverständliche Worte im Schlaf, bewegte sich ein wenig, legte seinen Arm um sie und zog sie unwillkürlich an sich. Glückselig barg Ludivine ihren Kopf an der vertrauten Schulter. Morgen ... Wer konnte wissen? Sicher würde sich morgen alles in einem besseren Lichte zeigen. ‚Morgen werde ich eine Lösung finden. Oder er wird vielleicht den Plan aufgegeben haben.' Im stillen Frieden dieser Stunde, hingeschmiegt an den geliebten Körper, war sie nicht sehr weit davon entfernt, es zu glauben.

Zwei Tage verflossen. Frédéric ging und kam, verhandelte mit den Pächtern, tat, was zu tun war, sprach von der täglichen Arbeit, war zärtlich und zuvorkommend.

Jede Fiber ihres Wesens auf den einen Punkt gerichtet, brachte Ludivine Minute um Minute, Stunde um Stunde hinter sich wie eine Seiltänzerin ihren Weg vor dem Publikum.

Am Morgen des dritten Tages brachte die Post ein kurzes Schreiben von Hubert. So selten waren sie jetzt, und gerade in diesem Augenblick mußte eines kommen. Die Nachricht, die zum Teil mit Bleistift auf ein zweifelhaftes Stück Papier hingekritzelt war, trug das Datum vom 21. August. Hubert hatte eine Gelegenheit benützt, sie an die portugiesische Grenze zu bringen: Er stand neuerdings unter dem Befehl von De la Rey, der rechten Hand Dewets, des berühmten Dewet. Graf Jule Fernande befehligte jetzt die französische Legion, seit Villebois bei Boshof gefallen war. Vorgestern war ein Handstreich auf Dewetsdorp gelungen. Alles ging gut. Auch einige vernünftige Engländer fingen bereits an, der Sache überdrüssig zu werden. Selbst die enragiertesten Chauvinisten mußten auf die Dauer die Lust verlieren, Schläge zu bekommen ...

Julia und Adrienne hörten mit glückstrahlenden Gesichtern zu. Bei ihrem Anblick fühlte Ludivine eine Erbitterung in sich aufsteigen. ‚Waren sie wirklich so blind? Wie lange würden sie noch in dieser Ahnungslosigkeit verharren, während sie allein der drohenden Gefahr ins Auge blickte?‘

Das Essen ging gleichwohl ruhig vorüber. Frédéric verließ nachher wie gewöhnlich das Haus. Sie atmete auf. Jetzt waren es nur mehr die Stunden, da er fern von ihr war, in denen sie ein wenig Entspannung fand. In seiner Gegenwart lauerte sie von Minute zu Minute in zitternder Qual, die sie mit ungeheurer Willensanspannung verbarg, auf jedes Wort, das aus seinem Munde kam, ängstlich darauf bedacht, die Unterhaltung nicht stocken zu lassen, damit er sich nicht vielleicht eines Augenblicks der Stille bediene, um das Entsetzliche auszusprechen.

Der Abend war für sie eine neue erschöpfende Nervenprobe, die sie jedoch in dem Gefühl bestand, daß ihr ganzes Leben davon abhinge. ‚Wenn er diesen Abend nicht spricht ... wenn wir hinaufgehen und schlafen gehen, ohne daß er ein Wort gesagt hat ...‘

Im Bett nahm Frédéric sie mit heftiger Leidenschaftlichkeit in die Arme. Die Augen im Finstern weit aufgerissen, erwartete sie den Schlag. Der Mund, der auf ihrem Hals verweilte, über ihren Nacken, ihre Wange glitt, ihre Lippen erreichte, sie umschloß, sie öffnete und sich zu eigen machte, in schmelzender Weichheit, feucht und frisch, bald wild, dann wieder sanft ... sich von ihnen löste und sie von neuem nahm ... dieser Mund, würde er alsbald, jetzt, in der nächsten Sekunde ... die Worte aussprechen, die alles vernichten würden?

„Mein Herz“, sagte Frédéric heiser und preßte sie fester an sich.

Halb erstickt, keuchend, brach sie in ein kurzes Schluchzen aus, das sogleich wieder verstummte.

„Mein Herz“, wiederholte er, „mein Liebstes, meine Königin.“

Die Arme um ihn geschlungen, die Wimpern feucht, schwieg Ludivine, das Herz zum Zerspringen voll von Glückseligkeit. So fand sie der Schlaf und nahm sie in seine weichen weiten Schwingen.

Als Ludivine am nächsten Morgen erwachte, war Frédéric schon weggegangen. Sie sah ihn erst beim Essen wieder. Er lächelte sie mit einer Zärtlichkeit an, die sie heiß auf ihrem Herzen spürte. Von Hubert und seinem Brief war kaum mehr die Rede. Plötzlich schienen die quälenden Sorgen der vergangenen Tage unsinnig, sie entschwanden in der Ferne und wurden immer kleiner und kleiner ...

Ein Gefühl des Triumphes stieg in ihr auf. Er hatte nicht gesagt. Nun würde er auch nichts mehr sagen. Selbst Huberts Brief war nicht stark genug gewesen, ihn ihr zu entreißen. Mit einemmal konnte man wieder anfangen, zu leben.

„Nun, du bist heute nicht sehr gesprächig", bemerkte Julia am Abend bei Tisch. „Die letzten Tage hast du geplappert wie eine Elster."

„Eben darum. Ich ruhe mich aus."

„Warst du in Gloriette?" fragte Frédéric.

Sie berichtete kurz von ihrem Nachmittag.

„Ich glaube, man sollte neue Bienenstöcke kaufen", schloß sie.

Frédéric ging mit Interesse auf diese Frage ein. Ja, der Honig von dort oben war köstlich, weitaus besser als der, den man in Mogador erzeugte. Bei Beaucaire gab es einen alten Mann, der ausgezeichnete Bienenstöcke machte. „Tonin kennt ihn. Man könnte ihn leicht aufsuchen."

Adrienne erzählte ihrer Mutter von einem Kinderfest, zu dem sie die kleinen Mädchen begleitet hatte. Christine war mit einem viel älteren Buben in Streit geraten. Sofort hatten ihre beiden Schwestern kräftig eingegriffen. Die drei jungen Damen, so verschieden an Temperament und untereinander immer uneins, schlossen sich bei der geringsten Berührung mit Fremden sogleich zum Clan zusammen.

„Und Anne schlägt ebenso gerne zu wie die zwei andern, trotz ihrer artigen Miene und ihren graziösen Manieren. Wir haben sie nach Hause bringen müssen. Mademoiselle war ganz verzweifelt. Sie findet, daß die Kleinen schwierig werden, und ich bin auch der Meinung. Man kann sie nirgends mitnehmen, ohne daß es mit einer Szene endet. Christine ist wie ein Junge und hat ein so streitsüchtiges Wesen."

Frédéric und Ludivine lachten.

„Edles Blut kann sich nicht verleugnen! Und die Zwillinge?"

„Sie haben den Nachmittag bei mir verbracht", erklärte Julia ihrem Sohn. „François hat die Puppe seiner Schwester zerbrochen. Dominique hat sehr geweint. Ich fürchte, daß sie die Empfindsamste der Familie werden wird. Ich habe nie eine von den drei anderen so weinen gesehen wie sie."

Sie erhoben sich vom Tisch und begaben sich in den Salon. Philo brachte ihrer Herrin den Lindenblütentee. Ludivine blieb nur einige Minuten und ging dann hinauf, um beim Schlafengehen der Kinder zugegen zu sein. François war noch gar nicht müde und wollte durchaus nicht ins Bett gehen.

„Du möchtest vielleicht noch eine Puppe zum Zerbrechen haben?" erkundigte sich Ludivine in strengem Ton, ohne damit auf den jungen Mann den geringsten Eindruck zu machen. Er blinzelte seine Mutter mit einem Ausdruck an, der klar und deutlich besagte: ‚Warum nicht?'

„Auch meine ‚Soldaten' zerbrochen."

„Wirklich? Und ... ist das alles?"

„Ja", gab er zu, voll Bedauern, nicht mehr geleistet zu haben.

Was für ein schönes Kind er war, lebhaft, schelmisch und keck! Ludivine umarmte ihn und verließ nach dieser Niederlage das Zimmer, ein überströmendes Lachen nur mit Mühe zurückhaltend.

Im Salon fand sie ihre Schwiegermutter und Frédéric. Er hielt den „Figaro" in der Hand, Julia schlummerte, eine Arbeit auf den Knien. Durch die halboffenen Fenster kam ein leichter Windhauch herein, unter dem sich ein Zipfel des Vorhangs hob. Vom Luftzug gebläht und gewiegt, erinnerte er an ein Segel. Es war ein lauwarmer Septemberabend.

Die junge Frau setzte sich wieder an ihren Platz unter der Lampe. Frédéric legte die Zeitung beiseite, klopfte mit leichten kleinen Schlägen seine Pfeife aus und machte sich daran, sie zu stopfen.

Seine Frau verfolgte mit den Augen die vertrauten Bewegungen. Ihre Blicke begegneten sich, ruhten einen Augenblick zärtlich ineinander, dann nahm er seine Lektüre wieder auf und Ludivine die ihre.

Von Zeit zu Zeit hob sie den Kopf und warf einen verstohlenen Blick auf ihn. Der Anblick dieses Gesichts weckte in ihr nach zehn Jahren noch immer das Zittern einer beinahe schmerzhaften Wonne.

Frédéric sah sie nicht. Er hatte die Zeitung wieder aus den Händen gleiten lassen und schien zu grübeln, einen harten Zug um das Kinn. Der graue Glanz seiner Augen schoß wie das Blitzen einer Messerklinge unter den gesenkten Wimpern hervor. Es war etwas in diesen Zügen, etwas ... Was war es? Sie konnte es nicht sagen.

Als ob er die Last dieser Frage auf sich gespürt hätte, schlug er die Lider auf und heftete einen unheimlich leeren Blick auf seine Frau.

Mit der Schnelligkeit eines Blitzes sah Ludivine den Rand des gähnenden Abgrunds vor sich. Ihr Herz schlug bis zum Hals, dann stand es still. Und schon sagte Frédéric mit äußerster, fast ein wenig zu sehr betonter Unbefangenheit:

„Freitag fahre ich nach Marseille."

„Nein!" schrie sie wild.

Die Muskeln spielten über dem zusammengepreßten Mund Frédérics. Er erhob sich und stieß die Hände in seine Rocktaschen.

„Du wirst verrückt!" Seine Stimme war vollkommen ruhig.

Aus ihrer Träumerei erwacht, sah Julia ihre Schwiegertochter an: eine maßlose Leidenschaft entstellte ihr Gesicht, in dem die Augen von einem unheimlichen schwarzen Feuer funkelten. Ihre Nägel umkrampften die Armlehnen des Sessels.

„Um Gottes willen, Kind, was hast du?"

„Aber siehst du denn nicht? Verstehst du denn nicht?" Sie keuchte in einem wahnwitzigen Anfall verzweifelter Wut.

„Wozu bist du denn seine Mutter ... Aber so schau ihn doch an! Er macht ganz einfach eine Reise nach Marseille! Schau das Gesicht an, das er hat!"

„Genug, Ludivine! Du bist lächerlich ..."

Jetzt ließ Julia ihren Sohn nicht mehr aus den Augen.

„Eine nette kleine Reise nach Marseille", höhnte Ludivine, der die Nerven durchgingen. „Eine ganz kleine Reise von ein paar Stunden ... und er kommt zurück mit der Schiffskarte in der Tasche!" Frédéric ging auf sie zu und packte sie hart am Handgelenk.

„Wirst du still sein?"

„Aber so verteidige dich doch! Sag, daß ich lüge! Wiederhole, daß ich verrückt bin. Auf was wartest du? Was hindert dich daran?"

„So ist es also wahr ...", sagte Julia langsam, mit tonloser Stimme.

In ihrem Innersten hatte sie immer gewußt, daß es geschehen konnte: „Ja, bei Frédéric mußte man darauf gefaßt sein ..." Sie bewahrte ihre Ruhe zwischen den zwei Wütenden, die einander mit den Blicken maßen wie zwei Kämpfer, die im Begriffe sind, aufeinander loszugehen. Aber niemals war sie hilfloser und kleiner gewesen als in diesem Augenblick in ihrem großen Lehnstuhl.

Frédéric ließ seine Frau los und kam zu ihr.

„Mama, verzeih mir! Liebste Mama, ich bin ganz außer mir. Verstehst du ... Um keinen Preis wollte ich, daß du es auf diese Weise erfährst. Es ist nur ... Weißt du, ich kann Hubert nicht allein lassen in dieser Klemme."

„Nein, gewiß nicht!" schnitt ihm Ludivine bitter auflachend das Wort ab. „Weder Hubert noch die Buren. Auch wenn sie ganz und gar selber schuld daran sind. Wer hat ihnen denn befohlen, einen Krieg anzufangen? Wer hat von Hubert verlangt, ihnen dort den Narren zu machen! Niemand! Aber das ist natürlich kein Einwand. Es ist trotzdem die Aufgabe der Männer. Ein neuer Krieg, das ist etwas so Unterhaltendes! Ein hübscher Zeitvertreib, den man nicht alle Tage hat. Man darf aufeinander schießen. Es ist gar nicht einmal nötig, zu wissen, warum ... Hubert, das Recht, die Unterdrückten und Gott weiß, was sonst noch! Um Gründe ist man nicht verlegen. Zehn, hundert, tausend kann man finden, ohne weiteres! ‚Die Ehre', ‚die Pflicht'."

Es war, als ob sie die Worte ausspuckte.

„Das haben sie sich erfunden. Daraus haben sie eine Religion gemacht. Und die Frauen sind dumm genug, daran zu glauben. Aber ich will es nicht, ich nicht", ihre Stimme brach; „ich will nicht, daß du wegfährst ... Frédéric, hör zu, ich habe dich nicht geheiratet, damit du weggehst, um Krieg zu spielen. Ich will nicht zittern, ich will nicht ohne dich sein und die Tage zählen ... ich will nicht ..."

„Hör auf, ich bitte dich", sagte Frédéric mit müder Stimme.

Julia streichelte das Haar ihres Sohnes, der vor ihr kniete.

„Mein Kind, du kannst das nicht tun. Auch hier braucht man dich."

„Wenn Ludivine vernünftig sein will, dann nicht. Sie kann Mogador leiten, du weißt es ganz gut." Er antwortete seiner Mutter, Ludivine schien er nicht zu sehen. Außer sich, ging diese um den Lehnstuhl der alten Dame herum und trat auf ihn zu.

„Und mich zu Tode arbeiten, nicht wahr?" Es war wie ein Haß, der über sie kam. Er war zu grausam, zu selbstsüchtig ...

„Damit du weggehen und dich damit zerstreuen kannst, Hinterhalte zu legen, dich zu verstecken und Soldat zu spielen ... genau wie Christine und der kleine Royer Indianer spielen. Und während der Zeit werde ich von Mogador nach Gloriette laufen und von Gloriette nach Mogador, und dazu mich noch um die Kinder kümmern und ..."

„Was das betrifft, meine Liebe", unterbrach er sie scharf, indem er sich erhob, „so denke ich, daß du dir niemals große Mühe mit ihrer Erziehung gegeben hast. Man kann nicht sagen, daß du gerade das bist, was man eine zärtliche Mutter nennt. Adrienne wird vielleicht auch weiterhin ohne dich damit fertig werden."

Er hielt sie mit hartem Griff und sah ihr in die Augen, die mit eisiger Kälte auf ihn gerichtet waren.

„Nein? Du findest nicht? Nicht?"

„Genug!" gebot Julia in schneidendem Ton. „Ihr habt beide diesen Abend eine fabelhafte Menge von Dummheiten zusammengeredet. Ich finde, daß dies für heute genügt. Pfui, wie schmutzig! Man möchte glauben, man ist unter Dienstboten in der Küche! Das muß man sagen, auf mich nehmt ihr beide überhaupt keine Rücksicht."

„Ich kann nicht mehr, Mama. Er ist hassenswert ... ich kann nicht mehr."

„Geh hinauf in dein Zimmer, Ludivine, du hast es notwendig, dich zu erholen, mein Kind. Ich werde dir Philo schicken. Sie wird dir eines meiner Beruhigungsmittel bringen. Du mußt dich ausruhen."

Sie richtete sich mühsam auf.

„Wohin ist denn Adrienne verschwunden? Frédéric, hilf du mir in mein Zimmer."

Ludivine gehorchte willenlos. Verschwunden waren Zorn und Verzweiflung, sie hatte nur einen Wunsch, zu schlafen. Vor ihrem Frisiertisch zusammengesunken, hörte sie durch das Dunkel, das sie umgab, wie aus weiter, weiter Ferne gedämpfte Geräusche: ihre Schwiegermutter, die in ihr Zimmer hinaufstieg. Mit einer letzten Willensanspannung bemühte sie sich krampfhaft, den Widerhall der Schritte, das Knarren der Stufen und des Treppengeländers zu unterscheiden, ohne daß ihr Geist in der Lage gewesen wäre, über die Sinneswahrnehmungen hinauszugehen.

Einen Augenblick später erschien Philo, gefolgt von Eugénie. Die alte Kammerfrau übernahm den Befehl, und Eugénie führte ihre kurzen Anordnungen mit einer Schnelligkeit aus, die ihre Herrin verblüfft hätte, wäre sie in der Lage gewesen, den Vorgängen um sie her ihre Aufmerksamkeit zu schenken.

Nach wenigen Minuten fand sich Ludivine, ohne zu wissen wie, fertig für die Nacht, entkleidet und ausgestreckt auf dem wohlgespannten Bettuch unter ihrer warmen Decke. Das rauhe Gesicht, das sich über sie beugte, erinnerte an einen der gelben Winteräpfel, die man im Keller einlagert, um sie zu Ostern zu essen, wenn sie schon ganz runzelig sind.

„Madame hat mich beauftragt, Ihnen zwei Löffel davon zu geben."

Ludivine schluckte gehorsam die widerwärtige Flüssigkeit hinunter und trank nachher die Tasse Tee in kleinen Schlucken aus.

„Der gnädige Herr ist bei ihr?"

„Ja, sie sprechen zusammen." Philo überlegte einen Augenblick: „Aber ich finde es gar nicht gut für Madame, wenn Sie sich um diese Zeit noch so aufregen."

Ihr Groll schien mit diesen Worten die ganze Welt dafür haftbar zu machen: „Wenn Sie morgen einen Anfall bekommen ..."

Morgen ... wie gleichgültig war das. Es gab kein „Morgen" mehr. Heute abend war die Welt zusammengestürzt. Philo mochte ihre ganze schlechte Laune ausschütten, Ludivine hatte nichts mehr damit zu tun. Das war Sache der andern ... Zu den „andern" gehörten alle, auch Frédéric ... Was sie wollte, was sie brauchte, das war, daß diese graue Nacht, in der sie Schiffbruch erlitten hatte, sie ganz in ihrer Finsternis verschlänge.

Frédéric fuhr nach Marseille.

„Ich habe alles versucht, mein Kind. Du kennst ihn: Wenn er sich etwas in den Kopf gesetzt hat ... Fast die ganze Nacht haben wir damit verbracht, zu diskutieren. Er hat ganz geduldig zugehört, ohne mich zu unterbrechen. Er hat alles zugegeben, was ich ihm vorgehalten habe. Er hat sich entschuldigt, er hat mir geschmeichelt. Mit einem Wort, du weißt ja, wozu er imstande ist."

Julia seufzte:

„Eine Mauer ... Man kann nicht herankommen. Er behauptet, das sei eine Angelegenheit von sechs Monaten, vielleicht noch weniger ... auch in England sei die öffentliche Meinung bereits gegen den Krieg, Chamberlain mache sich jeden Tag neue Feinde mit dieser Politik, es seien schon Interpellationen im Parlament eingebracht worden, es komme jetzt nur darauf an, den Buren zu helfen, daß sie bis zum Kabinettswechsel durchhalten können. Seiner Meinung nach kann das Ganze nicht länger dauern als bis zum Frühjahr. Er denkt, daß er und Hubert bestimmt bis zur Ernte zurück sein werden und du bis dahin ganz gut mit Mogador und Gloriette fertig werden kannst."

Ludivine zuckte die Achseln.

„Und das garantiert er mir alles, nicht wahr? Und auch, daß die Kugeln an ihm vorbeifliegen werden. Und daß er nicht gehängt werden wird, wie so viele andere, wenn die Engländer ihn dabei erwischen, daß er sich in eine Sache hineinmischt, die ihn gar nichts angeht. Erinnerst du dich an die Wochen, als wir ...“

Sie biß sich in die Faust.

‚Und dabei war das doch etwas ganz anderes! – Nein, nein! Hubert? Was war das Leben Huberts neben dem ...‘ „Er kann sich ja schließlich umbringen lassen, wenn ihm das Spaß macht“, fuhr sie grausam fort. „Wenn ich bedenke ... Er ist an allem schuld! Wenn er dageblieben wäre, Frédéric wäre niemals auf diese wahnwitzige Idee gekommen. Natürlich, Hubert ist allein ... was macht ihm das? Er ist frei. Aber Frédéric! ... Frédéric gehört mir. Er hat nicht das Recht dazu. Oh, Mama, Mama, es ist entsetzlich! Aber denkt er denn gar nicht an mich, nicht ein ganz kleines bißchen? Ich dachte, daß er mich liebt ... Ich will es nicht ... ich werde es nicht ertragen, daß er wegfährt, ich werde es nicht aushalten können.“

Darauf gab es keine Antwort. Julias Lippe zitterte kaum merklich. Die Kleine da, die so über ihre Söhne verfügte, die von dem einen sagte: „Er gehört mir“, die der Meinung war, ihn gekauft zu haben, einzig und allein um den Preis ihrer Leidenschaft ... sie würde auch noch erfahren, daß keine Liebe eines Mannes stark genug ist, um dem Reiz des Abenteuers zu widerstehen, wenn einmal in ihm die Lust darauf erwacht ist.

Der Herr von Mogador kehrte befriedigt und mit Geschenken für das ganze Haus beladen von seiner Reise zurück. Jetzt, da der schwierige Schritt getan war und er die Sicherheit hatte, sich in drei Wochen einschiffen zu können, fühlte er sich zu jeglicher Nachgiebigkeit bereit. Für Ludivine hatte er die schönsten Modegeschäfte von Marseille geplündert. Er brachte ihre eine Bluse aus indischem Musselin, in Ajour und kleinen Säumchen gearbeitet, einen großen edelsteinbesetzten Steckkamm, einen perlengestickten Gürtel aus grünem Leder und in einem ungeheuren Karton, den zu tragen für ihn lästig genug gewesen sein mußte, einen Dreispitz à la Louis XV. in schwarzem Velours, garniert mit einer langen elfenbeinfarbenen Straußfeder, und noch ein anderes Pariser Modell, dem man Virot ansah.

Ludivine empfing diese Sühnegaben ohne Freude. Sie warf einen gleichgültigen Blick darauf, dankte und übergab sie Eugénie zum Einräumen.

„Du mußt entzückend aussehen in diesem Hut", schmeichelte Frédéric. „Probier ihn, mein Herz." Sie setzte den Dreispitz auf. Er paßte ihr wirklich ganz ausgezeichnet.

„Ich werde ihn nehmen, um dich an den Schiffskai zu begleiten", sagte sie bitter zu ihrem Mann, der sie zärtlich um die Hüfte faßte.

Die Royers kamen an einem Sonntag mit ihren Kindern. Vincent ergraute schon an den Schläfen. Sein Lorgnon verließ ihn nicht mehr. Elise war noch immer so frisch wie früher und errötete noch ebenso leicht. „Sie sind ein junges Mädchen, das verheiratet ist", erklärte Frédéric. Sie trug die kleine Henriette auf dem Arm, die im März zur Welt gekommen war.

„Mein liebes, liebes Herz ... wenn du wüßtest, wie sehr ich an dich denke! Es muß sehr schwer für dich sein, trotz deines Muts. Und Frédéric ... Oh, ich bewundere ihn so! ... Vincent sagt, daß die Männer wie er das Salz unserer Nation sind."

Ludivine hörte die warmen zärtlichen Worte ihrer Freundin mit einem stolzen Schmerz ohne Tränen. ‚Gewiß, er war aus einem andern Holz' ... Frédéric, ihr schöner Frédéric ... Welcher ihrer Kavaliere, welcher Tänzer besaß seinen Scharm? Wer, selbst unter den Herzensbrechern der Gesellschaft, verstand es so wie er, die Frauen mit einem Blick zu streifen, daß sie die Augen niederschlugen, ohne etwas von ihnen zu wollen? Wer von all diesen verheirateten Männern und jungen Leuten, die sich um sie drängten, wäre imstande gewesen, sich aus ihren Armen zu reißen, um in den Krieg zu gehen?

Und Elise zwischen ihrem alternden Mann und den Kindern, die sie schneuzte und badete ... was wußte die von der Leidenschaft? Da saßen sie am Abend nach beendigtem Besuch wieder zusammen in ihrem kleinen bürgerlichen Heim und würden noch viele, viele ebensolche, ganz gleiche, ruhige Abende miteinander verbringen.

‚Ein Leben, in dem sich nichts ereignet ... außer dem Altwerden und dem langen Schlaf am Ende ...' Mit einem Male schien es Ludivine, als ob auch sie sich an so einem ruhigen, wohlgeordneten Glück hätte erfreuen können, das sie einstmals verachtet hatte.

Die Tage vergingen, einer nach dem andern.

„Du siehst, auf diese Weise, wenn es weiter so flott vonstatten geht", hatte Frédéric ihr einmal beim Nachhausekommen vorgerechnet, „wird die Weinlese bald beendigt sein und der Wein in den Fässern. Ich kann ruhig wegfahren, und du wirst nicht soviel Arbeit haben."

Die letzten Fässer wurden im Keller eingelagert.

Nur mehr eine Woche. Nur mehr sechs Tage, nur mehr fünf. Mogador war von einer falschen Fröhlichkeit erfüllt, die durch die vielen Besuche aufrechterhalten wurde. Genauso war es vor einem Jahr gewesen, vor Huberts Abreise. Genauso ... und doch wie anders für Ludivine ...!

Die lezten Tage waren sie allein. Jetzt, so nahe vor der schmerzlichen Trennung, legte Frédéric plötzlich seine Zurückhaltung ab, wurde ein zärtlicher, beinahe gehorsamer Liebhaber, so wie sie sich ihn einstmals erträumt hatte.

„Meine kleine Königin, lächle mich an. Ich möchte von dir eine so schöne Erinnerung mit mir nehmen, daß sie mich überallhin begleiten kann, bis zu meiner Rückkehr." Sie saß auf dem Sofa und blickte ihn mit brennendem Verlangen an, wie er so vor ihr kniete, die Arme fest um ihre Hüften geschlungen.

„Was für eine entzückende Taille du hast! Wie ein junges Mädchen. Wo haben Sie ihre fünf Kinder hingetan, Madame? Und deine Augen, laß mich deine Augen gut anschauen. Heute sind sie von einem ganz besonders schönen Dunkelviolett."

Ludivine beugte ihr flehendes Gesicht zu ihm hinab.

„Ich bitte dich, mein Liebster, Einziger, fahr nicht weg."

Er küßte ihre Hände, ihre Haare, ihre Lider.

„Aber ich fahre ja nicht weg. Ich bin ja da, siehst du es nicht? Du weißt, daß ich dir gehöre. Hör zu: Jede Nacht, wo immer ich bin, werde ich in unser Zimmer kommen, ich werde bei dir sein, wenn du einschläfst, ich verspreche es dir. Aber ich will nicht, daß du weinst."

Er richtete sich auf, nahm sie an seine Brust, bog sie nieder unter seinen Küssen. Sie lag in seinen Armen, zerrissen von Wonne und Schmerz.

Sie machten lange Spazierritte miteinander. Frédéric richtete es so ein, daß er fast immer bei seiner Frau sein konnte. Jede Stunde zählte jetzt. Vier Tage, nur mehr vier Tage hatten sie vor sich. Ludivine klammerte sich an die verrinnenden Minuten. Der Koffer stand in ihrem Zimmer. Victor legte bereits die Sachen hinein, „die Monsieur dort brauchen wird", Frédéric hatte die Absicht, Oberon mitzunehmen.

„Heute abend werden wir ausreiten, mein Herz, wenn du Lust hast. Ich werde Phöbus nehmen. Man muß ihn ein bißchen zerstreuen vor meiner Abreise. Der arme Alte, das bin ich ihm wohl schuldig. Erinnerst du dich, wie wir dich zusammen besuchen kamen, bei den Daubenois? Und an den Hochzeitstag? Ich frage mich oft, ob du mir im Grunde jemals verziehen hast. Nun, jetzt kannst du es mir ja ruhig sagen. Ja oder nein?“ Ludivine war daran, in Tränen auszubrechen. Er bemerkte es und verließ rasch das Zimmer.

„Warte auf mich. Ich muß dem Verwalter noch zwei Worte sagen. Ich komme dich dann abholen. Ich möchte bis zum Kreuzfahrergrab reiten, und dann machen wir die Runde um das Gut und sind zum Essen wieder zurück.“

Das Kreuzfahrergrab war eine alte Steinplatte, die, von einem dichten Schneeballgesträuch halb überwuchert, am äußersten Ende des Parkes lag. Der Stein war mit einer fast verwischten, unleserlichen lateinischen Inschrift bedeckt. Die jungverstorbene Amélia, die immer eine Vorliebe für traurige Geschichten gehabt hatte, bevor sie selbst eine geworden war, behauptete seinerzeit, es liege dort ein Ritter begraben, der auf der Heimkehr von Palästina auf dem Wege gestorben sei, bevor er seine Dame wiedergesehen habe. Sie hüllte sich in Schleier, schlug sich ein Tuch um die Schultern und sagte: „Ich bin seine Dame und werde aus Herzeleid auf seinem Grabe sterben.“ Die Kinder, denen das einen großen Eindruck machte, trugen ehrfürchtig ihre Schleppe.

„Sie war zwölf Jahre alt, weißt du, Henri neun und ich vier. Adrienne lag noch in den Windeln.“ Frédéric hatte ihr das alles einmal erzählt, es gehörte zur Amélialegende, die von den Ihren gepflegt wurde.

Für fremde Augen war der Platz nichts als ein verlassener Winkel, feucht, mit faulenden Blättern bedeckt. Ludivine liebte ihn nicht. Sie schüttelte den Kopf: „Nein, geh hin, wenn du willst. Ich bleibe hier.“

„Gut. Es wird nicht lange dauern.“ Er drängte nicht. Offenbar kam die Ablehnung seinem eigenen Wunsch entgegen. Sie setzte sich ans Fenster und begann zu warten. Draußen schien die Herbstsonne warm. Der Park, der eben erst gelb zu werden begann, war von einer unsagbaren Melancholie.

Warten ... In einigen Tagen würde das Leben nichts anderes mehr sein als warten. In jeder Minute, die verfließt, werde ich mich fragen: Wo ist er? Was macht er? Lebt er noch? Und in einem Augenblick, vielleicht, wird es sein ... Gott! ... Kann man das ertragen? Wird man nicht wahnsinnig? Frédéric ... Wenn er jemals ... der Atem stockte ihr. Ich kann es nicht ... Ich kann es nicht! Nein, um keinen Preis! Er darf nicht fahren!

„Was ist dir?" fragte Frédéric beim Nachhausekommen beunruhigt. „Fehlt dir etwas? Fühlst du dich nicht wohl?"

Wenn er das glaubte, könnte das vielleicht seine Absicht ändern? Wenn ich krank wäre? Wenn ich ... Aber nein, nein. Er hatte es ihr gesagt, damals an der Roubine. Man spielt nicht ein zweites Mal dieselbe Karte aus. Sie tat sich Gewalt an, es gelang ihr zu lächeln. Sie umarmten einander.

„Ich habe die Pferde für zwei Uhr bestellt", sagte Frédéric, als sie zum Essen hinuntergingen.

Während Adrienne den Kaffee einschenkte, kam Victor seinem Herrn melden, daß Ranguis und Tonin im Büro seien und ihn dringend zu sprechen wünschten.

Frédéric schluckte hastig den Inhalt seiner Tasse hinunter, verbrannte sich, brummte einige Schimpfworte in sich hinein und verließ eilig das Zimmer, seinen Tabaksbeutel, sein Messer und seine Pfeife, die er soeben zu reinigen begonnen hatte, auf dem Tisch zurücklassend.

Im nächsten Augenblick erhob sich Ludivine und begann durch das Zimmer zu wandern. Stumm, ganz in ihre Gedanken verloren, nahm sie eine Zeitung in die Hand, spielte mit einer Porzellanfigur, ohne zu wissen, was sie tat.

Julia folgte mit den Augen voll Mitleid den Bewegungen ihrer Schwiegertochter. Das Gesicht war von einer wahnwitzigen Anspannung bis zur Häßlichkeit verzerrt. Die Kinnladen sprangen hart und eckig vor. ‚Wie sie abgemagert ist! Was wird aus ihr werden ohne ihn? Von Ludivine konnte man alles erwarten, das Beste wie das Schlechteste', dachte die alte Frau. Wer konnte wissen, auf welche Seite Frédérics Abwesenheit sie werfen würde? Es war zu unsinnig, zu grausam, unverzeihlich ... Fünf Kinder und diese junge Frau, die er liebte. ‚Dein Glück, Frédéric, denk daran.'

‚Manchmal genügt das Glück nicht, du weißt, Mama ...' Andern hätte es genügt. Als der Ruf an seinen Vater erging, hatte er sein Gewehr und seinen Tornister genommen, mit einer Resignation, die zu sagen schien: Ich weiß, was kommen wird ... Aber dieser da ... er hatte das Bedürfnis, das Schicksal herauszufordern mit der Geste eines Grandseigneurs. Man hätte vielleicht etwas sagen können ... etwas versuchen ... etwas anderes, was vielleicht einen Erfolg hätte haben können. Aber was?

Julia fühlte sich müde: ‚Ich bin zu alt ...

„Du gehst, mein Kind?“ fragte sie Ludivine, die im Begriffe war, aus dem Zimmer zu schlüpfen.

„Ich gehe nur einen Augenblick in mein Zimmer, Mama. Wenn Frédéric zurückkommen sollte, sag ihm bitte, daß er hier auf mich warten möchte. Ich bin sofort wieder da ...“

In der Halle blieb Ludivine stehen, um zu horchen. Das große Haus war ruhig. Sie schritt durch den Gang, am Bürozimmer vorbei. Durch die Tür drang Stimmengeräusch an ihr Ohr. Die drei Männer sprachen lebhaft miteinander. Ludivine erreichte die rückwärtige Tür, die auf den Hof hinausführte, und öffnete sie leise. Draußen schlug sie rasch ihren Weg ein.

Zehn Minuten später war sie wieder im Salon. Julia, in ihre Gedanken versunken, sprach kein Wort und hob nicht einmal den Kopf. Adrienne hatte ihre nie endende Arbeit wieder aufgenommen. Ludivine blieb eine Weile vor dem kleinen Tischchen stehen, auf dem noch die Kaffeetassen standen, und setzte sich dann wieder an ihren Platz am Fenster. Sie atmete schwer und rang heimlich nach Luft, die Augen mit einem verzweifelten Ausdruck auf die Tasse geheftet, die Frédéric halbgeleert hatte stehenlassen.

„Mein armes Herz, ich bin ganz unglücklich. Es ist wie verhext“, entschuldigte er sich beim Eintreten. „Immer die alte Geschichte mit dem Wehr. Sie haben einen Riß entdeckt, und einen ganz gehörigen, scheint es. Tonin behauptet, daß es beim ersten Schnee nachgeben wird. Man muß sich das gleich ansehen. Kommst du mit? Wir werden an Ort und Stelle entscheiden. Tonin und Ranguis haben sich gleich wieder auf den Weg gemacht. Wir treffen uns dort. Es ist fast drei Uhr. Die Pferde warten sicher schon lange.“

„Nein“, sagte Ludivine langsam. „Ich glaube, ich werde hierbleiben. Du siehst, ich bin nicht fertig, ich möchte dich nicht aufhalten.“

Nicht fertig! Und sie hatten doch besprochen, um zwei Uhr das Haus zu verlassen. Frédéric sah sie vorwurfsvoll an, aber beim Anblick ihrer Blässe fühlte er sich beunruhigt.

„Du siehst wirklich schlecht aus seit heute früh.“

Er streichelte ihre Schläfe.

„So geh ich allein. Ruh dich aus. Ich werde mich beeilen, es wird nicht länger dauern als drei Viertelstunden. Ich werde hin- und zurückgaloppieren, und dann bleibe ich bei dir, nicht wahr? Wir werden machen, was du willst. Begleite mich bis zur Rampe, ja?"

Sie erhob sich mit Anstrengung. Frédéric legte seinen Arm um ihre Taille und stützte sie, trug sie beinahe.

„Ich bin gleich zurück, Mama."

„Mein Gott, wie schön es ist", rief er draußen. „Schade, daß du nicht mitkommst. Wir hätten bis in den Ort oder nach Barbegal reiten können."

„Welchen Weg nimmst du?"

„Ich werde durch die Felder abschneiden, damit ich schneller zurück bin. Willst du nicht bis zum Stall mitkommen, um Phöbus guten Tag zu sagen? Aber, nein, es ist wahr, kein Hut, kein Sonnenschirm. Wir würden uns ja den Teint verderben!" Er lachte leise, aber Ludivine bemerkte die Neckerei gar nicht.

„Also gut, ich lasse dich. Gegen vier Uhr bin ich da."

Er beugte sich nieder, drückte einen Kuß auf die Stirn, die sie an seine Schulter gelehnt hatte, und entfernte sich mit langen geschmeidigen Schritten, ein Jägerliedchen vor sich hin pfeifend. Ludivine folgte ihm mit den Augen, bis er um die Ecke des Hauses verschwunden war.

Als sie wieder in den Salon trat, erschrak Julia über die Veränderung ihres Gesichts.

„Bist du krank?"

„Ich?"

Ludivine schien die Fassung zu verlieren.

„Krank? Warum . . . krank?"

Ohne zu antworten, blickte die alte Frau ihre Schwiegertochter durchdringend an. Die Schärfe ihres Blicks brannte Ludivine auf den Wangen.

„Wo ist Adrienne?" fragte sie, um dem Gespräch eine andere Wendung zu geben.

„Bei den Zwillingen, glaube ich. Sie ist gleich nach dir hinaufgegangen. Willst du etwas von ihr?"

„Nein, nichts." Wieder war Schweigen zwischen den beiden Frauen. Ludivine setzte sich schwer. Sie zuckte nervös mit einem Mundwinkel. Von Minute zu Minute wurde die Atmosphäre drükkender.

„Hast du die ‚Revue des Deux Mondes' gesehen, die Nummer, die gestern gekommen ist?"

„Was, Mama?“ fragte Ludivine wie aus einem Traum.

„Die ‚Revue des Deux Mondes‘?“

„Ah ja. Nein ...“

Julia drängte nicht weiter. Eine heimliche Angst wuchs in ihr. Es ging etwas vor. Eine unbekannte drohende Gefahr war in ihr tägliches Leben getreten, das schon so trübe geworden war, seitdem Frédérics Abreise im Hintergrund stand. Etwas, was sie nicht wußte, aber ihre Schwiegertochter kannte.

Der Kies der Allee knirschte unter eiligen Schritten. In einem Satz war Ludivine am Fenster, mit verzerrtem Gesicht.

„Was ist los?“ Julia schrie beinahe.

„Nichts. Es ist Mademoiselle Louise.“

Wieder trat Schweigen ein. Die Wanduhr schlug halb drei.

Die Erzieherin kam wieder heraus, gefolgt von den drei kleinen Mädchen. Alle drei trugen hellblaue Mäntel und Strohhüte mit Maschen. Christine gab ihrer älteren Schwester die Hand. Eine andere Welt, in der nichts vorging ... in der man kleine Mädchen mit sittsamer Miene spazierengehen sah. Dort, am Ende der Allee, verschwand die kleine Gruppe, von einem Sonnenstrahl begleitet ...

Die Luft im Zimmer war schwül, aber Ludivine fror. Sie wandte sich vom Fenster ab und machte einige Schritte.

„Wohin gehst du?“

„Ich weiß nicht. Ich geh ein bißchen aus.“

„Bleib hier.“

„Aber ...“ Sie fuhr auf, beruhigte sich aber gleich wieder: ‚Die Mutter Frédérics.‘. Einen Augenblick lang sahen sie einander an, dann setzte sich die junge Frau nieder, ohne ein Wort zu sagen.

Eine Ewigkeit verfloß. Die Wanduhr war um fünf Minuten vorgerückt. Ein unerträgliches, leises Geräusch war zu hören. Die Fäuste auf der Brust gepreßt, versuchte Ludivine krampfhaft, es zu ersticken. Es wurde lauter, es erfüllte den Raum. Jedermann mußte es hören ... Julia bemerkte, daß ihre Schwiegertochter mit den Zähnen klapperte. Sie selbst riß langsam die Jettplättchen von ihrem Fächer.

Es war fast vier Uhr, als sie ihn brachten.

Ludivine und Julia sahen von weitem den unheilverkündenden Zug herankommen. Phöbus folgte, mit dem Zaum hinten am quietschenden Karren befestigt, den mehrere Männer begleiteten. Mit einem tierischen Stöhnen fuhr Ludivine empor. Es war ein heiseres Stöhnen, das nichts Menschliches mehr an sich zu haben schien.

„Wart auf mich!“ rief Julia. Aber sie lief und hörte nichts mehr.

Das Haar Frédérics war von Blut und Erde besudelt. Man hatte sein Gesicht gewaschen, aber unaufhörlich rannen rote Bächlein die Schläfen entlang. Der große Körper, den sie nie krank gesehen hatte, lag auf einer Matratze im Stroh des Leiterwagens, unheimlich reglos, mit starrem Blick.

„Er hat bestimmt auf dem Weg die Besinnung verloren, Madame“, erklärte Tonin, „obwohl wir uns die größte Mühe gegeben haben, es vorsichtig zu machen. Als wir ihn daraufgelegt haben, hat er ganz gehörig geschrien. Sie brauchen sich nicht aufzuregen. Er wird schon wieder zu sich kommen.“

Sie überflog das Antlitz, die Brust, den ganzen Körper des Verletzten mit den Augen einer Wahnsinnigen, und von neuem kam ein tierischer Schrei aus ihrem Innern. Frédéric schlug die Augen auf.

„Es ist nichts, mein Herz. Du brauchst keine Angst zu haben. Es ist nur mein Bein, das linke . . . Herrgott, das tut weh!“

Die Haut seines Gesichtes schien auf die Knochen geklebt zu sein, die Lippen waren bläulichweiß. Julia war herangekommen und neigte sich, von Adrienne gestützt, über ihn.

„Mein Kleiner!“

Er versuchte ein Lächeln, das sich jedoch schnell in eine Grimasse verwandelte: „Ein verdammter Sturz, Mama! Ich weiß nicht, wie ich das gemacht habe. Sicherlich ein Bein gebrochen.“

„Gebrochen ist es allerdings“, lautete eine Stunde später das Gutachten Doktor Lapierres. Mit unendlicher Behutsamkeit betastete er das geschwollene Glied, an dem sich inmitten des riesigen blutunterlaufenen Flecks eine Art Höcker abzeichnete. Die sorgfältige Untersuchung entriß dem Verletzten ein wildes, nur schlecht verhaltenes Stöhnen.

„So, das wird fürs erste genügen“, sagte der Arzt, als er mit der Anlegung der Notschiene fertig war. Er richtete sich auf, strich mit der Hand selbstzufrieden über sein weißes, glattgescheiteltes Haar und drehte die Spitzen seines noch grauen Schnurrbarts. „Sie sehen aus wie ein altgedienter Offizier, mein lieber Doktor“, hatte ihm Julia in ihrer ironischen Art einmal gesagt.

„Eine hübsche spiroide Fraktur beider Knochen, lieber Freund, ganz klar und charakteristisch. Und dabei haben Sie noch Glück gehabt.“ Frédéric warf ihm einen tödlichen Blick zu: „Also anders ausgedrückt, für Sie ein gefundenes Fressen.“

Der alte Herr lachte gutmütig: „Für mich allerdings, ganz ohne Zweifel. Die Rache der Medizin. Denken Sie einmal, wenn ich immer nur Kunden Ihres Schlages gehabt hätte ... es wäre mir nichts anderes übriggeblieben, als meine Segel zu streichen und Landwirtschaft zu studieren.“

Er legte wieder Überrock und Manschetten an, deren er sich vor der Untersuchung entledigt hatte.

„Nein, nein, mein Lieber, Spaß beseite“, fuhr er angesichts des finsteren Blicks seines Patienten fort, „ich glaube wirklich sagen zu können, daß Sie recht gut weggekommen sind: dem Schädel fehlt nichts, die Wunde an der Kopfhaut wird in vierzehn Tagen vernarbt sein. Die Kontusionen der Schulter zählen nicht. Alles in allem ist es nur das Bein, und da sehe ich keine Komplikation voraus. Es wird gut gehen, Sie werden sehen. Eine Unbeweglichkeit von einigen Wochen und die Sache ist in Ordnung. Ich glaube, Madame“, wandte er sich an Ludivine, die regungslos am Kopfende des Bettes stand, „Sie sind es, die man pflegen müßte nach dieser Aufregung. Sie sind weiß wie das Leintuch.“

„Mein armes Herz, habe ich dir Angst gemacht?“ Frédéric tastete nach ihrer Hand, die eiskalt an ihrem Rock herunterhing, und legte sie unterhalb des Verbands auf seine Stirne.

„Das tut wohl.“

Ludivine wandte ihre Augen von dem bandagierten Kopf ab, dessen krankhaft gerötete Wangen sich in plötzlichen Zuckungen zusammenzogen. Wie eine stumme Liebkosung fühlte sie den Druck von Frédérics Hand auf der ihren stärker werden. Wie heiß war seine Stirn ...

„Sie war so tapfer, Doktor“, sagte die Stimme Adriennes. „Seitdem die Männer meinen Bruder heraufgebracht haben, hat sie alles gemacht, ohne irgendeine Hilfe anzunehmen.“

Adrienne ... Sie war also da? Und Mama auch, dort hinten in ihrem Lehnstuhl. Ludivine entdeckte ihre Gegenwart. Bis jetzt hatte sie gehandelt wie mit Scheuklappen versehen, ohne auch nur einen Blick zu haben für etwas anderes als den Körper vor ihr, den man ihr gebracht hatte, den kostbaren Körper, den sie auf eine so entsetzliche Weise wiedergewonnen hatte.

„Ich werde das Nötige holen, um die Einrichtung des gebrochenen Glieds noch heute abend vorzunehmen. Darf ich Philo meine

Anweisungen geben, damit inzwischen die erforderlichen Vorbereitungen getroffen werden, Madame?“

Der Arzt wandte sich an die alte Dame.

„Natürlich, Doktor. Ich lasse sie sofort rufen.“

„Ich werde dann auch jemanden als Assistenz brauchen. Mademoiselle Adrienne vielleicht?“

„Ich werde Ihnen helfen“, sagte Ludivine im selben Augenblick.

„Nein, mein liebes Kind. Sie sind müde, erschöpft. Es ist besser, wenn ...“

„Ich und niemand anderes“, wiederholte sie.

„Aber, aber, das ist doch nicht vernünftig, Kind. Sie werden ...“

„Lassen Sie sie machen, was sie will, Doktor“, schnitt Julia ihm mit unerwarteter Schroffheit das Wort ab.

Der alte Mann verneigte sich: „Wie Sie wünschen, Madame.“

Diese Leute von Mogador ... Das eine konnte man ihnen wahrlich nicht zum Vorwurf machen, daß sie sich in unnützen Worten verausgabten. Und er hatte schon viele in Mogador kommen und gehen sehen. Madame Vernet war immer so gewesen: anziehend und unerträglich. ‚Und die Junge tritt in ihre Fußstapfen. Sie wird der Familie keine Schande bereiten.‘

21

Immer und immer wieder mußte die Sandrine ihren Bericht wiederholen:

„... da kommt ‚Moussu Frédéric‘ im Galopp daher von den Ölbäumen. Er nimmt einen Anlauf, um über die Mauer zu springen, und auf einmal ... Heilige Muttergottes! In einer Sekunde war's geschehen ... sehe ich ihn seitwärts herunterfallen ... Ich war wie vom Blitz getroffen, und dann hab ich geschrien, geschrien, sag ich Ihnen ... und Sie können sich vorstellen, wie ich gelaufen bin.

Der Arme, ganz voll Blut war er! Wie erschlagen ist er dagelegen, hat sich überhaupt nicht gerührt. Ich wisch ihn mit meinem Rock ab – mein Taschentuch war so schmutzig –, er öffnet die Augen, rührt sich ganz wenig und stöhnt. Ich hab nicht mehr gewußt, was tun. ‚Du bist sehr tapfer, Sandrine‘, sagte er mir, ‚aber ich werde nicht aufstehen können. Hilf mir, mich ein bißchen besser legen, und lauf, deinen Vater und Tonin holen. Sie werden beim Wehr auf mich warten.' Und während er spricht, dreht er sich um und wird so weiß im Gesicht und ganz verzerrt, daß ich glaube, er stirbt mir in den Armen."

Eine immer neue Zuhörerschaft stöhnte vor Mitleid und ließ Ausrufe des Schreckens vernehmen wie ein antiker Chor. Auf ihre Werkzeuge gestützt, hörten die Männer eine Weile zu und gingen dann wieder kopfschüttelnd, während die Frauen, einen Zipfel ihrer Schürze zwischen den Fingern drehend, an den Lippen der Erzählerin hingen und darüber Arbeit und Mittagsmahl vergaßen.

Das hübsche Mädchen berichtete weiter. die Wangen vor Stolz gerötet:

„... und heute früh hat mich die alte Dame rufen lassen. In ihrem Zimmer hat sie mich empfangen. Ich mußte ihr alles erzählen, und Fragen hat sie mir gestellt. Mademoiselle Adrienne war auch dabei. Sie hat mir gesagt: ‚Bestimmt würde meine Schwägerin Sie auch gerne hören. Aber jetzt kann sie nicht, sie verläßt ihren Mann nicht einen Augenblick.' Ich habe gefragt, wie es ihm geht. ‚Nicht sehr gut', hat sie gesagt. ‚Er hat sehr arge Schmerzen, und eine schlechte Nacht hat er gehabt. Das Bein ist gebrochen, das wissen Sie ja.'"

Während der ersten zwei Tage erwies sich Frédéric, der starkes Wundfieber hatte, als ziemlich geduldiger Patient. Sein einziger Wunsch war die ständige Gegenwart seiner Frau. Ludivine unterwarf sich diesem Verlangen mit einem wehen Glücksgefühl, schlief nicht und aß fast nichts, obwohl der Zustand des Kranken nach der Aussage Doktor Lapierres und Vincent Royers, der auf die Nachricht von dem Unfall sofort herbeigeeilt war, durchaus nichts Besorgniserregendes hatte.

Die starken Schmerzen hielten an, aber die Schwellung des Beines war verschwunden. Schon am nächsten Abend konnte man die Anlegung des Gipsverbandes vornehmen, der das gebrochene Glied bis zum Oberschenkel unbeweglich machte.

„So, das ist für einige kurze Wochen", sagte der Arzt, indem er sich der von Bertha ausgeliehenen Küchenschürze entledigte.

„So lange?"

Ludivine spürte die Gereiztheit in den Worten ihres Mannes.

„Ja, was glauben Sie denn, mein lieber Freund? Ein Bruch ist ein Bruch. Man muß dem lieben Gott etwas Zeit geben für seine Flickerei."

Frédérics Gesichtsausdruck verriet alles eher als christliche Ergebung. Ludivine legte ihre Hand auf die Faust, die nervös die Bettdecke zusammenknüllte, während der Arzt in seinen Ermahnungen zur Geduld fortfuhr. Durch diese Berührung besänftigt, drückte der Kranke lange die Finger seiner Frau.

Adrienne führte den alten Herrn hinaus.

„Ich will, daß du dich diese Nacht ausruhst, mein Herz", sagte Frédéric, nachdem sie das Zimmer verlassen hatten. „Verstehst du? Ich will es unbedingt. Ich bin ganz beschämt, was für ein Leben ich dich jetzt seit achtundvierzig Stunden führen lasse. Nicht wahr, Mama? Sie muß heute schlafen." Er wandte sich an seine Mutter, die sich über ihn beugte, um ihn zu küssen.

„Ja", sagte Julia in einem merkwürdigen Ton, das Wort an ihre Schwiegertochter richtend. „Ja, ich glaube, jetzt kannst du ruhig schlafen."

Über den Verletzten hinweg suchte Ludivines Blick, trunken vor Müdigkeit, argwöhnisch und herausfordernd zugleich, die Augen ihrer Schwiegermutter. Diese aber ging, ihr den Rücken kehrend, auf die Tür zu. Kurz darauf erschien Adrienne wieder, um die junge Frau mitzunehmen.

„Also komm, Philo hat nebenan dein Bett gemacht."

„Geh schnell, mein liebes Herz", sagte Frédéric. „Ich verspreche dir, dich zu rufen, wenn es nicht geht."

Sie ließ sich fortführen. Plötzlich empfand sie das heftige Bedürfnis, diesen Raum zu verlassen, in frischer Luft tief Atem zu schöpfen und alles zu vergessen.

„Wie ist es draußen?"

Adrienne sah sie forschend an.

„Ich möchte ... Ich weiß nicht ... Ich möchte spazierengehen. Ich ersticke. Nein, ich bitte dich, öffne nur ein bißchen die Fensterläden!"

Eine tiefe kalte Herbstnacht stand am schwarzen Himmel. Die Zweige der alten Zeder waren unheimlich nah in der Dunkelheit. ‚Gestern vormittag vor dem Essen ...' Da hatte sie sich in ihrem Schatten niedergesetzt. Eine Ewigkeit war das her, eine Ewigkeit. Es war eine andere Welt damals, das Leben war noch leicht. ‚Und dann ...' Dann war sie hinausgegangen aus dem Salon ... und die Sache war in ihrem Gehirn im Gang gewesen, und das Leben war weitergerast wie eine toll gewordene Maschine.

‚Und dabei haben Sie noch Glück gehabt.' Es war die Stimme des Arztes, die das gesagt hatte. ‚Wenn man die Kopfwunde ansieht ...

Ein harter Kopf, nicht wahr, Madame?' Ja, den hatte er! Sie dachte an das Liedchen, das er gemächlich im Weggehen vor sich hin pfiff, während sie ihm nachblickte, ihn verschwinden sah ... Und er hätte ... O Gott! Ihr ganzer Körper schauderte und stieß den Gedanken und das Bild von sich, das sich ihren Sinnen aufdrängte. ‚Frédéric, das Leben selbst und so schön! ...'

Sie brach auf dem Fensterbrett in einem herzzerreißenden Schluchzen zusammen. Adrienne nahm sie mütterlich in die Arme.

„Meine Kleine, meine arme Kleine ... Weine nur, das wird dir wohltun. Komm, streck dich aus, ich werde dir helfen, dich auszukleiden."

Langsam hörte Ludivine auf zu schluchzen. Die Tränen schienen eine reinigende Wirkung zu haben; sie wuschen das Schreckbild hinweg. Das Bett war von einer beruhigenden Kühle, die Nachtlampe verbreitete einen sanften Schein. Es war nichts mehr zu fürchten. Frédéric war da, in ihrem Bett, auf der anderen Seite des Ganges, ein Gefangener seiner Schmerzen. Aber er gehörte ihr, ganz ihr. Sie hatte sich ihn wiedererobert, die Angst, die Trennung, die Gefahr besiegt. Genau besehen, hatte sie ja doch triumphiert. Morgen ... Mit der unzerstörbaren Hoffnung des Starken begann sie wieder zu denken: ‚Morgen.' Morgen würde sie ihn so gut pflegen, mit aller Sorgfalt umgeben, so gerne seine Ungeduld, seine Gereiztheit, seine Grobheiten ertragen ...

Adrienne kam im Nachtkleid herein und brachte ihr ein Glas Orangenwasser: „Du wirst sehen, Liebe, er wird so schnell gesund werden. Und im Grunde genommen, können wir Gott danken, daß er seine Abreise verhindert hat."

Ludivine sprach kein Wort. Sie fühlte in ihrem Innern so etwas wie ein gewaltiges wildes Lachen emporsteigen: ‚Gott!'

Der Schlummer entführte sie ihren Gedanken.

Am nächsten Morgen trat sie ausgeruht, in ihrem duftigen Negligé aus Batist und Spitzen, zu Frédéric ins Zimmer.

Er warf einen gereizten Blick auf seine Frau.

„Überflüssig zu fragen, wie du geruht hast."

„Aber du, mein Herz?"

„Nicht gerade wie auf Rosen gebettet. Man zwickt mein Fleisch mit glühenden Zangen, verdreht mir die Muskeln, bohrt mir Spieße in die Knochen ... Oh, für Unterhaltung ist gesorgt, kann ich dir versichern ... Was ich nicht verstehen kann, ist, wie mir das geschehen konnte. Es müssen die Gurte nachgelassen haben. Aber wie?

das frage ich mich ... Ich habe sie selber angezogen, wie immer. Hat man meinen Sattel gebracht?"

„Ich habe keine Ahnung", sagte sie, plötzlich weiß wie eine Mauer. „Ich bin nicht von dir weggegangen."

„Das ist wahr."

Er zog sie sanft an sich.

„Meine reizende kleine Frau. Es ist gut, weißt du, wenn man ein Paket Verbandzeug ist, das nach Krankheit riecht, etwas zu haben, was so hübsch zum Anschauen ist. Das ist wirklich eine Erfrischung."

„Hör zu, Frédéric", flüsterte sie über ihn gebeugt, „ich möchte, daß du mir glaubst ... wenn ich statt deiner die Schmerzen leiden könnte ..." Eine stürmische Zärtlichkeitsbezeigung war die Antwort, die jedoch alsbald in einem unterdrückten Fluch endete.

„Du würdest das durchaus nicht unterhaltend finden, mein Herz", versicherte er, den verebbenden Schmerz, die Frucht seiner Liebkosung, noch in den Gliedern.

Victor trat mit einer Serviertasse ins Zimmer.

„Das Frühstück für Monsieur. Hat Monsieur Appetit?" Sein breites würdevolles Antlitz und seine ganze mächtige Erscheinung hatten etwas Einladendes an sich.

„Oh, oh!" rief Frédéric gerührt. „Bertha hat es gut mit mir gemeint." Und wirklich, was ihm da aufgetischt wurde, war dazu angetan, den verwöhntesten Gaumen zu reizen, und dazu noch hinreichend, um zwei Dutzend Verhungerte zu sättigen.

„Ich muß doch wenigstens versuchen, mir die guten Dinge schmekken zu lassen." Aber trotz bestem Willen gelang es ihm nur, einige Bissen hinunterzuschlucken.

Mit Ludivines fürsorglicher Hilfe im Bett halb aufgerichtet, Rücken und Schultern durch Kissen gestützt, ließ er seine Augen wehmütig durch das Zimmer wandern. Sein Blick blieb an dem offenen Koffer hängen, der in einer Ecke stand. In der Aufregung war er dort vergessen worden, halb gefüllt, das lächerliche Symbol eines mißglückten Abenteuers.

„Victor, Sie werden das von hier wegnehmen", flüsterte Ludivine.

Ein leichtes betrübtes Kopfnicken des würdigen Majordomus antwortete ihr. Zum Glück unterbrach ein unerwarteter stürmischer Überfall die düsteren Meditationen des Verletzten. Christine, Anne und Isabelle brachen lärmend ins Zimmer ein und blieben wie angewurzelt vor dem ungewohnten Anblick eines mit weißer Gaze umwickelten Vaters stehen. Adrienne folgte mit Dominique auf dem Arm, während der unternehmungslustige François sich an ihrer Schürze festhielt.

„Meine Vögelchen", lächelte Frédéric, mit einemmal heiter.

Der Vormittag verging schnell. Nachdem die Kinder das Zimmer verlassen hatten, war die Zeit bis zum Kommen des Arztes mit der Wartung und der Toilette des Kranken reichlich ausgefüllt. Doktor Lapierre kam aus Julias Zimmer.

„Ich habe eben Madame Vernet untersucht. Es ist erstaunlich, wie sie diese Aufregungen überstanden hat. Ihr Herz ist fast normal, ja es ist tatsächlich viel besser, als es seit langem war."

„Oh, meine Mutter ist bewundernswert", sagte Frédéric stolz. „Es ist die einzige Frau auf der Welt, in die ich ein ganzes Leben lang maßlos verliebt hätte bleiben können ... dich natürlich ausgenommen, mein Herz", flüsterte er, zu Ludivine gewandt.

Diese blieb ernst. Der Gedanke an Julia war ihr in diesem Augenblick so quälend, daß sie ihn mit aller Gewalt von sich wies. Zum erstenmal seit ihrer Ankunft in diesem Haus war ihre Bundesgenossenschaft gelöst, fühlte sie sich mutterseelenallein mit einer drückenden Last auf ihren Schultern, der schwersten, die sie jemals zu tragen gehabt hatte. Mit einemmal wurde sie sich bewußt, wie sehr ihre Schwiegermutter bis jetzt in jeder schwierigen Lage ihr zur Seite gestanden war, in ihrer versteckten, aber immer wirkungsvollen Art. Diesmal mußte sie lernen, die Last allein zu tragen. Unwillkürlich straffte sie die Schultern. Aber schließlich, es war ihr ja gelungen ... Was immer noch kommen mochte im Leben, es konnte nichts Schwereres mehr von ihr verlangt werden. Der Weg, den sie gegangen war, machte zukünftig alle Wege gangbar ...

Frédéric und der alte Arzt plauderten miteinander. Doktor Royer erschien wie ein Sausewind.

„Fünf Minuten, und ich gehe wieder."

„Diese jungen Leute", scherzte sein Kollege. „Aber ihr könnt noch so schnell sein, der Tod gewinnt doch zum Schluß das Rennen."

„Aber", sagte Vincent Royer sanft, „öfter, als man glaubt, kommt er als Barmherzige Schwester."

„Immer, mein lieber Freund, immer, glauben Sie mir. Aber man darf es nicht sagen."

„Ja, das glaub ich – ihr vor allem nicht", warf Frédéric ein. „Ihr würdet euch ja selbst ins Fleisch schneiden. Besser die Menschen in diesem Tal der Tränen zurückhalten mit Purgationen und Klistieren und Aderlässen . . . nicht zu reden von Gipsverbänden", fügte er grollend hinzu.

„Allerdings", schloß Vincent Royer. „Vergessen Sie nicht, daß man das Paradies hier zu erwerben hat."

‚Nun', dachte Ludivine bei sich, ‚dem Mann Elisens wird das wahrhaftig nicht allzu schwer werden.' Hölle, Paradies . . . Worte! Das eine bedeutet so wenig wie das andere. Glücklich oder unglücklich, wenn sie es nur mit Frédéric war . . .

Es schlug zwölf, und die drei Männer unterhielten sich noch immer angelegentlich. Ludivine benützte die gute Stimmung, die augenblicklich um den Kranken herrschte, und verschwand, um sich anzukleiden. Sie kam zurück, ohne daß einer der drei ihre Abwesenheit beachtet hätte. ‚Diese Leidenschaft, die sie alle haben für die Spekulationen im luftleeren Raum! Und dabei behaupten sie noch, die Frauen seien geschwätzig.'

„Ich werde Ihnen morgen Elise schicken", versprach Vincent Royer beim Abschied.

„Ja, das wäre schön. Wie finden sie ihn?"

„So gut es unter den gegebenen Umständen möglich ist."

Er lächelte ihr aufmunternd zu.

„Es kommt mir vor, als ob seine Muskelkrämpfe nicht mehr so häufig wären. Sie scheinen auch weniger heftig zu sein. Das Bitterste, wissen Sie, das ist die Zeit. Er wird Geduld lernen müssen. Und Ihre Sache ist es, ihm dabei zu helfen. Aber im Grunde genommen werden Sie gar nicht böse sein, ihn hierzubehalten, nicht wahr? Das war wohl sehr hart für Sie, die Aussicht auf diese Trennung. Aber er ist so enttäuscht, so unglücklich . . . Heute ist ja der Tag, an dem er sich einschiffen wollte, glaube ich?"

„Nein, morgen. Hat er Ihnen gegenüber etwas davon erwähnt?"

„Nicht mehr als das. Man sieht, wie seine Gedanken arbeiten. Mir wäre lieber . . . Sie verstehen?"

Ludivine nickte. Sie hatte wohl verstanden.

„Aber Sie werden ihn sicher zu zerstreuen wissen." Er gab ihr einen ermutigenden Händedruck und sprang in sein Kabriolett.

Die junge Frau sah ihm zu, wie er vor der Freitreppe umdrehte. Noch ein letzter freundschaftlicher Gruß und der Wagen fuhr davon. ‚Vincent . . . er war wirklich nicht das, was man einen Mann von Welt nannte. Er küßte einem nicht mit leichtem Anstand das Handgelenk. Er war weder galant noch beflissen.' Aber Ludivine hatte die Entdeckung gemacht, daß man sich neben ihm auf eine ganz eigentümliche Weise geborgen fühlte, sicherer, ruhiger, und was immer er auch sagte, irgendwie getröstet.

Nach dem Essen begann der Reigen der Besuche. Von der ganzen Nachbarschaft erhielten die Vernets Zeichen der Teilnahme. Die Lokalblätter hatten einen Bericht über den Unfall gebracht, man telegraphierte von Tourvieille, Victor brachte dem Verletzten ganze Stöße von Briefen, Telegrammen und Visitenkarten. Frédéric plauderte lange mit seinem Freund Caussade, der von Avignon herbeigeeilt war. Etwas später kam Léon Vernet aus Sarrazine. Alle waren sie dort ganz bestürzt. Er fuhr erst am nächsten Tag wieder zurück. Frédéric hatte in dieser Nacht, dank einem Beruhigungsmittel, sechs Stunden hintereinander geschlafen. Am Morgen scherzte er heiter mit seinem Cousin.

Das Leben des Hauses gruppierte sich um das Bett. Die Kinder stürmten jetzt häufiger herein und verwandelten mit Begeisterung das Zimmer in einen Spielplatz. Frédéric nahm von der Höhe seiner Kissen aus daran teil, gab Ratschläge, fällte Schiedssprüche und unterhielt sich dabei fast ebensogut wie die Kinder.

„Der Lärm wird dich ermüden, mein Herz."

„Nur noch fünf Minuten."

Die Stunde war um. Mademoiselle erschien schüchtern, ihre Zöglinge wieder unter ihre Obhut zu nehmen. Der Kranke verfolgte mit den Augen den lärmenden Abgang der kleinen Bande.

„Auf Wiedersehen am Abend! Ihr kommt noch auf ein paar Minuten vor dem Schlafengehen."

„Wenn ihr brav seid!" fügte Ludivine hinzu. Sie selbst wich fast keinen Augenblick von dem Bett ihres Mannes, um nur ja keine Bresche sich öffnen zu lassen, durch die seine Gedanken hätten entfliehen können.

Elisens Besuch füllte einen guten Teil des Nachmittags aus. Frédéric neckte sie mit besonderer Vorliebe.

„Einzig und allein, um Sie erröten zu sehen, meine liebe Elise." Mit ihr verzichtete er auf seine gewohnte Art den Frauen gegenüber, die gemischt war aus übertriebener Ritterlichkeit und burschikosen Don-Juan-Allüren.

„Du bist zum Ohrfeigen mit den Frauen", hatte Ludivine ihm einmal im Zuge einer etwas scharfen Unterhaltung gesagt.

„Darum haben sie mich ja so gern."

Die Tatsachen gaben ihm recht. Charmant hatte er hinzugefügt:

„eine gute Methode, um sie nachsichtig zu machen gegenüber dem Interesse, das die Herren Ehegatten dir entgegenbringen."

Ludivine hatte es in den Fingerspitzen gejuckt, und sie hätte damals gerne Rache genommen für ihr Geschlecht. Aber mit Elise zeigte sich Frédéric immer heiter, freundlich, liebenswürdig, einfach und natürlich.

„Du hast wirklich einen entzückenden Mann, Ludivine", sagte Elise in ihrer naiven Art zu ihrer Freundin.

Was konnte man anderes tun als zustimmen? Sie tranken zusammen Tee. Elise goß die Milch ein, bestrich die Briochescheiben mit Butter. Ludivine rührte den Zucker in der Tasse um, wählte eine besonders einladende Weintraube, schälte eine schöne Birne ... Frédéric ließ sich lachend bedienen wie ein Pascha.

Es war schon spät, als Elise aufbrach, um nach Hause zu fahren. Sie hatte jetzt auch einen kleinen Kutschierwagen mit einem hübschen Ponny.

„Was werden meine Kleinen essen, wenn ich nicht dabei bin? Henriette wird bestimmt ihre Suppe zurückweisen."

„Laß mich nicht wieder so lange warten, Elise."

An diesem Abend erklärte Frédéric sehr bald, daß er müde sei und schlafen wolle. Am Vortag hatte Eugénie im Toilettenzimmer ein Bett für ihre Herrin gerichtet. Ludivine legte sich kurz darauf ebenfalls nieder. Sie fühlte sich erschöpft, ohne zu wissen, warum. Und am nächsten Tag hieß es sehr früh aufstehen, um nach Gloriette zu fahren. ‚Jetzt wäre er auf hoher See ...' Sie horchte auf die gleichmäßigen Atemzüge, die durch die geöffnete Tür zu ihr drangen ... dann hörte sie nichts mehr.

Am nächsten Morgen verließ sie, von Ranguis begleitet, schon bei Tagesanbruch Mogador.

„... So kann ich bald zurück sein, wissen Sie ... Ja, es geht ihm gut. Ich habe ihn noch schlafend verlassen. Ein guter, ruhiger Schlaf ... Sie werden mir dort Ihre Ansicht sagen. Ich habe den Eindruck, daß der Gärtner mich betrügt. Oder er ist unfähig. Das eine ist nicht besser als das andere. Nach meinem Gefühl wäre ein unanständiger Mensch, der sein Geschäft versteht, sogar noch vorzuziehen. Ich würde dabei noch eher auf meine Rechnung kommen. Auf jeden Fall entlasse ich ihn. Aber vorher möchte ich sehen, was eigentlich dahintersteckt."

Die Sonne ging auf, eine orangegelbe, runde, nackte Sonne an einem von stahlgrauen Streifen durchzogenen Himmel.

„Man wird ja sehen. Ein richtiges Allerheiligenwetter heute."

Der Verwalter von Mogador zog seine Pfeife aus der Tasche.

„Sie erlauben, Madame? Das wärmt."

„Ja natürlich."

„Und was machen wir mit dem Wehr?"

„Wissen Sie, was wir machen werden: Sie werden sofort Combas um den Kostenvoranschlag ersuchen und gleichzeitig – sagen wir morgen früh – gehe ich mit Ihnen und Tonin mir selbst ein Bild von der Sache machen. Nächste Woche muß angefangen werden."

‚Die versteht's, die kleine Person, das muß man sagen', dachte Ranguis bei sich, während er mit halbgeschlossenen Augen an seiner kurzen Pfeife zog.

Gegen halb elf waren sie zurück. Vor der Freitreppe angelangt, spang Ludivine aus dem Wagen, ihrem Begleiter die weitere Sorge um das Gefährt überlassend.

„Ich bin ganz erfroren", sagte sie zu ihrem Mädchen, das ihr aus dem Mantel half. „Hat Monsieur nach mir verlangt?"

„Nein, Madame", erwiderte die langsame Eugénie, während ihre Herrin schon die halbe Stiege hinaufgeeilt war.

Außer Atem, öffnete Ludivine die Tür des Schlafzimmers.

„Bist du es?" rief Frédéric, in seinen Kissen aufgerichtet. „Komm, schau dir das einmal an!"

Vor ihm auf der Decke lag der Sattel. Sie näherte sich dem Bett mit einem Schritt, wie man ihn manchmal im Traume hat.

„Da schau her!" Seine Entdeckung nahm ihn vollständig gefangen. „Was sagst du dazu?"

Ludivine beugte sich über die unversehrten Gurte.

„Das Leder hat nachgegeben?"

„Nachgegeben? ... Ein schönes Nachgeben ... Die zwei Schnallen auf einmal?" Der Zorn loderte in seiner Stimme auf.

„Und dieser Schnitt, was? Das ist nicht abgenützt, nicht abgewetzt ... Durchschnitten, ein schöner glatter Schnitt, meine Liebe. Wenn ich den Schweinehund unter den Händen hätte, der das gemacht hat ... Mit dem Messer durchschnitten, siehst du? Es hat gerade noch so lange gehalten, daß ich losreiten konnte, bevor alles zusammenkrachte."

In dem kalkweißen Gesicht Ludivines lagen die riesigen schwarzen Augen wie zwei erloschene Vulkane. Frédéric mißverstand ihren Ausdruck.

„Mach keine solchen entgeisterten Augen. Der Schlag ist danebengegangen, ich bin noch da. Auf diese Weise wird man meinen Kadaver nicht kriegen, das schwöre ich dir! Warte nur, bis ich wieder auf den Beinen bin ..."

So war also doch noch eine Hoffnung vorhanden? Es war Wahnsinn, anzunehmen, daß er glauben konnte ...

„Du weißt genau, daß du keine Feinde hast", hörte sie sich sagen. Wer war es doch, der statt ihrer sprach, wie um sie zu verderben?

„Keine Feinde?"

Der Einwand schien Frédéric kindisch.

„Das glaubst du? Da bin ich anderer Ansicht. Man hat immer Feinde. In Frontesque und sogar in Mogador wüßte ich einige, die dazu imstande wären. Denk an Cartelier, diesen verkommenen Burschen, und an den jungen Frasse, den ich hinausgeworfen habe, mit dem Versprechen, ihn in eine Korrektionsanstalt zu stecken, wenn sich so etwas noch einmal wiederholt. Und Guigne? Ja, Guigne vor allem. Freilich, die Geschichte von damals hat er seiner Frau nicht beichten können ..."

Ganz in Gedanken streckte er den Arm nach der Klingel aus.

„Was willst du tun?" Der Ton ihrer Stimme ließ ihn auffahren.

„Sagen, daß man mir sofort Florent schickt. Auf jeden Fall ist er verantwortlich. Wenn er es nicht einmal der Mühe wert findet, sich davon zu überzeugen, ob der Sattel in Ordnung ist, und nicht weiß, was in seinem Stall vorgeht ... Er wird schon verstehen, was ich meine, verlaß dich drauf! Andererseits möchte ich ihn ausfragen. Es wird besser sein, wenn du uns allein läßt, mein Herz. Das ist eine Angelegenheit, die Männer unter sich zu regeln haben."

Die Erde wankte unter ihren Füßen. Einen Augenblick war es Ludivine, als ob das ganze Zimmer sich am Rande eines Abgrunds im Kreise bewegte. Dann waren die Dinge wieder an ihrem Platz. Sie atmete eine sonderbar eisige Luft ein, öffnete den Mund und hörte sich laut sagen:

„Laß Florent in Ruhe. Er hat nichts mit der Sache zu tun."

Verblüfft sah er sie an.

„Was hast du? Was weißt du davon?"

„Ich habe es gemacht."

„Was?"

Er starrte sie regungslos mit offenem Munde an. Offensichtlich waren ihre Worte nicht bis in sein Gehirn gedrungen.

„Ich war es, sage ich dir!"

Die Wut der Verzweiflung packte Ludivine.

„Es ist unnütz, Florent oder irgend jemand anderen anzuklagen. Ich habe dein Messer genommen, ich bin in den Stall gegangen, bei der Hintertür, und habe es gemacht, während du im Büro warst. Weil ich nicht wollte, daß du wegfährst, weil ich nicht ... Frédéric!" Entsetzt wich sie bis zum Fußende des Bettes zurück.

Halb aufgerichtet, mit dem Blick eines Mörders, schien er auf sie losspringen zu wollen.

„Frédéric! Rühr dich nicht ... dein Bein! Ich flehe dich an, du wirst ..."

„Du ... du warst es? Du hast mir das angetan?"

„Ich habe nicht geglaubt ... Ich wußte nicht ... Oh, Frédéric, ich war verrückt, ich wollte nur dich behalten ..."

Er fiel in die Kissen zurück. Es war, als hätte er ein Rennen auf Tod und Leben hinter sich. Wie ein röchelndes Pfeifen kam es aus seiner Brust. Der in Todesangst flehende Blick Ludivines begegnete Haß, der aus seinen grauen Augen sprühte wie das Blitzen einer Messerklinge.

„Luder!"

„Frédéric!" Die dumpfe Mattigkeit in der Stimme gab ihr einen herzzerreißenden Klang.

„Hinaus! Geh!"

„Frédéric, du willst doch nicht ..."

„Dich nicht mehr sehen, das will ich! Nicht mehr wissen, daß du existierst. Ich bedaure, daß du mich nicht getötet hast. Ungeheuer .. Ein Ungeheuer bist du!"

„Aber ich liebe dich! Frédéric, verstehst du das denn nicht? Ich liebe dich .. " An den Bettpfosten geklammert, streckte sie ihm ihr Gesicht entgegen, an dem Tränen herunterrannen, ohne daß sie es spürte.

„Du lügst. Heißt das Liebe, das? Dich liebst du, dich, nichts anderes als dich ... Der ärmste Teufel hat etwas zu geben, wenn er liebt. Ein Hund liebt: man empfängt von ihm eine uneigennützige Hingabe. Aber du, du bist ein wildes Tier! Was interessiert dich als das, was man dir gibt? Du würdest über Leichen gehen, um das zu erreichen, was du willst. Und das genügt dir auch nie." Er lachte höhnisch auf. „Es hat dir gefallen, daß ich dich liebe, das ja ... Es hat dir Vergnügen gemacht, mit mir zusammen zu sein. Ich habe dir gehört, ich war ein Stück deines Besitzes. Wenn du mich an deine Rockzipfel hättest anhängen können, was? Mich spazierenführen wie ein Schoßhündchen an der Leine. Und mir die Hirnschale öffnen, um deinen Namen hineinzuschreiben und alles andere daraus zu entfernen? Du hast mich geliebt, vergöttert? Ja, nicht wahr? Aber es hat genügt, daß ich dich um die Erlaubnis bitte, mich für einige Monate von dir entfernen zu dürfen, um ganz einfach meine Mannespflicht zu erfüllen, wie mein Bruder, wie so viele andere ... ah! Dies niemals! Lieber mich den Hals brechen lassen, lieber einen Krüppel aus mir machen. Oh, das Leben des Mannes, den du liebst, wiegt nicht schwer in deinen Händen!"

„Hör auf! Hör auf, um Gottes willen! Ich kann nicht mehr. Ich halte es nicht aus, dich so sprechen zu hören."

Mit einem Faustschlag schleuderte er den Sattel in die Mitte des Zimmers: „Ah, du kannst nicht! Aber das hast du gekonnt, mich auf einer Tragbahre nach Hause bringen sehen!"

Es war keine Tragbahre gewesen. Aber Frédéric befand sich nicht in einem Zustand, um auf solche Kleinigkeiten zu achten. Außer sich vor wahnsinniger Wut, zerfetzte er in seiner hilflosen Unbeweglichkeit den schönen spitzenumrandeten Bettüberwurf, den Philo später mit blutendem Herzen angesichts eines solchen Vandalismus für die Kinderbetten zurechtschneiden und zusammenflicken mußte.

„Und mich heulen hören vor Schmerz, das hat dich nicht gestört, das hat dich nicht gehindert, mir die Hand zu halten, während man mir das Bein mißhandelt hat. Du hast sie ruhig gespielt, deine Rolle als tiefbetrübte Gattin. Und ich ... ich Narr! Ach, du kannst nicht ertragen, was ich dir sage? Gott, wie gefühlvoll! Zehn Jahre lang hätte ich es dir sagen sollen! Wenn ich dich nicht behandelt hätte wie eine Königin, wenn ich mir nicht deine Launen, die Launen eines verwöhnten Kindes, hätte gefallen lassen, wenn ich mich benommen hätte wie ein Ehemann, wie ein richtiger Ehemann, statt dich zu vergöttern wie eine Geliebte ... dann wären wir heute vielleicht nicht da, wo wir sind."

Etwas in Ludivine wankte unter diesen Schlägen, machte sie unfähig zu einer Verteidigung. Was er da sagte ... diese entsetzlichen, ungerechten, grausamen Vorwürfe ... sie kreisten in ihrem Kopf ... unaufhörlich. O Gott, konnte man nicht die Zeit zurückdrehen? War es nicht möglich zu machen, daß er nichts gesagt hatte, sie nichts gestanden, daß alles war wie vorher? Vorher ... vor wenigen Minuten ...

„Frédéric", sagte sie, „hör auf ..."

Und diesmal verstummte er vor ihrem Ton.

„Es ist nicht möglich, du glaubst es selbst nicht, daß du die ganze Zeit über, die wir zusammen gelebt haben, so von mir gedacht und mich dabei umarmt und an dich gedrückt hast. Sag, daß es nicht wahr ist ... daß du mir nur weh tun willst."

Er zuckte die Achseln und wandte sich von dem Blick ab, der um Gnade flehte.

„Glaub was du willst. Wenn du wüßtest, wie gleichgültig mir das ist. Du hast mich bis zu einem Punkt gebracht ... Pfui, es ekelt mich. Wenn ich denke, daß ich eine gute, sanfte, ruhige Frau hätte heiraten können, die auch eine Mutter gewesen wäre, eine wirkliche Mutter ... Was wäre ohne Adrienne aus meinen Kindern geworden! Und meine Mutter ..."

Ein Wutanfall schüttelte ihn und verursachte einen heftigen Schmerz in seinem Bein, der sich in seinem verzerrten Gesicht spiegelte. Er preßte die Zähne zusammen, daß sie knirschten.

„Meine Mutter, was hättest du mit meiner Mutter gemacht, wenn man dir einen Toten nach Hause gebracht hätte? Gott sei Dank, für dich wäre es ja kein so unersetzlicher Schaden gewesen. Hübsch, noch sehr jung, mit einem Heer von Anbetern ... Meiner Treu, du hättest eine muntere Witwe abgegeben! Frei, die Ausschließlichkeit deiner rasenden Leidenschaft auf einen anderen zu übertragen, nicht wahr, meine Schöne? Aber sie, meine arme Mutter mit ihrem schwachen alten Herzen, das schon soviel erduldet hat ... wenn sie auch das noch ..."

Die Tür öffnete sich.

„Was geht hier vor?" Eine kleine schmale schwarze Gestalt stand auf der Schwelle. „Du wirst es so weit treiben, daß du wieder Fieber bekommst, du großer, dummer Junge. So einen Lärm zu machen! Ludivine, kannst du denn nicht ..."

Ihr Blick fiel auf ihre Schwiegertochter, streifte den Sattel, der auf dem Boden lag. „Ah ...", machte sie nur und wandte sich wieder zu ihrem Sohn. Sie schloß die Türe und kam näher, auf den Stock gestützt, der sie jetzt kaum mehr verließ. Unter dem Eindruck der Überraschung schwieg Frédéric.

„Schieb mir den Lehnstuhl her, mein Kind. Hierher, danke."

Ludivine ließ sich auf einen Schemel niederfallen, der an der anderen Seite des Bettes stand.

Ihre Schwiegermutter richtete sich in dem großen Lehnstuhl ein wie ein Soldat, der seine Position für die Schlacht bezieht.

„Nun?“ fragte sie endlich.

Schweigen antwortete ihr. Ungeduldig fing sie wieder an:

„Habe ich vielleicht das Wunder der Gorgonen vollbracht? Mir scheint, ihr seid beide in Steine verwandelt. Dabei hast du aber vor einer Minute noch genug Stimme und Atem gehabt, mein Junge.“

Ludivine hob den Kopf und sah ihren Mann mit einer abgrundtiefen Verzweiflung an. Das Salz der trockenen Tränen brannte in ihren Augenwinkeln.

„Mama, wenn du wüßtest! Es ist so ...“

Er machte eine matte Gebärde der Entmutigung.

„Ich kann nicht ... Ich versichere dir. Ich würde mich schämen, davon zu sprechen. Ich bitte dich, frag mich nicht.“

„So werde ich es dir sagen!“

„Schweig“, befahl Frédéric. „Hast du noch nicht genug?“

Ludivine schien ihn nicht zu hören. Sie richtete ihren fiebrigen Blick auf ihre Schwiegermutter.

„Ich habe seinen Sturz verursacht. Ich habe das Leder der Gurte mit seinem Messer durchgeschnitten.“

Julias Gesicht war eine unbewegliche Maske.

„Ich habe nicht gedacht, daß er dadurch sterben könnte, auch nicht, daß er leiden würde, ich habe überhaupt nichts gedacht. Es war nur, damit er nicht weggeht. Nur das hat gezählt. In dem Augenblick, als ich ihm nachsah, wie er sich entfernte, ist eine entsetzliche Angst über mich gekommen, und dann die ganze Zeit über, bis ...“

Sie schauderte.

„Ich hatte das Gefühl, wahnsinnig zu werden. All das, was er mir jetzt gesagt hat, es hat mir nicht halb so weh getan, obwohl es ...“

Sie konnte den Satz nicht zu Ende sprechen. Aufmerksam, mit undurchdringlicher Miene, hörte die alte Frau zu.

Ludivine raffte sich von neuem auf, wandte sich zu ihrem Mann und hielt seinem harten feindseligen Blick stand.

„Hör mir zu, Frédéric. Ich habe nichts gewollt, nichts erwartet als dich auf der Welt, seit dem Tage, da du gekommen bist, mich zu holen. Du warst mein Mann. Ich hatte ein Recht auf dich, scheint mir. Und was hast du mir gebracht? Sorgen, Kummer, Kinder, die ich nicht gewollt habe ... und die widerwärtigen Monate der Schwangerschaft und die Schmerzen der Niederkunft. Ich habe sie auf mich genommen, ich habe wieder angefangen, um dir den Sohn zu schenken, den du ersehnt hast. Aber du ... ein wirkliches Wort der Liebe, das mir einmal die Gewißheit gegeben hätte, wann habe ich es je erhalten? Ist es meine Schuld, wenn ich ungesättigt geblieben bin?"

„Genug, genug, genug!" schrie Frédéric außer sich. „Ich will deine Vorwürfe nicht hören. Die hättest du mir machen müssen, solange ich gesund war, wenn du geglaubt hast, Ursache zu haben . . ."

Vor dem stahlharten Blick seiner Mutter brach er plötzlich ab.

„Im übrigen", fügte er etwas ruhiger mit eisiger Kälte hinzu, „im übrigen frage ich mich, was wir eigentlich beieinander zu suchen haben."

Ludivine rang ihre Hände mit solcher Gewalt, daß die Knochen krachten und weiß unter der Haut hervorsprangen. „Aber es ist mir ja ganz gleichgültig, ob ich glücklich bin! Verstehst du denn nicht, daß ich ohne dich nicht leben kann?"

„Dafür hast du mir allerdings einen hübschen Beweis geliefert, was?" Sein gezwungenes, verächtliches Lachen traf Ludivine wie ein Peitschenhieb.

„Hör, auf, Frédéric." Der Ton von Julias Stimme war streng.

Von neuem wandte Ludivine sich an ihre Schwiegermutter. „Ich danke dir, Mama, daß du mir erlaubt hast, mich zu rechtfertigen. Aber siehst du, es ist mir gleichgültig, ob man mich versteht oder nicht, wenn er mich nicht versteht. Diese Nacht habe ich geschlafen und die vorige und vorvorige auch. Ich habe mir gesagt: ‚Jetzt wäre er in Marseille. Jetzt würden wir Abschied nehmen.' Und so weiter. Und ich fühlte ihn neben mir . . . Ein Frieden, eine unendliche Erleichterung nach – ich weiß nicht wieviel Tagen. Was ich gewagt habe, war so schrecklich, daß ich eine Billigung nicht brauche. Ich habe es getan, weil er mich dazu gestoßen hat. Er hat mir die Kinder an den Hals geworfen, aber er, er hätte sie verlassen, ohne mit der Wimper zu zucken, ebenso wie mich, für Worte, leere Worte, eine Laune, einfach für das Vergnügen, einem Abenteuer nachzulaufen. Und er wagt es, von der Gefahr zu sprechen, der ich ihn ausgesetzt habe! Auf einmal bangt er so ängstlich um sein kostbares Leben. Aber dort, dort haben die Engländer vielleicht einen ganz besonderen Grund, Frédéric Vernet zu schonen? Vielleicht, weil er versprochen hat, zu Frau und Mutter heimzukehren? Aber dabei gibt es dort manche, bei denen, soviel ich weiß, das nicht berücksichtigt worden ist, als es hieß, die Rechnung zu begleichen. Und die Engländer haben vielleicht auch Frauen und Mütter. Fragt doch einmal Huberts Major, wie er darüber denkt, und wie viele es bei ihnen gibt, die weinen, jeden Tag, über den Listen in den Zeitungen. Ob er will oder nicht, er ist gerettet. Und ich atmete auf. Gott weiß, daß ich einen schweren Preis dafür bezahlt habe, ebensoviel wie er, wenn er es auch nicht glaubt. Und er kann es mich auch nicht schwerer bezahlen lassen – es gab nur das eine Mittel. Es mußte geschehen. Ich bedaure es nicht. Ich werde ihn nicht dafür um Verzeihung bitten."

„Luder, Luder!"

Es war, als ob er sie mit diesen Worten ohrfeigte, die Fäuste fieberhaft um die zerfetzte Bettdecke gekrampft. Ihre flammenden Blicke begegneten einander. Ludivine senkte den ihren nicht.

„Ich werde dafür sorgen, daß du es bedauerst! Jeden Tag deines Lebens wirst du es bedauern, daß du mich daran gehindert hast, wegzufahren."

„Das ist mir gleich!" schrie sie. „Ich behalte dich!"

„Ah, das glaubst du?" Frédéric schäumte vor Wut, gefangen in seinem Bett, seinen Kissen, seinem Gips.

„Hörst du sie, Mama? Ich werde dich ... Geh, Teufel!"

„Sie hat recht getan." Messerscharf klangen die Worte Julias.

Beide sahen sie an, wie von einem plötzlichen Schlag getroffen. Der Ausdruck des alten Gesichts vor ihnen machte sie stumm.

„Sie hat recht getan", wiederholte Julia. „Als dein Vater im Jahre siebzig fortging, weißt du, wie es mir damals zumute war? Er war so voll Leben, so stark und gesund. Der Abend, an dem er sein Gewehr vom Haken genommen hat ... es gibt Nächte, in denen ich noch davon träume, und meine Angst und mein Kummer sind noch genauso wie damals. Oh, dieser Abend ... Philo erinnert sich auch noch daran. Ihr Mann hat den Koffer deines Vaters gepackt; alle drei sind sie zusammen weggegangen, der meine, der ihre und ihr Ältester, das einzige Kind, das ihr noch geblieben war. Achtzehn war er alt, die Männer über fünfundvierzig. Sie sagten: Es steht so schlecht, daß jeder mithelfen muß.

Mit dem Kind hat es begonnen, bei Beaune-la-Rolande, im November, auf den Tag zwei Monate, nachdem sie das Haus verlassen hatten. Dein Vater hat in Mans den Bajonettstich erhalten. Ernest hat ihn hinter eine Mauer geschleppt. Hundertmal hat mir dein Vater die Geschichte erzählt, ich weiß sie auswendig: ‚Er nahm meine Patronentaschen mit den Worten: Nicht rühren, gnädiger Herr, ich bringe noch ein paar um die Ecke, damit die Rechnung beglichen wird, dann komme ich zurück, Sie holen!' Die Schrapnells fielen, als ob es regnete. Armer Kerl, er ist niemals zurückgekommen.

Meiner ist zurückgekommen, ganz allein, im Frühjahr, blaß und verfallen. Aber ich war glücklich, so glücklich, daß ich mich vor Philo schämte. Ich versteckte mich vor ihr, um zu atmen. Ich dachte mir: Ich werde ihn so gut pflegen ... Es ist nichts, er ist heimgekehrt, er ist gerettet. Arme Närrin, die ich war. Der Krieg läßt die Männer nicht so einfach los. Er hatte auch ihn gezeichnet, meinen Rodolphe. Vielleicht hat Ernest es gewußt, als er sagte: ‚Ich komme Sie holen.' Aber ich, wie konnte mir so etwas in den Sinn kommen? Ich war auf der Welt, um seine Frau zu sein, so wie die hier die deine ist. Ich liebte ihn so, wie sie dich liebt. Und er, er war geboren, um an meiner Seite zu leben und auf dieser Erde zu arbeiten. Gott verlangte nichts anderes von ihm. Drei Jahre ... Er hat drei Jahre gebraucht, um sich zu entschließen, ihn mir zu nehmen!"

„Mama ...", sagte Frédéric.

Ludivine schwieg. Sie war weiß wie die Mauer.

„Ich hatte euch – dich, Henri, Amélia, Adrienne und Hubert, der damals ganz klein war. Alle wart ihr meine Kleinen. Gott ist mein Zeuge, daß ich euch geliebt habe. Aber ... wie soll ich es dir sagen? Ich hätte euch alle verlieren können und mich darüber getröstet an seiner Brust.

Wir waren glücklich. Glücklich, verstehst du mich, mein Frédéric? Man lebt, ohne darüber nachzudenken, und man weiß es erst nachher, was das heißt. Das Glück, das ist immer nur Vergangenheit ..."

Die alte Dame war aufgestanden, sie kam bis zum Bett und legte ihre ausgetrocknete, aber immer noch schön geformte Hand auf die starke Schulter ihres Sohnes.

„Mama ...", murmelte er, indem er ihre Hand in die seine nahm.

Julia hustete eine gute Weile, und während der ganzen Zeit, die der Anfall dauerte, betrachtete er sie beunruhigt, ohne ein Wort zu sagen, mit Augen voll Bewunderung. Als sie sich beruhigt hatte, lächelte sie ihm zu und streichelte die braunen Locken, die wirr unter dem Verband hervorquollen.

„Ihr jungen Leute, ihr sprecht immer von Pflicht und Ehre und Opfer. Aber was das bedeutet, das wissen wir Frauen allein. Und ihr wißt auch nicht, was ihr hinter euch zurücklaßt, wenn ihr aus der Türe draußen seid. Dein Vater ist für uns, für sein Land hinausgezogen. Es waren die unsrigen, zu denen er gestoßen ist. Man kann nicht sagen: ‚Nein' und zu Hause bleiben, wenn die Feinde im Land sind und die Angehörigen des eigenen Volkes innerhalb ihrer Grenzen ihr Leben in die Schanze schlagen. Ich habe ihn gehen lassen, wie es meine Pflicht war, für all das, was er zu verteidigen hatte, Seite an Seite mit den Männern der anderen Frauen.

Aber du, was hast du dort unten zu suchen? Die einzige Aufgabe, die du zu erfüllen hast, ist hier bei den Deinen. Wer verlangt etwas anderes von dir? In den Krieg ziehen, das mag unterhaltend sein, und sterben ist sicherlich nicht so schwer, wenn der Ruf plötzlich an dich ergeht. Nein, es ist keine so große Kunst, ein Held zu sein.

Mein Kind, ich habe angefangen zu sterben an dem Tag, da ich deinen Vater langsam verschwinden sah, im Rauch des Zuges unter den vielen hinausgebeugten Köpfen, auf dem Bahnhof von Avignon. Seitdem dauert mein Sterben an, und manchmal bin ich sehr müde. Ludivine hat sich verteidigt, sie hat euch beide verteidigt, wie sie gekonnt hat. Ich werde ihr daraus keinen Vorwurf machen. Ich wiederhole dir, manchmal geschieht es mir, daß ich bedauere, damals diesen Egoismus oder diesen Mut nicht aufgebracht zu haben. Wie deine Entscheidung auch ausfallen möge, du wirst über uns beide richten."

Sie wandte sich zu ihrer Schwiegertochter und ließ einen Augenblick ihren klaren warmen Blick auf dem in Tränen erstarrten Gesicht ruhen.

„Komm, Kind, begleite mich. Es sind wohl viele Jahre her, daß ich nicht soviel geredet habe, und niemals war es über diesen Gegenstand. Ich wollte, es wäre nicht nötig gewesen. Komm, gib mir deinen Arm."

22

Frédéric gab nach. Langsam, mit plötzlichen Wutanfällen und heftigen Ausbrüchen wiedererwachender Feindseligkeit, denen dann wieder Perioden dumpfer Niedergeschlagenheit folgten, gestattete er die Anwesenheit seiner Frau um sich.

Dann und wann wechselten sie einige Worte, außer denen, die der nach außen hin zu wahrende Anstand und die Pflege erforderten. Sie waren rauh von seiner, tonlos von Ludivines Seite.

Geduldig, nur auf das körperliche Wohlbefinden des Verletzten bedacht, richtete Ludivine ihre ganze Willenskraft darauf, sich vollkommen auszulöschen. Es war ein Sichauslöschen ohne Selbsterniedrigung, das nicht bat, nicht flehte, nicht Mitleid zu erwecken suchte.

Die Würde dieser Haltung machte auf Frédéric an seinen guten Tagen Eindruck. Manchmal schien eine Stunde der Entspannung wieder alle Wege zu öffnen. Aber Ludivine hatte gelernt, nicht auf solche flüchtigen Hoffnungsschimmer zu bauen, die eine Stunde später in nichts zerrannen.

Die Tage vergingen, kurz und trüb, zwischen den langen, schlafgemiedenen Nächten. Der Kopfverband wurde entfernt. Über der geschlossenen Wunde wuchsen wieder die goldbraunen Locken und verbargen die Narbe. Die Quetschung der Schulter war nur mehr eine Erinnerung.

Besuche kamen in Menge. Obwohl die Unternehmung verunglückt war, blieb Frédéric der Held der Damen, ein abgemagerter, blasser Held, dessen schwierige Laune in manchen von ihnen die Lust erweckte, den tröstenden Engel zu spielen.

Vincent Royer, der oft zwischen seinen Krankenbesuchen auf einige Minuten kam, scherzte darüber.

„Wie geht es dem interessanten Kranken?"

Frédéric brummte in unverständlichen Worten seine Verachtung für „alle diese Gänse" und verlangte nach Elise, der einzigen, die ihm durch die frische Unschuld etwas Freude und Beruhigung brachte.

In Gegenwart Fremder war Ludivine die alte, ohne jemals zu versagen, und empfing die Flut der Teilnahmskundgebungen.

„Komödiantin!" warf Frédéric ihr einmal hin, als sie gerade die Arnals hinausbegleitet hatte. Sie hob eine Sekunde lang ihre violett schimmernden Augen mit dem gewollt ausdruckslosen Blick zu ihm empor und wandte sich sogleich wieder ab, um Ordnung im Zimmer zu machen.

‚Was denkt sie? Wo ist sie?' Wider seinen Willen quälte ihn dieses Rätsel. Was sie auch getan haben mochte, so bitter der Groll auch war, den er in sich verarbeitete, es war etwas an ihr, das ihn niemals gleichgültig lassen würde, das fühlte er.

An manchen Tagen, wenn er sie mit ihren leichten, anmutigen Bewegungen kommen und gehen sah, wallte es wie Haß in ihm auf, während er mit der Hand über die Gipsschiene fuhr, die aus ihm einen unbeweglichen Krüppel machte. In solchen Augenblicken häufte er harte, grausame Worte, verletzende Sarkasmen, die geeignet gewesen wären, diesem starren Gesicht Tränen zu entlocken.

Vergeblich. Es war die einzige Freundlichkeit, die Ludivine ihm, sonst so aufmerksam auf all seine Wünsche, in diesen traurigen Tagen versagte.

Innerlich kochend vor Wut, bildete er sich manchmal ein, sie zu hassen. Aber wenn sie nur einen Augenblick das Zimmer verließ, fühlte er sich sogleich verloren und begann, sosehr er auch dagegen ankämpfte, auf sie zu warten, lauschte auf das Geräusch der Türen, die Schritte im Gang, auf das Knarren der Stiege.

Der November verging, kalt und stürmisch in seiner Eintönigkeit.

In der ersten Dezemberwoche fuhr Ludivine in die Stadt, um die Weihnachtseinkäufe für die ganze Familie und die heuer zahlreich erwarteten Gäste jeglichen Alters einzukaufen.

Nach ihrer Rückkehr häuften sich die Pakete auf Frédérics Bett. Die Kinder hatte man nicht ohne Mühe unter irgendeinem Vorwand aus dem Zimmer entfernt. „Warum willst du uns heute nicht?" widersetzte sich Anne, während François, an die Bettdecke seines Vaters geklammert, von dem ihm seiner Meinung nach zukommenden Platz nicht weichen wollte.

Ludivine hatte für ihre Töchter „Le Trésor de Madeleine" und „Le Château des Merveilles" mitgebracht. Frédéric besah die Bücher und vertiefte sich in die „Mésaventures du Savant Cosinus" und die „Histoire de l'Invalide à la Tête de Bois", die Numa und dem kleinen Laurent zugedacht waren. Unwillkürlich verfiel er dabei in seine alte Gewohnheit und las seiner Frau die lustigen Stellen vor:

„Schau, hör zu ..."

Es geschah ihnen, daß sie zusammen herzlich lachten.

Seit kurzem hatte Doktor Lapierre die hohe Beinschiene durch einen kurzen Gipsverband ersetzt, der nur bis zum Knie reichte. Das entblößte Fleisch war fahl und schlaff. Frédéric stellte es mißmutig fest und maß die Abmagerung nach dem Zentimeter.

„Das macht gar nichts", tröstete ihn der alte Arzt. „Noch ein bißchen Geduld. In ein paar Wochen werden wir uns damit beschäftigen, Ihnen wieder Muskeln zu machen."

Weihnachten kam und wurde in leidlich guter Laune verbracht. Alle Kinder hatten ihre Schuhe vor den Kamin des Krankenzimmers gestellt. Numa, Agnès und ihr kleiner Bruder Lucien waren diesmal mitgekommen, ebenso wie Marguerite, die Tochter Emiliens, und die zwei ältesten von Léon, Laurent und Antoinette. Ihre

Freudenschreie füllten die Stunden des Vormittags. Mittags kamen Edmond und Georges, ihren Cousin holen, um ihn in das Speisezimmer hinunterzutragen, wo die ganze Familie versammelt war. An dem Tisch der Kleinen vollführte die Dynastie von Mogador, verstärkt durch das Geschlecht derer von Tourvieille, Paris und Sarrazine, einen Heidenlärm, der von der Erzieherin nur mit Mühe eingedämmt wurde.

Inmitten dieses kleinen Königreichs geriet Frédéric, der von allen verwöhnt wurde, unmerklich in eine gehobene Stimmung hinein. Man feierte seine Genesung, brachte Toaste auf seine bevorstehende gänzliche Wiederherstellung aus.

Ludivine, in einem violetten, mit zarten goldenen Blumen gestickten Taftkleid, saß am Rande des Sofas und reichte ihm einen Champagnerkelch. Ihr feiner Kopf hob sich aus der Wolke von Spitzen hervor, die, von einer Kamee abgeschlossen, Hals und Brust umrahmten. Der düstere Glanz, der von ihr ausging, verdunkelte Emiliens Charme, die schon etwas verblichene Frische Carolines, den erlesenen Reiz der kleinen Blanche und selbst die noch kaum merklich bedrohte blendende Schönheit Lauras.

Frédéric trank und ließ die Hand auf der Schulter seiner Frau ruhen. An diesem Abend war es das erstemal nach zwei langen Monaten – so vielen Tagen und Wochen –, daß Ludivine, in dem wiedergewonnenen großen Bett an ihn geschmiegt, lange dem Zittern der Freude in ihrer Brust lauschte, während er neben ihr ausruhte, die Wange in die aufgelösten schwarzen Flechten gebettet.

Am 15. Januar kam Doktor Lapierre, um den Gipsverband zu entfernen. Frédéric hatte die letzte Zeit nur mehr auf diesen Tag hin gelebt. Er mußte sich davon überzeugen, daß damit noch lange nicht alles getan sei. Bei weitem nicht. Das Unangenehmste begann erst. Der erste Versuch, das Bein zu bewegen, trieb ihm die Schweißperlen auf die Stirne. Hartnäckig setzte er die Versuche fort. Ludivine tat das Herz weh, als sie ihn, unversehens eintretend, dabei überraschte, wie er mit schmerzverzerrtem Gesicht vor Erschöpfung in die Kissen zurücksank.

Es kam ein Brief von Hubert. Er befand sich in Magaliesberg, an der äußersten Grenze von Betschuanaland. Seine Zeilen klangen siegessicher: „... Ein großartiger Angriff in den Pässen des Springhaam, De la Rey und Präsident Stijn an der Spitze ... Wir haben sie überrannt .. “

Julia las den Brief wieder und wieder und verschloß ihn in ihrem Sekretär, ohne ihrem Sohn ein Wort davon zu sagen.

In England war die Königin Viktoria gestorben. Die ganze Welt neigte sich vor der Dahingeschiedenen. „Sie schloß die Augen, niedergedrückt vom Kummer über diesen Krieg, den sie nicht gewollt hat', schrieb die burenfreundliche Presse.

Die aufständischen Afrikaander waren in Kapland eingefallen. Das Kabinett Rosebury schien sich in Schwierigkeiten zu befinden. Es hieß, Eduard VII. wolle den Frieden vermitteln.

„Sie sollen ihn nur schon unterzeichnen ... Daß es endlich ein Ende nimmt!" murrte Ludivine, die Frédérics Wiederherstellung heranrücken sah.

„Wenn nur mein Bruder bald zurückkommen könnte!" Der Gedanke zauberte ein frisches Rot auf Adriennes Wangen, was ihr einen flüchtigen Schimmer von Schönheit verlieh. Julia schwieg, die Brille auf die geöffnete Zeitung niederlegend.

Unten hörte man den unverkennbaren Schritt Frédérics, langsam, zögernd, von dem Aufstoßen des Stockes begleitet, mit dem er sich jetzt beim Gehen half. Sein Bein, das leicht verkürzt war, gewann nur langsam wieder ein wenig Geschmeidigkeit. Jede Bewegung der versteiften Gelenke war von einem schmerzlichen Zusammenbeißen der Zähne begleitet. Blaß und hergenommen von der langen Gefangenschaft im Zimmer sah er mit steigender Ungeduld, daß seine Kräfte nicht wiederkehren wollten.

An Ludivines Arm machte er seinen ersten Spaziergang entlang der Schneeballsträucher. Die wie zu einem Fest mit Blüten geschmückte Allee schickte ihre herben Düfte zum märchenhaft blauen Himmel empor.

Frédéric seufzte.

„Ein tüchtiger Ritt bei diesem Wetter ..."

Ludivine zog ihn von dem heiklen Gegenstand ab.

„Du weißt, daß der Rothaarige heiratet?"

„Gustave? Nein!"

„Die Dame seines Herzens hat es mir heute morgen anvertraut."

Er lachte ungläubig.

„Was ist das für eine Geschichte?"

Tatsächlich hatte an eben dem Morgen Eugénie beim Ankleiden ihrer Herrin, scharlachrot im Gesicht, ihr Geständnis in Angriff genommen.

„Aber du bist ja verrückt! Der Stallbursche? Das ist dein Liebster? Aber er ist ja gerade erst vom Militärdienst zurückgekommen! Er ist ... glaube ich ... dreiundzwanzig Jahre alt?"

„Vierundzwanzig."

„Aber er schaut aus wie achtzehn. Und du bist achtundzwanzig."

„Siebenundzwanzig."

Das Gesicht der glücklichen Braut erweckte unwillkürlich den Gedanken an eine Tomate. „Ein sehr reifer Liebesapfel", beschrieb Ludivine.

„Das ist gleich. Drei Jahre jünger als du."

„Er liebt mich."

„Ja?" Sie hatte dabei nur mit Mühe ein Lachen unterdrückt. „Dann heirate ihn, meine Liebe, du tust gut daran. Ich werde dir helfen, einen Hausstand zu gründen."

Frédéric hörte belustigt den farbigen, von Gebärden begleiteten Bericht seiner Frau an: „Aber natürlich. Man muß ihnen die Hochzeit bezahlen und Eugénie eine kleine Mitgift geben."

Von Heiterkeit ergriffen, riß Ludivine einen weißen Blütenzweig ab und atmete seinen Duft ein: „Kannst du dir das Paar vorstellen? Das rothaarige Bürschchen mit dieser dicken Trulle. In ein paar Jahren wird sie aussehen wie seine Mutter."

„Aber", sagte Frédéric, „das ist doch ganz gleich. Er wird sie auf jeden Fall betrügen."

Der Atem stockte ihr. Sie ließ ihren Sonnenschirm fallen.

‚Er wird ...'

Mit Anstrengung versuchte er sich zu bücken, aber Ludivine kam ihm zuvor und richtete sich mit einer leichten Bewegung wieder auf, trotz des festgeschnürten Mieders.

„Entschuldige, meine Liebe, daß du dich hast bücken müssen."

Sie achtete nicht auf den bitteren Ton seiner Worte.

‚Er wird sie betrügen ... Mit welcher Ruhe er das gesagt hat, wie eine ganz selbstverständliche Sache. Als ob das ganz unvermeidlich wäre. Als ob alle Männer ... Es ist wahr, daß ... Aber nein, Gustave und Eugénie ... Bei diesen Leuten', so schloß sie, ‚ist das doch etwas anderes.'

Es war schon Anfang März, als Frédéric endlich ohne allzu große Schmerzen gehen konnte. Jeden Abend litt er freilich noch an der Schwellung seines Knöchels, die durch die etwas zu lang ausgedehnten Spaziergänge hervorgerufen wurde, und auch bei längerem Stehen empfand er eine schmerzhafte Müdigkeit. Indessen besserte sich sein Zustand von Tag zu Tag.

Dagegen schien sich seine Laune in umgekehrter Richtung zu entwickeln. Die Grobheit der ersten Tage war wiedergekehrt. Er verschloß sich häufig in ein mürrisches Schweigen, das Ludivine nicht zu brechen wagte, aus Angst, den kümmerlichen Fortschritt, den sie erzielt hatte, wieder einzubüßen. Ihrer Eingebung gehorchend, nahm sie die Politik des Sichauslöschens wieder auf, überließ ihn allein seinen Wanderungen im Park, die trotz des eisigen Mistrals und des plötzlich wiedergekehrten schlechten Wetters immer länger wurden.

Eines Abends, als Frédéric mit regengepeitschtem Gesicht, nassen Kleidern und kotigen Stiefeln heimkehrte, fand er die Halle leer. Die drei Frauen saßen im Salon beisammen, in einem bedrückenden Schweigen. Ihre Gesichter waren in dem Halbdunkel, das außerhalb des Lichtscheins der rauchenden Lampe herrschte, kaum zu unterscheiden. Niemand schien daran gedacht zu haben, den Docht zu schneuzen.

„Guten Abend", sagte er kurz.

„Frédéric ...", begann Ludivine.

Als er sich niederbeugte, um seine Mutter zu umarmen, bemerkte er, daß sie weinte.

„Was ist dir, Mama?"

Ein Schluchzen Adriennes brach im Dunkel los, nur schlecht in ihrem Taschentuch erstickt.

„Hubert!?"

„Nein, nein!" schrie Ludivine, „das ist es nicht. Edmond ... Edmond und der Mann Emiliens."

Mit einer entsetzlichen Erleichterung ließ sich Frédéric auf das Sofa niederfallen. ‚Nicht Hubert, nein, nicht er ...'

Einen Augenblick war er unfähig, etwas anderes zu denken. Sein Blick fiel auf seine Frau, die sich zu seinen Füßen niedergesetzt hatte.

„Edmond", murmelte er, „mein Gott, wie ist das geschehen?"

„Ertrunken. Sie sind beide ertrunken, in der Bucht von Le Havre beim Erproben eines Motorbootes, das sie konstruiert haben. Emilie führt die Leichen heim. Sie werden hier begraben."

Edmond, der ihn zu Weihnachten unter Lachen und Scherzen getragen hatte ... Edmond und der große Schulhof bei den Patres im Collège von Avignon, wo sie sich in den Pausen trafen ... Edmond, der fleißige Schüler ... Edmond und ihre herrlichen Spiele im Dickicht von Sarrazine an langen fernen Ferientagen ... Edmond und die Papierschiffe, die sie als kleine Knaben zusammen die Roubine hinuntersegeln ließen ... und jetzt war es ein Schiff, das ihn getötet hatte.

Von Schmerz überwältigt, streichelte er nur mechanisch die Hand seiner Frau. In der Stille war das leise Geräusch von Adriennes Weinen hörbar.

„Arme Emilie", sagte Frédéric langsam. „Ihr Mann und ihr Bruder ... Wir müssen heute abend hinfahren."

„Victor packt deinen Koffer. Meiner ist fertig. Adrienne wird mit Mama hierbleiben. Sie kommt zum Begräbnis nach. Ich habe den Wagen schon bestellt."

„Kommst du mit mir hinauf? Ich muß mich umkleiden. Wir fahren in zehn Minuten." In ihrem Zimmer angelangt, schloß er sie heftig in seine Arme.

Nach einer Woche kehrten sie mit Emilie und Caroline nach Mogador zurück. Die beiden blieben einige Tage, bevor sie wieder nach Paris zurückfuhren, wo Emilie ihre Tochter gelassen hatte. Abgemagert und bleich, trug die Witwe von Julien de Clarens ihr Unglück mit vollendeter Würde. Caroline wich nicht von ihrer Seite. Das junge Mädchen hatte Trauer angelegt. Es war wie ein eisiger Friede, der ihre einst so beweglichen, lachenden Züge in Marmor gemeißelt hatte.

„Arme Caroline ..."

Julia schüttelte den Kopf: „Sie ist nicht so arm", sagte sie, wenn es auch Ludivine nicht verstand. Nun konnte sie endlich an den Toten, der niemals ihr gehört hatte, herankommen, endlich ihn in Besitz nehmen. Wo er jetzt war, hatte ihn Gott allein in seiner Gewalt und in seinem Schutz. Und niemand durfte ihn hinfort derjenigen streitig machen, die ihn vergeblich geliebt hatte. Eben noch unnahbar fern von ihr, war er jetzt nur mehr ihrer Liebe erreichbar.

Der Weißdorn bestreute, vom Westwind zerzaust, die Wege mit Blütenschnee. Gänseblümchen, Salbei und Butterblumen sproßten an den Rändern der Wassergräben. Frédéric hielt es nicht länger.

„Sattle mir Oberon", sagte er eines Tages zu Florent.

Das Aufsitzen war nicht gerade ein Vergnügen. In Gegenwart von Florent und Gustave, die ganz verblüfft waren über eine derartige Entfaltung höllischer Beschwörungskünste, schrie und fluchte Frédéric in einer Weise, um alle Mächte der Finsternis in Angst und Schrecken zu versetzen, bevor er sich endlich entschloß, verkehrt aufzusitzen, um der Sache ein Ende zu bereiten.

Einige Minuten später sahen ihn Adrienne und Ludivine, die auf den Lärm herbeigeeilt waren, an den Haselnußsträuchern vorbeigaloppieren und in der Richtung auf die Föhrenallee verschwinden.

„Schau ihn an!" schrie Adrienne außer sich. Ludivine zuckte die Achseln.

„In der Stimmung wird er, falls er sich nicht vorher den Hals gebrochen hat, bald auf dem Dampfer gelandet sein."

„Oh! Du glaubst . . .?"

„Ich glaube, daß er mich verrückt machen wird", stieß Ludivine verzweifelt hervor. Tränen der Angst und der Wut stiegen ihr in die Augen.

Keine der düsteren Prophezeiungen schien sich indessen erfüllen zu wollen. Der Herr von Mogador hielt einen triumphalen Wiedereinzug auf seinem Besitz. Dem guten Tonin, der, umgeben von einem Dutzend von Arbeitern und Taglöhnern, neben der Dreschtenne gerade eine Besprechung abhielt, verschlug sein Erscheinen beinahe den Atem.

„Großer Gott! . . . Alle Wetter!" Für gewöhnlich nicht gerade wortkarg, vermochte er diesmal vor lauter Freude nicht mehr herauszubringen.

Man drängte sich um Frédéric, ihm die Hand zu schütteln. Einige Mädchen aus Fontfresque, die auf einer nahe liegenden Wiese Narzissen pflückten, liefen herbei, liebkosten unter lauten Ausrufen der Bewunderung das große Pferd und warfen kokette Blicke nach seinem Reiter.

Beim Verwalter rief die Ankunft des Herrn, der wie ein Wirbelwind herausgebraust kam, die ganze Familie vor das Haus. Man begrüßte ihn mit stürmischen Freudenschreien.

„Ranguis, wo hast du deine Jüngste? Ich bin gekommen, der Sandrine einen Besuch abzustatten. Den schulde ich ihr wohl."

Die Frau des Verwalters trat heran.

„Oh, Moussu Frédéric, es wird ihr bestimmt sehr leid tun. Sie ist auf drei Tage nach Arles zu meiner Schwester gefahren."

Die magere Célina, mit dem Zigeunertypus der Mutter, betrachtete ihn mit wohlgefälligen Blicken. Er lächelte ihr freundlich zu.

„Nun, meine Schöne, kommt bald Familienzuwachs?"

Die Arme in die Seiten gestemmt, ließ sie stolz unter dem gespannten Kattunrock ihren umfänglichen Bauch sehen und entblößte dabei lachend ihre prachtvollen Zähne.

„Ja, bald."

„Grüß mir deinen Mann. Einen Buben fürs erste!"

„Er wird Frédéric heißen", rief Célina keck.

„Topp! Abgemacht! Ich werde Taufpate sein. Such mir nur eine hübsche Gevatterin aus."

Damit ließ er Oberon eine rasche Wendung vollführen. „Ich komme wieder. Morgen erwarte ich dich in meinem Büro, Ranguis."

Er kehrte erst zur Essenszeit nach Hause zurück, krumm, aber bester Laune. Gegen die Szene jedoch, die sich gleich darauf vor dem Stall abspielte, als es galt, wieder auf den Boden zu gelangen, war die vom Vormittag nur ein schwächliches Vorspiel gewesen.

Seine ganze Fröhlichkeit war dahin, als er nach dem Umkleiden verspätet ins Speisezimmer trat, wo Victor gerade die Hors-d'oeuvres servierte. Wortlos setzte er sich an seinen Platz.

„Erledigt . . . Ich bin erledigt", sagte er zu seiner Mutter, die sich nach dem Spazierritt erkundigte. „Hast du schon jemals einen Reiter gesehen, dem man beim Absteigen helfen muß?"

„Aber, aber, das ist eine Angelegenheit von ein paar Tagen."

„Oder von ein paar Monaten", spottete er. „Laß nur, Mama. Ich fange an, sie zu kennen, alle diese Trostpillen. Aber schließlich ist es ja besser, mich als Krüppel hierzubehalten. Das ist ja wohl die Meinung aller hier. Auch deine, Mama, nicht?"

Ohne zu antworten, blickte Julia ihren Sohn von oben bis unten an, wie er so vor ihr stand, voll bitterem Groll. Einen Augenblick lang hielt er mit herausfordernder Miene diesem Blick stand, dann verlor er die Fassung.

„Ich bitte dich um Verzeihung, Mama. Ich bin . . ."

„Sprechen wir von etwas anderm", unterbrach sie ihn kalt.

Adrienne hatte sich nicht gerührt. Starr wie eine Bildsäule saß sie auf ihrem Platz.

Die Wochen vergingen, die Ruhe war wiederhergestellt. Es schien, als ob Transvaal für die Bewohner von Mogador aus dem Atlas der Welt gestrichen sei. Die spärlichen kurzen Briefe Huberts gingen von Hand zu Hand, ohne Erörterungen hervorzurufen.

Die Kinder wuchsen heran. Isabelle besuchte den Religionsunterricht beim Pfarrer im Ort. Für gewöhnlich still und fleißig, konnte sie plötzlich angesichts eines ungeschickten Tadels oder einer Ungerechtigkeit ganz halsstarrig werden. Ihre Erzieherin behauptete indessen, niemals einen lenksameren Zögling besessen zu haben. Die schnelle Auffassungsgabe, die Frühreife, verbunden mit der Geradheit des Kindes, schienen in den Augen der guten Mademoiselle Louise auf einen bemerkenswerten Charakter hinzudeuten

Leichtsinnig, launenhaft und nachlässig war Anne, ebenso wie Christine, weit davon entfernt, ihren Erziehern ebensoviel Freude zu bereiten. Die tollen Einfälle der einen, die Zornausbrüche der anderen brachten viel Unruhe und Aufregung ins Haus. Vom erzieherischen Standpunkt hätte Mademoiselle noch den jähzornigen Charakter Christines vorgezogen: zwischen ihren Anfällen hatte man immer wieder Zeit, die Oberhand zu gewinnen. ‚Ja, wirklich, das muß man sagen ...' Aber Anne ließ einem selten die Möglichkeit zu solchen Überlegungen. Sie hatte etwas Bestrickendes an sich. Es war eine lächerliche, beklagenswerte, unerlaubte Schwäche, aber man mußte ihr verzeihen, ob man wollte oder nicht.

Die Zwillinge, jetzt dreieinhalb Jahre alt, hatten wenig Ähnlichkeit miteinander. François, eine kleine Herrennatur, stolz auf seine Kraft, übte ganz bewußt die Macht aus, die er über die schwächliche, empfindsame, schüchterne, sanfte kleine Dominique besaß.

„Du wirst die unglückliche kleine Prinzessin sein", dekretierte Anne in ihren Spielen. „Ich werde auf meinem Pferde kommen, ich bin der Ritter und du die Sarazenen."

Christine schlüpfte etwas mißtrauisch in die Haut dieser vielköpfigen Persönlichkeit. „Wir werden zusammen kämpfen, und ich werde die Prinzessin befreien und sie dann zur Königin führen, um die Belohnung zu erhalten."

Die Phantasie der Tochter Ludivines ruhte auf der sicheren Grundlage eines praktischen Sinns. Die Königin, das war Isabelle, der das Recht der Erstgeburt in den Augen der jüngeren Geschwister die Oberhoheit sicherte.

Das Spiel hatte kaum begonnen, als es auch schon durch François gestört wurde, der ärgerlich darüber war, von der Teilnahme ausgeschlossen zu sein.

„Du kannst ja nicht spielen."

Das Schlachtenglück neigte sich auf die Seite der Sarazenen, die durch den jungen Helden Verstärkung erhalten hatten. Da Isabelle immer geneigt war, ihren anmaßenden Liebling zu unterstützen, wurde das Handgemenge um die Prinzessin bald allgemein. Diese, von allen Seiten gezerrt, dem Weinen nahe, verschmähte es dennoch mit stoischer Würde, Mademoiselle zu Hilfe zu rufen.

Das waren freilich keine Unterhaltungen für artige Kinder und wohlerzogene Mädchen. Die Erzieherin konnte es sich nicht versagen, dies zu bemerken. Aber wie Abhilfe schaffen, wenn Vater, Mutter und Großmutter nur dazu lachten?

„Genau wie Amélia und wir“, jubelte Frédéric.

Tatsächlich schöpften die Kleinen ihre Inspirationen aus derselben Quelle, nämlich aus den alten Kinderbüchern von Mogador.

„Lassen Sie sie nur“, fügte Julia nachsichtig hinzu. So mußte man wohl oder übel dazu schweigen. Höchstens Mademoiselle Vernet wäre eine Stütze gewesen, eine schwache Stütze. Aber alle Erziehungskünste, die man auf die Kinder verschwendete, vermochten nur eine dünne Tünche über diese leidenschaftlichen Naturen zu legen.

Es wurde Sommer. Frédéric durchstreifte von früh bis abends die Felder. Seine Frau war ihm jetzt weniger nahe. Ihr Besitz nahm sie in Anspruch.

Eines Abends, als sie früher als gewöhnlich nach Hause kam, überfiel sie plötzlich mit schmerzlicher Gewalt die Erinnerung an die Zeit, da sie beide, Seite an Seite, zu Pferde über die harte gelbe Erde, durch die Weinberge von Mogador geritten waren. Wo waren ihre Reiterkünste? Die Schwangerschaften, die Sorgen des Besitzes und seit zwei Jahren die schwere Last von Gloriette hatten mit so manchen andern Träumen auch diesen Ehrgeiz in den Hintergrund gedrängt. ‚Morgen werden wir mehr Zeit haben ... Morgen, wenn Frédéric frei ist ... Morgen.‘ Immer wieder sagt man ‚morgen‘, und dabei vergeht das Leben. Man bedient sich des Wagens, man kommt und geht, man erteilt seine Anordnungen, man beschäftigt sich mit tausend Dingen ... Und eines schönen Abends, der nicht anders ist als so viele andere, voll derselben Farbenpracht und desselben Friedens, wird man gewahr, daß die zärtlichen Spazierritte, die Wanderungen Arm in Arm, die unter den Olivenbäumen getauschten Küsse entschwunden sind wie die Jahre, ohne daß man gemerkt hat wie.

Die Sonne senkte sich zum Gipfel der Voralpen hinab. In ihrem Reitkleid, das sie aus dem hintersten Winkel des Kleiderschranks hervorgeholt hatte, ging Ludivine in den Stall, um sich Miranda satteln zu lassen. Die Stute war gealtert, ihr Gang nicht mehr so schön wie einst. Aber das kümmerte ihre Herrin wenig.

‚Ich werde die große Runde machen: über die Felder zum Wehr und dann am Teich vorbei zur Roubine, den Weg über die Meierhöfe. Vielleicht treffe ich Frédéric. Ich hätte fragen sollen, welche Richtung er genommen hat‘, dachte sie mit Bedauern, während sie die Orangenallee hinunter den Weg zum Parktor ritt, um durch das Gehölz ins freie Feld zu gelangen.

Es machte ihr Freude, den Besitz wiederzusehen. Nun, Frédéric schien auch wieder Geschmack daran gefunden zu haben. Die Weinberge, die Ölbaumpflanzungen, die Maulbeerbäume, die langen Reihen von Kulturen, wohl bewässert trotz der Trockenheit, alles kündete vom wachsamen Auge des Herrn.

Die Pächter, die sie vorüberreiten sahen, grüßten erstaunt. Man teilte ihr mit, daß „Moussu Frédéric" vor einer Stunde hier vorbeigekommen sei. Er habe den Weg zum Wehr genommen.

‚Es ist zu lange her. Ich werde ihn nicht mehr einholen', sagte sie sich. Trotzdem lenkte sie Miranda auf den ausgewaschenen steinigen Pfad, der zu dem Föhrenwäldchen auf dem Hügel emporführte.

Dunkelgrün hob sich die Masse der Bäume vom dunstigen weißen Himmel ab und lud in ihren kühlenden Schatten ein. Kein Windhauch regte sich in den Zweigen. Selbst der Gesang der Zikaden war verstummt. Nur der Hufschlag des Pferdes hallte zwischen den Steinen wider.

Ein Wiehern drang aus dem Wald. Die Stute spitzte die Ohren. „Hast du gehört? Vorwärts, geh!"

Sie erreichten den Gipfel. Steil fiel der Pfad zwischen den Föhren zum Wehr hinab. Vorsichtig, das Pferd zurückhaltend, machte sich Ludivine daran, ihn hinunterzureiten.

Aus der Tiefe kam von neuem mit dem Getöse des Wasserfalls das Wiehern Oberons an ihr Ohr, jetzt näher. Fast im selben Augenblick hörte sie ein Stimmengeräusch, jäh durchschnitten von einem gellenden Mädchenlachen.

Mit stockendem Atem und klopfendem Herzen horchte, lauerte Ludivine in die wiedereingetretene Stille.

‚Wer ist bei ihm? ... Wer ist es? ... Nein, es ist nicht möglich. Aber dann ... Warum waren sie dann verstummt?'

Wild gab sie Miranda die Sporen. Das Tier machte einen Satz, daß die Steine flogen. Die Angst vor einem Sturz von sich weisend, ließ sie die Zügel nach und gelangte so, den Fuß im Steigbügel verkrampft, den endlosen Abhang hinunter. Das Brausen des Wassers übertönte alle anderen Geräusche. Von Frédéric keine Spur. Sie durchsuchte das Buschholz des Ufers. Vergeblich. Langsam ritt sie am Rande des Wassers entlang, erreichte die andere Seite und nahm wieder den Weg hinauf.

Bei der ersten Biegung holte sie die jüngste Tochter des Verwalters ein, die mit ihrem festen geschmeidigen Schritt, sich in den Hüften wiegend, gemächlich ihres Weges ging. Das Mädchen drehte sich um und schien überrascht.

„Oh, Madame, Sie sind es?"

„Guten Tag, Sandrine. Du bist es gewesen, die eben jetzt so laut gelacht hat? Ich habe dich von oben gehört."

Das Mädchen errötete trotz seiner Dreistigkeit unter dem harten Blick der Augen, die sie von oben bis unten musterten. „Du kannst deiner Mutter sagen, sie soll deinen Rock bügeln."

Damit gab sie ihrer Stute die Sporen, während Sandrine etwas beunruhigt zurückblieb und sich bemühte, so gut es ging, ihren zerknitterten, mit Harz beschmierten Kattunrock zu glätten.

Bei Einbruch der Dämmerung erreichte Ludivine den Teich. Abendkühle umfing sie. Da saß sie nun im Schilfgebüsch eine Stunde oder auch zwei ... sie wußte es nicht. Das Pferd hatte sie an einem abgebrochenen Baumstrunk befestigt.

Tausend kleine unbedeutende Geschehnisse kamen ihr wieder in den Sinn. An und für sich nichtssagend, warfen sie jetzt ein neues Licht auf Frédérics Betragen.

Seit Jahren hatte sie nicht mehr an die Möglichkeit eines Betrugs von seiten ihres Mannes gedacht. Die Geschichte mit Laura war längst vergessen. Ihr Vertrauen, einen Augenblick lang erschüttert, war wiedergekehrt, fest und wohlbegründet auf die deutlichen Beweise einer an äußeren Zeichen kargen Liebe, an die er sie im Laufe der Jahre gewöhnt hatte.

Und vielleicht war er diese ganze Zeit über den Weibern nachgelaufen und, von Lügen und schmutzigen Abenteuern befleckt, zu ihr zurückgekehrt. Es gab in Mogador und im Dorf schamlose Frauenzimmer genug, die jederzeit bereit waren, sich einem Mann an den Hals zu werfen! Die Sandrine war noch nicht einmal achtzehn, und schon sprach man über sie in Fontfresque: der junge Ricard, der kleine Canterel, Jacques Rouvier ...

Und mit so etwas sollte Frédéric ... ihr schöner Frédéric ... Ihr Stolz bäumte sich dagegen auf, es zu glauben.

Einige Schritte weiter schnaubte Miranda friedlich im seichten Uferwasser, umsummt von einem Mückenschwarm. Müde bis zum Ekel erhob sich Ludivine, streifte die Zügel über den Arm, und machte sich auf die Suche nach einer Böschung, um aufzusitzen.

Frédéric erwartete sie vor dem Haus. „Wo, zum Teufel, warst du denn? Ich habe mich wirklich schon geängstigt."

„Ich habe einen Rundritt gemacht", sagte sie unsicher. „Ich hatte keine Ahnung, wie spät es sei." Er gab ihr einen Kuß von ungewohnter Wärme, ohne daß sie daran dachte, ihn zu erwidern.

„Was ist dir? Müde?"

Oh, diese Höllenqual, nicht zu wissen ...

„Ein bißchen ... Und du? Wo warst du? Ich dachte, dich vielleicht zu treffen. Ich habe dich gesucht."

„Mein Gott, wie immer. Ich habe so viele Wege gehabt, da und dort ... Keine Ruhe. Ich bin todmüde."

Sie stiegen in ihr Zimmer hinauf. Frédéric hielt seine Frau um die Taille. Sie schloß die Augen und ließ sich führen. ‚Wie eine Blinde', dachte sie und überließ sich mit bitterer Wollust seinem starken Arm.

Tagelang suchte sie nach Beweisen, stellte ihm Fragen, um ihn darin zu fangen, durchsuchte seine Kleider, verbissen, voll Ekel vor sich selbst. Eines Abends, als Frédéric sie umarmte, ließ sie wie im Spiel ihre Hand in die Tasche seines Reitrockes gleiten und zog einige Lavendelblüten daraus hervor.

„Wo hast du das her? Gibst du sie mir?"

Er machte eine gleichgültige Handbewegung. Allein in ihrem Zimmer, betrachtete sie lange mit einer jammervollen Aufmerksamkeit ihre Beute, als ob ihr die duftenden Zweiglein ihr Geheimnis hätten verraten können.

Am letzten Septembersonntag fuhren sie nach Nîmes. Seit einigen Jahren genügten Frédéric die Stierkämpfe von Arles nicht mehr. Die zweitägige Reise zu den großen Herbstveranstaltungen in Nîmes war eine ständige Einrichtung geworden.

Auch Ludivine liebte die festliche Atmosphäre im Amphitheater, die wimmelnden Menschen in dem alten Steinbau, das Geschrei der Händler, die Fächer, Sonnenschirme, Zeitungen, Bäckereien und frisches Wasser feilboten, den tiefblauen Himmel über dem glühenden gelben Sand, den feierlichen Aufzug der Kämpfer in ihren glitzernden Kostümen und den prachtvollen Mänteln, die sie zum Zeichen des Beginns auf die Stufen warfen.

Frédéric hatte sie in die Feinheiten des Spiels mit Mantel und Dolch eingeweiht, die Regeln für die Handhabung von Lanze und Degen gelehrt. In beiden zitterte dieselbe tiefsinnliche Freude, wenn sie Belmonte oder Joselito vor dem Stier hin und her tänzeln sahen, die schmale Klinge mit der umgebogenen Spitze in der Hand oder mit zusammengepreßten Fersen wie angewurzelt auf dem Boden feststehend und den Stier durch meisterhaft ausgeführte Drehungen und Wendungen des roten Tuches reizend. All das inmitten der wogenden Beifallsrufe aus tausend Kehlen, die den Rhythmus der Figuren begleiteten.

Tagelang vorher gerieten sie beide in eine Art Fieber, hielten Ausschau nach der Sonne, diskutierten das Programm, beurteilten die Qualität der Tiere nach dem Ruf ihrer Zuchtfarm. Julia machte ihre ironischen Bemerkungen zu dieser „Krankheit", während die sanfte Adrienne sich darüber entsetzte.

Diesmal war die Veranstaltung durch das schlechte Wetter verdorben. Am zweiten Tag nahm das Schauspiel im halbleeren Zirkus unter wechselnden Regenschauern seinen Anfang und endete mit einem völligen Mißerfolg.

Nach Hause zurückgekehrt, mußte sich Ludivine, die seit Sonntag erkältet war, sogleich niederlegen. Frédéric kürzte seine Tätigkeit im Freien ab, um ihr Gesellschaft zu leisten. Sie hustete unausgesetzt und übertrieb ihre Anfälle noch um der kindischen Freude willen, ihn besorgt zu sehen. Mehrere Tage lang genoß sie so zwischen Umschlägen und Hustensirup die Süße seiner Gegenwart.

Dann begann die Genesung. Blanche, Elise, die wieder in der Hoffnung war, Irène Lallier, Lucile du Roveret, Léontine Arnal, die alten Pensionatsfreundinnen Augusta Pouzol und Hermance Antonetti sowie die junge Frau Alfred Raynals kamen sie besuchen. Man plauderte und lachte rings um das Sofa, auf dem Ludivine, in einen weichen wattierten Schlafrock gehüllt, lag. Frédéric hatte seine Freiheit wiedergewonnen.

Sobald Ludivine das Zimmer verlassen konnte, hieß es, die Besuche erwidern. Die Trauerzeit für die beiden Cousins war zu Ende, und die junge Frau war nicht böse, wieder ein wenig in Gesellschaft zu kommen. Sie kehrte von einer Reise nach Paris, die Frédéric großmütig vorgeschlagen hatte, mit einem ganzen Arsenal der neuesten Modeschöpfungen zurück: seidenen, mit Volants und Schleifen gezierten Jupons, einem zierlichen kleinen Mieder von Vertus Soeurs, Lingerieblusen, weiten Röcken aus feinem Tuch, dazu passendem kleinen gestickten Bolero, einer Pelzboa und einem großen federgeschmückten Gainsboroughhut.

„Damit könnte man ja das ganze Königreich Arles mitsamt der Papstresidenz in Aufruhr versetzen", bemerkte Frédéric.

Als seine Frau diese Neuheiten zum erstenmal anzog, betrachtete er sie von allen Seiten und erklärte sich ohne langes Bitten bereit, sie zu begleiten.

Ludivine strahlte, als sie in Cantarelle bei den Roverets an seinem Arm die Stufen der Freitreppe hinaufstieg. Lucile empfing sie charmant, machte Frédéric ein Kompliment über die Toilette seiner Frau, erkundigte sich nach der Pariser Reise und ihren Plänen für den Winter und gab der Hoffnung Ausdruck, sie oft bei ihren Empfängen zu sehen. Alphonse du Roveret ergriff den Arm seines Freundes, bat ihn dringend, ihm dies zu versprechen und erhielt die Zusage.

Als der Herr von Mogador am Abend vor dem Aufbruch mit seinem neuen, etwas steifen Gang, der ihm von seinem Unfall her geblieben war, durch den Salon schritt, um seine Frau zu suchen und sich mit ihr zu verabschieden, folgte ihm mehr als ein zärtlicher Frauenblick voll träumerischen Mitleids, das nur darauf wartete, sich betätigen zu dürfen.

Von da ab kannte Ludivine erst wirklich die Eifersucht mit all ihren Qualen. Jede Gesellschaft bei ihr selbst oder bei den anderen war für sie eine Prüfung, die sie zu bestehen hatte, in großer Toilette, ein Lächeln auf den Lippen, bangend, daß Frédéric strenge Vergleiche ziehe. Sie kokettierte aus Gewohnheit und überwachte dabei mit verstohlenen Blicken die Gruppe glänzender Frauen, die ihren Mann umringte. Von tausend Ängsten gepeinigt, sah sie ihn bald mit einer Rivalin am Fenster stehen, bald mit ihr den Saal verlassen.

Die Frauen flogen Frédéric zu, bevor er auch nur Miene machte, sie zu begehren. Lässige Galanterie, Gleichgültigkeit, Ironie, ungestümes Fordern, plötzliche Leidenschaftlichkeit, gefolgt von einem ebenso plötzlichen Sichzurückziehen, aus dieser aufregenden Mischung bestand die Taktik, deren er sich ihnen gegenüber bediente, ganz natürlich, mit einer Unbefangenheit, die den Reiz nur vermehrte.

Das mißglückte Abenteuer, das aus ihm den gefesselten Helden machte, hatte ihm noch einen besonderen Nimbus verliehen. Darauf aus, ihn zu besiegen, näherten sie sich ihm und waren schon besiegt.

Man flüsterte Namen und Einzelheiten. Vor Ludivines unbewegter Miene wurde der Klatsch immer kühner. Gewisse freundliche Gemüter gefielen sich darin. Das kokette Wesen der jungen Frau hatte ihr nicht viele Freundinnen erworben. Diejenigen, die sich durch ihre Triumphe zu oft verletzt gefühlt hatten, machten sich ein boshaftes Vergnügen daraus, Ludivine zu informieren. Sie erfuhr, daß ihr Mann in Tarascon in Gesellschaft von Jenny Laincel, der Frau des Anwalts, gesehen worden war.

„Ja, ich erinnere mich, daß Frédéric mir davon erzählt hat", erwiderte sie mit einem liebenswürdigen Lächeln.

Als sie an diesem Abend nach Hause kam, konnte sie sich nicht mehr halten, es Frédéric zu sagen. Sie war am Ende ihrer Kraft. Er parierte den Stoß bei den ersten Worten.

„Madame Laincel? Allerdings. Ich habe sie getroffen und in die Konditorei begleitet."

Warum schließlich nicht? Sicher war nichts dahinter. Sie suchte sich zu beruhigen: ‚Sie sind alle hinter ihm her wie die Fliegen auf der Creme. Ich weiß, was er denkt. Er verachtet sie. Er hat es hundertmal gesagt. Es ist keine Zartheit, nicht einmal wirkliche Korrektheit in der Art, wie er sie behandelt.'

Dreizehn Monate war es nun her, daß man ihn gebracht hatte, wie tot, mit Erde und Blut bedeckt ... „Du wirst es bereuen, alle Tage deines Lebens ..." Nein, das nicht. Was er auch tun mochte, niemals würde sie es bereuen. Er war da, wiederhergestellt, die Drohung war abgewendet. Mochte er die Geborgenheit, in der sie ihn hatte behalten wollen, gegen sie nützen, mochte ihr Herz zerfressen sein von all den Tränen, die sie sich zu vergießen verwehrte, damit er nicht ihre geröteten Lider sähe: er war da, er schlief des Nachts in ihren Armen ein. Und, o Gott! ... selbst, wenn er ... wenn er an andere dachte, sie war es, die ihn hielt, sie war es, zu der er zurückkehrte.

Eine Zeitlang verlieh ihr dieser Gedanke Kraft zum Kämpfen. Sie war mit ihm von einer Koketterie wie eine Jungvermählte. Er schien es gar nicht zu bemerken. Bald wurde sie dessen müde.

Oft, an den langen Abenden, wenn sie zusammen unter der Lampe saßen und er las, betrachtete sie ihn so unverwandt, daß er endlich genötigt war, den Kopf zu heben. Vor seinem fragenden Ausdruck begann sie eines Tages:

„Frédéric ..." ‚Alles lieber, als in diesem Zweifel weiterleben.' „Frédéric ..."

„Mein Herz?"

‚Mein Herz ...' Er verschanzte sich hinter dieser vertrauten Formel, mit der Stimme, dem Tonfall, deren Macht er so genau kannte.

Ihr ganzer Stolz war dahin. Sie bettelte: „Nimm mich in die Arme, ich bitte dich."

Gnädig zog er sie an sich heran. „Was ist denn? Wir haben Lust, uns ein bißchen verwöhnen zu lassen?"

An ihm zusammengekauert, mit nassen Augen, murmelte sie wie ein Gebet:

„Umarme mich. Besser. Stärker ... Sag mir, daß du mich liebst, sag es mir ... Nein, nichts." Sie schloß die Augen.

Gerührt durch den Ausdruck dieses Gesichts ohne Blick, umarmte und streichelte er sie, einen Gewissensbiß verscheuchend, der sich sogleich in Gereiztheit verwandelte. Sicherlich, er liebte sie. Aber die Frauen machen immer einen Berg aus einem Maulwurfshügel.

„Aber ja, gewiß. Mein armes Kind, wie kompliziert du bist!" Es war einfacher, diese Lippen zu beißen, diesen Hals zu entblößen. Und bei dieser Erklärung blieb es.

Die Feiertage vergingen in gedrückter Stimmung. Zu viele fehlten um den langen Tisch. Julien de Clarens und Edmond hatten vergangenes Jahr inmitten der fröhlichen Runde daran Platz genommen. Aus Sarrazine war diesmal niemand zugegen. Julia hatte nicht gewagt, sie einzuladen

Die Raoul Vernets verbrachten das Fest in Lauras Familie. Georges und Caroline blieben in Paris. Auch Huberts Platz blieb leer. Seit fast zwei Monaten hatten sie keine Nachricht mehr von ihm erhalten.

Die Kinder durften am Tisch der Großen sitzen, ohne viel Freude aus dieser schon lange erwarteten Vergünstigung zu schöpfen. Christine, durch die Feierlichkeiten des Tages überreizt, war unerträglich. Nach einem heftigen Streit mit François endete die Mahlzeit mit Tränen sowie der Androhung und endlichen Verabreichung einer Ohrfeige an jeden der beiden kriegführenden Teile durch Ludivine, deren Geduld am Ende war. Adrienne schleppte ihren heulenden Neffen hinweg, während Victor seine von Wut erstickte junge Herrin der dicken Mathilde überantwortete.

Vierzehn Tage später verließ Ludivine an einem eisigen Schneenachmittag, in ihren Pelz gehüllt, nach dem Essen das Haus. Sie hatte die Kälte nötig als schmerzstillendes Mittel für ihre brennenden Schläfen. Frédéric, der sehr früh am Morgen nach Tarascon gefahren war, hatte durch den Kutscher sagen lassen, daß er zu Mittag nicht nach Hause komme und man ihn erst am Abend erwarten solle.

Sie hatte während der ganzen Mahlzeit ans Wunderbare grenzende Anstrengungen gemacht, um vor ihrer Schwiegermutter und Adrienne ihre Erregung zu verbergen, wenn auch Julias durchdringender Blick sie an ihrem Erfolg zweifeln ließ.

„Ich verstehe wirklich nicht, daß Frédéric ..."

Erstaunliche Bemerkung aus dem Munde der taktvollen Adrienne. Ein kurzes zorniges Aufblitzen in Julias Augen war die Antwort auf diese Ungeschicklichkeit.

„Du brauchst es auch nicht zu verstehen. Verwaltest du vielleicht Mogador?"

Durch diese harte Zurechtweisung eingeschüchtert, senkte die arme Adrienne den Blick. „Er wird von den Daubenois aufgehalten worden sein", fuhr Julia, zu ihrer Schwiegertochter gewendet, in unbefangenem Ton fort.

„Glaubst du, Mama? Das ist möglich." Sie wußte, daß es etwas anderes war. ‚Wo ist er? Mit wem? Was macht er? Er hatte eine gute Stunde Zeit, vielleicht zwei. Mit wem hat er sich getroffen? War er verabredet?'

Sie durchschritt das Parktor, ging die große Straße weiter und nahm dann mechanisch den Weg zur Rechten, um ihm entgegenzugehen. Die Straße war schwarz und schmutzig, an den Rändern vereist, menschenleer, so weit das Auge reichte. Die Felder zu beiden Seiten, die, nur von einer dünnen Schneeschicht bedeckt, die kahlen Schollen sehen ließen, boten einen Anblick der Verlassenheit, der weh tat. Ein Rabe flatterte am farblosen Himmel. Ludivine setzte langsam einen Fuß vor den andern, bemüht, die Gedanken zu verscheuchen, die ohne Unterlaß auf sie einstürmten.

‚Wie kann er? Wenn er mich nur noch ein wenig liebte. Und doch gibt es Augenblicke ... Erst gestern abend. Es heißt, daß es jetzt Marceline Chabert sei. Sonntag ist er sehr nah bei ihr gesessen, auf dem Diwan in der Ecke.' Marceline Chabert, die Schwester Marquet-Rageacs. Wo waren die Zeiten, da Frédéric ... Fast zehn Jahre. ‚Damals sah er nur mich allein .. ' Wie war es möglich, daß er sich jetzt in diese Marceline verliebte! O Gott!

Die Kälte drang ihr allmählich, trotz des Pelzes, in die Glieder. Sie schauerte und schlug, ihren Plan aufgebend, den Weg nach Hause ein.

Sie hatte fast die Hälfte der langen Allee zurückgelegt, als ein Geräusch von Rädern sie umblicken ließ. Ein Wagen aus der Stadt bog in den Weg ein, der zu ihrem Besitz führte. Wer konnte jetzt aus Tarascon kommen? Es war nicht die Zeit für Besuche.

‚Frédéric ... Es ist etwas geschehen ...‘ Sie fing an zu laufen. Der Wagen hielt am Parktor. Von weitem sah sie überrascht einen Mann aussteigen, der mit einem breiten Filzhut und einem braunen Mantel bekleidet war, wie ihn die Schäfer in Mogador zu tragen pflegten. Sie erreichte das Gitter, als der Wagen umdrehte. Der Besucher stieß die kleine Seitenpforte auf, ohne zu läuten, wie einer, der mit der Örtlichkeit vertraut ist. Er erblickte die in Pelz gehüllte Gestalt, die vor ihm stand, das Gesicht zum Teil von einem unterm Kinn gebundenen Schleier bedeckt, und rief, stehenbleibend ihren Namen aus, wie in einem tollen Traum:

„Mein Gott, du bist es, Ludivine?“

„Oh! Das ist nicht möglich ...“, stammelte sie. „Hubert!“

Er setzte den unförmigen Sack, den er in der Hand hielt, nieder, warf mit einer Bewegung des Handrückens seinen Hut auf den Boden, ergriff die behandschuhte Hand der jungen Frau, die sie ganz warm aus dem Muff gezogen hatte, und legte sie an seine Wange.

„So bin ich doch noch zu erkennen? Gott, wie gut es ist, dich wiederzusehen, Ludivine! Du bist da, wie eine Fee, als ob du mich wirklich erwartet hättest ...“

Er schien ganz außer sich vor Verwunderung.

„Mama, Adrienne, die Kinder, Frédéric ... sind sie alle gesund?“

Unfähig zu antworten, betrachtete sie ihn mit ungläubigem Staunen. „Hubert! Aber woher kommst du? Wie bist du hergekommen? Warum hast du nicht geschrieben? Wir waren alle schon in Sorge. Mama wird außer sich sein! Komm schnell, gib mir den Arm.“

Er zögerte lächelnd: „Weißt du ... ich kann nicht, entschuldige. Ich habe im Augenblick nur einen frei.“

Er schlug den Mantel zurück und zeigte ihr seinen rechten Arm in der Binde. „Ich komme nämlich aus dem Lazarett. Oder besser gesagt, ich bin vor sechs Wochen herausgekommen. Ich hoffte, zum Neujahrstag hier zu sein, aber ich habe kein Schiff bekommen. Ich wollte euch alle überraschen. Ich habe damit gerechnet, mich in Marseille aufzuhalten, ein paar Kleinigkeiten zu kaufen, mich in einen salonfähigen Zustand zu versetzen ... Aber es war stärker als ich. So nah von Zuhause. Ich bin in den ersten Zug gesprungen. Ich war ganz verrückt auf dem Weg seit Tarascon, ich kann's noch nicht glauben, daß ich hier bin, daß ich mit dir spreche, daß du es bist, die da steht.“

Ludivine hatte sich allmählich von ihrer Überraschung erholt und musterte ihn genauer.

„Verwundet ... Armer Hubert, du bist verwundet."

„Oh, das ist nichts", sagte er in wegwerfendem Ton. „Da habe ich andere gesehen. Die Wunde eitert nur ein wenig."

Sie hatten sich beide in Bewegung gesetzt, Hubert wieder mit seinem abscheulichen gelben Leinensack. Ludivine trug den jämmerlichen grauen Filzhut. Wo war der elegante Hubert?

„Ist das dein ganzes Gepäck?"

„Ja freilich."

Er lachte. „Ich gebe zu, daß ich ein bißchen unappetitlich aussehe. Aber was willst du? Im Felde geht man nicht im Jackett spazieren. In Lorenzo-Marquez habe ich einen Küstenfahrer aufgetrieben, der gerade an dem Tag abfuhr. Den habe ich genommen. Achtunddreißig Tage auf der Reise, mit Landungen an allen Ecken der Küste, überall, wo es drei Kokospalmen mit zehn Negerhütten daneben gab. Ja, gesteh's nur, daß du dich meiner schämst. Du wirst mich bei der Dienstbotenstiege hereinlassen."

Wie er so lachte, braungebrannt, männlich, etwas gealtert, war seine Ähnlichkeit mit Frédéric unverkennbar.

„Ich habe wirklich Lust ... Wenn Mama uns vom Salon aus sieht ... Man muß sie vorbereiten."

Sie erreichten den Hinterhof, ohne jemandem begegnet zu sein. Ludivine öffnete die Türe und ließ ihren Schwager eintreten. Bertha stieß einen Schrei aus und ließ den Suppentopf fallen, den sie gerade abtrocknete. Victor, der sich bei dem Getöse erzürnt umdrehte, erstarrte zu einer Bildsäule. Gustave, der mit verklärtem Gesicht die auf seinem Schoß sitzende Eugénie umschlungen hielt, sprang mit einem Satz auf, wobei er beinahe seine Gattin auf den Boden geschleudert hätte. Das Küchenmädchen grinste dumm, Mathilde starrte mit offenem Munde die Erscheinung an, ein Stubenmädchen, das seit kurzem eingestellt war, um die alternde Philo zu entlasten, betrachtete verdutzt die unverständliche Szene. Nur Philo, die sich in ihrem Zimmer ausruhte, fehlte bei dem Empfang.

Während der Heimkehrer freudig bewegt die dargebotenen Hände schüttelte und den Begrüßungssturm über sich ergehen ließ, der auf das stumme Staunen gefolgt war, entfernte sich Ludivine, um ihre Schwiegermutter zu benachrichtigen.

„Wart hier auf mich, ich komme dich holen."

„Komm bald", bat Hubert.

„Ja."
Als sie die Tür zum Salon wieder öffnete, stand er davor.
„Mama!"
„Mein Kind . . ."
Und schon lag er an ihrer Brust.

23

„Sie können sich den Heroismus, die Klugheit, die Zähigkeit dieser Menschen nicht vorstellen, mein lieber Freund. Was man euch in Europa darüber erzählt, ist immer noch weit entfernt von der Wirklichkeit. Bedenken Sie, es sind jetzt mehr als siebenundzwanzig Monate, daß sie durchhalten, schlecht gerüstet, schlecht gekleidet, schlecht genährt, diese dreißigtausend Bauern gegen zweihunderttausend wohlausgerüstete Berufssoldaten. Wissen Sie, wer Dewet ist? Ein Pächter aus Oranje, breit, stämmig, schaut aus wie ein grober Bauernlümmel. Und der Teufelskerl Botha? Ein Bauer. Und der alte Cronje? Ein Bauer. Und de la Rey, trotz seinem feinen Gesicht und seinem aristokratischen Benehmen? Ein Bauer . . . Aber Bauern, die zu kämpfen wissen und keine Angst vor dem Sterben haben, so sehr, daß der Tod vor ihnen zurückweicht.

In Thabainchu ist Dewet mit seiner ganzen Abteilung durch die englischen Linien durchgaloppiert, hinter ihm eine Rinderherde, die er mit brennenden Fackeln gespickt hat; das war eine wahrhaftige Feuersäule! Na, was sagen Sie dazu? Und diesen Sommer, im Juli, der Handstreich von Willowmore! Und vergangenes Jahr, in Bronkhorstspruit, wo er achthundert Gefangene gemacht hat, ohne einen Mann zu verlieren! Und Irenenfeld, das er im Sturm genommen hat! Und der Tabaksberg! Und die Geschichte von Nitral's Nek, die de la Rey inszeniert hat! Da war ich dabei. Stellen Sie sich vor, eine Nacht . . ."

Vincent Royer schnitt eine vielsagende Grimasse vor Huberts geschwollenem Arm und unterbrach die Siegeshymne.

„Die müssen Ihnen aber da eine schöne Schweinerei dringelassen haben!"

„Ja, mein Freund, unsere sanitären Einrichtungen waren allerdings nicht gerade erster Klasse."

Der Arzt machte sich daran, einen tiefen Einschnitt rund um die eiternde, schlecht geschlossene Wunde auszuführen. Hubert knirschte mit den Zähnen.

„So, das wäre in Ordnung. Da, schauen Sie sich das einmal an! Und was noch alles? Wo zum Teufel haben die ihr Metier erlernt? Am Patienten, möchte ich wetten. Ich muß Ihnen das gründlich desinfizieren, und dann machen wir einen hübschen Verband."

Seit einigen Monaten kam Elisens Mann als Hausarzt nach Mogador, da Doktor Lapierre in Pension gegangen war. Er besah die Narben am Körper des jungen Mannes und deutete auf eine Schramme am Schulterblatt.

„Achtundvierzig Stunden Fieber und am dritten Tag fünfzig Kilometer zu Pferd zur Erholung", lachte Hubert, „Als ich am Ziel war, haben mich Jahard und Roos heruntergeholt. Ich war tot. Wie ein Bruder war er zu mir, der gute Jahard. Ihn hat's erwischt ... Gefangen oder ... Gott weiß es!"

„Und das?" Der Arzt deutete auf eine tiefe Narbe an der linken Seite, bei den Rippen.

„Ah, das, das war auf der Modder. Das sieht schon ganz ernst aus, was, Doktor? Dreieinhalb Monate bin ich im Lazarett gelegen. Die Kugel war dringeblieben. Später bin ich sie losgeworden. Spital, gute Betten, Rekonvaleszenz ... Das war noch eine Zeit, da hatten wir unsere Bequemlichkeit. Ah, an dem Tag, da habe ich schon geglaubt, ich würde nicht mehr aufstehen, als mich Lepeltakheef aufgeklaubt hat. Ich habe mein Gebet verrichtet und gebeichtet. Lepeltakheef ... ohne ihn ... Und ich habe ihn nie wieder gesehen."

Einen Augenblick in Gedanken verloren, kehrte er mit sichtlicher Mühe in die Gegenwart zurück und fuhr melancholisch fort: „Schließlich bin ich doch davongekommen, aber mein armer Menelik, der hat daran glauben müssen. Wenigstens war er auf der Stelle tot. Ach, Doktor, so viele von diesen armen Pferden habe ich verenden sehen, am Fuß der Kopjes oder entlang der Schienen nach einem Angriff. Wissen Sie, so eine Patrone ist manchmal kostbarer als Gold, man darf es sich nicht erlauben, eine davon zu unterschlagen. Nicht einmal, um so einem braven Tier zu einem anständigeren Ende zu verhelfen."

Er seufzte. „Eine schmutzige Angelegenheit, der Krieg, mein alter Doktor. Wenn die Zivilisten nur die leiseste Ahnung hätten, was Krieg bedeutet, gäb's keinen mehr.

Ich habe Engländer gekannt, im Lazarett von Pretoria, einen

irländischen Leutnant, ein feiner Kerl: er hat mir versprochen, nach Hause zu schreiben, und er hat es auch gehalten. Und Schotten, von denen, die Maggersfontein genommen haben. Und zwei Ulanen, vom neunten Regiment, das von den Unsrigen bei Graspan vernichtet worden ist. Man hatte sie unter einem Haufen ihrer Kameraden aufgelesen. Alles gute Kerle. Einer von ihnen, ein ganz junges Bürschlein, zwanzig Jahre vielleicht, ist in dem Bett neben mir gestorben. Wir wußten nicht, woher er kam. Eine ganz Nacht lang hat er jemanden gerufen, einen Namen . . .

Die Verwundeten waren gute Kameraden untereinander. Wir spielten Dame zusammen, wir waren Freunde. Manche von ihnen haben mir ihre Photographien von daheim gezeigt. Als es Pretoria aufgeben hieß, beim Vormarsch der Ihrigen, haben wir sie zurückgelassen. Ich bin geheilt abmarschiert, sie haben mir die Hand gedrückt, Glück gewünscht. Und vielleicht habe ich, ohne es zu wissen, später auf einen von ihnen geschossen."

Es war, als ob man dem Doktor Royer alles sagen könne. Er hatte eine Art zuzuhören, mit einem Ausdruck, der zu sagen schien: Ich verstehe . . . Ihm gegenüber redete sich Hubert alles vom Herzen, was er niemals in seinen Briefen eingestanden hätte.

„Sie verstehen, Doktor, ich konnte das meiner Mutter nicht schreiben. Wenn ich dort mein Leben gelassen hätte, wäre es doch besser gewesen, sie hätte glauben können, es war für etwas."

„Aber es wäre doch auch für etwas gewesen!" Es klang wie Auflehnung in Vincent Royers Worten. „Ich habe Sie gerade von Ihren Kameraden sprechen hören, von Ihren Chefs. So war es doch mehr als das, was Sie sagen!"

Huberts Gesicht hellte sich auf.

„Vielleicht . . . sogar sicher. Etwas Großartiges. Aber zum Schluß fühlte ich es nur mehr zeitweise, während des Kampfes, wenn die Gefahr uns alle bedrohte, wenn es nichts mehr zu überlegen gab."

„Genau wie Shakespeare sagt", lächelte Vincent Royer.

„Shakespeare?"

Hubert war nie ein glänzender Schüler gewesen. Shakespeare war für ihn eine unangenehme Erinnerung aus der Rhetorikklasse.

„Ja, Hamlet. Sie erinnern sich noch: So macht das Denken Feige aus uns allen."

„Und wenn dann die Sentimentalität über einen kommt . . . Sehen Sie, das ist eher die Geschichte des ‚Soldaten von Marsala'. Seitdem ich einzelne Gegner persönlich kennengelernt hatte, war es mir nicht mehr möglich, ‚gegen' jemanden zu kämpfen, höchstens, um meinen Kameraden zu helfen. Das nimmt einem vollständig den Angriffsgeist."

Vincent Royer sah den ernüchterten Krieger lange an.

„Wieviel hätten Sie Ihrer Schwägerin im vergangenen Jahr helfen können, wenn Sie das vor Frédéric erzählt hätten."

Der fragende Blick des jungen Mannes überraschte ihn

„Ja ... wie, wußten Sie denn gar nichts?"

„Was? Wovon? Ich verstehe Sie nicht. Mein Gott, lieber Freund, glauben Sie denn, daß ich Nachrichten bekommen habe? Kaum, daß es mir gelungen ist, von Zeit zu Zeit eine hinauszubringen. Und das war wohl das Ärgste. Oft fragte ich mich: ‚Wer weiß, ob meine Mutter noch lebt.' Was hätte ich nicht darum gegeben, um zu wissen, wie hier alles steht! Ja, was war denn? Ich weiß, daß mein Bruder sich bei einem Sturz vom Pferd das Bein gebrochen hat, das ist alles."

„Ja, gerade am Tag vor seiner Abreise. Und das ist ihm so furchtbar nahegegangen; um seine ganze Haltung hat es ihn gebracht. Ihre Schwägerin selbst konnte kaum an ihn heran. Sie hat Schweres mitgemacht."

„Aber ... welche Abreise?"

„Ja, er wollte doch zu Ihnen, um an Ihrer Seite zu kämpfen und ..."

„Was? Zu mir?" Hubert riß vor Staunen die Augen auf. „Was für eine Narretei! Und Mogador? Und die Kinder? Und Ludivine?"

Sein Blick flammte. ‚Ludivine ...' Sein Bruder hatte Ludivine, sie gehörte ihm und er ... ‚Idiot!'

Ein Ton von Erbitterung ließ seine Stimme zittern.

Die Infektion ging langsam zurück, die Wunde heilte. Nur eine gewisse Steifheit der Muskeln war noch übrig, die ihn kaum behinderte, höchstens beim Schultern eines Gewehrs.

„Das ist gut so", entschied Hubert als Philosoph. „Ich werde nicht mehr jagen."

Seine Familie nahm ohne Kommentar diese unglaubhafte Erklärung zur Kenntnis. Seit seiner Rückkehr hatte der junge Mann seiner Umgebung mehr als ein Rätsel aufgegeben. Er ging wenig aus und beschäftigte sich beinahe nur mehr mit Lesen. Jagd und Geselligkeit hatten für ihn jeden Reiz verloren.

Vergeblich bat Ludivine ihn immer wieder, sie zu begleiten,

wenn sie mit ihrem Mann in Gesellschaft ging. Sie war stolz auf den jungen Helden.

„Nein, wirklich, Ludivine, verlange das nicht von mir. Dazu fehlt mir der Mut. Ich weiß zu gut, warum man mich einlädt, und ich habe nicht die geringste Lust, meine Kriegserinnerungen als Kleingeld zu verschleißen, zum Gebrauch für deine schönen Freundinnen. Monate waren wir dort nichts anderes als ein umherirrendes, zerlumptes Häuflein, Kameraden, die miteinander litten und kämpften, bedeckt von Ungeziefer. Das ergibt nicht die richtigen Saloneffekte."

Sobald er erfuhr, daß am nächsten Tag Gäste in Mogador erwartet wurden, nahm er den Zug nach Avignon und blieb dort achtundvierzig Stunden. Julia lachte noch Tage nachher über die wütende Enttäuschung ihrer Schwiegertochter und die kaum besser verhehlte ihrer Gäste.

Nur ungern gab Ludivine angesichts dieser Starrköpfigkeit ihre Bemühungen auf. Hubert hatte sich sehr verändert. Einst, auf ein Wort von ihr ...

Im Gefühl, eine Demütigung erlitten zu haben, musterte sie im Spiegel ihr abgemagertes Gesicht. Die Augen schienen größer geworden zu sein, aber es war noch immer dasselbe violette Feuer, das aus ihnen blitzte. Achtundzwanzig Jahre schon, und doch fanden sie Alphonse du Roveret und Gaston Béraud sehr nach ihrem Geschmack, um die sie alle beneideten ... Sie seufzte. Was kümmerten sie alle diese Siege, die Frédéric nicht einmal zu bemerken schien?

Hubert hatte mit ihr eine lange Unterredung über Gloriette: „Wenn du mir den Besitz noch überlassen wolltest, würdest du mir damit einen großen Gefallen erweisen."

Er dachte, mit diesem Vorschlag seiner Schwägerin einen großen Gefallen zu erweisen. Denn wenige Tage hatten genügt, ihn davon zu überzeugen, daß sie nicht glücklich sei. Offensichtlich verzehrte sie sich in ohnmächtiger Wut angesichts der Seitensprünge ihres Mannes, die dieser kaum mehr zu verbergen suchte. Das Echo davon drang bis nach Mogador, von den Männern mit wohlgefälliger Geschwätzigkeit aus dem Dorf in die Ställe getragen.

Maßlos überreizt, wie sie war, jagte Ludivine in einem lebensgefährlichen Tempo die Straße zwischen Mogador und ihrem Besitz hin und zurück, stieß bei ihrer Heimkehr Adrienne und die Kinder beiseite, probierte neue Kleider und Frisuren, lauerte in wahnwitziger Ungeduld auf die Rückkehr ihres Mannes und bereitete ihm dann ganz gegen ihre Absicht in ungeschickter Weise heftige Szenen, die er, angewidert, ganz einfach mit den Worten abschnitt: „Du bist unmöglich, meine Liebe. Das Leben hier wird langsam zur Hölle." Es schnürte Hubert das Herz zusammen, das mitanzusehen: ‚Sie muß mir Gloriette überlassen.' Das stand bei ihm fest. Es war ihr gelungen, einen glänzenden Ertrag aus dem Besitz zu erzielen, aber die Arbeit rieb sie auf. Sie verlor dabei die Zeit und die Kräfte, die sie dazu hätte verwenden können, um Frédéric wieder zu erobern. Wenn sie ihre Bewegungsfreiheit wieder hatte, war es nicht zweifelhaft, daß ihr das rasch gelingen würde. Hubert hätte alles in der Welt darum gegeben, um nur auf dem geliebten Gesicht nicht mehr diesen harten, verzweifelten Ausdruck zu sehen, den er mehr als einmal aufgefangen hatte.

„Gib mir Gloriette, Ludivine. Du wirst dort immer als Herrin empfangen werden, sooft du Lust hast zu kommen. Aber weißt du, ich muß eine Beschäftigung haben. Ich bin nicht mehr in einem Alter, um müßig die Zeit zu vertrödeln, und ich hätte den Besitz so gerne."

Sie nahm mit Freuden an. Die Sache wurde mit Frédéric abgeschlossen. Daubenois verfaßte die Vertragsurkunde, kraft deren Ludivine auf den Hauptteil ihres persönlichen Vermögens verzichtete. Dafür wurde auf dem Gut Mogador zugunsten der jungen Frau eine Hypothek im ersten Rang eingetragen, die ein Drittel des Gesamtwertes betrug. Sie hatte ihr Erbe so gut verwaltet, daß die Schätzung einen kleinen Überschuß zu Lasten Huberts ergab.

Nach der Rückkehr vom Notar wanderte Ludivine durch die wohlbestellten Felder. Weithin dehnten sich die schwarzen, nackten Furchen. Es war wie ein ungeheures Versprechen, das sie in sich bargen. Wenn auch in ihr eine gewisse Anhänglichkeit an Gloriette erwachsen war, seitdem sie ihr Erbgut selbst verwaltete, so bereute sie den Verkauf doch nicht. Dieses Jahr und die folgenden sollte die Erde von Mogador doppelt für Frédéric und sie arbeiten. Seit zwölf Jahren hatten sich tausend unsichtbare Fäden gesponnen, die sie an diesen Boden banden. ‚Von nun ab', dachte sie mit stolzer Freude, ‚gehören zwei Drittel ganz uns.' Blieb nur noch Adrienne. ‚Aber Adrienne . . . ach, ihr Teil kommt früher oder später sowieso an die Kinder', überlegte sie weiter, während sie dem Hause zuschritt, dessen Fenster in der milden Abenddämmerung dieses Vorfrühlingstages wie von Perlen besetzt schimmerten.

Jetzt hieß es, Gloriette für Hubert einzurichten. Er wollte das Herrenhaus bewohnbar machen, um gelegentlich dort schlafen oder auch ein paar Tage verbringen zu können, wenn er gerade Lust hätte.

„Im Grunde genommen bin ich ja jetzt nur mehr ein Gast in Mogador", scherzte er. „Du brauchst ja nur eines Tages mich loswerden zu wollen ..."

Ludivine fuhr oft mit ihm hinaus, um ihn in den Betrieb einzuführen. Sie ließ das ganze Haus reinigen und instand setzen. Sobald die Zimmer in Ordnung waren, wurden die Dachböden geräumt. Es machte ihr Freude, jedes Möbelstück, jede Nippfigur an ihren alten Platz zu stellen, so wie es die treue Wirtschafterin, die die vergangenen schönen Zeiten miterlebt hatte, im Gedächtnis trug.

„So bist du nun der Nachfolger von Großmama Félicité geworden", sagte Ludivine an dem Tage, da alles fertig war, zu Hubert. „Ich hoffe, du wirst hinter ihren Bettgardinen gut schlafen."

Sie ordnete Narzissen in einem Opalglas. Hubert saß in einem großen, mit verblichener gelber Seide bezogenen Empirelehnstuhl und bewunderte die Anmut ihrer lebhaften Bewegungen.

Eines von den Büchern, die er mitgebracht hatte, war auf dem Tische aufgeschlagen, der Duft der Blumen schwebte im Zimmer, der mit Rosen geputzte Hut, den Ludivine beim Kommen abgelegt hatte, um sich bequemer bewegen zu können, lag auf einem Stuhl.

‚Alles hätte genauso sein können. Unser Haus ... Das Haus, das ich mit ihr bewohnt hätte ... Wir würden von einer Fahrt in die Stadt zurückkommen. Ich würde sie in unserem Zimmer kommen und gehen sehen, lächeln, vor dem Spiegel ihr Haar ordnen. Wir würden von tausend kleinen Nichtigkeiten sprechen, und am Abend würde sie für mich allein mit ihrer Hand die Vorhänge zuziehen zwischen uns und der Welt ...‘

„Nun, wovon träumst du, Hubert?! Wo bist du wieder hingewandert?"

Weit weg, ach, so weit, nach einem Land, das für ihn immer unerreichbar bleiben würde, nach dem ihn das Verlangen ohne Unterlaß verfolgt hatte, am anderen Ende der Welt ... Und er wußte jetzt, daß nichts ihn hinfort von diesem Verlangen erlösen konnte.

An der Straße über der Rhône blühten die Granatbäume. Als sie am Abend nach Mogador zurückfuhren, hatten sie die rosenfarbene Kette der Voralpen vor sich, auf deren Gipfeln die letzten Sonnenstrahlen feenhafte Schlösser bauten.

Ludivine hatte ihrem Schwager die Zügel überlassen. Berauscht von der Schönheit der Stunde, vergaß sie für einen Augenblick ihren Kummer.

Seit mehreren Wochen waren alle Arbeiten in Huberts Hause beendet, aber er fand immer wieder einen neuen Vorwand, damit sie ihn begleite.

„Du bist es schon so gewöhnt, Ludivine, du solltest kommen und mit der Frau des Verwalters sprechen."

Ohne sich bitten zu lassen, setzte sie ihren Hut auf und ging. Warum hätte sie bleiben sollen? Alles war besser, als zu Hause zu sitzen, in der quälenden Einsamkeit des Wartens, ihren Gedanken ausgeliefert. Huberts Gesellschaft verkürzte ihr die Stunden.

Julia sah ihnen aus dem Fenster des Salons nach, wie sie wegfuhren. Adrienne überraschte sie in ihren düsteren Gedanken, aus denen sie jäh auffuhr:

„Wo ist Frédéric heute?"

„Frédéric?"

„Ja. Natürlich, du weißt gar nichts. Du schläfst mit offenen Augen. Mogador könnte unter deinen Füßen zusammenstürzen, bevor du etwas davon merken würdest." Sie zuckte die Achseln, biß sich auf die Lippen und schwieg.

Aber an Mogador war gar kein Zeichen des Zusammenbruchs zu bemerken, ganz im Gegenteil, dachte Adrienne. Das Jahr ließ sich besonders gut an. Frédéric war nicht mehr so viel außer Haus wie in den vergangenen Monaten. Er schien wieder in sein gewohntes Leben zurückgefunden zu haben, und ohne Zweifel hatte Mama keinen geringen Anteil daran. Adrienne erinnerte sich an manche Abende, da Bruchstücke einer ziemlich lebhaften Auseinandersetzung sie vor der Türe ihrer Mutter zurückgehalten hatten, in dem Augenblick, da sie anklopfen wollte.

„Nichts als Klatsch und Tratscherei! Ich versichere dir, Mama ... Du kennst doch die Leute. Nicht für zwei Pfennig Wahres steckt dahinter."

Frédérics Stimme hatte gereizt geklungen. Nur mit Mühe schien er seine Erregung zu bemeistern.

Sie war umgekehrt.

Seither aber hatte sich alles wieder beruhigt. Nur Mama wurde jetzt so nervös! Dabei war es ihr noch nie so gut gegangen. Seit dem

Herbst hatte sie keinen Anfall mehr gehabt, und wie umgänglich war sie damals gewesen im Vergleich zu jetzt!

Adrienne setzte sich und nahm ihre Handarbeit auf den Schoß. Fleißig klapperten die hölzernen Klöppel.

„Ludivine hat mir erzählt, daß du letzten Sonntag Charles Guillermin mit seiner Frau getroffen hast."

„Ja. Sie ist reizend."

Adrienne errötete wider Willen. Sie saß wie auf Kohlen.

„Ludivine sagt, daß sie leidend aussieht."

„Vielleicht ein wenig. Ich weiß nicht... Sie hat uns erzählt, daß die Geburt ihres Kindes sie sehr angegriffen hat."

„Sie haben zwei, nicht wahr?"

„Ich glaube..."

‚Wie lange wird Mama noch fortfahren, sich Dinge wiederholen zu lassen, die sie ganz genau weiß', dachte Adrienne, aber sie unterdrückte ihre aufrührerischen Gedanken und senkte den Kopf über ihre Arbeit.

Julia belauerte ihr Opfer einige Sekunden lang mit geblähten Nasenflügeln wie eine zornige Katze. Aber durch so viel Resignation entmutigt, gab sie den Angriff auf und zog sich wieder in ihr Schweigen zurück. Adrienne atmete heimlich auf.

Ein Lärm von Kinderstimmen näherte sich im Gang. Jeden Tag gegen vier Uhr erschien Mademoiselle Louise mit ihren jungen Zöglingen, etwas später brachte die dicke Mathilde die Zwillinge. Das Zimmer verwandelte sich in ein Vogelhaus. Die jungen Mädchen umringten „Tatie", bedrängten sie mit Fragen, verwirrten die Fäden ihrer Arbeit. François erkletterte den Lehnstuhl seiner Großmutter, Dominique verlangte eine Geschichte.

„Eine unheimliche", ergänzte ihr Bruder. Großmama wußte ganz schauerliche zu erzählen, die einen unter die Bettdecke kriechen machten, wenn man sie sich vor dem Einschlafen wiederholte.

Isabelle, Anne und Christine gesellten sich zu ihren kleinen Geschwistern. Das Auditorium drängte sich um Großmamas Knie und lauschte. Mademoiselle Louise, der die perversen Neigungen ihrer Zöglinge ein immer neues Entsetzen einflößten, nahm neben Adrienne Platz. Die beiden begannen ein halblautes Gespräch, das immer wieder von den entzückten Schreckensrufen Annes und Christines übertönt wurde. Das dauerte oft bis zur Heimkehr Ludivines. Wenn sie ins Zimmer trat, flatterte ihr die ganze zwitschernde Schar entgegen.

„Noch immer da, meine Hühnchen?“

Sie verteilte ein bißchen aufs geradewohl ihre Küsse und kleinen Klapse auf die festen Schenkel und die frischen Wangen, hörte sich eine Weile das Geplauder des kleinen François an und schickte sie dann alle wieder mit dem Versprechen weg, bei ihrem Essen zugegen zu sein.

„Mit Onkel Hubert?“ fragte Isabelle.

„Und Papa?“

„Ja, wenn er nicht zu spät nach Hause kommt.“

Niemand von der kleinen Bande drängte weiter. Mit Papa bestand ein stillschweigendes Abkommen, das keine der beiden Parteien um irgend etwas in der Welt übertreten hätte. Ihn beim Essen bei sich zu haben, war ja schließlich nur eine zusätzliche Annehmlichkeit, aber nicht etwas, worauf man rechnete.

Frédéric stieg jeden Abend, wenn die Kinder schon in ihren Betten lagen, hinauf, ihnen einen Gutennachtkuß zu geben. In seinem Gefolge drangen Revolution und Anarchie in das große Zimmer und verscheuchten daraus die vollständig verzagte Erzieherin. Sobald sich die Tür hinter ihr geschlossen hatte, verwandelte sich der Raum in ein tosendes Meer, auf dem das Piratenschiff unbekannten Küsten zusegelte. Von dem Bette seines Sohne aus erteilte Frédéric unbeirrbar mit Ernst und imponierender Sicherheit seine Befehle und führte die kleine Truppe wie ein allmächtiger Zauberer durch die Fährnisse und Abenteuer hindurch, bis sie, vor Aufregung und Freude ermattet, an den Pforten des Schlafes landeten.

Wenn er wieder zu den anderen in den Salon kam, fing Ludivine mit der Eifersucht der Liebe das unbeschreiblich kindliche Lächeln auf, das seine Züge noch erhellte.

„Ich frage mich, was ihr da oben so lange macht.“

„Falsches Geld, meine Liebe“, antwortete er scherzend.

Er machte es sich in dem großen Lehnstuhl bequem, Ludivine setzte sich neben ihn. Die Augen halb geschlossen, die Beine ausgestreckt, zog er schweigend an seiner Pfeife und streichelte dabei gedankenlos das Haar seiner Frau. Nach wenigen Minuten riß sich Ludivine, des Schweigens müde, das er wie eine Mauer zwischen sie stellte, von ihm los, ohne daß er sie zurückhielt. ‚Was denkt er? An wen? Was bereitet er wieder vor?‘

Diesen Abend trat sie auf Hubert zu, der sich extra in sein Buch vertiefte, als sehe und höre er nichts von dem, was um ihn vorging.

„Was liest du, Hubert? Ist es schön?“ Ihre Stimme widerhallte in dem stillen Raum, klang an die Ohren der wachen Träumer.

„Laß ihn doch in Ruhe! Hubert, laß dich nicht darauf ein. Sie braucht immer jemanden, der sich mit ihr beschäftigt. Keine Achtung vor der Freiheit der anderen!“

Ein finsterer, herausfordernder Blick antwortete auf diese Zurechtweisung. Die Freiheit! Man wußte, wie er die seine gebrauchte. ‚Ich lasse ihm nur zu viel davon!‘

Das war auch Huberts Meinung. Ohne seinem Bruder zu antworten, wandte er sich zu Ludivine: „Es sind Gedichte von Verhaeren. Ich habe ihn nicht gekannt, ein belgischer Dichter. Komm, setz dich her.“ Er zog einen Lehnstuhl heran. „Hör zu:

Le voisseau clair
avait des mâts et des agrè si fins,
et des drapeaux si bellement incarnadins
qu'on eût dit un jardin
qui s'en allait en mer . . .“

„Hübsch!“ sagte Frédéric beifällig. Sein Bruder machte eine unmerkliche Bewegung der Ungeduld.

„Wie gefällt es dir, Ludivine?“

„Sehr gut“, sagte sie leise.

Sie lächelte ihm zu, und auch ihr Lächeln weckte das Bild eines Gartens, in dem taufrische Blumen in der Aprilsonne funkeln.

„Ja“, murmelte Adrienne, „das gefällt mir auch.“

„Und weiter?“ ließ sich Frédérics Stimme lauter vernehmen.

Hubert schleuderte mit kaum beherrschter Grobheit seinem Bruder das Buch zu. „Das Weitere kannst du selber lesen, wenn du willst. Ich geh schlafen. Gute Nacht.“

Ohne jemanden weiter anzusehen, ging er inmitten eines betretenen Schweigens zur Tür hinaus.

„Mein Gott, was hat er?“ fragte Adrienne in ihrem Klageton.

„Das ist seine Sache“, stieß Frédéric hervor und versank wieder in seine Träumereien.

Ludivine warf ihm einen Blick zu, in dem es wie Haß aufblitzte.

Es war schön und heiß. Die Nächte im Park dufteten süß von Rosen. Die Frösche am Grunde der Zisternen schrien nach Wasser.

Am Abend des ersten Juni kam Hubert ganz verstört aus Fontfresque zurück. In Transvaal war der Friede geschlossen worden.

Präsident Schalk Burger hatte ihn unterzeichnet und mit ihm Dewet, Botha, de la Rey, alle! ... Nur Stijn nicht. ‚Und dafür haben wir gekämpft! Soviel Heldentum, soviel Mühen und Leiden, so viele gefallenen Kameraden, alles umsonst. Koch, Piet Koch, an einem Bauchschuß elend zugrunde gegangen in Colenso, und Roos, von einer Granate zerfetzt. Und du, Mazert, gefallen in Elandsfontein, und Marstron und Villebois-Mareuil und Potchefhorst und Le Gall, und so viele andere ...‘

Die einsame Platanenallee bevölkerte sich für Hubert mit allen Phantomen aus dem Veld. Jetzt, im sanften Abendschein, der über die wohlbestellten Felder strahlte, waren sie noch jammervoller anzusehen in ihren blutigen Lumpen.

Ludivine, die ovn einem Besuch bei Edmée Raynal in Sainte-Ange zurückkkehrte, begegnete ihrem Schwager bei der Einmündung des Weges, der zu ihrem Besitz führte.

„Hubert, um Gottes willen, was ist mit dir?“ Die Augen des jungen Mannes waren voll Tränen. „Was bringt dich in diesen Zustand? Ist es ... die Nachricht?“

„Ah, du weißt schon?“

„Ja, natürlich. In Sainte-Ange war von nichts anderem die Rede, als ich kam. Ich habe an dich gedacht.“

Sie ging auf Huberts Arm gestützt und ließ den geschlossenen Sonnenschirm ein wenig nachschleifen.

„Gehen wir nicht gleich nach Hause, ich bitte dich. Ich könnte die anderen jetzt nicht sehen.“

Er fühlte den leichten Druck ihres Armes durch den Stoff seines Anzugs.

„Wo willst du hingehen?“

„Ganz gleich wohin ... in den Park.“

„Aber“, wandte sie zögernd ein, „es ist schon spät, man wird uns erwarten.“

„Nur einen Augenblick. Schenk mir einen Augenblick. Schau, setzen wir uns dort unter die Bäume.“

„Wie warm es heute ist. Spürst du den Geruch der Blätter?“

Sie setzten sich auf den Brunnenrand.

„Ja“, sagte er bitter, „ein Wetter, um glücklich zu sein. Und was braucht man dazu? Frag die armen betrogenen Opfer, die unter der Erde faulen, die sie verteidigt haben.“

„Hubert!“

Sie hob ihren Blick voll zärtlichen Vorwurfs zu ihm empor.

Hubert neigte sich, ergriff die Finger, die der spitzengewirkte Halbhandschuh freiließ, und führte sie an seine Lippen.

„Verzeih, ich muß dir widerwärtig vorkommen."

Ludivine sah auf den braunen Kopf nieder, der über ihre Hand gebeugt war. Frédéric war weit in diesem Augenblick. Sie wollte nicht wissen wo. Nur nicht daran denken. Sie fühlte, wie sich im nächsten Augenblick ihr Herz zusammenkrampfen würde. Nein, nein, nicht daran denken, sonst würde es einen Strom von Tränen geben. Aber für diesen Mann wenigstens, der sich da vor ihr niederbeugte, war sie der einzige Trost, die einzige Hilfe.

Sie strich mit der linken Hand sanft über Huberts Haar.

„Armer, armer Hubert ..."

Er erhob sich und ergriff mit inbrünstiger Leidenschaft ihre beiden Hände. „Gott, deine Hände, wie weich sind sie, wie kühl. Wie ich sie liebe! Dort, wenn ich Fieber hatte, oh, wenn du wüßtest, wie ich mich nach ihnen sehnte, um sie auf meiner Stirn zu fühlen. Ich flehe dich an, Ludivine, gewähre es mir!"

„Du bist ein großes Kind", lächelte sie, indem sie die Handschuhe abstreifte. „Nun, da. Sie sind gar nicht so weich und kühl, gesteh es nur!"

Hubert preßte ihre Handflächen auf sein Gesicht.

„Wundervoll", murmelte er mit heiserer Stimme. „Ein glühender Lebensquell. Man möchte in großen Schlucken den Tod aus diesen Händen trinken ... Nein, laß sie mir! Ich brauche sie heute, glaub mir. Ludivine, ich brauche dich, deine Sanftheit. Sei nicht hart mit mir. Oh, Ludivine, Ludivine ..."

Er hatte sich zu ihren Füßen niedergleiten lassen.

„Hubert, du bist verrückt." Sie versuchte aufzustehen. Er umschlang sie mit seinen Armen, langsam, ohne Heftigkeit.

„Bleib ruhig. Ja, ich bin verrückt. Aber hab keine Angst, Ludivine, ich will nicht, daß du in meiner Gegenwart Angst hast. Laß mich nur so vor dir knien, ich verlange nicht mehr. Laß mich meinen Kopf niederlegen ... da, so ... in den Duft deines Kleides."

‚Das hat ja alles keinen Sinn. Ein toller Traum, aus dem sie erwachen mußte. Der Himmel war mattblau zwischen den Zweigen. Wenn Frédéric ... Aber das war ihm ja alles so gleichgültig! Edmée Raynal ... Was hatte doch Edmée Raynal eben erst gesagt? Dein Schwager ... Hubert benahm sich wie ein Kind ... Das Essen ... Man mußte doch zum Essen gehen ... herauskommen von hier, aus dieser lächerlichen Situation.'

Sie spürte die Wärme seines Gesichts durch ihre Röcke, spürte, wie er fiebrig ihre Hand streichelte, fühlte seine zitternden Lippen in ihrer Handfläche.

„Hubert, ich bitte dich, hör auf mit diesem Spiel."

„Das ist kein Spiel, und du weißt es."

„Ich werde dir das nie verzeihen."

„Du hast mir nichts zu verzeihen. Und überhaupt hast du morgen alles vergessen. Ludivine, denke, daß ich von dir nichts gehabt haben werde als die Regung des Mitleids ... und deswegen brauchst du nicht zu erröten. Wir werden nach Hause gehen, und alles wird vorbei sein. Aber du weißt, daß ich dich liebe von Anbeginn, seitdem ich dich kenne. Laß mich nur einen Augenblick bei dir sein, ganz nahe ... Laß mir deine Hand, als ob ... O Gott, o Gott, du weißt nicht, wie entsetzlich das ist."

O ja, sie wußte es! Zum erstenmal fühlte sie sich vor diesem Leid, das dem ihren glich, von einem wahren, tiefen Mitleid ergriffen.

„Hubert ..."

„Sag es noch einmal. Mit dieser Stimme ... Niemand hat es je so gesagt wie du. Deine Stimme ist wunderbar. Oh, wie ich sie liebe. Sie kann manchmal so hart sein, und dann auf einmal wieder so weich, ganz weich, fast wie ein Kuß."

„Hubert, du hast nicht das Recht, so zu sprechen, schweig! Ich will dich nicht hören."

Er lachte bitter. „Warum denn? Weil du die Frau meines Bruders bist? Das vergesse ich nicht. Ich bin deswegen weggefahren."

Ludivine fuhr auf. ‚So war es um ihretwillen gewesen. So hatte er sie geliebt. Und während dieser Zeit hatte er, Frédéric ... Welcher Hohn ... Warum war es so schlecht im Leben eingerichtet? Warum liebte Frédéric sie nicht mit dieser Leidenschaft? Warum war es nicht Hubert, den sie liebte?'

„Es hat sich gelohnt, nicht wahr?" höhnte er.

Ein qualvoller Seufzer rang sich aus der Tiefe ihrer Brust. Es war beinahe ein Schluchzen.

„Ludivine! Nein, nein, weine nicht, Ludivine! Ich kann es nicht ertragen, dich leiden zu sehen. Vermag meine Liebe denn nichts für dich zu tun?"

Unfähig zu sprechen, schüttelte sie nur den Kopf.

„Ludivine, sieh mich an, meine Süße, laß mich dich lieben und dir gehören und es dir sagen. Es ist dein Glück, das ich suche, nicht das meine, und dein Frieden. Wenn ich dir nicht helfen kann, leg wenigstens deinen Kopf an meine Schultern. Ich schwöre dir, daß ich nicht ..."

„Lieber Hubert ..."

Eine wehmütige Zärtlichkeit kam über sie, ihr selbst kaum bewußt und doch tröstlich. „Komm, sie werden nicht wissen, wo wir sind. Es wird schon dunkel. Ich bitte dich, sprechen wie niemals mehr von diesen Dingen. Versprich es mir."

Sie war aufgestanden und nahm Tasche und Handschuhe von der Bank. Hubert erhob sich ebenfalls und ergriff von neuem mit glühender Leidenschaftlichkeit ihre Hände.

„Das kann ich dir nicht versprechen. Ich liebe dich, ich liebe dich. Erlaube mir nur, daß ich es dir sage, um mich ein wenig zu erleichtern. Wenn du wüßtest, welche Achtung ich vor dir habe ... Aber ich bin von dir besessen."

„Schweig", hauchte sie mit soviel Sanftheit in der Stimme, daß er die Augen schloß.

Langsam machte sie sich los. Hubert sah sie an, wie berauscht. Sie gingen hintereinander in einem Abstand von ein paar Schritten bis zur Hauptallee. Beim ersten Orangenbaum wandte sich Ludivine um, wartete auf ihn und nahm seinen Arm.

„Weißt du, daß dein Freund Alfred dich gerne wieder einmal sehen möchte? Warum gehst du nicht mehr zu ihnen?"

Er dachte an ihre Erregung, an die Stimme, die sie dort unter den Bäumen gehabt hatte. Wie schnell sie ruhig geworden war ... Sie hatte die Herrschaft über sich selbst vollständig wiedergewonnen.

„Ich weiß nicht. Ich habe ihm nichts zu sagen. Merkwürdig zu denken, daß er verheiratet ist ..."

Sie fuhr fort: „Ihr hattet so viele gemeinsame Interessen. Ich bin sicher, daß ihr wieder zusammenfinden würdet. Schau, heute zum Beispiel hat Alfred Gedichte vorgelesen, Maeterlinck, Gustave Kahn. Er trägt sehr gut vor, weißt du."

„Gustave Kahn", wiederholte er nachdenklich. „Da gibt es ein Gedicht von ihm ... Hat er es euch vorgelesen?

J'ai gardé ma face loyale
Mon manteau et mon épée
Mon âme, mon âme, ma soeur, qu'en as-tu fait?"

Sie waren vor dem Hause angelangt. Adrienne stieg die Stufen der Freitreppe herunter, ihnen entgegen.

Ludivine lächelte ihr von weitem zu und antwortete nicht ...

Hubert sah den Abgrund nicht, in den er hinabzugleiten im Begriffe stand. Er dachte an nichts anderes mehr als an die wenigen Augenblicke der Freude, die es zu erobern galt und an denen er sich für den Rest des Tages sättigte: ein Tête-à-tête im Park, wo Ludivine, den Schatten des Dickichts meidend, dennoch gerne mit ihm spazierenging – zur Rosenlaube oder die Gartenbeete entlang, die wundervollen Vormittage, wenn sie nach Gloriette kam, die Gespräche über alltägliche Dinge, für ihn bereichert durch die Erregung, vor der die junge Frau oft ihre Lider senkte, wenn seine wahnwitzige Leidenschaft zu unverhüllt aus seinen Blicken zu ihr sprach, die seligen Minuten, wenn sie ihm ihre Hände überließ.

Welche Glut strömte aus seinen Fingern, wenn er die ihren umschlossen hielt! Die Gefahr nicht ahnend, sicher ihrer selbst, ließ sich Ludivine von diesen schäumenden Wogen tragen. Ach, sie waren jenen nur zu ähnlich, die sie so oft an Frédérics Brust geworfen hatten, bevor sich die Eifersucht wie eine eiskalte Messerklinge zwischen ihre Umarmungen geschoben hatte.

Die Offenheit, mit der sich Hubert seiner Leidenschaft hingab, wurde, ohne daß er es wollte, zu seiner stärksten Waffe.

Er verließ Ludivine nicht mehr. Für sie nahm er alle bisher abgelehnten Einladungen an. Man sah die junge Frau bei den Soireen der Nachbarschaft zwischen ihrem Mann und ihrem Schwager und noch öfter mit ihrem Schwager allein.

Sobald der erste stürmische Begrüßungsjubel vorbei war und es sich erwiesen hatte, daß der „an den häuslichen Herd zurückgekehrte junge Held“, der außerdem noch eine glänzende Partie darstellte, keinerlei Neigung zur Ehe zeigte und auch nicht die mindeste Galanterie den jungen Mädchen gegenüber, denen er einst den Hof gemacht hatte, daß auch die lieblichsten neuerblühten Knospen ihre Reize in Blau oder Rosa entfalten konnten, ohne daß er auch nur im geringsten darauf zu achten schien, begann man bald darüber zu flüstern.

Die Leute von Mogador, die bisher unangreifbar gewesen waren, wurden nun zur Zielscheibe einer böswilligen Aufmerksamkeit. In ihrem Gefolge erschien der Skandal. Sie brachten einen Geruch von Pech und Schwefel mit, vor dem die alten Damen die Nase rümpften.

An dem Tage, da Hubert zum erstenmal seine Freunde nach Gloriette einlud, empfing Ludivine die Gäste als Hausfrau.

„Wie die Herrin des Hauses!“ bemerkte Marceline Chabert boshaft.

Aber Frédéric, der die junge Frau am Arm führte, war weit entfernt, etwas Böses zu denken.

„Ja, es ist wirklich ein bißchen so“, erklärte er treuherzig. „Gloriette hat ihr gehört. Sie hat den Besitz meinem Bruder überlassen. Ein Abkommen innerhalb der Familie.“

„Ich sehe ...“, sagte die schöne Marceline in bedeutungsvollem Ton.

Überrascht zog Frédéric die Augenbrauen in die Höhe.

„Was sehen Sie, meine Liebe?“

„Ach, nichts von Bedeutung. Ja, was ist denn das?“ fuhr sie in schmeichelndem Tone fort, um den begangenen Fehler wieder gutzumachen. „Was für ein reizender Pavillon! Wie romantisch!“

Sie drückte den Arm ihres Kavaliers.

„Treten wir einen Augenblick ein?“

Er schien nicht zu hören; tatsächlich langweilte er sich.

„Frédéric ...“, drängte sie mit schmachtender Stimme. Das Gesicht zu ihm emporhebend, machte sie mit den Lippen die Bewegung eines Kusses.

„Was fällt Ihnen ein?“ fuhr er sie an. „Jeder kann uns sehen.“

„Oh, wie du mit mir sprichst! Eine Frau, die sich preisgibt, ist sehr unglücklich. Vor einigen Monaten hättest du mir das nicht gesagt.“

„Wahrscheinlich hätten Sie mir keine Gelegenheit dazu gegeben.“

‚Zum Teufel mit diesen Weibern! Das hat man davon, wenn man mit so einer dummen Gans schlafen geht.‘ Wie vielen hatte sie das schon vor ihm erzählt? Und alle, alle waren sie gleich: nach außen zierten sie sich und inwendig ... kein Herz und kein Hirn! Konnten sie denn nicht still sein und sich zurückhalten, abgesehen von den gewissen Augenblicken ... Guter Gott, wie lästig die da war, trotz ihrem arlesianischen Profil und ihrem hübschen Körper. Er hatte jedenfalls genug von ihr. Die eheliche Treue bot sich ihm dar wie ein rettender Hafen. Nein, das war wirklich das letztemal. Ludivine sollte keinen Grund mehr haben, ihm Vorwürfe zu machen. ‚Meine Frau ... Wie anders war sie doch! Arme Kleine!‘

Er ärgerte sich wütend über sich selbst. Marceline mißverstand den Ausdruck von Scham und Rührung, der deutlich auf seinem Gesicht zu lesen stand:

„Ja, ja, du böser, häßlicher Mensch, bitte nur um Verzeihung. Vielleicht wird sie dir gewährt werden."

Er warf ihr einen jeden Wohlwollens baren Blick zu.

„Verzeihen Sie, meine Liebe, aber ich finde weder die Zeit noch den Ort besonders geeignet für derartige Ergüsse. Es kann vorkommen, daß ich es manchmal an dem ermangeln lasse, was ich meiner Frau schuldig bin, das hindert aber nicht, daß ich sie achte. Es ist sehr sonderbar, daß Sie nicht auch dieses Gefühl haben. Ich für meine Person wäre jedenfalls nicht imstande, in einer Entfernung von einigen Schritten ..."

„Ein Zartgefühl, das Sie wahrhaftig ehrt!"

Marceline Chabert war leichenblaß geworden.

„Nur schade, daß nicht jedermann bei den Vernets das gleiche besitzt ..."

„Aber?"

Er sah sie lachend an. ‚Sollte vielleicht Hubert, dieses stille Wasser ... Was für eine hübsche Geschichte würde er da aufgetischt bekommen?'

„Und wie meinen Sie das, meine Schöne?"

Seine Heiterkeit versetzte Marceline in maßlose Erbitterung.

„Ich meine ..." Sie zögerte einen Augenblick und warf, um sich zu ermutigen, einen Blick nach der Allee, in deren Biegung eine Gruppe von Gästen sichtbar wurde. „Ich meine, daß Ihnen auf diese Weise erspart geblieben wäre, von Ihrem Bruder lächerlich gemacht zu werden."

Wie vom Blitz getroffen, erblaßte er nun seinerseits.

„Sie wagen es!" In seinen grauen Augen stieg ein unheimliches Gewitter auf.

„Ich bitte Sie ... wir sind nicht allein", flüsterte die junge Frau zu Tode erschrocken. Er beherrschte sich mit Anstrengung.

„Meine liebe Marceline, einem Manne würde ich diese Verleumdung in die Kehle zurückstoßen. Aber Sie sind eine Frau, eine reizende Frau, der gegenüber ich mancherlei Verpflichtungen der Dankbarkeit habe. Das enthebt Ihren Gatten jeder Verbindlichkeit. Die Schicklichkeit verbietet zudem, einem anständigen Kerl, dem gegenüber man sich schon öfter ins Unrecht gesetzt hat, noch überdies den Bauch aufzuschlitzen. Gott bewahre mich, daß ich ihm jemals wieder eine Beleidigung zufüge. Erlauben Sie mir, daß ich Sie zu ihm zurückgeleite."

„Bemühen Sie sich doch nicht", antwortete Marceline Chabert, noch immer am ganzen Körper zitternd. „Monsieur Arnaud wird mir diesen Dienst erweisen."

„Gerne. Welchen Dienst, Madame?" beeilte sich der Angeredete zu fragen.

Frédéric verneigte sich höflich. „Ich verlasse Sie, liebe Freundin. Sie werden sich ja auch ohne Zweifel ausgezeichnet mit Monsieur Arnaud unterhalten."

Er entfernte sich mit langen Schritten in der Richtung des Hauses. Seine Schläfen dröhnten. Es kochte in ihm vor Empörung. ‚Ludivine beschmutzen ...' Er ballte die Fäuste in den Taschen. Luder! ... Nur eine solche Frau konnte es wagen, so etwas zu erfinden. Ludivine, die niemals ... Nein, er würde ihr nicht einmal etwas davon sagen. Es war zu schmutzig, zu gemein, um sich damit auch nur einen Augenblick aufzuhalten. Ludivine und Hubert! Nein, gar nicht daran denken. Hubert, sein kleiner Bruder ... Lächerlich gemacht durch ihn ... Gott im Himmel!

Er blieb stehen, um Luft zu schöpfen. Der Atem versagte ihm. Mit Mühe versuchte er, seine Haltung wiederzugewinnen. Daß es möglich war, eine so niederträchtige Verleumdung zu verbreiten! Besser, wenn sie nichts davon wissen. Ich schlage dem ersten den Schädel ein, der es wagt ...

Schon von weitem sah er sie unter den Lorbeerbäumen sitzen. Seine Brust krampfte sich zusammen. ‚Wenn ich jetzt nicht an mich halten könnte ... Unsinn! ...'

Sie plauderten ruhig miteinander, nicht weit von ihnen waren andere Paare in angeregter Unterhaltung begriffen, ohne daß irgendeine Gezwungenheit bei seinem Kommen zu bemerken war. Er glaubte aller Augen auf sich gerichtet zu fühlen, obwohl er genau wußte, daß dies eine Einbildung sei.

„Da bist du endlich", sagte Ludivine. „Wo warst du denn die ganze Zeit? Komm, setz dich ein bißchen zu uns."

Hubert erhob sich und bot ihm seinen Platz an.

„Nein, bleib sitzen. Ich nehme mir diesen Rohrstuhl."

„Bleib nur, Hubert. Du weißt doch, er macht schon immer was er will." Frédéric brachte ein Lächeln zustande, dessen Unnatürlichkeit niemand zu bemerken schien.

Alle drei verstummten. Einige Schritte weiter unterhielt sich Edmée Raynal lebhaft mit Pierre Lallier. Irène entfernte sich mit Felix Lapeyre. Auf den Stufen der Terrasse saßen Caussade und du Roveret, anscheinend in ein ernstes Gespräch vertieft, während am anderen Ende der steinernen Bank, neben dem großen Hortensienkübel, Vincent Royer lachend den drei Pensionatsfreundinnen seiner Frau, Marguerite Béraud, Hermance Antonetti und Augusta Pouzol, standhielt.

„Worüber habt ihr gesprochen?“ fragte Frédéric.

„Mein Gott . . .“

Ludivine schien nach einer Antwort zu suchen.

„Über alles und nichts. Hast du einen Rundgang gemacht? Was sagst du dazu? Nicht zu vergleichen mit Mogador natürlich, aber die Äcker sind gut, nicht wahr? Und die Gemüsegärten werfen einen schönen Ertrag ab. Frag einmal deinen Bruder. Hubert, du solltest ihm die Getreidesilos zeigen.“

Aus der Gruppe der jungen Frauen klang Augustas Stimme:

„Ludivine, erinnerst du dich noch an die Ferien, als du eine Zeitlang im Kloster geblieben bist? Guter Gott, was für ein gefährliches kleines Ding du damals warst! Der arme gute Gilbert . . . Bei der Reifeprüfung ist er deinetwegen durchgefallen. Papa hat gedroht, ihn ein Handwerk lernen zu lassen.“

Ludivine lächelte. Vergangene Zeiten . . .

„Und du“, sagte sie, an die Gruppe herantretend, „erinnerst du dich an den Cousin Marguerites?“

Vincent hörte belustigt zu.

„Ich sehe, meine Damen, Sie haben alle Ihren kleinen Roman à la Georges Ohnet gehabt. Jetzt seien Sie so lieb, bitte, enthüllen Sie mir den meiner Frau.“

„Oh, Sie“, rief Marguerite, „Sie haben die verkörperte Tugend geheiratet!“

„Wenn die Tugend diese Züge entlehnt, dann bin ich ihr Adept“, warf Caussade von weitem ein.

Ludivine verzog den Mund zu einem spöttischen Lächeln. „Oh, welch ein vielversprechender Schüler!“

Die jungen Frauen brachen in Lachen aus. Währenddessen waren die zwei Brüder allein zurückgeblieben. Beide schwiegen. Hubert erhob sich.

„Kommst du?“ Die Einladung klang nicht sehr begeistert, aber Frédéric war sie willkommen.

„Gehen wir“, sagte er, indem er den Arm um die Schulter seines Bruders legte.

Hubert zuckte unmerklich unter dieser Bewegung brüderlicher Zuneigung zusammen. Sie entfernten sich gemeinsam.

Der Argwohn war erwacht. Frédéric wehrte sich gegen seinen unaufhörlichen Angriff, mit der ganzen Kraft seines Willens bemüht, nichts davon merken zu lassen.

Ludivine fuhr fort, sich bei allen ihren Ausgängen von ihrem Schwager begleiten zu lassen. Weit entfernt, von ihr darüber Rechenschaft zu verlangen, schien Frédéric ihnen vielmehr selbst die Gelegenheit zu häufigem Beisammensein zu bieten. Als Hubert schließlich daraufgekommen war, schrieb er dies dem Wunsche Frédérics zu, sich mehr Freiheit für seine Unterhaltungen zu sichern. Unglücklich über den Kummer, den dieses Verhalten Ludivine bereitete, seinem Bruder gegenüber voll Mißbilligung, die sich zu Zorn und Verachtung steigerte, nützte er darum nicht minder die Vorteile aus, die ihm die Situation bot.

Frédéric, der nicht das geringste Interesse mehr an den Frauen anderer hatte, setzte während dieser Zeit seinen Ehrgeiz darein, den Anschein zu erwecken, als kümmerte er sich überhaupt nicht um seine eigene.

Unfähig, sich zu beschäftigen, gequält von unlösbaren Fragen, ehrlich entschlossen, nicht mehr daran zu denken, und doch wider Willen auf jedes verräterische Zeichen lauernd, litt er Höllenqualen, ohne daß die anderen etwas davon ahnten.

Um dieser Besessenheit, die immer ärger wurde, zu entrinnen, nahm er seine Zuflucht zu den Pferden, begann zwei junge Füllen zuzureiten, deren eines sich als sehr schwierig erwies, unternahm wieder weite Ritte, die ihn über die Grenzen des Besitzes hinaus bis an den Fuß der Voralpen führten, und kehrte immer erst spät abends nach Hause zurück, nachdem er sich noch in den Pächterhäusern aufgehalten hatte, wo sich die Mädchen vergeblich um ein Zeichen seiner Aufmerksamkeit bemühten und schließlich enttäuscht zurückzogen.

Die Ursache seines veränderten Wesens blieb Ludivine unverständlich. Der Bruch mit Marceline Chabert war offenkundig. Nach einem kurzen Aufatmen mußte sie aber bald ihren Irrtum erkennen: ‚So ist er also wieder zu seinen Kuhdirnen zurückgekehrt,' dachte sie mit Bitterkeit. Das Leben wurde darum nicht angenehmer.

Im Gegenteil, sie gewann bald die Überzeugung, daß die Dinge sich nur verschlechtert hatten. Frédéric zeigte sich finster, reizbar, ungerecht und streitsüchtig.

Hubert und er sprachen, außer in Gegenwart ihrer Mutter, kaum mehr ein Wort miteinander. Alle spielten wie auf Verabredung

Komödie vor der alten Frau. Aber Ludivine fragte sich, inwieweit ihre Schwiegermutter sich daran täuschen ließ. ‚Wie sie gealtert ist in der letzten Zeit', dachte sie. Die hellen Augen waren müde geworden und blitzten nicht mehr so wie einst.

Müde ... ‚Gott weiß, daß ich auch müde bin.' Sie betrachtete sich angstvoll im Spiegel und war beinahe überrascht, sich darin noch so hübsch zu finden. ‚Oh, wenn Frédéric ...' Aber Frédéric sah sie nicht mehr an. Er schien sich ein Vergnügen daraus zu machen, sie zu demütigen und aufzubringen. Wenn er ihren Haß hätte erregen wollen ... ‚Nein', sagte sie sich, ‚er könnte nicht anders handeln.'

Seit einigen Tagen hatte Julia wieder einen schweren Asthmaanfall und kam trotz der Hitze nicht mehr aus ihrem Zimmer heraus. Adrienne, die sie Tag und Nacht pflegte, war unsichtbar geworden.

Er war um die Mitte des August. In dem großen Haus mit den halbgeschlossenen Läden herrschte die drückende Stille eines Sommernachmittags. Selbst im Stockwerk der Kinder war kein Laut zu vernehmen. Seine kleinen Bewohner hatten es vorgezogen, sogleich nach ihrem Mittagsschlaf im Park zu verschwinden.

Ludivine saß allein im Salon, in ihre trüben Gedanken versunken. Hubert sah durch die offene Tür, wie ihr Blick sich geistesabwesend auf ihn heftete.

„Ludivine, sitz nicht so allein hier. Nimm deinen Sonnenschirm, und gehen wir hinaus. Man erstickt ja hier. Und dann dieses Halbdunkel ... Nein wirklich, komm ein bißchen unter die Eichen. Um vier Uhr fahre ich wieder nach Gloriette."

Sie gingen zusammen in den Park. Ein leichter Windhauch bewegte von Zeit zu Zeit die Blätter der Bäume. Sie kamen zu einer Mulde am Fuße eines Hügels, den die Kinder den „kleinen Berg" nannten. Ein üppigwuchernder Geißblattstrauch am Abhang brachte einen Hauch von Frische in die glühende Hitze.

Hubert zog seinen Rock aus und breitete ihn auf das dürre Gras. „Komm, her wirst du gut sitzen."

Sie lächelte ihn melancholisch an und ließ sich wortlos auf den Boden nieder. Dieser müde Gehorsam, der so weit entfernt war von ihrer sonstigen Lebhaftigkeit, schnürte Hubert das Herz zusammen.

An den Stamm einer Eiche gelehnt, betrachtete er mit verzehrender Inbrunst den hübschen Kopf, der wie unter der Last seines Kummers zur Seite geneigt war.

„Ludivine.“

Sie schien aus einem Traum zu erwachen.

„Ja?“

„Was soll ich tun, um dich zu zerstreuen? Es macht mich unglücklich, dich so zu sehen.“

Sie sagte sehr leise:

„Ich kann nicht mehr. Wirklich, ich glaube, ich kann nicht mehr. Du hast gesehen, heute mittag.“

Hubert ballte die Fäuste bei der Erinnerung! ‚Gemein, grausam und gemein …‘

„Ich weiß nicht einmal aus welchem Anlaß. Er schien guter Laune, als er sich zu Tisch setzte, und dann auf einmal … Manchmal habe ich den Eindruck, als ob es nur meine Gegenwart sei, die ihn gegen mich aufbringt.“

Noch nie hatte Hubert eine solche Herzensqual aus ihr sprechen gehört. Er schwieg fassungslos.

„Ich kann nicht mehr … ich kann nicht mehr.“

Dieselben Worte der Klage kamen wieder auf ihre Lippen, mit einem unsagbar kindlichen Ausdruck der Wehrlosigkeit, den zu hören weh tat. Sie hob ihre in Tränen schwimmenden Augen zu Hubert empor.

„Es ist ärger als zur Zeit seines Unfalls. O Gott, damals habe ich mir gesagt: ‚Wenn er nur nicht wegfährt, wenn ich ihn nur behalte, was immer er auch tun mag, es wird mir nicht schwerfallen, es zu ertragen.‘ Das glaubt man, aber es ist nicht wahr. Der Mut … oh, man wird müde, Hubert. Wenn du wüßtest!“

Er ließ sich neben ihr auf die Knie niederfallen, ergriff ihre beiden Hände und bedeckte sie mit Küssen. Jetzt flossen ihre Tränen über.

„Mein Herz, meine Süße, weine nicht …“ Er legte seine Arme um ihre Schultern, nahm ihren Kopf und stützte ihn an seine Brust.

„Ich kann so nicht mehr weiterleben. Nein, nein, ich werde es nicht mehr können, Hubert, es tut so weh.“

Sie war jetzt ein kleines Mädchen, das er in seinen Armen wiegte.

„Ich möchte einschlafen und nichts mehr von ihm wissen, nie mehr. Daß es so sei, als ob er niemals gewesen wäre.“

„Liebste, weine nicht mehr. Was soll ich für dich tun? Alles … was du willst!“

Ludivine wischte sich die Augen und sagte hart, als ob sie ihn nicht gehört hätte: „Es gibt Augenblicke, da ich ihn hasse.“

Sie überlegte, als betrachte sie den Gedanken von allen Seiten, prüfte ihn mit Festigkeit und wiederholte:

„Ich glaube, daß ich dahin gelange, ihn zu hassen. Wenn ich mich von ihm losmachen könnte . . .“

Hubert sah sie an, ohne ein Wort zu sagen. Eine unbestimmte Hoffnung hatte sich seiner bemächtigt, zu märchenhaft, um daran glauben zu können.

„Wenn ich denke, daß ich heute abend wieder anfangen soll, jetzt gleich . . .“

Sie begann von neuem zu schluchzen. Es war ein nervöses, stoßweises Schluchzen, das matter und matter wurde.

In weiter Ferne hörte man Kinderlachen und Rufen.

„Ludivine . . . ein Wort, und ich nehme dich mit mir! Mein Engel, willst du? Ich bitte dich, antworte mir. Nach Gloriette, nach Tarascon, nach Paris, wohin du willst . . . Wir werden Mogador verlassen. Selbst wenn ich es nie wiedersehen soll. Ludivine! Wenn du mich nur ein wenig liebst . . . Wenn du mich nur neben dir dulden willst . . . Süßeste, sag, daß du mich lieben wirst.“

Er hielt ihr Gesicht in seinen Händen, es war naß und von Tränen gerötet, die sie vor ihm nicht zu verbergen dachte.

„Sieh mich an, laß mich in deine Augen schauen . . . Liebste, Einzige . . .“

Langsam beugte er sich über sie. Ludivine fühlte, halb im Traum, seinen Atem sie berühren. Sanft, wie eine Bitte, nahm er ihre Lippen . . . dann zog er sie an seine Brust. Sie wehrte sich nicht.

Wie aus wunderbaren Tiefen emportauchend, hob er den Kopf, schöpfte schwer Atem und sah sie an. Wie eine Tote lag sie in seinen Armen, die Augen geschlossen. Er barg ihr Gesicht wieder an seiner Schulter und begann, über sie gebeugt, sie von neuem mit Küssen zu bedecken. Zwischen den Küssen flüsterte er Worte glühender Leidenschaft.

„Ludivine, mein Engel . . . deine Lippen . . . Ich habe von ihnen geträumt wie ein Verdurstender. Nächtelang, jahrelang. Meine Süße, gib sie mir noch einmal . . . Ich bin wahnsinnig . . . Du raubst mir den Verstand . . . Dein Mund . . . Der Geschmack deines Mundes . . .“

Er fühlte sie erwachen und unter seinen Küssen beben. Langsam preßte er seine Lippen stärker und stärker auf ihren Mund, wie um das leise, heisere Stöhnen, das aus ihrer Kehle drang, zu trinken . . .

und mit einemmal bemerkte er, trunken vor Glück, in einem rasenden Triumph, daß sie ihm seinen Kuß erwiderte.

Eine Sekunde von Ewigkeitsdauer verstrich.

Plötzlich kam er zu sich, in dem Gefühl, jemanden in seiner Nähe zu hören. Er blickte um sich. Nichts bewegte sich. Die Stille war unberührt.

„Hubert! ... O Hubert ... Mein Gott! ... " Sie wehrte sich matt in seinen Armen. Er lachte zärtlich über ihre Schwäche.

„Still, mein Engel, rühr dich nicht. Liegst du nicht gut so?"

Sein Mund irrte über die schwarzen glänzenden Locken, atmete an den Schläfen den wohlvertrauten Heliotropduft.

Ludivine öffnete die Augen, sah starr vor sich hin und schloß sie wieder, wie von Entsetzen gepackt.

„Ruh dich aus. Ich halte dich, ich beschütze dich. Niemand wird dich mir rauben."

Noch einen Augenblick blieb sie unbeweglich still, dann fuhr sie jäh empor, riß sich los, nahm mit beiden Händen ihre Röcke zusammen und floh strauchelnd in der Richtung des Hauses.

Hubert blickte ihr nach, wie sie davonlief, und machte keinen Versuch, ihr zu folgen. Wozu? Jetzt? Das Herz schlug ihm dröhnend bis zum Hals. Langsam fuhr er mit den Fingern über seine Lippen, wie erstaunt, sie unverändert zu finden. Sie waren feucht und brannten ihn. Noch war der Geschmack ihres Mundes auf ihnen, wie von einer köstlichen Frucht, in die man gebissen hat. Eine Woge der Freude brandete in ihm empor.

In der Ferne erklang die Stimme Annes wie der Schrei eines Spottvogels: „Isabelle! Wo bist du? I-sa-belle! Belle, belle, belle."

Hubert erhob sich, nahm seinen zerknitterten Rock vom Boden, warf ihn über die Schulter und schlug den Weg zu den Ställen ein.

Unter den Augen des verdutzten Florent sattelte er selbst Sigurd, das neue Pferd, das Frédéric zuzureiten begonnen hatte, schwang sich darauf, gab dem wild sich bäumenden Tier die Sporen, daß es blutete, und sprengte im Galopp in die Hauptallee hinein. Der Gärtner, der gaffend neben dem Parktor stand, hatte gerade noch Zeit, es zu öffnen, um den Gewittersturm hindurchbrausen zu lassen.

„Der Teufel soll mich holen", brummte er, das Gitter wieder schließend, „wenn er in diesem Tempo weit kommt. Gräben gibt's genug am Straßenrand und Bäume, um sich den Hals daran zu brechen."

Nach Hause zurückgekehrt, begrüßte Hubert zuerst seine Mutter und trat hierauf ins Speisezimmer, aufgeregt wie ein Jüngling bei dem Gedanken, seine Schwägerin wiederzusehen.

Er fand Adrienne allein. Seine Ungeduld bemeisternd, setzte er sich nieder. Kurz darauf erschien Frédéric.

„Unnötig, auf Ludivine zu warten. Sie wird nicht herunterkommen. Laß servieren, Adrienne«, sagte er kurz.

„Sie ist doch nicht . . .?"

„Nein."

„Soll man ihr etwas hinaufbringen?"

„Bleib, Eugénie wird sich darum kümmern."

Das Essen nahm in einer bedrückenden Atmosphäre seinen Anfang. Die wenigen Worte, die gewechselt wurden, schienen im Leeren zu schweben. Adrienne gab sich alle Mühe, der Mahlzeit den Anstrich des Gewohnten zu bewahren, ohne damit einen nennenswerten Erfolg zu erzielen.

Frédéric erkundigte sich nach dem Befinden seiner Mutter. Er habe beim Nachhausekommen keine Zeit mehr gehabt, sie zu besuchen.

„Sie atmet viel besser. Der Tag war gut. Ich glaube, sie wird morgen herunterkommen."

„Ich gehe dann einen Augenblick zu ihr, wenn ich den Kinder gute Nacht sage."

Diesen Beitrag zur allgemeinen Unterhaltung für genügend erachtend, verschloß er sich wieder in sein finsteres Schweigen.

Durch die herrschende Grabesstille beeindruckt, nahm Victor, einen unbewußten Nachahmungstrieb folgend, das Gehabe eines Kirchendieners an, der bei einer stillen Messe ministriert.

Gleich nach dem Dessert erklärte Adrienne, die am Ende ihrer Widerstandskraft angelangt war, daß sie schlafen gehen wolle, und wünschte ihren Brüdern eine gute Nacht. Beide folgten ihr mit derselben Bewegung der Augen, bis sich die Tür wieder hinter ihr geschlossen hatte.

Gestört durch die ungewohnte Anwesenheit der Herrschaft räumte Victor den Tisch ab. Seine ganze beleibte Person drückte Mißbilligung aus, angesichts dieser höchst unpassenden Grille.

„Die Lampen im Salon sind angezündet, Monsieur", glaubte er seinen Herrn erinnern zu sollen.

„Schon gut. Lösch sie aus, wenn du willst, und laß uns in Ruhe."

Victor verließ mit Würde das Zimmer.

Hubert zog einen Sessel zum Fenster und setzte sich rittlings darauf, die Arme über der Rücklehne verschränkend.

Frédéric stopfte mit langsamen Bewegungen seine Pfeife, ohne ihn aus den Augen zu lassen. Ihre Blicke kreuzten sich wie funkelnde Degenspitzen und blieben eine unendliche Minute lang aneinander haften. Ohne seinen Blick abzuwenden, suchte Frédéric bedächtig in den Taschen, zog seine Streichhölzer daraus hervor, strich eines an und brachte es zwischen den hohlen Händen an die Pfeife.

Die Muskeln im Gesicht seines Bruders strafften sich so hart, daß die Mundwinkel dadurch verzerrt wurden.

„Wo ist Ludivine?" Frédéric blies langsam das Streichholz aus und machte einen Zug an seiner Pfeife.

„In ihrem Zimmer."

„Was hat sie?"

Der junge Mann spürte, wie ihn vor dieser aufreizenden Ruhe die Selbstbeherrschung verließ.

„Alle Teufel, das ist ja wie ein Verhör."

„Ich frage dich, was sie hat?"

Er sprang auf und stieß dabei den Sessel so heftig zurück, daß er beinahe umgefallen wäre.

„Gib acht, du wirst ihn zerbrechen", bemerkte Frédéric, der immer ruhiger wurde, je mehr sein Bruder den Kopf verlor. Er erhob sich nun seinerseits und machte einige Schritte auf ihn zu. Seine Kaltblütigkeit war die des Jägers auf der Spur eines Wildes. Er zog die Pfeife aus dem Munde:

„Was sie hat? Und wenn *ich* dich das fragte?"

Hubert holte tief Atem. Nun gut, es war soweit...

„Zu deiner Verfügung. Aber zuerst verlange ich zu wissen..."

„Du *verlangst?*... In bezug auf meine Frau?..."

Schulter an Schulter maßen sie einander von ganz nahe, die Worte wie Kugeln wechselnd. Hubert stieß die Hände in seine Taschen.

„Ja."

„Schwein! Ich werde dich..."

Der Ton seiner Stimme war dumpf, nicht wiederzuerkennen. Er verbrannte seine Handfläche, die er um den Pfeifenkopf gekrampft hielt, ohne darauf zu achten.

„Wir werden das sogleich regeln. Zunächst gestehe."

„Gestehe?..."

Hubert lachte höhnisch auf: „Ich möchte wissen, was ich zu verheimlichen hätte. Hast du dir die geringste Heimlichkeit auferlegt? Du hast sie betrogen, verhöhnt, mit Füßen getreten. Ich rate dir, zu schweigen. Was den Skandal betrifft, so hast du ihn in dieses Haus gebracht. Ihr einziger Fehler ist, zuviel Geduld gehabt zu haben. Zu stolz war sie ... Die ganze Gegend weiß es, die Leute haben darüber geredet ... Und sie hat nichts gesagt! Sie liebte dich, und du wußtest es. Das hat dich nicht gehindert, im Gegenteil, du hast es ausgenützt ... du hast dich benommen wie der letzte Stallknecht ... Du hast das Recht verloren ...“

„Schweig!“

Durch ein Wunder an Willensaufgebot gelang es ihnen, sich nicht aufeinanderzuwerfen.

„Seit wann ist sie deine Geliebte?“

„Meine ... und du glaubst ...“ Die Stimme versagt ihm. „Du glaubst, daß ich sie dann eine Nacht länger in deinem Bett gelassen hätte?“

Wie vor den Kopf geschlagen, starrte Frédéric seinen Bruder mit unsicherem Blick an.

„Du bist ... Sie ist nicht? ...“

„Noch nicht“, verbesserte Hubert mit haßsprühenden Augen. „Aber, bei Gott, ich möchte wissen, was dich das kümmert!“

Frédéric wischte sich langsam mit dem Handrücken die Stirne. Sein Atem ging schwer. Er riß seinen Kragen auf, trat an das Fenster, durch das man die stille Nacht draußen sah, und lehnte seine Schläfe an die Scheibe, um sie zu kühlen.

Sein Bruder näherte sich ihm.

„Ich habe heute nachmittag mit ihr gesprochen, wenn du es wissen willst.“

Frédéric sah ihn mit Verachtung an, ohne ein Wort zu sagen. Hubert fuhr fort:

„Ich habe sie in meinen Armen gehalten, ich habe sie ...“

„Genug! Geh!“

„Das hörst du nicht gerne, was? Ja, ich gehe, aber nicht allein. Du glaubst doch nicht, daß ich sie dir lassen werde? Ich nehme sie mit.“

„Aber, wirklich?“

Frédéric hatte seine Waffe, die Ironie, wiedergefunden. Huberts Wut wurde dadurch noch mehr aufgepeitscht.

„Ich nehme sie mir, ob es dich freut oder nicht. Morgen früh verlassen wir zusammen das Haus. Ich habe ihr den Vorschlag gemacht. Sie geht mit mir. Sie ist am Ende, sie ist einverstanden, mir zu folgen. Ich sage dir, daß sie dich haßt ... Heute schon hätte ich ..."

„Und du glaubst das? Idiot!"

Mit einem Satz war Hubert an seiner Gurgel. Halb erstickt, antwortet Frédéric mit einem Faustschlag in den Unterleib seines Gegners. Hierauf warf er sich auf ihn. Sie packten einander und schlugen in einem wilden Handgemenge blindlings aufeinander los, mit wütenden, haßerfüllten Schlägen. Schon blutete Frédéric aus dem Munde, sein Rock, aus leichtem Tussor, war in Fetzen, Huberts Hemd hielt nur mehr an seiner Schulter.

Er machte sich frei, ergriff den nächsten Stuhl und schleuderte ihn mit aller Kraft auf Frédéric. Dieser entging dem Wurf mit knapper Not, sprang auf Hubert los, drängte ihn an den Tischrand und warf ihn darauf. Ihn an den Haaren festhaltend, begann er seinen Kopf gegen die Tischplatte zu hämmern, daß das Holz bei jedem Schlag dröhnte.

Mit einer wahnwitzigen Kraftanstrengung gelang es Hubert, sich aufzuraffen. Frédéric zurückstoßend, machte er einige Schritte nach hinten, um sich seinerseits auf ihn zu werfen, und stürzte sich dann mit gesenktem Kopf auf ihn.

Frédéric wankte unter der Wucht des Stoßes und taumelte, nach Atem ringend, bis an die Wand zurück. Hubert nahm seinen Vorteil wahr und ließ einen Hagel von Schlägen auf ihn niederprasseln. Endlich gelang es Frédéric, seinen Gegner zu umfassen. Von neuem erreichten sie in einem mörderischen Ringen den Tisch. Ein Faustschlag Frédérics, der sein Ziel verfehlte, ließ die große Petroleumlampe wanken, sie fiel krachend zu Boden.

Der Kampf dauerte im Finstern fort. Hubert stieß an Julias Fußbank, verlor das Gleichgewicht und fiel, seinen Bruder mitreißend, rücklings nieder. Beide wälzten sich, ineinander verbissen, auf dem Fußboden. Sie kämpften stumm, mit tierischer Wut ...

Die Tür öffnete sich. Ein Lichtstrahl fiel herein und wurde breiter. Ludivine trat ein, eine Lampe in der Hand. Sie streifte mit angstvollem Blick die wüste Unordnung im Zimmer, bemerkte die undeutliche Masse der Kämpfenden auf dem Boden und stieß einen erstickten Schrei aus.

„Mein Gott!"

Frédéric richtete sich keuchend auf.

Schaudernd sah sie sein von Schweiß und Blut bedecktes Gesicht, seine zerfetzten Kleider. Mit dem Handrücken warf er das Haar, das ihm in wirren Locken über die Augen hing, zurück und wischte sich mit der hohlen Hand den Mund ab.

„Du bist es. Du kommst gerade recht.“ Er wies mit dem Kinn auf Hubert, der regungslos auf der Erde lag. Sie stellte die Lampe auf eine Ecke des Büfetts und neigte sich vor. Unbeweglich, mit vor Angst weitaufgerissenen Augen, lauerte Frédéric auf das, was nun geschehen würde.

„O Gott, Hubert . . .“ Sie rang die Hände und preßte sie an den Mund, wie in Stein verwandelt, vor Entsetzen.

Beim Ton dieser Stimme kam Hubert wieder zu sich und versuchte, sich aufzurichten. Ludivine schien sich zu ihm bücken zu wollen.

„Laß nur, es ist nichts“, sagte er, „ich kann schon aufstehen.“

Es gelang ihm mit Mühe, Frédérics Siegelring hatte ihm eine klaffende Wunde an der Schläfe gerissen, aus der Blut über das Auge rann. Unter den Nasenlöchern war es zu einem schwarzen Gerinnsel erstarrt. Er lehnte sich an den Rand des Tisches.

Ludivines von Schrecken geweitete Augen irrten, inmitten einer tiefen Stille, von einem zum andern. Leichenblaß, das schmale Gesicht von schwarzen Flechten umrahmt, die zarte Gestalt in den Falten ihres weiten Morgenrocks verloren, hochaufgerichtet in dem schwachen Lichtschein der Lampe, der sie von hinten beleuchtete, erschien sie zwischen ihnen wie ein Blendwerk der Nacht.

Frédéric betrachtete sie mit einem verzehrenden Blick. Er wußte, daß, was immer auch geschehen mochte, dieses zarte Bild in alle Ewigkeit schwer auf seinem Herzen lasten würde, wenn es das Letzte war, das ihm von ihr bleiben sollte.

„Er geht weg.“

Kurz und hart stieß er die Worte hervor.

„Du bist frei, ihm zu folgen.“

„Frédéric!“

Sein ganzes Leben lang sollte sich Hubert dieses wahnsinnigen Schreis erinnern . . .

„Nein, nein, Frédéric!“

Sie streckte ihre Hände aus in der jahrtausendealten Gebärde flehender Liebe.

Aber schon war er auf ihren Anruf aufgesprungen, und mit einem wilden dumpfen Laut, in dem sich Hohn und Triumph mischten, ergriff er sie und riß sie an seine Brust.

Wankend war Hubert in sein Zimmer hinaufgegangen. Nachdem er sich gewaschen und umgekleidet hatte, verbrachte er den Rest der Nacht damit, in dem Raum auf und ab zu gehen. Es war eine milde Augustnacht, der Himmel besät mit unzähligen Sternen – eine Nacht zum Lieben und zum Hoffen ...

Hubert glaubte, nichts mehr als Haß und Wut in seinem Herzen zu hegen, und bemerkte plötzlich, daß er weinte. Er hatte seine Reisetasche gepackt. Als der Morgen graute, nahm er sie, warf einen letzten Blick um sich und ging hinaus. Am Ende des Ganges öffnete sich behutsam die Tür des Kinderzimmers. Isabelle erschien mit nackten Füßen in ihrem langen Nachthemd.

„Wohin gehst du?" Er stellte die Tasche nieder, bückte sich und sah sie lange an.

„Ich gehe weg, Sabel."

„Für lange?"

„Sehr lange."

Die dunklen Augen des kleinen Mädchens hefteten sich auf sein Gesicht, das die Spuren des Kampfes trug.

„Ich verstehe."

„Nein, das kannst du nicht verstehen."

Er zog sie an sich.

„Laß mich", schrie sie, heftig zurückweichend. „Ich bin heute elf Jahre", fügte sie hinzu.

„Das ist wahr."

Er versuchte zu lächeln.

„Richtig! Ich habe ja ein Geschenk für dich. Es ist in meinem Zimmer geblieben. Komm, ich werde es dir geben."

Er holte die kleine Schachtel aus seinem Kasten und reichte sie ihr. Das Kind hielt sie in den Händen, ohne sie zu öffnen, und hob den Kopf zu ihm empor.

„Gestern hatte ich mich auf dem ‚kleinen Berg' versteckt, um zu lesen ..."

„Ah ..."

Sie sahen einander eine Sekunde lang in die Augen, dann wandte Hubert seinen Blick ab.

„Hör zu, Sabel, du darfst dir nicht vorstellen ... Ich müßte dir das erklären, aber das ist ... Ah, dazu habe ich keine Zeit mehr, und es ist auch zu schwer ...", schloß er müde. „Ich muß jetzt noch zu deiner Großmama gehen."

Sie nickte wie eine Große und brach plötzlich in Schluchzen aus.

„Geh nicht weg, ich bitte dich ... geh nicht weg!" Sie schlang ihre Arme um seinen Hals. „Ich will nicht, daß du weggehst."

Verzweifelt biß er sich auf die Lippen.

„Es muß sein. Ich kann nicht mehr hierbleiben. Komm, nehmen wir Abschied, mein kleines Herz. Da hast du mein Taschentuch und weine nicht mehr, man wird dich hören. So, und jetzt laß mich gehen."

Das Kind ließ sich umarmen, begleitete ihn dann stumm und niedergeschlagen bis zur Treppe und sah ihm nach, wie er die Stufen hinabstieg ... Er drehte sich noch einmal um:

„Leb wohl, meine kleine Sabel."

„Ich hasse sie", flüsterte sie, zwischen dem Gitter des Stiegengeländers hinabgebeugt.

Zweiter Teil

I

Im Februar des Jahres 1908 hielt Charles Guillermins „Serpollet“ jeden Tag vor der Freitreppe von Mogador.

In seinem ungeheuren schwarzen Karakulmantel stieg er, die in dicken pelzgefütterten Handschuhen steckenden Hände reibend, aus dem Wagen. Es herrschte noch immer winterliche Kälte. Seine mächtige, untersetzte Statur, sein vom eisigen Wind gerötetes Gesicht gaben ihm das eigentümliche Aussehen eines alten Landsknechts.

Die Zwillinge, die sich meistens in der Halle herumtrieben, wenn es ihnen gelungen war, der Erzieherin zu entwischen, betrachteten ihn mit ganz unverhohlener Neugierde, während er Autohaube, Brillen und Handschuhe Victor übergab und sich seines Fellpanzers entledigte. Die Kinder sprachen viel von „Taties Verlobtem“ und dem Ereignis, das sich jetzt entschieden hatte.

Anne und Christine träumten die ganze Woche davon in ihrem Kloster, wo die eine ihre Internatszeit beendigte, während die andere sie eben begann. Drei Jahre waren von ihrer Mutter für die Vollendung ihrer Erziehung festgesetzt worden.

Als es sich im Oktober 1903 darum gehandelt hatte, ob Isabelle ins Internat eintreten solle, hatte Ludivine einen erbitterten Kampf mit ihrem Mann zu bestehen gehabt, aus dem sie schließlich mit Julias Hilfe als Siegerin hervorgegangen war.

Aber am Samstag abend holte Victor seine jungen Herrinnen im Wagen ab und brachte sie am Montag früh wieder zurück. Nur unter dieser Bedingung hatte Frédéric seine Einwilligung gegeben.

„Das werde ich niemals von Mère Madeleine de-la-Croix erreichen. Man sieht, daß du sie nicht kennst“, wandte Ludivine, die auf einmal wieder ihren Pensionsgeist in sich entdeckt hatte, heftig ein. Aber die Nonne, die inzwischen Oberin geworden war, schien viel von ihrer einstigen Strenge verloren zu haben und gewährte den Töchtern Ludivine Peyrissacs die von ihrer Mutter erbetene Vergünstigung.

Christine wurde nicht müde, ihre Tante jeden Sonntag von neuem zu befragen: „Wirst du ein schönes Kleid haben? Mit einer Schleppe? ... Wie lang? ... Und einen gestickten Schleier?"

Da sie vergangenes Jahr ihre erste Kommunion gefeiert hatte, glaubte sie in diesen Toilettenfragen besonders kompetent zu sein.

Adrienne hatte einige Mühe, ihren Nichten begreiflich zu machen, daß sie sich mit einer kurzen Schleppe und einem kleinen Schleier auf dem Hut begnügen würde. – An Konventionen muß man sich halten, gewiß, und die ganze Nachbarschaft von Peyroliers bis nach Tarascon und von Arles bis nach Maillane hätte sich schön den Mund zerrissen, wenn Mademoiselle Vernet aus Mogador nicht in Weiß geheiratet hätte. Und doch ...

Und doch, wenn man zweiundvierzig ist und einen Witwer von einundfünfzig heiratet, der bereits Familienvater ist ... Adrienne träumte. Ihre mütterliche Natur hatte sich in Gedanken bereits der beiden Kleinen bemächtigt, die nach dem Tod ihrer Mutter vor vier Jahren verwaist zurückgeblieben waren.

Ihr Vater brachte sie manchmal nach Mogador, seitdem der Zufall eines mit Frédéric abgeschlossenen Geschäfts die Beziehungen zwischen ihnen wieder hatte aufleben lassen. Vielleicht hätte Adrienne ohne die beiden Kleinen wieder nicht den Mut aufgebracht. Aber diese sanften, stillen Kinder hatten das weiche Herz Adriennes gewonnen. Die siebeneinhalb Jahre Claires und die sechs des kleinen Maxime waren, ohne daß er es ahnte, die besten Argumente des eingeschüchterten Witwers gewesen. Schon nach den ersten Andeutungen von seiten Charles' hatte sie ihrer Mutter, die ihr den neuerlichen Antrag ihres einstigen Bewerbers übermittelte, errötend geantwortet: „Ja, Mama, ich bin entschlossen. Ich werde ihn heiraten."

Julia war über ihre Lebhaftigkeit ganz überrascht gewesen.

Die Verlobung hatte am letzten Sonntag im Januar im engsten, stark gelichteten Familienkreise stattgefunden. Léon und Blanche waren mit Onkel Constant aus Sarrazine gekommen, das sie jetzt seit dem Tode Tante Sophies allein bewohnten. Die alte Dame hatte sich im eisigen Winter des Jahres 1905 beim Verlassen der Kirche erkältet und war nicht wieder aufgestanden. Raoul und Laura vertraten den jüngeren Zweig der Dynastie Vernet. Schwester und Stiefbruder des Bräutigams vervollständigten die kleine Gesellschaft.

Seither lebte das Haus in einem dauernden Erregungszustand. Isabelle, deren siebzehnter Geburtstag in diesem Sommer bevorstand, sollte für die Hochzeit ihr erstes langes Kleid bekommen. Anne verzehrte sich in Neid und berechnete die Jahre, die sie noch warten mußte, bis ihr dasselbe Glück zuteil würde. Und fünfzehn war doch gerade das Alter für die große Liebe . . .

„Schau, Mama, Juliette und Mireille und . . . und“, hier war sie mit ihrer Wissenschaft zu Ende, „und alle die andern“, fügte sie kühn hinzu, „glaubst du, daß die in kurzen Röcken herumgegangen sind? Da hätte sie doch überhaupt niemand angeschaut!“

Ludivine lächelte. ‚Sie versteht's.‘ Aber ihre Töchter hatten ja noch reichlich Zeit . . .

„Und dich, liebste Mama“, fuhr die beredte kleine Person eifrig fort, „wenn Papa dich kennengelernt hätte . . .“

Von dieser Beweisführung gefesselt, trat Frédéric hinzu.

„Nun, was wäre da deiner Meinung nach geschehen?“

Anne biß sich auf die Lippen. Das war schwer vorzustellen. Wie wäre es denkbar gewesen, daß ihre Eltern einander begegnet wären, ohne daß das geschehen wäre . . . was geschehen war? Man konnte sich den einen Teil nicht ohne den andern vorstellen. Unmöglich zu denken, daß Papa jemals eine andere Frau hätte lieben können als Mama. Sie ist noch so unbeschreiblich hübsch . . . Anne, die stolz darauf war, als einzige ihre violetten Augen zu besitzen, bemühte sich, jede ihrer Eigenarten, ihrer Bewegungen, ihrer Gewohnheiten zu kopieren.

Für Frédéric hegte sie eine romantische Bewunderung, genährt von all der Leidenschaft, die sie ihre Mutter ihm bezeigen sah. Selbst einmal an ihrem Hochzeitstag auf einem Pferd entführt zu werden durch einen jungen Gatten, der in allen Stücken ihrem Vater glich, war der Traum ihrer Träume.

Im Augenblick stand dieser bezaubernde Vater vor ihr aufgepflanzt und betrachtete sie mit seinem entzückenden, leicht von Ironie gefärbten Lächeln.

„Nun?“

„Also gut, Papa, stell dir vor, daß du ein kleines, ein ganz, ganz kleines bißchen jünger wärest . . . Oh, nur ganz wenig, weißt du! und daß . . . ich will sagen . . . wenn du nicht verheiratet wärest, würdest du mich bemerken?“

„Das glaub ich wohl!“ pfiff er in einem Ton der Überzeugung, daß kein Zweifel an der Ehrlichkeit dieser Worte möglich war. Anne, die noch nicht gelernt hatte, zu erröten, war getröstet und entfernte sich strahlend.

„Frédéric!“

„Mein Herz?“

„Wenn du jetzt anfängst, ihr den Hof zu machen ... wird sie unausstehlich werden.“

„Du glaubst?“

Er sah Anne mit einem etwas verdutzten Gesicht nach.

„Aber weil sie wirklich ... verdammt hübsch ist“, schloß er mit naivem Stolz.

Ludivine schob ihren Arm unter den seinen. Sie hatte es nicht gerne, und handelte es sich selbst um ihre eigenen Töchter, wenn er zu lange einen wohlgefälligen Blick auf einer anderen Frau ruhen ließ. Frédéric drückte die kleine bittende Hand sanft an sich.

„Eifersüchtig?“

Die Hochzeit war für April festgesetzt. Ludivine nahm zur großen Erleichterung ihrer Schwägerin die Vorbereitungen in die Hand. Sie fuhr mit der Braut nach Avignon, um ihre Toiletten zu bestellen, sie nahm das notwendige Personal auf, verfaßte die Liste der einzuladenden Gäste, bestimmte die Anordnung des Hochzeitszuges, stellte das Menü des Diners zusammen ... Man war übereingekommen, sich nur auf die Verwandten und einige wenige Freunde zu beschränken. Aber die Verwandtschaft allein ergab in einer so weitverzweigten Familie eine ganz beträchtliche Menge, und besonders die sehr zahlreiche junge Generation bedeutete ein wahres Kopfzerbrechen.

„Mit wem wirst du mich zusammensetzen, Mama?“ kam François eines Tages in schmeichelndem Ton sich erkundigen. Ludivine war einigermaßen überrascht. Nein, wirklich, über dieses Problem hatte sie noch nicht nachgedacht.

„Nun ja, mein Lieber ... das weiß ich noch nicht. Vielleicht mit Claire Guillermin oder Henriette“ – Elisens Kinder waren auch eingeladen – „oder mit deiner Cousine Antoinette.“

„Antoinette wäre mir lieber. Die andern sind zu klein.“

Ein Lächeln unterdrückend, versicherte sie ihm, daß sie sich der Wichtigkeit dieser Frage vollkommen bewußt sei. Er entfernte sich, die Hände in den Hosentaschen, befriedigt über das Ergebnis der Verhandlung, während Ludivine mit einem Seufzer an das Ende ihrer Liste noch den Entwurf einer Sitzordnung für die Gesellschaft der Kleinen beifügte.

Als sie ihr Werk endlich vollendet hatte, brachte sie es ihrer

Schwiegermutter zur Prüfung. Julia setzte ihre Brille auf und machte sich daran, das Papier aufmerksam durchzustudieren; dann faltete sie es sorgfältig zusammen, legte es auf ihre Knie und sagte ganz ruhig:

„Und Hubert? Wo setzt du ihn hin?"

„Hubert?"

Ludivine fuhr auf, das Blut schoß ihr in die Wangen.

„Aber ... wieso, Mama? Ich versteh dich nicht."

„Spreche ich chinesisch? Ich frage dich, wo Huberts Platz in der Tischordnung ist?"

Ludivine saß wie auf Kohlen. Wirklich, es war das erstemal, daß Mama allen Takt vermissen ließ.

In dem Winter des Jahres, da Hubert das Haus verlassen hatte, war Julias Gesundheitszustand so beunruhigend gewesen, daß sich Frédéric, auf Doktor Royers Rat, hatte entschließen müssen, seinen Bruder zu benachrichtigen. Seither war Hubert dann und wann wiedergekommen, um seine Mutter zu sehen und eine Stunde mit ihr zu verbringen. Frédéric, im vorhinein verständigt, richtete es immer so ein, daß eine Begegnung unmöglich war, und auch Ludivine hatte keine Lust, ihren Schwager wiederzusehen. Es stand eine Erinnerung zwischen ihnen, die zu vergessen ihr nicht allzu schwerfiel. Allerdings durfte er nicht erscheinen und sie durch seine Gegenwart auf unangenehme Weise ins Gedächtnis zurückzurufen. Und Frédéric ...

„Aber Mama, Frédéric würde es nie zulassen ..."

„Du wirst ihn mir heute abend schicken."

‚O Gott, o Gott! Wo jetzt alles so gut ging, das Leben so friedlich war.' Sie drehte sich um, ohne zu antworten.

„Ludivine!"

„Ja, Mama?"

„Du hast mich verstanden?"

„Ja."

‚Ja, ja, ja! Ich habe sehr gut verstanden', dachte sie mit Erbitterung. ‚Jetzt wird alles wieder anfangen. Und kann man bei diesen Wahnsinnigen wissen, was noch geschieht?'

„Du wirst ihm nur sagen, daß ich mit ihm sprechen will."

„Ich werde es ihm sagen."

Wenn Mama beschlossen hatte, alles zu verderben, sollte sie es nur allein besorgen. Das war allerdings kein Trost.

„Meine Liebe, vergiß nicht, daß du mich nicht gefragt hast, bevor du deine Dummheiten gemacht hast. Und", Julias Augen blitzten, „es ist doch schließlich mein Sohn, um den es sich handelt. Bedenke das, bevor du dich ereiferst."

Ludivine unterdrückte die heftige Erwiderung, die sie auf der Zunge hatte. Ja, das mußte sie anerkennen, niemals in den schweren Tagen hatte die alte Frau sie im Stich gelassen, auch nicht am Morgen nach jener entsetzlichen Nacht, da ihr jüngerer Sohn einer grausamen Prüfung unterzogen, da er gewogen und zu leicht befunden und ganz einfach preisgegeben worden war. Niemals hatte sie von ihr ein Wort des Tadels zu hören bekommen, das ihr wiedergewonnenes Glück hätte trüben können.

„Das ist wahr, Mama, verzeih", gab sie mit der Aufrichtigkeit zu, die die gute Rasse kennzeichnet und die Julia so sehr an ihr liebte.

Noch am selben Abend klopfte Frédéric an die Tür seiner Mutter.

Sie hatten miteinander eine Unterredung von mehr als einer Stunde, von der er ganz beruhigt herauskam und sich zu seiner Frau in den Salon begab, als ob nichts vorgefallen wäre. Ludivine unterdrückte ihre Neugierde, dankte im stillen ihrem Herrgott und sagte kein Sterbenswörtchen.

Der Abend verging in heiterer Stimmung. Adrienne stickte ihr letztes Taschentuch für die Ausstattung, während Ludivine las und Frédéric seine Töchter neckte, die am Faschingsdienstag frei hatten. Die Woche verging.

Eines Abends kam Frédéric später als gewöhnlich nach Hause und fand die Familie, auf ihn wartend, im Speisezimmer versammelt. Er setzte sich an seinen gewohnten Platz zwischen Ludivine und Isabelle.

Ludivine, die immer sogleich an seinem Gesicht bemerkte, wenn etwas Außergewöhnliches vorgefallen war, beobachtete ihn verstohlen und entdeckte zu ihrer Beunruhigung eine für jeden andern als sie kaum merkliche kleine Falte an seinem Mundwinkel.

‚Was bedeutet das? ... Was mag wohl geschehen sein?' Nicht, daß er traurig oder schlechter Laune zu sein schien. Im Gegenteil, man möchte eher sagen ...

In seine Gedanken verloren, ließ er die andern reden. Charles war wie gewöhnlich gekommen. „Seine Rosen, heute morgen, waren herrlich." „Die Kinder haben sehr gut zusammen gespielt: Dominique versteht sich gut mit Claire, nicht wahr, Mademoiselle?" „Charles wird uns die Kleinen während der Hochzeitsreise lassen. Sie werden sich hier mehr zu Hause fühlen als in Beaucaire, wo seine Schwester ein altes düsteres Haus bewohnt, ohne einen Zipfel Garten." „Nach seiner Rückkehr will er sich einen neuen Wagen kaufen. Man hat ihm einen ‚De Dion' angeraten. Sie sollen viel bequemer sein."

„Ich muß mich auch dazu entschließen, einen zu kaufen."

Am unteren Ende des Tisches wurde die Erklärung trotz aller Beschwichtigungsversuche der Erzieherin mit Enthusiasmus begrüßt. Gleichmütig inmitten der durch seine Worte hervorgerufenen Erregung fuhr er fort:

„Mein Bruder hat mich heute nachmittag seinen Wagen ausprobieren lassen. Übrigens, Adrienne, Hubert erwartet euch, Charles und dich in Gloriette. Es wäre gut, ihr würdet bald gehen."

„Ja aber ...", begann die Angesprochene unter dem verblüfften Schweigen der ‚Großen'.

„Aber natürlich!" schnitt Julia ihr schlagfertig das Wort ab, während ihre Augen voll Zärtlichkeit auf ihrem ältesten Sohn ruhten.

„Du wirst dich von der Schwester deines Bräutigams chaperonnieren lassen, wenn du so sehr um deinen guten Ruf besorgt bist."

Ludivine schlug verstohlen die Augen zu ihrem Mann auf. So war der Friede hergestellt. Die beiden hatten einander wiedergesehen. Auf ihr allein lastete nunmehr wie ein unsichtbarer Alp das ganze Gewicht jener Erinnerung. Er hatte ganz einfach ohne sie seinen Entschluß gefaßt und durchgeführt. Ein dumpfer Groll überkam sie, gemischt mit einem Gefühl der Demütigung, aber zugleich fühlte sie sich doch auch erleichtert, ihre Besorgnisse zerstreut zu sehen.

In dem grünen Schleier, der die Bäume des Parks umhüllte, brachen mit einemmal alle Knospen auf. Schon schritt man auf den Straßen unter dem zarten glänzenden Blätterdach der Platanen in einem durchsichtigen Schatten dahin. Ein süßer Duft schwebte noch um die ihres weißen Schmucks beraubten Mandelbäume; kleine grüne Finger öffneten sich in Büscheln an Stelle der leichten, im Frühlingswind zerflatterten Blütenblätter. Ostern war da. Adrienne wanderte durch die Gartenbeete, die sie bald nur mehr als Gast wiedersehen sollte.

„Wenn du erst die Laube oben auf Cigalier in der vollen Mittagssonne des Berges sehen wirst, ganz bedeckt von Rosen ...", versprach Charles, der ahnte, daß sie sich zurücksehnen würde.

Aber welche Rosen, welche Blumen, und wären sie im Garten Eden gewachsen, hätten jemals die Blumen des Parks ersetzen können, in dem sie einst als Kind mit ihren Brüdern gespielt, in dem sie als junges Mädchen Tag um Tag und Jahr um Jahr – lange, lange Jahre – auf den gewartet hatte, der niemals gekommen war?

Aber wenigstens leuchtete in dem offenen Blick ihres Bräutigams eine einfache warme Güte. Sie blieb vor den Stauden der Pfingstrosen stehen, um deren Stamm man die Erde umgegraben hatte, und lächelte traumverloren in sich hinein, ein wehmütiges Lächeln.

„Wenn sie blühen, wirst du weit weg sein. Nicht einmal Schwertlilien wirst du sehen."

Ja, kaum den Beginn der dunkelvioletten, goldgesprenkelten Flut würde sie erleben, die sich im April über den Park ergoß und sich gleich einem königlichen Geschmeide um die Beete schlang.

„Sie werden auch oben auf Cigalier blühen", sagte sie sanft.

Isabelle warf ihr einen vorwurfsvollen Blick zu.

„Warum gehst du weg? Hast du es denn nötig, uns zu verlassen? Wenn ich nur verstehen könnte, warum du uns verläßt?"

„Aber schau, ich heirate", wandte Adrienne freundlich ein. „Das ist das natürliche Los der Mädchen, alles zu verlassen und dem Manne zu folgen. Auch du wirst eines Tages ..."

Isabelle preßte die Lippen aufeinander.

„Ich werde nicht heiraten."

„Wie viele junge Mädchen haben das schon gesagt, um dann später ..."

„Aber ich denke es auch."

‚Genau wie ihre Mutter, wenn man ihr widerspricht', dachte Adrienne und lächelte still.

„Komm, setzen wir uns."

Das junge Mädchen zog ihre Tante zu der Bank, die neben dem Glashaus stand.

„Weißt du, Tatie, ich glaube nicht an die Liebe. Was man so nennt ..." Es war ein leichtes trauriges Zucken um ihren Mund.

„Es gibt keine Liebe auf der Welt. Nur einen schrecklichen Egoismus ..."

Sie ließ ihre ernsten braunen Augen um sich schweifen, als suche sie etwas. „Wenn es sein sollte, daß mich jemand liebt, dann würde ich eine solche Liebe verlangen ... Ich würde fordern, daß sie so hoch, so ausschließlich wäre ..."

Jetzt lachte Adrienne herzlich über diesen Mangel an Logik.

„Und das ist kein Egoismus?"

Isabelle sah sie fest an:

„Ich weiß, was ich zu geben bereit bin. Warum sollte ich weniger verlangen?"

Adrienne senkte den Kopf über ihren Gedanken„ ‚Und alle die, die auch bereit gewesen waren zu geben ... und von denen nichts verlangt worden war ... Ist das nicht viel bitterer? Gebe Gott, daß dieses Kind es nie erfahre .. . Wenn ich gestorben wäre, ohne daß mich jemand geliebt hätte ...'

In diesem Augenblick wurde es ihr warm ums Herz bei dem Gedanken an Charles, sein gutes, etwas fettes, von helleren Falten durchzogenes wettergebräuntes Gesicht. Ihr Teil ... Man mußte daraus das Beste machen.

„Aber", Isabelle zeichnete mit der Spitze ihres Sonnenschirms ein verschwommenes Gebilde in den Sand, „es wird mir ja niemand etwas dafür geben, was an das heranreicht ..."

„Mein kleines Mädchen ..."

„Nein, Tatie, ich weiß, was ich sage. Es ist wie eine Verschwörung unter den Menschen, um einem glauben zu machen ... Weil man sich vielleicht, wenn man wüßte, wie es wirklich ist, wehren könnte ... suchen ... Aber schau: alle diese Verehrer, von denen Anne den Kopf voll hat, schau sie dir doch einmal an. Und was geschieht? Die Dichter wissen genau, daß das nicht wahr ist, was sie erzählen, oder daß es nicht lange dauern kann. Sie beeilen sich immer, die Liebenden jung sterben zu lassen, bevor es zu Ende ist."

Sie warf den Kopf zurück.

„Ah! Ich möchte etwas, was nicht endet ... Ich kann den Gedanken an ein Ende nicht ertragen ... oder es ist gar nicht der Mühe wert, anzufangen."

„Isabelle, schau ... Isabelle ..."

Es klang ein zärtlicher Vorwurf in Adriennes Stimme.

„Wie phantastisch du bist, Kind!"

Es waren gefährlichere Phantasien als die Annes, der leichtlebigen, ausgelassenen Anne, die sich eines Tages mit einem flotten Schnurrbart, einer hübschen Gestalt und ein paar schönen Worten zufrieden geben würde ... Aber die hier, mit ihrer brennenden Sehnsucht nach dem Erhabenen ... dieses glühende Herz, das niemals bereit sein würde, sich abzufinden ... So sehr ihre Mutter und doch so verschieden ... Nein, nein, sie nicht, sie würde niemals nachgeben, niemals etwas hinnehmen! Adrienne seufzte tief. Siebzehn Jahre und dieses schöne Gesicht, geschaffen, um von den Männern geliebt zu werden.

„Gott schütze dich, mein armes Kind. Ich bin sehr besorgt, wenn ich sehe, wie du dich so ganz allein gegen deine Zukunft auflehnst."

Von ihren schwierigen Nichten war Isabelle immer die schwierigste gewesen. Und doch war etwas an ihr ... Zärtlich wie ein Kind, schmiegte sich das junge Mädchen an die Schulter ihrer Tante.

„Ich weiß, daß du mich lieb hast, Tatie, obwohl ich böse bin und dir oft weh getan habe. Wenn du weg sein wirst, oben auf Cegalier, werde ich mir in diesem Haus ganz verloren vorkommen."

„Aber, mein Herz!"

Erschrocken sah Adrienne die schönen schwarzen Wimpern an den gesenkten Lidern beben.

„Wie kannst du so etwas sagen? Mit deinen Eltern und ..."

„Papa? Papa hat die anderen lieber und seine Frau lieber als alles auf der Welt."

„Aber nein, du bist dumm! Er hat euch genauso gern ..."

„Das genügt mir nicht", rief Isabelle heftig, „mich muß man mehr lieben."

Bestürzt suchte ihre Tante nach einer Antwort und erhob sich, da sie keine fand. Eine Wolke schob sich vor die Sonne. Auf einmal ging der Wind kühl durch den verdüsterten Park.

„Gehen wir hinein ..."

„Ist dir kalt?"

„Ja."

Sie log ungeschickt, in dem Bewußtsein, daß Isabelle ihr nicht glaubte. Das junge Mädchen folgte ihr, ein kleines Liedchen trällernd, dessen fröhliche Melodie schlecht zu dem bitteren Zug um ihren Mund paßte.

Adrienne fühlte Gewissensbisse. Die Kleine da, die immer so verschlossen war, mit ihrem Kummer, den niemand kannte, einmal hatte sie ihn enthüllt, in einer Aufwallung, die sie sogleich wieder verleugnete ... sie sollte doch wenigstens nicht glauben ...

„Komm, gib mir schnell den Arm, mein Herz", sagte sie stehenbleibend.

Isabelle kam zögernd heran. Sie gingen langsam ins Haus und

sprachen über gleichgültige Dinge. In der Halle angekommen, entschlüpfte die kleine Empörerin.

Als sie die Tür des Zimmers öffnete, das sie mit ihrer jüngeren Schwester teilte, wurde sie von dieser mit heftigen Ausrufen der Ungeduld empfangen: „Daß du endlich kommst! ... Was machst du denn die ganze Zeit! Die Kleider sind gekommen! Meines paßt ausgezeichnet. Mama hat gesagt, du sollst deines anziehen, damit sie es sehen kann. Sie ist in ihrem Zimmer und wartet auf dich. Beeil dich! Schnell!"

Mit siebzehn Jahren bleibt man einem neuen Kleid gegenüber nicht gleichgültig, selbst wenn man vom Leben noch so enttäuscht ist. Schon stand Isabelle in Unterrock und Miederleibchen da. Anne vertrat gerne die Stelle der Kammerzofe. Das Kleid war von einem weichen Türkisblau, mit kleinen Rosensträußchen bestickt. Der bis zum Boden reichende Rock lief in eine leicht angedeutete kleine Schleppe aus.

„Du bist glücklich ... ein Kleid, das die Beine deckt!" Nicht ohne Neid zollte Anne ihre Bewunderung.

Sie ging ihre Schwestern holen, während Isabelle sich mit einer nicht ganz ehrlichen Unbefangenheit im Spiegel betrachtete. Christine und Dominique brachten mit vielen Ausrufen des Entzückens ihren Tribut an Bewunderung dar. François, der sich ebenfalls eingefunden hatte, schien sehr beeindruckt.

„Man möchte glauben, du bist gewachsen", sagte er mit hoher Anerkennung. Die Prozession setzte sich in Bewegung, Isabelle voran, die Eskorte hinten nach. So erschienen sie im Zimmer ihrer Mutter.

„Oh! Oh! Eine richtige junge Dame", sagte Frédéric beifällig, der, ganz nahe an seine Frau herangerückt, auf der Ecke des Toilettentisches balancierte.

„Laß dich ansehen ... Dreh dich um. Nicht so schnell. Noch einmal ... Ja, nicht schlecht ... Aber es ist wahr, daß es dich älter macht."

„Schließlich ... du kannst es dir ja erlauben."

Frédérics Mienenspiel zeugte unmißverständlich von seiner entzückten Anerkennung.

„Ein Kuß, mein kleines Herz."

Das junge Mädchen trat auf seinen Vater zu, küßte ihn und neigte sich dann zu seiner Mutter. Ludivine streichelte ihm die Wange.

„Bist du zufrieden? Geh schnell und zeig dich deiner Großmama.“ Die beiden sahen lächelnd zu, wie sich der Zug wieder zum Abgang formierte. Sie blieben allein zurück.

„Sie ist reizend ... Wie eine Königin.“

Ma bienvenue au jour
me rit dans tous les yeux.

„Ich bitte dich“, sagte Ludivine mit einer Spur von Gereiztheit in der Stimme, „mäßige dich!“

„Aber, Liebling, sie erinnert an dich“, gab er ihr schlagfertig zur Antwort.

Es kam der Tag, da Adrienne in einem weißen Tuchkleid, einem großen weißen Hut mit Silberreihergesteck und weißen Fliederblüten am Busen Mogador verließ, um sich in die kleine Kirche von Fontfresque zu begeben und an Charles Guillermins Arm wieder herauszukommen.

Es war eine schöne Hochzeit. Frédéric führte die Braut zum Altar. Seine Haltung war von untadeligem Ernst. Und wenn beim Heraustreten aus der Kirche angesichts der genau wie vor achtzehn Jahren gedrängt stehenden Menschenmenge ein Schimmer von Heiterkeit in der Erinnerung an vergangene Tage über seine Züge flog, so konnte dies Ludivine, die weiter hinten im Zuge am Arm Monsieur Bressons, des Stiefbruders ihres Schwagers, schritt, nicht sehen, höchstens ahnen ... Julia, die zu schwach war, um das Haus zu verlassen, erwartete in Gesellschaft ihres Bruders Constant die Gäste in Mogador.

Das Hochzeitsdiner, das zunächst mit der üblichen, etwas steifen Förmlichkeit begann, wurde, vom Braten angefangen, zusehends animierter. Ludivine war befriedigt über diesen Erfolg, für den sie sich verantwortlich fühlte. Zum erstenmal seit ihrem Eintritt in dieses Haus war sie wirklich die Hausfrau gewesen. Im Laufe des Nachmittags trat sie zu ihrer Schwiegermutter, von der sich gerade eine alte Verwandte unter vielen Komplimenten verabschiedet hatte.

„Nun, was sagst du? Alles ist gut gegangen, nicht wahr?“

Die alte Dame nickte und sagte in ihrem maliziösen Ton:

„Ganz gut. Ich sehe, daß ich ruhig sterben kann.“

„Ich werde trachten, dir einen schönen Leichenschmaus zu veranstalten“, antwortete Ludivine mit höchst ernsthafter Miene.

„Oho! Viel wichtiger als du glaubst, meine Liebe, für das gute

Renommee einer Familie." Sie verstanden einander und lächelten beide.

„Die zwei Verschwörer hecken schon wieder etwas miteinander aus", bemerkte Numa Vernet, indem er sich zu ihnen setzte.

Julia lachte heiter. Sie liebte die Jugend, und der älteste ihrer kleinen Neffen, lebhaft, geistreich, hübsch, mit dem besonderen Reiz seiner rotgoldenen Locken ausgestattet und als Hitzkopf bekannt, war einer ihrer Lieblinge.

„Liebe Cousine", sagte er zu Ludivine, „du bist die hübscheste von deinen Töchtern."

Sie erhob sich und bedachte im Vorbeigehen den Lockenkopf mit einem freundschaftlichen Klaps.

„Schmeichler! Hast du gehört, Mama, wie wir schon mit den Damen zu reden verstehen?"

Am Abend, nach dem Diner, begann der Tanz. Die Paare drängten sich in dem großen Salon, der sich für die Menge der Tanzlustigen als zu klein erwies. Ludivine ließ die Flügeltüren in die Halle öffnen, und bald füllte sich auch dieser Raum mit dem bunten Gewoge der weiten seidenen Röcke.

Auf dem Treppenabsatz standen die Kinder und tranken begierig mit ihren Augen den berauschenden Anblick des Festes. Die älteren Mädchen, Isabelle und Agnès, tanzten schon mit ihren Kavalieren, und auch Anne behauptete trotz ihrer kurzen Röcke glänzend ihren Platz und benützte die Unaufmerksamkeit ihrer Mutter dazu, deren Verbot zu durchbrechen und im Kreis der Großen zu bleiben.

Marguerite de Clarens und Maurice Royer hielten es endlich nicht länger aus und versuchten auf dem Gang des ersten Stockwerks einen Englischwalzer. Christine gesellte sich dazu und brachte ihren Cousin Laurent mit. Anmutig in ihrer Ungeschicklichkeit, ließen sie ihre Schritte gleiten, drehten und wendeten sich ... Lucien, Raouls Jüngster, schaute ihnen neiderfüllt zu.

„Komm, tanzen wir", bettelte Henriette Royer, auf François zutretend.

Der stieß sie unsanft zurück.

„Laß mich. Ich habe Antoinette lieber."

Das kleine Mädchen ging; ihre Wangen zitterten ein wenig. Claire Guillermin hob mit gespitzten Fingern den Saum ihres Kleidchens und hüpfte einen Tanzschritt, wie ein Vogel, der wegflattern will.

Maurice Royer und der kleine Maxime waren, müde vom vielen Schauen und Kuchenessen, auf einer Treppenstufe eingeschlafen, die Köpfe auf den hochgezogenen Knien. Gegen elf Uhr entdeckte Elise auf der Suche nach ihren Kindern in einem Winkel des langen Ganges Dominique, die Augen voll Tränen.

„Mein kleines Herzchen, was ist dir? Was hat man dir getan?"

„Nichts, gar nichts . . ."

Das Kind brach plötzlich in Schluchzen aus.

„Mein Gott", murmelte Elise bestürzt.

Sie zog das Kind an sich und wiegte es in ihren Armen.

„Warum? Weil Tante Adrienne weggeht?"

„Deswegen auch . . ." Die Kleine weinte noch heftiger.

„Und warum eigentlich?" drang Elise sanft in sie, besorgt, die Ursache dieses geheimen Kummers zu erfahren. „Sag es mir, mir ganz allein, mein kleiner Liebling."

„Weil . . . weil es . . . so schnell aus war. Und morgen . . . wird alles vorbei sein . . ."

Elise schwieg. ‚Morgen wird alles vorbei sein.' Arme Kleine, eine Wahrheit, die ihr noch zu entdecken bevorstand. Sie drückte sie an sich.

Es war ein Uhr nachts, alles tanzte noch, als Hubert zu seiner Mutter hinaufstieg, um sich von ihr zu verabschieden. „Ich werde auf dich warten, mein Kleiner", hatte sie ihm gesagt. „Du weißt, ich schlafe fast gar nicht mehr, und dazu noch die Musik unten . . "

Auf dem Treppenabsatz zögerte er im Kampf mit seinem inneren Dämon. Vergangene Nacht hatte er mit Charles und seinen Vettern im Ort geschlafen. ‚Wozu die Asche aufrühren? . . . Es ist gefährlich . . . Tu es nicht . . . Du wirst nur darunter leiden', flüsterte ihm die Vernunft zu. ‚Mama wartet . . .'

Ohne auf die Stimme zu hören, stieg er in den zweiten Stock hinauf, fand unter seinen Füßen die trotz sechsjähriger Abwesenheit wohlvertrauten ausgetretenen Stellen auf den Steinfliesen des Ganges wieder, erkannte das Kreischen der Klinke an der Tür seines Zimmers.

Eine kleine Lampe brannte in der Ecke auf dem Kamin. Man hatte den Raum in eine Kleiderablage verwandelt. Auf dem Bett, dem Tisch, den Stühlen waren Hüte, Halstücher, Capes und Mäntel aufgehängt. Er warf einen Stoß achtlos beiseite und ließ sich in den Lehnstuhl niederfallen.

Das Zimmer war durch die darin herrschende Unordnung auf eine traurige Weise verändert. Man roch darin die dumpfe eingeschlossene Luft von Räumen, deren Fenster wenig geöffnet werden. Hier hatte er seine glücklichen Jahre verlebt. Von hier war er zuerst in die Kaserne gegangen, dann nach Afrika und dann ... in die Einsamkeit, wo ihm nur die vergifteten Erinnerungen Gesellschaft leisteten und die Verzweiflung, deren beißenden Geschmack er noch im Munde fühlte.

Er stieß einen schweren Seufzer aus, erhob sich, machte einige Schritte im Zimmer und bemerkte, daß es genauso war wie in jener Nacht ... Er lachte bitter über sich selbst. Und doch war alles gut gegangen. Er hatte auf diese Minute des Wiedersehens mit Ludivine so sehr gewartet, sie so ersehnt und gefürchtet zugleich, daß die Wirklichkeit ihm leicht erschienen war im Vergleich zu all den Bildern, die er sich davon ausgemalt hatte.

Zwei oder drei gleichgültige Sätze der Begrüßung, ein ruhiger Blick, der sich ungezwungen auf ihn richtete.

„Ich werde dich deiner Nichte übergeben."

„... Isabelle!"

Aber es war Anne, die hinzutrat.

„Sie ist gerade mit Agnès hinausgegangen. Komm mit mir, Onkel Hubert."

Sie hängte sich in seinen Arm ein und plauderte mit einer koketten Anmut, die unverkennbar war.

Wo war Isabelle? Hatte sie ihn absichtlich gemieden? In zwei Tagen war es ihm nicht gelungen, sie allein zu treffen.

Zwei Tage, in denen jeder Schritt im Hause und im Park Phantome hatte erstehen lassen, Phantome entschwundener Freuden, die einem anderen Leben angehörten ... Leben von einst, tolles, glühendes Leben von einst, wunderbarer Garten eines im Nu verflogenen Glücks ... Isabelle in ihrer herben Frische, ihrem stillen Ernst ... Mogador, dieses verlorene, so bitter betrauerte Paradies.

‚Pah, was liegt daran? In zwei Stunden bin ich wieder zurück, dort oben.' Allein auf der Terrasse im Frösteln des Morgens, der hinter den Bergen von Frigolet heraufsteigt, wieder allein mit diesem Bild ohne Erbarmen, das er in sich trug, um seine Liebe und seinen Haß daran zu nähren. Langsam stieg er zu seiner Mutter hinunter.

„So spät kommst du! Ich glaubte schon, du seist weggegangen."

„Nicht ohne bei dir gewesen zu sein, Mama."

Er setzte sich auf den Bettrand. Die Augen seiner Mutter hingen begierig an ihm.

„Auf wie lange jetzt?"

„Ich komme bald wieder", versprach er, die alte Hand zwischen die seinen nehmend.

„Was machst du dort oben? Bist du zufrieden?"

„Ja", sagte er ausweichend. „Alles geht gut. Ich habe nicht viel Mühe damit. Es könnte auch ohne mich weitergehen."

Er schwieg einen Augenblick. Julia lächelte ihn an, mit dem Lächeln, das aus ihren fernsten Jugendtagen zu kommen schien. Es war überraschend zu sehen in seiner Unversehrtheit, wie ein schönes Geschmeide, das man in einer Lade voll verblichener Kleider findet.

„Ich habe einen Brief von Patrick O'Donell bekommen, der eine Kompanie Ulanen in Indien kommandierte, du weißt, Mama. Er hat einen siegreichen Feldzug an der afghanischen Grenze mitgemacht und eine Verwundung erhalten, wofür er mit dem D. S. O. dekoriert worden ist. Das ist so etwas Ähnliches wie unsere Légion d'Honneur. Jetzt tritt er einen Genesungsurlaub von sechs Monaten an, fährt dieser Tage ab und lädt mich zu sich nach Irland ein. Ich glaube, ich werde im Herbst hinfahren."

Julia unterdrückte einen Seufzer. – ‚Wegfahren, immer wegfahren ... ein Vagabundenleben ...'

„Ach, nur ein oder zwei Monate. Ob da oder dort ... Aber es würde mir Freude machen, O'Donell wiederzusehen, alle unsere alten Erinnerungen von Pretoria aufzufrischen ... Fünf Jahre ist es wieder her, daß er hier war."

„Heirate", sagte Julia.

Er sah sie erstaunt an.

„Aber Mama ..."

„Nein, hör mich an: Ich möchte dich in Frieden wissen, mit einem Heim und Kindern um dich. Eine Frau würde dich seßhaft machen. Das ist kein Leben, was du führst. Nein, sei still, antworte mir nicht. Ich bin alt, mein Kind ..., es kann heute oder morgen sein ... Laß mich nicht gehen mit dieser Sorge, diesem Kummer, mit dem Schmerz, mir sagen zu müssen, daß ich vielleicht, wenn ich dir besser zu helfen gewußt hätte ... Mit einem Wort, daß du nicht geopfert worden wärest, wenn ..."

„Mama! Liebste Mama, nein, sag das nicht. Glaub nicht ..."

Hubert umschlang sie mit seinen Armen in einer so einfachen

wahrhaftigen Aufwallung, daß alles andere davon hinweggefegt wurde.

„Heirate."

„Ich verspreche dir, daran zu denken, Mama."

Er schloß müde die Augen.

„Ja, ich werde es tun."

Julias Blick erhellte sich. Ihr Sohn ergriff ihre Hände, beugte sich nieder und verbarg sein Gesicht darin, so als ob er ihr dessen Anblick hätte entziehen wollen. „Ich werde es tun. Aber nicht gleich. Laß mir noch etwas Zeit."

2

Frédéric und Ludivine fuhren nach Paris, um sich die große Autojubiläumsausstellung im Grand Palais anzusehen.

Glänzend organisiert, ein Treffpunkt der eleganten Sportwelt, zeigte sie sämtliche bekannten Weltmarken in einer feenhaften Aufmachung von elektrischem Licht, Draperien und grünen Pflanzen. Ludivine bedauerte, daß diesmal keine Abendfeste veranstaltet wurden, deren Echo im vergangenen Jahr bis in die entlegensten Winkel der Provinz gedrungen war. Dagegen unterhielt sie sich sehr bei einer historischen Schau der Wagentypen. So ungeheuer waren die Fortschritte in der kurzen Zeit von zehn Jahren, daß das „Töff-töff" aus dem Jahre 98 bereits lächerlich wirkte.

Frédéric interessierte sich leidenschaftlich für die technischen Details und ließ sich alles genau zeigen und erklären.

Im Hotel und während der Mahlzeiten ließ sie ihn von Zylinder, Kolben und Pferdekräften erzählen und gähnte heimlich, während sie sich die unerhörten Vorteile des Motors ohne Ventil anhören mußte, die Sensation des Jahres. Die Rennwagen fesselten Frédérics Aufmerksamkeit ganz besonders. Er erkundigte sich über ihre Höchstgeschwindigkeit und träumte von Ziffern.

„... Hundertfünfzig Kilometer ... kannst du dir das vorstellen? Das muß herrlich sein."

Sie erkannte den angespannten Ausdruck wieder, den geistesabwesenden Blick mit den hart aufeinander gepreßten Zähnen, den sein Gesicht annahm, wenn er mit irgendeinem heftigen Verlangen, einer Versuchung kämpfte, und ein Gefühl des Unbehagens bemächtigte sich ihrer.

„Du willst doch nicht ...? Was würdest du denn mit so einem sonderbaren Ding anfangen?" sagte sie in scherzendem Ton.

Frédéric warf ihr einen raschen, verstohlenen Blick zu. Er hatte den in der Frage verborgenen Ton der Angst nicht überhört.

„Aber nein."

Schließlich bestellte er ein „Panhard-Levassor-Chassis, Vierzylinder, 100 mal 140." „Das bedeutet vierzig Pferdekräfte", erklärte er seiner Frau.

„Das ist der richtige schöne Tourenwagen, schnell, geländegängig, bequem, mit allen Schikanen", erklärte der Verkäufer. „Madame wird bestimmt zufrieden sein."

Ludivine atmete auf. Sie hatte einen Augenblick das Ärgste befürchtet. Bei den unberechenbaren Launen ihres Mannes war alles möglich. Wenn sie nach Mogador hätte zurückkehren müssen, um ihn binnen kurzem am Volant eines solchen höllischen Fahrzeugs über die Straßen sausen zu sehen ... Unausdenkbar.

Ein Fiaker brachte sie zum Bahnhof. -- Gott sei Dank, Frédéric hatte seiner Lust widerstanden. Aber man hatte ihm angesehen, wie schwer es ihm wurde! Er beruhigte sich, wurde wieder vernünftig. Ludivines Hand suchte die seine, öffnete sie und schmiegte sich hinein. Er schloß die Finger wieder und drückte sie fest und warm. Ein Stoß warf die junge Frau an die Schulter ihres Mannes. Sie verharrte in der Stellung bis zum Aussteigen.

Einige Tage vor Weihnachten erhielt Frédéric die Nachricht, daß sein Wagen fertig sei. Er beschloß, ihn nach den Feiertagen zu holen.

„Ich werde so ungefähr acht Tage dort bleiben, die Zeit, die ich brauche, um mit dem Wagen umgehen zu lernen und den Führerschein zu erwerben, damit ich dann gleich per Auto zurückfahren kann. Das wird für mich eine ausgezeichnete Übung sein. Hubert könnte mich begleiten. Ich werde mit ihm darüber sprechen."

So war sie also ausgeschaltet. Ludivine unterdrückte das bittere Gefühl, das in ihr aufsteigen wollte. Die Erfahrung hatte sie gelehrt, daß es gut sei, die goldenen Ketten, mit denen sie ihren Mann zu fesseln bemüht war, manchmal ein wenig zu lockern. Wenn er auf diese Luftveränderung Lust hatte, so war es besser, nachzugeben; sie wollte versuchen, es mit guter Miene zu tun. Daß Hubert mit seiner automobilistischen Erfahrung ihn begleiten sollte, war ihr außerdem eine Beruhigung.

Die Frage wurde während des Weihnachtsdiners erörtert. Hubert nahm diesmal, dem Wunsche seiner Mutter nachgebend, daran teil. Man hatte ihn zwischen das junge Paar gesetzt. Es wurde abgemacht, daß die beiden Brüder gleich nach dem Neujahrsfest fahren sollten. Seite an Seite über Frédérics Schreibtisch gebeugt, wo eine große Straßenkarte ausgebreitet war, stellten sie eifrig ihre Reiseroute zusammen.

Im Salon, bei Tisch, überall, wo er jemanden zum Zuhören fand, brachte Frédéric die Unterhaltung auf dieses Thema. Seine Freude, die er durchaus nicht zu verbergen trachtete, hatte etwas Kindliches an sich. Trotz eines leisen Schattens von Groll fühlte sich Ludivine entwaffnet und mußte lächeln, wenn sie ihn ansah.

Hubert, der sie heimlich beobachtete, fing so ein Lächeln auf und verletzte sich daran wie an einer Nadelspitze. Ihre Beziehungen waren alles eher denn eindeutig. Sie begegneten einander mit außerordentlicher Höflichkeit, aber im Benehmen Ludivines war die gewohnte Leichtigkeit zu vermissen, während bei ihm hinter den kurzen Worten, auf die er ihre Gespräche immer zu beschränken wußte, die verhaltene Spannung nur zu deutlich spürbar war.

Frédéric war der einzig Unbefangene unter ihnen. Ein für allemal beruhigt, verhielt er sich so, als ob er die Erinnerung an seinen Sieg hätte auslöschen wollen. Angesichts dieser vollkommenen Ungezwungenheit fragte sich Ludivine, ob sie echt sei, und mußte schließlich mit leichtem Verdruß und einem Gefühl der Demütigung seine Ehrlichkeit anerkennen: er konnte so gut vergessen. Aber schließlich war ja dieser Friede auf ihrem Rücken geschlossen worden. Sie verlor dabei die Verehrung, mit der Hubert sie so lange umgeben hatte. ‚Liebt er mich noch?‘ Gerne hätte sie Antwort auf diese Frage erhalten, und wäre es auch nur gewesen, um ihre Macht von einst ungeschmälert zu sehen. Aber der junge Mann blieb undurchdringlich.

Adrienne und Charles kehrten auf Cigalier zurück. Am übernächsten Tag reiste Frédéric nach Paris ab, von Hubert in Tarascon erwartet. Er blieb länger aus als geplant. Seine Abneigung vor dem Briefschreiben überwindend, schickte er seiner Frau häufig kurze Nachrichten, die außer einem zärtlichen Satz am Anfang und am Ende nichts als langweilige Einzelheiten aus dem Gebiet des Automobilsports enthielten.

Es war klar, daß sich Frédéric seiner neuen Leidenschaft mit der enthusiastischen Hingabe widmete, die alles, woran sie sich heftete, für ihn mit einem betörenden Reiz zu umgeben schien. Er war sich im tiefsten wohl bewußt, daß keine dieser Leidenschaften sein Leben ausfüllen würde, und warf sich von einer auf die andere mit dem Ungestüm eines spielenden Kindes, das sein Spielzeug im nächsten Augenblick wegzuwerfen bereit ist. Aber für kürzere oder längere Perioden verdeckte diese Freude an der Leistung den Skeptizismus des ewigen Zuschauers, der den Grund seines Wesens ausmachte.

Ludivine hatte gelernt, sich über diese wechselnden Launen nicht mehr zu wundern, ja, sie war sogar soweit gelangt, sich ihre Philosophie daraus zu machen.

War er da, und verstand sie auch nichts von dem, was er sagte, so freute sie sich über sein heiteres Gesicht und die Wärme seiner Stimme, selbst wenn er sie mit einer Litanei von technischen Worten überschüttete, mit denen sie nicht das mindeste anzufangen wußte. Aber dieser Zauber ging nicht in seine Schrift über. Sie seufzte und zählte die Tage, während sie geärgert die Berichte überflog, mit denen er seine Briefe füllte.

Hubert und er fuhren nach Monthléry, um Probefahrten beizuwohnen. Sie hatten Nazzaro und Lautenschlager gesehen, die Bekanntschaft von Boillot gemacht, mit ihm und Fernand Charron soupiert. Diese Namen von Göttern eines unbekannten Kults ließen Ludivine völlig gleichgültig. Daß Frédéric zurückkehrte, mit oder ohne Wagen, war einzig und allein von Belang für sie.

Die Heimkehr nach Mogador war ein Triumph. Er kam allein, an einem Sonntagvormittag, zwei Sunden früher als erwartet, nachdem er vorher seinen Bruder in Gloriette abgesetzt hatte. Beim Lärm des Motors waren die Zwillinge aus dem Haus gestürzt.

Der Wagen hielt gerade an der Rampe. Die Bremsen kreischten, Frédéric sprang heraus und wurde sofort unter lauten Ausrufen der Freude und des Entzückens umringt, umarmt und hin und her gezerrt. Ludivine, die oben auf der Treppe stand und diese Szene beobachtete, lächelte ein wenig eifersüchtig. Er bemerkte sie, entledigte sich des lärmenden Haufens und sprang, vier Stufen auf einmal nehmend, die Stiege hinauf.

„Mein Herz, wie schön du bist!“

Voll Entzücken sah er sie an, ein Leuchten in den grauen Augen. Ludivine lag an seiner Brust. Diese Minute wog die langen Tage des Wartens auf.

Er zog sie mit sich ins Vorzimmer.

„Mama ist wohl? ... Eine herrliche Fahrt! ... Isabelle, sag Victor, daß er mein Gepäck heraufbringt. Wir machen sie zusammen noch einmal, du wirst sehen ... Sag mir, daß ich dir gefehlt habe." Als ob er das nicht gewußt hätte!

„Nicht eine einzige Panne. Wir haben eine ausgezeichnete Durchschnittsgeschwindigkeit gehabt. François, rühr nichts ohne mich an! ... Übernachtet haben wir in Dorfgasthöfen an der Straße, wo wir gerade vorbeikamen. Das hätte dir gefallen. Etwas Neues hier?"

Seine Stimme klang wie ein Freudensignal. Die Dienerschaft lief herbei. Das Haus, das gleichwohl nicht wenig bevölkert war, schien unter seinem Schritt wie aus einer dumpfen Betäubung zu erwachen, die aller Lärm der Kinder nicht zu verscheuchen vermocht hatte. Er beugte sich über seine Frau, den Arm um ihre Taille gelegt, hob sie auf und lachte seinen Töchtern zu, die um sie herumstanden.

‚Wie habe ich es aushalten können?' fragte sich Ludivine. Jetzt schien es ihr, als ob sie seit seiner Abreise nicht gelebt hätte.

Sie legte ihre Finger auf die Schläfe, wo das Kastanienbraun des Haares schon da und dort einen weißen Schimmer zeigte, strich langsam und leicht über seine Wangen, den blonden Schnurrbart, das kleine Grübchen, das seinem viereckigen Kinn etwas Weiches, Jugendliches verlieh. Er, der sonst diesen Zärtlichkeiten eher abgeneigt war, ließ sie in der Freude des Wiedersehens geduldig über sich ergehen.

Nachmittags bestieg die ganze Familie das Auto zu einer Spazierfahrt nach Tarascon. Julia sah ihnen von ihrem Fenster aus zu, wie sie abfuhren. Das Wetter war strahlend. Frédéric hatte das Wagendach geöffnet. François, der zwischen Vater und Mutter saß, sah mit dem Stolz eines Eroberers die Straße vor sich fliehen und die Pferdewagen, die sie überholten, in der Ferne verschwinden.

„Schneller, Papa, noch schneller, bitte!"

In einen Schleier gehüllt, die Augen halb geschlossen, kostete Ludivine das Glücksgefühl aus, sich in dieser Kraft und Geschicklichkeit geborgen zu wissen.

Hinter ihnen klang das helle Lachen der Mädchen zum klaren Winterhimmel empor.

In diesem Frühjahr war in Mogador ebenso wie in der ganzen Provence von nichts anderem die Rede als von den großen Festlichkeiten, die aus Anlaß der Fünfzigjahrfeier von „Mireille" und der Einweihung der Mistralstatue in Arles Ende Mai stattfinden sollten.

Schon mehrere Monate vorher war die alte Stadt der Sonne der Blickpunkt für ein ganzes Volk geworden, das dort seinem großen Sohne zu huldigen gedachte. In den Gesellschaften teilte man einander die Einzelheiten des Programms mit, das in großen Zügen schon seit dem Herbst feststand. Man sprach schon von dem Ball, auf dem die historischen Kostüme der Mädchen aus Arles zu Ehren gelangen sollten.

„Das ist ganz sicher, meine Liebe. Ich weiß es von Jeanne de Flandreysy selbst."

„Ich habe Marie-Thérèse de Chevigné bei gemeinsamen Freunden getroffen. Sie hat mir gesagt, daß . . ."

Denn diesmal waren es die schönen jungen Frauen, die das Zepter in die Hand genommen hatten, um in diesem von ihnen abgehaltenen Liebeshof den „Meister aus Maillane" zu verherrlichen.

Alte Häuser öffneten wieder ihre Tore und ihre sonst verschlossenen Fensterläden. Arlesianerinnen, die vor langen Jahren einem Gatten in die Fremde gefolgt waren, sollten für diese festlichen Tage in die alten Mauern heimkehren, in denen sie ihre Mädchenjahre verbracht hatten.

Vernets waren bei den Eltern von Estelle Jonquéras eingeladen, die, von Norwegen kommend, aus Paris eintreffen sollte.

„Wie freue ich mich, Estelle wiederzusehen! Ich bin neugierig, ob sie sich sehr verändert haben wird. Das letztemal, als ich sie sah, war sie noch blendend schön. Wenn ich denke . . . Wir haben oft zusammen gespielt und duzen einander. Ich glaube, daß mein Bruder Henri ganz gewaltig in sie verliebt war. Wie haben wir ihn deswegen geneckt, Georges und ich! Und jetzt . . . Die Frau Gesandte . . Wird man zu ihr Exzellenz sagen müssen?"

Er lächelte gerührt in Gedanken an seine Kindheit.

‚Liebe kleine Estelle . . .'

Diese Erinnerungen ließen Ludivine gleichgültig. Jetzt war etwas anderes wichtig. Jetzt hieß es Vorbereitungen treffen, sich schlüssig werden über die Kostüme, wieder Besitz ergreifen von Großmamas Reichtümern, die, wohlgeborgen vor dem Staub und der Zeit, auf dem Grunde der Zypressenholzkoffer in einem Winkel des Dachbodens von Gloriette ruhten. Frédéric leitete die Bitte seiner Frau an Hubert weiter.

„Sag ihr, daß sie selbst kommen soll, sich alles nehmen, was sie will. Ich fahre für einige Zeit in die Camargue. Sie kann im Haus schalten und walten, wie es ihr beliebt. Führ sie hin. Ich werde vor meiner Abreise die entsprechenden Anweisungen geben."

„Du fährst nach Tourvieille?"

„Nein, zu Pouly und seinen Stieren nach Tour de Vallat."

Frédéric wurde nachdenklich.

„Ah, der berühmte ‚Brésillon' hat dich eingeladen? Du Glücklicher! Ich habe schon immer Lust gehabt, dort ein paar Tage zu verbringen."

Hubert zuckte kaum merklich die Achseln. Der hatte alles und ahnte es nicht und wollte immer das andere auch noch dazu ...

„Wenn du Lust hast ... Es ist dort Platz genug. Du kennst ‚Brésillon', er wird bestimmt keine Einwände machen, wenn ich dich mitbringe." Frédéric zögerte. Es war zu verlockend.

„Wie fährst du? Mit dem ‚De Dion'?"

„Weißt du, ehrlich gesagt, bin ich noch nicht entschlossen ... Wie wäre es, wenn ich den andern nähme? Was meinst du? Es ist dort ein ideales Terrain für Geschwindigkeitsrekorde ... Ich habe gehört, es soll in Salon ein Rennen mit fliegendem Start stattfinden. Vielleicht könnten wir ..."

„Das ist eine großartige Idee!" jubelte Frédéric. „Ja, nimm den ‚Kleinen' und rechne auf mich. Bis du eine geeignete Rennstrecke gefunden hast, bin ich bei dir."

Einige Tage später kehrten Ludivine und ihre Töchter, beladen mit den Schätzen aus Gloriette, nach Hause zurück: steife Seiden, die knisternd in den Falten krachten, alte Brokate, kostbare Hauben aus weißer Seidenspitze oder duftigem Musselin, genug, um daraus mehrere arlesianische Kostüme zusammenzustellen, darunter eins aus dem achtzehnten Jahrhundert.

Anne meinte, sie werde davon träumen. Sie war es, die es anziehen sollte. Der kurze Rock und das in Locken frisierte Haar paßten besser für ein ganz junges Mädchen. Die Freude darüber, daß sich ihr erstes Auftreten in der Gesellschaft auf diesem Ball vollziehen sollte, der ein Ereignis zu werden versprach, tröstete sie darüber, daß sie keine Schleppe tragen durfte wie ihre Mutter und Isabelle.

In dem Wagen, der sie nach Hause führte, ergötzten sich alle drei an ihren Eroberungsplänen. Als die mitgebrachten Kostbarkeiten vor Julias Augen ausgebreitet waren und Anne, die sich nicht zurückhalten konnte, ein Stück nach dem andern zu probieren, darin umhertanzte, stieg die Erregung aufs höchste. Der ganze Abend war von diesem einen Thema beherrscht.

Geduldig rauchte Frédéric dabei seine Pfeife und gab, ohne sich bitten zu lassen, alle gewünschten Zeichen der Bewunderung von sich, während seine Gedanken anderswo weilten. Der Koffer stand gepackt, seine Abreise war für den nächsten Morgen festgesetzt.

„Nur für ein paar Tage, mein Herz", hatte er gesagt. „Während der Zeit werdet ihr alle eure Geschäfte bei der Schneiderin erledigt haben."

Nun, man mußte ihm seine Laune wieder hingehen lassen.

„Aber ich hätte gerne die Stiere mit dir gesehen."

„Ich auch." Er drückte die noch so schlanke kleine Gestalt an sich. „Aber wirklich, dort gehörst du nicht hin. Wir werden nur Männer unter uns sein. Ein eher rohes Milieu ... Ich werde so kurz wie möglich bleiben", fügte er scheinheilig hinzu.

‚Warum die Männer immer so gerne unter sich sind', dachte Ludivine. Sie für ihre Person hatte nie viel Vergnügen an der Gesellschaft anderer Frauen gehabt. Selbst Elise ... Ja, es war angenehm, sich hier und da für ein paar Stunden bei ihr zu entspannen, in ihrer sanften Ruhe, ihrer zuverlässigen Freundschaft, die von jeder Eifersucht frei war. Wenn sie aber ihr Leben damit hätte verbringen müssen, von all diesen einfachen und alltäglichen Dingen zu reden, die Elisens Horizont ausmachten, sich andauernd mit den Sorgen anderer Leute beschäftigen – als ob nicht jeder dazu da wäre, mit sich selbst fertig zu werden! O Gott! Nein, auch was Elise zu bieten hatte, war nicht allzuviel und die andern ... ihre Kleider, ihre Dienstboten, ihre Kinder, die Mißgeschicke ihrer guten Freundinnen ... Ludivine kannte das ewige Einerlei, und was die pikanten Überraschungen betraf, so verzichtete sie auch darauf gerne ..

„Bleib nicht lange, Liebster. Laß mich nicht länger als einen Sonntag allein."

„Ja, das verspreche ich dir."

Es gelang ihm, Wort zu halten. Nach acht Tagen kehrte er zurück, ein strahlendes Lächeln auf den Lippen, in besonders zärtlicher Laune. Ludivine empfing ihn wie Penelope Odysseus und vermied es, allzu indiskrete Fragen über die Art und Weise seines dortigen Zeitvertreibs an ihn zu richten. Ihr hatte es tatsächlich inzwischen nicht an Beschäftigung gefehlt. Zweimal war sie mit den Kindern in Avignon gewesen.

Außer den Festlichkeiten von Arles war auch die erste Kommunion der Zwillinge vorzubereiten, die im Juni stattfinden sollte, und infolgedessen die ganze Familie neu auszustatten. Julia fand diese Art, die weltlichen und die religiösen Feiern in ihren Vorbereitungen miteinander zu verquicken, nicht sehr passend und ließ es sich auch nicht nehmen, ihre Meinung zu sagen.

„Wie willst du, daß die Kinder in einem solchen Jahrmarktstreiben Gott entdecken?"

Ludivine biß sich ungeduldig auf die Lippen. – Mama zeigte mit zunehmendem Alter manchmal Anwandlungen von Bigotterie. Gott war immer da. Aber so etwas wie die bevorstehenden Festlichkeiten gab es nur einmal.

Sie begannen am Abend des 29. Mai mit einer „Pegoulade" in der Hauptstraße von Arles: ein berittener Zug junger Burschen in Landestracht, angeführt vom „Marquis", bewegte sich im rötlichen Licht der Pechfackeln und der an langen Rohrstäben schaukelnden Laternen inmitten einer Wolke weißen Staubs unter Fanfarenstößen durch die doppelten Reihen der alten Bäume hindurch, begleitet vom Schreien und Klatschen einer vieltausendköpfigen aufgeregten Zuschauermenge.

Am nächsten Tag, dem Pfingstsamstag, drängten sich die Schaulustigen von früh bis spät vor den Toren des Nationalmuseums, das Mistral der Stadt geschenkt hatte, in Alyscamps, wo die Wettspiele mit Schnüren und Ringen abgehalten wurden, und daneben ein Preistanzen in Farandole, und wiederum in der Hauptstraße bei den landesüblichen Rennen auf ungesattelten Pferden, bis am Abend ein Feuerwerk auf der Rhône den festlichen Tag beschloß. Währenddessen bereiteten sich ungezählte junge Mädchen und schöne Frauen, deren viele zu diesem Zweck aus Avignon, Maussane, Eygalières, Barbentane, Beaucaire oder Saint-Rémy gekommen waren – ein lebendiger Strauß aus der Blüte des ganzen provenzalischen Landes –, auf den großen Ball vor, der noch viele Jahre lang für alle, die dabei waren oder seine märchenhafte Pracht bestaunen durften, ein denkwürdiges Ereignis bleiben sollte.

Man hatte hierzu den Saal der Folies-Arlésiennes gewählt, den größten, der aufzutreiben war, und ihn, so gut es ging, mit Draperiestoffen und Girlanden elektrischer Lampen dekoriert. Aber seine Häßlichkeit verschwand vollends unter dem strahlenden Glanz, der sich mit Beginn des Festes darin auftat. Alle großen Familien der Provinz hatten sich eingefunden, die Herren im Frack, die Damen in zumeist echten, sorgsam aus Großmutters Zeiten gehüteten Kostbarkeiten, die im leisen Rascheln der wundersam getönten alten Seiden und dem Schimmer des antiken Geschmeides den Duft einer für wenige Stunden zu neuem Leben erweckten Vergangenheit ausströmten.

Die verschiedenen Hauben, „à plechoun“, „à grandes ganses“, „à la chanoinesse“, „à bouts“, „à la cardeline“, gaben in ihrer mittelalterlichen Durchsichtigkeit den Gesichtern der jungen Mädchen einen eigentümlichen Ernst, der durch die zu beiden Seiten „à la recouleto“ herabfallenden Locken auf liebliche Art gemildert wurde.

Anne war entzückend in ihrem Kostüm: die Brust gehalten von einem „Droulet“, einem kurzen, anliegenden Mieder aus zartrosa gestreiftem Moiré, dessen mit glänzendem Rosa gefütterten Schöße auf einen großblumigen Rock herabfielen Am Bund ihrer Schürze hing die goldene Schere an ihrer Kette. Eine antike Brosche schloß das Dekolleté ihres blumengestickten „Moudesto“ ab. Lachlustig und stolz, mit einer frischen Koketterie, die schon nichts mehr dazuzulernen brauchte, ließ sie das Feuerwerk ihrer violetten Augen spielen und sah mit Entzücken, wie sich die jungen Leute um ihre Tanzkarte stritten.

„Wie sie an dich erinnert, meine Liebe“, bemerkte Raoul, der neben Ludivine stand. „Nicht in ihren Zügen, gewiß, aber in ihrer ganzen Art. Das bist du, als ich dich kennenlernte. So kurz kommt mir das vor. Schau sie an, wie sich alle die jungen Leute von Arles um sie drängen.“

Ludivine lächelte, aber es war eine Spur von Bitterkeit in diesem Lächeln.

„Jaja. Gestern war ich es und heute ...“

„Bist du es immer noch. Komm, meine schöne Cousine. Schmolle nicht, das steht dir nicht gut. Und versuche auch nicht, mich vergessen zu machen, daß es mir große Mühe gekostet hat, diesen Tanz von dir zugesagt zu erhalten“, fügte er hinzu, indem er sich beim Klang des wiedereinsetzenden Orchesters vor ihr verneigte.

Sie erhob sich und nahm ihre Schleppe mit einer Bewegung zusammen, die ihre Gestalt von der Hüfte bis zum Knie scharf abzeichnete. Raoul bot ihr den Arm und führte sie in den Kreis der tanzenden Paare.

„Jede Einzelheit deines Kostüms scheint erfunden zu sein, um deine Reize hervortreten zu lassen. Ich habe dich eben angesehen ...“

Sie senkte die Lider, ohne zu antworten.

„Sapristi! Du siehst da drin aus wie eine Königin", hatte Frédéric vor dem Wegfahren gesagt, als er sie, in ihr Zimmer eintretend, fertig angekleidet fand. Er war langsam um sie herumgegangen, mit der Zunge schnalzend und ein wenig zurücktretend, um ihre Gestalt besser betrachten zu können.

Sie trug die „Ese", ein enganliegendes schwarzes Mieder mit Spitzenmanschetten, dazu Rock und Fichu aus Goldbrokat. Das in Falten gelegte Fichu, das sich auf die „Chapelle" aus weißer Gaze öffnete, gab, hinten von einer goldenen Nadel zusammengehalten, den Nacken frei. Auf ihrem in zwei weichen Flechten um das Haupt gelegten Haar trug sie die weiße Musselinhaube, um die sich das schwarze gefältelte Samtband schlang, ein schlichtes, leichtes Diadem, schöner als jede Krone.

Frédéric betrachtete sie lange mit traumverlorenem Ausdruck.

„Bist du zufrieden?" Sie wußte es, aber es zu hören, war so schön.

„Ich kenne keine Frauenkleidung, die so sehr den Eindruck der Harmonie, der höchsten Anmut vermittelt. Die Linien sind von einer Vollendung ... einer antiken Klarheit ..."

Er überlegte ein wenig.

„Es ist wie ... weißt du, wie die Maison Carrée in Nîmes ... wie ein Marmorgiebel in der Sonne ... oder gewisse Bewegungen des Matadors in der Arena. Man empfindet eine, ich möchte sagen, runde, glatte, unangreifbare Freude. So stelle ich mir die Freude des Mathematikers angesichts eines gelösten Problems vor. Du verstehst, was ich meine ...?"

Wenn sie auch seine Worte vergaß, den Ernst in seiner Stimme und seinem Blick, das wußte sie, würde sie niemals vergessen. Sie hatte ihm ihre beiden Hände gereicht, deren Gelenke schwer waren von den unter den Kanten der Mechelner Spitzen verborgenen Armreifen, und hatte bebend einen langen stummen Kuß darauf gefühlt.

Danach konnte sie großmütig die Komplimente anhören, mit denen er Estelle Jonquéras bedachte. Diese, in hellem Mauve, trug dieselbe spitzengerandete Haube wie Isabelle.

Die Kostbarkeit des Kostüms – „Ese" und Rock aus demselben Stoff, einem mattblauen, silberdurchwirkten Satin, dazu ein Fichu aus schweren cremefarbenen Spitzen – machten aus dem jungen Mädchen eine Frau. Diese Entdeckung traf Ludivine, die ihre Töchter prüfend beobachtete, wie ein Schlag. Den ganzen Abend verfolgte sie der Gedanke.

„Hast du Isabelle gesehen?" hatte sie ihren Mann während eines Walzers, den sie zusammen tanzten, gefragt.

„Ja freilich. Eine Schönheit, was? Aber denke doch, in ihrem Alter warst du verheiratet, ja sogar schon Mutter."

Wie merkwürdig. Ganz heimlich hatte das Leben neben ihr gearbeitet und stellte ihr plötzlich ein vollendetes Werk vor Augen. Ihre Tochter, schlank, größer als sie selbst, hochaufgerichtet, musterte die Männer mit ihrem etwas geringschätzigen Lächeln. Annes Koketterien waren noch ein kindliches Spiel, nichts weiter, aber Isabelle, sie war schon jemand, der im Leben zählte.

Und auch alle die jungen Leute, Kinder von gestern, die Ludivine nie beachtet hatte, sie waren herangewachsen und umringten Isabelle mit anderen, älteren, die eben noch vor Freude errötet waren, wenn sie selbst ihnen einen Kontretanz zugestand. Viele von ihnen hatten sich an diesem Abend in beide Tanzkarten eingeschrieben, die ihre und die ihrer Tochter.

Die Mazurka war zu Ende. Erstaunt über ihr Schweigen, geleitete Raoul sie zu ihrem Platz zurück. Die jungen Mädchen kamen mit ihren Herren. Andere Tänzer traten hinzu, ein glänzender Kreis bildete sich um sie. Frédéric betrachtete sie glückstrahlend von weitem, während er mit Sabrier, Louis Marion und seinem Schwager Charles plauderte.

Anne hatte ihre Mutter um die Taille gefaßt. Beide lachten mit demselben Lachen über die Komplimente der Herren.

„Zwei Schwestern, von denen man nicht weiß, welche die jüngere ist", versicherte Marcel Bellanger.

„Ein sonderbares Kompliment!" flüsterte Isabelle hinter ihrem Fächer dem jungen Reyne ins Ohr, der seit Beginn des Abends nicht von ihrer Seite wich.

„Allerdings, das finde ich auch. Aber doch richtig. Ihre Mama ist ein bezauberndes Wesen, von einem Charme, einer Jugendlichkeit..."

„Nicht wahr?"

Die Schärfe des Tons überraschte den jungen Mann. Um dem Gespräch eine andere Wendung zu geben, fragte er:

„Darf ich Sie bitten, mit zum Büfett zu kommen und eine Erfrischung einzunehmen?"

Isabelle erhob sich. Sie gingen durch den Saal, bei jedem Schritt Bekannte grüßend. In der Tür trafen sie Adrienne, ganz verjüngt in ihrem saphirblauen Samtkleid, das ihrem Gesicht Farbe verlieh und besonders gut zu ihrem kastanienbraunen Haar stand.

„Mein kleines Herz, ich habe dich noch gar nicht gesehen. Wie schön du bist!"

„Und du, Tatie!"

„Wo ist deine Mutter? Ich suche sie schon eine ganze Weile, um ihr zu sagen . . ."

„Dort . . . Siehst du, bei der ersten Säule. Sie ist im Begriff, die Herren meiner Schwester mit Beschlag zu belegen."

„Aber Kind!"

Schon war Isabelle wieder verschwunden. Unangenehm berührt, sah Adrienne ihr nach, wie sie sich am Arme Fernand Reynes in der Menge verlor. Draußen hatte sich der Mistral erhoben. Von Zeit zu Zeit hörte man ihn heulend und pfeifend an den Türen rütteln, die in den Garten führten.

Aber der Saal war selbst ein Garten, voll von Blumen, Lichtern, Farben und Musik. Der Dichter, der auf kurze Zeit erschienen war, hatte sich schon zurückgezogen. Ein anderer Dichter war noch anwesend, eine kleine Frau in einem hellen Kleid, an der man zunächst nichts anders sah als die großen Augen. Von „Auswärtigen" umringt, erklärte sie die Einzelheiten der Kostüme.

„Die Gräfin Mathieu de Noailles", antwortete Estelle Jonquéras, die sie von Paris her kannte, auf Frédérics Frage. „Ihr Begleiter ist der Marquis von Vogué."

Jenny Laincel, in großem Dekolleté, ließ das ganze Feuerwerk ihrer Reize, wie es schien ohne sonderlichen Erfolg, für Philippe de Barcarin spielen.

Blanche Vernet ging mit dem Oberstaatsanwalt von Avignon vorüber. Der Bürgermeister von Arles, Jean Granaud, führte galant Madame Vallandri am Arm, die am nächsten Tag die „Mireille" singen sollte. Die Königin des Félibrige und die Dichterin Marie de Sorniou unterhielten sich mit dem Abgeordneten von Marseille, Jules-Charles Roux. Die Sängerin Emma Calvé, die ebenfalls aus Paris gekommen war, beklagte sich darüber, daß man sie wie eine arlesianische Operettensängerin ausstaffiert habe.

„Nein wirklich, ich bin unglücklich, ich komme mir lächerlich vor", sagte sie zu Elise Royer, die sie freundlich tröstete und ihr Anregungen für ihr nächstes Kostüm gab.

„Haben Sie die kleine Royer gesehen? Dort links, in der taubengrauen Haube? Hübsch, nicht wahr?"

„Reizend. Aber Sie sind mir lieber ...“, flüsterte Marquet-Rageac, im Gespräch mit Laura Vernet, die zu ihrem perlmutterweißen Teint und dem Rotblond ihres Haars ein schwarzes Samtkleid gewählt hatte. Sie gab ihm mit ihrem Fächer einen leichten Schlag auf die Finger.

„Aber André ... Vergessen Sie nicht, daß ich eine Tochter habe, die mit Ihrem Neffen verlobt ist.“

„Warum sollten wir nicht eben deshalb den Familiensinn pflegen, meine schöne Freundin?“

„Unverbesserlich“, lächelte Laura, keineswegs erzürnt.

Agnès und Isabelle sammelten mit ihren Herren, Henry Fauvelly und Jean Arnal, Spenden ein.

„Hubert ist nicht gekommen?“ fragte Caussade die Guillermins.

Adrienne schüttelte den Kopf.

„Es mache ihm kein Vergnügen, sagt er. Er wird langsam zum Einsiedler.“ Sie wandte sich dem Unterpräfekten von Arles zu, der grüßend herzutrat.

Caussade zog Guillermin beiseite:

„Sagen Sie einmal, was ist wahr an alldem, was man hört. Es gibt Leute, die behaupten, daß man Hubert in einem Rennwagen gesehen habe und daß er mit Frédéric an Meetings teilnehme. Nicht, daß es mich überraschen würde, ich möchte nur wissen ...“

Den guten Charles schien diese Frage in peinlichste Verlegenheit zu bringen.

„Nun, mir können Sie es schon verraten“, drängte Caussade.

„Nun ja ... unter uns gesagt ... ich glaube, es ist wahr ... Um gleich alles zu sagen, ich glaube, es ist Frédérics Idee. Sie haben den Wagen zusammen gekauft. Nur möchte er nicht, daß es bekannt wird. Seine Frau weiß nichts davon, meine Schwiegermutter auch nicht, nicht einmal Adrienne ... Sie verstehen, meine Frau vergöttert ihre Brüder. Warum soll sie sich aufregen?“

Romain Caussade pfiff leise vor sich hin.

„Ich habe nur so das Gefühl, es dürfte nicht lange dauern, bis sie es erfahren. Es spricht sich schon in der ganzen Gegend herum. Ich könnte mir denken, daß sie das in Mogador sehr schlecht aufnehmen werden.“

Charles machte eine Gebärde, die besagte, daß er da ganz machtlos sei. Schwiegermutter und Schwägerin flößten ihm immer noch große Scheu ein, obgleich er nun ein Familienmitglied war.

Die Augen der beiden Männer richteten sich auf Ludivine.

„Mit wem spricht sie jetzt? Kennen Sie ihn? Ein schöner Kopf, das Profil eines Kondottiere . . ."

„Meiner Treu, Frédéric hat ihn uns eben erst vorgestellt, Marquis de Cantano . . . Caténo . . . oder so ähnlich."

„Cattanéo? Der Flieger?"

„Ja, vielleicht. Bestimmt sogar. Ein Flieger?"

„Ja, sagen Sie mir, wo leben Sie denn? In allen Zeitungen liest man seinen Namen. Wo, zum Teufel, hat Frédéric . . .? Wird der Schurke vielleicht gar . . ."

„Aber nein, nein . . . Sie werden doch nicht glauben . . .?" stieß Charles Guillermin hervor, ganz bestürzt über diese neue Aussicht.

„Warum nicht? Wenn es sich um die Vernets handelt, diese Teufelskerle? Mein lieber Freund, ich kenne Frédéric länger als Sie, von der Schulbank her."

Er unterbrach sich; Adrienne kam wieder auf sie zu.

„Liebe Freundin, soeben habe ich Ihrem Mann gesagt, daß ich die Absicht habe, Ihnen oben auf Cigalier einen Besuch zu machen."

„Das wird uns sehr freuen. Sie werden sehen, wie schön es oben ist", antwortete sie. Charles nahm den Arm seiner Frau und führte sie behutsam hinweg, als ob er sie aus dem Bereich der Katastrophen hätte entfernen wollen, die an einem Faden unsichtbar über dem Hause Vernet schwebten.

Am nächsten Morgen begleitete Frédéric, während Ludivine sich noch ausruhte, gebadet und frisch rasiert, stolz, sich wohlauf zu fühlen, seine unermüdlichen Töchter zur Einweihung der Mistralstatue. Sie kamen nach zwölf Uhr zurück, müde und verhungert. Ludivine war noch bei der Toilette.

„War's schön?" erkundigte sie sich gähnend.

„Herrlich: man hat sich beinahe zu Tode gedrückt. Es wurden vierzehn Ansprachen, Rezitationen und Reden vom Stapel gelassen. Ich habe sie gezählt. Die Zuhörer haben eine bemerkenswerte Ausdauer bewiesen. Man hat unserm Mistral eine rote Krawatte um den Hals gebunden, nach Vortrag eines kleinen Liedchens von Charloun. Hierauf Blumen, Umarmungen, Rührung. Zwei oder drei hübsche Mädchen haben sich an mich gedrückt, als sie sich auf die Fußspitzen stellten, um besser zu sehen."

Ludivine lachte herzlich über diesen Bericht.

„Und die Statue?"

„Die Statue? Nun ja, jetzt dürfte sie so ziemlich allein sein, nach dem Gedränge von heute morgen. Ich hoffe, daß Sie sich darüber nicht allzusehr kränkt. Man hat den Eindruck, als ob sie gerade aus dem Hôtel du Nord käme und auf einen Fiaker warten würde, um sich zum Bahnhof zu begeben. Man sucht die Koffer zu ihren Füßen. Sonst ist sie sehr ähnlich ... Die Kinder sind entzückt. Man hat Mistral Blumen zugeworfen, und Anne hat eine davon in ihren Busen bekommen. Ich frage mich, ob der Schütze hier wirklich sein Ziel verfehlt hat. Auf jeden Fall hat sie sie aufgehoben."

„Oh, das durchtriebene kleine Ding!"

Ludivine dehnte sich.

„Ich habe gut geschlafen."

„Und jetzt wirst du dich mit dem Anziehen beeilen, damit wir essen können. Du bist die einzige, die noch nicht fertig ist. Estelle habe ich schon auf der Stiege getroffen. Und außerdem habe ich einen Bärenhunger, die Jonquéras auch, ganz bestimmt. Im übrigen mache ich dich darauf aufmerksam, daß deine Töchter gar nicht die Absicht haben, auch nur einen Takt von der Ouvertüre heute nachmittag zu versäumen. Gott sei Dank hat der Wind nachgelassen, aber ich glaube, er dürfte in der Nacht die ganze Dekoration entführt haben."

Tatsächlich mußte die Vorstellung der „Mireille" vom Anfang bis zum Ende in den übriggebliebenen Fetzen der ländlichen Dekoration vonstatten gehen.

Aber die zwanzigtausend Zuschauer, die sich auf den Stufen des Amphitheaters und bis in die Rennbahn hinein drängten, ließen sich durch eine solche Kleinigkeit die Stimmung nicht verderben. Isabelle und Anne waren begeistert. Nachdem sie am letzten Tag noch aus der Loge des Bürgermeisters einer großen, von Pouly geführten „Capea" sowie einer darauffolgenden „Ferrade" beigewohnt hatten, kehrten sie am Mittwoch vormittag in einem Zustand der Seligkeit, der an Trunkenheit grenzte, nach Mogador zurück.

Christine und Dominique stürzten sich auf sie, begierig, die Erzählungen zu hören, mit denen Anne auch nicht geizte. Unerschöpflich ergoß sich der Strom ihrer farbigen, wenn auch etwas verworrenen Berichte über Christine, ihre besondere Vertraute.

Isabelle lächelte auf eine unerträglich hochnäsige Art über diesen Redefluß. Beleidigt verließ Anne das in wüster Unordnung befindliche Zimmer und ging durch den gemeinsamen Toilettenraum in das ihrer jüngeren Schwester, um unter dem Schutze des Riegels die Schilderung der großen Tage fortzusetzen.

Isabelle rüttelte an der Türklinke.

„Komm gefälligst zuerst deine Sachen wegräumen. Sogar auf meinem Bett liegen sie herum. Alle Sessel sind voll davon. Das ist doch wirklich ein bißchen stark. Man kann sich kaum umdrehen."

„Laß sie nur schreien", riet Christine. „Sie ist lästig. Langsam wird sie unerträglich."

Totenstille antwortete ihr. Sie machten es sich auf einem der Betten bequem; ausgestreckt, die Ellbogen aufgestützt, sahen sich die beiden an und erstickten ein Lachen.

„Dumme Gans", rief Isabelle, bevor sie sich zum Jubel der beiden Komplicen zurückzog.

„Arme Sabel", sagte Dominique. „Ihr seid wirklich häßlich."

„Häßlich? Gut, meine Liebe, geh nur zu ihr. Du kannst ihr aufräumen helfen." Christine nahm sie beim Arm.

„Geh, aber schnell!"

„Nein, nein, Christine, laß mich zuhören", wehrte sich die Kleine verzweifelt.

Umsonst. Eine kräftige Faust schleppte sie zur Tür und schob sie hinaus.

„Und überhaupt ist das nichts für kleine Kinder!"

Die Tür flog zu, der Schlüssel wurde eilig umgedreht. Christine kehrte zum Bett zurück.

„Anne! Anne ...", flehte die klägliche Stimme, „ich bitte dich, sag ihr, daß sie mich wieder hereinläßt."

Losgelöst von solchen nichtigen Zufälligkeiten des Lebens, lächelte Anne träumerisch irgendeiner süßen inneren Vision zu.

„Also? ... Erzähle. Du bist sicher, daß sie von ihm ist? Du hast sie aufgehoben? Zeig sie mir ..."

Im Vorzimmer tröstete Isabelle die kleine Schwester.

3

Anne sang Romanzen. Wohl oder übel mußte sich Mogador anhören, wie sie von früh bis spät in die Luft schmetterte:

Un jour, un beau Valet de Coeur
Amoureux comme un capitaine,
Apporte à la reine une fleur
Cueillie au bord de la fontaine ...

An manchen Tagen intonierte sie schon des Morgens beim Aufstehen in einem arroganten Ton:

Enfant aux airs d'impératrice
Colombe aux regard de faucon,
Tu me hais, mais c'est mon caprice
De me poster sous ton balcon.

Auf diesen vielversprechenden Anfang folgte eine phantastische Anhäufung von Überschwenglichkeiten, die in voller Lautstärke zum Himmel gesandt wurden. Jedermann im Hause konnte sie, je nach dem Grad des ihm eigenen poetischen Sinne, genießen.

... Plante au moins un clou dans ta porte,
Pour que j'y accroche mon coeur!

schlug endlich der Anbeter seiner spröden Geliebten vor. Auf diese in ihrer Zweckmäßigkeit anfechtbare Aufforderung hallte der alte Ziegelbelag des Fußbodens vom kräftigen Taktschlag tanzender Füßchen wider, die auf eine unverschämt graziöse Art die andalusische Weise mit den Absätzen stampften.

„Genug, genug, um Gottes willen, genug!" schrie Isabelle, die auf dem Klavier nicht mehr den Takt von *Quand l'amour meurt* einhalten konnte.

Frédéric erstickte auf der Stiege fast vor Lachen.

Aber meistens griff Anne in die melancholische, schmachtende Saite:

Beau capitaine au doux langage,
M'aimeras-tu toujours, toujours? ...
Mais en Espagne ont sait mourir d'amour.
En France, en France on est souvent volage.

Ihre Mutter schnitt ein gereiztes Gesicht.

„Hör dir einmal dieses süßliche Zeug an, ihr Repertoire! Sie hat einen schlechten Geschmack, das muß man sagen. Ich weiß nicht ... wir zu unserer Zeit waren doch nicht so dumm."

„Aber", sagte Julia, „das habe ich auch geglaubt, als ich so alt war wie du. Das geht vorüber."

Es war Sommer, ein schöner, friedlicher, warmer Sommer. Die

Zwillinge feierten unter großer Familienbeteiligung ihre erste Kommunion. Überhaupt ging es in Mogador jetzt sehr gesellig zu: neue Freunde wurden von Frédéric eingeführt, die oft nur sehr von ferne an Herren der Gesellschaft erinnerten, deren Namen aber in den Pariser Zeitungen genannt wurden. Sie blieben zum Essen, schienen vor Ludivine und ihrer Schwiegermutter etwas eingeschüchtert zu sein, kümmerten sich wenig um die jungen Mädchen, tranken kaum und aßen schnell, während sie sich mit dem Hausherrn über allerhand unverständliche Dinge, wie Rekordzeiten, Stundenkilometer, Motorvolumen und Pferdestärke unterhielten.

„Sie erinnern mich an François, wenn er mit seiner mechanischen Eisenbahn spielt", sagte Ludivine, nachdem sie weggegangen waren. Die Gesichtsmuskeln schmerzten sie von zurückgehaltenem Gähnen. Die meisten kamen nicht wieder, aber Frédéric brachte immer wieder neue von seinen kurzen Reisen mit, die jetzt eine ständige Einführung geworden waren.

Zwei- oder dreimal im Monat erklärte er, an einem Rennen oder irgendeiner Probefahrt teilnehmen zu wollen.

„Nur achtundvierzig Stunden, mein Herz. Komm mit, wenn du willst. Aber ich fürchte, es wird dich zu sehr ermüden und langweilen obendrein."

Das war auch Ludivines Ansicht. Einmal hatte sie ihn begleitet, nach Nizza, durch die Aussicht verlockt, die Stadt kennenzulernen, und hatte sich geschworen, es nie wieder zu tun: einen ganzen Tag reisen, eingemummt in dichte Schleier und einen grauen Staubmantel, auf einem unbequemen Sitz, bei jeder Unebenheit des Bodens in die Höhe fahrend ... Am nächsten Tag hatte sie sich, schlecht ausgeruht, mit geräderten Gliedern, auf Frédérics Drängen zum Rennplatz geschleppt, dort eine Menge Leute, die ihren Mann gut zu kennen schienen und höflich grüßten, ohne daß er sich die Mühe nahm, sie ihr vorzustellen, mit einem gezwungenen Lächeln bedacht ... wäre beinahe in einem plötzlichen Gedränge, gerade im Augenblick, da er sie allein gelassen hatte, ohnmächtig geworden, um schließlich ein lächerlich kurzes, für sie gänzlich uninteressantes Schauspiel zu Gesicht zu bekommen.

Am Abend hatte sie gerade noch so viel Kraft gehabt, um in vollkommen gebrochenem Zustand das Hotel zu erreichen, so daß Frédéric auf das Zimmer servieren ließ: „Wie ein Liebespaar, mein Herz."

Aber diese galanten Worte vermochten nur ein kurzes Lächeln

auf ihren abgespannten Zügen hervorzubringen, und am Abend des dritten Tages brachte er ein stummes Wrack nach Mogador heim, nachdem auf der Rückfahrt Wind, Staub und Regen noch zusammengewirkt hatten, um das Fiasko vollständig zu machen.

Nein, das wollte sie kein zweites Mal mitmachen. Wenn Frédéric an diesen Ausflügen ein Vergnügen fand – sie hinderte ihn nicht daran. Seine Abwesenheit, die im übrigen meistens nur von sehr kurzer Dauer war, wurde jedesmal durch viel Liebenswürdigkeit von seiner Seite aufgewogen. Man mußte einem Mann schon eine gewisse Freiheit lassen. Andere jagen, fischen ... er hatte früher einmal weniger unschuldige Zerstreuungen gesucht.

Ludivine gewöhnte sich daran, ihn allein im Auto wegfahren zu sehen.

„Ich werde Hubert mitnehmen. Morgen abend bin ich wieder da. Oder übermorgen, das hängt davon ab, ob ..."

„Gute Reise. Unterhalte dich gut!"

Er verließ sie niemals, ohne sie mit besonderer Zärtlichkeit, die schmeichelnd um Verzeihung zu bitten schien, umarmt zu haben.

Von diesem Augenblick an begann sie auf ihn zu warten: ‚Wenn Frédéric dasein wird ... Das werde ich Frédéric erzählen ...' „Wir werden sehen, was dein Vater dazu sagt ... Victor, sagen Sie Bertha, sie soll dafür sorgen, daß etwas Frisches zum Trinken bereit ist, wenn Monsieur zurückkommt ... Nein, lassen wir das gedünstete Fleisch für morgen, das ißt er gerne."

Manchmal kam es vor, daß ein Telegramm des Inhalts anlangte: „Panne. Komme erst morgen." Aber diese Enttäuschungen waren selten. Frédéric war im allgemeinen pünktlich.

Wenn er zu Hause blieb, kamen manche seiner neuen Freunde zu längerem Aufenthalt. Einer von diesen Vertrauten war Cattanéo, der Flieger, Weltreisender und Abenteurer großen Formats, dazu ein hervorragender Feinschmecker, der aber auch, ohne einen Stein aus seiner Krone zu verlieren, Isabelle die Notenblätter am Klavier umzuwenden oder mit François auf der Schildkröteninsel Büffeljäger zu spielen verstand.

Da war noch Revel, den seine Alpenbesteigung berühmt gemacht hatte und der davon träumte, den Himalaja zu bezwingen. Und Louis Gattencourt, der den Urwald am Äquator kannte und sich hier und da herbeiließ, von seinen Jagden in Belgisch-Kongo zu erzählen. Und der Dichter Jóuseú d'Arbaud, der manchmal seine Stiere in der Camargue verließ, um sich nach Maillane zu begeben, und sich dann meistens auf dem Wege dahin in Mogador aufhielt. Diese Männer trugen die Schlüssel, die ihnen alle Königreiche der Welt eröffneten. Mogador war glücklich, sie zu empfangen.

Noch nie hatte Ludivine den Park so geliebt wie in dieser Zeit. Die Pfauen auf dem Rasenplatz entfalteten ihre großen prächtigen Räder in der Sonne. Die alten majestätischen Bäume ließen wie im Spiel das goldene Licht in ihr tiefes Dunkel eindringen. Lange weilte die Dämmerung über der Roubine. Die Waldeule schrie, von der Nacht geweckt, in der alten verzauberten Zeder, deren schwarzes Ebenbild im Wasserspiegel gefangen war. Der Duft der aufgeblühten Rosen schwebte geheimnisvoll durch die Alleen bis zu dem magischen Dreieck, das der Vollmond an der Hauswand ausschnitt.

Aber ob nun der Herr des Hauses daheimblieb oder nicht, jeden Sonntag kam ein ganzer Schwarm von Besuchern. Numa Vernet, der in Tarascon seinen Militärdienst leistete, war ein häufiger Gast. Ludivine hatte ebenso wie ihre Schwiegermutter eine Schwäche für ihn. Immer war er herzlich willkommen, wenn er, begleitet von seinem unzertrennlichen Freund Gaspard de Barcarin, erschien. Die beiden verbannten Camarguesen schienen in der Atmosphäre von Mogador aufzuleben.

Alban Marquet-Rageac – der Sohn des Anwalts –, Jean Arnal, Francis Lallier und deren Schwestern, die Neffen der Guillermins: Louis und Auguste Bresson, Jacques, Armaid und Richard du Roveret gehörten ebenfalls zu den Getreuen.

Etwas später, gegen vier Uhr, wenn die Hitze nachgelassen hatte, rückten die Royers an, hierauf Charles und Adrienne mit den Kindern. Oft kamen auch die Pouzols mit den Ihren. Die Älteste, Félicienne, war Annes Busenfreundin.

Häufig gesellten sich noch Antonettis dazu und die Eltern Arnal, du Roveret und Lallier mit ihren Jüngsten. Das gab dann einen Tumult um die Teestunde. Fern im Park hörte man das Schreien und Rufen der Kinder, auf dem Rasenplatz plauderten und lachten die Mädchen, unter den Bäumen, rings um den alten Brunnen wurden „ernstere" Dinge geflüstert.

Gegen Abend ging man in den Salon. Irène Lallier setzte sich ans Klavier. Diese kleine Frau, die neben ihrem Mann und ihren vier Kindern wie ausgelöscht war, ergriff Besitz vom Instrument, berührte zuerst nur ganz leise, wie schüchtern, die Tasten, versuchte einige Takte, einen Triller … und plötzlich, als hätte sich irgendein ausgelassener Dämon ihrer bemächtigt, schoß eine lustige tolle Weise aus ihren Fingern, Polka oder Gigue, und lockte die jungen Leute herbei.

Schnell wurden Stühle und Tische beiseite geschoben, und im nächsten Augenblick wirbelten die bunten Röcke der Mädchen im Tanz. Quadrillen wechselten mit Polkas, Walzer mit Quadrillen, Lancier, Wiener Walzer, englische Walzer folgten einander, und manch einer der Herren wagte es, einen Refrain wie ein Geständnis zu summen:

Je t'ai rencontrée simplement . . .

Ludivine forderte zum Scherz Doktor Royer auf.

„Aber, liebe Freundin . . . was fällt Ihnen ein. Ich tanze ja so schlecht", protestierte Vincent Royer ganz bestürzt.

Man neckte ihn:

„Sie dürfen nicht ablehnen. Das ist unmöglich . . . Das wäre eine Beleidigung, Vincent . . . . Der Wunsch einer schönen Frau."

Er wischte sich die Stirn und ergab sich darein.

„Auf Ihre eigene Gefahr."

Andere Paare traten lachend hinter ihnen in den Kreis. Die Generationen mischten sich untereinander; die Freude war dieselbe. Nach einiger Zeit begann die Tanzlust unmerklich nachzulassen: Angéline Marquet Rageac fand es unerträglich heiß und ließ sich von Louis Bresson zur Abkühlung in den Garten begleiten. Juliette Arnal, vom Walzertanzen schwindlig, verließ am Arm Jacques du Roverets ebenfalls das Zimmer, Félicienne und Anne verschwanden, gefolgt von ihren Tänzern. Bald sahen sich die Älteren allein, tanzten noch eine Weile weiter und bemerkten, daß sie müde waren.

Langsam senkte sich der Abend über den Park, die Glocke von Fontfresque sandte ihre ruhigen, ernsten Schläge in den reinen Himmel.

„Acht Uhr schon? . . . Mein Gott!"

Umarmungen, Händedrücken . . . Der Salon begann sich zu leeren. Guillermins und Royers blieben zum Essen, Numa und Gaspard ebenfalls, wenn sie frei hatten. Man saß lange beisammen, Elise sang und begleitete dann auf Bitten der jungen Leute Anne auf dem Klavier.

„Sie kann sehr hübsche Romanzen", sagte Frédéric mit unschuldiger Miene. „Aber wirklich, sing uns doch eine . . . du weißt, dieses spanische Lied."

In Isabelles ironischem Blick war befriedigte Rache zu lesen. Aber Anne sang das Lied von Griseldis:

En Avignon, pays d'amour ...

oder das von Fortunio, mit einer schmachtenden Sehnsucht, in der eine leise Spur von Schalkhaftigkeit blitzte. Aber sie genügte, um die väterliche Spottlust zu entwaffnen, während Gaspard de Barcarin darüber die Notenblätter umzuwenden vergaß.

Isabelles Stimme, ernster und schöner als die ihrer Schwester, besaß doch nicht deren himmlische Zaubergewalt.

„Bei dir", sagte Anne, „bekommt man Lust, zu weinen."

‚Und bei ihr', dachte Gaspard, ‚Lust zu lieben.' Bei Anne mußte man an den Morgentau auf den Gräsern denken, an das Flöten der Nachtigall in einer Liebesnacht, an den Duft einer Rosenhecke der Abenddämmerung, an alle lieblichen leichten, leuchtenden, kristallhellen Dinge dieser Welt. Titania, Mab, Ariel, Miranda, Rosalinde, Puck, Hermia waren die Namen, die für sie paßten.

Numa, der seine Cousine durchaus nicht unter diesem Gesichtswinkel zu sehen vermochte, ermutigte dennoch seinen Freund, obwohl es ihm unbegreiflich war, wie es jemand anstellen könne, Félicienne Pouzol zu sehen und nicht abgöttisch zu lieben.

Aber Félicienne Pouzol war grausam und zog Jean Arnal vor, der sie nicht beachtete. Numa trug mutig auf seinen jungen Athletenschultern die Last einer ebenso leidenschaftlichen wie unglücklichen Liebe, während sein Freund, der im Laufe dieser berauschenden Tage in Mogador von Anne tausend Zeichen einer erwiderten Neigung erhalten hatte, sich angesichts eines solchen Glückes als schwach erwies.

Jeden Sonntagabend, während sie zur Kaserne radelten, hörte der großherzige Numa, den eigenen Kummer in seiner Brust verschließend, den Freund seine jauchzenden Fanfaren zu dem dichten schwarzen Gewölbe der Platanenallee emporsenden.

„Hast du das Kleid gesehen, das sie heute angehabt hat? Die Farbe ihrer Augen. Oh, ihre Augen."

Ein unerschöpfliches Thema, das sie in raschem Tempo bis nach Tarascon führte.

„Worauf wartest du eigentlich, um dich zu erklären?" fragte Numa, als ihm sein Gefährte, der anscheinend am Ende seines Wortschatzes oder seines Atems angelangt war, endlich die Möglichkeit ließ, eine Bemerkung anzubringen. „Ich an deiner Stelle ... Wenn man sich geliebt weiß ..." Ein vielsagender Seufzer versah dieses Argument von überragender Bedeutung mit einer persönlichen Anspielung.

Schon fuhren sie auf dem heimtückischen, spitzen Pflaster der Stadt. Die Häuser zeichneten sich, noch dunkler, vom schwarzen Nachthimmel ab. Irgendwo bei einem schlafenden Bürger schlug eine unfreundlicherweise vorgehende Wanduhr. Sie mußten sich beeilen, ihre Räder in dem kleinen Kaffeehaus einzustellen, wo sie ein Zimmer gemietet hatten, schnellstens in die abgelegten Uniformen fahren und sich in Laufschritt setzen, um rechtzeitig in der Kaserne einzutreffen.

Währenddessen überdachte Anne in ihrem Bett jedes Wort, jeden Blick, jeden kleinsten Umstand des Tages und sank, von süßen Bildern umgaukelt, nachdem sie noch vorher in aller Heimlichkeit, von ihrer Schwester ungesehen, ihre Lippen auf die in ihrem Gebetbuch geborgenen, trockenen Blätter einer weißen Rose gedrückt hatte, in den Schlaf.

Anfang September sollte am Mont Ventoux das alljährlich vom Automobilklub von Vaucluse veranstaltete Rennen stattfinden. Es war die bestbeschickte Konkurrenz der ganzen Gegend. Frédéric interessierte sich ganz besonders dafür. Eine Woche vorher teilte er Ludivine mit, daß er mit seinem Bruder die Strecke befahren wolle, um den besten Platz zum Zusehen ausfindig zu machen. Er schien überhaupt in letzter Zeit nicht mehr stillsitzen zu können.

„Ich möchte wissen, was er für ein Vergnügen an diesen Unternehmungen haben kann, bei dieser Hitze?" sagte Ludivine zu ihrer Schwiegermutter. In dem Ton ihrer Stimme war der Ärger nicht zu überhören.

Diese immer häufiger werdenden Reisen überstiegen schon das erlaubte Maß: drei Tage bei Pouly, zwei Tage in Cailar. Was in aller Welt konnte er in Cailar zu tun haben? Eine Reise nach Marseille, um sich neue Anzüge zu bestellen ... Gab es denn wirklich keine Schneider mehr in Avignon! Und wieder eine Reise zur Probe. Und immer in letzter Minute angekündigt, so daß sie nicht einmal daran teilnehmen konnte. Und jetzt wieder dieser Einfall, nach Bédoin zu fahren. Nein, wirklich, das war schon zu arg!

„Man sieht dich überhaupt nur mehr mit dem Koffer in der Hand", bemerkte sie spitz.

Aber Frédéric begegnete ihrer schlechten Laune mit Scherzworten, faßte sie um die Taille, kitzelte ihr Kinn oder Nacken.

„Es ist so gut, wegzufahren und dabei zu denken, daß ich dich beim Nachhausekommen wiederfinde, teure Gattin meiner Seele ..." Ein zärtlicher Blick, ein nachdrücklicher Kuß begleiteten die neckenden Worte und gaben ihnen noch die Würze eines echten Gefühls.

‚So zieht er sich wieder mit einem Scherz aus der Affäre', ließ sich Ludivines kritischer Sinn vernehmen. Aber sie gab sich geschlagen und kostete wollüstig ihre Niederlage aus, während sie ihm nachblickte, wie er sich mit seinem seit dem Sturz ein wenig steifen Schritt entfernte, der aber dennoch immer die Erde, die ihn trug, zu erobern schien.

Es war an diesem Sonntag, in Abwesenheit des Herrn von Mogador, daß Gaspard de Barcarin, mit Anne allein im äußersten Winkel des Parks, allen Mut zusammennahm und seine Hand auf die des Mädchens legte, die sie in seiner Reichweite gelassen hatte.

Sie saß auf der alten Steinplatte des Kreuzfahrergrabs, die mit den schwarzblauen Beeren des Schneeballstrauches besät war. Ein Sonnenstrahl, der sich durch die dichten Zweige verirrt hatte, streute Goldflimmer auf ihr kastanienbraunes Haar. Eine in der Zypresse versteckte Zikade spann zirpend einen Zauberbann, dem die beiden verfielen.

„Anne ..." Sie schlug ihre Augen zu dem jungen Mann auf, in denen für ihn alle Seen des Märchens rauschten.

„Anne ..., wären Sie gewillt, eines Tages dieses Land und alle die Ihren zu verlassen, um mir zu folgen?"

Er hielt einen Augenblick mit angehaltenem Atem inne und fügte dann hinzu: „Wenn Sie mich abweisen, will ich nicht mehr leben."

Anne verharrte mit geneigtem Kopf, ohne ein Wort zu sagen.

„Anne, das bedeutet ‚ja', nicht wahr? Sagen Sie es, daß ich es höre ..."

Ein Knie auf dem Stein, beugte er sich zu der reizend geröteten Wange.

„Ja", hauchte Anne mit kaum hörbarer Stimme.

Berauscht schloß er sie in seine Arme, ohne auf Widerstand zu stoßen. Einen langen Augenblick ruhte der Kopf des jungen Mädchens an seiner Brust.

„Morgen schreibe ich meinen Eltern ..."

„... Und morgen wird er seinen Eltern schreiben."

„Nein ..."

Christine riß die Augen weit auf, aus denen der Schlummer geflohen war, während ihre Schwester, mit untergeschlagenen Beinen auf dem Bette sitzend, ihr die aufregenden Neuigkeiten zuflüsterte.

„Wir werden zuerst in Paris leben, und dann später, wenn er Gesandtschaftsattaché oder Konsul ist, vielleicht in Rom, Madrid oder London."

Ein Feenmärchen entrollte sich vor Christines entgeisterten Augen.

„Natürlich werden wir jedes Jahr nach Mogador zurückkommen."

„Was werden Papa und Mama dazu sagen?"

„Was sollen sie sagen?" erwiderte Anne mit keckem Selbstvertrauen. „Wir lieben einander."

„Was für ein Glück du hast!"

Die Glocke von Fontfresque sandte zwölf Schläge durch die Nacht, die in leisen, hellen Tönen von der kleinen Stutzuhr auf dem Kamin aufgenommen wurden. Isabelle öffnete die Tür und trat, ihre Haarbürste in der Hand, ganz ahnungslos ins Zimmer.

„Kommst du, Anne? Was habt ihr euch denn um diese Zeit noch zu erzählen?"

„Nichts, nichts ..."

Eifersüchtig auf ihre Rolle als Vertraute, setzte Christine eine herausfordernde Miene auf. Verletzt zuckte Isabelle die Achseln, drehte sich auf den Absätzen um und verließ das Zimmer.

Anne glitt vom Bett herab, nahm die Lampe, die sie am Kopfende niedergestellt hatte, legte mit einem schalkhaften Lächeln einen Finger auf den Mund und verschwand, all die zauberhaften Bilder, die ihre Silhouette in dem matten Lichtschein umschwebten, mit sich nehmend. Ungern zog sich Christine wieder unter ihre Decke zurück.

In dem Bette daneben schlief Dominique den heiteren Schlaf der Unschuld weiter.

Frédéric kam am nächsten Tag sehr früh am Morgen nach Hause zurück. Er brachte, ein munteres Liedchen pfeifend, seinen Wagen unter Dach und eilte die Stiege hinauf, seine Frau zu wecken. Ludivine öffnete unter den Küssen, die wie ein Regenschauer auf sie niedergingen, die Augen.

„Ich konnte gestern abend nicht mehr kommen. Es wurde eine Art Bankett improvisiert, mit Champagner. Die Freunde haben gedrängt. Ich dachte mir, du würdest nicht beunruhigt sein ..."

Beunruhigt war sie nicht gewesen, aber verärgert, in dem verlassenen Bett den Schlaf suchen zu müssen, der nicht kommen wollte. – Aber wozu jetzt daran denken? ‚Er ist ja da, da!' jubelte es in ihrem Herzen.

„Hast du dich gut unterhalten?"

„O ja. Es war ein schönes Rennen. Ganz gehörige Kurven hat es gegeben. Die von Saint-Estève, bei Kilometer sechs ... Alle Wetter! Da waren wir postiert, Hubert und ich", beeilte er sich hinzuzufügen.

Diese Einzelheiten interessierten Ludivine sehr wenig.

„Hast du gefrühstückt?"

„Ja, vor dem Wegfahren, aber ..." Er schlug mit den Zähnen aufeinander.

„Warte", sagte sie lachend. „Ich läute Eugènie."

Er nahm vor dem Servierbrett Platz, das das Mädchen auf den Bettrand gestellt hatte. Ludivine sah, an die Kissen gelehnt, mit Vergnügen zu, wie die gerösteten Brotschnitten, die sie ihm gut mit Butter bestrichen reichte, krachend verschwanden. Sie selbst aß wenig. Nachdem ihr Mann die Butterdose ausgekratzt, den Löffel der leeren Marmeladeschale abgeleckt, den letzten Rest der Schokolade ausgeschlürft hatte, und außer einigen Krümchen nichts Eßbares mehr auf der Platte war, willigte er ein, sich für gesättigt zu erklären.

„Obwohl das alles nicht zwei Eier und eine Schnitte Schinken wert ist", schloß er, behaglich seine Beine ausstreckend. „Und was gibt es hier Neues? Einen schönen Sonntag gehabt?"

„Wie gewöhnlich: deine Schwester und Charles, Numa, Gaspard, Elise und Vincent, Lucilles Buben, die kleinen Marquet-Rageacs, Lalliers, Arnals, Pouzols ... Übrigens, hast du nicht Bérauds und Antonettis getroffen? Augusta hat mir erzählt, daß sie auch beim Rennen waren."

„N ... nein", antwortete Frédéric, dessen Gesicht sich verdüsterte. „Aber du weißt, es waren ja so viele Menschen dort ..."

Er erhob sich.

„Ich werde schauen, ob Tonin die Kufe instand gesetzt hat."

Sorgenvoll suchte er den Schaffer auf. ‚Die Bérauds, die Antonettis ... Verdammt! Ich muß sie sobald wie möglich sprechen.

Wenn Ludivine erfährt ... Noch heute fahre ich zu ihnen.' Um vier Uhr kleidete er sich um und führte den „Panhard" heraus. „Ich habe noch eine Kleinigkeit in Tarascon zu erledigen und bin gleich wieder zurück."

Er war kaum weggefahren, als ein großes Auto, von Saint-Rémy herkommend, in die Hauptallee einbog. Männer in Sportkleidung sprangen heraus, schlugen knallend die Türen zu, stürmten die Freitreppe hinauf, rannten Victor, der auf das Getöse herbeigeeilt kam, beinahe um und verlangten mit einer pöbelhaften Vertraulichkeit nach seinem Herrn.

„Vernet, wir wollen Vernet!"

„Wo steckt er?"

„Keine Ausflüchte, Alter! Wo ist er, der Sieger?"

„Wir wollen ihn sehen ..."

Bis in die Halle war der ungewohnte Lärm zu hören. Victor ahnte nichts Gutes. Ludivine, die gerade Doktor Royer aus dem Zimmer ihrer Schwiegermutter hinausbegleitete, sah von oben das überraschende Schauspiel.

„Was geht da vor? Victor, wer sind die Herren?"

Beim Ton dieser klaren, etwas gereizt klingenden Stimme sahen die Besucher auf, lüfteten ihre Kopfbedeckungen und waren plötzlich still. Ludivine stieg die Treppe hinunter. Einer von ihnen, ein großer, blonder, kecker Bursche, kam ihr entgegen, die Autohaube in der Hand.

„Entschuldigen Sie, Madame. Sie sind ohne Zweifel Madame Vernet? Wir sind Freunde Ihres Mannes. Wir haben gestern dem Rennen beigewohnt, zusammen seinen Sieg gefeiert und uns erst spät in der Nacht getrennt. Eben jetzt beim Essen in Châteaurenard haben wir uns entschlossen, hier vorbeizukommen, um ihn zu besuchen und die Feier heute abend in Tarascon fortzusetzen, bevor wir nach Nizza weiterfahren."

Verblüfft ließ Ludivine ihren Blick von der Horde auf ihren Wortführer wandern, während die fünf Männer sie mit sichtlichem Interesse betrachteten.

„Ja ... Aber ... Ich verstehe nicht. Victor, wollen Sie die Herren hineinführen. Ich bitte, meine Herren ... Sie entschuldigen mich, Vincent."

„Aber bitte, bitte ... ich verschwinde."

Vincent Royer drückte ihr die Hand und verfügte sich eilig zu seinem Kabriolett. Im Vorbeigehen warf er einen wütenden Blick auf das Automobil, das vor der Rampe stand. Der Wagen des Schicksals ... Und Frédéric nicht da, den Schlag zu parieren! In einigen Minuten mußte seine Frau es erfahren haben, was alle ihre gemeinsamen Freunde verabredungsgemäß seit Monaten vor ihr verheimlichten. ‚Wenn man ihn benachrichtigen könnte. Wenn ich nur wüßte, wo er ist.‘

In dem schmerzlichen Gefühl seiner Ohnmacht peitschte er das Pferd mit einer an ihm ganz ungewohnten Roheit und floh in Hast von dem Schauplatz des drohenden Unheils.

Im Salon, auf dem Louis-XIV.-Fauteuils und Kanapees verloren die Männer einiges von ihrer Selbstsicherheit. Aus der etwas linkischen Vorstellung ergab sich, daß die Gesellschaft aus zwei Sportjournalisten, einem Garagenbesitzer aus Nizza, einem Ölagenten und einem Berufsrennfahrer bestand.

„Aber ich begreife nicht recht, meine Herren. Um was für einen Sieg handelt es sich?“

„Ja, mein Gott, um *seinen*, Madame ... Seinen gestrigen Rekord“, sagte der Sprecher der Gesellschaft.

‚Seinen?‘ Es war Ludivine, als ob sich ganze Wolkenmassen vor ihr teilten, um sie den Abgrund der Hölle schauen zu lassen.

„Der Rekord kann sich sehen lassen, das können Sie mir glauben. Fragen Sie nur den da, ob er es hätte besser machen können.“

„Was das betrifft, Madame ...“

„Und er kennt sich aus“, fing der feurige Lobredner Frédéric wieder an. „Er fährt für ‚Lorraine Dietrich‘.“

„Bei den internationalen Rennen“, bekräftigte der Garagenbesitzer.

„Was wahr ist, ist wahr“, versicherte der Champion. „Wenn Vernet morgen Berufsrennfahrer werden wollte ... ich garantiere Ihnen, jede Firma würde ihn engagieren.“

„Wirklich?“ Ludivine lächelte mit anmutiger Liebenswürdigkeit. ‚Allmächtiger Gott‘, stöhnte etwas in ihrem Inneren, das unter der Wucht des Schlages zu wanken schien.

So hatte Frédéric sie angeführt! Und wie! Die Wut verscheuchte zum Teil ihre maßlose Verblüffung. Ein unheimliches Feuer stieg in ihren Augen auf.

„Eine schöne Karosserie, aber nicht angenehm zu fahren. Da muß einer schon fest am Volant sein“, bemerkte der weniger redselige der zwei Journalisten.

Auf Befehl seiner Herrin brachte Victor Wermut, Absinth, Bäckereien und Karaffen eisgekühlten Wassers. Ludivine erhob sich und bot ihren Gästen an.

„Sie bleiben über Nacht bei uns. Doch, doch, ich bitte Sie darum. Mein Mann würde Ihnen nicht verzeihen, wenn Sie uns das abschlügen. Victor, Sie werden in der Küche das Nötige veranlassen. Er wird sehr bald hier sein und sich ungemein freuen, Sie zu sehen. Eine nette Überraschung. So war also dieses Rennen, wie Sie sagen ..."

„Tadellos!" warf der Ölagent ein. Das Wort schien ihm zu gefallen. „Tadellos", wiederholte er.

„Ich sage Ihnen, ich hätte es auch nicht besser machen können", ergriff der Champion wieder das Wort. „Wie er die Kurven genommen hat ... Ausgezeichnete Arbeit."

„Ah ja, die Kurve von Saint-Estève", murmelte Ludivine, deren Gehirn wie kochende Lava arbeitete.

„Hat er Ihnen davon erzählt, was? Eine verdammte Biegung. Wenn Sie das gesehen hätten! Die Schreie der Zuschauer hätten Sie hören sollen."

„Noch etwas Absinth? Nein? Wirklich nicht?" drängte Ludivine, ein Lächeln zwischen den zusammengepreßten Lippen.

Allmählich verloren die fünf Männer ihre Befangenheit. Das Haus war angenehm, die Aufnahme liebenswürdig ... die Frau mehr als hübsch ... sie lachte mit ihnen, hörte mit Interesse zu, ohne sie mit weiblichem Geplapper zu belästigen. Dazu unbestreitbar eine Dame, aber eine Dame, die keine Geschichten machte und die Sache zu verstehen schien.

„Ein Teufelskerl, dieser Vernet! Verzeihen Sie, Madame. Aber der ist jemand, Ihr Mann. Auf den können Sie stolz sein. Ein Mann und ein verdammt guter Kamerad. Das macht ein gutes Paar zusammen, er und sein Bruder."

„Hubert?"

So war auch er an der Sache beteiligt. Ludivine biß die Zähne zusammen. ‚Wer weiß, bis zu welchem Grad er ihn dazu getrieben hat?' Ein schwerer Verdacht gegen ihren Schwager stieg in ihr auf.

„Ja. Ich habe ihn auf dem Mont Boron fahren sehen. Oh, er ist auch sehr couragiert. Man könnte sogar sagen tollkühn. Aber wissen Sie, es fehlt ihm die Geschmeidigkeit. Ein Nichts. Eine Maschine, das ist so wie eine Frau. Ihr Mann, sehen Sie ..."

Der Garagenbesitzer unterbrach sich jäh, in dem Gefühl, dieser Dame beinahe eine Ungeheuerlichkeit gesagt zu haben. „Mit einem

Wort ... Er ist eins mit der Maschine, verstehen Sie?“ schloß er etwas verlegen.

„Ja.“

Ein leichtes Kopfnicken begleitete diese lakonische Zustimmung. Ja, das war es. Das also war für ihn an die Stelle der Frauen getreten ... ‚Und ich, die ich ...‘

Geschmeichelt durch das Schweigen ihrer Gastgeberin, aus dem Aufmerksamkeit zu sprechen schien, erzählten ihr die Männer, einander in ihrem Eifer das Wort abschneidend, verschiedene Vorfälle und Anekdoten aus dem Sportleben.

Frédéric kehrte gegen sechs Uhr abends, befriedigt über das Ergebnis seiner Schritte, nach Hause zurück. Durch das laute Stimmengewirr, das aus dem Salon drang, beunruhigt, ging er auf die Tür zu, öffnete sie und blieb wie versteinert stehen. Sein Erscheinen entfesselte einen tosenden Sturm.

„Das ist er, der Sieger! ... Endlich! ... Vernet! ... Ah, mein Alter, das war eine Fahrt! ... Eben sagten wir zu Madame ...“

Der Ausdruck, der sich auf dem Gesicht des „Siegers“ malte, war alles eher als die Freude des Triumphes. Er drückte die dargebotenen Hände und näherte sich inmitten der Begeisterungsrufe seiner Frau, die er mit ängstlichen Blicken beobachtete.

Unbeweglich, einen Schimmer von Ironie in den Augen, ließ sie ihn herankommen und bot ihm ihre Stirn mit einer Ruhe dar, die Frédéric um so bedrohlicher schien, als sie unergründlich war.

„Da du nun hier bist, überlasse ich dich einen Augenblick deinen Freunden. Ich muß noch einige Anweisungen geben. Die Herren machen uns das Vergnügen, den Abend hierzubleiben. Mama ist ein bißchen müde, sie wird nicht herunterkommen. Aber die Kinder werden alle mit uns essen. Schließlich ist es doch nicht mehr als recht, daß wir auch hier deinen Sieg feiern. Sie erlauben, meine Herren?“

Alle neigten den Kopf als Antwort auf ihr Lächeln.

„Heiliger Himmel“, murmelte Frédéric in peinlichster Verlegenheit, während die Gäste mit sichtlichem Wohlgefallen seiner Frau nachblickten.

In dem großen Lehnstuhl ihres Zimmers saß Ludivine stumm in sich versunken. Sie hatte sich bald nach dem Essen zurückgezogen, kurz nachdem die Kinder gegangen waren, und den Männern die Fortsetzung eines Abends überlassen, dem bereits der Alkohol und der Champagner das Gepräge zu geben begannen.

Eugénie, die erschienen war, um ihrer Herrin beim Auskleiden zu helfen, hatte sie weggeschickt: „Geh schlafen. Ich werde mich heute allein behelfen. Mach dir keine Sorgen."

Und seitdem saß sie in dem Lehnstuhl, und die Stunden verrannen. Laute Unterhaltung und Gelächter drangen durch das offene Fenster herauf. Ihre Wut schöpfte daraus immer neue Nahrung. Und an diesem fröhlichen Lärmen war Frédéric beteiligt! Während des ganzen Essens hatte sie ihre Erregung mit einer solchen Willensanspannung bemeistert, daß sie davon einen körperlichen Schmerz empfand. Aber ihr Mann schien, nachdem er einmal die Überraschung, sich ertappt zu sehen, überwunden hatte, gar nicht mehr daran zu denken, in was für einer üblen Rolle er sich befand. In bester Laune hatte er bei Tisch mit seiner gewohnten Lebhaftigkeit den liebenswürdigen Gastgeber gespielt und seine Zerknirschung verscheucht, indem er in der Erinnerung an seine Missetaten schwelgte.

‚Wenn er glaubt, daß die Sache damit erledigt ist ...' Ludivine biß sich in die Faust.

‚So ein unverschämter Schwindel und so sorgfältig ausgedacht ... und seit wie lange schon? Drei Monate ... sechs Monate vielleicht. Sicher wußte es die ganze Gegend. Wie sie über mich lachen müssen. All die Tage, die ich ahnungslos auf ihn gewartet habe, während er ... O Gott, wenn ein Unglück geschehen wäre ... Was haben sie da erzählt von dem Fournier, der ins Wasser gestürzt ist? Wo war es doch? Ah ja, in Bologna ... mit 170 Stundenkilometern. Gott ... Man hätte ihn mir verletzt nach Hause bringen können oder vielleicht ... Bevor ich auch nur gewußt hätte ... Daß es nicht möglich ist, jemals in Frieden neben ihm zu leben. In jeder Minute muß man sich fragen, was er wohl wieder im Begriffe ist, sich auszudenken gegen das Glück des täglichen ruhigen Lebens. Ich bin so müde ... so entsetzlich müde ...'

Plötzlich fühlte sie sich alt. Unten hörte man Stühle rücken. Angewidert schloß sie das Fenster. Umsonst. Der Lärm kam jetzt aus dem Vorzimmer. ‚Sie kommen herauf.'

Sie wandte sich wieder mit einer schon mechanisch gewordenen Bewegung zur Uhr. Die heruntergebrannte Lampe ließ das Zifferblatt kaum erkennen. ‚Bald zwei Uhr! Zwei Uhr ...'

Das auch noch! Es zuckte ihr vor den Augen. Seit langem schon war von ihrem Taschentuch nichts mehr übrig als kleine Fetzen, die zu ihren Füßen herumlagen.

Sie kamen die Stiege herauf, der Lärm nahm kein Ende. ‚Um diese Stunde ... Sie werden das ganze Haus aufwecken.' Die Stimmen und Schritte waren im obersten Stockwerk angelangt. ‚Natürlich, er hat sie bis in ihre Zimmer begleiten müssen.' Ihre Nägel vergruben sich in die Spitzen ihres Kleides.

Frédéric öffnete vorsichtig die Tür und stellte die Lampe auf die Kommode, überrascht, noch Licht zu finden. Er sah das unberührte Bett, blickte im Zimmer umher, entdeckte seine Frau, die unbeweglich im Lehnstuhl saß und näherte sich ihr.

„Noch auf?"

Er beugte sich über sie.

„Mein Herz ..."

Eine gewaltige Ohrfeige klatschte in die Stille.

Verdutzt richtete sich Frédéric auf. Einen Augenblick betrachtete er das im Halbdunkel nur undeutlich erkennbare Gesicht, in dem die Augen schwarz funkelten wie glühendes Pech. Dann sagte er, langsam seine Wange streichelnd, ein leichtes Lächeln um die Mundwinkel, in träumerischem Ton:

„Eine kräftige Hand!"

Jetzt brach Ludivines Erbitterung los. „Darüber lachst du? Du bist zufrieden? Du bist vielleicht stolz auf dich ... Du ..."

Die Wut erstickte sie.

„Feigling, Lügner, das unterhält dich?"

Er packte mit festem Griff ihre beiden Arme.

„Nein, nein, nicht so sehr. Ganz und gar nicht, ich versichere dir ... Ich weiß, daß du Grund hast, böse auf mich zu sein. Ich habe schlecht gehandelt, ich gebe es zu. Aber ich fürchtete, du könntest meinetwegen in Sorge sein, wenn ich ..."

„Wirklich?"

Ludivine lachte höhnisch auf.

„Laß mich reden. Ich dachte, du würdest dich beunruhigen. Ich weiß, daß du es nicht gerne siehst, wenn ich mich einer Gefahr aussetze. Oh, sie ist nicht groß, kann ich dir sagen, kaum der Rede wert. Praktisch ist sie gar nicht vorhanden. Kleine Amateurwettbewerbe ... nichts Ernstes. Aber du verstehst, ich kenne dich, und ... schau, Liebling, du warst den ganzen Abend so reizend. Warum willst du jetzt alles verderben?"

„Und du hast geglaubt, daß ich das so hinnehmen würde?"

„Ludivine ..." Er näherte ihr sein Gesicht mit einer ungeschickten, beinahe furchtsamen Sanftheit, in dem sehnlichen Wunsche nach

Frieden. Blind vor Wut entriß sie sich mit einer heftigen Bewegung seinem Griff, den er gelockert hatte.

„Keine unnötige Komödie! Ich habe Fragen an dich zu stellen."

Seine ganze Laune war dahin. Er trat zurück, zog einen Stuhl heran, setzte sich darauf und verschränkte die Arme.

„Also los, da es nicht bis morgen Zeit hat."

Wie eine Rasende sprang sie auf ihn zu.

„Ich werde dich ..."

Die Attacke parierend, packte er sie von neuem und sagte kalt:

„Ruhe. Eine Demonstration genügt."

Dann ließ er sie von selbst wieder los.

Mit fliegendem Atem machte Ludivine einige Schritte durch das Zimmer. Frédéric schwieg und folgte ihr mit den Augen.

Sie kam zu ihm zurück, sah ihm von ganz nahe ins Gesicht und sagte finster:

„Wenn du wüßtest, bis zu welchem Grade ich dich manchmal hassen kann. Es ist eine Hölle, neben dir zu leben. Was immer ich mir auch vorzuwerfen hatte, du hast es mich bezahlen lassen."

Sie überlegte einen Augenblick.

„Ja ... Mit einem guten Preis! ..."

Frédéric antwortete nicht. Sie fing wieder an:

„Aber warum bist du es, den ich geliebt habe? Jeder andere hätte mich glücklicher gemacht. Warum? Warum gerade du? Es ist wie eine Krankheit, von der ich ergriffen bin, ein Aussatz! Schlimmer als der andere ..."

„Und wie jeder weiß, bist du ein Engel!" höhnte Frédéric, der am Ende seiner Geduld angelangt war. „Glaubst du, daß es einen anderen Mann auf der ganzen Welt gibt, einen einzigen, der, wenn er dich kennte, so wie du bist, sich bereit erklären würde, sein Leben neben dir zu verbringen, deine Wutanfälle und deine Liebe auf sich zu nehmen? Deine Liebe! Sprechen wir einmal davon! Die Liebe der Boa constrictor ... Du erstickst mich, du verschlingst mich. Man muß sich immer wehren, um atmen zu können. Aber, bei Gott, ich muß leben, etwas tun ... Ich bin ein Mann, nicht ein Kanarienvogel im Käfig ... Wirst du denn das nicht endlich einmal verstehen?"

Jetzt war er es, der mit großen Schritten das Zimmer durchmaß, die Sessel, die im Wege standen, umstoßend.

Auf das kleine Wandtischchen gestützt, die fiebrigen Hände an den kühlen Marmor gepreßt, hörte Ludivine zu und erkannte den beinahe vergessenen Ton dieser Anklage wieder. Gewiß, das Zimmer war der Schauplatz manchen Streits gewesen. Die meisten waren von ihrem Gedächtnis abgeglitten wie Wasser von dem wachsglatten Blatt der Magnolie. Aber diese Vorwürfe, alte Vorwürfe, waren einstmals auf ihr Herz gefallen wie ätzende Tropfen, und diese Nacht fühlte sie die Wunde von neuem aufbrechen.

Frédéric schritt auf die Tür zu.

„Wohin gehst du?"

Die schroffe Frage war ihr wider Willen entfahren.

„Hinunter. Hinaus, atmen ... Ganz gleich wohin. Nur weg von dir!" schleuderte er ihr ins Gesicht.

„Frédéric ..."

Der Ton war so schneidend, daß Frédéric sich halb umwandte. Eine Sekunde lang sahen sie einander an. Dann stürzte er beschämt auf sie zu und umschlang sie mit seinen Armen.

„Verzeih mir, ich bin roh! Ludivine, mein Engel ... Vergessen wir das alles ..."

Sie konnte nicht mehr. Die Brust drohte ihr zu zerspringen. Sie krampfte die Hände darüber zusammen.

„Geh weg, geh weg ..."

„Du weist mich von dir?" fragte er erstaunt in sanftem Ton, indem er seinen Kopf emporhob, den er in einem so hingebungsvollen Vertrauen im Schoß seiner Frau vergraben hatte, daß sie sich mit einem Schlag schuldig fühlte.

„Ja ... Geh einen Augenblick hinunter. Es wird dann besser sein ..."

„Mein Herz, ich bin ganz dein, du weißt es. Sag mir, daß du mir nicht böse bist." Er bedeckte ihre Hände, die er wieder genommen hatte, mit Küssen und legte sein Gesicht darauf.

„Geh ... geh ..."

Frédéric gehorchte.

Allein geblieben, hörte sie, wie ihr Blut allmählich wieder in seinen gewohnten Fluß kam. ‚Ich bin ganz dein ... Ich bin dein.' Das war wahr, sie wußte es. Die Frauen zählten nicht mehr. Frédéric war hinausgewachsen über diese erbärmlichen Abenteuer, und sie hatte geglaubt, sich beruhigen zu können. Sie war über ihrem Sieg eingeschlafen.

Aber die Vernets brauchten immer ein großes lockendes Ziel. Ja, etwas, „worauf man stolz sein kann", wie die Männer gesagt hatten. Kämpfen, erobern, bezwingen, das Leben mit beiden Händen fassen, sich allen Gefahren aussetzen ... das war es, was ihre

Natur verlangte. Und das hatte auch die ihre verlangt, und der Himmel hatte es ihr mit einem Male in überreichem Maße geschenkt, vor langen Jahren, als er ihr diese Liebe sandte, wie einen immerwährenden Kampf, den sie zu bestehen hatte, solange dieses Leben hier währte.

Frédéric tat nur, was er tun mußte. Was nützte es, daß sie ihn davon hatte abhalten wollen? ‚Wenn ich ihn an dem einen hindere, wird er etwas anderes finden ...‘

Ludivine fühlte ihren Zorn hinschmelzen, wenn sie sich ihn vorstellte mit seinem Lachen, seiner Kraft, seiner treuherzigen, kindlichen Verstellungskunst und seinem Blick, der von einer überlegenen Höhe auf die Menschen und die Dinge herabsah.

Eines Tages, vielleicht, würden sie für immer nebeneinander in der langen Nacht der Erde ruhen, unter Lorbeerbäumen und Efeu und dem moosbewachsenen, grauen Stein. ‚Wenn dann der Friede beginnt ...‘ Vielleicht würde sie ihn dann endlich festhalten. Aber bis dahin mußte man die Angst und die Sorge auf sich nehmen, da das zum Kampfe gehörte.

4

Ein neues Jahr begann. In allen Winkeln von Mogador begegnete man Anne und Gaspard, mit nichts anderem als mit sich selbst beschäftigt. Sie flüsterten ihre berauschenden Geheimnisse, senkten zärtliche Blicke ineinander, schritten mitten durch die anderen hindurch und schienen sie nicht zu bemerken.

Sie wandelten sichtlich in einer vierten Dimension, in einem Lande, in dem ewiger Frühling herrschte, wohin weder der eisige Wind noch der Regen drangen noch der Kot der irdischen Straßen noch das dichte Schweigen des Schnees, der auf den Rasenflächen lastete.

Die Anfänge von Gaspars diplomatischer Laufbahn fesselten den jungen Mann nicht allzusehr an seinen Dienstposten. Er teilte seine Zeit sehr ungleich zwischen Mogador, Paris und den Schlafwagen der P.L.M., was Frédéric unerschöpflichen Anlaß zu Scherzen bot.

Julia, die in dem Zusammensein mit dem jungen Paar eine neue Jugend erlebte, gewährte den Verliebten gerne Schutz und Asyl. Unter ihren vier Enkelinnen hatte die alte Dame immer eine gewisse

Vorliebe für die Zweitälteste gezeigt, deren schelmischer Geist sie entzückte. Die Art, wie Gaspard seine Braut vergötterte, die gedämpfte Leidenschaft in seinem ganzen Benehmen, der romantische Reiz, der jeden rasend verliebten jungen Mann umkleidet, all das weckte in ihr Klänge aus längstvergangenen Zeiten, denen sie mit glänzenden Augen lauschte.

Ludivines Gefühle waren anderer Art. Das Benehmen der jungen Leute unterhielt und reizte sie zugleich. Manchmal überkam sie bei ihrem Anblick eine entsetzliche Schwermut. Das Paar versinnbildlichte ihr die Flucht der Jahre, die nun schon zu zerrinnen begannen wie das Wasser in der hohlen Hand.

Auch sie hatte einst diesen Schritt des Glücklichen gehabt, diesen federnden, jugendlichen Schritt, dieses ganz frische Vertrauen in die eigene Kraft, diese naive Gewißheit, das Schicksal auf seiner Seite zu haben. Anderen mochte es übelwollen, anderen seine Schlingen legen! Damals war es, als ob das Leben auf Ludivine Peyrissac am Rande der Straße warte, wie eine Stadt, die sich dem Eroberer ergeben hat und ihm ihre goldenen Schlüssel auf samtenem Polster darbringt.

Jetzt hätte Ludivine ihrer Tochter sagen mögen: „Gib acht, täusche dich nicht. Gott weiß, welche Fallen auf dich warten.“ Aber Anne trug ein überlegenes Lächeln zur Schau. „Bedauerlich für den, der es nicht verstanden hat, den Sieg davonzutragen“, sagte ihre ganze Haltung. „Mir wird es gelingen.“ Sie liebte und wurde geliebt. Ein Weg ins Paradies eröffnete sich vor ihr. Es wäre umsonst gewesen, ihr zu sagen, daß er steinig und voller Wurzeln sei.

„Sie wird es erfahren ...“

„Gewiß wird sie es erfahren, mein Kind. Darum ist sie ja auf der Welt, um das zu lernen. Hast du nicht auch gelernt?“ Ja, und jetzt waren andere an der Reihe. Ihre Zeit war bereits vorbei ...

Hochzeit, Verlobung und der erste Kuß in der Allee hinter dem Haus, und der erste Blick Frédérics, dort im Garten bei den Daubenois ... all das, was nur einmal im Leben kommt. Das war, oh ... das war zwanzig Jahre her. ‚Ich erinnere mich so gut an alles ... an das Kleid, das ich trug, an den Duft in der Laube, an das leise Geräusch des Wasserstrahls, das man während des Essens durch das offene Fenster hörte ...‘ Vorbei, alles vorbei, für immer vorbei. Vergangene Tage, die einmal lebendig waren, jetzt waren sie tot unter Toten. Das Lied das Elise in jenem Sommer so oft sang:

Je voudrais que la rose
Fût encore au rosier . . .

Aber der Rosenstrauch hat neue Rosen hervorgebracht. Nur sie, Ludivine Peyrissac, wird sie nicht mehr pflücken.

Ein Gesicht, das manchen Morgen ein bißchen weniger glatt erscheint . . . Die Spur einer Falte am Augenwinkel . . . ‚Man ist nicht alt mit sechsunddreißig Jahren.' Ludivine wußte sich immer noch schön. Aber etwas anderes war da: diese trostlose Weisheit, die der Kummer einem Zoll für Zoll zugemessen hat, eine Last, die an jeder Wende des Weges wächst, die einen zwingt, so lange vor der Zeit dem Tage ins Auge zu blicken, da das Ende naht.

Frédéric hatte sich vielerlei Zufluchtsmittel gewahrt. Die äußere Tätigkeit, die Gefahr, die Freunde, das alles half ihm in Verein mit seinem Einfallsreichtum.

„Das Sterben hat nichts zu bedeuten. Das Ärgerliche ist, daß man aufhört zu leben", hatte er einmal lachend zu Louis Gattencourt gesagt, der ihm von einem seiner aufregenden Jagdabenteuer erzählte. Zum Ausgleich dafür schien er sich zum Ziel gesetzt zu haben, zehn Leben in dem seinen zu vereinigen.

Nur ungern sah er, der stolz war auf den „Kranz von Töchtern", wie er sich ausdrückte, eine Blüte daraus sich lösen. Im Einvernehmen mit Philippe de Barcarin hatte er den Zeitpunkt der Hochzeit auf ein Jahr hinausgeschoben.

„Sie sind beide noch so jung . . . Heutzutage heiratet man nicht mehr so schnell."

Wenn es noch Isabelle gewesen wäre. Gewiß, auch sie hatte noch lange Zeit. Und doch begann die Gleichgültigkeit, mit der sie ihre Verehrer behandelte, allmählich ein wenig beunruhigend zu werden. Aber Anne . . . Anne, der Sonnenschein des Hauses.

Und doch rückte der Tag unmerklich heran. Der Frühling war gekommen und in flüchtiger Hast wieder entschwunden. In dem blauen Dunst der glühenden Sommertage hallten die Alleen des Parks von neuem Lachen und Rufen wider, und die Büsche bewahrten das zärtlich getauschte Liebesgeflüster.

Dieses Jahr sah Christine die Reihe an sich kommen. Sie war weder schön noch auch wirklich hübsch zu nennen.

„Aber viel schlimmer", sagte Frédéric zu seiner Frau. „Ich kenne mich aus, du wirst sehen: die jungen Leute werden ihr zu Füßen liegen."

An ihr fielen zunächst nur die grauen Augen auf, klar und kalt wie eine Degenklinge, in dem schmalen, langen Gesicht, mit dem etwas zu starken Kinn und der großen, eckigen, von schwarzen Locken umrahmten Stirn. Man mußte sich zwingen, die Züge einzeln zu betrachten, um zu entdecken, daß die Nase nicht gerade zart war, der Mund, der sich über spitzen und sehr weißen Zähnen öffnete, zu groß und zu scharf gezeichnet, daß sein Ausdruck hart und sinnlich zugleich war. Schlank wie ihre Schwestern, hatte sie in ihrem Gang weder die Hoheit Isabelles noch die Leichtigkeit Annes, aber etwas von der stolzen Geschmeidigkeit einer Wildkatze.

„Die drei Majestäten", pflegte Frédéric zu sagen. Eine von den dreien hatte schon ihr Schicksal erkannt, und so war dieses Jahr das einzige, in dem sie sich alle als blühender Strauß den stolzen Blicken des Vaters darboten. Schon war Gaspard da und öffnete seine Arme. Anne flog ihm entgegen ...

Isabelle sah die beiden, eng umschlungen, auf einem kleinen Seitenpfad zwischen den Büschen verschwinden. Unwillkürlich durch ihr Beispiel schwach geworden, ließ sie Jean Arnal ihren Spuren folgen, die Zweige für sie auseinanderbiegen, ihr Brombeeren pflücken und manchmal ein Lied wählen, das er sie zu singen bat.

„Ist er es, den du liebst? Sag es mir, Sabel, mir kannst du es schon gestehen", fragte Anne am Abend in ihrem Zimmer, dem die täglich von Gaspard geschickten Blumen ein festliches Gepräge verliehen.

„Ich weiß nicht. Ich habe Mitleid mit ihm, weil er mich liebt, mehr als Francis oder Auguste; weil er imstande ist, schrecklich darunter zu leiden, während die anderen sich immer trösten werden. Aber Jean ... Jemanden glücklich machen ... Das ist es vielleicht wert ..."

„Ja, aber du?"

„Ich?"

Isabelle zögerte vor der drängenden Frage, die auf den Lippen ihrer Schwester stand.

„Ich ...? Vielleicht ist es gerade in dem Vergessen seiner selbst, daß man die einzige Liebe findet, die einem Erfüllung bringt."

Anne dachte bei sich, nie etwas Stumpfsinnigeres gehört zu haben.

„Du willst sagen, daß du dich opfern würdest, indem du irgend jemanden heiratest, um ihm eine Freude zu machen, und daß du auf diese Weise glaubst, glücklich werden zu können. Ja, aber die Liebe ... Ich meine die Liebe ... Das ist doch nicht das, was man ..."

„Und was ist das? Was weißt du überhaupt davon? Wenn ich dir sage, daß all das, was du dir vorstellst, gar nicht existiert."

„Nicht ex ... Ja, aber, meine Liebe!"

Anne war so fassungslos, daß ihr der Atem stockte.

„Du bist ja verrückt! Ja, und ... und Gaspard und ich! Und Papa und Mama?"

„Laß mich in Ruhe!" schrie Isabelle heftig. „Papa und Mama! Wenn das die Liebe ist, die du dir vorstellst – da stell ich mir etwas anderes darunter vor ... Gute Nacht!" Und damit blies sie die Lampe aus.

„Meinst du wirklich?" sagte am anderen Morgen Anne zu Christine, der sie von ihrer abendlichen Unterhaltung berichtete.

„Das überrascht mich gar nicht. Ist dir nie der Gedanke gekommen, daß sie Mama haßt? Mein Ehrenwort, sie ist eifersüchtig auf sie."

„Oh!" verwahrte sich Anne. „Du übertreibst. Wie kannst du so etwas sagen!"

„Ich versichere dir, sie ist eifersüchtig. Auf alle Welt, aber vor allem auf Mama. Hast du nie ihr Gesicht gesehen, wenn Papa und Mama sich vor uns küssen? Beobachte sie einmal."

„Nein, nein ... "

„Aber ja. Du wirst sehen. Sie ist böse, hochmütig, berechnend. Du wirst sehen, du wirst sehen ... Sie macht sich über Jean lustig! Sie tut alles, um ihn rasend verliebt zu machen und steinunglücklich. Dann wird sie sagen, daß sie sich herbeilasse, ihn zu heiraten, und alle werden vor ihr auf die Knie fallen, um ihr zu danken, obwohl er viel hübscher und viel gescheiter ist als alle anderen und ...", ein kurzes Schluchzen erstickte ihre Stimme, „... und tausendmal zu gut für sie."

„Christine! Aber ... du liebst ihn ..."

„Und du, du bist so dumm wie ..." Damit rannte sie, die Tür hinter sich zuschlagend, davon.

Anne fühlte sich unter der Last dieser interessanten Enthüllungen wanken. Sie stützte sich auf das Fensterbrett und überdachte einen Augenblick das Gehörte, als Dominique eintrat, ehrfürchtig einen Brief in der Hand tragend.

„Hier warst du? Ich habe zuerst an deinem Zimmer geklopft."

Anne wandte sich um.

„Für mich? Gib schnell her."

Sie ergriff hastig den Brief.

„Sag, ist er von Gaspard?“

„Natürlich. Laß mich lesen.“

Als sie fertiggelesen hatte, schob sie den Brief in den Ausschnitt ihres Kleides. Dominique beobachtete sie mit andächtiger Aufmerksamkeit.

„Du liebst ihn!“

Unfähig, die Unermeßlichkeit dieser Liebe in entsprechende Worte zu kleiden, lächelte Anne nur verzückt. Dann streichelte sie das Haar ihrer kleinen Schwester und verschwand aus dem Zimmer, *Fascination* vor sich hin trällernd.

Am 1. Juli verließen Frédéric und Ludivine Mogador, um einem Flugmeeting beizuwohnen, das vom 3. bis zum 10. Juli in der Champagne stattfinden sollte und nach Auswahl und Zahl der startenden Maschinen ein bedeutendes sportliches Ereignis zu werden versprach. Zudem war ihr Freund Cattanéo an der Konkurrenz beteiligt.

Kurz vorher war Champel durch Paris gekommen. Die jubelnde Menge war auf die Dächer gestiegen, um ihn auf seinem Hydroplan die Seine hinunterfahren zu sehen. Die Zeitungen hatten über das Ereignis berichtet.

Seit mehreren Tagen schon befand sich Frédéric in besonderer Erregung. Die Eindecker „Antoinette“ und „Blériot“, die Doppeldecker „Sommer“, „Farman“, „Bréguet“ und andere nahmen einen bevorzugten Platz in seiner Unterhaltung ein.

Ludivine war neugierig, diese fliegenden Maschinen zu sehen, von denen sie soviel reden gehört hatte, und außerdem hoffte sie, die immer wegen ihres allzu beweglichen Mannes in Angst und Sorgen war, durch ihre Gegenwart seine etwaigen Gelüste eindämmen zu können.

Wirklich verhielt er sich auch neben ihr die ganze Woche über erstaunlich ruhig; er war heiter, gesprächig, ein reizender Gesellschafter, voll Zuvorkommenheit. Cattanéo hatte ihnen alle seine Freunde vorgestellt: René Labouchère, Edouard Nieuport, Delétang und Léon Morane. Sie soupierten beinahe jeden Abend zusammen.

Endlich, am letzten Tage, als sie die fünfzehn Flugzeuge über ihren Köpfen in den Himmel aufschweben sahen, der nicht so strahlend blau war wie der provenzalische Himmel, konnte Ludivine sich nicht mehr zurückhalten, die Frage an ihren Mann zu richten, die ihr schon so lange auf der Zunge brannte.

„Du hättest nicht Lust, zu versuchen . . .?"

Ihre Hand streichelte leicht den Ärmel Frédérics. Er neigte den Kopf, wandte den Blick zu ihr und sah sie eine Sekunde lang von der Seite an.

„Ich habe es schon versucht . . . mehrere Male. Cattanéo hat mich mitgenommen."

Er beobachtete sie verstohlen. Sie nahm sich zusammen und sagte nur:

„Das muß . . ."

„. . . herrlich sein", ergänzte er. „Ja, es ist unbeschreiblich! Der Augenblick, in dem sich der Apparat vom Boden hebt . . . Eben bist du noch auf dem Gras dahingerollt und mit einemmal ist eine Leere unter dir . . . Weder das Pferd noch das Auto vermitteln eine Empfindung, die dem Gefühl der Macht gleichkommt, das dich ergreift, wenn du die Erde unter dir besiegst, dich über sie emporgehoben hast."

Ludivine betrachtete mit brennender Liebe das Antlitz, über das der Widerschein eines trunkenen Glücksgefühls glitt, dessen Ursache nicht sie war. So mußte es denn ihr ganzes Leben so sein, daß er sie verließ, um einem gefährlichen Abenteuer nachzujagen. Aber sie war es dennoch, zu der er immer wieder zurückkehrte, müde und heiter, in ihre Arme, um dort eine kurze Weile auszuruhen, bevor er wieder von ihr ging. Sie drückte ihre unmerklich zitternde Hand etwas fester auf seinen Arm, als ob sie ihn damit hätte halten können.

Frédéric neigte sein Gesicht zu ihr mit dem Lächeln, das sie seit so vielen Jahren zu seiner Gefangenen machte. Ihre Augen begegneten einander.

„Ich habe es geahnt, du weißt . . .", murmelte sie.

Jetzt erschien ein offenes Lachen auf Frédérics Wangen.

„Darum habe ich es dir ja gesagt."

Oben ratterten die Motoren und eroberten den Raum. Ein Flugzeug senkte sich, kam herunter, wendete am Ende des Felds, schien einen Augenblick zu zögern und landete mit tanzenden Sprüngen auf dem Boden. Aber Ludivine sah sie nicht mehr.

„Mißlungen", sagte Frédéric, der die Bewegungen des Apparats mit den Augen verfolgte. „Schlechte Landung. Ah! Schau, der ‚Blériot' Cattanéos wird noch einmal aufsteigen. Komm, ich möchte ihn starten sehen."

An seinem Arme hängend, folgte ihm Ludivine mit Mühe. Die

kleinen ausgeschnittenen Schuhe behinderten sie beim Gehen, die hohen Absätze schwankten auf dem steinigen Ackerfeld. Sie stolperte und hielt sich an ihrem Manne fest.

„Holla, was ist los? Ich gehe zu schnell? Oh, mein Herz, es ist wahr, ich hätte daran denken sollen. Das ist unverzeihlich!" Ludivine biß sich auf die Lippen und ließ ihr schmerzendes Knöchelgelenk spielen.

„Komm, ich werde dir helfen."

Ohne sich um die Umstehenden zu kümmern, nahm er sie um die Taille.

„So geht's besser, nicht wahr?"

Er hob sie beinahe, so fest drückte er sie an sich, fest, warm und zärtlich. Sie fühlte sich geborgen wie in einem sicheren Hafen.

„Ausgezeichnet, Liebster. Gehen wir schnell."

Annes Hochzeit fand Anfang September mit einem solchen Gepränge statt, daß die Bewohner der Gegend sich nicht erinnern konnten, jemals etwas Ähnliches erlebt zu haben. Noch lange Jahre nachher sprachen die jungen Mädchen und Frauen, die dabei gewesen und inzwischen Mütter und Großmütter geworden waren, von der „Hochzeit Anne Vernets" und erzählten ihren staunend aufhorchenden Kindern von dem blendenden Hochzeitszug wie von einem Feenmärchen.

Beim Verlassen der Kirche schritt Anne, unwirklich wie eine Sirene im Schaum ihres Schleiers, in einem enganliegenden, ganz von weißem Jet glitzernden Prinzeßkleid, dessen Schleppe, von den Schultern ausgehend, sich nach unten zu verbreiterte und wie ein schwerer Königsmantel zu Boden fiel, mit ihrem jungen Gatten unter einem Ehrenbogen hindurch, den Gaspards Kameraden, auf weißen Pferden sitzend, aus ihren Dreispitzen gebildet hatten.

Hinter ihnen füllte der Zug der geladenen Gäste das enge Kirchenschiff. Die Ortsbewohner, die sich als Zuschauer eingefunden hatten, behaupteten, daß die Braut längst Mogador erreicht haben müsse, bevor die letzten Paare auf dem Platz in den Wagen gestiegen seien.

Am Abend, während auf dem Rasenplatz vor dem Hause, wo Frédéric ein ungeheures parkettiertes, auf den Seiten offenes Zelt hatte errichten lassen, der Ball noch in vollem Gange war, reisten Anne und Gaspard nach Capri ab, um dort ihre Flitterwochen zu verbringen.

Die Lustbarkeiten fanden am nächsten Tag ihre Fortsetzung. Aber schon lag, gemischt mit Ermüdung, jene dunkle Bangigkeit in der Luft, die am Ende eines schönen Tages wartet und wächst, wenn auch die Sonne noch freundlich scheint, und dem, der es nicht hören will, zuflüstert, daß das Fest vorbei ist und bald alles verflogen sein wird.

Nachdem die Gäste nach Hause zurückgekehrt waren, erschienen wieder die Arbeiter. Die folgenden Tage hörte man Hämmern und Klopfen und Niederreißen. In der Office herrschte ein Treiben wie in einem Bienenkorb. Silberzeug und Geschirr, Tischtücher und Servietten häuften sich. François und Dominique, deren Magen mit Süßigkeiten bereits überladen waren, räumten aus Gewissenhaftigkeit noch einen Rest von Bäckereien von den umherstehenden Tellern hinweg. Man ordnete, kehrte, entfernte Ansatzstücke und Fußgestelle von den Tischen, brachte Stühle und Teppiche an ihren gewohnten Platz. Victor, der die Arbeiter überwachte, eilte geschäftig von einem Raum in den anderen, gefolgt von Philo, die die Schlüssel der Truhen und Kasten in ihrer Obhut hatte.

Allmählich kehrte in Mogador wieder Stille ein, die nach soviel Aufregung noch stiller war als sonst. Der Herbst war kalt und regnerisch. Julia verließ kaum ihren Lehnstuhl am Kamin, in dem man große Scheite anzündete. Dieses Jahr ging es ihr verhältnismäßig gut. Und doch behauptete Adrienne, die jeden Sonntag kam, daß sie von Woche zu Woche abnehme.

„Mama wird durchsichtig. Ich möchte wissen ... Was sagt Doktor Royer dazu?"

Ludivine zuckte die Achseln.

„Aber gar nichts, Adrienne. Was willst du? Es ist das Alter." ‚Sicherlich, Mama war nicht mehr dieselbe. Aber man konnte auch von einer Frau von sechsundsiebzig nicht verlangen, daß sie aussehe wie ein junges Mädchen.' Und war es nicht schon zwanzig und mehr Jahre immer so gewesen, daß man von einem Tag zum andern glauben konnte, Julias Lebensatem sei am Verlöschen?

„Beunruhige dich nicht wegen Mama. Ich muß bei ihr immer an den alten Olivenbaum oben auf dem Hügel an der Mauer denken. Er ist schwarz und ausgedörrt. Die Winterfröste haben ihn bis auf die Wurzeln ausgehöhlt. Man möchte glauben, daß er beim ersten Mistral umfallen muß. Aber er hält seit Jahren und trägt seine Blätter und Früchte so gut wie die andern."

Und doch ... Wenn sie allein war, konnte sie die Sorge nicht verscheuchen. Dann überraschte sie sich manchmal dabei, wie sie das kleine, durchfurchte Gesicht musterte, das ein kurzer Schlummer am knisternden Kaminfeuer ihr ausgeliefert hatte.

‚Mama, Mama ...', hätte sie dann rufen mögen, wenn sie die alte Frau so wehrlos der Gewalt des unsichtbaren Besuchers preisgegeben sah. In solchen Augenblicken glaubte sie in der Nähe die kalte Hand zu fühlen, die sich einmal auf diese Lider legen würde, wenn sie gefangen wären in der Falle des Schlafs.

Heimlich rückte sie dann einen Schemel, schloß geräuschvoll ein Buch oder ließ es fallen. Julia fuhr auf und hob den Kopf.

„Ich habe geschlafen?"

„Ich weiß es nicht. Ich habe nicht achtgegeben. Nicht lange jedenfalls."

„Wo ist Frédéric?"

„In Tarascon. Er hatte doch eine Verabredung mit Hubert, du weißt."

„Und Isabelle?" Julia wollte jetzt immer wissen, was jedermann im Hause tue, als ob kraft irgendeines alchimistischen Vorganges das Leben der anderen dem ihren etwas von seiner Kraft hätte einflößen können.

„Isabelle und Christine sind bei Arnals. Es ist heute Juliettes Geburtstag. Frédéric wird sie am Abend im Vorbeifahren abholen."

„Eine gute Familie, die Arnals ..." Die Augen der alten Frau leuchteten. „Eine alte Familie, auch von Léontines Seite. Ihre Mutter war eine Gazagnon aus Arles. Ich habe ihn gern, den Jungen. Er ist gescheit, ein schöner Mensch, anständig und gerade in seinem ganzen Wesen."

„Ja, bestimmt ..."

Ludivine seufzte. Die guten Eigenschaften Jean Arnals waren schon oft zwischen ihr und Frédéric besprochen worden, seitdem zu bemerken war, daß sich der junge Mann um die älteste ihrer Töchter bewarb. Isabelle schien, soweit man es beurteilen konnte, ihn in gewissem Maße zu bevorzugen.

„Aber mit Isabelle ... Du weißt ja, wie sie ist, Mama. Ich habe manchmal den Eindruck, als lebe eine Fremde in unserer Mitte."

Eine Fremde unter den Ihren, eine Fremde in der Welt ... Und die Welt, in die man sich flüchtet, ist voll von düsteren Träumen, ungewissem Glück und vergänglichen Freuden. Und die Lieder, die von der Liebe singen, besingen die verlorene Liebe, und man denkt an den, der niemals kommen wird. Man ist auf die Erde gekommen wie einer, der schon nichts mehr zu erwarten hat. Das Spiel ist im voraus entschieden, und die Würfel sind gefälscht. Was bleibt übrig, als stolz sich selbst preiszugeben?

Der Schatten einer trüben Dämmerung senkte sich auf die Terrasse, auf der der Wind die trockenen Blätter raschelnd durcheinanderwirbelte.

Sie hörte seine veränderte Stimme, sah seine flehenden Augen.

„Isabelle, Isabelle ... Ich kann nicht mehr ..."

Sie sah die schmerzvolle Maske, die eine glühende Leidenschaft in die jungen Züge gemeißelt hatte.

„Werden Sie mich niemals erhören ...?"

„Jean ..."

Er bebte unter der Berührung der Finger, die sich auf seine Hand legten. Sein scharf geschnittener Kopf hob sich vom dunkelnden Himmel ab.

„Sie können mit meinem Vater sprechen. Wenn er einverstanden ist, will ich Ihre Frau werden."

Sie sah, wie er sich über sie neigte. Es war, als ob er unter der Last dieses köstlichen Versprechens wankte.

„Isabelle ...! Isabelle ..." Er fand keine anderen Worte als ihren Namen. Sanft, beinahe ängstlich vor diesem plötzlichen Glück, nahm er sie in seine Arme.

Isabelle fühlte durch den Stoff hindurch das Herz des Mannes an ihrer Wange schlagen. Er hielt sie fest wie eine Beute, die noch entschlüpfen kann ...

5

Nach den Weihnachtsfeiertagen verlängerte Hubert seinen Aufenthalt in Mogador. Anne und Gaspard waren aus Italien zurückgekehrt. Man hatte ihr Kommen abgewartet, um Isabelles Verlobung zu feiern. Das junge Paar schien wie auf Wolken zu wandeln.

„Schau sie an. Wir machen neben ihnen den Eindruck eines alten Ehepaares", bemerkte Jean Arnal mit einer leichten Spitze im Ton. Isabelle sah das Schauspiel mit anderen Augen an.

„Findest du sie nicht ein bißchen kindisch? Sie könnten als verheiratete Leute etwas zurückhaltender sein."

„Aber sie sind so reizend!"

Das junge Mädchen hob ihre ernsten grauen Augen mit einem Schatten von Besorgnis zu ihrem Verlobten empor:

„Bist du nicht glücklich, Jean?"

„Mein teures Herz, ich bin der glücklichste Mann auf Erden. Aber du erlaubst mir so selten, es zu sagen."

Isabelle lachte ein wenig: „Nein, nein. Diese Rolle paßt nicht für dich. Das steht meiner Schwester an, den armen Gaspard mit Rosenketten zu fesseln. Anne war immer eine Elfe oder ein ins Tageslicht verirrter lieblicher Nachtspuk, aber ich will einen Mann heiraten, nicht einen verzauberten Ritter. Ich möchte durchaus nicht, daß du eines Tages kämest, um von mir Rechenschaft über deine unsterbliche Seele zu fordern."

Sie lachte wieder und fügte hinzu:

„Nein, die Ehe ist etwas ganz anderes."

Jean sah sie mit weitoffenen Augen an.

„Weißt du, Isabelle, es ist ein solcher Ernst in dir, daß es mich manchmal erschreckt. Ich denke dann an alle meine Schwächen, wenn du so sprichst wie ein kleiner Richter."

Hubert trat ein. Als er die jungen Leute allein sah, machte er eine Bewegung, als ob er sich still wieder entfernen wolle, aber sein künftiger Neffe erhob die Stimme und zog ihn ins Gespräch.

„Ein strenger, unbarmherziger kleiner Richter ... Nicht wahr, das ist sie? Schrecklich unfehlbar inmitten all unserer Schwächen." Hubert setzte sich auf die Armstütze eines Lehnstuhls.

„Ich fürchte, ja", sagte er gedankenvoll. „Du bist hart, Sabel. Hart wie ein kostbarer Stein. Man kann dich nicht anschneiden. Aber denke auch, daß du von lauter Schein umgeben bist. Man braucht mehr Nachsicht, um darüber hinwegzukommen."

Das junge Mädchen trat auf ihn zu. „Glaubst du, Onkel Hubert?" Es zitterte etwas in diesen Worten mit, was nur er verstehen konnte.

Ohne zu antworten, ergriff er mit einer zärtlichen Bewegung ihr Handgelenk und zog sie neben sich in den Lehnstuhl. Jean Arnal suchte unter den Notenheften auf dem Klavier.

„Gib acht! Das ist Mamas geheiligter Fauteuil, du weißt."

Hubert sah sie lange an. Unter der brennenden Traurigkeit seines Blicks senkte Isabelle die Augen. „Mein kleines Mädchen", murmelte er sehr leise. Er fühlte, wie sich ihre Hand in der seinen zusammenkrampfte. – „Geh", sagte er, sie loslassend. „Geh, spiel uns etwas vor. Ich glaube, Jean hat schon gewählt."

Er sah ihr zu, wie sie sich ans Klavier setzte; der junge Mann legte die Noten auf. Beides schöne Menschen, ein wunderbares Paar. Würden sie glücklich sein? Isabelle ... Armes, enttäuschtes Herz, für das Liebe und Verrat immer eins bleiben würden, wie ihre Kinderaugen es einst geschaut hatten.

‚Durch meine Schuld und die ...' Sogar in Gedanken verwehrte er es sich, den Namen zu nennen. Aber die Vergangenheit kam über ihn, überfiel ihn heimtückisch von allen Seiten.

Langsam, müde, darin eine schreckliche Nahrung für seinen Groll zu finden, war er soweit gelangt, sie von sich entfernen. Er hatte geglaubt, sich von ihr befreit zu haben. Aber die wenigen Worte Isabelles hatten die Wunde wieder aufgerissen, durch die mit einemmal alle Erinnerungen wieder auf ihn einstürmten: das Licht jenes Sommertages, die Farbe des Himmels und der Eichen, das Parfüm eines Kleides, von ganz nahe eingeatmet, ein warmes, nasses Gesicht unter seinen Lippen ... Trunkenheit der Minute, in der er geglaubt hatte, zu triumphieren ... bis zu dem fernen Schrei, gleich dem Lachen eines Hähers, den er beinahe unbewußt in sich aufgenommen hatte:

‚I – sa – belle, belle, belle ...'

Das Menuett von Mozart, das Isabelle spielte, war von einer herzzerreißenden Anmut: Verzweiflung unter dem charmanten Lächeln eines liebenswürdigen Gesellschafters verborgen.

Vor dem Klavier, auf die Ellbogen gestützt, träumte Jean, die Augen ins Leere gerichtet. Konnte er von der Zukunft träumen oder von Freude über diese Noten, die besagten, daß alles eitel sei, eitel die Hoffnung, vergänglich die Zeit, umsonst aller Schmerz um Verlorenes, in dem wir uns verzehren?

‚Ich werde dann zu Mama hinaufgehen. Heute abend, wenn sie allein ist, werde ich ihr sagen: Mama, du einzige Zuflucht ... Sie altert, sie trennt sich langsam von uns. Eines Tages wird man auch ihr Lebewohl sagen müssen. Sich das große Zimmer, das seit mehr als fünfzig Jahren von diesem Leben erfüllt ist, leer vorzustellen ... Wir alle haben sie verbraucht. Wir haben ihr mitleidlos eine Last um die andere aufgeladen, unsere zu der ihren gemacht ...'

Jetzt sang Isabelle mit ihrer schönen, ernsten, manchmal etwas rauhen, gleichsam in ihrer Weichheit gebrochenen Stimme. Sie sang ein Lied, das er liebte:

Et s'il revenait, un jour,
Que faut-il lui dire?
Dites-lui qu'on l'attendit
Jusqu'à s'en mourir.

Hubert kannte die Fragen, kannte die wehmütigen Antworten. ‚Maeterlinck ... Wie sie ihn singt ... Eine Frau, für die diese Wiederkehr der einzige Inhalt ihres Gebets war. Wo ist er, derjenige, auf den jemand gewartet hat, *jusqu'à s'en mourir?* So wäre es also der Mühe wert, wiederzukehren. Warum ist er fortgegangen, dieser Reisende, der säumt, einer von der Rasse Peer Gynts? Welche Länder hat er gesehen? Hat er auch am andern Ende der Erde die weiten Ebenen Transvaals und Oranjes gekannt, wo die Männer und die Pferde fielen, grauenvoll festgebannt in ihren jammervollen Stellungen zu plötzlicher Ewigkeit, inmitten geronnenen Bluts und Trümmern von Granaten? Einsamkeit des Velds, Einsamkeit der Camargue, Einsamkeit des Meeres und der Straßen in all den durchquerten Ländern, Einsamkeit einer verfluchten Liebe, Einsamkeit der Tage in Gloriette ..., ein ganzes Leben, dürr wie eine Wüste, in der die frischen Quellen Luftspiegelungen waren.'

Et s'il m'interroge encore
Sans me reconnaître?
Parlez-lui comme une sœur:
Il souffre peut-être.

Die Bruchstücke seiner Gedanken verwoben sich mit dem Gesang. ‚Eine Schwester. Eine Schwester, die sanft und beruhigend ihre Hände auf deine Lider legen würde ... Vielleicht fände sie Worte, deren Zärtlichkeit dich einen Augenblick trösten könnte.'

Et s'il demande où vous êtes,
Que faut-il répondre?
Donnez-lui mon anneau d'or
Sans rien lui répondre.

Mamas flacher Ring, der von ihrem abgemagerten Finger glitt ... Lange hatte sie auch den Papas getragen. Hubert erinnerte sich, wie der Glanz der beiden Ringe ihn anzog, als er noch ein ganz kleiner Knabe war. Jetzt trug sie ihn, aus Furcht ihn zu verlieren, an einer

Goldkette unter dem Kleid. Der einzige Schmuck, den sie sich seit Jahren gestattete ... Mama in ihrem strengen schwarzen Kleid ...

Et s'il veut pourqoi
La salle est déserte?
Montrez-lui la lampe éteinte
Et la porte ouverte ...

Wenn er eines Tages nach Mogador kommen müßte und alle Dinge befragen, um von ihnen dieselbe unfaßbare Antwort zu erhalten ... Oh, Mama, Mama, was wird aus mir werden ohne dich? Die Lampe ausgelöscht, die Tür offen ... Gott!

Et s'il m'interroge alors
Sur la dernière heure?

fuhr Isabelle mit gedämpfter, fast tonloser Stimme fort: eine die am Rande des Geheimnisses steht ...

Dites-lui que j'ai souri
De peur qu'il ne pleure ...

In ihrem Gesang war dieses Lächeln, zitternd, schwebend über dem Nichts, wie eine kleine, reine Flamme, wie das erleuchtete Fenster eines Hauses mitten in einem finsteren Wald: Julias Lächeln.

Das junge Mädchen schwieg. Die Töne des Klaviers klangen noch nach, Jean beugte sich über seine Braut und drückte einen leichten Kuß auf ihre Stirn. Sie erhob sich und lehnte sich an ihn. Beide kamen auf Hubert zu, der stumm vor sich hin sah.

„Göttlich hat sie gesungen, nicht wahr?"

„Ja ..."

Er streichelte den Arm seiner Nichte.

„Ich danke dir."

Sie neigte sich und bot ihm die Stirne. Ahnte sie, bis zu welchem Grad sie an ihre Mutter erinnerte, wenn ein Schimmer von Freude wie jetzt ihre Züge erhellte? Sicherlich wäre sie nicht erfreut gewesen, wenn man es ihr gesagt hätte. Man brauchte die beiden nur nebeneinander zu sehen. ‚Wenn sie verziehen hat, dann nur mir ...' Er küßte sie mit halbgeschlossenen Augen, während er diesen Gedanken mit dem Gefühl einer Genugtuung auskostete.

Das junge Mädchen richtete sich auf. Jean stand neben ihr und legte seinen Arm um ihre Schultern. Sie lächelten Hubert freundlich zu, er sah sie bewundernd an. In dem jungen Manne war etwas von der Kraft und der Ehrlichkeit eines Baumes. Und Isabelle ... Ein großer Schatz.

Hatte er denn laut gesprochen?

„Ich weiß", sagte Jean. „Und ich werde versuchen, mich dessen würdig zu erweisen."

„Davon bin ich überzeugt."

Hubert erhob sich, um zu gehen. Er hatte das Gefühl, hier zuviel zu sein, trotz ihrer Freundlichkeit. Neben den Glücklichen war kein Platz für ihn.

„Ich werde nach Saint-Ange gehen, bevor es finster wird. Ich denke, ich werde bei Raynals essen. Möchtest du sagen, daß man nicht auf mich warten soll?"

Gleich würde sich der Salon mit Menschen füllen, Ludivine würde herunterkommen. Diesen Abend fühlte er sich nicht fähig, ihre Gegenwart zu ertragen, selbst unter den anderen. Draußen herrschte eine schneidende Kälte. Er holte tief Atem und schritt auf das Parktor zu. Die entlaubten Bäume der Allee sahen ihn wie einen Fremden hindurchgehen.

Bei Raynals in Saint-Ange war es gut zu sitzen, zu dritt um den Kamin. Die junge Frau nähte einen Spitzenkragen auf den Samtanzug ihres Sohnes. Der kleine Noël, mit blonden Locken wie ein Mädchen, erinnerte an ein Kind aus einem Bilderbuch.

„Edmée schöpft ihre Ideen aus dem ‚Kleinen Lord Fauntleroy' statt aus Modejournalen", scherzte ihr Mann. Von ihrer Arbeit ganz in Anspruch genommen, blickte sie nicht auf.

Die beiden Freunde konnte nach Herzenslust über Jagd und Automobilsport, Pferde und Gedichte reden. Madame Raynal hörte ehrerbietig zu und schwieg. Sie gehörte zu dem Geschlecht jener Frauen, die in vergangenen Zeiten, wenn sie die Männer, den Herrn wie die Knechte, an der langen Tafel bedient hatten, hinter dem Platz des Gatten und Gebieters stehend aßen.

Hubert verabschiedete sich gegen elf Uhr. In Mogador ließen die geschlossenen Läden des Salons noch einen Lichtstreifen auf der Vorderfront des im Dunkel der Nacht massig hingelagerten Gebäudes sehen. Sicher saßen sie alle beisammen. Von der Halle aus vernahm er wirres Stimmengeräusch; er unterschied Annes Lachen, hörte einen freudigen Ausruf Jean Arnals. Dann erhob sich eine andere, nur zu bekannte Stimme über der allgemeinen Heiterkeit.

Hubert stieg sogleich zu seiner Mutter hinauf.

„Guten Abend, Mama. Darf man herein?"

Nur die Nachtlampe brannte im Zimmer. Der an die Kissen gestützte Körper war im dunkeln Alkoven kaum zu unterscheiden.

„Komm nur, komm", sagte Julia, „und erzähle mir ein bißchen, was unten vorgeht. Sie haben den ganzen Abend gelacht, ohne Unterbrechung."

„Ich habe keine Ahnung", gestand er. „Ich komme soeben aus Saint-Ange."

„Ja, das ist wahr. Philo hat mir gesagt, daß du nicht beim Essen warst."

Seit mehreren Jahren schon kam Julia zum Abendessen nicht mehr hinunter. Man brachte ihr gegen sieben Uhr ein leichtes Gericht ins Zimmer. Aber in dem sehnlichen Wunsche, immer alles zu wissen, was im Hause vorging, ließ sie sich, sobald sie im Bette war, von Victor berichten. In den langen Stunden der Schlaflosigkeit beschäftigte sie sich dann in Gedanken mit dem Gehörten. Am Morgen, wenn Mogador ringsum noch schlief, unterhielt sie sich mit Philo, die ihr bei ihrer langsamen Toilette behilflich war, über die kleinen Ereignisse des Vortags. Die beiden alten Frauen betrachteten die neue Welt, die nicht mehr die ihre war und an deren Schwelle sie die Zeit vergessen zu haben schien, mit einer etwas geringschätzigen Neugierde und maßen sie an ihrer Vergangenheit.

Hubert setzte sich auf den Bettrand, seinen gewohnten Platz.

„Gerade war dein Bruder hier."

Auch Frédéric kam regelmäßig am Abend herauf, aber gewöhnlich früher, nach dem Essen.

„Ja?"

„Wir sprachen von Isabelle. Weißt du, daß sie nicht gleich heiraten will? Nicht vor dem nächsten Jahr. Frédéric findet, daß sie auch wirklich noch Zeit hat. Ihr Verlobter stimmt aus Taktgefühl zu. Aber ich bin nicht sicher, ob er recht daran tut. Eine etwas festere Hand täte Isabelle gut. Zu meiner Zeit wußten die Männer mit Pferden und Frauen besser umzugehen. Niemals hätte dein Vater das zugelassen und auch Henri nicht. Die Kleine hätte es nötig, daß man sie ein bißchen die Zügel fühlen läßt. Wenn Jean sich nicht vorsieht, wird sie aus ihm einen Gast im eigenen Hause machen. Schlecht für beide Teile ..."

Er nahm die alte Hand, die ungeduldig mit den Nägeln die seidene Decke kratzte.

„Laß sie. Beunruhige dich nicht, Mama. Du weißt genau, daß sie nicht leichtsinnig ist. Sie überlegt, sie sucht ... Aber niemand hier scheint jemals auch nur versucht zu haben, sie zu verstehen."

„Wahrscheinlich nur du allein", erwiderte Julia gereizt.

„Vielleicht wirklich ..."

Er schwieg gedankenverloren.

„... Ja, wir verstehen uns, sie und ich."

‚Wenn die Umstände anders gewesen wären, vielleicht ... ja vielleicht hätte er dann langsam dieser gequälten Seele, die sich verwundet auf sich selbst zurückgezogen hatte, Frieden bringen und selbst neben soviel Reinheit Ruhe finden können.'

In ihr verkörperte sich eine andere Ludivine, die ihm näher, deren Herz zugänglicher war. Eine Ludivine, die ihm seine Liebe mit Liebe hätte erwidern können. Niemals war Ludivine für ihn bestimmt gewesen. Aber Isabelle ...

Plötzlich wurde ihm das sonnenklar. Daß sie existierte und ihm nur gezeigt wurde, damit er sein verfehltes Leben schaue, war zu grausam. Ein schrecklicher Fehler in Gottes Rechnung.

Julia beobachtete aufmerksam das Gesicht ihres Sohnes.

„Mama ... Versteh mich, Mama. Du weiß alles von mir und, Gott, ich will nicht sagen, daß ich sie liebe. Es ist nicht das. Aber ... Sie wäre vielleicht die einzige gewesen, in der ich mein Glück hätte finden können."

„Mein Kind ..."

Sie streichelte sanft, wie mit Vorsicht, das arme, eingefallene Gesicht. Langsam glitten die Finger über die Wange, in die Bitterkeit eine tiefe Furche gegraben hatte.

„Mein Kleiner ... Wir sind nicht auf der Welt, um zu leben, denk daran, sondern um uns auf den Tod vorzubereiten. In meinem Alter weiß man das endlich, auch wenn man es früher nicht hat zugeben wollen. Glaub mir, alles Leid dient zu etwas Gutem. Der liebe Gott hat seine ganz bestimmten Absichten mit uns. Lehne dich nicht dagegen auf. Es wird sich alles einmal lösen, anderswo ..."

Hubert machte eine müde Handbewegung.

„Sprechen wir nicht mehr davon, Mama. Auf jeden Fall habe ich meine ganze Fähigkeit zur Leidenschaft seit langem bis aufs letzte erschöpft. Über diesen Punkt kannst du beruhigt sein. Ich bin gekommen, um dir etwas anderes zu sagen. Es betrifft ein altes Versprechen. Ich habe in letzter Zeit viel darüber nachgedacht, bis heute nachmittag, und habe mich entschlossen, es dir zu halten."

Der durchdringende Blick, den Julia auf ihren Sohn geheftet hielt, wurde bei diesen Worten besonders lebhaft und schien an seinen Lippen zu hängen.

„Ich werde heiraten. Wenn du erlaubst, werde ich dir bald deine neue Tochter bringen." Die alte Frau lächelte, das Lächeln, das ihre Söhne so liebten.

„Wer ist sie?"

„Die Schwester eines Gutsbesitzers aus der Umgebung von Nîmes, mit dem ich in Verbindung stehe. Sie heißt Madeleine Brun und bewohnt mit ihrem Bruder ein kleines Gut bei Aigues-Vives. Es sind achtbare Leute."

„Sie gefällt dir?"

„Ganz gut. Sie ist noch sehr jung, zwanzig oder einundzwanzig, hübsch genug, um dir zu gefallen, Mama. Sanft und einfach, zurückhaltend, schüchtern, ein bißchen die Art von Elise Royer in Braun. Sie hat noch einen Bruder, der Wollhändler ist – den habe ich zuerst gekannt –, und der dritte ist Vikar an der Kathedrale von Nîmes."

„Um so besser. Leute aus Nîmes ... Ich habe schon ein bißchen gefürchtet, es könnten Protestanten sein. Nicht daß ... du weißt. Aber wegen der Kinder ist es mir schon so lieber. Kennst du sie schon lange?"

„Fast zwei Jahre. Ich habe sie nie sehr beachtet. Diesen Sommer war es, daß ich einmal auf dem Rückweg von Lunel dort vorbeikam. Ihr Bruder war nicht zu Hause. Sie schickte nach ihm. Es war heiß, ich war müde und durstig. Sie ging für mich Wasser vom Brunnen holen. Und als ich sie wieder eintreten sah – die Sonne schien hell von draußen herein, der Krug in ihrer Hand tropfte von Frische, sie trug ein etwas verblichenes geblümtes Waschkleid –, da habe ich mir gesagt: Die da könnte ich vielleicht heiraten."

„Ja, ich verstehe. Und sie?"

Hubert zuckte die Achseln.

„Sie liebt mich", sagte er wie bedauernd und senkte den Kopf.

„Du hast mit ihr gesprochen?"

„Nein, ich dachte nur daran. Ich war noch nicht entschieden. Ich habe dir gesagt, heute nachmittag ... Dich wird es freuen, nicht wahr, Mama?"

Julia betrachtete ihren Sohn mit inniger Zärtlichkeit.

„Gewiß! Ganz außerordentlich. Und ... mein Kind, ich hoffe ...“

Sie zögerte ein wenig. ‚Ihr Kind, ihr Sohn, den sie so gut kannte. Wie viele Mädchen hatten ihn umschwärmt! Und manche, hieß es, hatten sogar ihre Tugend verloren. Hubert mochte noch so sehr über seine Abenteuer schweigen, man flüsterte es sich in der ganzen Gegend zu, daß Gloriette nicht gerade eine Mönchszelle sei. Eine Menge anstößiger Geschichten waren in Umlauf, deren Schauplatz Arles und Avignon gewesen sein sollten, andere sprachen sogar von Nîmes und Montpellier.‘

„Ich hoffe, du wirst dieses junge Mädchen glücklich machen.“

Er hob die Stirne und sah seiner Mutter gerade ins Gesicht. „Es ist meine Absicht, Mama.“

An einem Märzvormittag erschien Hubert in Mogador, um seine Braut vorzustellen. Sie waren begleitet von dem ältesten Bruder, Dieudonné Brun, und dem Abbé, der sich ihnen in Nîmes angeschlossen hatte. Sämtliche Familienmitglieder waren im Salon versammelt und betrachteten das junge Mädchen mit mehr oder weniger unverhüllter Neugierde.

Sie war eingeschüchtert und bestand diese Probe nicht eben glänzend, trotz der kräftigen Stütze, die Huberts Arm ihr bot. Etwas sonntäglich herausgeputzt, wie sie war, fühlte sie sich unsicher, und ihr Unbehagen steigerte sich noch vor der Eleganz der Dame mit dem anmutigen und zugleich gebieterischen Wesen, die auf sie zukam.

„Ich stelle dir Madeleine Brun, meine Braut, vor“, sagte Hubert in einem trockenen Ton, den sie an ihm nicht kannte. „Meine liebe Madeleine, das ist die Frau meines Bruders, Ludivine. Und hier ist meine Schwester Adrienne mit ihrem Mann Charles Guillermin ... und mein Bruder Frédéric“, fuhr er schnell fort, ohne seiner Schwägerin Zeit zu einem Wort der Begrüßung zu lassen.

„Wir freuen uns alle außerordentlich, Sie kennenzulernen“, sagte Frédéric mit einem aufmunternden Lächeln. „Hubert bringt uns ja eine reizende kleine Schwester.“

Madeleine war gewonnen. Schüchtern erwiderte sie das Lächeln.

Die Brüder Brun sahen der Szene gerührt zu. Hubert wandte sich zu ihnen: „Dieudonné Brun, Abbé Paul Brun, meine Schwägerin, meine Schwester.“

Ludivine benützte die Gelegenheit, sich des jungen Mädchens zu bemächtigen. Sie legte Wert darauf, vom ersten Augenblick an, vor aller Augen ihre Stellung als wohlmeinende Gönnerin festzulegen.

„Komm, daß ich dir meine Töchter vorstelle. Eine so junge Tante wird für sie eine Schwester mehr sein. Und hier ist François, der jetzt als Erbprinz ganz unausstehlich wird. Anne und Gaspard werden zur Hochzeit kommen. Hubert hat dir sicher gesagt, daß sie in Paris leben. Die zwei hier, Claire und Maxime, gehören Charles und Adrienne."

Madeleines Gehirn brauste wie eine leere Muschelschale vom Branden des Meeres. Verzweifelt suchte sie mit ihren Augen Hubert inmitten all der fremden Leute.

„Und jetzt muß ich dich zu Mama führen. Sie wartet auf dich."

Am Fuße der Treppe blieb Madeleine stehen.

„Ich bitte dich, laß mich einen Augenblick ..."

„Aber, es ist ja nichts dabei."

Ludivine betrachtete belustigt ihre neue Rivalin. ‚Dieses schlecht herausgeputzte Mädchen mit den Augen einer gehetzten Hirschkuh. Nein, wirklich, wie konnte Hubert ...? Eine kleine Bäuerin ...' Ihre durch die Ankündigung dieser ganz unerwarteten Heirat verletzte Eitelkeit hatte sich bei dieser Feststellung schnell beruhigt. ‚Ein unüberlegter, dummer Streich. Unmöglich kann er sie lieben. Hübsche Augen, annehmbare Züge, ein schlanker Wuchs, zugegeben. Aber gar kein Schick, nicht die geringste Lebensart. Ein liebes, kleines Gänschen', schloß sie mitleidig, bereit, die huldreiche Beschützerin zu spielen. Sie nahm Madeleine um die Mitte.

„Komm und laß dir nicht imponieren. Das ist das ganze Geheimnis des Umgangs mit Mama. Mit ihr ist man immer am besten daran, wenn man sagt und tut, was man will." Das junge Mädchen schien erleichtert.

„Du bist so gut!"

„Gut?"

Ludivine sah ihrer künftigen Schwägerin in die Augen.

„Nun, mit der Güte ist es nicht soweit her. Davon wirst du dich bald überzeugen", stellte sie in einer Anwandlung von Freimut angesichts dieses rührenden Vertrauens richtig. „Aber auf jeden Fall werde ich mein möglichstes tun, daß wir gute Freundinnen werden."

„Ich danke dir", murmelte Madeleine erfreut.

Sie waren an der Zimmertür angelangt. Ludivine klopfte.

„Herein", hörte man Julias Stimme.

„Hier bringe ich dir die Braut, Mama."

Madeleine ging, ihre Aufregung meisternd, mit einem offenen Lächeln auf die alte Dame zu.

„Ich habe sie schon darauf aufmerksam gemacht, daß du etwas gefährlich bist. Aber schone sie trotzdem. Sie ist noch ganz verwirrt von den vielen Menschen, vor denen sie unten hat Revue passieren müssen."

Julia lachte.

„Sei unbesorgt. Komm, mein Kind. Wir werden schon Bekanntschaft schließen. Ludivine, du wirst Hubert sagen, daß er in einer Weile zu uns heraufkommen soll."

Die Bruns blieben über Nacht in Mogador. Hubert begleitete sie am nächsten Tag bis nach Aigues-Vives, nachdem er ihnen noch Gloriette gezeigt hatte.

„Nun, was sagst du zu meiner Familie?"

„Ich werde sie sehr liebgewinnen", versprach Madeleine lebhaft. „Ich glaube, ich liebe sie jetzt schon. Alle waren so freundlich mit mir, deine Mutter besonders. Nie werde ich vergessen, wie warm sie mich aufgenommen hat. Aber alle: deine Schwester, dein Bruder ... und seine Frau ... Das ist eine schöne Person! Wie glücklich müssen sie zusammen sein."

„Ja", sagte Hubert kurz.

„Sie hat mir gesagt, daß sie meine Freundin sein will."

„Ah ja ...?"

Er warf einen mitleidigen Blick auf das unschuldige Geschöpf. ‚Freundinnen? Das gewiß nicht! Dafür würde er schon sorgen.' Die beiden Frauen nebeneinander zu sehen, war ihm den ganzen gestrigen Tag über eine Qual gewesen.

Die Hochzeit fand im Juni in Nîmes, auf Huberts ausdrücklichen Wunsch im allerkleinsten Rahmen statt. Die Bruns, die sich in dem weitaus glänzenderen Milieu ihrer neuen Verwandten etwas unsicher fühlten, erhoben keinerlei Einwendung dagegen. Nur die allernächsten Verwandten nahmen daran teil.

Nach der Hochzeitsreise, für die er Paris gewählt hatte, führte Hubert seine junge Frau nach Gloriette heim und schloß sich dort, die üblichen Antrittsbesuche sehr zum Mißfallen einer neugierigen Nachbarschaft vollständig unterlassend, mit ihr ein, um einen neuen Abschnitt seines Lebens zu beginnen.

6

Seit drei Monaten hielten die Ereignisse in Marokko ganz Frankreich in Atem. Man sprach von Krieg.

„Glauben Sie daran?"

Nein, natürlich glaubte man nicht, aber ...

„Es ist immer noch eine offene Rechnung da, die man einmal wohl oder übel wird begleichen müssen", sagte Frédéric. „Es wird freilich hart sein. Seit vierzig Jahren reden wir ihnen von unserer festen Absicht, dies zu tun, und stehen da, die Hände in den Taschen, während die anderen ihre Gewehre schmieren und die Hemdsärmel aufkrempeln." Er träumte einen Augenblick.

„Nun, es ist gleich, aber ich möchte, daß es kommt, solange ich noch meinen Mann stellen kann."

Ludivine hörte aufgebracht zu: ‚So wird er also nie, niemals lernen, sich ruhig zu verhalten! Aber Gott sei Dank sind die Menschen nicht alle so dumm. Es wird sicher nicht soweit kommen.' Anne schrieb übrigens beruhigende Briefe, die auf den Ansichten der diplomatischen Kreise beruhten, und Gaspard hatte, als er zu Huberts Hochzeit gekommen war, versichert, man wisse im Außenministerium aus sicherer Quelle, daß die Sache durch einen Kompromiß geregelt werden könne.

Der Sommer begann, eine lange Reihe glühend heißer Tage und samtblauer, sternfunkelnder Nächte.

Isabelles zwanzigster Geburtstag nahte heran. Frédéric beschloß, ein Fest zu veranstalten. Es waren noch fünf Wochen Zeit für die Vorbereitungen.

„Zehnmal soviel wie nötig, mein Herz. Und außerdem werde ich dir helfen, soviel du willst, und die Kleinen auch. Sie wünschen sich doch nichts Besseres. Ich werde dich im Wagen überall hinführen, wo du zu tun hast. Ich werde dein Adjutant sein. Wir werden nach Marseille fahren, wenn du es für nötig befindest. Aber es muß ein gelungenes Fest werden. Ich will ein schönes Feuerwerk haben und eine Illumination im Park und das beste Orchester und ein Souper und ... mit einem Wort, es soll schön werden. Schließlich ist Isabelle meine älteste Tochter, und einen zwanzigsten Geburtstag erlebt sie nicht ein zweites Mal. Nächstes Jahr ist sie verheiratet ..."

Isabelle errötete vor freudiger Erregung, als sie davon hörte. Sie barg einen Augenblick ihren Kopf an Frédérics Schulter, wie sie es so oft als Kind getan hatte, dann schlang sie ihre Arme um seinen Hals und küßte ihn.

„Wirklich, Papa? Das hast du alles für mich ausgedacht?"

Frédéric streichelte glücklich das schöne Haar, in dem das Sonnenlicht spielte, und zog dabei gemächlich an seiner Pfeife.

„Zufrieden?"

Auf den Steinfliesen des Ganges näherte sich ein leichter Schritt. Das junge Mädchen richtete sich auf und gab ihrem Vater ein langes heimliches Lächeln.

Ludivine trat ein.

„Ah, Sabel, hier warst du? Nun, bist du zufrieden?"

„Ja natürlich, Mama, ich danke dir." Sie näherte sich und neigte ihre Stirne. Ludivine drückte einen Kuß darauf.

„So, und jetzt mach dich schnell fertig. Wir werden die Liste der Einladungen noch vor dem Essen anfangen. Sie sollen so schnell wie möglich abgehen."

Für Mogador begann nun eine Zeit heiterer Geschäftigkeit. Angesteckt von dem emsigen Treiben ihrer Umgebung, nahm auch Julia regen Anteil an den Festvorbereitungen. Aus ihrer Erinnerung an vergangene Zeiten schöpfend, gab sie Ratschläge und ließ sich über die kleinsten Einzelheiten berichten.

Jean Arnal, der zum Ordonnanzoffizier ernannt worden war, erschien jeden Morgen, um die Befehle Ludivines entgegenzunehmen. Er verbrachte die meiste Zeit seines Tages mit Gängen verschiedenster Art und sparte keine Mühe, um seinen Generalstabschef zufriedenzustellen.

Der Tag rückte heran. Die Toiletten waren geliefert, Christine träumte von ihrem Kleid. Anne und Gaspard kamen aus Paris. Alles hatte zugesagt, selbst Hubert hatte versprochen, mit seiner Frau zu kommen. Am Vorabend ließ Frédéric die Festbeleuchtung ausprobieren. Bei Einbruch der Nacht flammten im dichten Dunkel der Bäume zauberhafte Lichter auf. Ein Band vielfarbiger Lampions säumte die mystische Einsamkeit der Alleen, die sich in weitester Ferne an den Grenzen der Zeit zu verlieren schienen.

Julia kam am Arm ihres Sohnes aus dem Hause und machte in der von strahlender Helle schimmernden Orangenallee einige Schritte auf das Dickicht des Parkes zu.

„Ja, es ist gut", sagte sie anerkennend. „Noch einmal werde ich also Mogador so sehen, wie es an manchen Abenden zu Lebzeiten deines Vaters war."

„Du wirst es noch schöner sehen, wenn wir den zwanzigsten Geburtstag meines Sohnes feiern werden ... und deinen, mein kleines Herzchen", fügte er mit einem zärtlichen Lächeln für die jüngste seiner Töchter zu.

Dominique hörte es mit dankbarem Entzücken. Bescheiden und unscheinbar, wie sie war, wurde sie immer vergessen.

„Greife nur nicht vor." Julia lachte ihr kurzes Lachen. „Gott hat auch noch sein Wort mitzureden. Wo werde ich dann sein?"

„Aber es dauert gar nicht lange bis dahin, du wirst sehen, Mama."

Ein König in seinem Reiche, gebot er glückstrahlend dem Schicksal. Auf ihn gestützt, die andere Hand auf der Schulter ihres Enkels, schritt Julia dahin. Vor ihnen gingen die Verlobten und das junge Paar. Christine und Dominique beschlossen mit ihrer Mutter in einer anmutigen Gruppe den Zug. Sie waren alle um ihn wie die kräftigen Schößlinge um einen Baum. Und Mogador gehörte jetzt ihm allein, seitdem im April die letzte Summe von Adriennes Anteil ausbezahlt worden war.

Am anderen Tag gegen Mittag suchte Isabelle fieberhaft ihr Nadelkissen im ganzen Zimmer.

„Christine hat es dir weggenommen", verriet François, der durch die angelehnte Tür hereingeschlüpft war. „Ich habe Nique gestern sagen hören: ‚Schau, du hast ja das Nadelkissen von Isabelle.'"

„Das hätte ich mir denken können. Wie eine Elster. Alles, was man verliert, findet sich in ihrem Zimmer wieder."

Isabelle war gereizt. So ein Pech! Eine Spitze losgetrennt, gerade in dem Augenblick, da man sich zu Tisch setzen sollte!

„Soll ich es suchen?" erbot sich François gefällig.

„Ja, bitte ... oder doch lieber nicht. Es ist besser, wenn ich selber nachsehe. Gott weiß, wo sie es hingesteckt hat, und wenn du ihre Sachen durchwühlst, wird sie schreien wie am Spieß. Aber lauf hinunter und bitte Victor in meinem Namen, noch ein bißchen mit dem Servieren zu warten."

„Gut", versprach François, verschwand aus dem Zimmer und schwang sich rittlings auf das Stiegengeländer, um auf diese Weise zu Tal zu gelangen.

Isabelle trat in das Zimmer ihrer Schwester. Christines Arbeitstisch stand halb offen und ließ ein chaotisches Durcheinander sehen. „So eine Unordnung! Wenn ich nur eine Nadel fände", seufzte sie. Die Laden, die sie eine nach der anderen aufzog, bargen sonderbare

Schätze: durchlöcherte, zu Pfeifen umgewandelte Aprikosenkerne, vertrocknete Blumen, ein aus Brot geknetetes versteinertes Männchen, Zypressenzapfen, drei große Achatsteine, Fasanenfedern, eine geschnitzte Kastanie, Postkarten, mehrere Scheren: ‚Ah, die Schere, die ich verloren geglaubt habe', eine unglaubliche Menge angebrannter Zündhölzer, zerknitterte Bänder, verwickelte Wollknäuel, aber weder Nadel noch Nadelkissen.

‚Wo kann sie das nur hingesteckt haben?'

Hinten in der letzten Lade entdeckte Isabelle einen einzelnen Männerhandschuh: ‚Aber ... der gehört ja Jean! Mein Gott, das ist ja der Handschuh, den er überall gesucht hat vorigen Monat!'

Niemals hätte sie ihre Schwester eines so dummen Scherzes für fähig gehalten. Sie nahm den Handschuh. Darunter lag ein zerknittertes, J. A. gezeichnetes Taschentuch, das noch leicht nach Lavendelwasser duftete, eine halbe Zigarette, eine Photographie von Jean, fein säuberlich ausgeschnitten, wie um ihn von der Gruppe zu trennen, mit der er aufgenommen war.

‚Mein Gott!' Bestürzt betrachtete Isabelle den Schatz ihrer Schwester.

‚Ist es möglich? Christine ...'

Sie legte die Gegenstände wieder an ihren Platz, schloß die Lade und setzte sich an den kleinen Tisch.

‚Christine ...' Das war es also?

Das Gesicht in den Händen vergraben, dachte sie nach; sie erinnerte sich an die unfreundlichen, ja bitteren Worte ihrer Schwester, an den harten Ausdruck, den Christines Blick manchmals hatte, ihre unbegreifliche Feindseligkeit ihr gegenüber, die sich nun endlich erklärte. So gab es eine, die um Jeans willen litt, für die der junge Mann das war, was er für sie hätte sein sollen ... Und das war ihre Schwester.

Isabelle erhob sich, um in ihr Zimmer zurückzugehen.

‚Daß sie es nur nicht merkt ... ihr Geheimnis ...'

Trotz der hellen Mittagssonne war ein dunkler Schatten in den Raum geglitten, der die Farbe des Tages veränderte. ‚Gott, der Jupon ...' Und alle, die unten auf sie warten, um sie zu feiern .. und Christine ...

Am schnellsten ging es noch, wenn sie einen anderen nahm. ‚Nein', entschied sie, während sie die Bänder löste, ‚nein, es ist nicht wahr, sie liebt ihn nicht. Sie ist wie Mama: das, was ihr nicht gehört, will sie nehmen. Gerade nur, um zu spielen.'

Der Handschuh, das Taschentuch, der ganze Inhalt der Schachtel besagten das Gegenteil. ‚Und wenn auch . . . Eine Kinderei!' Mit fünfzehneinhalb Jahren ist man kein Kind mehr, Isabelle wußte es genau. ‚Und auch ein Kind kann leiden, bitter leiden.' Das wußte sie nicht minder.

Sie fuhr auf. Man rief zum Essen. Victor verlor unten die Geduld, oder war es Bertha, die für ihre Soßen und ihren Braten fürchtete? ‚Mein Gott, ich muß hinunter!' Schnell kleidete sie sich fertig an. Ja, sie mußte hinunter, ins Speisezimmer, wo alle versammelt waren, sich neben Jean niedersetzen, den Blick ihrer Schwester vermeidend.

Am frühen Nachmittag kamen Guillermins, kurz darauf die aus Sarrazine, dann die Raoul Vernets mit ihren Kindern und die Schwestern Gaspards und fast zu gleicher Zeit mit ihnen Hubert und Madeleine.

Man versammelte sich zum Diner. Das Speisezimmer bot einen festlichen Anblick. Inmitten des Lärms der Gratulationen hatte Isabelle ihre Ruhe wiedergefunden. Nachdem das Essen beendet war, so schnell es die Achtung vor den Genüssen der Tafel erlaubte, begab sich jeder in sein Zimmer, um sich für das Fest fertigzumachen. Um zehn Uhr empfingen Frédéric und Ludivine auf der Freitreppe die ersten Gäste.

Langsam senkte sich die Nacht auf den Park, zwischen den Blättern flammten die Lichter auf. Durch die Boskette schwebten leichte Kleider wie Duftwolken zwischen den schwarzen Stämmen der Bäume. Das rötliche Licht der Lampions brach durch die dichten Zweige und verwandelte das Gehölz in einen Zauberwald. Eine Sommernacht . . . Auf der Seite der düster gebliebenen Föhrenallee ging langsam der Mond über der Roubine auf. Man sah ihn durch das Spitzengewebe der Äste emporsteigen, halbrund wie ein flacher Kiesel, eine helle Scheibe auf dem Himmel, der schwarz war wie die Tiefen eines Sees.

„O Hubert, wie schön! Wie schön dieses Mogador ist!" sagte Madeleine. „Wenn du wüßtest, was für einen Eindruck mir dieser Spaziergang macht." Hubert drückte sanft den Arm seiner jungen Frau. Er fühlte sich unfähig zu antworten.

Ganz leise fügte sie hinzu:

„Ich bin glücklich, ihn mit dir allein zu machen."

„Ich auch, meine liebe Kleine."

Das Dunkel verbarg sein Gesicht.

„Hast du nicht Lust, umzukehren und zu tanzen?"

„O nein, nein! Ich kenne die Gesellschaft sowenig", erklärte sie, wie um ihre Ablehnung zu entschuldigen. „Aber du, wenn du lieber zu deinen Freunden gehen willst . . . ich möchte nicht . . ."

„Ich habe nicht die geringste Lust." Im Ton seiner Stimme war eine Schärfe, die Madeleine überraschte.

„Komm", fuhr er fort, „setzen wir uns einen Augenblick hierher. Das war mein Lieblingsplatz in meiner Kindheit."

Der alte Obstgarten war weiß von Mondlicht. Es sah aus, als ob es geschneit hätte, aber in der Luft roch man die reifen Pflaumen, und vom Boden stieg ein warmer Dunst auf. Hubert warf sich, seiner Abendkleidung nicht achtend, auf das trockene Gras.

„Das war mein Reich. Da war ich glücklich vor vielen Jahren." Was für einen sonderbaren Ton hatte heute abend jedes seiner Worte.

„Bedauerst du es? Es ist doch auch in Gloriette so gut zu leben, selbst wenn es weniger schön ist."

„Es ist überall gut neben dir. Aber bleib nicht so stehen."

Überrascht sah Madeleine auf ihren Mann nieder, der auf dem Boden ausgestreckt lag.

„Aber . . . mein Kleid."

„Geh, du sparsame Hausfrau. Madeleine, Madeleine, dein wahrer Name ist Martha. Mach dir keine Sorgen, wir werden ein neues kaufen. Komm, setz dich."

Sie gehorchte und setzte sich vorsichtig, den Rock aufhebend, nieder.

„Gib deine Hand her, auf meine Stirn. Da, so . . . Sie ist kühl."

Sie schwiegen eine lange Weile. Madeleine drückte noch immer ihre Hand auf seine Stirne. Hubert konnte also auch anders sein. Heute war er so verschieden von dem etwas wortkargen Gatten mit seinen abgemessenen Zärtlichkeitsbezeigungen, die immer einen Abstand zwischen ihnen ließen.

„Wenn es Krieg gegeben hätte, wäre ich gegangen."

Sie hörte ihm zu, ohne sich zu rühren, ohne zu antworten. Warum sagte er das?

„Du wärst allein geblieben, hättest auf mich gewartet . . . lange . . . die ganze Zeit. Ja? Nein?"

Was für eine Frage. Madeleine sah ihn verblüfft an.

„Was hätte ich anderes tun sollen?"

,Vernünftig, treu, geduldig und sanft.'

„Wie Solveig ..."

„Solveig?" Sie wußte nicht, wer Solveig war. Sie hatte nicht die Schriftsteller gelesen, aus denen er seine ungewöhnlichen Vergleiche schöpfte. Sie war ein junges Mädchen vom Lande, noch immer ganz erstaunt darüber, daß er eines Tages gekommen war, sie zu fragen, ob sie ihm folgen wolle. ,Mich, unter allen anderen.' Er war schwer zu verstehen. Aber diese Nacht schien die Schranken zwischen ihnen niedergerissen zu haben, und seine Zärtlichkeit sagte ihr auf einmal mehr als alle seine Worte. Er legte seinen Kopf in ihren Schoß und machte es sich bequem, als ob er schlafen wollte.

Der Schatten eines Birnbaumes wurde hinter ihnen länger, erreichte sie und verhüllte ihre Gestalten.

In der Ferne hörte man die Ballmusik.

Im Lichte der Girandolen wurde unermüdlich getanzt. Die großen Abendkleider aus Organdy und Musselin schwebten im Rhythmus des Walzers.

Die „drei Majestäten", Isabelle weiß, Anne in Grün, Christine in Rosa, flogen von einem Arm in den anderen. Zwischen zwei Ausflügen zum Büfett gesellte sich François zu Dominique, die im Halbdunkel der Zeder kauerte. Beide sahen ihren blendenden Schwestern zu, wie sie tanzten.

Frédéric hatte gesagt: „Also abgemacht, bis nach dem Feuerwerk erlaube ich euch aufzubleiben."

Sie sahen es hinter dem Rasenplatz aufspritzen, seine Zauberkraft entfalten, in Katarakten von Sternen zum Himmel emporschießen, in rieselnden Sonnengarben aufblühen ..., und fanden sich wieder im Dunkel, voll Bedauern, wie Aschenbrödel, wenn es zwölf geschlagen hat.

Man beglückwünschte Ludivine und ihren Mann:

„Ein herrliches Fest, meine liebe Freundin. Ein glänzender Erfolg. Eine Stimmung ist auf dem Ball! Soviel Jugend, soviel hübsche, junge Mädchen. Allerdings sind sie schon in der Familie zahlreich vorhanden. Und die Ihren sind die Rosen im Strauß."

Frédéric brüstete sich ohne Zurückhaltung. Wenn es seine Töchter galt, störte kein Überschwang seinen sonst so scharfen Sinn für das Lächerliche.

„Ja, nicht wahr, sie sind schön?" bekräftigte er mit naivem Stolz.

Ludivine biß sich auf die Lippen. ,Alle unsere Freunde müssen sich über ihn lustig machen.‘ Aber die Nachbarschaft war voll freundlicher Nachsicht für diese wohlbekannte Schwäche Frédéric Vernets. Im stillen war Ludivine ebenso stolz. Die ganze Blüte des Landes war an diesem Abend hier versammelt, und gewiß, ihre kleinen Nichten, die Schwestern Jeans und Gaspards, Mireille du Roveret, Félicienne Pouzol, die zwei kleinen Antonettis, um nur die Auffallendsten zu nennen, waren mehr als angenehm anzusehen. Aber die ihren ...

„Es ist wahr, Liebste, sie sind wunderschön“, flüsterte Elisens Stimme neben ihr. „Ich habe gerade Christine beobachtet. Seit heute ist sie ein junges Mädchen. Das Kleid hat sie mit einem Schlag verwandelt.“

Ludivine nickte.

„Ja, auch sie ist soweit ... Und wir, was wird dabei aus uns? Sie stoßen uns beiseite, um unseren Platz einzunehmen.“

„Aber es ist so schön, sie leben zu sehen.“

„Ja ...“

Elise hatte leicht reden. Ihr Ältester war kaum sechzehn, und die Buben bleiben soviel länger Kinder. Sie verdrängen einen nicht mit derselben Unverschämtheit. Elise konnte noch als junge Frau gelten. ‚Obwohl sie ein Jahr älter ist als ich. Aber wenn man schon eine verheiratete Tochter hat.‘

„Und wann heiratet Isabelle?“

„Im Laufe des Winters. Der Zeitpunkt steht noch nicht fest. Ich denke im Januar oder Februar, nach den Festtagen. Übrigens weißt du, daß unsere gute Laura bald Großmutter sein wird? Agnès erwartet Ende Januar ein Baby.“

„Oh, wirklich? Da wird sie ja glücklich sein!“

„Ich habe sie nicht gefragt“, sagte Ludivine in spöttischem Ton.

Man hatte auf dem Rasenplatz die Tische für das Souper aufgestellt. Victor trat an seine Herrin heran, um die letzten Befehle entgegenzunehmen, bevor er den Gästen ihre Plätze anwies. Hinter dem Hause auf dem von Schneeballsträuchern gesäumten Rondell wartete Jean träumend auf seine Braut, die Zigarette zwischen den Lippen.

Ein rosa Schimmer schwebte durch die Bäume. Er erkannte das Kleid.

„Christine!“

Das Mädchen blieb stehen und sah um sich.

„Wer ruft mich?"

„Chri – sti – ne . . .", modulierte er zum Scherz.

Sie trat mit ihrem stolzen, geschmeidigen Schritt, den sie von ihrem Vater hatte, in das Licht der großen runden Lampions, die ein leichter Windhauch bewegte.

„Oh! Sie sind es?"

Ihre Stimme hatte sich verändert.

„Ja, nur ich. Ich bedauere, Sie enttäuschen zu müssen", antwortete Jean in neckendem Ton. „Sie haben etwas Besseres erwartet? Einen, den Ihr erster Angriff außer Gefecht gesetzt hat, meine junge Schönheit? Das würde mich nicht überraschen, Sie sind heute abend überwältigend."

Christines Gesicht nahm einen finsteren Ausdruck an. Sie liebte keine Scherze über diesen Gegenstand und am allerwenigsten von Jean.

„Wenn das alles ist, was Sie mir zu sagen haben, dann hätten Sie es sich ersparen können, mich aufzuhalten."

„Aha, Sie haben sich verraten: man wartet auf Sie. Nun, wer ist es? Ich verspreche Ihnen, Schweigen zu bewahren. Sagen Sie es mir, oder Sie sind meine Gefangene", drohte er, indem er sie beim Handgelenk ergriff. Christine wehrte sich kräftig, Jean lachte aus vollem Herzen.

„Lassen Sie mich los!"

„Nein, meine liebe, kleine Schwester."

„Ich bin nicht Ihre Schwester."

„Doch, Sie sind es oder beinahe. Ich habe das Recht, Sie so . . ."

„Ich sage Ihnen: Nein!"

Sie versuchte mit solcher Gewalt sich aus seiner Umklammerung zu befreien, daß er sie losließ, aus Angst, ihr weh zu tun.

„Ich verbiete Ihnen, mich wie ein kleines Schulmädchen zu behandeln. Sie sind gar nichts hier. Und für mich werden Sie niemals etwas sein. Wir zwei haben nichts miteinander zu tun. Sie . . . Sie . . . halten sich für unwiderstehlich und sind ganz einfach lächerlich als glückstrahlender Bräutigam."

Voll Bestürzung sah Jean sie an.

„Ja, Kind, was ist denn? Was habe ich Ihnen getan?"

Die grauen Augen Christines hefteten sich mit durchbohrender Schärfe auf ihn. Dann sah er sie einen Augenblick unsicher werden. Plötzlich drehte sich das Mädchen mit einer heftigen Bewegung um und lief davon.

In einer Entfernung von wenigen Schritten stand Isabelle unbeweglich an eine Zypresse gelehnt, die ihre Gestalt verbarg.

‚Wenn ich jetzt zu ihm gehe ... Es ist besser, ich lasse ihm Zeit, wieder zu sich zu kommen. Er könnte glauben ... Es hätte den Anschein, als ob ich ihnen nachspioniert hätte.‘

Die zornige Stimme ihrer Schwester hatte sie am Ausgang des Dickichts festgehalten. Wie angewurzelt war sie stehengeblieben. ‚Ganz einfach lächerlich als glückstrahlender Bräutigam.‘ Die Worte waren ihr durch und durch gegangen. ‚Arme Christine!‘ War es denkbar, daß Jean nicht verstanden hatte? Aber ja, das war es! Die Freude, der Stolz, den er so gerne, zu gerne sehen ließ. Jetzt wußte sie auf einmal den Grund der Enttäuschung, die in ihr wuchs, gegen die sie seit mehreren Monaten gewaltsam ankämpfen mußte. ‚Ich bin nicht edel. Mein Gott, ich schäme mich vor mir selbst! Ich glaube, ihm das Glück geben zu wollen, und ertrage nicht einmal, daß er ... Nein, ich sehe wohl, daß ich es niemals ertragen könnte.‘

‚Mein Gott, o mein Gott! Was bin ich denn?‘

Es ist furchtbar, eine solche Entdeckung an sich machen zu müssen, wenn man sich nur durch Selbstachtung aufrechterhält. Isabelle schauderte. Still entfernte sie sich in der Richtung auf den Rasenplatz.

Beim Souper trafen sie sich wieder. Die glänzenden Augen des jungen Mannes, der ganze Ausdruck seines Gesichts, der eine leichte Überreiztheit verriet, trugen jene strahlende Selbstsicherheit zur Schau, vor der sich Isabelle instinktiv zurückzog.

Als der Ball wieder begann, entschlüpfte sie ihm. Zuerst unterhielt er sich über das, was er für eine an seiner Braut gänzlich ungewohnte Koketterie hielt, und spielte den Verfolger. Aber schließlich begann er ungeduldig zu werden.

Die Sterne waren schon verblichen, als es ihm endlich gelang, sie unter den Eichen zu finden. Isabelle unterdrückte einen angstvollen Seufzer, als sie sich mit ihm allein sah.

„Endlich habe ich dich, Liebste. Schämst du dich nicht, mich so allein zu lassen, in der heutigen Nacht?“

„Hör zu, sie spielen einen Walzer. Gehen wir tanzen.“

„O nein, nein, komm hierher“, verwahrte er sich, indem er sie weiter ins Dunkel der Bäume zog.

Das junge Mädchen versuchte sich loszumachen.

„Nein, nein, nicht hier! Nicht jetzt! Schau, Jean“, fügte sie hinzu und versuchte zu lächeln, „heute gehöre ich allen.“

„Ja, und jeder kann an dich heran, nur ich nicht. Also jetzt genug mit dem mutwilligen Spiel", sagte er halb lachend, halb ärgerlich. „Ich habe vor dem Souper umsonst auf dich gewartet und für mein Postenstehen keine andere Belohnung geerntet als eine Unterhaltung mit deiner kleinen Schwester, die ich eher nervös gefunden habe. Du mußt zugeben, daß das für einen Bräutigam nicht eben viel ist."

Er hielt sie fest bei der Hand, als ob er gefürchtet hätte, sie wieder entschwinden zu sehen, und führte sie aufs Geratewohl hinweg aus dem Bereich des Festes. Es war der Weg zum „kleinen Berg".

Isabelle ließ sich jetzt willenlos führen, beherrscht von dem Gefühl einer Schicksalsfügung. Dort war die Bühne, die seit langem für sie bereit war. Dort hatte sie einst als kleines Mädchen, gerade am Vorabend ihres Geburtstages, den Prolog spielen sehen. Jetzt war der Augenblick gekommen. Jean selbst führte sie, von irgendeiner unheilvollen Macht getrieben, an den Ort, der für die Lösung dieses kurzen Dramas bestimmt war, des Stückes, das sie beide in dieser Welt zu spielen hatten.

Sie stiegen den sanften Abhang hinan, den der Mond in eine Meereslandschaft verwandelt hatte. Der plissierte Rock von Isabelles Musselinkleid, das sie wie eine griechische Figurine kleidete, verfing sich in einem Brombeerstrauch.

Jean blieb stehen, um sie loszumachen.

„Laß . . ."

Sie zog an, der Stoff zerriß mit einem leisen krachenden Geräusch: ‚Ein Kleid, das ich nicht mehr anziehen werde.'

„Links, unter dem Eibischbaum, steht eine Bank."

Sie setzten sich Seite an Seite nieder.

„Dieser alte Baum ganz in Blüten ist entzückend. Wieso sind wir niemals hierhergekommen?"

„Als ich klein war, versteckte ich mich gerne hier, um zu lesen."

Sie streckte unwillkürlich die Hand aus. Lag da nicht noch ein vergessenes Buch aus ihrer Kinderzeit auf der Bank? „La Roche aux Mouettes" oder „Les Fredaines de Mitaize"? ‚Ach nein! Was war seither geschehen?'

„Liebste", murmelte Jean, „ich möchte dich noch ganz klein haben, daß ich dich in meinem Arm halten könnte wie ein Kind."

Er nahm sie um die Mitte und zog sie an sich, Isabelle wehrte sich.

„Jean ... nein, nein, Jean ... Hör mich!"

„Mein kleines, wildes Mädchen, wann wirst du endlich aufhören, dich zu sträuben?"

Er hielt sie fest. Das Mädchen spürte seinen fliegenden Atem.

„Liebste, wenn du meine Frau sein wirst ..."

Sie stieß mit den flachen Händen das Gesicht, das sich über sie neigte, von sich.

„Ich werde niemals deine Frau werden!"

„Isabelle!"

Er packte sie wild an den Handgelenken.

„Isabelle, was willst du ...?"

Mit weitaufgerissenen Augen starrte sie ihn an.

Die Nacht um sie her verbreitete einen unendlichen Frieden.

„Ich bitte dich um Verzeihung", sagte sie demütig.

„Aber, mein Herz, das ist nicht wahr. Das ist ein Spiel, nicht wahr? Du wolltest doch nicht im Ernst sagen ...? Isabelle, antworte mir! Sag etwas! Du siehst doch, daß du mich rasend machst."

Er zermalmte ihre Hände in den seinen, er tat ihr weh. Sie ließ keinen Laut der Klage hören: ‚Ich verdiene es, mein Gott, ich verdiene es. Wenn er mich töten wollte, würde ich mich nicht wehren.'

Aber er ließ sie mit einem unterdrückten Schluchzen los.

„Du liebst mich nicht. Das ist es, nicht wahr? So sag es doch: Du hast mich nie geliebt."

„Nein", flüsterte sie und ließ den Kopf sinken.

Er schwieg vernichtet.

Das Orchester unten spielte die „Quadrille des Lanciers". Sie hatten sie vergangenes Jahr zusammen bei Jean getanzt. Die Musik bedrängte sie mit Erinnerungen.

„Und doch hast du meine Bewerbung angenommen. Erinnere dich ... Als ich nicht zu hoffen wagte ... Du hast mir dein Wort gegeben ... freiwillig."

Seine Stimme klang flehend. Von Schmerz überwältigt, verharrte das junge Mädchen in ihrer demütigen Stellung, die Augen zu Boden gesenkt, ohne ein Wort zu ihrer Verteidigung hervorzubringen.

„Antworte mir. Warum? Wenn du mich nicht geliebt hast ... Doch nicht ... Es war doch nicht, um mit mir zu spielen und mir weh zu tun? Isabelle!"

„Ich hatte gedacht ... Ich wollte dich glücklich machen", sagte sie mit fast unhörbarer Stimme. „Ich glaubte, daß mir das genügen könnte. Aber ... oh, Jean, gib mich frei!"

„Ist es ein anderer? Ein anderer, den du liebst? Wer? Wer ist es? Sag mir, wer? ... Ich will es wissen, ich verlange es!"

„Jean!"

Er bemerkte, daß er ihre Handgelenke mit einem eisernen Griff umklammert hielt.

„Verzeih. Ich martere dich. Hab Mitleid mit mir, wer ist es?"

„Niemand, Jean. Was glaubst du von mir? Was für ein wahnwitziger Gedanke! Warum sollte ich jemanden lieben?"

„Ja, warum, das ist wahr!" lachte er bitter.

Isabelle hob den Kopf und sah ihm ins Gesicht.

„Es war mein ehrlicher Wille, als ich versprach, dich zu heiraten. Aber heute habe ich meinen Irrtum erkannt. Jetzt weiß ich, daß ich nichts für dich zu tun vermag. Deine glückliche Gegenwart, die Freude, die du zeigen könntest, wären mir zur Qual. Ich sehe dich nicht gerne glücklich, nicht einmal froh, verstehst du? Ich will nichts wissen von Glück, es hat etwas Unreines, etwas Zweideutiges an sich. Dir angehören? Niemals könnte ich es ..."

Jean hörte ihr mit starrer Aufmerksamkeit zu. Bei den letzten Worten erhellte sich sein Gesicht.

„Mein liebstes Herz, was für eine Einbildung! Ist es nur das? Das sind die Skrupel eines jungen Mädchens!"

So hatte er sie also nicht verstanden. ‚Mein Gott!' Isabelle fühlte sich müde und leer, ihrer ganzen Kraft beraubt.

„Wenn du mich wirklich liebst", sagte sie trüb, „dann würdest du mich gehen lassen, wie ich dich bitte. Gib mir diesen Beweis deiner Liebe."

Der junge Mann war auf die Knie niedergesunken und umschlang sie mit seinen Armen, ihr weißes duftiges Kleid zerknitternd.

„Aber ich kann nicht, Isabelle! Du sprichst wie ein Kind. Ich bin ein Mann, ein normaler Mensch. Ich begehre dich ebenso wie ich dich liebe. Und ich liebe dich mit einer solchen Leidenschaft ... Kleines Mädchen, das du bist, die Liebe besteht auch aus Begehren."

„Nicht für mich", stieß sie hart hervor. „Ich kenne das Begehren. Es ist scheußlich." Sie hatte sich rasch aufgerichtet, um sich loszumachen. Der Mond, der tief am Himmel stand, warf seinen Schein beinahe waagrecht unter die Bäume und badete die Gestalt des jungen Mädchens in einem weißen Licht.

Mit einem Sprung war Jean auf den Füßen.

„Ich werde dich nicht freigeben wegen einer verrückten Einbildung!"

Mit einer plötzlichen leidenschaftlichen Bewegung, die ihr überraschend kam, drückte er sie an seine Brust.

„Ich habe dich geküßt, Isabelle, vergiß es nicht! Ich habe dich in meinen Armen beben gefühlt, so stolz du auch bist." Er verteidigte seinen bedrohten Besitz mit einer Erbitterung, die vor keinen Beweisgründen zurückzuweichen entschlossen war.

„Ich werde dich nicht freigeben, verstehst du mich?"

Er beugte sich über das bleiche Gesicht, in dem die weitoffenen Augen durch ihn hindurch ins Leere zu blicken schienen.

„Du bist meine Braut, und du wirst es bleiben. Erinnere dich an diese Küsse ... Ich werde dir noch andere geben. Es ist dein Stolz, der sich bei dem Gedanken auflehnt. Nur dein Stolz! Aber ich, ich will ..."

Ihre Kraft zusammennehmend, stieß Isabelle ihn ohne Heftigkeit von sich. Es war eine solche Losgelöstheit in ihr, daß er mit einem Schlag entwaffnet war.

„Nein, Jean."

Beschämt über seine Roheit, stand er stumm vor ihr. Tränen verdunkelten seinen Blick. Isabelle schloß die Augen.

„Wohin ich gehen werde, wird mein Stolz mir nicht folgen können, selbst wenn es wahr ist, was du sagst."

„Isabelle", flehte er, „sieh mich an."

Sie reichte ihm ihre Hände: „Jean, gib mich frei ... Gewähre mir das, worum ich dich bitte, sei gnädig."

„Wie willst du, daß ich dich freigebe?" fuhr er verzweifelt auf. „Ich kann es nicht! Ich kann nicht ..."

„Jean ..."

Wollte sie sich wirklich noch gegen ihn dieser Stimme, dieses Blicks bedienen, die er so liebte?

„Genug! Ich kann nicht, ich will dich nicht mehr hören. Das ist unmenschlich. Du bist entsetzlich, du bist ... Ah! ..."

Er stürzte davon, den Abhang hinunter, ohne auf den Weg zu achten. Lange noch hörte sie den Klang seiner Schritte auf der verhärteten Erde und dem Kies der Alleen widerhallen. Er entfernte sich, wurde schwächer, verlor sich endlich ...

Am Horizont kam der Tag herauf. Isabelle stand auf dem Hügel und spähte ins Dämmergrau hinaus. Ja, dort, dort glaubte sie ihn noch zu erblicken ...

Die Lampions erloschen einer nach dem anderen. Der Park versank in graue Finsternis, durch die schon der Morgen schimmerte. Die Gäste verabschiedeten sich.

Isabelle ging langsam um den zertretenen Rasenplatz herum. Nur die Menschen vermeiden ... nach Hause kommen, ohne jemanden zu sehen, nicht lächeln müssen. ‚Das Fest ist aus.' Sie hatte den Schritt getan. Die anderen wurden zu Schatten ...

An der Ecke des Hauses stand plötzlich Christine vor ihr.

„Da bist du endlich! Woher kommst du? Alles geht schon. Man hat dich gesucht."

Isabelle machte eine müde, wegwerfende Handbewegung.

„Laß mich vorbei."

Ihre Schwester sah sie forschend an.

„Ich habe Jean gesehen", sagte sie scharf und schwieg, auf eine Antwort lauernd. Isabelle blieb stumm.

„Er ist wie ein Rasender davongerannt", fing Christine wieder an. Das hartnäckige Schweigen, der abwesende Blick ihrer Schwester erbitterten sie.

„Ihr habt gestritten? Was hast du ihm gesagt? Was hat ihn in diesen Zustand versetzt? Du hast ihm weh getan!"

Sie fragte nicht mehr, sie klagte an. In ihrer Stimme zitterte eine Feindseligkeit, die an Haß grenzte. „Das kannst du! Warum hast du ihm dann dein Wort gegeben?"

Isabelle beugte sich vor und sah in das wutflammende Gesicht, in die kalten funkelnden Augen und lächelte mit einer melancholischen Geringschätzung.

„Jetzt hast du ja Aussicht. Ich habe ihm sein Wort zurückgegeben."

„Du ... Das hast du getan?" stammelte Christine in maßlosem Staunen, in das sich Wut und Freude mischten.

„Laß mich jetzt vorbei", sagte Isabelle und schob sie mit einer Ruhe beiseite, die Christine empörte.

„Rühr mich nicht an! Rühr mich nicht an, oder ich ..."

Vor dem Achselzucken ihrer Schwester drehte sie sich auf einmal wie der Blitz um und lief davon. Isabelle sah ihr nach. So war es also für heute nacht noch nicht zu Ende. Es war klar, daß Christine zu ihrer Mutter lief. Sie sah die Szene voraus, die nun kommen würde. Ihr Körper war schwer, sie schleppte ihn wie einen Stein. ‚Wieder reden, wieder die Sache erörtern.' Trotzdem nahm sie den Weg ins Haus und ging in ihr Zimmer.

Die weißen Leintücher des offenen Bettes schimmerten matt in der grauen Dämmerung des Morgens. Isabelle stellte sich Mathilde vor, wie sie am gestrigen Abend während des Festes emsig hin und her gegangen sein mochte, das Bett und die Nachtkleider vorbereitend, in ihrer beschaulichen Art, wie man eine rituelle Handlung vollzieht. ‚Arme gute Mathilde ...' Ja, an sie zu denken tat wohl. Wie viele Morgen und Abende hatte sie mit derselben Beschäftigung verbracht, mit denselben täglichen Handgriffen ... Was würde sie wohl später einmal im Paradiese tun, wenn sie keine Betten mehr zu machen, keine Leintücher wohlgefaltet in die Schränke einzuordnen, keine Wäsche mehr zu flicken, keine Klinken mehr zu putzen hätte? Wenn es dort oben nicht eine Kategorie untergeordneter Engel gab, unter denen sie ihren Platz einnehmen konnte, um über die Seife und die Wäsche zu regieren?

Ihr Mann war kurz vor der Geburt Isabelles gestorben. Er war Taglöhner in Mogador und Aufseher bei den Sonntagsrennen gewesen. Ihr einziges Kind hatte sie auch verloren, als es noch ganz klein war.

„... Und dann, Mathilde, was war dann?" so hatten die kleinen Mädchen sie früher immer gefragt.

„Nachher? Nichts." – Zwanzig Jahre.

Was hätte auch sein sollen? In die rundlichen Wangen hatten sich Furchen gegraben, die in einen mageren Knoten zusammengedrehten Haare waren ergraut. ‚Nur ein paar Jahre älter als meine Mutter ...'

„Was erzählt mir deine Schwester da?" Ludivine trug noch ihre veilchenblaue Balltoilette. Ein Tuff purpurroter Rosen welkte am Dekolleté in der Berührung mit ihrer warmen goldbraunen Haut. Überrascht sah Isabelle sie wie eine Traumerscheinung an und blieb stumm.

Ludivine wurde ungeduldig.

„Also? Wirst du nicht vielleicht den Mund aufmachen? Es ist nicht wahr, nehme ich an?"

„Es ist wahr."

Tief Atem holend, nahm sie den Kampf auf.

„Ich habe Jean gesagt, daß ich ihn nicht heiraten werde."

„Was fällt dir ein? Bist du verrückt?"

Ludivine setzte sich erregt nieder und fächelte sich mit ihrem Spitzentaschentuch. Das junge Mädchen betrachtete seine Mutter mit einem Blick des Widerwillens.

„Ich glaube nicht." Sie zwang sich zu einer ruhigen Erklärung: „Es ist mir ganz einfach klargeworden, daß ich nicht fähig bin, ihn glücklich zu machen, und daß unsere Ehe ein Irrtum wäre."

Ludivine riß die Augen weit auf.

„Was erzählst du mir da? Ihn glücklich zu machen! ... Weiß man denn das im vorhinein ... Du willst ihn oder du willst ihn nicht. Und es steht seit Monaten fest, daß du ihn willst. Oder zumindest kannst du nicht behaupten, denke ich, daß wir dich dazu gezwungen hätten."

Immer heftiger werdend, fuhr sie fort:

„Gott weiß, wieviel Geduld wir mit dir gehabt haben ... dein Vater und ich! Und ob wir dich frei überlegen und entscheiden gelassen haben ... Aber schließlich hast du ihn gewählt, du hast ihm dein Wort gegeben. Die Sache ist mit Arnals abgemacht. Alle Welt hier erwartet diese Heirat, und jetzt willst du ... Möchtest du mir wenigstens sagen, ob du an das alles gedacht hast?"

„Ich habe daran gedacht. Aber die Meinung der andern kann hier nicht in Betracht kommen."

Wütend stampfte Ludivine mit dem Fuß. ‚Auch eine Vernet, das konnte man wohl sagen! Eine Gleichgültigkeit gegenüber dem Skandal, die einfach unerhört war.'

„Wirklich, Mademoiselle? Und die Meinung Jeans? Ich wäre neugierig, sie zu erfahren. Ist er zum Verzicht bereit?"

Schmerzlich getroffen senkte Isabelle den Kopf.

„Denn schließlich ist ja Jean auch noch auf der Welt. Ich hoffe, daß du dich daran erinnerst. Er liebt dich ... Jeder Mensch sieht, wie er in dich vernarrt ist. Gott weiß warum, denn du verdienst es wahrlich nicht ... Aber er liebt dich, das ist eine Tatsache ... Und du hast nicht das Recht, ihm eine solche Enttäuschung zu bereiten! Du müßtest ganz und gar herzlos sein, um ihm so etwas anzutun! Du solltest dich schämen vor dieser Liebe."

„Sprich mir nicht von Liebe!" schrie Isabelle plötzlich heftig. „Sprich mir nicht davon! Mit dir will ich davon nicht reden!"

Ludivine fuhr wie von einem Pfeil getroffen auf.

„Du wagst es ...? Ist das eine Art, mir zu antworten?"

Bebend vor Zorn, den kleinen stolzen Kopf zurückgeworfen,

schoß sie aus ihren schwarzen Augen funkelnde Blicke auf ihre Tochter. Isabelle war sitzen geblieben. Ihr Schweigen, ihr starrer Gesichtsausdruck, ihre unbewegliche Ruhe wurden zu einer Herausforderung.

„Du wirst dich sofort bei mir entschuldigen!“

Frédéric trat ein.

„Großer Gott, was geht hier vor? Man hört euch bis hinunter. Ludivine, das ist doch wirklich keine Zeit für solche Unterhaltungen.“ Er gähnte. „Ich falle vor Müdigkeit um. Was immer du ihr zu sagen hast, es kommt mir vor, als ob das bis morgen Zeit hätte, nein?“

„Allerdings!“ lachte Ludivine höhnisch. „Wenn dir die Arnals in ein paar Stunden ins Haus fallen, wäre es doch vielleicht günstig, wenn du vorher wüßtest, warum.“

„Die Arnals?“

Verblüfft schloß er die Tür und trat näher.

„Was soll das heißen?“

„Frag deine Tochter.“

„Sabel?“

Er wandte sich zu ihr, sah ihren starren Blick, ihren gequälten, aber entschlossenen Gesichtsausdruck.

„Meine Kleine, was ist denn? Etwas so Ernstes?“

Er setzte sich neben sie auf den Diwan.

„Also, sag mir ...“

„Oh, Papa, Papa ...“

In der Stimme des Mädchens zitterte eine solche Qual, daß Frédéric besorgt wurde.

„Mein kleines Mädchen, was hat man dir getan?“

„Was man ihr getan hat?“ schrie Ludivine außer sich. „Frag lieber, was sie getan hat, in welche Lage sie uns gebracht hat ... und wie unverschämt sie sich mir gegenüber benimmt auch noch dazu! Soll ich es dir sagen? Sie hat soeben Jean verabschiedet, ganz einfach, wie einen Dienstboten. Ohne den leisesten Schatten eines vernünftigen Grundes. Weil er, wie sie nach reiflicher Überlegung festgestellt hat, nicht der Typ eines Mannes ist, den glücklich zu machen sie sich fähig fühlt. Und sie verbietet mir ganz einfach, mich in ihre Angelegenheiten zu mischen!“

Fassungslos hörte Frédéric zu und beobachtete dabei unverwandt seine Tochter.

„Isabelle“, sagte er im Tone leisen Vorwurfs.

„Niemals werden uns die Arnals diesen Affront verzeihen. Und wer weiß, was man sagen wird? Was die Leute erfinden werden ... Auf jeden Fall ist es sicher, daß sie unverheiratet bleiben wird. Ich kann mir nicht denken, wer so dumm sein könnte, sich nach einem solchen Vorfall um ihre Hand zu bewerben. Wir können uns noch glücklich schätzen, wenn ihr Benehmen nicht ihren Schwestern schadet."

Stirnrunzelnd überlegte Frédéric, suchte nach einem Grund für dieses unfaßliche Ereignis. Er hätte ihr harte Worte geben, die schwersten Vorwürfe über ihr Verhalten machen müssen, erreichen, daß sie ihren Entschluß widerrufe ... zumindest versuchen, von ihr eine ernste, überzeugende Erklärung zu erhalten, einen gewichtigen Grund, der sie hätte rechtfertigen können. Alles, was seine Frau gesagt hatte, war nur zu wahr. Und Jean, den er schon als Familienmitglied betrachtet hatte ... Wie fröhlich war er gewesen, immer diensteifrig und so arglos vertrauend ... ‚Armer Jean. Wie hatte Isabelle das nur tun können? ...' Aber etwas war in ihrem Blick, das ihm unmöglich machte, mit ihr streng zu sein, das um Gnade bat.

„Hast du das auch alles wirklich bedacht? Den Schmerz Jeans ... was du ihm und uns allen antust?"

„Ja, Papa."

„Du bist sicher, daß du ihn nicht heiraten kannst?"

„Ja." Die Antwort mußte man von ihren Lippen ablesen. Ludivine betrachtete die beiden wortlos, mit wachsender Erbitterung.

„Wirst du es nicht bereuen? Bist du davon überzeugt? Ist es nicht ein unüberlegter Entschluß auf Grund eines vorübergehenden Mißverständnisses?"

Isabelle schüttelte den Kopf. Sie schien am Ende ihrer Kraft zu sein. Einen Augenblick schwieg Frédéric, dann sagte er:

„Es ist gut, mein Kind. Ich werde dich nicht zwingen."

„Frédéric!"

Er schien nichts zu hören. Mit geschlossenen Augen versuchte er, die Gefühle seiner Tochter zu ergründen, sich in Gedanken an ihre Stelle zu versetzen. ‚Seine liebe, stille, verschwiegene Kleine ... Wenn man nur wissen könnte ...'

Isabelle fühlte, wie sich die Hand mit den langen schmalen Fingern um die ihre schloß.

„Aber was willst du tun?"

„Ins Kloster eintreten, Papa, wenn du es erlaubst."

Er war sprachlos, wie vor den Kopf geschlagen.

„Sie ist vollkommen verrückt!" brach Ludivine los.

„Schweig! Das ist keine Art, mit ihr zu sprechen", gab er ihr streng zurück.

Unfähig, sich weiter zu beherrschen, verließ Ludivine, die Tür hinter sich zuschlagend, das Zimmer, ohne daß er sie zurückhielt.

„Warum, Sabel?"

„Dort ist mein Platz, Papa. Das einzige Leben, das für mich paßt ..." Sie wankte vor Müdigkeit. Frédéric zog sie an sich, nahm mit unendlicher Zärtlichkeit ihren Kopf und legte ihn an seine Brust.

„Ein unfruchtbares Leben ... Du bist ein Kind, du weißt nicht, wovon du sprichst. Du hast Angst vor der Wirklichkeit der Liebe."

„Nein, Papa, vor ihren Grenzen."

An seiner Brust geborgen, wagte sie, es zu erklären.

„Ich habe viel zu geben. Gott allein kann meine Liebe ermessen und sie ganz annehmen und mir erwidern. Mein Fehler war, daß ich so lange gebraucht habe, um das zu verstehen."

Frédéric sah sie gedankenvoll an: ‚Wie sie manchmal an ihre Mutter erinnert.' Er mußte sich zurückhalten, es ihr zu sagen. Gerade hatten sie sich aneinander gestoßen, Ludivine hatte sich von Zorn gegen sie hinreißen lassen ...

„Aber die Liebe von Mann und Frau füreinander, ist das nicht etwas Schönes? Was haben die Schwächen, die Unzulänglichkeiten, die Mißverständnisse, selbst die Fehltritte zu bedeuten? Nichts, hörst du, mein kleines Mädchen, nichts von dem allem kann sie versehren. Im Gegenteil, sie wird reicher durch jede Prüfung. Sag, glaubst du nicht, daß es wert ist, dafür zu leben?"

„Die meine wird sich selbst genügen. Sie soll jenseits von Glück und Leid sein Ich will ein Feuer daraus machen, daß alles darin verbrenne, in mir und um mich ..."

Welches schwere Leid mußte im Herzen dieses Kindes wohnen, das gestern noch über ein Märchenbuch gebeugt saß, um ihm diesen romantischen Aufschrei zu entreißen, über den zu lächeln unverzeihlich gewesen wäre? – Frédéric drückte seine Tochter fester an sich, bevor er weitere Fragen stellte, die an dem vorbeiglitten, was er hätte wissen wollen.

„Aber die Aufgabe, die dich erwartet? Die Kinder, die du haben solltest, das Leben, das dir zu führen bestimmt war? Dem allem willst du dich entziehen? Wo ist der Gehorsam im Glied, den alle

Soldaten einer Armee zu leisten haben? Du, die ich tapfer, stark und vernünftig weiß ... Du willst fahnenflüchtig werden?"

Er unterbrach sich und streichelte das weiche Haar. Das Gesicht mit den abgespannten Zügen anzusehen tat ihm weh. Isabelle schwieg. Er fing wieder an:

„Jede Arbeit, ganz gleich welche, ist ein wirksames Gebet, wenn sie an dem Platz geleistet wird, an den Gott uns gestellt hat."

„Gewiß, liebster Papa, du hast recht. Aber ich bin nicht an meinem Platz, und solange ich nicht dort bin, kann ich nichts Gutes leisten noch Frieden finden. Wenn Gott will, daß ich in den Augen der andern unnütz bin und nur für ihn leuchte wie eine Kerze in einer Kapelle ..."

Sie sprachen lange miteinander, in flüsterndem Ton, eng aneinandergeschmiegt. Der Tag graute um Mogador. Er drang durch die Spalten der Vorhänge ins Zimmer. Das Licht wurde rosig. Ein Sonnenstrahl glitt herein ...

Isabelle blieb unerschütterlich.

„Ich kann mich nicht damit einverstanden erklären. Ich kann dich nicht nach deinem Kopf handeln lassen", schloß ihr Vater. „Ich werde mit Arnals reden, das verspreche ich dir. Aber mehr verlange nicht von mir."

7

Das Haus war ein anderes geworden. François und Dominique, die zuerst mit einiger Neugierde Wesen und Art dieser allgemeinen Zerrüttung beobachtet hatten, zogen es bald vor, sogleich nach dem Essen, wenn sie den letzten Bissen hinuntergeschluckt hatten, in den Park zu verschwinden.

Mama zeigte ein gereiztes Gesicht, das sich nur mit großer Mühe durch die schmeichelnden Zärtlichkeiten ihres Sohnes ein wenig aufheitern ließ. Papa war von einer außerordentlichen, aber zerstreuten Freundlichkeit. Auch auf ihn hatten erstaunlicherweise die gewohnten Späße und vertraulichen Mitteilungen gar keine Wirkung. Er war gewöhnlich schweigsam und sah manchmal Isabelle traurig an, die mit roten geschwollenen Lidern, starr vor sich hin blickend, bei Tisch saß und kaum ihren Teller anrührte.

Niemand antwortete auf Großmamas Spöttereien. Tante Adrienne und die Taufpatin Dominiques kamen zu Besuch, als ob ein

Kranker im Hause wäre. Selbst Doktor Royer trug eine Unheilsmiene zur Schau.

Die Zwillinge hielten Rat auf dem Kreuzfahrergrab.

„Was glaubst du? Sicher hat Jean ihr etwas getan."

„Das wird sich schon wieder beruhigen", meinte François, seiner Sache gewiß. „Ihr Mädchen seid alle gleich, ihr macht immer aus nichts eine Tragödie."

„Aus nichts? . . . Wie kannst du das sagen?"

„Aber ich kenne doch Jean."

Dominique schlug ihre träumerischen Augen zu ihm auf.

„Das ist wahr." ‚Wenn François sich dafür verbürgte . . . .' „Glaubst du, daß Christine weiß, was geschehen ist?"

„Du kannst sie ja fragen", spöttelte er. Christine war seit dem Fest unzugänglich.

„Nein, nein, ich bestimmt nicht. Aber ich hätte gedacht, daß wir vielleicht zusammen . . ."

Er zuckte die Achseln.

„Da ist nichts zu machen. Ein Stachelschwein . . ."

Dominique zögerte. Beschämt darüber, daß er die Grenzen seiner Macht hatte eingestehen müssen, stocherte ihr Bruder in dem Haufen trockener Blätter, der den alten Stein halb bedeckte. Eine Mauerassel kam aus einer Ritze hervor. Mit halbem Auge beobachtete er die Bewegungen ihres Körpers.

„Gestern . . .", langsam entschloß sie sich, ihr Geheimnis preiszugeben, „. . . während du in der Stunde beim Herrn Pfarrer warst . . . ist er wiedergekommen. Sie hat ihn nicht sehen wollen."

Augenblicklich vergaß François seine Assel.

„Wieso weißt du das?"

„Ja . . ." Dominique errötete. „Er ist gleich wieder herausgekommen mit Papa. Sie sind dann auf die kleine Waldlichtung gegangen und haben sich dort niedergesetzt. Ich war nicht weit davon im Gebüsch und konnte ihre Stimmen hören; von Zeit zu Zeit verstand ich ein paar Worte, halbe Sätze . . . von Jean vor allem. Er hat gesagt: ‚Sie noch einmal sehen, nur ein einziges Mal wiedersehen, warum verweigert sie mir das?' . . . Papa hielt ihn bei der Schulter. Er hat lange auf ihn eingeredet. Jean hat zu weinen begonnen. Es war schrecklich. Ich wagte nicht, mich zu rühren. Er tat mir so leid. Wenn Sabel ihn in diesem Zustand gesehen hätte, ich glaube bestimmt, sie hätte ihm alles verziehen. Ich möchte wissen, was er ihr nur getan haben kann . . ."

François überlegte.

„Warte: Maurice Royer soll heute abend kommen. Wenn er Henriette mitbringt, werde ich sie fragen. Es ist möglich, daß ihre Mama zu Hause davon gesprochen hat."

„Aber ich habe Henriette gestern gesehen. Sie hat mir nichts gesagt."

„Was beweist das? Wenn ich sie frage, ist das etwas anderes."

„Das ist wahr", gab Dominique zu.

Eines Morgens fand Mathilde das Zimmer ihrer jungen Herrin leer. Ganz bestürzt, lief sie mit zitternden Beinen zum Herrn von Mogador, den Brief in der Hand, der an sichtbarer Stelle auf dem unberührten Kopfkissen hingelegt worden war.

Frédéric veranstaltete sofort eine Umfrage im Haus. Das junge Mädchen mußte sich zu Beginn der Nacht durch die Dienstbotentür entfernt und zu Fuß die zehn Kilometer bis nach Tarascon zurückgelegt haben. Sie hatte nur ein Reisenécessaire, das Geschenk ihres Vaters zum letzten Weihnachtsfest, mitgenommen. Auf dem Bahnhof konnte man keinerlei Auskunft geben. Der Verkehr war in dieser Nacht sehr stark gewesen. Wegen der Feiertage – es war Mitte August – hatte man die Züge doppelt, den von Marseille sogar dreifach geführt.

Der Gedanke an sein Kind, das er sich auf einem rauchigen Bahnhof, in der Nacht, unter lärmenden gleichgültigen Menschen umherirrend, vorstellte, schnürte Frédéric das Herz zusammen.

Drei Tage später kam ein Brief, den er seiner Mutter und seiner Frau vorlas. Isabelle hatte bei den Benediktinerinnen in der Nähe von Montpellier Zuflucht gefunden und bat inständig, sie dort zu lassen.

„Nun gut. So werden wir also eine Heilige in der Familie haben", sagte Julia mit ihrem kurzen hüstelnden Lachen.

Es klang ihrer Schwiegertochter unangenehm in den Ohren.

„Um eine solche Dummheit zu machen, wird sie schon warten müssen, bis sie großjährig ist, und bis dahin wird ihr die Lust wohl vergangen sein. Wo ist der Fahrplan? Ich werde Eugénie sagen, daß sie meine Koffer packen soll."

Frédéric sah sie mit einer Art Mitleid an. Er liebte sie. Er wußte, daß er ohne sie nicht hätte leben können: ihre violetten Augen, ihr Stolz, ihre Lebenslust, ihre Hartnäckigkeit, ihr gerader klarer Geist, ihr praktischer Sinn, ihre Lebendigkeit, ihr Egoismus, ihr herber Mut und ihre treue Liebe, an der er manchmal schwer zu tragen hatte, wie an einem Königsmantel ... Ja gewiß, er liebte sie, er hatte niemals eine andere Frau geliebt. Sie war ihm notwendig wie Sonne und Regen der Erde. Aber ...

„Guter Gott! Es gibt Dinge ... Wirst du die denn nie begreifen?"

„Aber ..." Frédérics Worte hatten ihr den Atem verschlagen.

„Nein! Ich kenne deinen Standpunkt. Du hast nicht damit hinterm Berg gehalten in diesen zehn Tagen. Ich habe übrigens auch nicht mit Worten gespart. Und trotzdem wußte ich, daß es umsonst sei. Wir haben dem Kind so lange zugesetzt, bis wir ihm das Leben hier unerträglich gemacht haben. Wir sind verantwortlich für ihre Flucht. Sie hat ein Asyl gefunden, sie ist in Sicherheit, das genügt. Man wird sie nicht weiterquälen; man muß sie jetzt in Ruhe lassen. Ist das nicht auch deine Meinung, Mama?"

Julia nickte zustimmend.

„Allerdings."

„Aber sie wird es ihr ganzes Leben bereuen ..."

„Ich bin nicht so sicher."

„Frédéric ..."

Er schüttelte melancholisch den Kopf.

„Du hast sie nicht sehr gut gekannt, deine kleine Tochter." ‚Vielleicht auch nicht genug geliebt. Es war nicht der Fehler Ludivines gewesen, er wußte es: in diesem Herzen war nur Raum für ihn, nachdem es sich einmal hingegeben hatte. Und Isabelle hätte man unendlich lieben müssen ...' „Sie erinnerte zu sehr an dich!"

Er zog sie an sich. Und schon waren Kummer und Zorn in seiner Umarmung vergessen.

„In ein paar Tagen werden wir sie zusammen besuchen. Du solltest ihr gleich schreiben ... ja? Wir werden den Brief nach Tarascon bringen. So bekommt sie ihn schneller. Wir fahren mit dem Wagen hin."

„Wollt ihr nicht zusammen in der Stadt essen?"

Ludivine fragte ihren Mann mit den Augen.

„Warum nicht, das ist eine gute Idee, Mama. Mach dich fertig, mein Herz, und laß mich nicht zu lange warten."

„Eine ganz kleine halbe Stunde", versprach sie und verließ mit leichten Schritten das Zimmer.

Mit seiner Mutter allein geblieben, ging Frédéric einige Schritte im Zimmer auf und ab, nahm das alte Familienalbum, das auf dem Wandtischchen lag, öffnete es, blätterte mechanisch darin und schloß es wieder.

„Du hast auch keine Hoffnung, Mama, daß sie zurückkommt?" Er wandte ihr bei dieser Frage den Rücken, beschämt über seine eigene Schwäche.

„Nein", sagte Julia ruhig. „Ich weiß, daß ich sie in diesem Leben nie mehr wiedersehen werde." Frédéric biß sich auf die Lippen. Der Klang des Wortes „nie mehr" war ihm ein Stich ins Herz.

„Immer muß ich an diesen Abschied mitten in der Nacht denken, wie sie so mutterseelenallein das Haus verlassen hat und allein auf der Straße gewandert ist wie ein armes Bettelkind. Wir sind ruhig in unseren Betten gelegen, und während der Zeit ist sie geflohen, ohne daß irgend jemand ..."

„Aber nein", unterbrach ihn seine Mutter sanft. „Warum soll ich dir das Herz noch schwerer machen. Ich muß es dir doch sagen: Sie ist vor dem Weggehen zu mir hereingekommen, um mich zu umarmen."

Isabelle im Kloster ... Isabelle im Gewand der Probeschwestern, das seine Trägerin so eigentümlich alt machte ... Isabelle als Novizin unter dem weißen Nonnenschleier ... und als Ordensschwester, mit dem großen Mantel bekleidet, in dem ihre Gestalt verschwand ... Die Monate der Klausur hatten die ernsten Züge, auf denen endlich der Friede eingekehrt zu sein schien, noch verfeinert.

Forschend blickte Frédéric durch die Gitterstäbe in das Gesicht seiner Tochter. Zwischen ihnen zitterte eine Zärtlichkeit, die nichts mehr zu sagen brauchte.

Ludivine wartete, ebenfalls schweigend. Es war, als ob dieses Sprechzimmer – ein großer, heller, kahler Raum, in dem bei jedem Schritt der spiegelnde, eichengetäfelte Boden krachte – denjenigen, der es betrat, auf eine schreckliche Weise seiner Persönlichkeit entkleidete. Die hohen Fenster, die trotz der Jahreszeit geschlossen waren, gingen auf einen kleinen Garten, aus dem der Gesang eines Vogels wie aus dem Jenseits zu kommen schien. Und dieses Gitter .. oh, dieses Gitter ... Seit bald zwei Jahren, die sie jeden Monat hierherkamen, hatte Ludivine sich nicht daran gewöhnen können.

„Mama ..."

„Ja?"

Wie viele Jahre hatte sie ihre Tochter nicht „Mama" sagen hören? Die ganze Zeit über hatte sie es nicht bemerkt, und plötzlich traf sie diese Entdeckung wie ein Schlag. Sie trat näher an das Gitter heran.

„... Ja?"

„Ich möchte wissen, ob du mir wirklich im innersten Herzen verziehen hast."

„Ganz sicher, mein Kind", antwortete sie erschüttert.

Isabelles Antlitz leuchtete vor Freude.

‚Als sie sieben oder acht Jahre alt war, hatte sie dieses Lächeln', dachte Frédéric, der sie beide beobachtete.

„Wenn du wüßtest, wie glücklich du mich machst..." In einer unwillkürlichen Aufwallung näherte ihr Ludivine das Gesicht und streckte ihr die Hände durch die Gitterstäbe entgegen.

Isabelle wich zurück.

„Ich darf nicht, Mama. Die Ordensregel ... du weißt ja."

Vor dem enttäuschten Gesicht ihrer Mutter fügte sie hinzu: „Aber es ist dasselbe, ganz dasselbe ... wie wenn ich den Kuß bekommen hätte ..."

Traurig schüttelte Ludivine den Kopf. Nein, nein, es war nicht dasselbe. Dazu mußte man schon Isabelle sein, um sich mit solchen Einbildungen zufriedenzugeben ... Isabelle für immer verloren, Anne mit Gaspard in der Ferne, François bei den Jesuiten von Avignon, Dominique im Pensionat wie vordem ihre älteren Schwestern. Das Haus hallte jetzt manchmal so leer.

„Was macht Christine?"

„Mein Gott ... Die Pferde, die Freundinnen, die Gesellschaften in der Nachbarschaft ... Sie ist noch größer geworden. Man würde ihr zwanzig Jahre geben. Sie hat immer fünfzig junge Leute um sich, aber sie läßt sie zappeln."

„Und ..."

Isabelle zögerte. Ihr Blick ging schüchtern von einem zum andern.

„... Und Jean, wie geht es ihm?"

Frédéric war es, der antwortete.

„Er kommt nicht mehr. Die älteste seiner Schwestern ist verheiratet, mit Auguste Bresson. Er hat den ganzen Winter in Aix verbracht."

„Ist er ..."

„Getröstet? Das willst du wissen?"

Isabelle nickte.

„Man kann es wohl annehmen, aber es ist schwer, das mit Sicherheit zu sagen. Auf jeden Fall, glaube ich, daß er sich gefaßt hat. Seine Schwestern erzählen, daß er in den letzten Monaten viel ausgegangen sei. Man spricht von der Möglichkeit einer Heirat mit einem jungen Mädchen aus Aix, einer reichen Erbin, einziger Tochter, schön, aus guter Familie, reizend in jeder Hinsicht, heißt es ..."

Bestürzt hörte Ludivine zu. ‚Warum, um Gottes willen, diesen ganz unbestätigten Tratsch so breittreten? Will er sie eifersüchtig machen?'

„Das ist eine gute Nachricht, Papa. Ich hoffe, daß er glücklich wird. Ich habe soviel darum gebetet."

Eine Glocke ertönte. Isabelle verließ ihre Eltern, als hätte der Klang sie in eine andere Welt gerufen, nachdem sie ihnen noch wie in Hast auf den Fingerspitzen einen Kuß gesandt hatte. Es war, als ob sie sich im Dunkel der Klausur verschwindend auslösche.

Das Licht, das ihr Antlitz und ihre Hände für eine kurze Weile in dem Halbdunkel hinter dem Gitter hatte aufleuchten lassen, war verschwunden ...

„Sie scheint glücklich zu sein", seufzte Frédéric, indem er den Arm seiner Frau nahm. „Komm ..."

Sie fühlten sich von dieser Atmosphäre unendlicher Zufriedenheit bedrückt, in der es sich so schwer atmen ließ wie in der reinen Luft der Berggipfel. Als sie aus dem Tor traten, empfing sie die Backofenhitze des Sommernachmittags. Ludivine blinzelte mit den Augen, pustete, öffnete ihren Sonnenschirm und schob ihren Arm wieder unter den Frédérics.

Langsam gingen sie zum Wagen. Eine große Stille war über sie gekommen. Nicht ein Blatt rührte sich an den Platanen der Allee. Die Klosterglocke begann wieder zu läuten, ruhig, in abgemessenen hellen Schlägen, die in die Ewigkeit fielen.

„Der Frieden Gottes", murmelte Frédéric träumerisch.

Ludivine zuckte ungläubig die Achseln.

„Ich glaube, er ist nicht für viele da. Wenn man mich acht Tage da einsperrte ... Nein, nein! Und ich habe die Erfahrung gemacht, als ich jünger war als sie."

Frédéric setzte das Automobil in Gang und sagte neckend:

„Viel zu jung. Wahrscheinlich hat das deine Berufung im Keim erstickt. Aber weißt du", fuhr er nach einer kurzen Pause fort, „manchmal kommt es mir vor, als ob ich auch imstande gewesen wäre ..."

„Du! O mein Herz! Du wärest doch wirklich der letzte ... Du, der du keine Ruhe geben kannst, der du alles ergreifen mußt, was dir über den Weg läuft, der zehn Leben brauchen würde statt des einen!“ Frédéric im Kloster, der Gedanke war wirklich zu lächerlich.

„Ich weiß“, sagte Frédéric, „und doch . . .“

Eingehüllt in ihren schützenden Schleier, betrachtete Ludivine mit zärtlicher Aufmerksamkeit jeden Zug des Profils an ihrer Seite, das sich von dem wechselnden Hintergrund der Straße abzeichnete.

„Scherze nicht. Und übrigens“, fügte sie mit dem schalkhaften Lächeln hinzu, das er so liebte, „du weißt doch, daß es uns bestimmt war, einander auf Erden zu begegnen und miteinander zu leben, zur wechselseitigen Abbüßung unserer Sünden.“

Er neigte sich zu ihr.

„Gesteh es nur, ich bin ein verheerender Ehemann.“

„Verheerend, ja, und noch viel ärger! Aber auch viel besser – manchmal . . . Und dann, verheerend oder nicht . . .“

„Du würdest noch einmal anfangen? Ich auch! Zehnmal, hundertmal, wenn es gälte!“ Er unterstrich diese Behauptung durch kräftige Schläge seiner flachen Hand auf den Volant.

Ein leichter zweirädriger Wagen kam aus einem kleinen Seitenweg zu ihrer Rechten.

„Achtung!“ rief Ludivine. „Da, vor dir . . .“

„Wie? Haben Madame vielleicht Angst? Mit mir?“ spottete Frédéric, indem er das Hindernis mit meisterlicher Präzision umfuhr. Nein, Ludivine hatte keine Angst. An seiner Seite wäre sie in den Schlund der Hölle hinabgefahren, ein herausforderndes Lächeln auf den Lippen.

Sie erreichten die Vorstadt. Der Wagen fuhr über die Esplanade. Ein schräger Sonnenstrahl vergoldete die Bäume, aber zwischen den Häusern war die Hitze noch immer erstickend.

„Wenn du willst“, schlug Frédéric vor, „fahren wir heute abend bis nach Palavas. Wir werden am Meeresufer auf der Terrasse des Kasinos essen. Die Teiche am Wege dorthin sind wundervoll in der Dämmerung.“

Ludivines Augen leuchteten.

„Fahren wir ins Hotel zurück. Ich werde mein neues Kleid anziehen.“

„Ja, tu das. Ich habe Lust, stolz auf dich zu sein. Nimm auch einen Mantel für die Rückfahrt. Das Wetter kann diese Nacht umschlagen.“

Die Place de la Comédie war voll von Spaziergängern. Auf den Terrassen der Kaffeehäuser spielte Musik. Das Wasser des Springbrunnens plätscherte hell und frisch. Die scheidende Sonne ließ die Staubkörnchen in der Luft golden erschimmern. Das Leben war sanft und friedlich. Auf einmal schien es so einfach, glücklich zu sein ...

Mogador bereitete sich zur Weinlese vor. Wieder war ein schöner Sommer zu Ende gegangen, dessen Früchte der Ernte harrten. Weithin dehnten sich die Reihen der mit Kupfervitriol gesprenkelten Rebstöcke, an denen schwer und dicht die Trauben hingen. Oft wanderten Frédéric und Ludivine am Abend hindurch, wogen sie mit der Hand und überschlugen den Ertrag.

Wenn die Nacht hereinbrach, machten sie sich gemächlich auf den Heimweg. In der Mitte der Föhrenallee kam ihnen der immer hungrige François entgegen.

„Wir kommen schon, mein Herz; reite nur voraus und kündige uns an."

François sprengte wieder im Galopp davon. Noch einen Augenblick, einen kleinen Augenblick allein zusammen in der alten vertrauten Allee ...

Eines Morgens stand Frédéric früh auf, um in die Stadt zu fahren.

„Heute werde ich lange brauchen. Der Sattler, der Hufschmied, der Tierarzt wegen der Kuh." Es war eine ganze Liste von Gängen, die er aufzählte.

„Du mußt auch nach Gloriette fahren und dich erkundigen, wie es steht. Mama hält es schon nicht mehr aus."

Huberts Frau erwartete von einem Tag zum andern ihr erstes Kind.

„Das ist wahr. Ich hoffe, daß Madeleine uns einen hübschen Jungen schenken wird. Gut, abgemacht. Ich werde mich dort einen Augenblick aufhalten."

„Aber du bist zu Mittag da."

„Ja freilich, reichlich! Auf bald, mein Herz."

„Beeil dich."

Sie saß an ihrem Toilettentisch und puderte sich die Wange. Der Frisiermantel war herabgeglitten und hatte eine Schulter entblößt. Frédéric neigte sich, drückte seine Lippen darauf und fühlte sie mit Entzücken unter diesem Kuß erbeben.

Sie drehte sich um und nahm ihn um den Hals. Sie umarmten einander. Ludivine sollte sich später an diesen Kuß erinnern und an den neckenden Abschiedsgruß, den er ihr, in der Tür stehend, mit zusammengeschlagenen Hacken und militärischer Geste sandte, bevor er verschwand.

An alle Bewegungen, alle Worte dieses Morgens, die so vielen anderen von so vielen verflossenen Morgen glichen, sollte sie sich erinnern ... Das Frühstück, ihre kleinen Auseinandersetzungen, ihr Lachen, Frédérics Fluchen über seine Manschettenknöpfe, seine Bemerkungen über die neueste „hübsche Geschichte" aus Fontfresque, die Tonin am Vortag von seiner Frau gebracht hatte ... Von nun an würde sie sich Tag für Tag erinnern müssen, die ganze lange, leere Zeit, um sich daran zu sättigen und Verzweiflung daraus zu schöpfen. Aber noch wußte sie es nicht.

Es war schön und warm. Das Haus erwachte zu seinem täglichen Leben. Der frische Geruch des Parks drang durch das offene Fenster herein, der Himmel war von einem auserlesenen Blau, wie gewaschen durch die herbstlichen Regengüsse. In der nahen Föhre sandte ein Vogel seine Triller in die reine Luft. Dominique kam aus dem Hause, ein Buch unter dem Arm, hinter ihr François, gefolgt von seinem Hund.

„Etwas spät, kommt mir vor. Der Herr Pfarrer wird schon ungeduldig sein."

Der Knabe hob lachend den Kopf und warf seiner Mutter mit einer anmutigen Gebärde die halbgeöffnete herbstliche Rosenknospe zu, mit der er das Knopfloch seines Rockes geschmückt hatte.

„Dann tut er unrecht, meine reizende, kleine Mama. Wir haben noch Zeit genug vor uns bis zum Jüngsten Gericht."

„Aber nicht ganz soviel bis zu deiner Reifeprüfung, Faulpelz!" gab ihm Ludivine, von seinem Lachen angesteckt, zurück.

„Pah!" sagte er mit prachtvoller Gleichgültigkeit.

Ganz Frédéric!

Das Bewässerungsrad in der Mitte des Rasenplatzes zerstäubte seine feinen kristallenen Fäden in sonnenflimmernde Tröpfchen. Christines gestern abend vergessener Schal lag auf der Bank am Ufer des Teichs. Das Petunienbeet flammte in leuchtenden Farben und bewegte seine Glocken im Morgenwind. François entfernte sich mit lässigem Schritt zum Parktor. ‚Bald, in ein paar Stunden, kommt er zum Essen zurück', dachte Ludivine, ihm nachblickend, ‚dann kommt auch Dominique nach Hause und Christine von ihrem Spazierritt und Frédéric in seinem Wagen ...'

Aber Frédéric ... nein, Frédéric kommt nicht mehr zurück. Das

Stelldichein, zu dem er diesen Morgen eilte, stand nicht auf seiner Liste, aber schon hatte der Ruf der unbekannten Stimme ihn auf seinem Wege erreicht.

Ein Kind, das über die leere Straße läuft und sich beinahe unter die Räder wirft, der Entsetzensschrei einer Frau, ein wilder Ruck an der Bremse, ein Reifen, der platzt, und dort am Straßenrand der Baum, an dem der unsichtbare Weggefährte Frédéric Vernet erwartet ...

„Nein, nein, Madame, er ist nicht tot. Er hat die Augen geöffnet und gesagt: ‚Der Kleine' ... Sofort, wissen Sie ... Dem Kleinen ist nichts geschehen, es ist ein wahres Wunder. Aber die Mutter gebärdet sich wie eine Wahnsinnige; sie weint und weint und kann nicht mehr sprechen."

Der Mann, der das sagte, hatte Ludivine auf seinem in rasender Fahrt dahinjagenden Wagen.

‚Frédéric ... wo ist er? Wo ist er?' Zu ihm, zu ihm, alles andere war gleichgültig. Bei ihm sein, ihn wieder an sich nehmen, ihn halten ... halten, so fest, daß niemand es wagte ... nicht einmal ...

Der Tod ... Ludivine kannte sein Antlitz, sie hatte ihn nahen sehen, von ihr selbst gerufen, drohen sehen, hinter den Fenstern des Salons, an einem Herbsttag vor zwölf Jahren. Sie hatte keine Angst. Sie bereitete sich zum Kampf: ‚Frédéric, ich komme, warte auf mich, ich bin da.'

„Der Arzt?" fragte sie mit zusammengebissenen Zähnen.

„Es ist jemand zu ihm gefahren, Madame, zu gleicher Zeit, wie ich zu Ihnen. Bestimmt hat Louset ihn gebracht, da können Sie ganz unbesorgt sein."

Der Mann hatte sie trösten und ermutigen wollen, aber die starren, tränenlosen Augen Ludivines, ihre harte, abgehackte Stimme, ihre Gleichgültigkeit gegenüber allen Einzelheiten, über die er ihr zu berichten gerne bereit gewesen wäre, brachten ihn so aus der Fassung, daß er verstummte.

„Schneller, schneller!"

Er peitschte sein Tier.

„Da sind wir", sagte er, den Wagen anhaltend.

Das an einer Platane zertrümmerte Auto versperrte teilweise den Weg. Einige Schritte weiter an der Straßenböschung hatte ein großer, dunkler Fleck den Staub angesammelt. Ludivine sah ihn nicht.

Man hatte Frédéric in das nahe Bauernhaus gebracht. Männer standen in der Tür. Stumm, entblößten Hauptes, wichen sie vor Madame Vernet zur Seite. Sie sah niemanden.

„Frédéric!"

Voll ungläubigen Entsetzens verschlangen ihre Augen das Antlitz mit den eingefallenen Zügen, dessen bläuliche Haut die Knochen durchscheinen ließ. Auf der hohen, von Schweiß glänzenden Stirn klebten Haarlocken. Mit zaghaftem Finger strich sie sie behutsam zurück.

„Mein armes Herz, dir ist heiß ..."

Aber nein, die Schläfen waren kühl. Er schien sie nicht zu hören. Er hatte die Lider geschlossen und rührte sich nicht. Sein Atem ging laut und unregelmäßig.

Doktor Royer trat näher. Ludivine hob die Augen zu ihm auf.

„Er schläft, Vincent, sagen Sie, ist es ernst?"

Er sah sie lange wortlos an, dann begann er: „Die Männer haben mir erzählt, als sie ihn auf das Bett legten, hat er nur gesagt: ‚Meine Frau?' Man hat ihm geantwortet: ‚Sie kommt.' ‚Ah, das ist gut!' Und er hat geseufzt wie einer, der erleichtert ist, und dann die Augen geschlossen."

‚Meine Frau ...' Ludivine wandte ihren Blick wieder auf den Verletzten.

„Ich bin da, mein Liebster, ich bin da." Mit Tränen der Zärtlichkeit sah sie ihn an, sie sah ihn an mit ihrer ganzen Kraft, sie zog ihn an sich, sie schloß ihn in die Schutzwehr ihrer Leidenschaft, sie verschanzte sich darin mit ihm gegen das Unheil, die Angst und das Leid ...

Plötzlich, wie durch eine Spalte in diesem Bollwerk, schoß ihr der Gedanke durch den Kopf. „Vincent, warum erzählen Sie mir das, statt daß Sie ...? Was hat er? Wo ist er verletzt? Was ist es? Ich will es sehen, lassen Sie mich sehen!"

Sie ergriff die Decke. Royers Hand legte sich auf die ihre.

„Er leidet nicht. Lassen Sie ihn. Ich habe ihm eine Einspritzung gemacht."

Mit verstörtem Blick und dröhnenden Schläfen hörte sie die Erklärungen, die er sich mit hastigen Worten zu geben bemühte.

„Es war der Volant, Sie verstehen. Er ist gegen den Volant geschleudert worden. Ich war sofort da, höchstens zehn Minuten später. Er hatte schon das Bewußtsein verloren. Es ist ..." Er zögerte, suchte nach den richtigen Worten, „... eine Kontusion ...

Der Brustkasten ... Er hat einen inneren Bluterguß erlitten. Er wird ganz ruhig einschlafen."

In den riesengroß aufgerissenen schwarzen Augen Ludivines, die ihn anstarrten, flammte ein wildes Feuer auf, das nichts Menschliches mehr an sich hatte, die Augen eines Tieres, das sich in einer Falle gefangen hat, sich zappelnd wehrt und den Fallensteller herankommen sieht.

‚Er wird einschlafen ... er wird nur schlafen ...'

„Vincent, Sie wollen doch nicht sagen ...? Er wird noch nicht ...? Antworten Sie mir! So antworten Sie mir doch!"

Sie wußte es, sie hatte verstanden. Sie fragte nur in der verzweifelten, jammervollen Hoffnung, den Tod zu überlisten, das Schicksal zu bezwingen.

Das Schweigen Vincent Royers gab ihr die Antwort.

„Vincent ..." Es war nur mehr ein heiserer Schrei, der auf den ausgetrockneten Lippen erstarb.

Wie gerne hätte er den Gnadenstoß gegeben, damit diese Frau nicht länger unter der Folterqual blute ...

„Vincent ... Aber noch nicht ...? Noch nicht gleich ...? Er kann mich doch nicht so verlassen. Er wird aufwachen, nicht wahr? Er wird mir etwas sagen? Einmal noch ... ja?"

Sie krallte ihre Nägel in den Rockaufschlag des Arztes. Er nahm sie an sich, noch immer stumm, und barg ihr Gesicht, dessen Ausdruck unerträglich war, in einer unwillkürlichen Bewegung des Schutzes an seiner Brust.

Aber Ludivine warf sich wieder auf das Bett mit einer Heftigkeit, die nur mühsam gebändigt war. Der Arzt, der mit angstvollem Mitleid ihre Bewegungen verfolgte, konnte die Willensanspannung ermessen.

„Frédéric, Frédéric ..."

Über ihn gebeugt, rief sie ihn dumpf.

„Frédéric, ich bin es, hörst du mich?"

Sie nahm die reglos feuchte Hand, drückte sie, öffnete sie, verbarg ihr Gesicht darin. Umsonst. ‚O Gott, ohne ein Zeichen, ohne ein Wort ...' Sie fuhr mit den Fingern über die Decke, den darunter verborgenen Körper entlang und wieder zurück zum Hals, zögerte dort, glitt über die Umrisse des Gesichts, das fühllos war gegenüber der zitternden Liebkosung, verweilte auf jeder Stelle, unterbrach sich Sekunde für Sekunde, um hartnäckig die Stirne abzuwischen, auf der unaufhörlich kalter Schweiß perlte ...

Halb auf dem Bett liegend, schob sie ihren Arm unter den nassen Nacken, bedeckte mit der Gier einer Wahnsinnigen die Wangen, die klopfenden Schläfen und den Mund, aus dem von Zeit zu Zeit etwas rötlich gefärbter Speichel und Blut hervorkam, mit Küssen.

Frédéric hatte plötzlich einige nervöse Zuckungen, unterbrochen von starkem Schlucken.

Ein gurgelndes Geräusch stieg jetzt aus seiner Kehle auf.

„Vincent! Ich flehe Sie an, das nicht! Ich kann dieses Geräusch nicht hören. Man muß doch etwas tun können, um ..."

Plötzlich bemerkte sie, daß es nicht mehr zu hören war. Stumm horchte sie, horchte ohne Ende. Der stolze Kopf wurde schwer in ihren Händen, die geschlossenen Lider öffneten sich und ließen die grauen Augen sehen, die anderswohin blickten.

„Frédéric ..."

Ludivine rief ihn noch immer, ganz leise, im Ton der Frage.

Aber er hatte nie gerne geantwortet, und auch diesmal, das letztemal, entzog er sich und ging weg ohne ein Wort ... nur das Lächeln, sein Kinderlächeln, auf den halbgeöffneten Lippen. Wenn sie es nur jetzt wenigstens hätte enträtseln können, dieses selbe Lächeln aus vergangenen Tagen, das im Tode geheimnisvoll auf seinen Lippen erblüht war wie ein Versprechen.

8

Gestern, heute morgen noch hatte er gesagt: „Wir werden das machen ... wir werden dorthin gehen ... diese Woche ... in einiger Zeit ... nach der Weinlese ... wenn François älter ist ... wenn alle Kinder verheiratet sind ... wenn ... wenn ..." Ein langer Weg durch blühende Landschaften, der noch vor ihnen lag.

Aber er war nicht mehr da. Was kümmerte sie der Rest des Weges, den sie noch zurückzulegen hatte. Das Licht war erloschen. Es herrschte Finsternis in der Welt. Die Farbe der Jahreszeit, der Glanz der Sonne, der grüne Schimmer der Bäume, der süße Duft der Wiesen – er hatte alles mit sich genommen.

Ludivine irrte von einem Zimmer ins andere, fröstelte in ihren Kleidern aus feiner schwarzer Wolle und Krepp, wie einer, der aus glühender Mittagshitze plötzlich in eine feuchte Grotte tritt.

Sie wichen alle nicht von ihrer Seite. Die ängstliche Zärtlichkeit ihrer Kinder umgab sie mit einer oft ungeschickten Sorge. Ihren eigenen Schmerz vergessend, fühlten sie sich von der Last des ihren zermalmt.

„Ich verstehe nicht, wie sie ihn hat überleben können", sagte Anne zu Gaspard, die das Leben und die Liebe aus den Büchern gelernt hatte, in denen man leichteren Kaufes stirbt.

„Mama, kann ich einen Augenblick bei dir bleiben?"

„Wie hast du geschlafen? Bist du ausgeruht?"

„Liebste Mama, darf ich dich begleiten?"

Ihre Aufmerksamkeit quälte sie. Sie brauchte sie nicht. Sie sprachen von tausend Nichtigkeiten, um sie zu zerstreuen. Sie gab irgendeine Antwort, ohne zuzuhören.

Hartnäckig kehrte sie in ihren Gedanken immer und immer wieder zu der Minute zurück, die alles entschieden hatte, vergegenwärtigte sich den Unfall, suchte nach irgendeinem Umstand, der das Ergebnis hätte abändern können: ‚Vielleicht, wenn er herausgesprungen wäre ... oder einfach auf den Nebensitz geglitten ... Man müßte Bremsen haben, die jäh abstoppen, im Augenblick, ohne Gefahr. Das muß es doch geben ... Man müßte solche anbringen ... Wenn ihm das noch einmal geschieht ... Aber es gab keinen Wagen mehr ... und Frédéric konnte nichts mehr geschehen.'

Sie kehrte in die Wirklichkeit zurück, zu dem Ereignis, das geschehen war, unwiderruflich geschehen: ‚Es ist schon vorbei. Man kann nichts mehr machen. Mein Gott, mein Gott, gib mir ihn wieder! Man muß mir ihn wiedergeben. Du mußt es doch können.' Gott hatte doch Lazarus auferweckt. Aber Gott ließ in keiner Weise merken, daß er Ludivine Vernet gehört habe.

Allein in ihrem Zimmer, in den Stunden der Nacht, da sie niemand hörte, schrie sie, schrie den tonlosen Schrei der gequälten Kreatur. Ätzend und dick wie vergiftetes Blut schwoll der Schmerz in ihr an und entlud sich in erschöpfendem Schluchzen, ohne daß ihr Herz dadurch Erleichterung fand.

Wo war er? Wo? – Durch die ersten Tage war sie wie eine Nachtwandlerin geschritten, hatte das getan, was zu tun war, inmitten eines verwirrenden Aufmarsches von Verwandten und Freunden.

Die Freunde Frédérics ... Alle hatten sie seiner Frau das gebracht, was er ihnen einst von sich geschenkt hatte. Und er war noch dagewesen zwischen ihr und ihnen, ganz nahe, bis zum Friedhof. Man hatte keine Zeit gehabt, nachzudenken, man „fuhr fort", wie eine Maschine, die in Gang ist.

Nachher erst hatte sie die Abwesenheit bemerkt. Es waren die Dinge, die sie ihr zum Bewußtsein brachten, die vertrauten, von ihrem Herrn verlassenen Dinge des täglichen Gebrauchs. Eins nach dem andern stellten sie ihre herzzerreißende Frage, über die sie sann und grübelte, stumm mit einem Gesichtsausdruck, den zu sehen weh tat.

Adrienne und Charles wollten sie durchaus nach Cigalier mitnehmen. Sie drangen in sie: „Komm, ich bitte dich. Die Kleinen werden dich zerstreuen. Die Bergluft wird dir guttun. Und dann werden wir von ihm sprechen, ihn zusammen beweinen." Sie lehnte ungeduldig ab.

Adrienne mochte nur nach Hause zurückkehren, um ihren Bruder neben ihrem Mann und ihren Stiefkindern zu beweinen. Dieser gottergebene, bürgerliche Schmerz, wohlanständig bis in seine Trostlosigkeit, diese sanft und reichlich fließenden Tränen, die sie mit solcher Leichtigkeit vor aller Augen vergoß, flößten Ludivine Abscheu ein.

‚Beweinen ...? Weine ich denn?' – Wenn sie es nur gekonnt hätte ...

Tonin und Ranguis kamen und erbaten Weisungen, in der Hoffnung, sie dadurch zu irgendeiner Entscheidung zu veranlassen: „Ja ... Nein ... Machen Sie, wie Sie wollen ... Fragen Sie Monsieur Hubert."

Wozu war Hubert gut, wenn nicht, um sich mit diesen Dingen zu befassen? Und doch, wie sehr erinnerte er an seinen Bruder! Es lag eine herzzerreißende Süßigkeit darin, ihn anzusehen. Wenn er es erlaubt hätte, vielleicht hätte sie endlich an seiner Schulter weinen können. Aber Hubert war ein eiskalter Fremdling geworden, von dem nichts zu erwarten war.

Madeleine bot ihr mit tränennassen Augen ihren zukünftigen Sohn dar.

„Wir werden ihn Frédéric nennen, wenn du erlaubst, Ludivine."

„Wie ihr wollt."

Frédéric! Es gab nur einen Frédéric. Was konnte ihr dieses Kind bedeuten?

Die Royers kamen fast täglich, bald sie, bald er, niemals zusammen. „Wie könnte ich es wagen, in ihrer Gegenwart beim Weggehen deinen Arm zu nehmen?" Elise schämte sich vor ihrer Freundin ihres Glücks.

Vincent Royer beunruhigte sich als Arzt über Ludivines Zustand.

In vierzehn Tagen hatte sie sich so verändert, daß sie kaum wiederzuerkennen war. Die Knochen ihres Gesichts sprangen unter der angespannten Haut hervor, ihre Gesichtsfarbe war erdfahl, ihre eingesunkenen, fiebrig glänzenden Augen blickten starr ins Leere. Nur selten sprach sie einige Worte; ihre Bewegungen, ihre Stimme waren kurz und abgehackt. Sie durchwanderte mit großen Schritten wie eine Irre das Haus.

„Sie dürfen sich nicht weiter so gehenlassen. Ludivine. Sie waren so tapfer. Jetzt heißt es, sich abfinden; man muß weiterleben."

Sie zuckte mit Hohn die Achseln: ‚Leben ... leicht gesagt, wenn einem ein lebenswichtiges Organ genommen ist.'

„Vincent hat leicht reden. Er hat alles, war er zum Leben braucht. Aber ich? Ich ... " Es war Erbitterung in ihren Worten. Erbitterung über die ihr auferlegte Last an Leid.

„Ich, Mama ... es ist, wie wenn mich etwas am Atmen hinderte. Ich ersticke ... Es ist so furchtbar, daß ich immer glaube, ich werde es nicht eine Minute länger aushalten!" Julia nickte mit ihrem alten, zerfurchten Gesicht.

„Ja ... man lebt nicht mehr. Man dauert."

Sie wußte es; und was es bedeutet, diese endlose Arbeit der Geduld, einen trüben Tag nach dem anderen hinter sich zu bringen, diese Arbeit, die ihre Schwiegertochter jetzt begann ... ‚Das einzige Hilfsmittel ist, an die andern zu denken.' Sie betrachtete die verschlossene Stirne, auf der die Verzweiflung ihre Furchen grub. ‚Die einzige Hilfe ... Aber Gott hat es ihr nicht gegeben, sich ihrer zu bedienen.'

Der Winter kam und verging. Nach den Weihnachtsferien blieb François in Mogador.

„Was soll ich mit einem Diplom anfangen, Liebling? Ich habe nicht die Absicht, ein Gelehrter zu werden. Mein Leben wird Mogador sein. Ich brauche nur in die Fußtapfen meines Vaters zu treten. Ich werde von dir lernen, was er mich gelehrt hätte." Julia hatte ihn unterstützt, in dem sicheren Gefühl, daß nur er imstande sein würde, seine Mutter von ihrer Besessenheit abzubringen, in der sie, blind und taub für die Welt um sie her, vergeblich nach unwiederbringlich Verlorenem tastete und suchte. Wie oft hatte die alte Frau ihren eigenen Kummer beiseite geschoben, um sich zu der dunklen Gestalt hinabzubeugen, die auf einem Hocker vor dem Kamin kauerte, die geöffneten Hände reglos auf ihrem Schoß wie tote Vögel.

„Geh ein bißchen aus, mein Kind. Draußen scheint die Sonne."

„Morgen, Mama."

Ludivine schien sich in das Spiel der Flammen zu vertiefen. Aber ein brennendes Holzscheit konnte aus dem Kamingitter bis auf den Teppich rollen, ohne daß sie es bemerkte. Wenn Victor eintrat, um frische Scheite nachzulegen, erhob sie sich, ging zum Fenster und legte ihre Stirne an die Scheibe. Sie blickte in den kahlen, frosterstarrten Park, blieb stehen und schaute.

Aber das Bild der Landschaft vor ihren Augen verharrte unverändert. Der erwartete Wagen fuhr nicht durch das Parktor ein. Keine hohe Reitergestalt erschien am Ausgang des Eichenwäldchens zwischen den Haselnußsträuchern. Phöbus und Oberon tot ... Miranda tot ... Sigurd alterte im Stall, und die Kinder ritten andere Pferde, an deren Namen sich Ludivine oft nicht einmal erinnerte. Die Bäume hüllten sich in Abendnebel. Es war eine Stunde, da man nach Hause kommt. Aber der Kies vor der Freitreppe knirschte nicht unter dem wohlbekannten Schritt.

Sie wandte sich vom Fenster ab, ins Innere des Salons, in dem die Schatten der fallenden Nacht sich auszubreiten begannen und der Widerschein des Feuers da und dort einen Glanz auf eines der Möbelstücke legte.

Alles war wie einst. Aber Frédéric würde nicht mehr eintreten, weder heute abend noch morgen. ‚Nie mehr ...', man wiederholt es sich, man glaubt es zu wissen, aber plötzlich versagt dieses Wissen auf entsetzliche Weise, und dann beginnt man wieder zu warten ... Sie warf sich in den großen Lehnstuhl, in dem sie so oft und oft zusammen gesessen hatten. Ein Taschentuch auf dem Munde, erstickte sie die Klage, die schon auf ihren Lippen erstarrt war.

Julia schlummerte über ihrer Strickerei: ‚Schlaf nur, schlaf, arme Mutter. Aber ich ... fühlst du es, Liebster, daß ich brenne vor Verlangen, daß mir die Brust weh tut von etwas, was an mir nagt und frißt, daß ich dich rufe aus dem Grunde meines Herzens in jeder Minute? Und ich werde dich so lange rufen, bis du endlich wiederkommen mußt.'

Das Haus war verstummt. Man hörte nicht einmal mehr den Klang einer Stimme darin oder ein Mädchenlachen. In ihrem Zimmer eingeschlossen – die Kinder hatten jetzt jedes seinen eigenen Raum –, las Christine wieder und wieder die Vermählungsanzeige Jean Arnals, zerriß Photographien, fühlte sich alt und glaubte, ihr Leben gelebt zu haben.

Dominique saß bei einem Buch, und manchmal erschien über der Seite, die sie gerade las, das Bild ihres Cousins Numa, den sie seit dem Tod ihres Vaters nicht mehr gesehen hatte: ‚Papa, liebster Papa, wie kann ich an jemand anderen denken?' Sie kam sich entsetzlich lieblos vor. Aber der Tag von Frédérics Begräbnis, dieser finstere Tag der Tränen, war auch der Tag gewesen, an dem Numa zum erstenmal mit ihr wie mit einem erwachsenen Menschen gesprochen hatte.

„Du sollst nicht weinen. Wenn ich wählen könnte, würde ich mir kein anderes Leben wählen als das, was er geführt hat . . . und auch keinen anderen Tod. Er war ein Grandseigneur. Er hat von allem gekostet. Du weißt, wie ich ihn verehrt und geliebt habe. Aber ich beklage ihn nicht. Man kann ihn, man darf ihn nicht beklagen. Nur deine Mutter . . . arme Tante . . ."

Auf einmal war Numa der „kleinen Dominique" ganz überraschend nahegerückt. Im letzten Sommer noch, wenn er sich mit ihr beschäftigt hatte, war es gewesen, um sie unter das Kinn zu fassen und sie wegen ihrer Zöpfe zu necken, während sie verlegen den Kopf senkte, ärgerlich und beschämt über sich selbst. ‚Niemals wird er mich anschauen, wie man eine Frau anschaut. Aber ich weiß ja selbst, daß ich nicht schön bin. Ja, diese blendende Félicienne, die er zwei Jahre hoffnungslos geliebt hat . . . Und jetzt spricht man von einer anderen . . .'

Bei den letzten Rennen von Arles hatte François ihr im Vorbeigehen ein großes, schlankes Mädchen gezeigt, mit frechem, herausforderndem Ausdruck, glänzend angezogen, in einem Kleid, das auf ihren Körper genäht zu sein schien und möglichst viel von ihm sehen ließ.

„Schau, da ist Stéphanie, die Geliebte Numas."

Stéphanie, Hedwige, Titine – die schönste von allen –, Céleste, Margarideto und ihre Schwestern stritten miteinander um den Ruhm, die „schickste" Frau auf dem Rennplatz zu sein. Stolz, sich auf diesem Gebiet genau unterrichtet zu zeigen, flüsterte François, der sie alle vom Sehen kannte, seiner Schwester ihre Namen und die ihrer derzeitigen Liebhaber zu. Aber Dominique hörte nichts mehr.

Am Abend zu Hause angekommen, hatte sie sich lange unzufrieden vor dem Spiegel betrachtet: ‚Nicht häßlich, wenn man will, aber auch nicht hübsch.' Sie irrte: zwischen ihren drei blendenden Schwestern war sie hübsch, wie es ein Jasminzweiglein sein kann, das sich unter Rosen verirrt hat.

Ihre hellen, sanften Augen, ihr ernster Mund, ihre kleine Angelliersche Nase waren bei näherem Zusehen reizend. Das fast blonde Haar, zu lang und zu dicht, um anders als in zwei dicken Zöpfen getragen zu werden, umrahmte, meist ein wenig zerrauft, was ihr noch mehr das Aussehen eines Schulmädchens verlieh, ein rundes Gesicht mit noch etwas unausgeprägten Zügen. – ‚Vielleicht mit einem Chignon und etwas Puder . . .' Puder vor allem, um die Röte zu verbergen, die ihr unfehlbar bei jeder Gelegenheit, für ein Nichts, in die Wangen schoß, wobei dann auch noch zur Ergänzung Kinn und Nasenspitze glänzten.

„Weißt du, woran ich denken muß, wenn ich dich anschaue?" hatte Numa einmal gesagt, als sie neben ihm, ganz verlegen unter seinem Blick, mit stummem Eifer an ihren Zeichnungen arbeitete. „An einen Azerollapfel, außen rot, innen grün." Ganz richtig: eine Beere von einem Strauch, wild, säuerlich, mehlig, noch unentwickelt, die man zum Spaß pflückt – keine wirkliche Frucht. – Niemals war ein Azerollapfel röter gewesen als das Gesicht der armen Dominique unter diesem zweifelhaften Kompliment.

Und die langen Arme, die langen, mageren Beine, mit denen sie nichts anzufangen wußte. Eine solche Ungeschicklichkeit, ein solcher Mangel an Selbstvertrauen in einer Familie, in der alle so überlegen waren. „Sie würde sich nicht getrauen zu sagen, daß ihre Seele ihr gehört, wenn jemand käme und sie mit einiger Unverschämtheit von ihr verlangte", hatte Frédéric erst vor kurzem mit zärtlichem Spott zu seiner Jüngsten gesagt. „Mein schüchternes Veilchen . . ." Aber Papas Neckereien wurden immer mit Küssen aufgewogen, und ihr Fehlen machte sich jetzt schmerzlich fühlbar.

Mama . . . Man verehrte Mama, man vergötterte sie, aber man kam ihr nicht nahe. Oder doch so selten . . . Ihr Leben vollzog sich nicht mehr unter den Ihren. Wohin ging sie, den verlorenen Gefährten zu suchen? An jene Straßenecke, an der Dominique nicht vorübergehen konnte, ohne daß die grausame Erinnerung ihr die Tränen in die Augen trieb, oder in ein anderes Mogador, diesem gleich und doch unendlich viel schöner, wo im Schoß der vergangenen Jahre ihre Liebe unversehrt lebte?

Dieses Glück von einst, so hoch über allem Leid, so vollkommen . . . Dominique fand eine schwärmerische Freude daran, es sich vorzuzaubern, sie träumte davon, begeisterte sich daran, sie erzählte sich ganz allein immer wieder das Märchen von diesem Glück: ‚Mama, Mama, wenn du erlauben wolltest, daß man mit dir geht, wenn du uns erzählen wolltest von dem stolzen Reiter, der dich an deinem Hochzeitstag auf dem Pferde entführt hat. Wie schön du gewesen sein mußt im Brautschleier in seinen Armen, wie glücklich, und wie wundervoll muß es gewesen sein, Papa zu lieben und von ihm geliebt zu werden, und wie herrlich, daß es euch beschieden war, einander zu begegnen ...‘

Manchmal, während der kurzen Zeit, da die Familie nach dem Abendessen beisammensaß, begegnete Ludivine, in dem großen Lehnstuhl sitzend, dem Blick ihrer Tochter, der mit einem leidenschaftlichen Ausdruck auf sie gerichtet war. Mit einer mechanischen Bewegung streichelte sie die Schulter, die sich schmeichelnd an ihren Rock schmiegte, lächelte einen Augenblick.

„Das ist aber eine sehr unbequeme Stellung, mein kleines Mädchen. Du wirst einen krummen Rücken bekommen ...“

„Liebste Mama ...“

Ludivine schwieg vor dem flehenden Blick. ‚Eine sanfte kleine Gegenwart, die nicht stört ...‘ Und von neuem flüchtete sie hinter die schützende Mauer des Schweigens, die sie seit Tagen vor den Ihren verbarg. Gleich würde sie wieder hinaufgehen, nach einem flüchtigen Kuß für die Kinder.

„Gute Nacht, François ... Ja, ich bin ein bißchen müde ... Nein, nein, gar nichts, macht euch keine Sorgen, meine Kleinen. Dominique, bleib nicht zu lange auf. Und du, Christine, du wirst die Lampen auslöschen, bevor du schlafen gehst.“

Alle drei horchten, nachdem sie aus dem Zimmer gegangen war.

„Pst, hörst du?“

„Sie geht in ihr Zimmer.“

„Nein, warte ...“ Sie hörten Schritte über sich.

„Sie ist bei Großmama.“

Jeden Abend klopfte Ludivine, unfähig, den Anblick ihres verlassenen Zimmers zu ertragen, an die Türe ihrer Schwiegermutter. Julia erwartete sie schon, halb versteckt in den Kissen, so schmal und mager. Unermüdlich wanderten die beiden Frauen denselben Weg. Jede der beiden war die einzige, auf die sich die andere stützen konnte.

„Erinnerst du dich, Mama, an den Tag, da er ...“

Julia erinnerte sich immer. Ihr Frédéric ... Die letzten zwanzig Jahre ihres Lebens hatte sie damit verbracht, ihn leben zu sehen. Für ihn, für seinen Frieden hatte sie ihren anderen Sohn geopfert: ‚Für Hubert war ich eine schlechte Mutter. Um Frédérics willen.

Wenn ich ihn ansah, war ich stolz. Ist es darum, mein Gott, daß es dir gefallen hat, ihn mir zu nehmen? Mein schöner Frédéric ... Daß ich das noch erleben mußte in meinem Alter.' Das Herz voll bitteren Grams, nahm sie es dennoch hin.

Aber Ludivines Schmerz war von anderer Art.

„Mama, Mama ... Ich brauche ihn. Ich kann nicht mehr. Was werde ich tun? Ich bin noch jung. Ich kann nicht ohne ihn dieses lange Leben hinbringen, das noch vor mir liegt."

Sie sah diese Unmöglichkeit vor sich, deren Schrecken sie von allen Seiten umringte, und wiederholte:

„Was werde ich tun; Frédéric ... O Gott, Frédéric!"

„Mein Kind ..."

Was für eine Hilfe konnte man dieser Wahnsinnigen bringen, die ziellos durch das Zimmer wanderte? Im Salon horchte François mit seinen Schwestern auf diesen Schritt.

„Was macht sie? Warum schickt Großmama sie nicht schlafen? Sie wird noch krank werden."

Er erhob sich: „Ich gehe hinauf."

„François, was fällt dir ein!"

„Nein, nein, ich bitte dich!"

Dominique hängte sich an ihren Bruder. Er gab nach. Im Grunde seines Herzens fühlte er sich dem Unternehmen gar nicht gewachsen. Dieses verschlossene Zimmer dort oben gehörte gar nicht mehr zum Hause. Es war, als ob es in den Stunden der Nacht an die Pforten des Todes glitte. Waren die beiden dort drinnen allein hinter den geschlossenen Türen? Oder gehorchte der, den sie riefen, der Beschwörung und kam, im Schatten eines Vorhangs oder im matten Glas eines Spiegels, einen Augenblick ihrer Nachtwache mit ihnen zu teilen?

Von einem geheimnisvollen Schauder ergriffen, suchten die jungen Leute gemeinsam ihre Zimmer auf und hielten den Atem an, während sie durch den Gang schlüpften.

Viel später verließ Ludivine ihre Schwiegermutter. Satt von Verzweiflung und Tränen, keines Gefühls mehr fähig, konnte sie sich endlich auf ihr Bett werfen, um einen schweren Schlaf ohne Träume zu finden.

An einem Februarmorgen sehr früh erschien ganz unerwartet, ohne ihr Kommen vorher angekündigt zu haben, Anne allein in Mogador.

Der Mistral raste mit Sturmgewalt an einem reingefegten Himmel dahin und heulte in den gelichteten Baumkronen des Parks. Aber die Reisende hatte kein Auge für den Park und kein Ohr für das Heulen des Sturmes.

Während Victor, der vor einem unvorhergesehenen Ereignis immer die Fassung verlor, wie angewurzelt inmitten der Koffer im Vorzimmer stehenblieb, nachdem er den Kutscher bezahlt hatte, mit dem Madame de Barcarin angekommen war, flog diese bereits die Treppe hinauf und klopfte an der Tür ihrer Mutter.

Ludivine war gerade damit beschäftigt, sich mit Eugénies Hilfe anzukleiden, als sie, aufs höchste überrascht, ihre Tochter in der Türe stehen sah, in Reisekleidern, gehüllt in den Trauerschleier, der von der Nacht in der Eisenbahn etwas hergenommen war.

„Mein Gott, Kind, du bist es? Warum hast du uns nicht verständigt? Du bist allein? Was ist dir?"

Anne warf sich ihr in die Arme: „Mama! Mama!"

Sie schien am Ende ihrer Kraft und völlig außerstande, mehr zu sagen. Ihre Mutter sah sie mit forschenden Blicken an, während sie sie umarmte und küßte.

„Hast du gefrühstückt? Nein? Eugénie, geh sofort hinunter und verlange von Bertha etwas Warmes. Was ziehst du vor, Anne? Schokolade? Milchkaffee?"

„Ganz gleich ..."

„Gut. Also, was da ist."

„Mit Toast, Mama, bitte", bat Anne mit schwacher Stimme.

„Ja, Brotschnitten", sagte Ludivine erklärend. „Butter und Jam, geröstete Brotschnitten, vergiß nicht. Beeil dich und bring es herauf, sobald es fertig ist."

Die alte Ludivine erwachte in ihr.

„Ja, Madame." Durch den überraschenden Vorgang aus ihrer Lethargie geweckt, gehorchte Eugénie mit einer ihr ungewohnten Schnelligkeit.

„Komm, setz dich zum Feuer. Nimm deinen Hut herunter, deinen Mantel. Gib her ... Nun, also, was ist los?"

Anne klapperte mit den Zähnen.

„Setz dich hierher, in diesen Lehnstuhl, daß du dich erwärmst. Und sag mir in zwei Worten, was es gibt."

„Mama, wenn du wüßtest ... Gaspard ..."

Sie verstummte und senkte den Kopf, während sie mit krampfhaften Bewegungen ihr Taschentuch zwischen den Fingern rollte.

„Was ist mit Gaspard? Er ist doch nicht krank? Da wärest du wohl nicht hier. Also, sprich, bevor Eugénie wieder heraufkommt."

„Ich habe Gaspard verlassen. Er hat mich ... o Mama, ich bin so unglücklich! Ich habe einen Brief gefunden. Es ist so ..."

„Ja." Ludivine nickte. „Das dachte ich mir, als ich dich sah."

Jetzt sprangen die Tränen hervor wie ein frischer Quell und liefen über die Wangen der jungen Frau.

„Als ich ihn las, ah! ... Zuerst konnte ich es nicht glauben, ich verstand nicht, was ich las. Erst zum Schluß ... Es war wie ein Schlag, den ich erhielt."

„Ja."

Ludivine hörte aufmerksam zu. – Ja, eine Wunde, durch die der Schmerz sich ergießt wie gewaltige Strahlen kochenden Wassers, mit einem dumpfen Rollen, wie wenn ferne Glocken hämmern. Sie erinnerte sich ... ein Gefühl aus längst vergangenen Zeiten. Und merkwürdigerweise kamen ihr zwei Verse aus dem Grunde ihres Gedächtnisses in den Sinn:

Je suis ce roi des anciens temps
dont la cité dort sous la mer ...

zwei Verse eines Gedichts, das sie einst so oft aus Huberts Munde gehört hatte.

„Ich glaubte verrückt zu werden. Ich habe den ganzen Nachmittag auf meinem Bett geweint. Und dann dachte ich, daß er jetzt bald nach Hause kommen würde, und ... nein, ich konnte den Gedanken, ihn wiederzusehen, nicht ertragen. So habe ich meine Koffer gepackt und bin auf den Bahnhof gefahren. Ich habe gleich einen Zug bekommen, ohne Schlafwagen, aber das war mir gleichgültig. Ich bin einen Teil der Nacht auf dem Gang auf und ab gegangen. Liebste Mama ... Ich bin so unglücklich. Ich möchte tot sein."

Der schwere Schritt des Stubenmädchens ließ sich auf der Stiege vernehmen.

„Jetzt wirst du zunächst einmal frühstücken", entschied Ludivine. „Ich nehme an, daß du während der Reise nichts gegessen hast und vorher auch nicht."

Anne, die vor Schluchzen kein Wort hervorbringen konnte, schüttelte nur den Kopf.

„Dann wirst du dich ein bißchen ausstrecken. Wir haben Zeit, zu überlegen. Also wisch dir die Tränen ab. Es ist nicht nötig, dem Küchentratsch noch Nahrung zu geben."

Sie drehte sich um und sagte zur eintretenden Eugénie:

„Stell das hierher und geh schnell das Zimmer vorbereiten und das Bett wärmen ... Also", wandte sie sich wieder an die junge Frau, „trink, solange es heiß ist."

Anne trank einen Schluck, nahm die bestrichene Brotschnitte, die ihre Mutter ihr reichte, und biß mit einem jugendlichen Appetit hinein, den der Kummer nicht gemindert hatte.

‚Mein kleines Mädchen ...' Es war, wie wenn Eis in ihrer Brust schmelze: ‚Mein armes kleines Mädchen.' Ihre Blicke glitten zärtlich über die aufgelösten Locken, die aus dem Chignon hervorquollen, die kleine Gestalt in Tränen, so schmal in dem großen Lehnstuhl: ‚Wenn ihr Vater sie sähe ... Das Schwarz steht ihr nicht schlecht. Dieser dumme Junge von Gaspard. Er versteht's ja schon ganz gut. Bestimmt ist er jetzt auch in heller Verzweiflung. Das wird ihm eine Lehre sein.'

Sie war ihm nicht ernstlich böse. Sie wußte, wie wenig so ein Verrat bedeutet. ‚Wie jung sie sind ... zwei verheiratete Kinder. Anne, jetzt ist sie gerade zwanzig. Für sie ist es erst der Anfang.' Sie nahm noch ein Stück Toast, bestrich es mit Butter und Jam.

„Nimm ..."

Anne hob zu ihrer Mutter ein von Tränen entstelltes Gesicht empor, in dem die Schlaflosigkeit, die Aufregung und das Herzeleid ihre Spuren hinterlassen hatten.

„Iß doch, mein Kleines", drängte Ludivine.

9

Ludivine sah, wie sich ihre Tochter verzweifelt gegen die Prüfung auflehnte, deren Bitterkeit sie selbst so genau kannte. Wie viele andere hatten sie vor ihr auf sich nehmen müssen, wie vielen würde sie noch auferlegt werden, wenn der Name Ludivine Vernet niemandem mehr auch nur eine Erinnerung wäre!

Wie gerne hätte sie der jungen Frau gesagt: „Das ist nichts. Ich weiß es. Das geht vorbei." Wozu? Das Kind mußte es allein lernen.

„Sprich mir nicht von ihm, Mama, ich bitte dich. Ich kann ihm nicht vergeben. Ich hasse ihn jetzt. Er hat alles beschmutzt, alles. Wenn du diesen Brief läsest ..."

Diesen Brief ... Anne hatte ihn mitgenommen und vergiftete sicherlich jede Nacht ihr Herz damit, ihn wieder und wieder zu lesen. – Mitleidig betrachtete Ludivine das blasse, kleine Gesicht, geschaffen, um zu lachen und glücklich zu sein, jetzt von Kummer entstellt.

Sie verließ seufzend das Zimmer und fuhr nach Tarascon. Dort harrte Gaspard, der trotz ihres Verbots gleich herbeigeeilt war, sobald er die Entflohene in Mogador wußte, in einem Hotelzimmer sehnsüchtig auf die Kunde von deren Verzeihung, die, wie es sich herausstellte, nicht leicht zu erlangen war.

„Will sie mich nicht erhören? Ich schwöre dir, ich bin nicht schuldig ... oder doch so wenig. Das ist eine alte Geschichte, längst erledigt. Wir waren noch nicht verheiratet. Ein Dummerjungenstreich, eine Eintagsangelegenheit ... du verstehst ...“

Ludivine hörte ihm zu, ohne ihn zu unterbrechen, mit einer eigentümlichen Geduld, deren sie sich nicht für fähig gehalten hätte.

„Diese ... diese Person hat mich wieder belästigt. Ich habe mich törichterweise durch eine Art Mitleid verführen lassen. Ein Augenblick der Verirrung ... Sogleich nachher habe ich es bedauert. Ich habe mir geschworen, nie mehr ... Sie hat mir geschrieben. Ich glaubte den Brief zerrissen zu haben. Ein Verhängnis, du siehst. Aber ich habe nie aufgehört, Anne zu lieben. Sprich mit ihr. Sag ihr ... Erkläre ihr, ich flehe dich an ...“

Ludivine sah auf den großen jungen Mann herab, der da vor ihr kniete, schluchzend wie ein Kind, den Kopf in den Falten ihres schwarzen Kleides vergraben. ‚Frédéric ...‘ Einmal hatte sie ihn in derselben Stellung gesehen. Aber die Locken, die sie jetzt gedankenverloren streichelte, waren blond, und das Flehen richtete sich an ihre Tochter, und sie war nur die Mittlerin: ‚Vorbei.‘ Es gab keinen Streit mehr, in dem sie aufeinanderprallen konnten. ‚Frédéric, mein Herz, siehst du sie, diese beiden, die unseren Platz eingenommen haben?‘ ... Sie selbst war hinübergegangen, mit ihm ... Einen Augenblick empfand sie lebhaft den Frieden, der mit seiner Barmherzigkeit die tränenleeren Herzen fühllos macht. Eine wunderbare Ruhe kam über sie, Vorgeschmack des letzten Schlafes, der endlichen Erlösung ...

„Nun, steh auf. Ich werde mein möglichstes tun.“

Ihr Blick wanderte über die verblichenen Blumenbuketts der Tapete.

„Aber komm nicht früher nach Mogador, bevor ich dich rufen

lasse, und zeig dich nicht in der Stadt. Es ist besser wegen der Leute. François wird dir Nachricht bringen. Und ich werde auch wiederkommen."

„Wie gut du bist!"

Gaspard küßte ihr die Hände. Ludivine zuckte die Achseln. Gut oder schlecht – darüber war sie hinaus.

„Nein. Aber ich hoffe, daß dir das eine Lehre sein wird."

„Ich vergöttere Anne. Du weißt es, nicht wahr, da du bereit bist, mir zu helfen?"

„Ja, ich weiß es", sagte Ludivine langsam. „Aber das, worauf es ankommt, ist, daß sie es weiß, immer, zu jeder Zeit. Das mußt du begreifen, das darfst du nicht vergessen. Daß sie es weiß! Verstehst du mich, Gaspard?" ‚Daß sie es weiß, Frédéric, hörst du mich? Frédéric . . .'

„Ich verspreche es dir", begann Gaspard, aber verstummte sogleich wieder, da er bemerkte, daß sie anderswohin hörte, auf etwas anderes als auf seine Worte . . .

François wurde Kurier. Die Rolle gefiel ihm. Jeden Tag galoppierte er trotz des schneidenden Mistrals nach Tarascon und brachte seinem Schwager Trost und Ermutigung. Gaspards Ergüsse eröffneten ihm vor seiner Zeit das geheimnisvolle Reich des Liebeskummers. Er nahm leidenschaftlich Anteil, bedauerte seinen Schwager, ergriff für ihn Partei und verurteilte die unnachsichtige Halsstarrigkeit seiner Schwester.

In Mogador schien sich der Zustand verewigen zu wollen. Anne zog sich in ihren Groll zurück und setzte dem besänftigenden Zureden von Mutter und Großmutter eine hartnäckige Ablehnung entgegen. Ludivine verlor angesichts des mageren Ergebnisses ihrer Diplomatie allmählich die Lust zu weiteren Bemühungen.

„Sie bildet sich ein, die erste zu sein", sagte sie ärgerlich.

„Nein, Mama, ich bin nicht so dumm. Ich weiß, daß viele Männer . . . Aber Gaspard und ich, das war etwas ganz anderes!"

„Natürlich." Es war immer etwas „ganz anderes" bei einem selbst und bei den anderen. Ein Schimmer ihrer alten Ironie flackerte in den trübgewordenen Augen Julias auf.

Ludivine schwieg.

„Er hat alles zerstört. Es ist aus. Und wir waren so glücklich! Wie willst du, daß ich ihm verzeihe?"

„Unsinn. Das hat alles nichts zu bedeuten, Kind", sagte die alte

Frau. Eine leichte Handbewegung schien die Ehetragödie ihrer Enkelin hinwegzufegen.

Anne fuhr auf.

„Du bist zu alt, Großmama, du kannst das nicht mehr verstehen. Aber du, Mama, die du von Papa so vergöttert worden bist, was hättest du getan, wenn ..." Ludivine biß sich auf die Lippen und blieb stumm; sie fühlte, wie sich Julias Blick unter den gesenkten Augenlidern auf sie richtete.

Sie tauchten auf in ihrer Erinnerung, alle die schlaflosen Nächte, heimgesucht von nagendem Verdacht, in denen die Stunden eine um die andere verrannen, einen tiefen Schacht des Kummers in ihrem Herzen grabend ... sie fühlte ihn noch, den brennenden Durst, die gierige Flamme, in der zwanzig und mehr Jahre sich verzehrt hatten. Zwanzig Jahre des Suchens nach einer Gewißheit, die nicht schwankend, einer Freude, die nicht flüchtig wäre, eines Besitzes jenseits allen fleischlichen Besitzes, der sie endlich gesättigt sein ließe.

Mißverständnisse, Schweigen, Zweifel, Kummer, Zorn, Sehnsucht, Todesangst und Tränen ... was war es? Eine Liebe, eine menschliche Liebe. Sie lebte noch immer davon; und des Nachts, wenn sie die Hände auf ihre Brust preßte, auf der es wie ein Felsblock lastete, glaubte sie langsam daran zu sterben.

Aber die Kinder hatten eine Legende geschaffen. In ihren Augen standen Frédéric und sie aufrecht wie aus einem Guß, unerschütterlich, ein Marmorstandbild zweier Liebenden.

„Meine arme Kleine ..."

Wie sollte sie ihr das erklären? Sicherlich hätte Frédéric es gekonnt. Er hatte es immer verstanden, mit den Kindern zu reden. Aber sie ... Sie schämte sich bitter ihrer Unfähigkeit.

Nach acht Tagen entschloß sie sich, Mogador für kurze Zeit zu verlassen, um ihre älteste Tochter zu besuchen. Es war das erstemal, daß sie die Reise nach Montpellier allein machte. François brachte sie zum Bahnhof und setzte sie in den Zug.

„Ich hätte dich so gerne begleitet, Liebling. Bleib nicht zu lange. Übermorgen abend, nicht wahr? Spätestens Dienstag. Sonst sind wir in Sorge."

„Ja, ja ..."

Sie antwortete, während ihre Gedanken anderswo weilten ... in ihren Erinnerungen. Sie sah die Stadt vor sich, mit ihren weiten

Plätzen, in brütender Mittagshitze, voll behaglicher Lebenslust trotz sommerlicher Erschlaffung: ... das Restaurant, wo wir gegessen haben, das Kaffeehaus auf der Place de la Comédie, der Garten der Esplanade, der nach frisch bewässerter Erde roch, der Markt, auf dem wir einmal im Vorbeigehen Blumen gekauft haben ... oh, diese Rosen, noch in Knospen, mit kurzen Stielen, zu einem ungeschickten Bukett zusammengepreßt, „Schau, diese Farben", hatte er gesagt, „wie sie die Köpfe zusammendrängen. Da, riech einmal. Sie sind ganz geschlossen über ihrem Duft. Steck sie an deinen Gürtel, mein Herz, und sie werden sich öffnen."

Es war nicht mehr die Zeit der Rosen. Es war Winter. Ludivine fühlte sich als Fremde in den vom Wind gefegten Straßen, zwischen den hastenden Menschen. Über den mit runden Ziegeln gedeckten Dächern stand ein unveränderlich blauer Himmel. Aber es war keine Lieblichkeit, keine Hoffnung mehr in der Welt, und unter all den Gesichtern, die ihr begegneten, und mochte sie auch bis ans Ende aller Straßen gehen, würde nie mehr dasjenige auftauchen, nach dem sie dürstete wie nach einem Quell, um ihre brennenden Augen zu erfrischen, die so lange schon trocken waren.

Und in dieser Welt, die keine Ähnlichkeit mehr hatte mit der von einst, mußte sie sich abquälen. ‚Oh, daß es ein Ende nähme, daß ich sterben könnte, unter der Erde verschwinden, daß ich nichts mehr empfände, nicht mehr wüßte, daß ich dich geliebt habe. Daß ich wieder mit dir wäre oder nicht ahnte, daß du tot bist, selbst so tot wie du ... Frédéric, höre mich! Wo du auch sein magst, laß mich nicht unter diesen Menschen.' Sie schloß die Augen und öffnete sie wieder.

In einer Entfernung von einigen Metern beobachtete sie ein Passant mit Interesse: wiegender Gang, flotter schwarzer Eroberer-schnurrbart, gut geschnittene Kleidung, Stock mit Silberknauf. Sie gingen aneinander vorbei. Ludivine haßte ihn dafür, daß er ein Lebender war.

In Mogador fühlte sich François während der Abwesenheit seiner Mutter als das Oberhaupt der Familie. Obwohl die Leitung des Gutes in dieser Jahreszeit viel Muße gestattete, nahm er doch seine Rolle sehr ernst und durchstreifte auf seinem Pferd unentwegt den Besitz, besuchte den Verwalter, hielt sich bei Tonin auf, ließ sich über alles und jedes unterrichten, wie er es von seinem Vater gewohnt war. In der Sache Gaspards, die er zu der seinen gemacht hatte, enthielt er sich jeglicher Anspielung.

Seine Schwestern vertrieben sich auf ihre Weise die Zeit. Dominique zeichnete unermüdlich denselben Jünglingskopf mit lachendem, ein wenig an einen Faun gemahnenden Blick, gelockt wie ein griechisches Marmorbild. Sie träumte über dem Blatt, zerriß es und fing wieder ein neues an ...

Christine schloß sich stundenlang in ihrem Zimmer ein, um an ihrem Tagebuch zu schreiben. Großmama kam nicht mehr aus ihrem Stockwerk herunter. In ihrem Lehnstuhl, der von einer ewigen Dämmerung umgeben schien, wurde sie von Tag zu Tag ein Stückchen kleiner.

In dem stillen Hause, in dem das helle Lachen von einst verklungen war, in dem jeder jetzt für sich lebte, begann Anne sich einsam zu fühlen in ihrer Verzweiflung, mit der sie sich wie mit einem Bollwerk umgeben hatte. Sie wurde nicht müde, sich rührende Szenen auszumalen: ihr Mann, der plötzlich erschiene, um sich ihr zu Füßen zu werfen und Verzeihung zu erflehen. Er würde eintreten mit den Worten: „Anne, ich bin's. Ich konnte es nicht länger ertragen. Kehre zurück, ich flehe dich an." „Nein, Gaspard, geh. Ich zürne dir nicht, aber du hast unser Leben zerstört." Sie lächelte ins Leere. Ein erhabenes, herzzerreißendes Lächeln, ein wahrhaft präraffaelitisches Lächeln. Dante Gabriel Rossetti hätte es sich mit Vergnügen zum Vorbild gewählt. Und Gaspard wäre höchstwahrscheinlich von noch qualvolleren Gewissensbissen gepeinigt worden, wenn er es gesehen hätte.

Aber Gaspard erschien nicht. Getreu der Weisung, die ihm seine Schwiegermutter zurückgelassen hatte, wartete er geduldig, so schwer es ihm auch wurde. Aber eben diese Geduld war es, die seine junge Gattin mit Staunen und Kränkung erfüllte.

Gewiß, sie hatte es abgelehnt, ihn zu sehen. Sicherlich, es kam gar nicht in Frage, ihm zu verzeihen. Dessenungeachtet war es unfaßlich und empörend, daß er keinerlei Versuch unternahm, mit Gewalt ins Zimmer zu dringen und um Vergebung zu bitten.

Müde, sich immer wieder in dieselben Gedanken zu vergraben, suchte sie Christine, ihre einstige Vertraute, auf. Sie saß an ihrem Schreibtisch. Das Zimmer hatte sich sehr verändert seit der Zeit, da Anne es mit Isabelle zusammen bewohnte. Verschwunden waren die zwei gleichen, mit Musselin drapierten Betten, die Blumenvasen, die kleinen Nippsachen.

„Das sieht ja hier aus wie in einem Bubenzimmer."

Es war auch wirklich wüst anzusehen: ein Durcheinander von

Zeitungen, Reitpeitschen, Bücherstößen, verstreuten Papieren, aufeinandergehäuften Kleidungsstücken. Die Wände verschwanden unter einer Unzahl von Reproduktionen berühmter Stätten und antiker Statuen, die mit Reißnägeln angeheftet waren, ohne die mindeste Rücksicht auf eine schöne Gesamtwirkung. Eine recht gute Kopie eines Porträts von Bronzino, Lucrezia Panciatichi darstellend, prangte der Tür gegenüber, etwas überraschend in dieser Nachbarschaft.

Der kleine Kopf der Florentinerin, der sich stolz aus dem roten Samt des Kleides hob, ließ auf jedem Besucher seinen grausamen, düsteren Blick ruhen. Ein Freund Frédérics hatte das Bild aus Italien mitgebracht.

„Deine Tochter ist brünett, gewiß, aber findest du nicht eine Ähnlichkeit? Im Ausdruck vor allem ...?"

Geschmeichelt hatte Christine das Bild für sich in Anspruch genommen. Sie empfing ihre Schwester ungezwungen.

„Setz dich. Wo du willst ... aber bring mir nichts in Unordnung."

In dem Chaos wirkte diese Einschärfung einigermaßen befremdend. Anne setzte sich vorsichtig auf die Ecke des Sofas nieder, das von den aufgeschlagenen Bänden einer Enzyklopädie überschwemmt war.

„Willst du rauchen? Ich habe alles dafür Nötige hier."

„Nein, was fällt dir ein!" rief Anne entsetzt. „Aber du ... du rauchst?"

„Manchmal, wenn ich nervös bin."

Sie schloß mit einer harten Bewegung das Heft, das vor ihr lag.

„Du solltest es versuchen, ich versichere dir."

„Nein, nein!" Christine lachte.

„Du irrst. Eine Zigarette ist etwas Herrliches. François versorgt mich damit."

Anne ließ ihren Blick durch das Zimmer schweifen.

„Ich denke an den Tag, da ich von hier wegging, um Gaspard zu folgen ..."

„Ach, Unsinn ...", war Christines unverblümtes Urteil über die Sachlage.

Anne seufzte.

„Ja, Isabelle war klüger, die ‚Äbtissin', wie du sie genannt hast. Erinnerst du dich? Arme Schwester! Aber ich bin soweit, sie zu beneiden. Und wie haben wir ihr Verhalten verurteilt. Gaspard hat gesagt ..."

„Oh! Sie!“ unterbrach Christine schneidend, „das ist etwas anderes! Sie ist so hochmütig. Nur Gott war ihr gut genug!“

„Nein ... sag das nicht. Wenn du wüßtest ... Das sind Dinge ... das muß man verstehen. So darf man nicht urteilen!“

‚Eiskalt, hart wie ein Kieselstein. Von ihr darf man nicht die geringste Regung des Mitleids erwarten‘, dachte Anne.

„Was macht Jean Arnal?“ versuchte sie zu fragen.

„Ich weiß nicht. Das interessiert dich?“

„Nein ... nur so ..“ Besser nicht weiterfragen. Anne gähnte, erhob sich und betrachtete die Stiche an der Wand.

„Oh! Der Ponte Vecchio! Wir haben alle Läden besucht, als wir auf der Rückreise von Capri durch Florenz kamen. Gaspard hat mir dort Halsketten aus geschnittenen Korallen und Mosaikohrgehänge gekauft.“

„Ah ja?“

„Eines Abends standen wir, an das Geländer gelehnt, gerade hier, schau, und sahen zu, wie der Arno dahinfloß, und Gaspard hat mir gezeigt ...“

Christine sah sie spöttisch an.

„Armes Kind, gibt es irgend etwas auf der Welt, was Gaspard dir zu sagen, zu denken oder zu tun gelassen hat? Das möchte ich wirklich gerne wissen und auch, worauf du wartest, um zu deinem Phönix zurückzukehren!“

„Christine!“ Annes Wangen röteten sich vor Zorn. „Du bist dumm und boshaft. So, jetzt weißt du es wenigstens!“

„Und wer sagt dir, daß ich das nicht schon gewußt habe?“

Christine warf ihrer Schwester einen Blick zu, hinter dessen Scherz sich so viel Bitterkeit verbarg, daß Anne sich entwaffnet fühlte.

„Also gut. Jetzt haben wir genug gestritten.“ Um sich Haltung zu geben, trat sie vor den Spiegel und richtete sich das Haar.

„Willst du einen Kamm?“ fragte Christine, die nun ihrerseits kapitulierte. Sie stand auf und holte gefällig aus dem Ankleidezimmer das Unterpfand der Versöhnung.

„Danke, mein Herzchen ..“, sagte Anne, die ihn nicht brauchte. Sie nahm ihn, löste die Nadeln und ließ die goldene Flut ihrer Haare über die Schulter niederfallen.

„Da kann man nichts sagen ... Haare hast du, alle Achtung ...“

‚Dein Haar ist wundervoll, meine Prinzessin, meine Fee ...‘ Es war Gaspard, der ... Anne hielt gerade noch im rechten Augenblick diese jetzt nicht angebrachte Reminiszenz auf ihren Lippen zurück und machte sich daran, ihre Frisur wieder aufzubauen. Sie steckte ihren Chignon und befestigte ihn mit einer Langsamkeit, der man die Langeweile ansah.

„Oh!“ seufzte sie, „wenn nur Mama schon zurück wäre!“

Ludivine kam am nächsten Abend; sie hatte die Stunde ihrer Ankunft telegraphisch angekündigt. Aus dem Zug steigend, entdeckte sie die vier jungen Leute auf dem Bahnsteig. Ihre abgespannten Züge erhellten sich. Dominique hatte sie zuerst erspäht:

„Da ist Mama!“

Sie stürzten auf sie zu.

„Meine Lieben, alle seid ihr gekommen ...“ Sie fühlte eine leichte Rührung.

„Mama ...“

„Wir haben uns so nach dir gesehnt ...“

„Wir waren so ungeduldig ...“

Christine wollte sich des Koffers bemächtigen, ihre Schwestern machten ihr ihn streitig. Die Leute beobachteten sie; François bemerkte es nicht ohne Vergnügen. Trotz ihrer Trauerkleidung bildeten sie mit Ludivine eine bemerkenswerte Gruppe.

„Also, Schluß mit dem Streit, gehen wir. Liebling, gib mir den Koffer ... so. Nimm meinen Arm, du wirst müde sein.“

Sie verließen den Bahnhof. François lächelte sie an; er war stolz auf seine Mutter. Sie ging in ihrer Mitte, getragen von der Liebe, die sie ihr in verschwenderischer Fülle darbrachten. Es regnete Fragen.

„Hast du eine gute Reise gehabt?“

„Wie hast du Sabel gefunden?“

„Hast du sie für uns geküßt?“

„Hast du ihr erzählt ...“, fragte Anne leise.

Sie antwortete allen, ein bißchen aufs Geratewohl. Vor dem Bahnhof wartete Victor neben dem Wagen, der seit dem Tode Frédérics wieder in Gebrauch genommen worden war. Auf seinem würdevollen, vom Alter etwas aufgedunsenen Gesicht lag ein breites Lächeln des Willkommens.

„Guten Abend, Victor.“

Alle schienen sie über ihre Rückkehr eine solche Freude zu empfinden ... Eine ungewohnte Wärme überkam sie. Sie hatte das Gefühl, sie alle zum erstenmal aus der Nähe zu sehen. ‚Bisher war es Frédéric ...‘ Sie hatte die Menschen und die Dinge nie anders als durch ihn hindurch gesehen. Die ganze Welt war ein großer Hintergrund gewesen, vor dem er allein sich bewegte, kam und ging ...

Anne, die neben ihr saß, drückte ihre Hand. Christine und Dominique hatten François in ihre Mitte genommen. ‚Mein Sohn ... schon beinahe ein junger Mann. So schön, seinem Vater so ähnlich. Seine grauen Augen, sein Lachen, seine Bewegungen ...‘ Alles an ihm erinnerte an Frédéric. Sie betrachtete ihn, ohne die Augen von ihm abwenden zu können.

„Großmama ist seit gestern abend nicht wohl. Sie hat die letzte Nacht sehr schlecht geschlafen, und der Tag war auch nicht gut.“

Mit einem Schlag wurde Ludivine aufmerksam.

„Was sagst du, Anne? Großmama? ... Doch nichts Ernstes ...“

„Nein, nein, sicher nicht. Sie hat uns gesagt, wir sollen uns nicht beunruhigen. Es ist ja immer dasselbe, jedes Jahr, du weißt.“

„Ja ...“

Sie waren angelangt. François half ihr aus dem Wagen.

„Ich gehe gleich hinauf zu ihr. Bertha soll mir ...“

„Es ist alles fertig. Das Essen wartet auf dich. Ich habe schon angeordnet“, erklärte Anne.

„Danke, mein liebes Kind. Aber ich will nur etwas heiße Bouillon. Du wirst Eugénie damit hinaufschicken. Gute Nacht, meine Kleinen. Wir plaudern morgen weiter.“ Sie umarmte sie lange, eines nach dem andern.

Das Zimmer war von einer Lampe nur schwach erhellt.

„Bist du es, mein Kind?“

„Ja, Mama. Man hat mir gesagt, daß du nicht wohl bist?“

Ludivine ging auf den weißen Schimmer zu, der im Halbdunkel des Alkovens gerade noch zu unterscheiden war.

„Ach Gott, ein bißchen Atembeschwerden. Ich habe meine Tropfen genommen. Es wird nichts sein. Ich habe mich früh niedergelegt und die Lampe herunterschrauben lassen. Das Licht hat mich ermüdet. Ich hoffe, diese Nacht zu schlafen ... Und du? Schraub den Docht hinauf und komm her, daß ich dich sehe. Ist alles gut gegangen? Was für Nachrichten bringst du von Isabelle?“

„Gute, wenn man das so nennen kann ...“ Ludivine setzte sich an das Kopfende des Bettes. „Sie ist ruhig und behauptet, glücklich zu sein. Sie betet für ihren Vater, hat sie mir gesagt, und für uns alle. Sie stickt, sie singt in der Kapelle ... Wenn man denkt ...“

Sie hielt inne und wandte sich zu der eintretenden Eugénie: „... Ist sie heiß? Gut, danke. Gib her.“ Sie nahm die Tasse vom

Servierbrett, trank in hastigen Schlucken davon, so daß sie sich dabei verbrannte – „Bleib nicht da aufgepflanzt stehen, geh lieber meinen Koffer und mein Nécessaire auspacken" – und stellte sie mit ärgerlicher Bewegung auf die Ecke des Nachttischchens nieder.

„... Ja, wenn ich denke ... Dieses Sprechzimmer ... diese Gitterstäbe ... und meine Tochter dahinter! Niemals werde ich mich daran gewöhnen." Sie erhob sich, machte einige Schritte im Zimmer und setzte sich wieder ...

„... Wirklich, ich verstehe nicht, daß ihr, Frédéric und du, sie unterstützt habt. Man hätte sie verheiraten müssen. Jetzt wäre sie Frau und Mutter von Kindern und ..."

„Oder zurück im Nest, mit gebrochenen Flügeln wie ihre Schwester. Aber Anne ist robuster gebaut, obwohl es nicht den Anschein hat. Von ihr gleitet so etwas leichter ab. Ihre kleine Affäre wird sich wieder regeln. Ihretwegen bin ich nicht in Sorge. Aber Isabelle ... Sie war eine Zielscheibe für jeden Schlag. Ich glaube, daß Gott Mitleid gehabt hat, als er sie rief."

„Nein, Mama, ich kann das nicht zugeben ..."

„Das glaube ich gern. Du hast deine Kinder nie verstanden. Adrienne, Philo, Mathilde, jedermann könnte dich in diesem Punkte belehren."

Geärgert suchte Ludivine nach einer Antwort. Aber die Worte ihrer Schwiegermutter bildeten ein eigentümliches Echo zu ihren eigenen Gedanken von heute abend. ‚Nie verstanden ...' Sie verstand auch jetzt nicht, warum die Kinder sie mit einer solchen Zärtlichkeit liebten, die sie als unverdient empfand.

„Es ist möglich ...", gab sie zu. „Du hast vielleicht recht. Aber sprechen wir nicht mehr davon. Es ist ja auch nichts mehr zu ändern. Aber dieser Besuch hat mir weh getan."

„Ja ... das nächste Mal tätest du besser daran, die Kinder mitzunehmen. Komm, gib mir einen Kuß und geh dich jetzt ausruhen. Du kannst nicht mehr, man sieht es dir an."

Ludivine suchte ihr Zimmer auf, wo Eugénie gerade beschäftigt war. „Ich habe das Bett gewärmt und eine heiße Flasche ans Fußende gelegt, Madame."

„Gut. Danke. Ich bin erstarrt." Sie entkleidete sich rasch, schlüpfte ins Bett, stieß mit dem Fuß die kochende heiße Wärmflasche zurück, seufzte, streckte die Hand nach dem leeren Platz aus ‚... O Gott! ...'

„Gute Nacht, Madame."

„Gute Nacht", murmelte sie, schon weit weg.

Eugénie nahm die Lampe und ging. Die tanzenden Schatten der Flamme entfernten sich, verschwanden ... Es war finstere Nacht.

Sie war sogleich in Schlaf gesunken. Die Natur forderte ihr Recht. Es war ihr, als trete sie in ein unbekanntes Haus. Darin war ein langer Gang, mit einer geschlossenen Tür am Ende, ein ganz gewöhnlicher Gang. Hinter der Tür wartete Frédéric. Sie wußte es, ohne den geringsten Zweifel. Sie fühlte seine Gegenwart ganz nahe, so als ob er sie gerufen hätte Man mußte nur durch den Gang, nur diese wenigen Schritte machen. Es war kinderleicht, aber unerklärlicherweise gelang es ihr nicht. Sie drängte mit aller Macht zu ihm: ‚Ich werde ihn sehen ... sofort ... Frédéric ...' Sie machte einige Schritte vorwärts, beeilte sich und fand sich wieder an demselben Platz: ‚Aber ich muß zu ihm ... es ist Frédéric ...' Umsonst. Hinter ihr dröhnten dumpfe Schläge an die Wand: ‚Mein Herz, ich komme, ich komme!' Warum klopfte man so heftig? Gewaltige feindselige Schläge. Und auf einmal war es ganz finster. Eine dichte Finsternis, die ihre weitaufgerissenen Augen vergeblich zu durchdringen suchten. Man klopfte wieder. Es war an ihrer Tür. Ein Lichtstrahl fiel herein, wurde größer ... Philo erschien auf der Schwelle, bekleidet mit einem Unterrock und einer Jacke über ihren Nachtkleidern.

„Madame geht es nicht gut. Ich wollte Madame doch lieber rufen."

Ludivine rieb sich die Augen.

„Ich komme schon. Was hat sie für Beschwerden?"

„Schon seit einer guten Weile kann sie nicht mehr atmen. Sie erstickt fast. Gerade wollte sie, daß ich das Fenster öffne. Denken Sie, bei dieser Kälte ..."

Eine tödliche Angst durchzuckte Ludivine. Sie warf die Decke zurück und sprang aus dem Bett. Ihre Zähne klapperten.

„Wie spät ist es?"

„Etwas nach fünf."

So hatte sie diese ganze Zeit über geschlafen? Es schien ihr, als ob sie sich eben erst niedergelegt hätte.

„Gehen Sie zu ihr. Ich kommen gleich nach."

Einige Minuten später trat sie in das Zimmer ihrer Schwiegermutter. „Nun, Mama, es geht nicht gut?"

Unfähig zu antworten, schüttelte Julia den Kopf. Sie rang nach Atem. Ein keuchendes Pfeifen drang aus ihrer Brust. In ihrem vor

Anstrengung blaugefärbten Gesicht verdrehten sich die Augen. Aber nach einer Weile schien sie sich wieder etwas zu beruhigen. Ludivine hielt ihre Hand.

„Ich werde Vincent rufen lassen."

„Aber nein, was wird er machen? Laß ihn in Ruhe seine Nacht beenden. Du siehst ja, es geht mir besser. Leg dich nur wieder nieder." Aber Ludivine hatte keine Lust mehr zu schlafen.

Doktor Royer kam im Morgengrauen. Er untersuchte die Kranke sorgfältig, zeigte sich zufrieden mit dem, was in der Zwischenzeit geschehen war, warf ein Scherzwort hin und verabschiedete sich. Ludivine begleitete ihn.

„Was meinen Sie? Es ist ihr gewöhnlicher Anfall, nicht wahr?"

Sie schien mit dieser erkünstelten Zuversicht sich selbst beruhigen zu wollen, wie man ein feindliches Manöver mit List durchkreuzt. Vincent Royer zog an seinen Manschetten und betrachtete seine Hände.

„Das kann man nicht sagen."

Er nestelte nervös an seiner Uhrkette.

„Ich finde sie sehr entkräftet. Das Herz hämmert. Die Atemnot nimmt einen symptomatischen Charakter an ..."

„Vincent ..."

Er begegnete ihren angsterfüllten Augen.

„An Ihrer Stelle würde ich sofort Hubert und Madame Guillermin verständigen."

Ludivines Lippen wurden weiß.

„Heute schon? Halten Sie es für möglich?"

Der Arzt schüttelte den Kopf.

„Es kann auch noch mehrere Tage dauern. Aber ... diese Atembeschwerden, die immer heftiger werden ..."

„Gut."

Sie richtete sich auf, straffte die Schultern mit einer beinahe männlichen Bewegung. Die Mundwinkel zogen sich hart zusammen.

„Meine arme Freundin ... Ich hätte viel darum gegeben, Ihnen das nicht sagen zu müssen." Sie umkrampfte mit ihren zitternden Fingern die Hand, die er ihr reichte.

„Das macht nichts, Vincent. Es ist besser, daß Sie es sind."

Sie sahen einander schweigend an. Zwischen ihnen war die Erinnerung an jenes Zimmer in dem Bauernhaus, in dem sie vor sechs Monaten, mit ihm an ihrer Seite, dem Schlimmeren ins Auge geblickt hatte.

„Wenn ich auch das noch tragen muß...", kam es langsam aus ihrem Munde.

Nun war sie an der Reihe, die alte Herrin von Mogador. Von Stunde zu Stunde konnte man die vorbereitende Arbeit des Todes an ihr verfolgen. Gestützt von den Kissen, die man immerfort aufrichten mußte, rang sie mit gewaltiger Anstrengung nach Luft. Das Keuchen wurde immer beängstigender. Ludivine sah die roten Flekken auf dem Taschentuch, mit dem die Kranke, unfähig zu sprechen, ihren Husten zu ersticken suchte.

Am Eingang des Alkovens, einige Schritte vom Bett, saß Hubert und verfolgte wie ein Gefangener in Ketten den Kampf, den seine Mutter mit dem Tode kämpfte. Seine Augen hingen unverwandt an dem Antlitz, dessen Linien die Qual immer tiefer und schärfer meißelte. Zu Häupten des Bettes lösten Adrienne und Ludivine einander ab.

„Geduld, Mama. Doktor Royer wird gleich kommen. Er wird dir sicher Erleichterung bringen."

Die falsche Zuversicht ihrer Schwägerin erbitterte Ludivine. Finster und stumm, starr wie eine Bildsäule, horchte sie auf das Geräusch, das die Kranke beim Atmen von sich gab. Es schien das ganze Zimmer zu erfüllen. Unendliche Minuten lang hörte man nichts anderes als dieses stoßweise, unregelmäßige, entsetzliche Rasseln. Dann öffnete jemand die Tür, schlüpfte herein, und man vernahm das Schreien des kleinen Kindes, das Madeleine im Zimmer nebenan einzuschläfern versuchte.

Vincent Royer, der gegen Mittag wiederkam, entschloß sich, einen Aderlaß zu versuchen. Ludivine hielt auf ihrer geöffneten Hand die kleinen, blinkenden Werkzeuge, deren er sich der Reihe nach bediente. Daneben begann auf einem Spirituskocher ein Wasserkessel zu singen. Der Arzt zuckte die Achseln.

„Man muß alles versuchen, aber ..."

Der Eingriff brachte indessen eine unmittelbare Erleichterung.

„Nun, Sie fühlen sich besser, nicht wahr? Gleich wird alles gut gehen, Sie werden sehen. Ich mache Ihnen zwei kleine Einspritzungen ..."

Julia betrachtete das aufmerksame Gesicht, das sich über sie neigte. Der Schatten eines Lächelns erschien auf ihren rissig gewordenen Lippen.

„Nun, mein guter Vincent ..." Sie holte Atem, um weiterzusprechen. „Genug der Medizin. Gott hat nicht mehr nötig, daß man ihm helfe.“ Royer schwieg. Er wußte auf diese überlegene Ironie nichts zu erwidern.

„Mama ... Mama, ich bitte dich ...“

Sie sah den gepeinigten Blick ihres Sohnes, beugte sich ein wenig vor und sagte mir zärtlicher Nachgiebigkeit:

„Nun gut, mein Kleiner ...“ Von selbst bot sie dann ihren Arm der Nadel Vincent Royers.

Der Nachmittag verging. Ein unendlicher Friede war über Julia gekommen. Sie sprach der Reihe nach mit jedem einzelnen, nachdem sie den Besuch des Pfarrers von Fontfresque empfangen hatte.

„Du ermüdest dich zu sehr, Mama.“

Julia streckte auf der Bettdecke ihre abgezehrte Hand nach der ihrer Schwiegertochter aus.

„Ich nütze den Aufschub, der mir gewährt worden ist, mein Kind. Man muß doch Lebewohl sagen, wenn man auf Reisen geht.“

„Mama! Was redest du da? Was fällt dir ein? Hunderte von Menschen haben die Letzte Ölung bekommen, und es geht ihnen darum nicht schlechter! Du siehst ja, daß die Krisis vorüber ist und daß ...“

„Ludivine, sei still“, unterbrach sie die alte Frau. Es war etwas von ihrer einstigen Ungeduld in der Stimme. Dann fuhr sie leiser fort:

„Glaubst du, ich habe es nötig, daß man mir verheimliche, wie es steht? Ich habe es doch vor dir gewußt, vor euch allen. Ich habe es kommen gefühlt.“

„Nein! Nein!“ rief Ludivine, sie schrie es beinahe. „Nein, sag das nicht. Ich flehe dich an ... du wirst nicht ... O Mama, Mama, ohne dich ...“

Sie warf sich über das Bett wie ein Kind, das außer sich ist vor Schrecken und Kummer und sein Gesicht verbirgt, um sich auszuweinen. Julia streichelte liebevoll das Haar, das in einem schweren schlichten Knoten im Nacken zusammengedreht war.

„Du mußt mir Urlaub geben, meine Kleine.“

Die Stimme klang abgehackt durch das immer wieder erneute schwere Atemholen, aber sie war sanft und ohne ihren gewöhnlichen ironischen Ton.

„Du warst eine gute Tochter. Wir sind einen langen Weg zusammen gegangen, du und ich. Jetzt sind es die anderen, die auf mich warten, und bald werde ich wieder mit ihnen vereint sein. Brauchst du darum zu weinen?"

Sie blickte auf die zusammengekrümmte schwarze Gestalt auf der glänzenden Bettdecke, berührte mit der Hand die zuckenden Schultern.

„Eine so alte Müdigkeit, denke doch, wenn man das Ende sieht ..."

Victor klopfte.

„Madame, es ist Monsieur Angellier hier, mit Monsieur Léon Vernet."

Ludivine richtete sich auf und trocknete ihr nasses Gesicht.

„Ja? Danke, Victor."

Eine Müdigkeit ... Und das Ende der ihren war noch weit ...

„Soll man sie gleich heraufkommen lassen, Mama?"

„Meinen Bruder, ja. Zuerst meinen Bruder."

„Ich gehe hinunter."

Julias Blick folgte ihr bis zur Tür, lebhaft, hell und voll Anerkennung.

Gegen Abend stellte sich wieder schwere Atemnot ein, die von Minute zu Minute mit unheimlicher Schnelligkeit zunahm. Die alte Frau kämpfte einen qualvollen Kampf. Schon hatte das Gesicht die Maske des Todes angenommen, die Augen verschleierten sich. Man erwartete Doktor Royer, der gegen sechs Uhr wiederkommen wollte. François jagte davon, um ihn zur Eile anzutreiben. Aber bevor er dasein konnte, war Julia Vernet, deren Tagewerk endlich vollbracht war, über die dunkle Schwelle zur Ruhe eingegangen.

Jammer und Verwirrung bemächtigten sich des Hauses. Adrienne auf der Schulter ihres Mannes ... Dominique und Christine an ihren Bruder gedrückt ... Anne in den Armen Gaspards, die sich wieder um sie geschlossen hatten ..., sie alle weinten.

Unterstützt von den in Tränen aufgelösten Dienstboten ging Ludivine hin und wieder und tat, was zu tun war: ‚Es muß immer einer dasein, der es tut, einer, der aufrecht bleibt. Aber daß gerade ich es jetzt bin ...' Die Zeit war vorbei, da sie Hilfe empfangen und ihr Leid mit jemandem teilen konnte. Jetzt mußte sie ihre Bürde allein tragen, die ihre und die der anderen. Und manchmal – o Gott! – manchmal war diese Bürde zu schwer.

„Ludivine, kann ich etwas für Sie tun? Ich weiß nicht, wie ich es sagen soll ... aber ... wir haben sie liebgehabt, Elise und ich. Und Sie ..."

Ja, Vincent verstand sie. Er, in seinem wahrhaftigen Mitgefühl, ermaß die Last ihres Leids, und sein Händedruck war gut und treu. Aber es war nur Vincent Royer.

„Ja, ich weiß, Vincent. Ich danke Ihnen. Aber gehen Sie jetzt, lieber Freund. Wir haben Sie heute nur zu sehr in Anspruch genommen. Andere Kranke werden auf Sie warten."

Im Sterbezimmer, in dem man die Tote fertig angekleidet hatte, stand Hubert wieder am Bett und betrachtete mit verzehrendem Blick das Antlitz seiner Mutter. Einer unwillkürlichen Aufwallung folgend, trat Ludivine auf ihn zu.

„Hubert . . ."

Zu ihm mußte man gehen. Sie beide konnten Mama zusammen beweinen.

„Hubert!" wiederholte sie, die Hände ringend.

Er fuhr zusammen und senkte sein tränenleeres Gesicht zu ihr herab. Eine Sekunde lang begegneten ihre Augen einander. Sie erhoffte eine Bewegung, eine Aufwallung. Aber Hubert wandte den Kopf, ohne zu antworten, Madeleine zu, die ins Zimmer trat.

Als sie über den Gang schritt, die Hände auf die Brust gepreßt – die Brust, die ihr so weh tat, zum Zerspringen weh –, wäre Ludivine beinahe im Halbdunkel an ein unförmliches Bündel gestoßen, das auf dem Kanapee des Vorzimmers lag und aus dem stoßweises Schluchzen drang.

„Philo!"

Die alte Dienerin hob einen unsicheren, von Tränen verdunkelten Blick zu Madame Frédéric empor und machte eine Bewegung, als ob sie aufstehen wollte. Ludivine legte ihre Hand mit Nachdruck auf den gekrümmten Rücken: „Nein, bleiben Sie, rühren Sie sich nicht weg", und setzte sich schwerfällig neben sie nieder.

10

Von der ganzen Bevölkerung geleitet, hatte die alte Julia Vernet an einem grauen Wintertag ihren Besitz verlassen. Auf einer regennassen Straße, in deren Pfützen sich der niedrige Himmel spiegelte, hatte sich der unabsehbare Zug zu ihrer letzten Ruhestätte bewegt.

Jetzt lastete die Hitze schwer auf den zum Schnitt reifen Feldern. Die Luft glühte. Der Schritt der Pferde wirbelte Wolken weißen Staubs von den Wegen auf. Die Zikaden sangen ihr endloses Lied.

Jeden Abend kehrte François müde und strahlend von seinen Streifzügen durch Mogador nach Hause zurück. Man sah ihn überall: zu Pferde vom Teich zum Wehr galoppierend, unter den Maulbeerbäumen mit den Mädchen scherzend, die ihn anriefen, hoch oben von ihren Leitern, haltmachend vor der dichten, gelben Mauer des Korns oder den üppig knospenden Trauben im Weinberg, auf den Wiesen unter den Taglöhnern, mit nacktem Oberkörper, eine Sense in der Hand, im Meierhof mit den nach der Arbeit versammelten Männern zusammen trinkend. Alle empfingen ihn herzlich. Ein junger König, berauscht von der Eroberung seines Reiches, kam er nach Hause, das Lächeln des Siegers noch in den Augen.

Ludivine erwartete ihn oft im Schatten der Zeder, ein Buch, dessen Seiten sie niemals umblätterte, auf dem Schoß.

Ein lautes Getrappel von Pferdehufen, und da tauchte er auf, in der Biegung der Allee, unter dem grünen Gewölbe der Haselnußsträucher, sprang mit einem leichten Satz von seinem Tier, warf die Zügel dem Stallknecht hin und eilte auf den Rasenplatz zu.

Ludivine sah ihn herankommen. So groß, mit breiten Schultern, schon ein Mann. Und dieser unnachahmliche Gang ... Im Gegenlicht, vom Hintergrund der Bäume abgehoben, rief seine Silhouette das Bild eines anderen wach. ‚Frédéric ...' Einen Augenblick begann das Leben von neuem. Einen zitternden Herzschlag lang sah sie das Unmögliche möglich werden, sah sie ihn wiederkehren ...

Der junge Mann umarmte sie stürmisch.

„Guten Abend, Liebling! Das ist eine Hitze! Sitzt du gut hier? Was hast du diesen Nachmittag gemacht? Ist das Buch interessant? Ich bin todmüde. Ich gehe mich gleich waschen. Einen kleinen Kuß, wenn du keine Angst hast, dich schmutzig zu machen. Ich war beim Verwalter. Er kommt morgen, mit dir wegen des letzten Schnitts sprechen." Auf der Armlehne des Rohrstuhls sitzend, streichelte er seine Mutter, nahm ihre Hände, küßte sie und spielte mit ihnen.

Ludivine ließ es geschehen, in ihre düstere Leidenschaft vergraben, auf eine Bewegung, einen Tonfall lauernd, ein Spiel des Schattens auf diesen Jünglingszügen, das ihr das flüchtige Wahnbild zurückbrächte.

„Wenn du das Getreide sähest! Ich habe gerade die Ähren zum Spaß mit der Hand gewogen. Wir werden die Ernte von vorigem Jahr bei weitem übertreffen. Wenn mein Vater das sehen könnte ..."

Er schwieg verwirrt.

„Ja", sagte Ludivine kurz. Seit dem Tode ihrer Schwiegermutter entmutigte sie jeden, der eine Anspielung wagte. Frédéric gehörte ihr allein. Sie hatte ihn zurückgenommen und trug ihn verborgen auf dem tiefsten Grunde ihres Herzens. Eine nagende Wunde, die sie immer noch bluten fühlte.

„Liebste Mama", bettelte François, bestürzt über ihren starren Blick, „ein Lächeln, gib mir ein Lächeln oder nur einen kleinen freundschaftlichen Klaps, bitte, etwas Liebes ... meinen Taglohn für heute."

Er hatte sich zu Ludivines Füßen niederfallen lassen und drückte sich an sie mit zärtlichen Liebkosungen wie ein junges Tier. Sein Hemd war halb geöffnet, die feuchte Haut glänzte in der Sonne. Eine sinnliche, von Kraft und Leben jauchzende Freude stieg von diesem Körper auf. Angelockt davon, beugte sich Ludivine vor und ließ ihre Hand in die Öffnung des Hemdes gleiten. Ihre Finger irrten eine Weile umher, klopften die weiche, glatte Schulter. Glückselig legte François seinen Kopf auf ihren Schoß.

Ludivine schloß die Augen, sie erkannte diese Wärme des Männerkörpers wieder und den Geruch, gemischt aus Leder, Kölnischwasser, Schweiß und Tabak. Vertrauter Duft ...

„Du hast geraucht?"

Er lächelte.

„Ganz wenig! Und dann, was schadet das?"

Ja. Was sollte das auch schaden? Sein Leben lang hatte man Frédéric kaum je ohne Pfeife oder Zigarette gesehen.

„Du hast ja recht ... wenn du Lust hast ..."

Die wirren kastanienbraunen Locken schimmerten goldig auf ihrem schwarzen Kleide.

„Also wirklich, ist es schön, das Getreide? Morgen werden wir es uns zusammen ansehen."

Mit einem Satz war François auf den Füßen.

„Morgen? Wirklich? Du kommst mit mir? O Mama, ich freue mich! Du wirst sehen, wie schön jetzt dein Mogador ist. Ich werde die Pferde für zwei Uhr bestellen, nicht wahr? Nein? Zu bald? Also drei? ... Welches willst du reiten? Démone kennt nur Christine. Wenn du Azrael nähmest? Ich könnte ..."

Ludivine lächelte.

„Warum nicht Démone? Sie soll mich nur kennenlernen."

„Ja, ja, Mama, mach das!" Außer sich vor Freude, peitschte er seine Stiefel mit wilden Schlägen seiner Reitgerte. „Wir werden uns gut unterhalten, wir zwei. Wenn ich das den Mädchen erzähle, die werden Augen machen!"

Ludivine erhob sich.

„Ich gehe mit dir. Ich möchte nur wissen, wo mein schwarzes Reitkleid hingekommen ist. Eugénie muß es gleich suchen."

Sie verließen am nächsten Tag nach dem Mittagessen das Haus. François ritt Bügel an Bügel mit seiner Mutter, bereit einzugreifen, falls sich die Stute widerspenstig zeigen sollte. Aber Ludivine lenkte ihr Tier mit fester Hand. Nach einigen launenhaften Anwandlungen, die alsbald hart bestraft wurden, ließ es sich Démone gesagt sein und sträubte sich nicht mehr.

Die Wege waren dieselben geblieben, etwas mehr ausgewaschen vielleicht und mehr mit Wurzeln durchzogen. Dieselben Olivenbäume ragten in den blaßblauen Himmel, wie für die Ewigkeit gepflanzt. Das dichte Grün der knospenden Reben deckte dieselbe alte Erde. Dieselbe Sonne brannte auf das zum Schnitt reife Getreide, und der Schatten, der ihnen unermüdlich voranging, so wie sie unter dieser Sonne dahinritten, war auch derselbe wie einst ...

Auch Rangius schien sich nicht zu verändern. Sein altes, braungegerbtes Gesicht war schon seit dreißig Jahren mit einem Netz etwas hellerer Falten durchzogen, die die Zeit nur ein wenig tiefer hatte ziehen können. Er kam den beiden Reitern entgegen.

„Oh, Madame! Sie sind gekommen? Welche Freude nach so langer Zeit. Und ich wollte gerade wegfahren, um mit Ihnen zu sprechen. Aber kommen Sie doch einen Augenblick herein, sich auszuruhen. Meine Frau wird Ihnen einen Likör anbieten. Dieses Jahr ist er ihr gelungen. Fragen Sie nur Moussu François!"

„Famos", bestätigte dieser.

Sie trat ein. Wie einst. Sie knüpfte dort an, wo sie aufgehört hatte, im stillen überrascht, daß es gar nicht so schwer war. Sie empfand nicht den qualvollen Schmerz, den sie erwartet hatte, nur eine beinahe friedliche Melancholie. Zum erstenmal nach zehn Monaten sah sie die Möglichkeit, „fortzufahren".

Sie suchte mit den Augen ihren Sohn. In die Fensternische gelehnt, plauderte er mit Ranguis.

„Er ist reizend, der Junge!" murmelte die Frau des Verwalters. „Ganz der selige Herr Vater."

Ludivine nickte. François trat an den Tisch, um sein Glas niederzustellen.

„Mama, du hast die Zeitungen heute nicht gelesen. Ranguis erzählte mir gerade: es spielen sich Dramen ab. Der österreichische Thronfolger ist gestern mit seiner Frau in Bosnien ermordet worden. Es ist schon ein Attentat vorangegangen, das mißlungen ist, eine Bombe ... Serben waren es, weißt du."

„Ah ja?" sagte Ludivine gleichgültig.

Bosnien war weit. Sie hatte nur eine sehr annähernde Vorstellung von der geographischen Lage dieses Landes und den Völkern, die es bewohnten. Und der Thronfolger ... Ein Habsburger mehr, der auf eine tragische Weise ums Leben kam.

„Was willst du? Das sind die Gefahren des Metiers."

Ranguis trat nun auch heran.

„Ja, Madame, es ist so, wie Sie sagen. Aber ich fürchte, die Geschichte wird noch böse Folgen haben. Der Teufel soll mich holen, wenn die da unten nicht noch alle miteinander zu raufen anfangen."

Sie zuckte die Achseln.

„Das ist wahrscheinlich. Auf dem Balkan hören sie ja nur damit auf, um wieder anzufangen. Das wird man von diesen Leuten nie erleben, daß sie Ruhe geben. Sie hassen einander seit eh und je, sie werden wohl selbst nicht mehr wissen warum. Das ist bei ihnen schon ein Instinkt, und es gibt keinen ärgeren Haß als den."

„Gewiß ... und das wird wieder vernichtete Ernten geben und Tote vor ihrer Zeit", schloß Ranguis, die Erörterung als Philosoph auf ihren wesentlichen Punkt zurückführend.

„Ja, und was ich fragen wollte, Madame, was machen wir wegen des Viehfutters?"

Das Abendessen verlief an diesem Tage lebhafter als gewöhnlich. Ein Brief aus Italien war gekommen. Ludivine berichtete den jungen Leuten über seinen Inhalt:

„Anne sagt, daß Rom in dieser Jahreszeit unmöglich sei. Man schluckt darin den ganzen Staub der Jahrhunderte. Der Gesandte und seine Frau sind schon nach Sorrent abgereist, und fast das gesamte Personal ist nachgefolgt. Anne und Gaspard sind eingeladen, immer das Wochenende dort zu verbringen: eine herrliche Villa, auf einer Anhöhe gelegen, mit einem kleinen Privatstrand am Fuße der Felsen und dem Blick auf die Bucht von Neapel und den Vesuv ... Zauberhaft, schreibt Anne. Die Frau des Gesandten wollte sie durchaus mitnehmen, aber sie will Gaspard nicht allein lassen. Und da er doch der jüngste Sekretär ist ... Aber er wird bald seinen Urlaub haben – in einem Monat, höchstens sechs Wochen werden sie hier sein. Gaspard hofft, ihn zunächst in der Camargue verbringen zu können, und zwar beabsichtigen sie, direkt hierherzukommen und dann nach Fiélouse zu fahren."

Rom ... Sorrent ... Die jungen Mädchen träumten. Ihre Schwester in der weiten Welt! Welchen Zauber barg dieses Wort für sie. ‚In Sorrent', dachte Christine, ‚müsse man die Liebe mit dem Seewind einatmen, vermischt mit dem Duft der Orangenbäume und des Meeres. Und Rom, die Stadt, dahin die Glocken fliegen ...' Dominique erinnerte sich an das staunende Entzücken ihrer Kindertage über dieses große Wunder, und wie sie sich an einem schönen Gründonnerstag, an dem der frische Frühlingswind sie zur Reise einzuladen schien, fest eingebildet hatte, sie würden, wenn sie und François morgens sehr früh aufbrächen und, so schnell sie nur ihre Füße tragen könnten, bis ans Ende der langen, langen Straße von Peyolières marschierten, ganz gewiß bei Sonnenuntergang am Eingang der Ewigen Stadt anlangen.

Aber François hatte, als sie ihm von diesem Plan Mitteilung machte, gemeint, es sei besser, zu warten, bis ihre Sparbüchse voll wäre, und dann lieber nach Amerika zu wandern. Er selbst würde schon als Schiffsjunge durchkommen, aber „Nique" werde ihren Platz auf dem Dampfer bezahlen müssen.

Jedoch in Fontfresque gab es einen anziehenden Laden, in dem man neben Eßwaren, Fliegenfängern, Sandalen und Besen vielfarbige Gerstenzuckerstangen, Wundertüten, bunte Ausschneidebogen, irisierende Achatsteine und Bilderbücher zu kaufen bekam. Die durch diese mannigfaltigen Verlockungen schwer geminderte Barschaft ließ die Amerikapläne ins Wasser fallen wie so manches Abenteuer, dem das Glück nicht hold war.

Von Rom war nicht mehr die Rede. Aber noch Jahre später bedauerte Dominique dieses versäumte Unternehmen, und das ferne Rom blieb für sie der Platz, wo der Himmel auf die Erde niedersteigt.

Ein schöner Juli brach an. Ludivine ritt oft mit François gemeinsam aus. Manchmal war Christine dabei. Aber meistens verließen sie nach dem Essen allein das Haus. Der hochgewachsene junge Mann, der seine Mutter schon weit überragte, legte seinen Arm um ihre Schulter, und so wanderten sie zusammen zum Stallgebäude.

„Als ob er ihr den seligen gnädigen Herrn ersetzen wollte", bemerkte Victor zur Rührung des ganzen Küchenpersonals.

François war es wie seinem Vater gegeben, die Herzen im Sturm zu erobern. Jedermanns Freundschaft, ob Mensch oder Tier, flog ihm entgegen. Er brauchte nur die Hand auszustrecken und heimste mühelos mit der anmutigen, liebenswürdigen Selbstverständlichkeit des Grandseigneurs diesen Tribut ein. Dieselbe Macht besaß er über seine Schwestern. Die schlimmsten Zornausbrüche Christines besänftigten sich in seiner Gegenwart. Er schmeichelte ihr, scherzte, sagte ein paar begütigende Worte, und der Groll war verflogen. Und was Dominique betraf, so hatte sie eine geradezu andächtige Verehrung für alles, was ihr Zwillingsbruder sagte und tat.

Ludivine nahm wieder Anteil am Gutsbetrieb. Die alten Gewohnheiten lebten wieder auf. Ranguis und Tonin kamen wie früher, um im kleinen Büro mit ihr zu beraten. Sie nahmen Platz, rauchten, von der „Herrin“ dazu aufgefordert, ihre Pfeifen. Bald hatte das Zimmer wieder seinen altvertrauten Tabakgeruch angenommen. François folgte dem Gespräch, auf einer Ecke des alten Sofas sitzend, das die Stiefel Frédérics bis auf den Grund abgewetzt hatten, und warf von Zeit zu Zeit ein Wort dazwischen.

Seine Mutter wandte sich dann mit einem aufmerksamen Gesicht zu ihm:

„Wirklich? Ist das auch deine Meinung? Gut! Dann könnten wir ja vielleicht ...“

Die Männer nickten zum Zeichen ihrer Zustimmung.

„Auf jeden Fall gehen wir zunächst noch einmal hin, um uns selbst ein Bild davon zu machen. Sind die Pferde bereit, François?“

Des Abends kam sie müde von ihrem Tagewerk nach Hause und fiel meist in einen tiefen Schlaf, der von keinerlei Träumen mehr heimgesucht war.

Die Ernte war beendet, das Getreide in die Mühle gebracht. Die Weinstöcke wurden wieder geschwefelt. Die letzten Mohnblumen verstreuten ihre Blätter an den Böschungen der ausgetrockneten Wassergräben. Ranguis, Tonin und François brachten aus dem Ort Neuigkeiten mit, die die Möglichkeit eines Krieges in die nächste Nähe rückten, und debattierten stundenlang darüber.

‚Der Krieg ...‘

Ludivine zuckte die Achseln. Immer dasselbe Gerede. Wieder fing es an wie vor drei Jahren. Der Krieg wurde allmählich ein beliebtes Sommerthema für die Zeitungen, wie die Seeschlange. Man mußte schon sehr naiv sein, um sich deswegen aufzuregen. Was gingen uns um Himmels willen die Streitereien der Serben an? Es hatte doch wirklich gar keinen Sinn, sich um diese Geschichten zu kümmern. Und überhaupt waren Poincarés und Vivianis Reisen der beste Beweis, daß keine ernste Gefahr bestand. Feste in Peterhof, in Sankt Petersburg, Paraden in Krasnoje Selo, Empfänge in Stockholm. Gott sei Dank, man schien es mit dem Krieg nicht eilig zu haben.

Am Abend des 25. Juli traf ein Telegramm in Mogador ein, das die Ankunft der Familie Barcarin für den nächsten Tag ankündigte. Eine fieberhafte Tätigkeit bemächtigte sich des Hauses. Ludivine ließ das Zimmer vorbereiten und gab Bertha besondere Anweisungen für das Menü des Tages. Die jungen Leute stritten miteinander, wer das Paar vom Bahnhof abholen solle. Ludivine mußte mit einem Machtwort eingreifen.

„François wird mit Victor allein fahren. Ihr wißt, daß eure Schwester immer mit einem ganzen Arsenal von Koffern reist. Laßt ihm Platz, um sie im Wagen zu verstauen. Ihr habt dann hier noch Zeit genug, sie zu begrüßen, bevor ihr wieder zu streiten anfangt."

„Mama . . .", protestierte Dominique.

François bedachte sie mit einer kleinen tröstenden Grimasse, drehte sich auf den Absätzen um und verließ den Schauplatz, ohne seinen Triumph weiter auszukosten.

Ludivine überlegte.

„Ich denke, wir können Numa für ein paar Tage hier haben. Das würde Gaspard sicherlich Freude machen. Natürlich kann nicht die Rede davon sein, daß wir diesen Sommer Gäste bei uns sehen, aber Numa, das ist etwas anderes, ein Cousin . . . Christine, du wirst ihm schreiben und ihn einladen."

Über eine Vase mit Rosen gebeugt, ordnete Dominique mit unsicherer Hand die Stengel. Ludivine sah sie an. ‚Sie macht sich', stellte sie fest. ‚Heute abend ist sie sogar hübsch.'

Christine tauchte aus ihren Gedanken auf.

„Ja, Mama."

„Tu's gleich, sonst vergißt du's wieder, ich kenne dich. Also auf morgen, Kinder. Ich bin müde, ich gehe hinauf. Gute Nacht, meine Lieben."

Es war schon spät am Vormittag. Die Reisenden ließen auf sich warten.

„Wir hätten noch Zeit gehabt, in die Messe zu gehen", bemerkte Dominique bedauernd.

„Ach Gott ...“ Ihre Schwester zuckte die Achseln.

„Aber wer konnte das auch ahnen?“

„Ich möchte nur wissen, was sie machen ...“

Christine stampfte ungeduldig mit dem Fuß.

„Der Zug wird Verspätung gehabt haben“, sagte Ludivine. Sie war nicht ungeduldig. Was immer auch geschehen mochte, es konnte sich nichts mehr ereignen, so dachte sie, woran sie mit ihrem Herzen leidenschaftlich Anteil nehmen würde. Das Kommen ihrer Tochter war ein erfreuliches Ereignis, nicht mehr.

„Was seid ihr denn so aufgeregt? Man wird ja ganz schwindlig.“

„Da sind sie! Da sind sie! Ich höre den Wagen!“ Dominique stürzte hinaus. Der Wagen hielt vor dem Hause. Man umarmte einander. Ludivine musterte ihre Tochter mit einem Blick. Sie war in den letzten sechs Monaten aufgeblüht. Italien schien ihr gutzutun.

„Diese Reise, Mama, entsetzlich! Ein vollgepfropfter Zug, eine Hitze, endlose Aufenthalte, zuerst bei der Zollstation, dann auf allen Bahnhöfen. Schauderhaft. Wir hätten ja nächste Woche kommen sollen. Aber Gaspards Urlaub ist ganz plötzlich verschoben worden. Kannst du dir vorstellen? Er ist vorgestern mittag nach Hause gekommen und hat mir mitgeteilt, daß wir morgen fahren.“

„Ich lasse euch Anne hier und fahre heute abend nach Paris zurück.“

„Ja ... wieso?“

Überrascht wandte sich Ludivine zu ihrem Schwiegersohn.

„Ich muß morgen am Quai d'Orsay sein, da ich vormittags zu Philippe Berthelot bestellt bin. Ich hoffe, Dienstag wieder zurück zu sein.“

„Schön.“

Ludivines forschender Blick ließ Gaspard nicht los. Sie erkannte sogleich an seinem betont ungezwungenen Benehmen, daß er etwas zu verbergen hatte, und wunderte sich, daß Anne es nicht bemerkte.

Nachmittags, während die junge Frau mit Hilfe des Stubenmädchens beschäftigt war, Gaspards Koffer umzupacken, nahm sie ihren Schwiegersohn beiseite.

„Sag mir, was es gibt.“

Vor der unvermittelt gestellten Frage zögerte er und schien die Antwort zu überlegen. Sie sah das Muskelspiel seines Gesichts. Stumm blickte er zu Boden.

„Also, Gaspard ...?“

Sie saßen auf der kleinen Lichtung des Parks. Die Betäubung eines wolkenlosen, glühenden Sommersonntagnachmittags lastete auf jedem Blatt des Gehölzes. Selbst der unaufhörliche Schrei der Zikaden war mit der Stille verschmolzen. Nur ein Flügelrauschen in der Nähe durchbrach das Schweigen und verlor sich in den höheren Ästen.

Gaspard hob den Blick vom Boden und sah seiner Schwiegermutter mit Festigkeit in die Augen, als koste es ihm eine Anstrengung.

„Es kommt der Krieg."

„Der Krieg? Was sagst du? Nein ... das ist nicht möglich!"

„Leider Gottes, ja. Er ist bereits unvermeidlich. Ich bitte dich, das bleibt unter uns. Ich habe Anne nichts davon gesagt. Sie wird es früh genug erfahren. Die Kabinette Deutschlands und Österreichs sind einig, die Generalstäbe bereit. Nichts wird sie mehr in ihrem Entschluß wankend machen. Es ist nicht die geringste Hoffnung mehr, den Konflikt zu vermeiden. In wenigen Tagen, acht, zehn vielleicht, steht Europa in Flammen."

„Ja, aber ... die Konferenz, die Edward Grey eben jetzt vorgeschlagen hat?"

„Damit ist's nichts", schnitt Gaspard kurz ab. „Man wird kämpfen."

Ludivine preßte die Hände auf ihr Herz und schloß die Augen. ‚François nicht. Gott sei gelobt. Er wird nicht gehen. Er hat nicht das Alter ...'

Sie warf sich mit einer wilden Gier auf diese Gewißheit. ‚Die anderen ... Sei es. Sollen die anderen gehen, sie und ihre Kinder. Aber meines nicht! Meines wird nicht gehen!' So würden sie schließlich die Ereignisse nicht berühren.

„Aber du, Gaspard?"

„Ich rücke am nächsten Tag ein."

„Arme Anne ..."

„Ja. Es wird bitter sein, sie zu verlassen."

Er seufzte.

„Aber hoffen wir, daß es nicht lange dauert! Und wahrscheinlich wird auch England eingreifen. Oh, wir sind ganz sicher, daß wir siegen. Es ist eine Angelegenheit von ein paar Monaten."

Er schwieg einen Augenblick. Dann fuhr er ruhiger fort:

„Nein, weißt du, was mich jetzt bedrückt, neben der Aussicht, mich von Anne trennen zu müssen, das ist die Last dieser Gewißheit, die ich allein tragen muß unter all den Menschen, die noch die Hoffnung haben, dem Entsetzlichen entgehen zu können."

„Ja", sagte Ludivine langsam. „Ich verstehe."

In ihr dröhnte im Rhythmus ihrer hämmernden Schläfen nur der eine Gedanke, sich unbeteiligt zu wissen. ‚François nicht! François nicht.'

11

Sie gingen alle, die schönen, jungen Leute aus der Nachbarschaft, die eben noch, an den Sonntagen eines anderen Sommers, den Park und das Haus mit ihrer fröhlichen Gegenwart erfüllt hatten.

Einige Tage hindurch sah man sie zu kurzen Abschiedsbesuchen nach Mogador kommen. Sie küßten Ludivine und Anne die Hände, blickten den jungen Mädchen mit ernstem Lächeln in die Augen: „Schreibt uns, ihr Schönen. Wir kommen bald wieder", und erbaten die Erlaubnis, sie umarmen zu dürfen. Sie gefielen sich darin, ihre gewohnte Courtoisie noch zu übertreiben, und waren doch schon innerlich losgelöst von der Welt, die sie zu verlassen im Begriffe standen, um morgen in der ungeheuren namenlosen Masse der roten Käppis unterzutauchen.

Gaspard und die drei Brüder du Roveret waren schon abgefahren. Numa und sein Schwager Henry Fauvelly folgten mit Alban Marquet-Rageac, Fernand Reyne, Marcel Bellanger und so vielen anderen. Auch die aus der anderen Generation hatte man Abschied nehmen sehen: Georges Vernet, Léon, die Brüder Brun . . .

Hubert war in Begleitung seiner Frau gekommen, um sein Patenkind und seine Nichten zu umarmen. Die Mädchen hatten geweint.

„Wenn Madeleine während deiner Abwesenheit bei uns bleiben will", hatte Ludivine, einem Antrieb ihres Gewissens folgend, vorgeschlagen.

„Ich danke dir, aber ich glaube nicht, daß sie den Wunsch hat."

Huberts Höflichkeit gegenüber seiner Schwägerin war eisig.

„Nein, o nein! Danke, Ludivine. Es ist lieb von dir, daß du daran gedacht hast, aber, weißt du, wir werden in Gloriette auf ihn warten, sein Sohn und ich, bis er wiederkommt. Zu Hause werde ich mich ihm am nächsten fühlen. Woanders hätte ich keinen Mut." In den sanften Augen Madeleines schimmerten Tränen. Sie drückte sich an ihren Mann.

„Ja ... Ich verstehe ...“

Sie sah die beiden an. Die junge Frau, die da vor ihr stand, war im Begriffe, mutig in die Hölle der Todesangst einzutreten, deren erste Ahnung sie einst erduldet hatte. ‚Arme Kleine ... Wenn Frédéric ...‘ Ja, wenn er noch am Leben gewesen wäre ... Ein Schauer durchlief sie. Aber für Frédéric war nichts mehr zu fürchten. Sie konnte schlafen. Was auch geschehen mochte, er würde sich nicht mehr eines Morgens aus ihren Armen reißen, um sich in die Gefahr zu begeben. Wenn auch der Lärm der Schlacht bis nach Mogador gedrungen wäre, wenn das Donnern der Kanonen von der Grenze bis zu den Alpen gedröhnt hätte, Frédéric wäre ein Gefangener der stillen Erde geblieben, in der er jetzt schlief.

In diesen ersten Kriegstagen tat es nicht mehr so weh, ihn sich vorzustellen mit seinen prachtvollen schmalen Händen, dem Antlitz mit den festgeschlossenen Lidern, den über einem rätselhaften Lächeln halbgeöffneten Lippen, lang ausgestreckt in seinem Bett, geschützt vor jeder Nachstellung im Schoß eines tiefen Friedens ...

Im Hause war wieder die alte melancholische Stille eingekehrt. Anne schrieb jeden Tag an Gaspard, der als Leutnant dem Stab des 15. Korps zugeteilt war. Man wußte, daß er an der Offensive in Lothringen teilnahm. François holte sich jeden Morgen von seinem Freunde Robert, dem Sohn des Obersten Antonetti, oder von Maurice Royer, dessen Vater vor seiner Abreise nach Marseille stand, die neuesten Frontberichte.

Der August ging zu Ende. Es waren schlechte Nachrichten, die man zu hören bekam. Die Namen Lüttich, Löwen, Dinant, Brüssel hatten die Gemüter in Unruhe versetzt. In Lothringen verwandelten sich die anfänglichen Erfolge in Niederlagen. Sarrebourg, Morhange, Charleroi öffneten der feindlichen Invasion die Pforte. Seit dem 24. August war die ganze Armee im Rückzug. Die deutschen Truppen überschwemmten die nördliche Tiefebene und die Champagne und rückten siegreich gegen Paris vor.

François hatte eine große Karte Frankreichs an einer Wand seines Zimmers befestigt. Schweren Herzens kam Anne immer wieder, um darauf die Fortschritte des deutschen Heeres zu verfolgen. Hier irgendwo, auf einem Punkt der abgesteckten Linie, befand sich ihr Mann auf dem Rückzug, kämpfend ... oder vielleicht – wer konnte es wissen? –, vielleicht war er schon verwundet oder ...? Ein Schwindel erfaßte sie bei dem Gedanken; sie mußte sich niedersetzen.

Eines Tages, kurz nach Joffres Sieg an der Marne, traf endlich ein langer Brief Gaspards ein. Es war ein strahlender Tag, schimmernd wie Bernstein, die Luft ringsum roch nach Honig. Alle, Ludivine, François und die jungen Mädchen, hatten sich nach dem Essen im Schatten der Schneeballsträucher um Anne versammelt, die ihnen Stellen aus dem Brief vorlas.

Ludivine hörte zerstreut zu. Sie dachte an die Probleme, die sich durch das Fehlen männlicher Arbeitskräfte für die kommende Ernte stellten. Gaspard ging es gut. Er war unversehrt durch Offensive und Rückzug hindurchgekommen. Das war das einzig Wichtige. Und jetzt mußte sie mit Ranguis sprechen, um zu wissen, ob man auf die Töchter Ribière zählen könne. „Sie sind handfest und hart bei der Arbeit wie die Männer ..."

François durchlebte in Gedanken den flüchtigen Triumph des Einmarsches in Elsaß-Lothringen, den sein Schwager schilderte: „... Aber wir kommen wieder, und zwar bald, verlaßt Euch darauf!" schrieb Gaspard. Ganz sicher! ‚Ah, wenn ich könnte!' Das Blut brannte ihm in den Adern. ‚Wenn ich nur das Alter hätte ... kämpfen dürfte.' Er spürte den berauschenden Wind der flatternden Fahnen um sich wehen, hörte den schmetternden Klang der Trompeten, die zur Attacke bliesen.

Christine schwieg, Dominique, in deren Augen man ein kleines Leuchten hätte bemerken können, wiederholte ganz leise, für sich allein, einige Zeilen, die ihren Cousin betrafen: „Ich habe ihn in Dieuze wiedergetroffen, wo ich in einer Mission als Verbindungsoffizier zu tun hatte. Es ging hart zu dort in dem Winkel. Sein Zug kam gerade von einem Rekognoszierungsgang. Wir haben von Euch allen gesprochen. Wahrscheinlich werden wir uns jetzt öfter sehen. Seine Eskadron ist seit gestern hier einquartiert."

Das junge Mädchen sah Numa im Augenblick des Abschieds vor sich, in seiner schönen, rotblauen Uniform eines Husarenwachtmeisters. Er hatte sie der Reihe nach alle umarmt. Einige Sekunden lang hatte sie die harten Knöpfe des Dolmans an ihrer Brust gefühlt; der Arm ihres Cousins umschloß ihre Schultern, und der weiche rotblonde Schnurrbart hatte die noch kindlich runde Wange berührt. ‚Wenn er wiederkommt, wer weiß?'

„Ein herrlicher Tag, nicht wahr, Mama?" flüsterte sie.

„Ja, wirklich, ein gesegneter Tag für den Weinberg. Wenn es bis zur Ernte nicht regnet, wird es ein gutes Jahr werden. Wenn wir nur genug Mädchen für die Arbeit bekommen. Also ich gehe jetzt den Verwalter aufsuchen. François, nun, François! Kommst du?"

Sie erhob sich langsam, nahm ihren langen Reitrock zusammen, noch ein wenig die Nachmittagsträgheit auskostend.

‚Ja, ein schöner Tag …'

Ein schöner Nachsommertag, der Mogador strahlend, hell, heiter und lieblich umschloß wie eine schützende Mauer. Aber fern, unter demselben Himmel, unter demselben Licht starben in jedem kleinsten Bruchteil einer Sekunde unzählige Menschen auf gräßliche Weise, inmitten verwüsteter Felder, entwurzelter Bäume, in Granattrichtern und Eisentrümmern, im Feuer, Schweiß und Blut einer apokalyptischen Erde.

Aber nicht an sie dachte Ludivine, während sie schweigend Démone ihren Weg gehen ließ unter den wiegenden Wipfeln der Föhren. ‚Ein Jahr in ein paar Tagen …' Ein Jahr, daß er sie verlassen hatte, er, der einst wie im Spiel, einmal für immer, den Zauberkreis um sie gezogen hatte. ‚Voriges Jahr saßen wir zusammen unter diesen Zweigen. Ich lehnte mich an seine Schulter, er neigte sich zu mir und sprach zu mir, ich hörte seine Stimme, er antwortete auf meine Worte. Nie mehr, nie mehr etwas von ihm in diesem Leben … O Gott, o Gott! Aber diese Sonne, dieser Wind, dieser Horizont, wenn ich sie nicht mehr mit ihm teilen kann, wenn er sie nicht mehr besitzen darf, um daraus seine Freude zu schöpfen, wenn du sie ihm genommen hast, wem sollen sie dann gehören?'

Es war ein unerträglicher Schmerz, der wieder über sie kam wie ein tückischer Messerschnitt. Verzweifelt biß sie sich auf die Lippen.

„Liebling, was ist mit dir? Du sagst gar nichts!"

Die Stimme ihres Sohnes ließ sie auffahren. Mit einem Sporenschlag war er an ihrer Seite.

„Was hast du?"

Sie bezwang sich und sagte ruhig:

„Nichts, mein François. Was sollte ich haben?"

Es wurde Herbst. Es wurde Winter. Sie bekamen Nachricht von da und dort: Gaspard und Numa waren in den Argonnen, Hubert ebenfalls, Doktor Royer an der Maas mit einem Bataillon der Territorialarmee, in dem auch Georges Vernet diente, Camille Béraud an der Somme, die Brüder Bresson und Richard du Roveret an der Aisne, Caussade bei Paris, Jean Arnal in Belgien. Francis Lallier war auf Genesungsurlaub nach Hause gekommen.

In das Leben von Mogador brachte der Krieg wenig Änderung. Anne und Christine volontierten als Krankenschwestern im Militärspital von Tarascon. Jeden Morgen holte sie der Wagen Edmée Raynals im Vorbeifahren ab, um sie an ihre Dienststelle zu bringen. Sie kamen spät nach Hause, aßen schnell und verschwanden in ihren Zimmern, um Briefe zu schreiben. Anne schrieb jeden Tag einen an ihren Mann, während Christine eine vielfältige Korrespondenz unterhielt: mit Camille, Armand du Roveret, Francis, Louis Bresson ... Aber am häufigsten kamen Briefe von Alban Marquet-Rageac.

Anne und Dominique neckten sie schon mit mehr oder weniger unverhüllten Anspielungen. Sogar Ludivine machte eine Bemerkung darüber:

„Mir kommt vor, daß Alban dir sehr häufig schreibt."

„Findest du, Mama?" So leicht brachte man das junge Mädchen nicht aus der Fassung. „Es ist mir nicht aufgefallen. Soll man ihm sagen, daß er etwas längere Pausen einschaltet?"

Gereizt zuckte ihre Mutter die Achseln.

„Gott, nein! Mach's, wie du glaubst, mein Kind. Den jungen Leuten, die kämpfen, kann man dieses Vergnügen schon gestatten. Aber ich wußte nicht, daß ihr so besonders befreundet wart."

„Gar nicht so besonders."

Christines Ton war kalt und ausweichend.

„Ich nehme an, daß er sich langweilt, das ist alles."

Sie erhob sich und ging, ohne die geringste Verlegenheit zu zeigen, unter den zweifelnden Blicken der Familie zu Türe hinaus.

„Diesmal bist du eindeutig geschlagen, Liebling", stellte François fest, der, auf dem Teppich vor dem Kamin ausgestreckt, mit seinen Hunden spielte. „Wenn es ihre Angelegenheiten betrifft, verkapselt sie sich wie eine Auster. Man könnte ein Taschenmesser an ihrer Schale schartig machen."

Anne trat mit schmeichelndem Blick auf ihre Mutter zu:

„Mama, etwas sollten wir machen. Alle tun es, in der Stadt und hier in der Nachbarschaft. Du weißt, es ist im Spital zu wenig Platz für die Rekonvaleszenten, und hier sind so viele unbenützte Räume. Wir könnten einige aufnehmen."

„Ich glaube, du bist verrückt? Wie stellst du dir das vor?"

Aber Anne ließ sich nicht so leicht einschüchtern.

„Durchaus nicht, liebste Mama. Dich überrascht das, weil du außerhalb der Welt lebst. Aber alle unsere Freunde haben Verwundete bei sich, Tante Madeleine in Gloriette und Madame Raynal in Saint-Ange. Madame Royer hat schon ihr Zimmer hergegeben und ist daran, ihre Wohnung umzustellen, um noch mehr aufnehmen zu können. Sie hat mir geraten, mit dir darüber zu sprechen. Sie meint, daß dich das zerstreuen würde."

Ah, Elise war es gewesen ...

„Fabelhafte Idee!" rief François begeistert. „Ja, es ist wahr, neulich bin ich Henriette auf dem Rad begegnet, und sie hat mir zugerufen, sie könne sich nicht aufhalten, weil man zu Hause zwei Soldaten erwarte. Sie war ganz aufgeregt."

„Auf jeden Fall", fuhr Anne beharrlich fort, „ist das im gegenwärtigen Augenblick eine Pflicht, und die Verwundeten werden sich in Mogador so wohl fühlen! Liebste Mama, ich weiß, daß du keine Gäste haben willst, aber hier handelt es sich nicht um Gäste. Du wirst es nicht ablehnen, unseren Verteidigern etwas Behaglichkeit zu geben. Wenn Gaspard verwundet wäre, würde ich mich freuen, ihn in einem gepflegten Hause zu wissen, ein bißchen in der Familie. Dominique könnte sich um sie kümmern, sie zerstreuen, sie im Park spazierenführen ..."

„Ja, o ja, ich möchte so gern", bat Dominique.

„Ganz bestimmt, du wirst nicht nein sagen. Du weißt, daß Papa es sofort getan hätte."

Sie verstand es, ihre Sache zu führen, die Kleine.

Ludivine seufzte: ‚Ja, er hätte es ohne Zweifel getan ...'

Sie sah, wie ihre beiden Töchter an ihrem Munde hingen, um die erwartete Antwort zu hören. François sprang auf und war mit zwei Schritten bei ihnen. Er lächelte seine Mutter an. ‚Sein Lächeln ...' Er warf dieses Lächeln, das Ludivine bis ins Innerste traf, in die Waagschale.

„Gut", sagte sie. „Abgemacht. Ich werde die Zimmer des zweiten Stocks und das eine verfügbare des ersten instand setzen lassen."

„Es wäre auch noch ..." Anne zögerte. „Könnten wir nicht auch Großmamas Zimmer haben?"

Das große Zimmer Julias, das schönste des Hauses, blieb jetzt immer verschlossen. So viel von der einstigen Gegenwart war noch fast fühlbar zwischen den Mauern, die sie durch mehr als ein halbes Jahrhundert bewohnt hatte. Ludivine trat manchmal des Abends ein und setzte sich einen Augenblick nieder, wie sie es so oft im Laufe der letzten Monate nach Frédérics Tode getan hatte.

Sie schloß die Augen, um die schmächtige schwarze Gestalt, das kluge Gesicht mit dem scharfen, spottlustigen Blick vor sich erstehen zu lassen. ‚Mama . . .'

„Das Zimmer eurer Großmama!"

„Ja, gib es uns auch! Ich bin sicher, daß es auch Großmamas Wunsch wäre!"

„Vielleicht . . Ich werde sehen."

Ludivine war nicht so sicher. Die Kinder wußten noch nicht, daß die Schatten auch ihre seltsamen Forderungen haben.

„Ich werde es mir überlegen."

In alle verfügbaren Zimmer waren Verwundete aufgenommen worden, schließlich auch in das Julias. Es waren junge Leute darunter, die, auf Dominiques Arm gestützt, wieder ihre ersten Gehversuche machten, und reife Männer, die das zu Schnecken aufgerollte Haar des jungen Mädchens streichelten und von ihren Töchtern sprachen. Sie zeigten Photographien und Briefe und träumten vor sich hin.

François hatte mit allen Freundschaft geschlossen. Er lauschte stundenlang, wenn sie von ihren Kriegserlebnissen erzählten, von den Schützengräben, den Angriffen, und fragte immer wieder nach Einzelheiten, bat um Erklärungen.

Ludivine, die vom Betrieb ganz in Anspruch genommen war, sah ihre Gäste untertags fast gar nicht. Die Bestellung der Felder wurde allmählich durch den Mangel an Tagelöhnern und tausenderlei Schwierigkeiten mit Werkzeug und Viehfutter ein Problem. Pferde und Futtergetreide wurden requiriert. Es hieß kämpfen, sein Recht fordern, in Tarascon von einer Behörde zur anderen laufen, hier verhandeln, dort schöntun, in manchen Punkten nachgeben, um andere durchzusetzen.

„Du solltest wieder ein Automobil kaufen, Liebling, das wäre soviel bequemer. Ich würde dich überall hinfahren, und du würdest zehnmal weniger Zeit brauchen."

Aber in diesem Punkt stieß er auf eine undurchdringliche Mauer, ganz gleich, ob er es mit Argumenten oder mit Schmeichelworten versuchte.

Ein Automobil? Nein, das würde es in Mogador nicht mehr geben.

„Zumindest, ich will es nicht sehen. Wenn du einmal hier der Herr bist, dann wirst du eines haben, wenn du willst. Bis dahin aber ist es unnütz, darüber noch ein einziges Wort verlieren zu wollen."

Verärgert sah François seine Mutter in dem alten, von Victor kutschierten Wagen davonfahren: ‚Warum nicht gleich im Karren der Merowinger? Mama konnte einen in diesem Punkt wirklich reizen. Arme hübsche Mama, sonst so tapfer. Aber schließlich, sie war eine Frau, das mußte man ihr schon zugute halten.‘ Er heiterte sich wieder auf, unfähig, dem vergötterten Gegenstand seines Kults wegen einer nur zu begreiflichen Schwäche längere Zeit zu grollen.

Die Abende vereinigten die ganze Familie und die kräftigeren unter den Rekonvaleszenten im Salon. Ludivine sprach wenig und überließ es Anne, an ihrer Statt die Pflichten der Hausfrau zu erfüllen und die Unterhaltung zu führen.

Eines Abends trat ein junger Leutnant an das geschlossene Klavier, blätterte ein wenig in den Noten, die im Schrank lagen, und wandte sich zu Ludivine:

„Madame, seien Sie gütig und spielen Sie uns etwas Beethoven vor. Wir haben so lange Musik entbehrt. Es wäre eine ungeheure Freude, Sie zu hören."

Sie schüttelte den Kopf.

„Ich spiele nicht. Oder doch schon lange nicht mehr. Meine Finger sind eingerostet. Übrigens habe ich nie gut gespielt. Das alles hat meiner ältesten Tochter gehört, die ins Kloster gegangen ist. Ich fürchte sogar, daß das Klavier verstimmt ist. Niemand hat es angerührt, seitdem ...", Ludivine preßte die Hände zusammen, die sie auf dem Schoß verschlungen hielt, „... seit Monaten", schloß sie kurz.

„Entschuldigen Sie, Madame."

Leutnant Borel war vor Verwirrung ganz blaß geworden. Wenn man diese Frau ansah, die noch so jung war unter ihren großen Kindern, fast wie eine Schwester mit ihrem glatten Gesicht, ihren blitzenden Augen und ihrem gebieterischen Gang, vergaß man nur zu leicht, daß sie eine Witwe in Trauer war, trotz des schwarzen Kleides, das ein weißer Einsatz kaum aufhellte.

Alles schwieg verlegen.

„Aber ich bitte Sie, Leutnant, wenn Sie selbst ... oder einer von Ihnen, meine Herren ...", fing sie wieder an, indem sie sich mit jener unnachahmlichen Anmut zu ihren Gästen wandte, in die unwillkürlich etwas von ihrer einstigen Koketterie aus glücklichen Tagen einfloß, „... wenn Sie es versuchen wollen, darauf zu spielen, würden wir uns alle sehr darüber freuen."

Man zögerte trotz der Ermutigung, die in ihrem Lächeln lag. Endlich erhob sich Capitaine Etcheverry schwerfällig: „Zu Ihrem

Befehl, Madame", nahm die Krücke, die an seinem Sessel lehnte, und humpelte zum Klavier.

Von nun an verliefen die Abende lebhafter. Es wurde regelmäßig musiziert, Talente entpuppten sich unter den Gästen, Anne sang oft, begleitet von dem einen oder dem anderen der Offiziere. Man kam einander näher. Das Haus und der Park begannen wieder zu leben.

Bei diesem vertrauten Anblick wurde in Ludivine die Vorstellung von der Wiederkehr des Herrn übermächtig. Nur er fehlte noch in seinem wiederbevölkerten Reich. Sie schloß die Augen. ‚Wenn ich sie wieder öffne, werde ich ihn sehen, dort in der Türe ... Oder nein, er ist ja draußen unter den Eichen oder im Rosengarten, mit einem Freund ..' Sie hörte sein lautes Lachen. Gleich würde es von unten an ihr Ohr klingen. Manchmal, wenn sie in ein Zimmer trat, hatte sie das Gefühl, ihn dort vorfinden zu müssen.

Im Juni erhielt Anne die telegraphische Nachricht, daß ihr Mann, bei einem heftigen Angriff in vorderster Linie schwer verwundet, in das Militärspital von Fontainebleau eingeliefert worden sei. Sie reiste noch am selben Tag in einem Sanitätsauto, das nach Paris zurückfuhr, ab.

Ludivine beabsichtigte, ihr am nächsten Tag zu folgen und ihr Kleider und Wäsche zum Wechseln nachzubringen, da Anne in ihrer Hast nur ihr Reisenécessaire und einen kleinen Koffer mit dem Allernötigsten mitgenommen hatte.

Am Morgen gab sie Eugénie ihre Weisungen wegen des Einpackens, als Mathilde ins Zimmer hereinbrach: Man hatte soeben Philo tot in ihrem Bette gefunden. Die alte Frau hatte es abgelehnt, Mogador zu verlassen, trotz der dringenden Aufforderung Adriennes, die sie gerne zu sich genommen hätte.

„Ich bin zu alt, um mich zu verpflanzen. Hier habe ich Wurzeln gefaßt. Ich werde in dem Hause meiner Herrin bleiben, solange Madame Frédéric mir nicht ausdrücklich sagt, daß ich gehen soll."

Ludivine dachte nicht daran. Äcker, Tiere und Menschen – Mogador war ein Ganzes und Philo ein Stück davon. Die Tatsache, daß sie keine Dienste mehr leistete, hatte nichts zu bedeuten, ebensowenig das gespannte Verhältnis, das früher einmal zwischen ihnen geherrscht hatte.

Die Reise mußte bis nach der Beerdigung aufgeschoben werden.

An der Spitze der Einwohner von Mogador geleiteten Ludivine und François die treue Dienerin bis zum Friedhof von Fontfresque.

Man senkte Philo in die nackte Erde hinab, wenige Schritte von der Gruft der Vernets.

Zypressen und Oleandersträucher umrahmten die mit gräulichem Moos bewachsene Steinplatte. Das Grabkreuz, das sich an die Friedhofsmauer lehnte, verschwand beinahe unter dem Efeu. die alten Inschriften waren nicht mehr zu entdecken, die Henri Vernets kaum mehr zu entziffern. Schon verblaßte der Name Frédéric Vernets. Nur der Mamas leuchtete noch schwarz unter der Sonne eines neuen Sommers ...

Aber wo waren sie alle? Blieb nichts von ihnen als die aufeinandergehäuften, zerfallenden Körper dort unten in der undurchdringlichen Stille der Gruft? Oder erwartete sie der Geliebte, fern von der Menge der anderen, für sie vor dem Verfall bewahrt, in einer der himmlischen Wohnungen? Ludivine wußte nicht, ob sie an Gott glaubte. Ihr ganzes Leben lang war sie, an ihre irdischen Schätze geklammert, ohne ihn ausgekommen. Und auch jetzt war es nicht Gott, nach dem sie verlangte, mit einem Verlangen so drängend wie Hunger und Durst. ‚Frédéric, nur Frédéric allein ...' Aber, so dachte sie, eines Tages, sei es Beginn oder Ende, würde auch ihr Name sich an die Liste reihen, und so war es auch in Ordnung. ‚Ja, es ist gut so.' Sie empfand weder Angst noch Bedauern: ‚Wenn er noch irgendwo ist, werde ich in diesem Augenblick mit ihm vereint sein. Wenn nicht ... dann werden wir zusammen schlafen.'

In einer Entfernung von ein paar Schritten, in der Allee, wechselte François, beunruhigt durch das starre Schweigen, in das sie sich vor ihnen allen verschloß, einen Blick mit seinen Schwestern. Hierauf trat er an sie heran und schob sanft seinen Arm unter den ihren.

„Wir müssen gehen, liebste Mama. Komm, komm ..."

Ein Brief Annes erwartete sie zu Hause: Gaspard hatte schwere Verwundungen abbekommen, eine Kugel in die Lunge, eine in den Arm, eine in den Hals. Aber die Ärzte glaubten, für ihn einstehen zu können: „Es ist unnötig, Mama, daß du diese entsetzliche Reise machst. Ich bin bei ihm im Spital selbst untergebracht, dank der Gefälligkeit des Majors. Meine Schwiegermutter hat mit unendlichen Schwierigkeiten ein kleines Privatzimmer in der Stadt gefunden. Schick mir nur meine Sachen. Ich werde dich auf dem laufenden halten." Ludivine fügte sich gerne dem Wunsch ihrer Tochter, erleichtert, Mogador nicht mitten in der Heu- und Getreideernte verlassen zu müssen.

Gaspard erholte sich über Erwarten schnell. Nach sechs Wochen langte er, abgemagert, blaß und schwach, gestützt von Anne und Angèle de Barcarin in Mogador an, um hier seinen Genesungsurlaub zu verbringen. Sein Vater und seine Schwestern, die man von seinem Kommen verständigt hatte, waren schon am Vortag eingetroffen.

Es war heiß, ein weißer Dunst zitterte am Horizont. Jeden Tag stand die Sonne in derselben strahlenden Pracht am Himmel, in den kurzen, lauen, silberflimmernden Nächten regnete es Sternschnuppen.

Ein Jahr Krieg ... Für diejenigen aber, die, den Armen des Todes entrissen, aus fieberdumpfer Nacht wieder zum Leben erwachten, verwischte sich das Bild des großen Mordens, verlor seine glühenden Farben. Im Rahmen von Mogador, das noch ahnungslos dem entsetzlichen Morgen entgegensah, verwandelten sich die Erinnerungen, die sie austauschten, in kleine Geschichten von Kameradschaft, tollkühnen Abenteuern und verwegenen Streichen.

Unwillkürlich entwarfen sie alle von ihren jämmerlichen Leiden, ihrem alltäglichen Heldentum, ihrem heimlichen Kleinmut eine tragikomische Epopöe, der aus hübschen Frauen, jungen Mädchen und in Bewunderung erstarrenden halbwüchsigen Burschen zusammengesetzten Zuhörerschaft angepaßt.

‚Die Sümpfe von Saint-Gond, Montdement, Troyon, Dixmuiden, le Bois-Brûlé, Hartmannsweilerkopf, Neuville-Saint-Vaast, Ablan, Souchez ... Dort lebte und starb man als Mann, dort wurde man ein Held, dort waren große Taten zu verrichten, dort, nur dort ...' François begeisterte sich im stillen an diesen Namen.

Im Oktober wurden Maurice Royer und Laurent Vernet mit dem zweiten Kontingent ihres Jahrganges einberufen. Robert Antonetti hatte sich mit Einwilligung seines Vaters vor Erreichung des dienstpflichtigen Alters freiwillig gemeldet.

François begleitete die Freunde auf den Bahnhof. Blanche hatte sich, ebenso wie Elise, vor einem Abschied in der Öffentlichkeit gescheut, und so fanden sich die jungen Leute allein in dem Menschengewühl auf dem Bahnsteig.

„Also, da wären wir. Es geht los ..."

Ihre Herzen waren voll von Erwartung. Sie weilten schon in anderen Regionen und wußten einander nichts mehr zu sagen. Der Zug fuhr ein, François sah sie auf den nächsten Waggon zueilen. Sie drängten sich in den gesteckt vollen Gang, Seite an Seite mit Unbekannten, die ihnen ähnlich sahen. Durch die Fensterscheiben machten sie ihm lebhafte Abschiedszeichen. François erwiderte sie mit armen Gebärden und fühlte sich verlassen und ausgestoßen. Schon scherzte Maurice, halb abgewendet, mit seinem Nachbar.

Langsam setzte sich der Transportzug unter Singen und Schreien in Bewegung. Durch das endlich herabgelassene Fenster streckten sie ihm die Hände entgegen.

„Auf Wiedersehen! Bald! Wir werden es ihnen geben! Komm uns nach! Auf Wiedersehen, Alter."

„Auf Wiedersehen, ihr Lieben! Ganz bestimmt! Wartet nur ein bißchen. In vier Monaten habe ich das Alter. Schaut, daß ihr bis dahin noch nicht fertig seid ..."

12

Mogador durchlebte eine stille Zeit. Dem Generalstab des Standortes Paris zugeteilt, war Gaspard auf seinen Posten abgereist und hatte Anne mitgenommen. Das Haus beherbergte augenblicklich nur zwei Rekonvaleszenten, und diese waren noch nicht imstande, ihre Zimmer zu verlassen.

Ludivine berechnete im kleinen Büro mit François zusammen den Ertrag der Weinernte, als Christine eintrat.

„Mama, kannst du mir etwas Zeit schenken. Ich möchte mit dir sprechen."

„Einen Augenblick, bis ich fertig bin. Wieviel haben wir gesagt, François?"

Sie vertiefte sich wieder in ihre Ziffern, während sich das junge Mädchen auf dem Sofa niedersetzte.

„So ... Also! Es ist wirklich nicht schlecht für ein Kriegsjahr." Befriedigt wandte sie sich zu ihrer Tochter: „Also, was willst du?"

Christines Blick wanderte bedeutungsschwer zu ihrem Bruder, der auf der Armlehne des Stuhls seiner Mutter saß.

François rührte sich nicht, als hätte er ihn überhaupt nicht bemerkt.

„Also?" wiederholte Ludivine mit einem Ausdruck des Erstaunens, in das sich Ungeduld mischte.

„Ich warte, bis François hinausgeht."

„Oh! Oh! Nun, François, du hast gehört?"

„Jawohl."

Gekränkt zog er sich zurück, mit einer Langsamkeit, die deutlich seine Mißbilligung ausdrückte.

„Mach schnell, Mama, ich werde inzwischen die Pferde satteln."

Er wartete eine Stunde und mehr; endlich erkundigte er sich ungeduldig bei Victor.

„Madame und Mademoiselle sind noch immer im Büro", lautete die Antwort. „Madame will nicht, daß man sie stört. Als ich die Post hineinbrachte, hat Madame gesagt: ‚Schon gut. Später', mit einer Miene ... einer Miene ... ich weiß nicht ..."

„Hm ... Ich verstehe." Was ging da vor? Vielleicht wußte Dominique etwas darüber. Er machte sich auf, seine Schwester zu suchen. Aber Dominique konnte auch nur Vermutungen anstellen.

„Irgendeine Geschichte im Spital? Aber ich kann mir nicht vorstellen, was Mama damit zu tun haben sollte. Und übrigens ist Christine heute gar nicht dort gewesen. Es ist ihr freier Tag."

„Aber was, zum Teufel, kann das bedeuten?"

Die Bombe platzte am Abend im Salon, nach dem Essen, das in einer gewitterschwangeren Atmosphäre vor sich gegangen war.

„Nun, wir haben keine Zeit zu verlieren", begann Ludivine, sich an die Zwillinge wendend, „um euch eine erfreuliche Mitteilung zu machen." Durch die Trockenheit des Tones spürte man den Zorn durchzittern.

„Eure Schwester heiratet in diesen Tagen oder jedenfalls im Laufe des nächsten Monats, und zwar Alban Marquet-Rageac, wie es scheint. Er wird unverzüglich kommen, denselben Tag noch um ihre Hand anhalten, sie während seines Urlaubs heiraten und sie als seiner Ambulanz zugeteilte Krankenschwester mitnehmen; das wird ihre Hochzeitsreise sein. Ich danke Christine dafür, daß sie daran gedacht hat, mich zu verständigen. Das ist ein Nebenumstand, den sie bei Regelung ihrer Angelegenheiten ebensogut auch hätte außer acht lassen können."

Mit offenem Munde hörten François und Dominique diese Eröffnung an.

„Mama, ich bitte dich ... du weißt doch ..."

„Ja gewiß, du brauchst meine Zustimmung, und ich wüßte auch wirklich nicht, aus welchem Grunde ich sie dir verweigern sollte. Alban ist eine gute Partie, es ist eine hochachtbare Familie. Wenn ihr Lust habt, zu heiraten, so könnt ihr es tun, ohne das Ende des Krieges abzuwarten, obwohl man ja doch nicht weiß, wer lebend herauskommt und wer nicht, und ich es unvernünftig finde, sich zu binden ...“

„Mama!“ rief Christine und fügte dann mit schmerzlicher Müdigkeit hinzu: „Das hast du mir ja alles schon heute nachmittag gesagt ...“

„Ja, und ich wiederhole es dir. Dazu werde ich doch wohl noch das Recht haben? Es ist sogar meine Pflicht. So, und nachdem das gesagt ist, wirst du deinen Alban heiraten, wenn du darauf bestehst, woran ich nicht zweifle. Ich kenne dich, du begehst mir sonst noch eine Dummheit, die die Sache nur noch schlimmer machen würde.“

Sie schwieg nachdenklich und fügte dann seufzend hinzu:

„Ich habe nicht viel Glück mit meinen Töchtern.“

„Mama!“ wagte Dominique schüchtern zu widersprechen.

Christine verschanzte sich hinter ein verbissenes Schweigen, aus dem nur hier und da die in ihren grauen Augen zuckenden Blitze hervorzüngelten. Ludivine erhob sich und begann mit großen Schritten im Zimmer auf und ab zu gehen, unfähig, ihre Erregung weiter zu meistern.

„Ich mache dir nicht die Unbesonnenheit zum Vorwurf, mit der du dich in diese Ehe hineinstürzt, ohne auch nur zu wissen, ob du ihn wirklich liebst. Natürlich bildest du dir ein, darüber mehr zu wissen als irgend jemand anderer, und alles, was ich dir dagegen einwenden könnte ... Aber was nützt das Reden, wenn du glaubst, daß es dein Glück ist ... Nein, was unverzeihlich ist, was mich an dir empört, das ist deine Verstellung, dieses Mißtrauen gegen mich, die Tatsache, daß du diese ganze Geschichte bis zum Abschluß gebracht hast, ohne mir auch nur ein Wort davon zu sagen. Eine liebenswürdige Tochter, ich kann mir wirklich gratulieren, nicht wahr? Soll ich es dir sagen? Verschlossen, kalt, hochmütig, selbstsüchtig, das bist du! Der arme Alban, der tut mir leid! Der wird noch manches erleben!“

Sie stand vor ihrer Tochter und sah sie mit einem harten Blick an.

„Was mich betrifft, so ist es ja ohnehin umsonst, das geringste Wort des Bedauerns, die leiseste Regung der Herzlichkeit zu erwarten. Nun gut, sprechen wir nicht mehr davon. Gute Nacht, Kinder. Ich gehe hinauf. Ihr könnt euch bei eurer Schwester bedanken.“

Mit diesen Worten schlug sie die Tür hinter sich zu.

„Hör einmal, Christine“, begann François entrüstet, „Mama hat recht. Wie konntest du nur das Herz haben ...“

„Laß sie", riet Dominique leise. „Du siehst doch, daß sie gleich weinen wird, wenn man sie . . ."

Christine hob zu ihrem Bruder ein zorngerötetes Gesicht empor, dessen Augenlider die überquellenden Tränen nur mit Mühe zurückzuhalten vermochten.

„Dummer Kerl! Kümmere dich um deine Angelegenheiten. Aber genug! Laß mich vorbei!"

Sie stürmte hinaus, flog, vier Stufen auf einmal nehmend, die Stiege hinauf und blieb vor dem Zimmer ihrer Mutter stehen. Ein Lichtschein war unter der Türe zu sehen. Christine zögerte, schob die Hand vor . . . Sie hörte die Stimme Ludivines, hierauf die der antwortenden Eugénie.

Unmöglich: ‚Mama, ich möchte dir . . .' ‚Liebste Mama, ich bin nicht . . .' ‚Mama, wenn du wüßtest, wie . . . ' Unmöglich zu sagen!

Ein Schluchzen stieg ihr in die Kehle. Sie preßte das Taschentuch auf den Mund, flüchtete in ihr Zimmer, drehte den Schlüssel um, schob den Riegel vor und warf sich auf das Kopfkissen ihres geöffneten Bettes nieder.

Die Hochzeit fand im November in aller Stille statt. Noch am selben Nachmittag fuhren die Neuvermählten nach Lyon ab, wo sie vor ihrem Eintreffen in Bar-le-Duc zwei Tage zu verbringen gedachten.

Das Wetter war grau und drückend.

Ludivine begleitete das junge Paar bis an den Fuß der Freitreppe, wo der Wagen wartete. Alban prüfte das Gepäck, die beiden Frauen sahen ihm schweigend zu: es war das Schweigen der letzten Minuten, in denen der kommende Abschied schon seine Schranke zwischen die Scheidenden legt.

Christine suchte verstört nach den Worten, die sie wieder mit ihrer Mutter hätten verbinden können und das Eis brechen, das sie seit Tagen voneinander trennte.

„Mama . . ."

„Ja?"

Der farblose Ton von Ludivines Stimme enthielt keine Aufmunterung.

„Ich wollte dir . . ."

Alban kam zurück.

„So, alles ist bereit. Wir können fahren."

Christine schluckte ihre Worte hinunter, sie spürte einen salzigen Geschmack im Munde. Dominique und François traten vor, hierauf

Adrienne und Charles, Madeleine und die Eltern Albans. Man tauschte Küsse.

„Es droht ein Wetter. Ihr solltet fahren, bevor es anfängt zu regnen", riet Doktor Marquet-Rageac.

Der Tag war unfreundlich. Ein trüber Schein schwebte unter dem düsteren Himmel, ein unangenehmer Wind hatte sich erhoben, der den Staub vom Boden aufwirbelte. Christine folgte mit den Blicken einem trockenen Blatt, das sich durch die Luft bewegte. – Wo war das glänzende Fest von Annes Hochzeitstag, der Ball auf dem Rasen, das Lachen, die duftigen Kleider, die vielen Gäste und Papa ... und Jean Arnal, der so schön war an diesem Tag in seinem dunklen Anzug, und der nur Augen hatte für Isabelle?

„Also, Christine ...", drängte ihr Mann.

Sie lächelte ihm zu und stieg in den Wagen. Am Ende der Orangenallee öffnete sich das Gartentor weit auf einen langen Weg, der sie hinfort an Albans Seite einem unbekannten Ziele zuführen sollte.

„Gute Reise! Adieu! Schreibt bald! Kommt bald wieder!"

Hinter ihnen verschwammen die Stimmen im Rattern des Motors. Christines Blick war auf ihren Begleiter geheftet; sie sah sich nicht um.

Ludivine stieg hinter den Gästen langsam die Stufen der Freitreppe hinauf. Jemand bemerkte: „Es wird heute bald finster werden. Schau, wie schwarz der Himmel ist, dort hinten über der Föhrenallee, auf der Seite der Roubine."

Die Roubine ... Ludivine dachte an jenen Tag vor zwanzig Jahren, der diesem glich, an dem Frédéric sie aus dem Wasser gefischt hatte, an das gelbe, schlammige Wasser, die reißende Strömung, an das angstverzerrte, wütende Gesicht, das sich über sie gebeugt, die Arme, die sie aufgehoben hatten ... und dann die langen Wochen der Krankheit, das Fieber, der quälende Husten, die schwere Geburt Christines ... Und da ging sie nun, unter demselben drückenden Himmel, das Kind des Ungewitters ...

„Gehen wir schnell hinein, Liebe", sagte Adrienne. „Es regnet schon."

Die ersten Tropfen klatschten auf die dampfende Erde.

Zu Weihnachten kamen Barcarins, sich zu verabschieden. Gaspard, für den aktiven Dienst hinfort untauglich, war in die Diplomatie zurückgekehrt. Nach einer vorübergehenden Tätigkeit am Quai d'Orsay war er zum Ersten Gesandtschaftssekretär in Washington ernannt worden. Anne und er sollten sich Anfang

Januar in Le Havre auf einem amerikanischen Dampfer einschiffen.

Nach ihrem Besuch verfiel das Haus wieder in seine stille Traumverlorenheit. Es beherbergte keine Rekonvaleszenten mehr in seinen Fremdenzimmern. Nach Christines Abschied hatte sich Ludivine einer Verpflichtung entledigt, deren Last nunmehr auf sie gefallen wäre.

„Die Bürde von Mogador genügt mir", hatte sie in einem herausfordernden Ton zu Elise gesagt, als ob sie damit jeder Einwendung hätte zuvorkommen wollen. Aber Elise hatte keine gemacht. Von ihrer vielfältigen Tätigkeit in Anspruch genommen, für ihren Mann und ihren Sohn zitternd, nahm sie sich nicht die Zeit, über ihre Freundin zu richten.

Fast jeden Nachmittag begab sich Dominique nach Barbegal. Dort fand sie im Hause der Royers Gelegenheit, sich neben Henriette, die ihrer Mutter an die Hand ging, nützlich zu machen. Manchmal erschien auch François, von Henriettes glückstrahlendem Lächeln und den herzlichen Freundschaftsbezeigungen der Verwundeten begrüßt. Bald kam er öfter und öfter.

Seit mehreren Wochen hatten er und seine Schwester ihr achtzehntes Jahr vollendet. Das Ereignis war beinahe unbemerkt vorbeigegangen. Man feierte in Mogador seit Frédérics Tod keinen Geburtstag mehr. Und doch hätte dieser für den jungen Mann ein wichtiges Datum und die Erfüllung einer Hoffnung bezeichnen sollen. Er hatte die Tage gezählt. Hundertmal hatte er sich auf die Unterredung mit seiner Mutter vorbereitet: ‚Liebste Mama, ich muß mit dir reden. Es ist eine beschlossene Sache. Ich bin sicher, daß du es gutheißen wirst. Meine Pflicht ... Wie es auch der Wunsch meines Vaters gewesen wäre ... Du, die du so tapfer bist, du kannst doch nicht ... Was alle meine Freunde tun ...' Die Argumente waren da; wohlgeordnet standen sie in Reih und Glied in seinem Kopf. Fern von Ludivine beschloß er: ‚Nach dem Essen beim schwarzen Kaffee ...' ‚Heute abend, wenn wir allein sind ...' ‚Morgen früh, wenn ich sie in die Meierei begleite ...' Die Gegenwart seiner Mutter hemmte alle seine Anläufe.

Er hatte nicht den Mut, diesem meist so trübe blickenden Antlitz, das sich bei seinem Anblick erhellte, sein seltenes Lächeln zu rauben: ‚Nein, heute vormittag nicht, sie ist zu beschäftigt ...' ‚Nicht jetzt am Abend, sie sieht so müde aus.' So vergingen die Tage.

Um sie herum lebten die Familien in Angst und Sorge, andere

legten Trauer an: Tonins jüngster Sohn, Camille Béraud, Fernand Reyne waren gefallen. Man war ohne Nachricht von Francis Lallier. Jacques du Roveret war gefangen, Richard verwundet. Verwundet auch Georges Vernet, und Henry Fauvelly, Lauraus Schwiegersohn, kehrte mit einem amputierten Bein nach Tourvieille zurück.

„Und es ist nicht zu Ende!" prophezeite Ludivine mit einer Art finsteren Grolls, der unausgesprochen allen Teilnehmern „dieses Krieges" galt. „Wer weiß, was wir noch erleben werden ..."

Nein, es war nicht zu Ende. Man brauchte jede Hand, jedes mutige Herz, um Zoll um Zoll den gemarterten Heimatboden zu verteidigen, dem Feinde streitig zu machen, ihm wieder abzuringen ...

„Ich muß gehen ... Es ist meine Pflicht, verstehst du. Dein Bruder und alle meine Freunde sind draußen ...", sagte François zu Henriette, seiner Vertrauten. „Diesmal ist es eine abgemachte Sache. Heute abend werde ich mit Mama sprechen."

Sie waren allein an diesem Nachmittag in Elisens kleinem Salon und saßen nebeneinander auf dem Sofa. Die Schatten des Abends begannen sich im Zimmer auszubreiten. François schürte mit heftigen Bewegungen das Feuer, das heruntergebrannt war.

Das junge Mädchen preßte angstvoll ihre Hände aneinander.

„François, wenn du auch weggehst ..." Die sanften blauen Augen, die an ihm hingen, füllten sich mit Tränen. „O François, das ... das wäre ..."

„Gänschen, ich komme ja wieder."

„Ja, sicher, aber ..."

Henriette legte ihre Stirn an die Schulter ihres Freundes.

„O mein Gott, wie werde ich das ertragen können? Du ..."

Ein kurzes Aufschluchzen ließ ihre Klage verstummen.

„Henriette ... aber, aber, mein Herzchen ..."

Er wiegte sie in seinen Armen.

„Du wirst doch nicht weinen ... Henriette! Aber du ... Ja, du ... Henriette, sag?"

Ganz bestürzt hob François mit sanfter Gewalt das Antlitz zu sich empor, das sie an seiner Brust verbarg.

„Hiette, antworte mir! Laß mich dich ansehen."

Er sah sie an und flüsterte: „Oh, seit wann?" Sie war bleich, mit zwei rosa Flecken im Gesicht, ihr Haar war zerrauft, sie bebte ein wenig, ihre gesenkten Wimpern warfen einen leichten, zitternden Schatten auf ihre Wangen.

„Seit je, glaube ich. Seit ich lebe. Ich glaubte, daß du es weißt."

„Daß ich ...? O nein, Hiette ..." Seine Stimme war unsicher, ihr Ton sanft und rauh zugleich.

Sie wagte es, den Blick zu ihm aufzuschlagen. Seine hellen Augen hefteten sich auf sie. Vor Überraschung weit aufgerissen, blitzten sie im letzten trüben Licht des Tages. Er sah sie an mit dem Staunen eines Kindes vor dem Wunder des Weihnachtsbaumes.

„Du schaust mich an ...", sagte Henriette, „wie wenn es das erstemal wäre."

Und es war das erstemal. Jahrelang hatte er neben einer kleinen Spielgefährtin gelebt, die man neckte und tyrannisierte, die nicht so schnell laufen konnte, die besser lernte, ungeheuer dicke Zöpfe hatte, manchmal weinte und in allen ihren Spielen das arme, wehrlose Geschöpf darstellen mußte, dessen Rolle niemand sonst übernehmen wollte.

Diese Zeit war vorbeigegangen, ohne daß man recht wußte wie: verflogen, verloren ... Schon mehrere Sommer waren es, daß François da und dort auf seinen Streifzügen durch den Besitz hübsche Mädchen traf, deren Tugend beim ersten Angriff dahin war. Die Scherzworte, die man bei zufälligen Begegnungen tauschte, verwandelten sich rasch in das flüchtige Vergnügen der mit Lachen gemischten Zärtlichkeiten.

Er kannte seine Rolle bei den Mädchen, ohne sie jemals gelernt zu haben: „Das ist angeboren", seufzten nachsichtig die Mütter, die einst in ihren kurzen Sonnentagen zwischen den Lavendelbüschen oder beim Damm unter den Föhren jenen großen, schlanken Reiter mit den breiten Schultern auf sich hatten zukommen sehen, dessen graue Augen unter dem Schatten des landesüblichen Filzhutes in einem gefährlichen Feuer blitzten: „Der ganze Vater."

Aber dieses Antlitz der Liebe, so ernst und ein wenig traurig, das sich ihm da plötzlich enthüllte, vor ihm war er bestürzt und ungeschickt. Der lange, zarte, schmächtige Körper, der sich so anmutig unter seinen Händen bog, diese Augen von der Farbe eines Quells, diese Locken, deren helleres Gold Lichter auf die Masse des kastanienbraunen Haares setzte, diese Zärtlichkeit, dieses Erröten, dieses hingegebene Herz ... er entdeckte das alles erst in diesem Augenblick.

„Henriette ..."

Er zog sie an seine Brust, warf ihren Kopf zurück, daß ihre Blicke einander trafen, ohne Widerstand zu finden.

„Ich auch . . . ich . . . liebe dich auch."

„Oh . . ."

Das Glück traf sie wie ein Schlag mitten ins Gesicht, unter dessen Wucht sie die Lider senkte.

François gab sich voll Entzücken diesem Triumphe hin, der keinem anderen glich. Etwas in ihm starb und ward neu geboren, während er sich über das Gesicht in seinen Armen neigte, der Sieger über sein Opfer . . .

„Mein süßes Herz . . ."

Sie öffnete die Augen.

„François."

Es war ein Hauch, der sich kaum von den Lippen löste.

François beugte sich tiefer.

Wie verwandelt kehrte er nach Mogador zurück. Noch denselben Abend richtete er das Wort an seine Mutter.

„Liebling, ich will schon so lange mit dir sprechen. Ich mache mir Vorwürfe, bis jetzt damit gezögert zu haben. Hör mich an: Ich habe das Alter erreicht, in dem man dienen kann. Meine Freunde sind schon alle eingerückt. Auch ich möchte an die Front, mich als Mann bewähren, und dann . . ."

„Was?"

Die Schere, die Ludivine gehalten hatte, entglitt ihrer Hand und fiel klirrend zu Boden.

„Was hast du gesagt? Ich habe schlecht verstanden!"

Der Ton ihrer Stimme, die auf einmal schrill und mißtönend klang, fragte nicht, er schrieb die Antwort vor.

„Nein, du wirst doch . . .", versuchte François zu erwidern, aber besann sich eines Besseren und setzte sich auf die Armstütze ihres Lehnstuhls, schob sich dicht an sie heran, schlang den Arm um ihre Schulter und legte seine Wange an die ihre.

„Mama, sag, du würdest es nicht ertragen, wenn dein Sohn ein Feigling wäre? Ich muß . . ."

„Ein Feigling!"

Es war eine wilde Leidenschaft, die in diesem gellenden Schrei hervorbrach.

„Ein Feigling . . . Daß ich nicht lache." Sie warf sich im Sessel zurück, packte sein Handgelenk mit einer solchen Gewalt, daß es dem jungen Manne fast weh tat, und sah ihm mit einem durchbohrenden Blick in die Augen.

„Du wirst nicht gehen! Verstehst du? Du wirst nicht gehen! Niemals! Ich verbiete dir, vor mir noch einmal davon zu sprechen!"

„Mama, es ist nicht möglich, daß . . ."

„Genug! Ich sage dir: Genug!"

Die zornflammenden schwarzen Augen, die auf François gerichtet waren, ließen die Worte auf den Lippen erstarren. Noch einmal versuchte er, sich aufzubäumen und stieß durch die zusammengepreßten Zähne hervor:

„Aber ich bin doch . . ."

„Nein!"

Ein „Nein", schneidend wie Stahl, wie der Hieb einer Hacke.

Dominique trat ein. Sie sah das bleiche Gesicht ihres Bruders, durch das ein Zittern der Empörung lief. Still schlüpfte sie zu dem Lehnstuhl, der, dem ihrer Mutter gegenüber, auf der anderen Seite des Kamins stand. Ludivine sah einen Augenblick zerstreut auf das junge Mädchen. Dann wandte sich ihr Blick wieder François zu und bannte ihn unverwandt. Er war es, der die Augen niederschlug.

„Daß davon nicht mehr die Rede ist", schloß sie, ruhiger geworden, indem sie ihn gehen ließ. „Halte dich morgen um acht Uhr bereit. Ich brauche dich. Du wirst mich nach Saint-Rémy begleiten."

„Gut, Mama. Gute Nacht."

„Gute Nacht."

Sie folgte ihm mit den Augen bis zur Tür. Es war das erstemal, daß er hinaufging, ohne sie zu umarmen. Dominique blieb stumm, bemüht, die Ursache des Auftritts zu erraten.

„Nun, was gibt es Neues?" erkundigte sich Ludivine. „Was hast du heute gemacht?"

Ein Tag wie jeder andere . . . Das alltägliche Leben, das unveränderlich abrollte, ohne Unterbrechung, ohne Überraschung. Ihre Tochter gab sich Mühe, eine Antwort zu finden.

„Nichts Besonderes, Mama. Tante Elise hat mich nach Tarascon mitgenommen. Sie hatte dort verschiedene Wege zu machen. Wir haben Madame Pouzol getroffen. Sie hat gestern Nachricht erhalten . . ."

Ludivine betrachtete mit geistesabwesendem Blick, wie einen nicht zu ihr gehörigen Gegenstand, ihre linke Hand, die noch immer um die Armstütze des Sessels gekrampft war. Die blauen Adern sprangen unnatürlich stark unter der blutleeren, zum Zerreißen angespannten Haut hervor. Nach einigen Sekunden legte sie die Hand wieder in ihren Schoß zurück und begann, sie mit einer mechanischen Bewegung an der anderen zu reiben.

In diesem Frühjahr, dem Frühjahr des Jahres 1916, hielt der Tod seine tolle Ernte um Verdun. Die Trauerbotschaften folgten einander Schlag auf Schlag: Albert de Barcarin, der Onkel Gaspards, bei Louvemont schwer verwundet; verwundet auch Capitaine Pouzol und Paul Chabert, der Anwalt aus Tarascon, der Sohn Combaluzier und der jüngste Guigue aus Fontfresque ... Auguste Bresson im Wald von Caures verschollen, Romain Caussade gefallen beim „Toten Mann", Louis Gattencourt bei Douaumont ...

Caussade, Gattencourt, Freunde Frédérics, die die glücklichen Zeiten gekannt hatten, zu denen man sagen konnte: „Erinnern Sie sich ..."

„Alle werden sie dahingehen, alle!" prophezeite Ludivine mit einer düsteren Wollust.

François hütete sich, zu antworten. Schweigend schluckte er rasch seinen Kaffee hinunter und erhob sich.

„Du gehst schon?"

„Ja. Außer, wenn du mich aus einem bestimmten Grunde brauchst."

„Nein, geh ..."

Er verschwand oft ganze Tage, ohne ihr zu sagen, wo er seine Zeit verbrachte. Ludivine war zu stolz, ihn zu fragen. Vorbei die langen Spazierritte zu zweit, vorbei die gemeinsam erfüllte Aufgabe und seine ständig aufmerksame Gegenwart, die in den letzten zwei Jahren allmählich wieder einen lebendigen Menschen aus ihr gemacht hatten.

Ohne Zweifel lief er den Mädchen nach. Es gab deren genug im Ort, die sich nichts Besseres wünschten. Alles wiederholte sich. Sein Vater hatte vordem zu demselben Mittel gegriffen, um sich für dieselbe Enttäuschung zu entschädigen.

Aber François ... War es möglich, daß auch François sich schon auf solche schmutzigen Abenteuer einließ? Sie ballte die Fäuste. Ja, es war Eifersucht, was sie empfand, die alte Qual, in die sich der Schmerz der neuen Wunde mischte. Aber das war das Lösegeld. Immer muß man Lösegeld zahlen. Das wußte sie jetzt. Sie schluckte Tränen der Bitterkeit hinunter, die ihr in die Augen steigen wollten, und setzte sich allein an den Schreibtisch und nahm das Kontobuch zur Hand.

Elise war es, von der sie ganz zufällig erfuhr, daß ihr Sohn als ständiger Gast das Roversche Haus besuchte.

„Aber wirklich, das hast du nicht gewußt?"

Elise war ganz bestürzt.

„Ja, Ludivine, ich bin ganz unglücklich. Niemals hätte ich gedacht ... Sicher, wir sehen uns jetzt so selten, du mit Mogador, ich mit meinen Kranken, dem Spital und all den Komitees und Veranstaltungen, zu denen man gehen muß, sobald man versuchen will, sich ein bißchen nützlich zu machen ... sehr oft verlorene Zeit ... Aber ich dachte doch ... um so mehr, da ich den Eindruck habe, daß François ... mit einem Wort, ich möchte nicht ..."

„Mein Gott, ja was denn? Was ist denn los?" unterbrach Ludivine sie heftig. „Um Himmels willen, Elise, was hast du denn? So sag doch, was du zu sagen hast!"

Elise errötete.

„Ludivine!" sagte sie in vorwurfsvollem Ton.

„Schon gut, Elise. Ich wollte dich nicht beleidigen. Das ist meine Art, du weißt doch. Eigentlich könntest du dich schon langsam daran gewöhnt haben. Aber jetzt sag, was ist mit François?"

Elise wollte noch immer nicht recht mit der Sprache heraus.

„Das ist schwer zu sagen. Ich habe den Eindruck, daß zwischen ihm und Henriette ... etwas sein könnte und ..."

„Was?"

Ludivine war wie aus den Wolken gefallen.

„Aber es sind ja Kinder!"

„Vielleicht. Aber François ist weit über sein Alter reif, und Henriette ist genauso alt, wie du warst, als du dich mit Frédéric vermähltest."

Ludivine, die sich von ihrem Staunen noch nicht erholt hatte, schüttelte nur den Kopf.

„Also, was immer an der Sache sein mag", fuhr Elise in festerem Tone fort, „ich glaubte, daß diese Besuche deine Zustimmung hätten. Und weißt du, Ludivine, ich möchte um alles in der Welt nicht haben, daß du mir den Vorwurf machen könntest, ich hätte ohne dein Wissen hier eine Liebesaffäre unterstützt. Henriette wird nur eine sehr bescheidene Mitgift erhalten, und François stehen die glänzendsten Partien offen. Wenn du ..."

„Darum handelt es sich nicht."

Ludivine war in ihre Gedanken verloren. François ernstlich verliebt ... ihr Sohn, der eine Frau nach Hause brachte und Platz für sie forderte ... Sie hatte noch nie daran gedacht ... eine Frau, die den ersten Platz in seinem Herzen einnehmen würde: seine Frau, die er jede Nacht in seinen Armen halten würde, wie einst Frédéric sie selbst. Es tat ihr weh, daran zu denken.

‚Die kleine Henriette ... Aber schließlich, wenn er sie will, wenn er sie liebt ... Gott! Aber dann ...' Wieso war ihr das nicht sogleich eingefallen? Aber dann würde er nicht mehr an den Krieg denken! ‚Ah, wenn er nur wirklich ... Henriette? Warum nicht Henriette? Besser sie als eine andere: hübsch, gut erzogen, liebenswürdig, nicht dumm. Ein reizendes, kleines Ding. Wenn sie ihn halten kann ...'

„Hör zu, Elise. Bist du sicher?"

„Sicher, nein. Es ist nur eine Vermutung. Aber ich bin überzeugt, daß Henriette sich mir anvertrauen wird, wenn ich mit ihr spreche. Und du könntest ja François fragen."

Ludivine biß sich auf die Lippen. François fragen ... wie leicht wäre das noch vor kurzem gewesen. Aber das Vertrauen, die Freundschaft zwischen ihnen, diese liebliche Innigkeit, was war aus dem allem geworden! Der François, den man ihr nehmen wollte, sie hatte ihn schon verloren.

„Die jungen Leute haben ihre Geheimnisse", sagte sie ausweichend. „Wenn er es vorzieht, dieses noch einige Zeit vor mir zu hüten, schadet es auch nichts. Mach dir keine Sorgen, Elise. Mein Sohn ist frei in seiner Wahl, und Henriette wird, mehr als jede andere, willkommen sein, wenn er sie mir eines Tages bringen will."

Kurz darauf sah sie ihrer Freundin gedankenverloren nach, wie sie auf ihrem Fahrrad durch die Orangenallee davonfuhr.

Elise ... die Tochter Elisens in Mogador.

Ein schöner Tag für die alte Madame Daubenois. ‚Ihre Rache ... Zum Schluß wird sie sich also doch noch mit den Vernets verschwägert haben.' Ein Lächeln glitt über Ludivines Gesicht: ‚Meine Enkelin, Madame Vernet ...' Sie würde den Mund gehörig voll nehmen. Ludivine glaubte sie zu hören. Für sich wiederholte sie: ‚Madame Vernet ... Henriette Vernet ... die Frau meines Sohnes ... die einmal hier herrschen wird, wenn ich nicht mehr sein werde.'

Sie versuchte, sich ihr Mogador vorzustellen, in dem alles ohne sie weiterging, bevölkert von anderen Kindern, die ihrerseits heranwachsen würden, langsam und doch so schnell, wenn sie längst verschwunden wäre. Beraubt und entthront, wo würde sie dann sein?

Einen Augenblick empfand sie Furcht vor dem schwarzen Schatten, der bereit war, sie zu verschlingen. Und ihre Angst vor dem ganzen Dasein verwandelte sich in den einzigen Hilfeschrei: ‚Frédéric!' Gab es denn nirgends und niemals mehr die sichere Zuflucht seiner Brust?

‚Das Frühjahr 90, als du mich umarmtest ... und mein Hochzeitskleid, das so reizend war ...'

‚Frédéric, Frédéric! O Gott, wie kurz ist das her! Wie schnell ist alles vergangen ...'

Sie preßte die Zähne zusammen, um nicht laut aufzustöhnen, und atmete schwer: wenn die Antwort, die niemals kommt, am Grunde dieser schwarzen, feuchten Erde geschrieben stand, die ihr ihn genommen hatte, so würde sie ihr am Ende doch gegeben werden, dann, wenn sie hinabgestiegen war zu ihm und an seiner Seite ausgestreckt ruhte.

„Du hast mich erwartet, Mama? Ich hoffe, du warst nicht zu sehr in Sorge?"

Sie fuhr aus ihren Gedanken empor. Vor ihr öffnete François das Pförtchen neben dem Gittertor.

„Woher tauchst du auf? Ich habe dich nicht kommen sehen."

Er lachte. „Und ich glaubte dich schon in Todesängsten."

„Wie spät ist es denn?" Ludivine kehrte in die Wirklichkeit zurück.

„Reichlich spät. Das Essen wartet bestimmt schon über eine Stunde auf uns. Als ich dich sah, dachte ich, du seiest mir entgegengegangen. Mir ist ein Reifen geplatzt beim Hinunterfahren von Baux, mitten im Val d'Enfer. Und natürlich hatte ich nichts zum Reparieren mit. Ich mußte bis nach Saint-Rémy zu Fuß gehen."

„Warst du allein?"

„Nein, mit Henriette. Ich habe sie nach Barbegal zurückbegleitet, um mich bei Madame Royer zu entschuldigen. Aber sie war noch nicht zu Hause."

„Ah! ..."

Er hatte den Arm seiner Mutter genommen und führte schimpfend mit der anderen Hand sein Rad.

„Diese verfluchte Maschine. Und kein ordentliches Pferd zum Reiten im Stall. Ein Jammer! Wenn mein Vater das sähe ..."

„Wer kann dafür, wenn alles requiriert wird?" fragte Ludivine ruhig.

„Gewiß", gab er zurück. „Wenn ich jetzt an dem Platze wäre, wo ich hingehöre, würde ich unter dem Mangel an Pferden nicht leiden ..."

Ludivine hob den Handschuh nicht auf. Sie gingen schweigend bis zum Hause, jeder in seine eigenen Gedanken versunken. In der Halle wartete Victor.

„Es ist ein Bote von Gloriette gekommen mit einem Billett von Mademoiselle Dominique."

Ludivine nahm den Brief und öffnete ihn, während sie sich zu Tische setzte. François sah, wie sich ihre Farbe veränderte.

„Euer Onkel Hubert ist verwundet. Er befindet sich in Vannes. Madeleine hat das Telegramm heute mittag erhalten und ist mit dem ersten Zug weggefahren. Deine Schwester wird oben bleiben, bis sie zurück ist, sich um den Kleinen zu kümmern."

Niedergeschmettert hörte François den Bericht an, den seine Mutter mit gewollt tonloser Stimme vorbrachte.

„Ist ... es ernst?" fragte er endlich.

„Das sagt sie nicht. Jedenfalls weiß man noch nichts darüber."

Schweigend beendeten sie die Mahlzeit. Ludivine erhob sich.

„Madame ..."

Victor zog den Sessel hinter seiner Herrin zurück.

„Wenn Madame erlaubt, möchte ich sagen ..."

„Ja. Was denn?"

„Wir haben die schlimme Nachricht von dem Manne gehört, der den Brief gebracht hat. Sie hat uns sehr getroffen, Bertha und mich. Aber wir haben das feste Vertrauen, daß Monsieur Hubert auch diesmal wieder mit Gottes Hilfe davonkommen wird."

Seine weichen, faltigen Wangen zitterten vor Rührung. Ludivine legte ihre Hand auf die Schulter des alten Dieners.

„Ich glaube es auch." Sie lächelte ihm freundlich zu.

„Danke, Victor."

Der Abend war mild. Es begann schon heiß zu werden. Die schönen Tage nahten heran. Ludivine lehnte sich in das Fenster des Salons.

Sie konnte mit ihren Gedanken nicht von dem Briefe loskommen. Zwischen ihr und dem grünen Dickicht des Parks, das sich vor ihren Augen ausbreitete, stand das Bild ihres Schwagers. Sie sah ihn vor sich, ausgestreckt auf einem jener schmalen Eisenbetten, wie sie sie im Spital von Tarascon gesehen hatte. Sie erinnerte sich auch an die Verwundetentransporte auf dem Bahnhof, diese armen Körper auf den Bahren. ‚Verwundet ...‘ Die schmutzigen Verbände, die fiebrigen Gesichter, das Stöhnen, der entsetzliche Geruch von Blut, Schweiß und Eiter.

Armer Hubert ... Wie gerne hätte sie ihm die Hände auf die Stirne gelegt. Sie erinnerte sich an die Worte, die er einst zu ihr gesagt hatte. Lange Zeit waren sie ihr entschwunden, aber heute abend stiegen sie wieder in ihrer Erinnerung auf. ‚Man könnte den Tod aus diesen Händen trinken ...‘

Ah! Tod oder Leben ... ihm zu trinken geben. Noch einmal für einen Menschen die Quelle seines Glücks und seiner Qual zu sein ... ‚Hubert, der mich so maßlos geliebt hat.‘ Oh, wenn Hubert jetzt das Bedürfnis nach ihrer Gegenwart empfunden hätte ... Aber Hubert hatte Madeleine.

Der Sommer war im Anzug. Ihr Körper tat ihr weh. Und François, auch er hatte sich von ihr entfernt.

Der Abend wollte nicht enden. Noch immer drang ein niedriger Sonnenstrahl durch die Bäume und beleuchtete die Blätter von unten. Die Orangenallee war in flimmerndes Gold getaucht und schien in irgendeine strahlende Ehrenpforte des Ruhmes zu münden.

„Heute will es gar nicht Nacht werden.“ Es klang wie eine Klage in Ludivines Worten.

„Sollen wir ein bißchen ausgehen? Es ist so schön heute. Komm, setzen wir uns unter die Zeder.“

Sie ließ sich von ihm hinausführen. Stumm saßen sie zusammen auf der Bank; sie wußten einander nichts zu sagen. Wie oft hatten sie vordem miteinander geschwiegen, aber dieses Schweigen war nie eine Mauer zwischen ihnen gewesen, so wie heute.

‚Denkt er an Henriette?‘ Ein stechendes Gefühl der Eifersucht durchzuckte sie: ‚François, mein Kleiner ... Ihm irgendeine Aufwallung entlocken, um welchen Preis auch immer ... Daß ich es noch sei, die ihm seine Freude spendet, daß er mir danke und seine Wange an die meine lege ...‘ mit der schmeichelnden, beinahe verliebten Zärtlichkeit, mit der er sie vor so kurzer Zeit noch umgeben hatte.

„François?“

Er wandte sich zu ihr. Sein Vater, wenn man ihn plötzlich aus seinen Gedanken riß, hatte denselben Ausdruck schroffer Abwehr.

Sie mußte sich zwingen fortzufahren:

„Ich dachte an das, worüber wir eben gesprochen haben, im Zusammenhang mit dem Rad. Es ist wahr ... Eines Tages wird man uns das letzte Pferd aus dem Stall nehmen ... und wenn wir nicht mehr anspannen können ...“ Wie schwer war es, das Wort auszusprechen!

Er wartete, ohne sich zu rühren. Ludivine sagte schnell:

„Ich habe mich entschlossen, wieder ein Automobil zu kaufen. Wir müssen eines zusammen aussuchen. Morgen werden wir in die Stadt fahren.“ Verstohlen betrachtete sie ihren Sohn. Die Überraschung schien ihn der Sprache beraubt zu haben. Aber sie sah, wie die Freude aufstieg und seine Züge übergoß. In unbefangenem Ton fügte sie hinzu: „Ich denke, du wirst es bald fahren können.“

Plötzlich brach François los, warf sich auf die Hände seiner Mutter und küßte sie stürmisch:

„Einen Wagen! Liebling, das ist entzückend von dir! Nein, wie unternehmend du bist! Du wirst mich ihn aussuchen lassen?“

Sie nickte. „Ja freilich.“

Mit einemmal war ihr Herz erleichtert; sie sah ihn jubeln und lachen. François beugte sich über sie und warf sie mit seiner ungestümen Zärtlichkeit, seinen aufs Geratewohl verteilten Küssen beinahe um.

„Sobald wir ihn haben, fahren wir. Ich werde chauffieren.“

Schon schmiedete er Pläne und wiegte sie dabei zärtlich an seiner Schulter.

„Nein, Liebling, du bist zum Küssen ...“

Ludivine schlug die Augen zu ihm auf und betrachtete ihn lange stumm, mit überquellender Freude: auf diesem Gesicht, das sich allmählich im wachsenden Dämmer der Nacht verwischte, schauten ihre von Tränen verdunkelten Augen hell und klar – das Lächeln Frédérics ...

13

Von seiner Verwundung notdürftig hergestellt, war Hubert nach Gloriette heimgekehrt. Für ihn war der Krieg zu Ende. „Es wird noch lange Monate sorgfältiger Pflege bedürfen ...“, hatten die Ärzte gesagt. Mehrfach ausgezeichnet und vor das Divisionskommando von Castelnau zitiert, zu dem seine Eskadron gehörte, hatte der Capitaine Vernet seiner Pflicht gegenüber dem Vaterlande Genüge getan und war dem bürgerlichen Leben zurückgegeben.

Auf einem Liegestuhl im Schatten der Lorbeerbäume ausgestreckt, sah er Tag für Tag, schweigend, die Pfeife im Munde, die Sonne ihre Bahn über die Berge von Frigolet ziehen und wieder dahinter verschwinden. Von Zeit zu Zeit kam Madeleine aus dem Hause.

„Brauchst du nichts?“

„Nein ...“ Er schüttelte den Kopf und klopfte freundlich die Wange, die sich zu ihm neigte. Nein, er brauchte nichts. Er hatte kein Bedürfnis, keinen Wunsch mehr. Eine dichte, dunkle Leere umgab ihn, in deren Schoß er seit seinem Ausflug an die Pforten des Todes dahindämmerte, ohne Freude noch Traurigkeit, wie einer, der das Empfindungsvermögen verloren hat.

Ein Kind von drei Jahren spielte nicht weit von ihm auf der Terrasse. Sein Kind ... der kleine stille, sanfte Frédéric, den man kaum hörte. Er war nicht imstande, irgendein Gefühl der Zärtlichkeit für ihn zu empfinden.

„Déri ...“, rief Madeleine, „komm, zeig Papa, wie gut du lesen kannst.“

Gehorsam holte der Kleine sein Abc-Buch, trippelte heran und stotterte einige Buchstaben herunter.

„Sehr gut. Ausgezeichnet. Das genügt. Gib dein Köpfchen her.“

Auf seine Fußspitzen aufgerichtet, gab ihm das Kind einen flüchtigen Kuß, lief dann schnell zu seiner Mutter und klammerte sich an ihre Röcke. Madeleine drückte den Kleinen an sich, die Augen auf Hubert gerichtet.

„Geh schnell spielen, mein kleiner Prinz. Man darf Papa nicht ermüden.“

„Mit dir, Mama!“

„Aber nur eine ganz kleine Weile.“

Vom Ende der Terrasse klang das Lachen der beiden an Huberts Ohr. Er fühlte eine winzige Spur von Bitterkeit. ‚Wie gut sie sich verstehen ...‘ Madeleine, die schüchtern liebende Frau, war eine leidenschaftliche Mutter. ‚Pah, das ist ganz selbstverständlich! Arme Kleine, es ist nicht gar so eine Lust, neben mir zu leben ...‘ Eine Zuneigung ohne Wärme, ohne die geringste Aufwallung wirklicher Liebe, eine immer mehr verschlossene Gemütsart ... Er war sich dessen bewußt. ‚Im Grunde ist es ein Glück, daß sie dieses Kind bekommen hat ...‘

Er hatte nichts mehr zu geben. Jugendkraft, Enthusiasmus, Freude am Leben, Fähigkeit zu lieben ... eine andere hatte ihm alles genommen, vor langen Jahren, alles, mit gierigen Händen, um es gleichgültig wieder von sich zu werfen und ihn grausam beraubt beiseite zu stoßen.

Nichts mehr zu geben. Nicht einmal mehr dieses Schattenbild seiner selbst, auf dem er sich eine Zuflucht hatte aufbauen wollen. Der Krieg hatte das Werk vollendet, auch das noch hinweggefegt, zu dem übrigen. Es blieb ihm nichts mehr als die Erinnerung an sich selbst. Seine Jugend war dahin.

Ludivine ... dieser Name, der so lange in seiner Brust nachgezittert hatte wie ein abgeschossener Pfeil ... ihn auszusprechen, weckte nicht einmal mehr ein Bild vor seinen Augen. Was blieb von soviel Liebe, wenn nicht einmal der Haß dauerhaft war ...? Der Haß, dieser treue, tägliche Begleiter, sorgsam genährt durch fünfzehn Jahre ... auch er war von ihm gegangen, ihn noch um ein weniges ärmer zurücklassend. – ‚Als ich sie gestern die Stufen heraufkommen sah ...'

Am Tag vorher hatte Ludivine in Begleitung ihres Sohnes dem Rekonvaleszenten einen Besuch abgestattet. Ein schwarzer kleiner Vogel, eine Schwalbe mit gelähmten Flügeln ... in ihrem Crêpekleid, das sich eng um ihre abgemagerte Gestalt legte. Ihr eingefallenes Gesicht sah gelb aus unter dem Trauerhut, der ihr Haar verbarg und ihre Augen auslöschte.

„Du, Ludivine? ..."

„Nun, Hubert, du hast uns viel Sorgen gemacht. Wie geht es dir jetzt?"

Madeleine schob schnell einen Rohrstuhl heran. Sie setzte sich.

„Gut. Sehr gut. Schon wiederhergestellt, oder beinahe. Ich danke dir, daß du dir die Mühe gemacht hast, zu kommen."

Kein Groll, kein Zorn, nicht einmal Ironie war in den Worten zu hören. Die Unterhaltung stockte, sobald die Neuigkeiten von beiden Seiten ausgetauscht waren. Glücklicherweise hatte sich François des Gesprächs bemächtigt.

Dieses unbekümmerte Draufgängertum, diese naive Neugierde, diese vollendete Leichtigkeit, mit jedermann sogleich auf bestem Fuße zu sein ... Selbst Madeleine konnte mit ihm unbefangen lachen ... besiegt, gewonnen, wie einst so viele Frauen von seinem Vater ...

„Wie er mich an meinen Bruder erinnert!"

„Ja, nicht wahr?"

Ludivines Stimme, eben noch so klar, klang plötzlich ein wenig abgebrochen.

‚Sie hat nicht aufgehört, sich nach ihm zu sehnen. Sie weint gewiß noch immer um ihn.' Weder Groll noch Zorn, nicht einmal Mitleid war in diesem Gedanken, nur ein klares Sehen der Tatsachen.

François verlangte einen eingehenden Bericht.

„... Und deine Verwundung ...? Erzähle!"

Hubert zuckte die Achseln.

„Nichts Heroisches dabei. Bilde dir nur das nicht ein. Ich sicherte mit meiner Abteilung die Straße Verdun—Bar-le-Duc. Die Artillerie hämmerte schwer, besonders seit ein paar Tagen. Eine Granate platzte nicht weit von uns. Ich bekam's in den Bauch. Weiter nichts."

Die Straße Verdun—Bar-le-Duc ... Die Muskeln im Gesicht des jungen Burschen spannten sich.

„Wie herrlich, dort zu sein. Mein Gott, wenn ich ..."

Sein Onkel lächelte ein wenig, das Lächeln eines Menschen, der über diesen Glauben hinaus ist.

„Weniger herrlich, mit herausquellenden Gedärmen auf dem Boden zu liegen wie das Pferd eines Picadors."

Ludivine glättete stumm mit hingebungsvollem Eifer die Falten ihres Handschuhs.

„Das sicher, aber ..."

Sie schnitt die Antwort ihres Sohnes kurz ab.

„Liebe Madeleine, ich glaube, es ist schon spät. Wir werden gehen."

François, der im Grase saß, stand auf, um ihr zu folgen.

„Ich komme wieder, Onkel. Du wirst mir erzählen, nicht wahr?"

Er kam wieder. Hubert hörte den Wagen tapfer den steinigen Hang hinaufklettern. Der Lärm des Motors näherte sich und verstummte plötzlich. Eine Tür wurde knallend zugeschlagen, und einige Sekunden später erschien François im Laufschritt auf der Terrasse, in Begleitung seiner beiden Schäferhunde, die um ihn herumsprangen ... weitläufige Nachkommen von Frédérics altem David. Hubert erinnerte sich des Tages, da sein Bruder ihn tot im Stalle gefunden hatte und, ohne jemandem ein Wort zu sagen, ganz allein verschwunden war, ihn zu begraben: es war ein schneller Tod gewesen, nach einem langen, braven Hundeleben. Niemand wußte damals, was Frédéric mit ihm gemacht hatte, er war zurückgekommen mit einer Miene, die jedem die Lust benahm, ihn danach zu fragen. ‚Vor einem Vierteljahrhundert', rechnete Hubert.

„Hierher, Nahum, leg dich! Und du auch, Habakuk, alter Esel ..."

Die Nachfahren von Frédérics treuem Gefährten trugen Namen

von düsteren alten Propheten. Ein rauhes Äußeres und nicht allzu feine Sitten rechtfertigten bis zu einem gewissen Grade diese überraschende Wahl. Ludivine hatte sich darüber ereifert. „Das ist lächerlich. Wie kann man einem Tier so einen Namen geben?“

François hatte nur gelacht. „Aber warum nicht? Das paßt sehr gut zu ihnen. Schau, es sind ja keine Salonhunde . . .“ Sie wälzten sich eben zu seinen Füßen auf dem großen Salonteppich. Aber seine Mutter hatte ärgerlich die Achseln gezuckt, ohne ihn darauf aufmerksam zu machen. Das war ganz Vernet, diese Lust, Anstoß zu erregen, nur um des Vergnügens willen, die Leute sich ärgern zu sehen. Niemals hatte sie sich damit abfinden können.

Hubert lächelte der großen, schlanken Jünglingsgestalt entgegen, die Sonne mit sich zu bringen schien.

„Da bist du.“

„Ja, da bin ich schon wieder. Nur für ein halbes Stündchen heute.“

François warf sich auf das von der Julisonne versengte Gras nieder: „Du hast mich heraufkommen hören? Das hat geschnauft, was? Eine gute Maschine. Ich habe unten die Kurve genommen, das hättest du sehen sollen! Ah, wenn ich Rennen fahren könnte wie Papa und du! Ich habe heute einen Brief von Laurent bekommen. Er ist in Souilly. Da warst du ja auch, nicht wahr? Sag mir, neulich, als du mir die Truppenbewegung von Sarrail erklärtest . . .“

Seine Mutter sah ihn mit demselben gespannten, geistesabwesenden Ausdruck nach Hause kommen, dessen Drohung sie vor langen Jahren auf einem anderen Gesicht enträtselt hatte.

„Du warst heute nicht in Barbegal?“

„O ja . . . Das heißt, ich habe Dominique und Henriette nach Tarascon geführt, wo sie sich mit Madame Royer treffen sollten. Von dort bin ich für eine Stunde nach Gloriette gefahren.“

Aber auch wenn er es ihr hätte verbergen wollen – es stand auf seinem Gesicht geschrieben. So konnte es nicht weitergehen. Er machte sie verrückt. Ludivine dachte einen Augenblick nach. Ihr Besitzinstinkt lehnte sich gegen den Entschluß auf, den sie zu fassen im Begriff war. Trotzdem sprach sie das Wort aus:

„Wegen Henriette hast du mir nichts zu sagen?“

Sie sah den klaren Blick ihres Sohnes unsicher werden.

„Warum? Ich verstehe nicht.“

Er stieß seine Hände in die Taschen.

„Wirklich?“

Der Ton seiner Mutter wurde sarkastisch.

„... Mein armer François, sollte ich mich getäuscht haben?“

Plötzlich wurde er über und über rot, warf sich vor ihr nieder und drückte sich an sie.

„Liebste Mama, schone mich. Ich komme mir ganz lächerlich vor. Wieso hast du es erraten? Du bist doch nicht böse?“

Eine innige Rührung überkam Ludivine angesichts dieser Verwirrung des großen Jungen, der sich wie ein bei einem dummen Streich ertapptes Kind benahm. Sie streichelte die Hände, die in ihrem Schoß lagen. „Böse? Worüber? Über deine Verstellung oder über deine Wahl?“

„Oh! Über meine Wahl!“ Er richtete sich auf. „Es gibt nicht ein Mädchen unter allen, die du kennst ...“

„Zugegeben.“

Sein Gesicht heiterte sich auf.

‚Wie er sie verteidigen würde, die Kleine! Er liebt sie ...‘

Es war kein Gefühl der Freude, das diese Gewißheit in ihr weckte.

‚Nun gut, wenigstens wird sie ihn festhalten ...‘

„Ja, aber, worauf wartest du dann eigentlich?“

„Ich weiß nicht ...“ Wirklich, worauf wartete er eigentlich? Das tägliche Beisammensein, die Küsse, ausgetauscht in stillen Stunden, die ihnen die stumme Mitwisserschaft seiner Schwester zu sichern wußte, hatten ihm bis jetzt genügt. Diese Liebe, so ganz anders als all die flüchtigen Abenteuer, deren immer gleiche Worte und Gebärden schon keinen Reiz mehr auf ihn ausübten, diese wahre Liebe, die sich ihm auf eine so wunderbare Weise darbot ... er näherte sich ihr nach vier Monaten immer noch mit Rührung und schüchterner Behutsamkeit vor soviel Reinheit und Hingabe zugleich.

„Ich hatte es nicht so eilig, die Sache gleich allen Leuten auf die Nase zu binden. Und dann fürchtete ich ...“, er zögerte, „... nicht ernst genommen zu werden ... von dir und ihren Eltern. Denn du kannst manchmal schrecklich sein ...“

Die naive Bemerkung ihres Sohnes gab Ludivine einen Stich im Herzen. Wenn auch François so denken konnte ... Es gelang ihr indessen zu lächeln.

„Dummrian ...“

Der junge Mann sah sie erleichtert an; mit einem Blick voll zärtlichen Vertrauens erwartete er ihre Entscheidung.

„Morgen gehen wir um ihre Hand anhalten. Ihr müßt euch so schnell wie möglich verloben, um den Klatschereien ein Ende zu bereiten, die sicher schon reichlich im Umlauf sind."

Das Jahr ging zu Ende. Die große weiße Stille des Schnees bedeckte Mogador. Manchmal kam Henriette über einen Tag zu Besuch. Ludivine bemühte sich, ihre künftige Schwiegertochter so herzlich wie möglich aufzunehmen. Aber die Atmosphäre des verödeten Hauses blieb trotz der Bewegung, die François hineinbrachte, drückend, und die Verlobten zogen es vor, einander in Barbegal zu treffen.

Numa kam auf Urlaub, mit dem Kriegskreuz und den Leutnantsstreifen geschmückt, beides in der Offensive an der Somme erworben.

„... Bei Dampierre. Ein ländlicher Ort. Du kannst dir vorstellen, daß es dort heiß zuging ...", sagte er zu François. Sein Cousin beneidete ihn um dieses „Poilu"-Gehabe und um sein stattliches Aussehen in der verblaßten, verschlissenen Uniform, an deren Ärmeln das frische Gold der Litzen blinkte.

Ludivine drängte ihn zu bleiben.

„Wenigstens bis morgen!"

„Ich kann nicht. Wirklich nicht. Denk an meine Mutter, die auf mich wartet. Es geht ihr seit einigen Monaten nicht sehr gut. Sie hat das erste Anrecht auf mich. Ich komme wieder ..."

„Wie du glaubst", seufzte Ludivine.

Einem Antrieb ihres Gewissens folgend, fügte sie hinzu:

„Grüße sie von mir. Ich lasse ihr alles Gute wünschen."

Numa neigte sich über ihre Hand, schüttelte die seines Cousins, umarmte ohne Umstände seine zukünftige Cousine. Dominique wartete, bis die Reihe an sie käme ...

„Kommst du ein Stückchen mit mir, Nike? – Du weißt doch, was Nike im Griechischen heißt? – Also begleite mich bis zur Straße, meine kleine Siegesgöttin ..."

Sie lief weg, sich einen Mantel zu holen, und schlug ein Tuch um den Kopf: „Da bin ich ..."

Ihr Herz klopfte so heftig, daß es ihr weh tat. ‚Dieser Gang mit ihm allein ... Mein Gott, mach, daß er mich liebt, mach, daß er es mir sagt. Mein Gott, erhöre mich! Oh, das wäre ...' Stumm ging sie an der Seite des jungen Mannes, in ihr inbrünstiges Gebet versunken.

„Du bist nicht sehr gesprächig", warf Numa ihr neckend vor. „Ist es dir sehr lästig, diese paar Schritte mit mir zu machen?"

„Nein! O nein!"

In ihrer Aufregung glitt sie auf dem vereisten Boden aus. Er hielt sie fest.

„Nimm meinen Arm."

Das junge Mädchen streckte beinahe ängstlich ihre Hand aus.

„Da, stütz dich. Wenn ich jetzt einen Fehltritt mache, fallen wir zusammen ..." Gott, wie sie dieses Lächeln liebte!

Er wurde wieder ernst.

„Wie ist jetzt das Leben bei euch? Deine Mutter sieht sehr schlecht aus. Und das Haus erinnert mich an das Dornröschenschloß. Oder irre ich mich?"

Dominique schüttelte den Kopf.

„Nein. Aber Dornröschen erwartet den Prinzen, und ich denke, daß es wunderschöne Träume gehabt haben muß. Mama erwartet nichts mehr. Arme Mama ... Und wir alle, wir machen ihr nur Kummer und Sorgen ..."

„Das macht nichts", antwortete Numa. „Im Gegenteil ... Das ist alles, was sie noch hat vom Leben ... Übrigens", fügte er hinzu, „dürftest du ihr nicht viel Kummer bereiten, nehme ich an."

„Oh, ich ... ich zähle so wenig."

Numa sah sie belustigt an.

„So wenig, wirklich?"

Unter diesem Blick verlor das junge Mädchen die Fassung. Nervös versuchte sie ihr Tuch zu befestigen, das ihr immer wieder vom Kopf glitt. Sie war verzweifelt! ‚Warum bin ich mitgegangen? Er lacht über mich, er ...' Sie hätte sich den Mut gewünscht, ihn von obenherab zu behandeln, wie sie es von ihren Schwestern gesehen hatte. Aber nein, es war nicht möglich. Die Allee dehnte sich übermäßig lang zwischen den beschneiten Buchsbaumhecken unter dem glanzlosen weißen Himmel. ‚Wenn wir doch nur schon am Ende wären, dann würde ich umkehren, es wäre aus ...' Aus mit der vergeblichen Hoffnung, aus mit dem Zittern, dem Hängen an diesem Gesicht, an jedem Wort aus diesem Munde. Wenn er nicht da war, war er ihr näher ...

„Du machst dich über micht lustig!"

„Aber nein, ich sehe dich an ... Du kleine wilde Rose! Warum richtest du dich nicht besser her? Solches Haar zu haben und Schnecken daraus zu machen wie vom Bäcker! Das ist ein Verbrechen. In Paris frisieren sich die Frauen weich, locker ... und im Nacken wird dann das Ganze zusammengenommen ... eine wundervolle Linie ..."

Verwirrt, entzückt, gekränkt und beunruhigt zugleich, wußte Dominique des Ansturms widersprechendster Gefühle in ihrem Innern nicht mehr Herr zu werden.

„Du warst in Paris?" sagte sie nur.

„Ja freilich. Das ist mein Weg zwischen zwei Bahnhöfen", antwortete er leichthin.

War es im Auto auf dem Wege von einem Bahnhof zum andern, daß er die Frisuren der Damen studiert hatte?

„Ich frisiere mich, wie es mir gefällt."

„Da tust du aber sehr unrecht", stelle Numa mit unerschütterlicher Ruhe fest. „In deinem Alter frisiert man sich so, wie es den Männern gefällt. Hat dir das nicht Anne oder Christine beigebracht?"

Dominique preßte die Lippen zusammen, ohne zu antworten. Das Parktor war erreicht, endlich ...

„Ich werde umkehren."

„Schon?" Der junge Mann sah ihr fest ins Gesicht. „Du hast es sehr eilig. Aber ... wie du willst ..." Kein Zweifel, es war ihm gleichgültig.

„Leb wohl, mein züchtiges Mädchen. Ich sehe dich noch vor meiner Abreise. Komm, den Abschiedskuß ..."

Dominique bot ihm ihre Wange dar.

„Nein, du ... von dir will ich einen haben. Besser ... Nike ..."

Er legte seinen Arm fester um die schmale Taille. Sein Gesicht näherte sich, wurde groß wie die Welt, erfüllte Dominiques Augen ...

„Nike, bist du wirklich so ein kleines Mädchen?"

Sein Hauch berührte das halb unter dem Haar verborgene Ohr, glitt mit einer schwindelerregenden Langsamkeit über die Wange ...

„Meine Kleine ... meine ganz, ganz Kleine ..."

In einem Flüstern erreichte er den Mund Dominiques. Unbeweglich, die Augen weit offen, in einer der Ohnmacht nahen Verzükkung, lag sie an seiner Brust wie eine große weiche Puppe. Nichts war gewesen auf der Welt vor diesem Kuß, nichts würde nachher sein ...

Numa stieß sie sanft zurück. Sie hielt sich aufrecht, ein wenig schwankend: eine Kerzenflamme, dem Spiel des Windhauchs preisgegeben ...

„Nike, jetzt laß mich schnell gehen."

Sie sagte nichts. Sie sah ihn nur ganz fest an, bestürzt, in Erwartung von etwas, was sie selbst nicht wußte. Der junge Mann öffnete das Tor, ging hinaus.

„Numa!"

Er lächelte. Seine geschlossenen Lippen machten die Bewegung eines Kusses: „Ich komme bald wieder!"

Nach ein paar Schritten drehte er sich um und rief ihr mit einer spöttischen Grimasse zu:

„Und vergiß nicht, was ich dir gesagt habe ... wegen deiner Frisur."

Ein anderer Turnus von Urlaubern kam, darunter Robert Antonetti und zwei Tage später Maurice Royer.

François erkannte in den jungen Männern in Uniform nur schwer seine Freunde wieder. Ihre Welt war eine andere. Sie gehörten zu denen, die starben, und dieser Tod der anderen legte eine unsichtbare Schranke zwischen ihn und sie ... Ihre einfachsten Worte klangen für ihn wie Geschichte.

Sie dagegen gaben unbefangen ihrer Freude Ausdruck, ihn wiederzusehen, und schienen es ganz in der Ordnung zu finden, daß er dageblieben war: „Selbstverständlich. Deine Mutter hat nur mehr dich als Stütze. Dein Platz ist neben ihr."

Sie waren es, die ihn trösteten. François empfing mit stummem Groll ihre Absolution und ihre Freundschaftsbezeigungen, mit denen sie nicht geizten, besonders Maurice.

„Wirklich, mein Alter, das freut mich, daß du es bist, der Henriette heiratet. Sie ist ein braves Mädchen, meine Schwester."

„Warte nur mit der Hochzeit auf uns. Wir werden dir ein Andenken aus Berlin mitbringen, wie Jules immer sagte. Erinnerst du dich an Jules, Maurice?"

„Und ob ich mich erinnere! So eine Figur vergißt man nicht so leicht. Im Zivil führte er eine kleine Gastwirtschaft in La Vilette", erklärte Maurice seinem Freunde. „Ein kleiner dicker Kerl. Geschichten hätte er dir erzählen können acht Tage lang, ohne aufzuhören. ‚Ich kenne das Leben, mein Lieber', das war seine ständige Redensart, weißt du."

Sie fuhren in ihren Erinnerungen fort.

„Wegradiert. Beim Sturmangriff von Berny. Wir standen nebeneinander. Er hat nur gesagt: ‚Ah, da schau einmal an!' mit einer ganz sonderbaren Stimme, hat sich um sich selbst gedreht und ist schon auf der Nase gelegen."

Tot: Jules, der Unbekannte, mit seinem Argot und seinen derben Manieren ... Aber Jules stand immer noch neben seinen zwei Kameraden und andere mit ihm, eine unübersehbare Reihe ... Und die beiden marschierten mit der Schar der Kämpfer, über sich hinausgewachsen, im Schatten der Massen an François vorbei, der ihnen neiderfüllt nachsah ...

„Hiette, versteh mich. Ich muß hinaus. Nein, weine nicht, weine nicht, mein Herz, ich bitte dich. Ich gehe hier zugrunde. Jeden Tag verachte ich mich ein Stückchen mehr, weil ich nicht imstande bin, mich von dir und meiner Mutter loszureißen, während alle anderen ihre Pflicht tun. Ich kann nicht länger in dieser Schande leben! Du selbst würdest schließlich aufhören, mich zu lieben."

‚Aufhören ihn zu lieben?' Sie wußte wohl, daß das unmöglich sei. Sie schlang ihre Hände um seinen Hals.

„Wenn es um deines Friedens willen notwendig ist, daß du gehst, muß ich es wohl ertragen."

„Mein sanftes Täubchen!"

Er küßte andächtig ihre nassen Lider.

„Du wirst sehen ... das Glück, wenn ich wiederkomme. Da wirst du stolz sein!"

„Ja ..."

An ihn geklammert, den Kopf zurückgeworfen, sah sie ihn an, ihre Tränen hinunterschluckend, um ihm ein zitterndes Lächeln zu schenken.

So blieb nur noch Ludivine zu überzeugen. Er versuchte es mit allen Mitteln. Eine Festung ... Drängen, Bitten, Schmeicheln, mit Heftigkeit vorgebrachte Argumente ... nichts schien auf sie Eindruck zu machen. François verbrauchte dabei seit mehr als einem langen Monat seine ganze Geduld, ohne ein anderes Ergebnis zu erzielen, als daß ihm die Luft von Mogador nachgerade unerträglich wurde.

„Nein! Ich sage dir: Nein! Jedes Wort ist unnütz. Du wirst nicht gehen. Gott sei Dank hast du noch nicht das Alter! Und bis dahin ..."

Sie zerknüllte ihr Taschentuch in den Händen.

„Wenn ich denke, daß man im September den Frieden hätte unterzeichnen können! Aber nein: Monsieur Briand war anderer

Meinung. ‚Entehrend … demütigend …'" Ihr trockenes, höhnisches Lachen brachte sein Blut in Wallung. „Er hat wohl niemanden im Schützengraben … Auf jeden Fall, sie sollen nur fortfahren, wenn es ihnen Spaß macht. Aber ich behalte dich! Ob es dich freut oder nicht, du bleibst hier."

Sie war entschlossen, ihren Besitz allein zu verteidigen, wenn Henriette es nicht vermocht hatte! Die Gans!

Indessen ließ ihr François keine Atempause mehr. Bei jeder Mahlzeit fing die Auseinandersetzung wieder an, um sich im Salon fortzusetzen. Es war nicht mehr der schüchterne Versuch, den Ludivine vor einem Jahr zermalmt hatte. Sie fand sich einem hartnäckigen Willen gegenüber, der keinen Zoll von seinem bereits gefaßten Entschluß abwich, der seine Angriffe mit einer erschöpften Beharrlichkeit erneuerte.

„Und deine Braut, so sehr liebst du sie also …"

„Du verstehst nicht, Mama."

„Nein, da hast du recht." Ludivine lachte ihr höhnisches Lachen, das ihren Sohn so erbitterte. „Das verstehe ich allerdings nicht. Und sie … sie ist einverstanden?"

„Ja, sie liebt mich genug, um mich zu verstehen!" warf François grausam hin.

„Ah, sie … Und ich also! … Ich …" Es war ein Schrei voll Wut und Todesangst. „Ich liebe dich nicht?"

Der junge Mann zuckte müde die Achseln.

„Du liebst mich für dich, nicht für mich."

„Genug! Hinaus! Ich will dich nicht mehr sehen! Wie kannst du es wagen …"

François machte eine Bewegung, als wolle er sich vor ihr niederwerfen: „Mama, ich bitte dich …", stammelte er reumütig.

Der Ausdruck seiner Mutter ließ ihn wie festgewurzelt stehenbleiben. „Genug, habe ich gesagt: Genug! Laß mich! Geh!"

Als sich die Tür geschlossen hatte, sank Ludivine auf das Sofa zurück, noch zitternd wie ein plötzlich entspannter Bogen. ‚Du liebst mich für dich, nicht für mich …' Vor dem Sohne hatte der Vater das schon gesagt oder etwas Ähnliches, das mit derselben furchtbaren Schärfe ins Ziel traf.

Als Victor eine Stunde später melden kam: „Madame Royer", saß Ludivine noch auf demselben Platz, den Kopf auf die Brust gesenkt, die Hände geöffnet auf dem Schoß. Sie erhob sich, um Elise zu begrüßen, und bemühte sich zu lächeln.

Ihre Freundin betrachtete sie voll Mitleid.

„Nein, keinen Kaffee, danke. Ich habe ihn schon zu Hause genommen. Ich bitte dich, mach Victor keine Mühe. Ich habe nur ein paar Minuten Zeit, ich muß vor vier Uhr in Tarascon sein. Ich wollte ... Ich bin gekommen, mit dir zu sprechen ... wegen François. Ja ... er ist soeben ganz verstört bei mir erschienen und hat mich gebeten, mit dir zu reden."

„Wirklich?"

Ludivines Gestalt straffte sich, ihre Augen blitzten.

„Ich nehme an, daß er dich gebeten hat, mir seine Entschuldigung zu übermitteln."

„Seine Entschuldigung ... Ja natürlich. Er ist ganz verzweifelt darüber, dich gekränkt zu haben. Er bildet sich ein, du wirst ihm nicht verzeihen wollen ..."

Sie hielt inne und wartete. Aber Ludivine erwiderte kein Wort.

Elise mußte sich entschließen fortzufahren.

„Ich habe ihm auch versprochen, daß ich versuchen werde, dir begreiflich zu machen ..." Es war nicht leicht. Einen Seufzer unterdrückend, ließ sie ihren Blick einige Sekunden auf den von maßloser Erregung verzerrten Zügen ihrer Freundin ruhen. „Ludivine, du kannst diesen Kampf nicht fortsetzen. Das richtet dich zugrunde und führt zu nichts. Er ist nicht umsonst Frédérics Sohn ..."

Sie sah den jungen Mann vor sich, wie er mit großen Schritten in ihrem Salon auf und ab gegangen war, mit der Wut eines gefangenen Raubtiers. ‚Vom Dienst befreit! Einen vom Dienst Befreiten will meine Mutter aus mir machen. Jeder kann mir ins Gesicht spucken. Ich werde es nicht länger ertragen. Lieber gehe ich in der Nacht wie ein Dieb davon.'

„Du wirst ihn nicht hindern. Ja, es ist hart für uns, in dieser täglichen Angst zu leben. Ich weiß, was das heißt. Und für dich, meine arme Liebe, die du schon so Schweres mitgemacht hast ... Aber du wirst ihn nicht hindern können. Und im Grunde deines Herzens weißt du ja auch, daß er recht hat und daß ..."

„Du, Elise, du sagst mir das? Bist du verrückt? Du, deren Tochter er heiraten soll ..."

Ein Zittern durchlief ihren Körper. Sie erhob sich und stützte sich auf den Kaminsims.

„Und du willst, daß ich ihn an die Front gehen lasse?"

Elise nickte leicht.

„Henriette ist einverstanden. Sie ist es, die ..."

„Sprich mir nicht von Henriette! Ich hatte ihn ihr gegeben, damit sie ihn mir erhält. Wozu ist sie gut, wenn sie nicht einmal dazu imstande ist. Und er liebt sie! O Gott, Gott! Ich an ihrer Stelle ...“ Eine verzweifelte Wut übermannte sie angesichts ihrer Ohnmacht.

„Ludivine, du bist nicht mehr du selbst! Beruhige dich ...“

„Mich beruhigen?“

Sie drehte sich mit einer solchen Heftigkeit um, daß ihr Rocksaum das Feuer streifte. Elise unterdrückte einen leichten Schrei.

„Mich beruhigen ... Aber ja, natürlich. Das ist ganz einfach! Ich habe fünf Kinder in die Welt gesetzt und eine ist im Kloster, die zweite in Amerika, die dritte im Osten, zwei Schritte von der Front ... und jetzt mein Sohn, mein einziger Sohn, alles, was mir von Frédéric geblieben ist ... ihn soll ich auch noch verlieren! Ihr seid alle verbündet, um mir ihn zu nehmen. Ihr unterstützt ihn gegen mich, ihr ermutigt ihn ... Ich bin es, die unrecht hat, weil ich ihn behüten will, weil ich nur an sein Glück denke ...“

Ihre Worte wurden zu einem schrillen, heiseren Schreien. Elisens Stimme sagte mit sanfter Festigkeit: „Sein Glück? Sprich nicht davon. François wird hier nicht glücklich sein ...“

Die Tür öffnete sich.

„Ich dachte, es wäre Feigheit, dich allein bei meiner Mutter für mich kämpfen zu lassen“, sagte François, indem er mit entschlossenem Ausdruck auf die beiden Frauen zutrat. Er stellte sich neben den Stuhl Elisens.

Ludivine erblaßte. In ihren Augen flammte ein wildes Feuer auf.

„François, mein Kleiner, das hättest du nicht tun sollen.“

„Laß, Elise, es ist nicht der Mühe wert.“

Niemals sollte Elise diese aschfarbene Larve vergessen, deren Mund sich zu gellenden Worten verzerrte. Unbeweglich, wie gebannt, sah François seine Mutter auf sich zukommen.

Sie blieb einige Schritte vor ihm stehen und warf einen Blick auf ihn, in dem sich Verzeiflung mit Haß mischte.

„Du willst gehen?“ Ihre Stimme war nicht wiederzuerkennen. „Gut. Geh, du bist frei.“

„Mama, liebste Mama ...“

Mit schneidender Kälte riß sie sich aus den Armen, die der junge Mann um sie schlang, schob ihn beiseite und ging zur Tür.

„Mama ...“

Sie drehte sich nicht um.

„Mama!“ schrie François noch mit erstickter Stimme.

Ludivine hatte das Zimmer verlassen. François stand wie vom Blitz getroffen. Ein tieftrauriger Blick Madame Royers heftete sich auf ihn. Er stürzte vor ihr nieder und barg sein Gesicht in ihrem Schoß. – Mit mütterlich sanfter Hand streichelte Elise die von Schluchzen geschüttelte Schulter.

Einige Tage später fuhr er nach Valréas ab, wo er seine Ausbildung erhalten sollte. Drei Monate darauf langte er, nach Osten kommandiert, in Sainte-Menehould an. Nur Dominique und Henriette hatten ihn auf den Bahnhof begleitet.

„Mama wird dir verzeihen, beunruhige dich nicht. Wenn du zurückkommst, wird alles vergessen sein."

„Arme liebe Mama ... Zerstreue sie, Nike. Kümmere dich um sie. Laß sie nicht allein. Sie braucht es so notwendig, geliebt zu werden."

Henriette sagte nichts. An ihren Verlobten geschmiegt, der sie um die Mitte hielt, hob sie ihr mutiges kleines Gesicht in einem tränenschimmernden Lächeln zu ihm empor. Er beugte sich nieder.

„Mein kleines Täubchen, hab keine Angst. Ich komme bald zurück. Es wird nicht mehr lange dauern. Jetzt, da Amerika eingreift ... Wetten wir, daß wir alle zur Taufe von Christines Baby in Mogador beisammen sind. Das wird komisch sein, einen Neffen oder eine Nichte zu haben, was, Nike? ... Aber was hast du denn? Deswegen weinst du? Kleines Gänschen, geh! Und erst die, die wir haben werden, Hiette und ich ..."

Um die Mitte des Juli kam er in die Kampflinie. Ein langer zärtlicher Brief machte seiner Mutter Mitteilung davon. Er sollte ohne Antwort bleiben.

Aber François hatte keine Zeit mehr, sich darüber zu kränken. Am Morgen des zwanzigsten August begann die Armee Guillaumat zu beiden Seiten der Maas die Offensive. Im Norden des zerschossenen Fleckens Cumières in einem kleinen Gehölz, wo eine sengende Sonne unbarmherzig auf die schwarz und traurig zum Himmel starrenden nackten Bäume brannte, fiel der Aspirant Vernet mit fünf Mann seiner Kompanie unter dem plötzlich eröffneten Feuer eines deutschen Maschinengewehrs.

Die Totenliste gelangte in den ersten Septembertagen nach Fontfresque. Tief betroffen legte der Bürgermeister sein schwarzes, nur für feierliche Gelegenheiten bestimmtes Jackett an – dasselbe, das er bei den Hochzeiten der „Demoisellen Vernet" getragen hatte – und machte sich auf den Weg, bei jedem Schritt von bestürzten Ortsbewohnern aufgehalten, die nähere Einzelheiten wissen wollten:

„Nicht möglich. So ein hübscher Junge." „So reizend, so liebenswürdig, daß ihn jeder gern hatte!"

Auf dem Kirchenplatz angelangt, sprach er beim Pfarrer vor; er fühlte sich außerstande, die Last dieses Besuchs allein zu tragen.

„François Vernet? Mein Gott, was sagen Sie da? François..."

Die Augen des alten Mannes füllten sich mit Tränen.

‚Der kleine François... Gestern noch war es der Katechismus, gestern die Lateinstunden...'

„Ja, es ist zuviel, zuviel. Wenn das Unglück über eine Familie kommt, reißt es nicht mehr ab."

Der Pfarrer überlegte.

„Gütiger Heiland! Wie wird Madame Vernet diese neue Prüfung ertragen? Ich begleite Sie, Monsieur Allègre. Wir müssen sofort gehen, damit sie es nicht überraschend von irgendeinem Ortsbewohner erfährt."

Ludivine arbeitete im Büro, als Victor mit verstörtem Gesicht die beiden Greise hereinführte. Sie fuhr von ihrem Sitz empor. Ihre Augen, weit aufgerissen und starr, gingen eine Sekunde lang von einem zum anderen, mit einem Blick von entsetzlicher Schärfe.

„Mein Sohn?" hauchte sie kaum hörbar.

Allègre warf, unfähig, ein Wort hervorzubringen, einen angstvollen Blick auf seinen Begleiter. Der Priester machte einen Versuch zu sprechen:

„Madame..."

„Er ist... tot?"

„Madame..."

„So antworten Sie mir doch!" schrie sie mit unerwarteter Heftigkeit. Beide schwiegen. Eine entsetzliche Stille breitete sich zwischen ihnen aus.

„Madame Vernet, ich kann Ihnen nicht sagen, wie weh es mir tut, Ihnen...", begann nun der Bürgermeister von neuem. Dann gab er es auf.

Die Frau vor ihnen sah sie nicht mehr, hörte nichts mehr. Eine Statue. Kein Mitleid konnte sie erreichen. Die beiden Männer standen mit ihrer überflüssigen Teilnahme verlegen da.

Der Pfarrer versuchte, ihre Hand zu ergreifen.

„Bleiben Sie doch nicht so stehen. Lassen Sie mich, Sie..."

Aus ihrer Totenstarre erwachend, sah Ludivine ihn mit einem stumpfsinnigen Ausdruck an.

„Neunzehn Jahre. Er war im Februar neunzehn Jahre alt..."

Das Kinn des alten Priesters zitterte. Er schüttelte den Kopf: „Gott schickt Ihnen ein schweres Kreuz. Er wird Ihnen auch die Kraft geben . . ."

Sie blieb stumm. In der Stille, die wieder eingetreten war, nahm der Bürgermeister das Schriftstück aus seiner Brieftasche und legte es verstohlen auf die Ecke des Schreibtisches nieder.

„Danke, Allègre."

Die abgehackte, rauhe, tonlose Stimme ließ die beiden Männer zusammenzucken.

„Und Ihnen auch, Herr Pfarrer. Ich danke Ihnen beiden. Ich möchte Sie jetzt nicht länger aufhalten. Entschuldigen Sie mich. Ich werde Sie hinausführen lassen."

Draußen bemerkten sie mit Erstaunen, daß der Himmel von Licht überfloß, die Zikaden sangen, die Blumen am Rande des Rasenplatzes blühten, ein wenig matt von der Hitze. Es war Sommer. Eine Weile lang hatten sie es vergessen.

14

Ludivine vergrub sich in ihrem Zimmer, weigerte sich, irgendeinen Menschen, selbst ihre Tochter, zu sehen, und lebte in einem Zustand der Teilnahmslosigkeit dahin, der nichts mehr wußte von dem Ablauf der Zeit.

„Was macht die gnädige Frau? Ißt sie wenigstens?" fragte Adrienne, die auf die Trauerbotschaft sogleich herbeigeeilt war.

„Kaum. Gestern abend ein wenig. Heute morgen hat sie die Platte überhaupt nicht berührt", antwortete Eugénie mit Tränen in den Augen.

„Ich will sie sehen, Tatie, ich will sie sehen . . .", wiederholte Dominique unter unaufhörlichem Schluchzen. „Er hat sie mir anvertraut, als er wegging . . ."

„Es ist unmöglich, Mademoiselle. ‚Niemanden', so hat sie gesagt, Madame, ‚niemanden, du verstehst?'"

„Aber was macht sie?" fragte Adrienne bekümmert, während sie tröstend den Kopf der armen Dominique streichelte.

„Nichts. Manchmal geht sie ein paar Schritte, dann sitzt sie wieder, ohne sich zu rühren. Diese Nacht hat sie sich nicht niedergelegt."

Ludivine lebte nur mehr dem einen verzweifelten Bemühen, ihrem Sohn auf dem Pfade zu folgen, auf dem nun auch er von ihr gegangen war, dem unbekannten Pfad, den keine Meilenzeichen messen. Immer wieder und wieder las sie den Brief des Capitaines Bordenave, in dem es hieß: „Noch am selben Morgen hat er mir gesagt: ‚Ich bin glücklich. Es ist das richtige Wetter für den Sieg. Wirklich, man möchte sagen, es ist der Himmel meiner Heimat, der heute über uns steht. Das ist ein gutes Zeichen.‘ Wir haben ihn der Erde übergeben, die sein Opfer uns geholfen hat, wieder zu erobern und die unser bleiben wird. Sie werden die Stelle leicht finden. Sie liegt am südlichen Ausgang eines kleinen Gehölzes, dicht am Walde von Cumières, genannt ‚Der Rabenwald‘."

Der Rabenwald ... Der Name weckte düstere Bilder. Ludivine schauderte und glaubte einen Zug schwarzer Vögel über die Sonne ziehen zu sehen: ‚François, François ...‘ ein Stöhnen entrang sich der Brust. Ein Jahr des Kampfes mit dem Ende, daß sie ihm die Erlaubnis, in den Tod zu gehen, vor die Füße geworfen hatte. Sie stieß die Faust in den Mund, um nicht aufzuheulen.

Kaum acht Tage waren vergangen, als sie gleichzeitig ein Telegramm und einen Brief Alban Marquet-Rageacs erhielt. Das Telegramm lautete: „Christine an einer Sepsis plötzlich verschieden." Der Brief, der früher geschrieben war, gab die Erklärung. Die junge Frau war in der Nacht, in der sie Bereitschaft hatte, auf der Fahrt zu ihrem Dienstplatz mit dem Rad in einen Granattrichter gestürzt und hatte, ins Spital transportiert, nach achtundvierzig Stunden qualvoller Schmerzen eine Fehlgeburt gehabt. „Sie ist allem Anschein nach außer Gefahr", schrieb Alban.

Dieser neue Schlag hinterließ bei Ludivine keinerlei Wirkung mehr. Sie badete in den Fluten des Todes und kam kaum mehr an die Oberfläche empor, wie eine Alge unter anderen unbeweglichen Algen. Die Lebenden waren es, die sich von ihr entfernten wie abgetrieben mit der Flut.

Charles Guillermin mußte die notwendigen Schritte unternehmen, um die Leiche Christines auf den Friedhof von Fontfresque überführen zu lassen.

Ludivine nahm nicht an der Beerdigung teil, ebensowenig wie an der für François abgehaltenen Seelenmesse. Sämtliche Freunde, die herbeigeeilt waren, um ihr Beileid auszusprechen, mußten umkehren, ohne sie gesehen zu haben, nur der alte Onkel Constant durfte einige Minuten zu ihr ins Zimmer. Als er herauskam, zupfte er nur mit einer trostlosen Gebärde seinen weißen Schnurrbart.

Als das Haus in die düstere Ruhe zurückgekehrt war, die auf

die geschäftige Bewegung um einen Todesfall folgt, sah Dominique, die sich allein an dem großen Speisezimmertisch niedergesetzt hatte, plötzlich die Tür aufgehen und ihre Mutter eintreten. Sie erhob sich schüchtern, um sie zu umarmen. Ludivine erwiderte ihren Kuß, setzte sich und entfaltete die Serviette.

„Victor ..."

Das Essen, nur von wenigen kurzen Worten unterbrochen, war schnell beendet. Die Bemühungen des jungen Mädchens, ein Gespräch in Gang zu halten, scheiterten an der starren Geistesabwesenheit Ludivines. Aber als Victor die beiden Frauen im Salon beim schwarzen Kaffee allein gelassen hatte, wagte es Dominique, sich neben ihre Mutter auf das Sofa zu setzen. Sie schenkte ein, zuckerte, rührte den Löffel um ...

„Nimm, Mama. Du mußt gleich trinken, du hast ihn doch gerne heiß."

Ludivine richtete einen langen, leeren Blick auf ihre Tochter, nahm die Tasse, leerte sie und setzte sie schweigend wieder nieder.

„Noch ein bißchen, Mama?" fragte Dominique. Die Kehle war ihr wie zugeschnürt. Sie sah, wie sich die Augen ihrer Mutter von neuem auf sie hefteten.

„Du schaust schlecht aus. Bist du diese Tage ausgegangen? Nein? Das sieht man. Warum gehst du nicht mehr nach Barbegal? Du mußt wieder hingehen."

Dominique nahm ihren ganzen Mut zusammen.

„Ja, ich wollte dir sagen ... Henriette ..."

„Henriette?" murmelte Ludivine. „Ja, was macht sie?"

„O Mama, es tut einem das Herz weh, sie zu sehen. Wenn du wüßtest ... Sie, die so heiter war ... Sie möchte ..."

Dominique zögerte.

„Sie ist gekommen, mich zu fragen, ob sie dich einmal sehen dürfte."

Es ging wie ein Zucken durch Ludivines Körper.

„Nein! Nein!"

Dann aber fügte sie lebhaft hinzu:

„Noch nicht ... Später ... Aber geh zu ihr, das wird dir guttun."

Sie fuhr in Gedanken mit den Fingern über den seidig glänzenden Haarknoten des jungen Mädchens, der sich weich im Nacken rundete.

„Liebe, liebe Mama. Ich möchte so gerne, daß du mich bei dir behältst, statt daß du immer so allein bleibst!"

„Allein?"

Der Schatten eines Lächelns huschte wie zum Hohn über Ludivines Züge, ohne ihre Augen zu erhellen, die ihren inneren Gesichten zugekehrt waren.

‚Wann ist man allein?'

Sie drückte einen Kuß auf Dominiques Schläfe und erhob sich, um wieder in ihr Zimmer zu gehen.

„Nein, geh, meine Kleine, geh zu deiner Taufpatin."

Mogador glitt unmerklich in den Herbst hinein, hüllte sich in sein Winterkleid.

Ludivine litt seit Allerheiligen an einer verschleppten Erkältung. An diesem Tage war sie auf dem Friedhof von einem eisigen Regenguß überrascht worden. Es geschah ihr, daß sie, am Kamin sitzend, vor Kälte zitterte. Sie streckte die Hände nach der Flamme aus, näherte ihre Füße den brennenden Scheiten, ohne darauf zu achten, daß die Spitzen ihrer Schuhe und der Saum ihres Kleides versengt wurden.

„Man erfriert hier. Bring doch noch ein paar Scheite und gib mir den Blasebalg."

„Ja, Madame."

Eugéne schürte das Feuer.

„Dabei ist es ein schönes Feuer. Wie es kracht", seufzte das Mädchen, sich aufrichtend, von der Hitze scharlachrot im Gesicht. Ihre Herrin antwortete nicht: ‚Ein schönes Feuer. Aber vielleicht gab es kein Feuer mehr, das imstande war, sie zu erwärmen.' Sie zog das Tuch fester um ihre Schultern.

Einer der Hunde ihres Sohnes, den sie jetzt immer um sich hatte, knurrte, vor dem Kamin ausgestreckt, aus seinem mürrischen Schlaf. In der Stille des Zimmers, das die nahende Abenddämmerung mit einem rötlichen Schatten erfüllte, zischten, knisterten und krachten die Scheite und verflogen unter dem Schüreisen zu Funken.

Wieder ein Tag vorbei, ohne daß sie wußte wie. Zuviel Verlorenes war zu beklagen, als daß die Zeit ihr zu lang hätte werden können. Und in den Schmerz mischte sich heimtückisch die Reue. Verhärtet gegenüber den Blicken ihrer Umgebung, jeden Annäherungsversuch zurückweisend, gab sie sich in den langen Stunden ihrer Einsamkeit der entsetzlichen Wollust einer Verzweiflung hin, die keine Tränen mehr kennt.

François und Christine hatten durch ihren Tod das Bild Frédérics in den Hintergrund gedrängt. Seine Züge verwischten sich. Die Photographien, zu oft betrachtet, verloren den Rest von Leben, den sie lange in sich bewahrt hatten. Nächtelang bemühte sich Ludivine verzweifelt, irgendeinen Tonfall, eine Bewegung wiederzufinden. Sie nahm ihre Zuflucht zu den Dingen, las die kärglichen kurzen Briefe, die er ihr einstmals geschrieben hatte, wieder und wieder, durchforschte die Laden nach einer Krawatte, einer Pfeife, einem Messer, einem Tabaksbeutel, dessen Kautschuk sich zusammengeklebt hatte, zog aus einer Abteilung des Schranks die Anzüge hervor, die nicht mehr den lebendigen, vertrauten Geruch ausströmten, sondern nur mehr den alter Kleider, die lange im Schrank eingeschlossen waren; die am Körper angenommenen Falten von einst waren auch verschwunden. Wie wenig ist es doch, was man zurückläßt. Machtlos mußte sie diesem zweiten Tode Frédérics in ihr selbst zusehen.

Nun war nichts mehr von ihm übrig als Leere ... Leere, gleich einer Gefängniszelle, einem schwarzen Schacht, in dem er sie zurückließ.

Und dazu verfolgten sie die Schatten der Kinder, die ohne Verzeihung dahingegangen waren ...

Allmählich schob sie die Aufgaben, die sie früher erfüllt hatten, auf Dominique ab: „... Fragen Sie Mademoiselle ... Sagen Sie ihnen, sie sollen mit meiner Tochter sprechen. Sie wird das erledigen."

Dienstleute und Lieferanten kannten schon die Antwort und ließen es sich bald gesagt sein. Selbst Tonin und Ranguis nahmen unvermerkt die Gewohnheit an, sich mit ihren Fragen an das junge Mädchen zu wenden.

Dominique besaß nicht den unfehlbaren praktischen Sinn ihrer Mutter; aber die Lehren, die ihr die beiden erfahrenen Männer gaben, begegneten einem hellen Verstand, einem geraden Charakter und dem brennenden Wunsch, sich nützlich zu erweisen, und das half ihr, so manche schwierige Frage zu lösen. Sie betrachtete sich als verantwortlich für ihre Mutter und für den Besitz. Das war das Vermächtnis ihres Bruders. Um sich den Weg nach Tarascon zu erleichtern, wohin sie immer wieder die verschiedensten Wege zu Ämtern und Behörden riefen, lernte sie chauffieren.

Errötend und ohne etwas von ihrer Sanftheit aufzugeben, verteidigte sie die Rechte von Mogador, die durch die Requisitionen bedroht waren, gegen jeden Eingriff. Futtergetreide? Ja, sie würde

Futtergetreide liefern, aber nicht mehr als möglich sei, ohne den Erfordernissen der Wirtschaft zu schaden. Man neigte sich vor der Würde des jungen Mädchens in Trauer, das keine Schliche gebrauchte, nicht stritt und rechtete und sich nicht einmal der kleinen weiblichen Hilfsmittel bediente, um sich zu wehren und das ihr Zukommende zu erreichen.

Wenn sie zu Hause im Büro arbeitete, geschah es manchmal, daß Ludivine eintrat, auf einer ihrer stillen, ziellosen Wanderungen, die sie von einem Raum in den anderen führten.

„Arbeite nur weiter, laß dich nicht stören."

Sie setzte sich auf die Ecke des Sofas und fuhr mit den Fingern über den Rand, dort, wo die Stiefel Frédérics den Plüschüberzug abgewetzt hatten. Dominique nahm ihre Arbeit wieder auf, ohne sich umzudrehen. Sie wußte, daß sie am besten daran tat, das Schweigen ihrer Mutter nicht zu stören.

Nach einer Weile trat diese an den Schreibtisch heran.

„Bist du zufrieden? Geht es?"

„Ja, liebste Mama, willst du sehen?"

Ludivine schob das offene Eintragungsbuch zurück.

„Nein, nein. Ich bin überzeugt, daß alles sehr gut geht", fuhr sie fort, indem sie mechanisch mit dem Finger einen Tintenfleck auf dem grünen Tuch des Schreibtisches wegkratzte. Zwanzig Jahre . . .

„Mit den Pferden ist es mir gelungen", verkündete Dominique voll schüchternen Stolzes. Ludivine beugte sich über das Gesicht, das zu ihr aufblickte, sah es lange forschend an, drückte einen Kuß darauf.

Das junge Mädchen schmiegte sich zärtlich an seine Mutter und lächelte sie mit einem kindlichen Lächeln an.

„Ich habe dich so lieb, Mama, du weißt . . ."

Ludivine nickte, aber schien nicht zu hören; sie verfolgte unbeirrt ihre Gedanken weiter:

„Auch du erinnerst manchmal an ihn. Ja, es ist wahr. Deine Augen haben genau dieselbe Farbe."

Gegen Weihnachten fuhr Dominique nach Montpellier, um ihre Schwester zu besuchen.

„Ein wunderbarer Frieden geht von ihr aus", erzählte sie, nach Hause zurückgekehrt. „Wir haben viel von dir gesprochen. Sabel möchte dich so gerne sehen! Sie betet immerfort für dich. Wir haben zusammen in Gedanken an François und Christine geweint. Aber wie soll ich es dir erklären, Mama? Es waren nicht Tränen der

Trauer. Es war mir, als ob sie alle ganz nahe bei uns wären. Du hättest mitkommen sollen. Ich bin überzeugt, daß es auf dich dieselbe Wirkung gehabt hätte. Sabel sagt, sie fühle sich gar nicht von ihnen getrennt."

,Vielleicht war Isabelle selbst schon zur Hälfte tot. Die Nonnen haben so wenig Körper.' Aber Ludivine schleppte den ihren matt und müde wie eine schwere, schmerzende Last. Und der Glaube ... ,Ein Rezept für die andere Welt.' Sie wies diese Fata Morgana von sich. Ihr erschöpfter Geist wußte nichts mit solchen Versprechungen anzufangen. Diese Erde war es, in der ein brennender Durst sie verzehrte, und alle Quellen des Paradieses hätten ihr nicht einen Tropfen Wasser zu geben vermocht.

„Wenn du willst, könnten wir sie in den ersten schönen Tagen zusammen besuchen."

„Ja, gut, in den ersten schönen Tagen", versprach Ludivine ausweichend.

Die schönen Tage ... Auch sie würden wieder kommen. Man fühlte sie in diesem Monat Februar schon herannahen. Es roch so gut nach dem frischen Bergwind, der über den jungen Thymian hinweggebraust war, und nach der vom Duft der Mandelblüten erfüllten blauen Luft, die so klar war wie der Morgen eines Verkündigungstages.

Eines Nachmittags, als Victor den schwarzen Kaffee serviert hatte, schien Ludivine aus ihrer langen, dunklen Nacht zu erwachen: „Die Sonne scheint heute", entdeckte sie, die Stirn an die Fensterscheibe gelehnt.

Dominique las den Frontbericht. Sie hob den Kopf. Seit mehreren Tagen war prachtvolles Wetter, aber ihre Mutter hatte es anscheinend gar nicht bemerkt.

„Aber ja, Mama, die Sonne scheint so schön. Du solltest ein bißchen spazierengehen. Wenn du wüßtest, wie warm es draußen ist! Heute vormittag bin ich ohne Jacke gegangen."

Ludivine überlegte.

„Ja, ich glaube, ich werde ausgehen", murmelte sie.

Ihre Tochter sah sie freudig überrascht an.

„Ist ein Pferd da, das ich reiten könnte?"

Dominiques Gesicht wurde traurig.

„Nein, du weißt doch, daß man uns alle genommen hat. Ich habe diesen Winter so viel Mühe gehabt, die Ackerpferde zu retten."

„Gut. Ich werde zu Fuß gehen."

„Soll ich dich nicht mit dem Auto fahren?"

„Nein, nein", lehnte Ludivine eilig ab. ‚Der Wagen, über den sich François so gefreut hat.' Sie streichelte die Wange des jungen Mädchens: „Es wird mir guttun, wenn ich ein bißchen gehe. Ich bin so steif."

Draußen war sie überrascht von der milden Luft. Sie warf einen ganz neuen Blick auf den Park. Die immergrünen Buchsbaumhecken umschlossen das vom Mistral gelichtete Dickicht. Die Orangenbäume waren im Glashaus geborgen. Ihres Schmuckes beraubt, erschien die große Allee noch breiter. Ein Vogel flatterte auf den Wipfel einer Föhre. Ludivine trat unter die Bäume.

Bei jedem Schritt umfing sie eine Erinnerung, führte sie zu einer anderen weiter, hüllte sie in Wehmut ein, die eine Weile lang aufhörte, schmerzlich zu sein. Achtundzwanzig Jahre ihres Lebens waren unter diesen immer gleichen alten Bäumen dahingegangen. Sie fand sie wieder, diese Jahre; sie rauschten um sie in dem frischen Hauch, der von dem feuchten Boden aufstieg und sie leicht erschauern ließ. Hier hatte sie als ganz junge Frau ihren Mund den Küssen Frédérics dargeboten, etwas weiter hatten sie zusammen gelacht; dort hatte sie, an ihn gelehnt, geseufzt in einem unersättlichen Verlangen ihres Herzens, da hatte er ihr einmal harte Worte gesagt; aber an derselben Stelle war er zu ihren Füßen gesessen und hatte zu ihr aufgeblickt, das Gesicht überstrahlt von dem Lächeln, das sie so liebte, das die vielen kleinen Grübchen entstehen ließ, und hatte gesagt: „Wie gut es ist, bei dir auszuruhen, mein Herz! Alles in allem sind wir zwei zusammen doch ein gutes Gespann."

Ja, es hatte einen Tag gegeben, da er hier war, an dieser Stelle, wirklich gegenwärtig mit seinem ganzen Körper, mit seiner Stimme, die Ludivine hören konnte, seiner lebendigen Stimme und seinem Lachen, einen Tag, an dem man sich nur ein wenig zu bücken brauchte, um ihn zu berühren und in seinen Augen die Worte noch einmal zu lesen, die er soeben gesprochen hatte.

Dort unter den Eichen, da war es Hubert gewesen. Aber daran zu denken, war ihr nicht mehr peinlich. Frédéric stand trotzdem noch tief in ihrer Schuld: so viele Vergehen, die sie ihm verziehen hatte bis zu seinem unverzeihlichen Tod . . .

Sie gelangte an den Ausgang des Parks. Des Gehens entwöhnt, bemerkte sie auf einmal, daß sie müde sei. Trotzdem setzte sie ohne

Zögern ihre Wanderung fort. Sie hatte eine unwiderstehliche Sehnsucht, alles wiederzusehen: die Felder, das Wehr, den Teich, die Roubine, die Föhrenallee. ‚Wenn ich mich zu müde fühle, werde ich von Zeit zu Zeit rasten.'

Als sie aus den Bäumen heraustrat, brannte die Sonne auf die Felder. Ludivine zog den Mantel aus und nahm ihn auf den Arm. Im Vorbeigehen ließ sie ihn bei der Frau Tonins, die mit ihrer Enkelin strickend vor der Tür ihres Hauses saß, und ging rasch weiter, die freudigen Ausrufe der Begrüßung mit den Worten kurz abschneidend:

„Louisette soll ihn nur nach Hause bringen."

Nachdem sie sich dieser Last entledigt hatte, fiel ihr das Gehen leichter.

Die wohlvertraute Landschaft der Weinberge, der Olivenpflanzung, der Wiesen und der von der dunklen Wand der Zypressen beschatteten Felder dehnte sich vor ihrem Blick. Zum erstenmal vielleicht betrachtete sie sie, ohne den Ertrag der kommenden Ernte zu überschlagen. Sie ließ sie einfach in ihre Augen eingehen, heimste sie ein wie ein wiedergewonnenes Glück. ‚Vergangenes Jahr...' Ah, man durfte nicht an das vergangene Jahr denken, noch an den stummen Abschied Christines, dem keine Rückkunft mehr beschieden war, noch an die zwanzig Jahre, die François niemals erreichen würde... Das Fest, von dem Frédéric geträumt hatte... Nein, nein, nicht daran denken. Nur gehen, gehen, trotz dieses Stechens in der Seite, noch einmal den steinigen Pfad beim Wehr hinaufsteigen, immer weiter und weiter gehen, jeden Baum wiedersehen, jede Wegbiegung, sich das Herz damit füllen.

Unten am Teich überraschte sie der Abend. Das Licht begann sich langsam zu verändern. Noch schimmerte der Himmel goldig über den Gipfeln, aber im Tal rückte schon der Schatten vor. Es wurde kühler. Ludivine sah auf die Uhr. Erst vier Uhr. Nein, der Winter war noch nicht vorbei. ‚Ich hätte meinen Mantel nicht zurücklassen sollen.' Sie hatte die Empfindung, als rieselte Eiswasser zwischen ihren Schultern. ‚Ach, wenn ich schneller gehe...'

Als sie die Föhrenallee erreicht hatte, war sie beinahe in Schweiß gebadet. Jeder Schritt kostete sie eine Anstrengung. Ihre Beine trugen sie kaum mehr. Es war fast fünf Uhr, als sie zu Hause anlangte.

Victor stand auf der Rampe und schaute nach ihr aus.

„Ist es Madame nicht kalt? Eugénie ist ganz außer sich, seitdem man den Mantel gebracht hat. Wenn wir nur gewußt hätten, nach welcher Seite ...“

„Nein, mir ist nicht kalt, wirklich nicht. Aber ich bin völlig erschöpft.“

„Hast du einen schönen Spaziergang gehabt, Mama?“ fragte Dominique am Abend beim Nachhausekommen. „Wie müde du aussiehst!“

Ludivine lag halb ausgestreckt, mit geschlossenen Augen und schlaff herabhängenden Händen in ihrem Lehnstuhl, den Kopf über die Lehne zurückgeworfen.

„Ich habe die ganze Runde um Mogador gemacht.“

„Oh! ...“

Dominique war so überrascht, daß sie keine Worte fand.

„Aber warum?“

„Ich weiß nicht. Eine Lust, die mich gepackt hat.“

Am nächsten Tag beklagte sie sich beim Essen über ihre Nacht:

„Ich war so zerschlagen, daß ich nicht schlafen konnte.“

Sie hustete ein wenig. Als sie am Abend beisammensaßen, beunruhigte sich Dominique über die Röte ihrer Wangen.

„Ich bin überzeugt, du hast dich erkältet.“

„Das ist möglich. Ach, ich bleibe ein paar Tage im Zimmer.“

Es war wieder Kälte eingetreten. In der Nacht hatte sich der Mistral erhoben und heulte durch den Park. Ludivine kehrte fröstelnd zu ihrem Platz am Kamin zurück. Von Zeit zu Zeit durchlief sie ein Schauer; sie verfiel von neuem in ihre fiebrige Erstarrung, die nur manchmal durch einen Hustenanfall unterbrochen wurde.

„Madame wird immer weniger“, bemerkte Eugénie beim Ankleiden. Indessen aß sie wie sonst, und Dominique, die an diese winzigen Portionen gewöhnt war und sich durch die rosige Farbe ihrer Wangen täuschen ließ, bemerkte nichts.

„Immer noch der Schnupfen, Mama?“

„Ja ...“

„Du solltest dir von mir Umschläge machen lassen. Ich kann’s. Ich habe es von Tante Elise gelernt.“

„Aber nein, wozu? Das geht vorbei, wenn das Frühjahr kommt. Mach dir keine Gedanken.“

Tatsächlich gefiel sie sich in diesem lethargischen Zustand. Die Tage vergingen, erfüllt von einem endlosen Träumen, in dem nur die verklärten Bilder ihrer Vergangenheit Raum hatten.

Numa kam überraschend auf Urlaub, den Arm in der Binde.

„Willst du mich bis morgen behalten, Tante?"

„Gewiß."

Sie sah ihn an.

„Verwundet? Du Armer. So ist der Krieg noch immer nicht zu Ende!"

„Zu Ende?" Numa zuckte mit den Achseln.

„Weniger denn je. Wenn die Verhandlungen Rußlands zu einem Ergebnis führen, sitzen wir schön drin. Ich fürchte sehr, daß uns der alte Schlachtengott von der Höhe seiner Walhalla aus noch einen blutigen Tanz vorbereitet, es müßte denn sein, daß sich die Hilfe Amerikas vervielfacht."

„Wird Laurent nach Sarrazine zurückkehren?"

„Ja . . . mit einer Gasvergiftung."

„Arme Blanche", seufzte Ludivine zerstreut. „Entsetzlich, dieses Gas! Ich glaube, der kleine Royer ist auch schwer mitgenommen. Seine Mutter hat mich kürzlich besucht. Sie ist verzweifelt. Also abgemacht, du bleibst. Mathilde wird dir dein Zimmer vorbereiten. Dominique ist in Fontfresque, sie wird bald kommen. Du solltest ihr entgegengehen. Du wirst sie bestimmt auf der Straße oder im Bürgermeisteramt treffen."

Jedes Gespräch war ihr eine Last. Sie hatte Eile, wieder in die beruhigende Einsamkeit ihres Zimmers zu flüchten, wo ihre Phantome im trüben Schein der Dämmerung ihr winkten.

Die beiden jungen Leute verbrachten den Abend zusammen. Am anderen Morgen begleitete Dominique ihren Cousin im Auto nach Tarascon. Numa rauchte seine Pfeife und betrachtete schweigend das von einem weichen, glänzenden Band eingerahmte Profil unter der schwarzen Toque.

Durch sein Schweigen bedrückt, wandte sie ihm einen unsicheren Blick zu. ‚Sie erinnert an eine Hirschkuh', dachte Numa.

„Warum sagst du mir nichts?"

„Ich denke", antwortete er ernst.

„An was denn?"

Er nahm die Pfeife aus dem Mund und klopfte sie mit seiner kräftigen Hand an der Randleiste der Wagentüre aus.

„An vieles. An das Leben, das du führst, an die Frau, die du zu werden im Begriffe stehst . . . daran, was uns Männern dieser Krieg von unserer Jugend lassen wird . . ."

„Wie ernst du bist", lächelte sie.

„Ich dachte auch an unseren Abschied vom vorigen Jahr. Hast du ihn vergessen?"

Dominique errötete heftig. Es war die erste Anspielung, die er seit seiner Ankunft machte. Sie hatte darauf gewartet, mit klopfendem Herzen, hoffend und verzweifelt. Er hatte anscheinend ihre neue Frisur nicht einmal bemerkt.

„Ich denke, daß es so besser ist ..."

Eine schüchterne Frage zitterte in ihrer Stimme. Numa betrachtete lange seinen bandagierten Arm. Eine Falte furchte die glatte Stirn unter dem dichten Haar, das wie ein bronzener Sturzhelm seinen Kopf umschloß.

„Ich glaube", sagte er schließlich.

Die Hände des jungen Mädchens preßten sich um den Volant.

„Natürlich. Es ist ja ganz gleich. Ich habe sofort verstanden, daß es nur Scherz war."

„Hm ... ja ..."

Sie schwiegen beide. Die ersten Häuser von Tarascon tauchten auf.

„So, da sind wir", murmelte Dominique.

„Nike ...", sagte Numa auf einmal.

Eine plötzliche Heiserkeit überkam ihn.

„Nike, ... wenn ich wieder an der Front bin ... wirst du mir schreiben?"

„Aber ..."

Eine bestimmte Hoffnung wallte in ihr auf. ‚Ihm schreiben ...'

„Das kannst du schon tun", fuhr er in scherzendem Tone fort. „Ein kleines Brieflein von Zeit zu Zeit ... um einen armen Poilu zu trösten und ihm Nachricht aus der Heimat zu geben."

Sie hielt den Wagen vor dem Bahnhof an.

„Versprichst du es mir?"

„Wenn ich dir damit eine Freude mache ..."

Er sprang heraus, ging um das Auto herum und stützte sich mit den Ellbogen vor ihr auf den Wagenschlag.

„Du bist ein Engel, Nike."

Einen Augenblick betrachtete er sie, mit den Augen blinzelnd, hinter seinen Wimpern. „So, und jetzt verabschieden wir uns. Der Bahnsteig ist abscheulich mit seinem Lärm und Gedränge. Auf baldiges Wiedersehen, mein Kleines."

Er nahm sie bei den Schultern. Zwei ältliche Damen überquerten die Straße und beobachteten sie mit der Neugierde des Alters.

„Die Bourgarels ... Sie sind mit deinem Schwager verwandt", flüsterte Dominique. Beide grüßten zu gleicher Zeit. Numa folgte ihnen mit den Augen, während er sein Käppi wieder aufsetzte. Nach ein paar Schritten drehte sich eine der beiden Neugierigen um.

„Oho!" bemerkte Numa mit spöttisch aufgeworfenen Lippen. „Du bist wohlbehütet. Keine Gefahr, daß ich heute einen Dummenjungenstreich mache!"

Oh, dieses undurchdringliche Lächeln, gleich dem eines Marmorkopfes von Praxiteles ... Dominique sah ihn träumend an. Ohne daß sie es wußte, füllten sich ihre Augen mit Tränen.

Der junge Mann bemerkte ihre Verwirrung.

„Also, Nike ... Ich muß gehen."

Er küßte sie schnell auf beide Wangen.

„Auf Wiedersehen! Denk an dein Versprechen!"

Er zögerte, öffnete den Mund, wie um etwas hinzuzufügen, und drehte sich hastig um und ging. Trunken von berauschender Hoffnung sah ihm Dominique nach. ‚Er wollte mir sagen ... Oh, mein Gott! Er wird sich umdrehen, er wird ...'

Aber er betrat das Bahnhofsgebäude und verschwand im Gang in der Richtung auf die Stiege.

Als Dominique in Mogador eintraf, fand sie das ganze Haus in Aufregung.

„Madame ist nicht wohl!" schrie Mathilde ihr von der Stiege aus zu.

„Wo? Was? Wo ist sie?"

„Oben in ihrem Zimmer."

Man hatte Ludivine auf das Sofa gelegt und ihre Bettdecke eilig über sie geworfen. Ein Kissen stützte den Kopf.

„Mama! Was ist dir?"

Dominiques angstvoller Blick sah die erschreckende Veränderung des Gesichts, das auf einmal leichenblaß und abgezehrt aussah zwischen den aufgelösten langen schwarzen Flechten.

„Ich weiß nicht ... Es ist nichts ..."

Die Stimme war matt, die Hand, glühend heiß und feucht, schien in der ihren zu schmelzen.

Das junge Mädchen schauderte unwillkürlich.

„Madame war im Begriff, sich zu kämmen", erzählte Eugénie. „Ich holte gerade ihre plissierte Bluse aus dem Garderobenzimmer, da hörte ich ein Geräusch, und als ich hereinkam, fand ich sie auf dem Boden."

Ludivine erholte sich allmählich.

„Ich weiß nicht, wie es geschehen ist", sagte sie. „Ich habe etwas in meinem Hals heraufkommen gespürt und hatte gerade noch Zeit, mein Taschentuch auf den Mund zu drücken, bevor ich wie in einen Abgrund gestürzt bin. Übrigens, wo ist mein Taschentuch?"

„Es muß da sein..." Eugénie bückte sich zwischen den Hocker und den Frisiertisch.

„Da habe ich's... Oh, Madame!"

Sie hielt ein rotbeflecktes Ding zwischen den Fingern.

„... Man möchte sagen..."

„Gib her", sagte Ludivine heftig.

Mit Ekel nahm sie das Taschentuch in die Hand und betrachtete das steifgewordene Gewebe, auf dem die Flecken schon eine schwärzliche Farbe anzunehmen begannen, mit aufmerksamem Blick.

Lange blieb sie stumm. Es war eine entsetzliche Stille im Zimmer.

„Mama", stammelte Dominique. Ein Zittern hatte sie erfaßt, ihre Zähne schlugen aneinander. „Das hat nichts zu bedeuten. Das ist nichts... Ernstes."

Sie vermochte das Wort nur mit Mühe herauszubringen.

„Bestimmt nicht..."

Ludivine hob ihren starren Blick zu dem erschreckten Kind empor. ‚Als sie klein war, wenn man sie in einem dunklen Zimmer schlafen legte, hatte sie diesen Ausdruck... Arme Kleine...'

„Nein... gewiß nicht... Du brauchst keine Angst zu haben."

Seit kurzem hatte Adrienne, die auf den Hilferuf ihrer Nichte herbeigeeilt war, den Haushalt in die Hand genommen.

Innerhalb weniger Wochen hatte sich Ludivines Zustand in erschreckendem Maße verschlechtert. Der Arzt aus Tarascon, der sie behandelte, verhehlte nicht seine Besorgnis: „Ihr Zustand ist beunruhigend, und leider läßt sich nicht viel machen. Ich kann Ihnen nicht verbergen, daß man sich auf das Schlimmste... Oh, es kann noch dauern, aber..."

Ihre Kräfte nahmen von Tag zu Tag ab. Sie verließ das Bett nicht mehr: „Öffne die Vorhänge ganz weit, Eugénie. Ich werde die Sonne nicht mehr lange sehen."

Sie streckte die Hände, die von einer beinahe durchsichtigen

Blässe waren, auf der Bettdecke aus und betrachtete sie nachdenklich: ‚Bald würden sie erkaltet sein, starr und regungslos, eingeschlossen in der Nacht der Erde ...‘ Sie fühlte kein Bedauern. Sie hatte keine Lust mehr zu leben. Nachdem der erste Schock überwunden war, nahm sie mit einer bitteren Gleichgültigkeit den Gedanken hin, aus einer Welt zu scheiden, in der sie das ihr Lebensnotwendige bereits verlassen hatte.

Auf ihre Bitte kam Hubert eines Nachmittags. Sie wünschte ihm Dominique und den Besitz anzuvertrauen.

„Sie ist noch so jung ... und wird sich sehr verlassen fühlen in dem großen Haus. Du wirst ihr helfen müssen, Hubert. Mogador ist eine schwere Bürde. Sie hat sich recht mutig hineingefunden ... Aber manchmal wird sie schon eine kleine Hilfe nötig haben ...“

In einem Lehnstuhl am Fußende des Bettes zusammengesunken, ließ er sie reden und nickte von Zeit zu Zeit, ohne auf den Sinn ihrer Worte zu achten. Im Dämmerlicht des Alkovens, das von dem durch die rosa Taftvorhänge eindringenden Abendschein sanft gefärbt war, bot ihm Ludivine das Wunder ihres Gesichtes dar: es war glatt und goldbraun wie einst, und ihre Augen, die violetten Augen, die er so geliebt hatte, funkelten noch immer in ihrem dunklen Glanz.

„Hörst du mir zu, Hubert?“

Ihre alte, ungeduldige Stimme ...

„Ja, ich höre dir zu ...“

Er sagte sich, daß diese Stimme in kurzer Zeit – einigen Tagen, einigen Wochen vielleicht, aus der Musik der Welt verschwunden sein würde, daß er hinfort – sie zu beweinen oder zu verfluchen – umsonst versuchen würde, sie zu beschwören ... daß dieser Mund, den er einmal unter seinen Lippen gefühlt hatte, glühend von wunderbarem Leben, sich füllen würde mit der entsetzlichen Leere des Grabes ... daß diese Augen erlöschen würden wie Sterne, die am Himmel vergehen, und daß er weiter würde leben müssen mit dieser Erinnerung und diesen Gedanken ...

Ludivine ... Er hatte sie von sich entfernt geglaubt, hatte gemeint, daß die Wunde vernarbt sei. Aber nein ... Bei ihrem Anblick brach sie von neuem auf. Es war, als ob ein Messer sich in seine Brust bohre, und der Schmerz war so qualvoll, daß er die Zähne zusammenbiß.

Sie sah ihn neugierig an.

„Ich habe dir gesagt ... Aber ... woran denkst du denn? Aber Hubert? Warum machst du so ein wildes Gesicht?"

„Ich?"

Die Verwirrung sprach aus seinem Blick.

„Ja ... Ich bitte dich um deinen Beistand für Dominique. Darf ich darauf rechnen?"

„Um meinen Beistand?"

Mit Mühe besann sich Hubert auf die an ihn gerichtete Frage.

„Aber ja. Wozu diese Frage? Die Tochter meines Bruders ... und Mogador ..."

Ludivine spielte mit den Spitzen ihres Ärmels.

„Wirst du es nicht auch ein bißchen für mich tun?"

Etwas wie ein Seufzer rang sich aus Huberts Brust. Sie fuhr fort: „Ich weiß, du warst mir sehr böse ... Nicht wahr? Gesteh es ..."

Die Hände ihres Schwagers krampften sich ineinander. Er öffnete sie und blickte auf die vor ihm ausgebreiteten Handflächen wie auf etwas, was nicht ihm gehörte.

„Es ist wahr", sagte er endlich langsam ... „ich habe dir nicht verzeihen können."

Ludivine beobachtete aufmerksam das qualvolle Spiel seiner Gesichtsmuskeln, das er ihr zu verbergen trachtete.

„Aber jetzt ist das alles schon so alt ... und du weißt, daß ich sterben werde. Verzeihst du mir jetzt, Hubert? Sag? Sieh mich an ..."

Der Ton ihrer Stimme war sanft, beinahe zärtlich ... wie der Hauch eines fernen Sommers. Hubert hörte ihn in seinem Innern nachzittern ...

„Jetzt?"

Er hob seine Stirn und heftete einen Blick voll verzehrender Glut auf sie. Den Kopf ein wenig zur Seite geneigt, lächelte sie ihn an, wie einst ...

Eine lange Weile blickte er sie schweigend an. Verzweiflung und Leidenschaft schrien aus diesem Blick. Ludivine fühlte diese Flamme wie eine Wärme, so lange schon verloren ... Ein Leuchten stieg in ihren Augen auf, das er plötzlich erkannte. In einem Satz fuhr er empor, den Sessel, mit einem Fußtritt zurückstoßend:

„Weder jetzt noch jemals!" stieß er wie wahnsinnig vor Wut hervor. „Niemals, verstehst du mich? Weder im Tod noch im Leben ..." Er packte die Rückwand des Bettes mit einer solchen Gewalt, daß es krachte. „Niemals!"

Seine heisere Stimme hämmerte jede Silbe des Wortes. Ludivine zuckte die Achseln und drehte wortlos ihren Kopf in die Kissen.

„Und übrigens ...“ – Er lachte ein entsetzliches Lachen. – „Das kümmert dich wohl wenig, meine Verzeihung! Das ist wohl das letzte, woran dir etwas gelegen ist! Fünfzehn Jahre, mehr als fünfzehn Jahre, daß du mein Leben vergiftet hast! Und das genügt dir noch nicht, du mußt dich noch dessen versichern, bevor du ...“

„Genug! Du bist lächerlich. Du benimmst dich wie ...“

„Lächerlich?“

Er lachte wieder höhnisch auf.

„Und was ist dabei? Ich habe mit dem Lächerlichen gelebt. Es klebt mir an der Haut. Lächerlich war es, dich geliebt zu haben wie ein Narr, ja ... Ich sah nichts als dich, ich hätte mich unter deine Füße geworfen ... Guter Gott, ich wäre für dich gestorben, wenn du es von mir verlangt hättest! Du wußtest es genau, nicht wahr? Und es muß wohl sehr unterhaltend für dich gewesen sein, mich zu verhöhnen, während du dich meiner zu deinen Zwecken bedientest?“

„Du bist verrückt ...“ sagte Ludivine langsam. Unter der verächtlichen Kälte zitterte verhaltener Zorn.

„Wenn ich daran denke!“

Er biß sich in die geballten Fäuste, außer sich vor verzweifelter Wut.

„Dein schonungsloser Egoismus, deine Berechnung, deine Eitelkeit, die Eitelkeit einer Koketten ... ja, eine Kokette, das warst du, nicht mehr ... Und diese teuflische Geschicklichkeit, mich zu dir zurückzuführen in dem Augenblick, da ich versuchte, mich von dir loszumachen!“

„Genug, Hubert! Du ...“

„Das Maß an Leiden und Demütigungen, das ich dir verdanke! Und diese Selbstverachtung, dieser Ekel am Leben ... Du hast mich von den Meinen getrennt, du hast mich aus Mogador hinausgejagt ... Alles, alles hast du mir genommen! Du hast mich mit Füßen getreten. Wenn du unter der Erde sein wirst, wirst du nicht ärmer, nicht verlassener sein als ich. Ich habe eine Frau, einen Sohn ... und ich bin allein, ich habe ihnen nicht einen Funken Liebe zu geben. Bist du zufrieden? Nein, ich werde nicht schweigen! Du kannst mich anschauen soviel du willst, mit deinen Augen ... Wenn ich denke, daß du selbst in diesem Augenblick wieder anfängst mit deinen Mätzchen! ... Dir verzeihen? Guter Gott, nein! Er soll dir verzeihen, wenn er es vermag! Aber ich ..."

Ein Schluchzen der Wut brach seine Stimme.

„... ich wollte, er täte es nicht! Mein Leben hast du zerstört ..." Er näherte ihr sein Gesicht, das wie das eines Mörders entstellt war. „Ich hasse dich, noch mehr als ich dich geliebt habe. Seit Jahren hasse ich dich und sehne mich danach, es dir zu sagen. So ist es endlich gesagt! Ich hasse dich, Ludivine, ich ..."

„Wie kannst du es wagen?" Hoch aufgerichtet zwischen ihren Kissen, schoß Ludivine einen flammenden Blick des Zorns auf Hubert. „Was willst du überhaupt von mir? Was hast du von mir erwartet? Wann habe ich dir je etwas versprochen? Ich war die Frau deines Bruders. Das allein hätte dir genügen müssen, um zu schweigen! Ist es meine Schuld, wenn du mich geliebt hast? Noch andere außer dir haben es getan, ohne daran zu denken, es mir zum Verbrechen anzurechnen, soviel ich weiß ... Und wenn ich ..."

„Andere außer mir? Wer hat dich je geliebt wie ich? Frédéric selbst ..."

„Schweig! Sprich nicht von Frédéric! Ich verbiete es dir!" Wie ein Zischen kamen die Worte aus ihrer Kehle. „Wenn du es wagst, an ihn zu rühren ..."

„Mein Bruder ..." Er neigte sich mit verzerrtem Mund und angespanntem Blick vor, wie ein Jäger, der sein Ziel auf Korn nimmt: „... Verschanze dich nicht hinter meinem Bruder. Bildest du dir vielleicht ein, ihn geliebt zu haben? Ich weiß, was Liebe heißt, nicht du. Du hast nie jemand anderen geliebt als dich selbst. Ich kenne dich jetzt!"

„Frédéric ...", schrie sie mit leiser Stimme, getroffen von den letzten Worten ihres Schwagers. „Ich habe Frédéric mit all meiner Kraft geliebt!"

„Nein", wiederholte Hubert unversöhnlich.

Ludivine schloß die Augen. Sie fühlte alte, sehr alte Tränen auf ihrem Herzen brennen. „Ich habe ihn geliebt, so wie ich konnte ... sosehr ich konnte ... Du hast nicht das Recht zu sagen ..."

Ein Hustenanfall unterbrach sie. Ihre Finger krampften sich in die Bettdecke, die sie mit einer konvulsivischen Bewegung an die Brust zog. Eine Weile rang sie nach Luft, während das Blut mit heftigen Schlägen in den Adern ihrer Schläfen pochte.

Hubert wandte kein Auge von ihr. Er umfing sie mit einem Blick voll entsetzlicher Todesangst, in dem Liebe und Haß unlösbar verschlungen einen verzweifelten Kampf kämpften. Ludivine schöpfte mühsam Atem.

„Wenn ich tot sein werde", sagte sie mit bitterem Groll in der Stimme, „wirst du dich an das erinnern, was du mir zu sagen gewagt hast, und ich hoffe, daß du bei der Erinnerung blutige Tränen weinen wirst. Ich weiß nicht, wo ich dann sein werde, aber erwarte meinerseits nicht, daß ich dir dann verzeihe."

Er stieß die Fäuste in die Taschen und lachte bitter.

„Oh, das weiß ich. Du wirst immer den Sieg davontragen. Aber was sollte ich denn überhaupt mit deiner Verzeihung anfangen? Darüber bin ich hinaus. Dafür hast du schon gesorgt ... Nein, du ..."

„Geh! Das genügt ..."

Ludivine warf den Kopf in die Kissen zurück. Zwei rote Flecken brannten auf ihren bleichen Wangen.

Hubert rührte sich nicht. Dicht an den Bettrand gedrückt, sah er sie mit gierigen Blicken an, als ob er ihr das Geheimnis jener Macht, die sie immer noch über ihn besaß, hätte entreißen wollen.

„Ludivine ..." Er zerknitterte die Vorhänge des Alkovens in seiner Faust, ohne zu wissen, was er tat. Sie zog an der Klingelschnur.

„... Hör mich an!" Es klang ein herzzerreißendes Flehen aus seinen Worten.

„Nein! Geh! Laß mich in Ruhe ...", sagte sie hart.

„Oh", stöhnte Hubert, „du stößt mich von dir ... Daß Gott dich ..."

„Das hast du schon gesagt."

Ihre Mundwinkel verzogen sich zu einem häßlichen Lächeln.

Von einer unerträglichen Qual gefoltert, beugte er sich über das Bett und packte ihr Handgelenk: „Ludivine, um Gottes willen, du kannst nicht ..."

Ein leises Klopfen an der Tür ließ sich vernehmen.

„Herein", rief Ludivine, ihren Arm losmachend.

Hubert fuhr zurück.

„Willst du etwas, liebste Mama? Mir ist es so vorgekommen, als ob ich deine Klingel gehört hätte."

„Ja, bitte, richte mir die Kissen."

Dominique trat näher: „Ich habe einige Fragen mit deinem Onkel geregelt. Es ist abgemacht, daß er sich um dich kümmern wird. Jetzt fühle ich mich etwas müde und möchte mich ausruhen. Ich bitte dich, mich zu entschuldigen, Hubert."

Ohne zu antworten, drehte sich Hubert um und verließ rasch das Zimmer.

„Was hat er denn?" fragte Dominique überrascht.

„Nichts. Wir haben alte Geschichten aufgerührt. Zieh die Vorhänge zu, ich möchte ein bißchen schlafen." Sie seufzte und fuhr fort: „Ich muß dann auch mit dem Herrn Pfarrer sprechen ... Du wirst morgen nach ihm schicken."

„Ja, Mama, willst du sonst nichts?"

„Nein, es ist schon gut. Es ist alles in Ordnung", sagte sie zu der eintretenden Eugénie.

„Sonst nichts? Wirklich?"

„Nein, mein Kleines. Gib mir einen Kuß. Und jetzt lauf schnell."

Sie schob, einen Platz suchend, ihren Nacken ein wenig auf dem Kissen hin und her und murmelte müde: „Ja, ich glaube, ich werde schlafen."

Aber sobald sie allein war, drang das Echo von Huberts Worten wieder auf sie ein: ‚... Frédéric nicht geliebt ...'

Der Kopf tat ihr weh. Ihr Atem ging kurz und pfeifend. Tropfen glühend heißen, salzigen Wassers brannten unter ihren geschlossenen Lidern. Ihre Brust lastete wie ein Stein in ihrem Körper.

‚Frédéric nicht geliebt ...'

Sie tastete nach dem kalten Platz an ihrer Seite: ‚Frédéric, mein Leben ...' Ein fader Geschmack von etwas Dickem, das ihr das Atmen erschwerte, füllte ihren Mund. Das Zimmer wich vor ihr zurück, zuerst langsam, dann immer schneller und schneller, zuletzt in einem schwindelerregenden Sausen. Weiße und graue Wolkenmassen teilten sich vor ihr, türmten sich aufeinander und zerrannen in Rauch, und es blieb nichts übrig als dort dieser kleine Zipfel blauen Himmels von einem fernen Ferienmorgen, der immer kleiner und kleiner wurde ... und etwas, was sie Elise sagen mußte ... was sie vergessen hatte, ihr an diesem Morgen vor dreißig Jahren zu sagen ...

Jetzt war es sehr finster, und Ludivine war allein, verloren, mutlos und hoffnungslos ... allein, ganz allein, seit so vielen Tagen: ‚Frédéric, Frédéric ...'

Aus weiter, weiter Ferne, durch dichte Mauern des Schweigens hindurch vernahm sie die vertraute Stimme:

‚Mein Herz! ...'

Dann trat sie ein in das Tal, das hinabführt zu dem dunklen Strom.

Dominique betrat das Speisezimmer. Am Ende der langen Tafel hatte Victor ihr einsames Gedeck aufgelegt. Zu beiden Seiten reihten sich die leeren Stühle. Der erste dieser langen Reihe von Abenden, die sie nun erwarteten, mit dem Schweigen als einzigem Tischgenossen. Gestern waren Hubert und Madeleine nach Gloriette zurückgekehrt, vor wenigen Stunden hatte Adrienne sie verlassen.

„Komm zu uns, mein kleines Herz. Wenigstens für eine Zeit! Du wirst doch nicht allein hierbleiben ..."

„Doch, Tatie. Ich muß. Wenn ich jetzt wegginge, hätte ich nicht mehr den Mut zurückzukehren. Es ist besser, ich gewöhne mich ..."

Hubert hatte nicht gedrängt:

„Tu, wie du glaubst. Du weißt, daß Madeleine ein Zimmer für dich bereit hat."

„Und ‚Déri' wäre so glücklich ...", hatte Madeleine hinzugefügt, und etwas später, das junge Mädchen beiseite ziehend: „Komm zu uns, ich bitte dich ... Das würde deinen Onkel zerstreuen."

An jenem Abend, als sie, kaum zwei Stunden nach seiner Heimkunft, mit der Lampe in der Hand, gefolgt von dem Boten aus Mogador, in den dunklen Salon getreten war, wohin er sich wie ein krankes Tier verkrochen hatte, war sie vor dem Ausdruck seines Gesichtes zurückgeschreckt. Und am nächsten Tag hatte sie ihn im Morgengrauen der langen Nacht, in der sie einer nach dem anderen am Bette der Toten gewacht hatten, beim Öffnen der Tür des Sterbezimmers, dabei überrascht, wie er, allein, über das Bett gebeugt, unverständliche flehende Worte zu der reglosen Gestalt flüsterte, als ob er von ihr eine Antwort hätte erzwingen können, und war, von Schauder ergriffen, geflohen, ohne daß er ihre Gegenwart bemerkt hatte.

Seit der Beerdigung lebte er in einem Zustand der Teilnahmslosigkeit, der sie zur Verzweiflung brachte.

„‚Ja ... Nein ... Wie du willst ...' Man bringt kein anderes Wort aus ihm heraus. Du siehst es ja selbst."

Sie hatte an der mütterlichen Schulter Adriennes geschluchzt.

„Ich habe das Gefühl, daß er mir so fern ist ... Manchmal frage ich mich ob er nicht daran ist, wahnsinnig zu werden. O Gott! ... Aber warum hat er mich geheiratet, wenn er sie noch so maßlos geliebt hat?"

„Madeleine ... was glaubst du da?"

„Oh, ich weiß alles. Die Leute haben es mir erzählt, wie du dir denken kannst ... Aber ich bildete mir ein, daß es zu Ende sei. Wir waren glücklich, am Anfang, bis zum Krieg ..."

„Nun ja, aber jetzt ist es zu Ende ... Hab Geduld. Er hat viel gelitten, Madeleine, bevor er dir begegnet ist. Das einzige Glück, das er im Leben gehabt hat, das hast du ihm gegeben, mein liebes Herz. Das ist jetzt die letzte Prüfung. Eines Tages, wenn er seinen Schmerz erschöpft haben wird, dann wird er bemerken, daß er noch lebt und daß du da bist ... daß du ihm bleibst mit deiner Liebe, die ihm wohltun wird. Er wird vergessen ..."

Adrienne war nicht so ganz davon überzeugt. Aber es war ihr gelungen, ihre junge Schwägerin zu trösten. Diese lächelte ermutigt durch ihre Tränen, während Adrienne sie herzte und küßte wie ein kleines Mädchen.

„Ich möchte ... es ist vielleicht schwer ... daß du keinen Groll gegen Ludivine bewahrst."

„O nein! Warum sollte ich? Man liebt, man liebt nicht ... Das ist niemandes Schuld. Der liebe Gott wählt für uns. – Sie und Frédéric haben einander vergöttert, nicht wahr?"

„Ja ..." Adrienne schwieg einen Augenblick nachdenklich. „Ja ... innerhalb der menschlichen Grenzen kann man das wohl sagen, glaube ich."

Vierzehn Tage, seit man den Stein wieder über der gähnenden schwarzen Gruft geschlossen hatte, die hinfort das kalte, verlassene, schon von der gräßlichen Arbeit des Todes berührte Etwas barg, das Ludivine Vernet gewesen war ... Dominique hatte ihre Mahlzeit rasch beendet und ging in den Salon hinüber, wo noch auf dem Aufsatz, dem Tischchen, der Konsole Karten, Briefe und Telegramme lagen, die sie beantworten mußte.

Ein kleiner Lichtblick des Tages waren die Briefe ihrer Schwestern. Sie nahm sie zur Hand, um sie wieder zu lesen.

„Komm, sobald du kannst" – schrieb Isabelle – „Der Gedanke, sie nicht mehr wiederzusehen, tut mir weh. Aber dann erinnere ich mich an das arme Gesicht, das sie das letzte Mal hatte, die traurige kleine Gestalt, im Lichte des Sprechzimmers, und diesen ausgehungerten Blick, den ich so oft an ihr gesehen habe ... und staune über die unendliche Gnade, die Gott ihr gewährt hat, indem er sie zu sich nahm, damit sie endlich gesättigt werde. Komm, wir werden ihm zusammen dafür danken ..."

Und Anne:

„Dein Telegramm erhielt ich gestern, als ich mich eben auf deinen Ruf hin zur Abreise anschickte. Mama, unsere entzückende liebe kleine Mama ... tot, auch sie ... so schnell, ohne daß ich Zeit gehabt habe, sie noch einmal zu umarmen ... Es ist zu hart, zu schrecklich ... Seit gestern habe ich weder gegessen noch getrunken, und ich weine, ohne aufhören zu können." Der Brief war voll kleiner runder Flecken, die die Tinte aufgesogen hatten und manche Worte unleserlich machten. – „... Das Schiff geht heute abend ab. Es wird dir nur diesen in Eile geschriebenen Brief bringen. Erwarte mich nicht, Nike, und verzeih mir, ich bitte dich. Jetzt, da alles vorbei ist, ist mir der Gedanke, beim Kommen vor diesem Grab zu stehen und das leere Haus vorzufinden, unerträglich. Ich schaudere davor. Später, wenn ich mich stärker fühle, werde ich die Überfahrt wagen. Aber jetzt, in diesem Augenblick, brauche ich Gaspard, seine Arme, seine ganze Liebe, um mich etwas zu erholen. Komm zu uns, da dich doch nichts zurückhält. Komm, ich erwarte dich. Was wirst du denn dort allein machen?"

Dominique schüttelte den Kopf, während sie den Brief wieder zusammenfaltete. „Komm, komm ...", rief ihr jeder von seinem Platz aus zu, dem Platz, der uns zugewiesen ist, selbst wenn wir uns einbilden, ihn zu wählen.

Verstanden sie denn alle nicht, daß auch sie den ihr angewiesenen hatte? Auf diesem, den Vernets anvertrauten Besitz würde sie ausharren, auf dem Posten, auf den François sie beim Scheiden berufen hatte ... Wächter und Pilot und Kapitän zugleich, allein, da es sein mußte, mit ihren schwachen Kräften, aber auch mit der sicheren Stütze, die denen zuteil wird, die guten Willens sind. Pflügen und Ackern, Saat und Ernte – Mogador würde weiterbestehen, wie es in der Ordnung war.

Victor trat ein: „Bertha hat gemeint, daß eine Tasse Lindenblütentee Mademoiselle guttun würde."

„Aber Victor, ich bin ja nicht krank."

Hatte man denn in der Küche ihren Abscheu vor all diesen Tees vergessen?

„Bertha sagt, als sie ihre arme Mutter verloren hätte, wäre ein gutgezuckerter Lindenblütentee das einzig wirksame Schlafmittel für sie gewesen ..." Etwas verlegen fügte er hinzu: „... Freilich, das ist nicht dasselbe."

„Doch, doch", sagte Dominique sanft. „Es ist ganz dasselbe."

Er stellte bedächtig die Tasse vor seiner jungen Herrin nieder.

„War das Essen so recht?"

„Aber ja ... Sehr gut."

Überrascht folgte sie dem alten Diener mit den Augen. Er konnte sich nicht entschließen, hinauszugehen, und ordnete dieses und jenes im Zimmer, ohne daß man recht wußte, warum.

„Was ist denn, Victor?"

Die Frage erleichterte ihn sichtlich:

„Ja ... weil die Leute im Ort sagen, daß Mademoiselle Mogador verlassen wird, um bei Monsieur Hubert oder Madame Guillermin zu wohnen oder nach Amerika zu gehen."

Das war es also?

„Die Leute reden viel, ohne etwas zu wissen, mein guter Victor. Mogador ist mein Zuhause. Davon kann keine Rede sein, daß ich es verlasse."

„Das ist wahr, Mademoiselle."

Victors Antlitz heiterte sich auf.

„Aber trotzdem waren wir in Sorge ... Gut! Ich werde es Bertha und den anderen sagen. Mademoiselle braucht nichts mehr?"

„Nein, danke. Gute Nacht, Victor. Ich erwarte Ranguis morgen um acht Uhr mit einem Herrn von der Militärintendantur. Sie werden sie ins Büro führen."

Allein geblieben, trank sie gewissenhaft, nicht ohne Überwindung, die Tasse heißen, gezuckerten Lindenblütentee aus. Dann zog sie aus einer besonderen Lade Numas Brief hervor.

„In einem kleinen Dorf, wo wir uns noch in Ruhestellung befinden, zehn Kilometer von der Front, hat mich Dein erschütterndes Telegramm erreicht. Mein armes Kleines, ich denke an Dich und möchte Deinen lieben Kopf nehmen und an meine Schulter legen, um zu versuchen, Dich ein wenig zu trösten. Wo bist Du? Was machst Du? Gib mir Nachricht von Dir. Ich versuche, Dich mir vorzustellen, im Kampf mit diesem furchtbaren Schmerz, den der Verlust einer Mutter bedeuten muß. Und mir ist, als ob ich Dein Leid fühlte. Ich bin mit Dir, bei Dir, so fern ich auch bin. Ich möchte Dir alles weniger ungeschickt ausdrücken können ... Aber Du kennst meine Zuneigung, nicht wahr? Du bist sicher ..."

Seine Zuneigung ... Würde sie nie etwas anderes besitzen als seine Zuneigung? Hätte er anders geschrieben, wenn er sie liebte? „Dein lieber Kopf ..." „Ich bin mit Dir ..." Man kann das jemandem sagen, den man liebt. Man kann es auch seiner kleinen Cousine sagen, die beinahe eine kleine Schwester ist ... ‚Mein Gott, gewähre mir seine Liebe ... Du hast Papa und Mama vereint, Anne und Gaspard, Christine und Alban ... wenn auch nur für kurze Zeit, so hast du ihnen doch erlaubt, miteinander glücklich zu sein ... Und ich, werde ich nicht auch am Ende mein Glück haben?

Er weiß, daß ich ihn liebe, dessen bin ich sicher. Wenn ich es ihm auch noch so sehr habe verbergen wollen ... Wenn er mich liebte, würde er mich im Zweifel lassen? Aber vielleicht ...‘ Vielleicht dachte er an François und an so viele andere ... ‚Vielleicht will er mir meine Freiheit lassen für den Fall ... Mein Gott! Du wirst das nicht tun, du wirst ihn mir nicht nehmen, auch ihn noch, du wirst nicht erlauben, daß er stirbt ... Mein Gott, wenn du ihn mir nicht geben willst; laß ihn wenigstens am Leben, selbst wenn es für eine andere ist ... Daß ich ihn manchmal sehe, daß ich weiß: er ist glücklich ... Nur darum, mein Gott, darum flehe ich dich an!‘

Aber Gott antwortet niemals, und man weiß nicht, ob er zuhört. Vielleicht hat er seine Ohren taub gemacht für die Stimme seiner Geschöpfe, um durch ihre Schreie nicht gestört zu sein, wenn er tut, was er mit ihnen tun muß ... Und wenn so viele von ihnen sterben, in jeder Sekunde, wenn die Menschen ihn auf eine so gräßliche Weise in seiner schrecklichsten Aufgabe unterstützen, hat er dann noch Zeit, Buch zu führen und ihre Namen aufzurufen?

Sie nahm die Zeitung zur Hand: „... Der englische Rückzug beim Kemmelberg ... Angriffe und Gegenangriffe auf Villiers-Bretonneux und im Wald von Hangard ... Lokale Aktionen bei Locre, bei Moreuil ... Der großartige Handstreich auf Ostende und Zeebrugge ... Die Luftangriffe auf Gotha ... Die ‚dicke Bertha‘ schießt auf Paris ...“

Bei so vielen Toten, so vielen Ruinen, wie soll man da hoffen, daß unter alldem, was fällt, ein einzelner behütet wird? Die Liebe und die Gebete für jeden dieser Männer seit Anbeginn würden aufeinandergetürmt bis an den Himmel reichen ... Wieviel Liebe, wie viele Gebete galten François. – ‚Das hat ihn nicht gerettet ...‘

Es gibt nichts, was uns rettet. Wir müssen Schritt vor Schritt in dieser engen Furche gehen, die der Ablauf eines Lebens ist, von allen Seiten auf unserem Wege belauert vom tausend- und abertausendfachen Tod, der kommt, von den Menschen, von unseren Begierden, unserem Verlangen nach Verlorenem, unserem Vergessen, das nicht sein Vergessen ist ... und von der Zeit, die vergeht. Tausend und tausend Tode bis zu dem letzten ...

Von welcher Seite sollte uns die Hoffnung kommen? Es gibt nichts anderes, als unsere Arbeit zu tun, unser kleines Stückchen Arbeit an dem langen Band, an dem das Leid der Welt abrollt. Und die Freude; sie ist uns nicht versprochen: die, die lieben, werden nicht wiedergeliebt, die, die einander lieben, werden auseinandergerissen ... Aber diejenigen, die im kleinen ihr Los an täglicher Bitternis und Vereinsamung tragen ... die, die nicht mehr wissen, daß es auf der Erde ein Wort für Hoffnung gibt ... die, die sich geduldig in der Nacht der Tage drehen wie ein Mühlenpferd, sie lehren uns ohne Unterlaß, daß das Gebet unnütz ist, wenn wir um etwas anderes bitten als um die Weisheit, um nichts mehr zu bitten. – ‚Aber es ist schmerzlich, diese Weisheit mit zwanzig Jahren entdekken zu müssen', dachte Dominique.

Der Brief ihres Cousins schnitt ein kleines helles Viereck auf ihrem schwarzen Rock aus: ‚Seit Papas Tod haben wir die Trauerkleider kaum mehr abgelegt.' Jetzt schien es ihr, als ob sie bis ans Ende ihres Lebens Trauer würde tragen müssen, so etwas wie Trauer um sich selbst ... ‚Gleich wird alles aus sein, und es wird nichts gewesen sein.'

Wozu auf diesen Brief antworten? Sollte sie wieder weiterleben in der zitternden Erwartung eines anderen, ihn in ihrem Herzen entwerfen, so wie sie ihn hätte haben wollen: feurig, verliebt, ein bißchen verrückt, mit Worten, deren Süßigkeit einen erbeben macht bis in die Spitzen der Wimpern ... und die Tage dahingehen sehen, auf den Postboten lauern, sich Vorzeichen machen: ‚Wenn ich bis ans Ende der Ölbaumpflanzung gelange, bevor das große Wolkengebilde zergeht, dann werde ich beim Nachhausekommen einen Brief vorfinden ... ' und endlich ein paar Zeilen erhalten, zwischen denen man zu lesen versucht ...? ‚Nicht zu wissen, ob er mich liebt ... noch ob er wiederkommen wird ...'

Die große Stille der Nacht hatte die menschlichen Geräusche im Hause eingeschläfert. Es war die Stunde, in der die Möbel knacken, das Gebälk knarrt, der Holzwurm im Getäfel nagt, das Licht in der Lampe zuckt, die zu qualmen beginnt, in der das Ticken der Uhr plötzlich um einen Ton stärker wird. Dominique erhob sich, legte den Brief wieder in die Lade, löschte das Licht und verließ den Salon.

Die Nachtlampe brannte am Fuß der Stiege wie jeden Abend. Wie jeden Abend trat der Schatten des jungen Mädchens aus der Wand, kam ihr entgegen, begleitete sie eine Weile und verschwand.

Auf dem Gang schlug ein eigentümliches Geräusch an ihr Ohr: ein leises, in regelmäßigen Abständen wiederkehrendes Klopfen. Es kam aus dem Zimmer ihrer Mutter. ‚Wie wenn ein Fenster schlägt ...' Sie öffnete die Tür. Ein starrer Strom von Mondlicht erhellte das Zimmer mit seinem schrägen Schein. Die Vorhänge bewegten sich leicht.

Dominique trat näher, um das Fenster zu schließen. Es würgte sie in der Kehle. Alles stand im Zimmer noch an seinem alten Platz. Sie blieb stehen und sah mit umflorten Augen um sich: ‚Liebste Mama, wirst du denn nie mehr hierher zurückkommen?' Sie schluchzte auf. Plötzlich glaubte sie, neben sich ein Flüstern zu hören. ‚Ich bin verrückt ...' Sie schüttelte sich. Der Taftvorhang, vom Luftzug bewegt, knisterte leise.

Die Helle fiel auf den großen Lehnstuhl, in dem ihre Eltern eng aneinandergeschmiegt zu sitzen pflegten. Die alte Seide schimmerte, an manchen Stellen zerschlissen. Das Kissen und der Oberteil der Lehne schienen noch den Eindruck ihrer Körper zu bewahren. Wieder war es ihr, als höre sie neben sich etwas wie ein verhaltenes Lachen.

Auf dem eingelegten Tischchen, neben dem elfenbeinernen, mit Lazurstein inkrustierten Schmuckkästchen, auf dem die Kugeluhr ihrer Mutter stand, lag noch der große Band der „Oeuvres complètes" von Alfred de Musset. Sie strich zärtlich mit den Fingerspitzen über den abgenützten Ledereinband und öffnete ihn aufs Geratewohl:

„... Also gut, ich gebe sie dir. Aber nimm die Schlüssel meines Gartens: sobald du es müde bist, von deinen Gläubigern verfolgt zu werden, komm und verstecke dich in den Kornblumen, wo ich dich heute morgen gefunden habe. Aber nimm nur ja deine Perücke und dein buntes Gewand. Zeig dich niemals vor mir ohne diese Verkleidung und die silbernen Schellen, denn so hast du mir gefallen ..."

‚Fantasio ... Wie gern hatte Papa ihn gelesen ...'

Auf dem ersten Blatt hob sich deutlich im weißen kalten Licht auf drei Zeilen die kleine spitze Schrift ab:

A Frédéric
Ludivine

7 juillet 1896

Dominique beugte sich über das Buch. Ein Windhauch drehte das Blatt um.

Sie richtete sich auf. – Das war nicht der Tod, der sich in diesem Zimmer bewegte ... Ein zitterndes Lächeln erhellte ihre Züge.

Nein, es war nicht der Tod. – Es gibt keinen Tod: nichts Schreckliches war Christine geschehen. François war nicht der verkrampfte oder zerfetzte Körper, verscharrt in irgendeiner Grube an den Ufern der Maas. Ludivine und Frédéric zerfielen nicht unter der Steinplatte der Gruft, wo die Männer sie hinabgesenkt hatten ...

Sie waren woanders, in einem Land, das zugleich nah und unerreichtbar fern war. Im Lufthauch, im Wind, in den Wolken, die vorüberziehen, kamen und gingen sie, befreit von der Unsicherheit und den Tränen, vor unseren Augen als durchsichtige Schatten und streiften im Vorübergleiten die Zurückgebliebenen ...

Dominique dachte zum erstenmal ohne Traurigkeit an Henriette, die kleine Braut im schwarzen Kleid, für die die Glocken des Hochzeitstages niemals läuten würden.

Zu leben und glücklich zu sein, war nicht das Wesentliche in dieser Welt der fiebrigen Hast und des Erwartens ... sondern darin seinem Gefährten für die Zeit der Reise zu begegnen und ihn zu erkennen ... Und selbst wenn er vorher auf dem Wege scheidet ... im Augenblick des schweren Ganges ist er da, auf dem Steg, am anderen Ufer und reicht dir die Hand, um dir hinüberzuhelfen.

Sie beschloß, morgen Numa zu schreiben.